大家眞悟
oya shingo

里村欣三の旗

プロレタリア作家はなぜ戦場で死んだのか

satomura kinzo

SATOMURA KINZO

まえがき

徴兵を忌避し満洲に逃亡、プロレタリア作家にして従軍作家、そしてフィリピンでの戦死。

里村欣三は、本名を前川二享といい、明治三十五（一九〇二）年三月十三日、旧岡山県和気郡福河村寒河、現在の備前市日生町に生まれた人である。「苦力頭の表情」で知られるこの作家の著作を読み、諸先達の研究に触れるにつれて、いくつかの疑問が湧いて来た。

その一つは、巷間言われているような「徴兵を忌避し逃亡、里村欣三の名で満洲を放浪する。上京し中西伊之助のせわになる」というのは順序が逆で、中西伊之助との関係の中で満洲逃亡が行なわれたのではないか、という疑問。

二つ目は「大正十二年ごろ」と曖昧に言われている満洲逃亡の時期が本当はいつ頃なのだろうか、という疑問。

三つ目はいわば反権力的なプロレタリア作家が、どういう経緯を経て軍国主義的な従軍作家となっていったのか、という疑問。

初め諸文献から年譜的なことがらを抜き出し「人生の軌跡」と名付け整理して行く中で、「日本社会主義同盟」の発起人の一人に里村の本名である前川二享の名があることを見つけ、これらをインターネット上に発表していくうち、さまざまな方から貴重なご教示をいただくことができた。それは知的な興奮であり、充実した時間であった。

特に小正路淑泰先生による里村欣三の入獄記事の発見、及びリーフレット『暁鐘』の存在をご教示いただいたことにより、作家以前の里村欣三に激しい交通労働運動の体験があることが明らかになり、このことにより、先の三つの疑問に自分なりの見解を得ることができるようになった。それがこの書である。

里村欣三の徴兵忌避、満洲逃亡については、試行錯誤しつつインターネット上で試みて来た材料がいくらかはあったが、さらに進んでプロレタリア作家から従軍作家に至る里村の「転向」の軌跡を追う中で、新たな認識を摑み得たように思う。

里村欣三が徴兵忌避を自首して出たのは昭和十年四月下旬のことだが、このことをもって「転向」と看做すのは早計で、プロレタリア文学運動が壊滅して以後も、昭和十一年七月に労農無産協議会の「人民戦線懇談会」に参加し、翌十二年四月下旬から五月初めにかけて日本無産党福岡二区三浦愛二の選挙応援に駆けつけている。この時同行した中西伊之助や三輪盛吉らは人民戦線事件で検挙され、一方、里村は七月、盧溝橋で勃発した日中戦争に応召、逃れられない戦場の法則の中で「転向」と向き合うのである。

大正から昭和戦前は我々の父母、祖父母が生まれ、育ち、戦った時代である。何か遠い歴史上の過去のように感じるかも知れないが、今日の我々と同様に、ハッとする与太やタメ口もあれば、また人間的な苦悩もあったのである。

里村の「転向」に至る経緯は、我々がもし同じ情況に置かれたらどうだったのか、という仮定の問題ではない。いま現在、我々の身の回りにおいて生起する大小様々な問題にどう身を処していくのか、という人間的態度の問題、今日の問題なのである。里村の「転向」に至る軌跡には、人生を賭けた苦闘と我々を励ます豊かな示唆が満ちている。

インターネット上で試みた「人生の軌跡」（年譜）は同時代の人々の里村欣三論でもあるが、紙数の都合もあり、また半ばは本文中で採り上げたので収録せず「略年譜」で代用した。

著作リスト、発表作品リスト、参考文献等は判明した範囲で可能な限り拾い上げ、将来、里村欣三に関心を持たれる方がおられるなら、その参考の一端となれるようにと思い、煩をいとわず掲載した。

この書は諸先達のご教示により到達した私の里村欣三論であり、私の切り口である。書誌的な資料の収集が進めばまた別の見方もあり得るかと思う。

ここで明らかにした東京市電や神戸市電における里村欣三の交通労働運動体験が、共通の認識事項として理解され、その上に立って今後の里村欣三研究が一層豊かに展開されていくことを願っている。

二〇一一年

著者

里村欣三の旗——プロレタリア作家はなぜ戦場で死んだのか　目次

里村欣三の旗——プロレタリア作家はなぜ戦場で死んだのか

◆本文中での引用は原文を引き写し「 」で示したが、旧漢字、拗促音、繰り返し記号、仮名遣いについては異なる場合があります。原文の改行箇所は、原則的に無視して追い込みにしました。従って原文と異なる場合があります。

◆［ ］内は引用者の補足、また（中略）（後略）も引用者が挿入したものです。

出典はその都度、できるだけ明記するように努めましたが、繁雑を避けるため「前述」や簡略的な表記をした場合があります。著作リスト、参考文献等をご参照ください。

◆本文および引用文中には「支那」「満洲」「苦力」「立ン坊」「ヨボ」「鮮人」「琉球」「チャンコロ」等の歴史的、社会的、民族的な差別語や今日では不適切な用語を、言い換えせずに、また注釈を付けずにそのまま使用している箇所があります。里村欣三の人生を辿るために原文を引用したもので、他意はないのでご了解ください。

◆敬称は原則的に省略しました。

第Ⅰ部

第1章　青春の里村欣三――「土器のかけら」と関中ストライキ

1　萬成山の麓

十三歳になったばかりの里村欣三（本名・前川二享）は、大正四年四月八日、私立関西中学校に入学した。関西中学校は現在の関西高等学校（岡山市西崎本町）の前身で、校舎も現在地と同じ岡山市内の西方、当時は御津郡岩井村巌井といわれた万成山麓三門《みかど》の地にあった。

「燃えるやうな茜色が萬成山の空を焼いてゐた。（中略）兵六［里村欣三］は煙草に火をつけ、練兵場の草の上から、飽かず西の空の夕焼を眺めてゐた。（中略）こゝから眺められる四方の風景は、彼には思ひ出の深いものであつた。中学時代の五年間を、彼は毎日この風景に親しみながら、こゝの都会で過ごしたのである。（中略）萬成山の麓が、彼を退校処分にしたK中学校の所在地だつた。」（『第二の人生』第一部、昭和十五年四月十六日、河出書房）

大正七年十二月三十一日、第四学年の半ば、満十六歳と半年のとき、時の校長山内佐太郎の進退をめぐるストライキを主導して退学処分となるまで、四年近くを過ごしたこの関西中学校は、里村欣三にとって、懐かしく、こころ痛い青春の思い出の地である。

既に知られている資料ではあるが、当時の関西中学校の校友会（丙申会）誌『會報』第四十一号（大正七年七月十八日）に本名の前川二享名で発表された里村欣三の作家以前の作品「土器のかけら」を関西高等学校さまのご好意により複写していただいたので、これに併せ、『岡山の歴史地理教育』第五号（一九七二年七月、岡山県歴史教育者協議会）に掲載された岡一太さんの「垣間見た歴史の一瞬――総社の米騒動と関中ストライキ」、「山陽新報」の新聞記事等を紹介しながら、里村欣三の多感な中学校時代を中心に見ていくことにする。

2　出生と学歴

里村欣三は明治三十五（一九〇二）年三月十三日生まれ、出生地は旧岡山県和気郡福河村大字寒河百参拾参番邸（現備前市日生町寒河一〇七三番地）、天狗山の麓の西願寺《さいがんじ》の斜め前にある父前川作太郎の故郷とされている。

しかし、実際の出生地は当時の広島市大須賀村であり、出生届が父の本籍地である和気郡福河村寒河に出されたのではないか、とも推察できる。

その理由を少し書いてみると、備中松山藩士で旗奉行の谷三治郎供行の流れを引き、谷供美《ともよし》、志計《しげ》の次女である里村の母・金は、明治三十三年十一月二十八日に里村の父・前川作太郎と結婚し、明治四十年四月二十八日、里村欣三が五歳のとき「広島市吉島村六七一番地の一」で死去した。夭逝した里村の兄一顕も明治三十七年、里村二歳のとき「広島市大須賀村三十二番屋敷」で亡くなっている。（『日本プロレタリア文学の研究』浦西和彦、昭和六十年五月十五日、桜楓社）

このことから、当時の一家の生活の本拠地は初め広島市の中心部大須賀村にあり、その後広島市吉島村、現在の広島刑務所のある場所の隣接地に移転したことが窺える。里村欣三も実際は広島市大須賀村（もしくは吉島村）で生まれたのではないか、とも思われる。父前川作太郎が経営していた駅弁の折箱の製造工場と製材所は広島市の太田川の川口近くにあり、住宅は「太田川の白い磧が見晴らせる、藪にかこまれた、古い大きな家」であった、と書かれている（『第二の人生』第二部、昭和十五年十月二十八日、河出書房）。これは河口の吉島村の思い出であるが、いずれにしても幼少期を広島市で過ごしたことは疑い得ない。

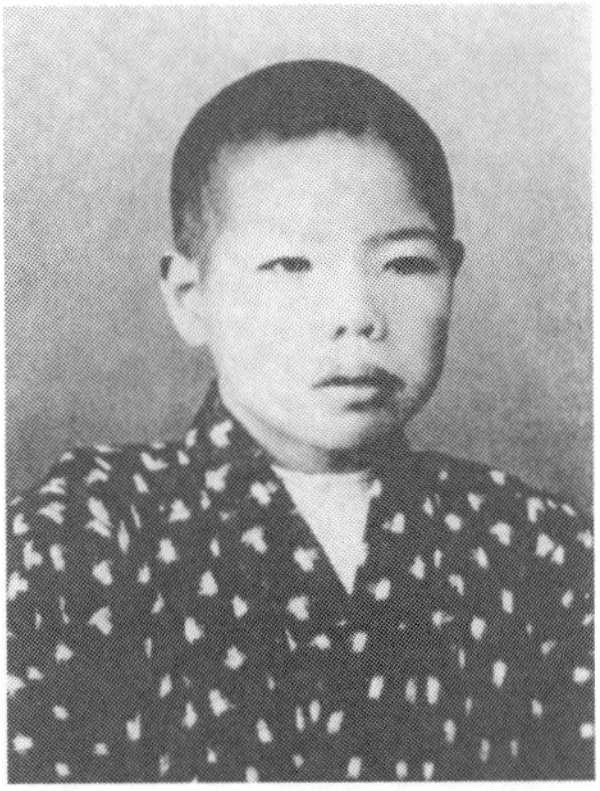

明治四十二年、満七歳頃の里村欣三。（『日本文学全集69』昭和四十四年一月十九日、講談社）

里村欣三の作品『第二の人生』第二部に、里村の幼少時から、関西中学校を退学させられ東京に出て市電の車掌になるまでの事情が書かれている。

父前川作太郎の事業は、駅弁の折箱や鉄道用材を納入していた当時の山陽鉄道が明治三十九（一九〇六）年十二月、約定によって買収・国有化され現在のＪＲ山陽本線となったことにより販路を大手資本に奪われ、また駅弁の折箱を広島監獄署の囚人に作らせるのは不都合だ、と地元新聞に書き立てられて破産した。さらに明治四十年、「母を失ふ悲運をもう一つ重ね」た。

里村の母金さんが亡くなった後の事情を『第二の人生』第二部は次のように伝えている。

「しかし若い父は、まだ弱らなかつた。足手纏ひになる兵六［里村欣三］と妹のスミ子［華子さん］を、故郷の家で留守居をしてゐる姉に預けて、再起をはかつた。兵六の父方の伯母に当る人であつた。兵六と妹のスミ子は、Ｏ県の瀬戸内海沿ひの小さな村へ引取られた。父の故郷であつた。」

こうして五歳のとき、母を亡くした里村欣三は、父前川作太郎の故郷である旧岡山県和気郡福河村寒河の伯母のもとに預けられる。浦西先生の『日本プロレタリア文学の研究』に基づくと、明治六年十二月四日生まれの父前川作太郎はこの時三十三歳、亡くなった母金は三十二歳、しばらくして後妻に入る延永ひささんは明治二十年生まれと若く、二十歳であった。長兄一顕、三男三省は夭逝、作太郎と後妻ひささんとの間にはのち八人の異母兄弟が誕生するが、里村の実質的な兄弟は妹の華子さんだけとなっていた。

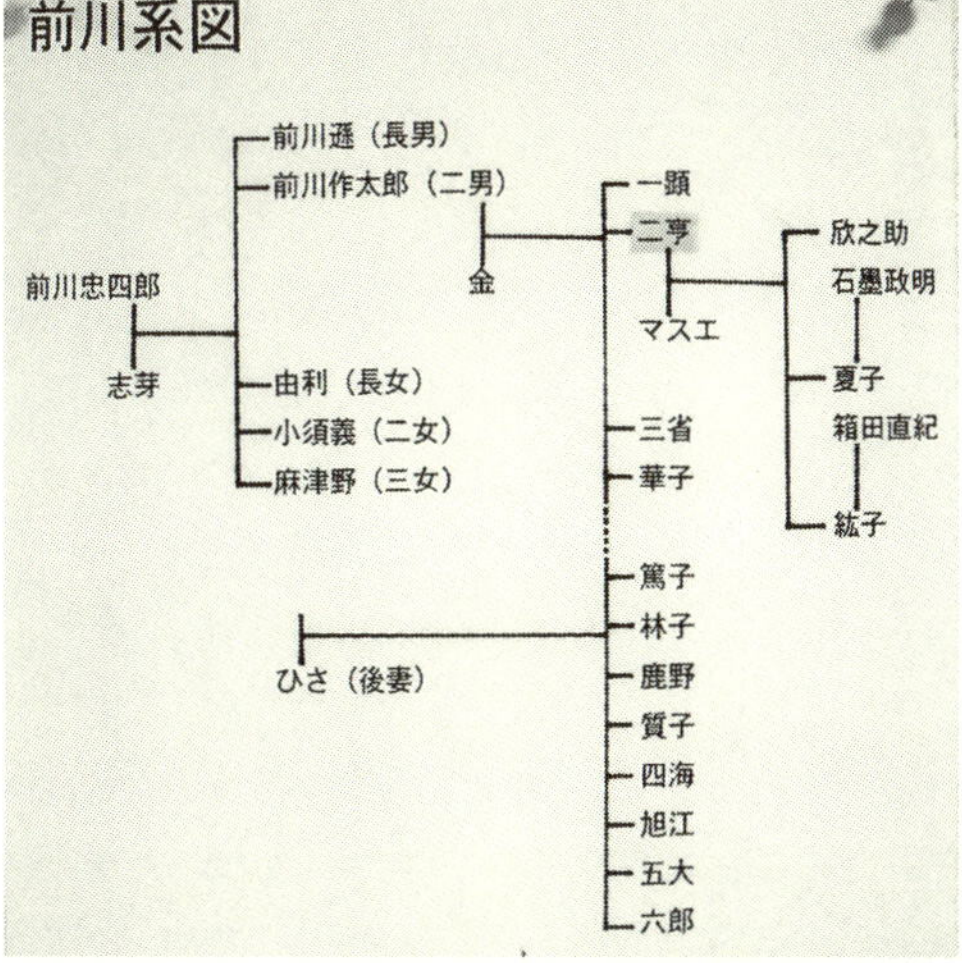

備前市加子浦歴史文化館に掲示されている里村欣三（前川二享）の家系図。「二享」が「二亨」と誤植されている。

「里村欣三の学歴は、明治四十五年四月一日に福河尋常高等小学校（現在、日生町立［日］生東小学校）に入学し、大正三年三月二十六日に同校を卒業した。同校に保存されている成績簿には「入学前ノ経歴」として「本校ニ於テ尋常科第三学年終了。岡山市立弘西尋常小学校ニ於テ第四学年終了」と記されている。」（『日本プロレタリア文学の研究』）

これを整理してみると、福河村寒河の伯母の許に預けられた里村欣三は、明治四十一（一九〇八）年四月、福河尋常高等小学校（現、備前市立日生東小学校）の「尋常科」に六歳で入学し、明治四十四年四月、第四学年のとき岡山市立弘西《こうさい》尋常小学校に転校し、明治四十五年四月、再び福河村寒河に戻り、十歳で福河尋常高等小学校の「高等科」に入学、二年間の修学を経て、大正三年三月、十二歳のときに卒業した。岡山市立弘西尋常小学校は、岡山市の後楽園の東、岡山市弓之町にあった学校で、現在は統廃合され、岡山市立岡山中央小学校となっている。

里村欣三が「高等科」に入学するためとはいえ、なぜ岡山市から再び福河村寒河に戻ったのか定かではないが、高等科を卒業した大正三年三月には、再びというか三度というか、父作太郎の許、岡山市に帰った、と思われる。

3　一年間の空白

しかし、この後、里村が旧制関西中学校に入学したのは大正四年四月八日なのである。つまり里村欣三が福河尋常高等小学校の「高等科」を大正三年三月に卒業し、関西中学校に入学するまでの間に、一年間の空白が生じているのである。『第二の人生』第二部に次の記述がある。

「兵六［里村欣三］たちは、父方の祖母［志芽さん］が死ぬると共に、故郷を引払つて、再び父の手に引き取られてゐた。父はその頃、O市にある私鉄会社に奉職して、若い後妻を娶りすでに三人の子女が生れてゐた。若い時代の事業欲は醒め果て、次々に生れてくる子供たちのために、石橋を叩いて渡るやうに堅実なサラリーマンの生活振りに変つてゐた。」

「だが、父の手元へ引取られた兵六は、父の希望に副へる少年ではなかつた。変質的な伯母に養育された兵六は、嘘を吐き、盗みを働き、人の顔色を見て態度を豹変する、手のつけやうのない二重性格の萌しを、もうこの時からハツキリと備へてゐた。父は兵六のこの歪められた性癖を矯正するために、厳格な教育方針で臨んだ。だが、既に手遅れであつた。」

「継母は自分の生んだ子供だけを盲愛することしか知らない、無智な百姓生れであつた。しかも気が強くて、決して人前では涙すら見せないやうな母であつた。兵六は家庭の冷めたさを知り、家の外に楽しみを探すやうな『街の子』になつてしまつた。」

このような状況の中で、一年間の空白が生じている。典拠はわからないが、備前市加子浦歴史文化館の「里村欣三年譜」に、「父の希望で軍人になるべく、「陸軍士官学校」を受験するが合格せず。欣三が軍人を嫌い白紙答案した、との説あり。」と書かれている、その伝説の時期である。

父前川作太郎の兄、前川遜《ゆずる》は経理畑の軍人で、のち陸軍主計監（少将相当）になった人で、この関係から里村欣三が陸軍士官学校を受験したという「伝説」もありそうに思えるが、実際は陸軍士官学校は十六歳～十九歳、普通は中学校を修了した者が入学するところであり、また仮に陸軍士官学校ではなく地方陸軍幼年学校であるとしても、十三歳～十四歳、中学一、二年修了で受験するものとされており、伝説は伝説に過ぎないかもしれない。それにしても関西中学校に入学する前に、一年間の空白期があるのである。後年、里村欣三は徴兵を忌避し満洲に逃亡するが、この時期、反戦、反軍といった思想はまだ認められず、後で見るように、むしろ忠君愛国的である。あり得るとすれば父親との確執、あるいは受験の失敗ということかも知れないが、空白の理由は不明である。

大正四年四月、十三歳になったばかりの里村欣三は万成山麓にある私立関西中学校（五年制）に入学することとなる。関西中学校は県立岡山中学校とともに上級学校進学資格を有する旧制中学校で、一学年百三十名前後の比較的規模の大きな、文武両道の盛んな進学校であった。万成山麓を六段に切り開いた階段校舎で、本館は二階建て洋風の大きな建物であった。吉備線が開通し、関西中学校近くに備前三門駅ができたのは明治三十七年のことであるが、それ以前、岡山市内から通学する生徒は「奉還町を過ぎれば一面見渡すばかりの田圃」の中を「セーラーズボンで肩をいからし」、附近に「十数軒のだんご屋があって一皿五銭の蓬だんごを売ってい」て、これを平らげながら「闊歩していた」という。(『関西学園百年史』昭和六十二年十月二十五日、関西学園)

「里村氏は父の家から私立関西中学に列車通学をしていた」(「或る左翼作家の生涯」堺誠一郎)という記述もあるが、以下に紹介する里村欣三の作家以前の作品「土器のかけら」には、「私は三門から友達に分れて此の田舎路を独りしよんぼりと帰りかけた」とあり、上伊福の倉紡分工場の脇を通って帰宅する様子が描かれているので、里村欣三は列車通学ではなく徒歩で通学をしていたのかも知れない。後年の話であるが、父前川作太郎の死亡(昭和二年八月三十日)地は岡山市上伊福十五番地であり、また里村欣三が徴兵忌避の自首を告げた葉山嘉樹宛の手紙(昭和十年五月一日消印)の住所は岡山市上伊福清心町三〇五となっているので、旧制中学校当時の里村の住居地は岡山市上伊福、現在の岡山市伊福町あたりにあったのではないだろうか。

4 「土器のかけら」

「土器のかけら」は関西中学校丙申会発行の『會報』第四十一号(大正七年七月十八日)一九六〜一九九ページに掲載された小品(小説)で、里村欣三の本名=前川二享の名前の前に「四に」とある。「に」は「いろはに」の「に」で「に組」を表わす。作品の末尾には「五月九日の夜」と記されていて、この作品が大正七年の五月、即ち、この年八月に起こる米騒動の直前に書かれた作品であることがわかる。

丙申会は『関西学園百年史』によると、明治二十九年丙申の年に部活動の総括組織としてつくられたもので、在校する生徒・教職員全員からなり、「同期・同級の横の連り」「部活動の先輩後輩の縦の繋り」に大きな役割を果たした組織である。

次に、「土器のかけら」のあらましを紹介する。（但し、単純な誤植は［　］にて補正。）

晩春、絲のような細い雨が降り続いた後の雨上がりの田舎道を、私（里村欣三）は学友と三門《みかど》で別れ、ひとり帰宅しているときであった。上伊福の倉敷紡績分工場の先に、新しい道が作りかけられていた。雨でぬかるんだその道を一人の仲仕風の髯もじゃの男が土器のかけらを探して行き帰りしていた。私は、初め「此の男は気が狂つてゐるのではあるまいか」と思うが、ついたまらなくなって男に声をかける。微笑を浮かべて男は「石器時代の土器のかけら」を探していると答えるが、私はまだ信じられない。すると男は懐から薄黒い鋭く尖った矢尻を二つ取り出した。

「私は此の矢尻お見へ始［を見て初］めて彼の男に対する疑問も其等の土器のかけらに対する疑問も、夕立の後の様な一点のどよみ［よどみ］もなく清麗に晴れ渡つた。私は其の薄黒い矢石で鋭く光つて作られた矢尻を視めた時、——始めて崇高な感に打れた。」

私（里村）が打たれた「感慨」とはどういうものであったのか。この作品のテーマが以下の「感慨」である。

「此の矢尻は数千年前我々の祖先が正義のために射捨《（ママ）》すてた矢なのであらう、鋭く尖つた其の尖端では幾多の血の汚れた賊どもが射抜かれたことであらう、其の矢尻は我々の先祖が肉の一片か大和魂の一塊かと思はれる程芳しいものであつた。先祖が自固［己］の全生命を賭して天照大神の御子孫のために捧げた貴い血糊が其の矢尻の前には流された事だろ《（ママ）》う。（中略）我国天壌無窮の根本は此等の石の矢尻に依つて永久に固められたのだ——思ふと私の眼からは取り留めもなく温い涙が堅い矢尻の上をこぼれた。雨後の冷かな風は気持よく吹き過ぎた。」
髯もじゃの男はさらに高杯のかけらや甕のかけら等を取り出して説明してくれた。私（里村）は、「古びたる甕のかけらも常［を掌］にとつて見視めた時、先祖の目前に侍せる様な厳粛な感に打たれて言ふ言葉が無かつた。此のかけらの前で我が祖先の幾多の惨劇悲劇が昔し演じられた事だらう。又此等の神さびた、かけらの内に祖先の霊魂が宿つて居て我国を永久に保護してゐるのではあるまいか。――我は何時までも此等のかけらを見視めてゐたかつた。」

以上が里村欣三（前川二享）の作家以前の作品「土器のかけら」のあらましである。

土器のかけらを見て、我々の先祖が「天照大神の御子孫のために捧げた貴い血糊」を発想する忠君愛国的な思念、観念が飛翔してしまって感激に陥ち込んでいくこの時期の里村欣三の感慨を、現在的な視点から云々しても始まらない。まだ十六歳になったばかりの里村欣三は若かったのであり、愛国的な時代の思潮に捉えられるのは致し方のないことである。むしろここでは、後年、徴兵を忌避し満洲に逃亡するような反戦、反軍といった思想は、関西中学校時代の里村欣三にはまだなかった、ということを押さえておきたい。

5　『會報』のその他の作品

「土器のかけら」が掲載された関西中学校丙申会の『會報』第四十一号には、「前川二京」名で「若葉の頃」と題して短歌十二首、「前川いつきよう生」名で「春の試作」と題して俳句五首が掲載されている。短歌を例にとれば、

咲きこぼる野辺の草花ふみしめて朧夜遠く帰りけるかな
代数のむつかしきに目を伏せぬ思はぬ人のふと浮び来て
夏の夜は君のひとみに似て悲し野末に遠く灯の見ゆ
紅き花咲きぬる森の泉みて小鳥とわれと淋しき夕暮

等の、青春期独特の感傷的な歌である。それらの内で、次の二首が奇異な感じで目をひく。

夜もすがら若く去りにし亡き父を物語る母哀れなるかも
亡き父を物語る母のひとみにも涙見えけるわれは悲しき

亡くなった父を母が悲しんでいるように歌っているが、実際に亡くなっているのは母金であり、父前川作太郎は後妻を娶り健在である。短歌中の「父」と「母」の語をそっくり入れ替えてもいいような歌で、ここにもねじれた家庭環境、父親との確執、心の凝りが見えるようである。

6　山内佐太郎と「天壌無窮」の思想

「土器のかけら」中に見られる「天壌無窮」の思想について付言すると、これは里村欣三らが首謀して関西中学校を退学させられた、いわゆる「関中ストライキ」の直接の当事者、時の校長山内佐太郎の中心的な教育思想なのである。「天壌無窮」そのものの意味は、天地ともに窮まりなく永遠に続くことをいうが、出典は『日本書紀』神代紀で、「瑞穂の国は、是、吾が子孫の王たるべき地なり」、日本の君主である天皇の御代が永遠に続くことを願う皇国思想の一つである。前記『関西学園百年史』によれば、山内佐太郎校長は、

「昭和に移って、天皇機関説が問題になったり、平泉澄博士の皇国史観が風靡する時代ならばともかく、大正期において「天壌無窮」を説き、しかもそれを具現したところに山内教育の真髄があると言うべきであろう。」

「生徒に常時ゲートルを着用させ、常にその身を引きしめ、一見して関中生であることを世人に知らし、規律面から正した……校門の出入の時、常に敬礼（挙手）を実行させ、これは学校というところは神聖な場所で、自ら敬虔の念を養うことを目的としたものであることを生徒に知らしめ……しかも校門には常に門衛をおいて、授業の合図はラッパを使用したのである。」

この一方で、山内佐太郎は『国民教育之精神』（大正四年）、『米国教育概観』（大正六年）、『国旗の精神教育』（大正九年）等を著し、生徒に慕われる人情家であった。里村欣三らが起こした大正七年十一月三十日の「関中ストライキ」は、山内校長を排斥したのではなく、擁護したもの、校長との別れの「告別式」の開催を要求するものであった。

里村の作品「土器のかけら」には、こうした山内校長の「天壌無窮」の教育思想の影響が見られるのである。山内佐太郎が建てた「天壌無窮」の石碑は、戦後の混乱期の紆余曲折を経て、関西中学校の後身関西高等学校の校庭にいまも建てられている。

7　米騒動と「関中ストライキ」のはじまり

『関西学園百年史』は、関中ストライキについて「「米騒動」論を述べる無駄を指弾してはならない。いわゆる関中ストライキも一面で通ずる点があるのだ。（中略）関中ストライキも、山内校長擁護が主目的であったのだが、時が偶然にも重なったために、さも革命性あり、とする見方が一部にあるようである。しかも、この当時は、社会のいたるところでストライキの流行であり、一種のお祭り的な要因が強く、（中略）ストライキを起こして、楽しんでいたかの如き風潮にあった。」と書き始めている。後で詳しく紹介する岡一太さんの「垣間見た歴史の一瞬——総社の米騒動と関中ストライキ」も総社の米騒動から書き始めている。

『目でみる岡山の大正』（昭和六十一年十月十日、日本文教出版）によると、「岡山県内では［大正七年］八月九日に美作方面で騒ぎが起こり、翌一〇日には備中方面へ波及、倉敷では夜一、〇〇〇余人の群衆が米穀商を襲撃して、打ちこわしや在庫米を引き出して、道路や川にまき散らすなどで荒れ回った。岡山市では八月一三日夕刻から暴動が起こり暴徒と化した群衆が米穀商や富豪の家などを襲い、一時は無警察状態に陥り、軍隊も出動して一五日朝までには鎮圧された。」としている。岡一太さんの見た総社市では、八月十二日の夜に暴動が起きている。こうした大衆的な米騒動の暴動を眼の前にみた直後の大正七年九月、関西中学校の校長山内佐太郎の進退をめぐる騒動が勃発した。

ここでは、岡一太さんの「垣間見た歴史の一瞬——総社の米騒動と関中ストライキ」を中心に、里村欣三（前川二享）が具体的にどういう動きをしたのか紹介したいのだが、必要上『関西学園百年史』から、簡単にストライキに至る経緯をまず書いておきたい。

「山内退任反対運動については、思想・信条を超越して校長の恩愛に対する生徒の絆が太く、強く、撚り合わされる。（中略）大正七年九月八日、第二学期始業式の日。（中略）名物校長の姿が無いままに始業式を終る。解散を告げようとした瞬間、五年生の級長が山内校長不在の理由を大声で問う。教頭の答弁の歯切れが悪い。生徒は騒然となる。他の上級生が「講堂で集会を開こう」と叫ぶ（中略）構内の塀にそって、模擬銃を杖にした上級生運動部員が、一〇メートル間隔くらいで、脱走生徒を妨げる。（中略）講堂の全校生徒集会において、上級生の喧喧たる演説ののちに次の三か条を要求として採択し、最高学年の有志団に全権を委任した。

1　山内校長不在（退任？）の理由を質す

2　校長が明石に去られたとすれば、その経緯を質す

3　校長反対派の職員十一名を指名し退任させる

（中略）教頭らとの交渉の結果、「一〇月末まではおよそ吾々生徒側の要求どおりにする事になった」と、午後一時半頃講堂の生徒全員に報告があった。」

「同年一〇月末になっても何らの変化の見られなかったことに対し、（中略）四年生が中心となって三年と五年の同志一部を加えて一一月三〇日に「問題は自らの実力で解決する以外に道なし」と、行動を起こしたと言う。この時に警官隊の出動による解散命令で、遁走した、と伝えられているが、（中略）この事件の重要な役割を果たした「上級生」の中に作家の里村欣三（本名・前川二享）がいた。」

（以上、『関西学園百年史』）

8　垣間見た歴史の一瞬、「関中ストライキ」

ここから岡一太さんの「垣間見た歴史の一瞬——総社の米騒動と関中ストライキ」を引用して、里村欣三の〝活躍ぶり（？）〟を見ていくことにする。のちエスペランティスト、児童文学者として知られる岡一太は、この時、関西中学の二年生だった。原文はB5版十二ページにわたる長文なので、要所を引用する。

「この年の七月、毎年夏休み前に発行される丙申会（関中生徒会）雑誌部の『会報』第四十一号が出た。」

「表紙は五年生の佃政道（のち東京美術学校卒・瀬戸焼デザイナー、今は版画家で名城大で西洋建築史を講じている）描く棕櫚の絵。南国の白日にかがやく生命力そのままに、棕櫚の紺と黒とは、白い地に強烈なコントラストをなして、学園の清新な息吹きを象徴しているようだった。そして、それにふさわしく、内容がまた魅力的だった。

五年生で雑誌部幹事・料治熊太（のちジャーナリスト、今は古美術・陶器研究家、その方の著書多数あり。四十五年［に］出した『会津八一の墨戯』は特に評判を呼んだ。（中略）彼は、いわば会津の発見者）の論文「絵画に現はれたる国民性」。四年生で同じく委員、梅島喬正（号白鳶）の短編小説「試験」。四年生・前川二享（のち『苦力頭の表情』『第二の人生』などの小説で知られるプロレタリア作家で、太平洋戦争の末期、フィリッピンの山中を敗走中死んだ里村欣三）の「土器のかけら」。また三年生で委員・真野律太（のち『譚海』の編集長となり、多くの大衆小説作家を育てた）の「ゴーリキイを想ふ」といった多彩ぶりだ。それは、まるで大正デモクラシーの嵐を知らせる最初の海燕のようだった。」

「山内校長擁護、大森理事長排撃の運動が、彼らを中心として漸く表面化しようとしていたのである。」

「あたかもよし。世は未曽有の米騒動にたぎりたっている。感じやすい彼らの血が、しずまっているはずがない。どんな小さなインパクトも、彼らを爆発させるだろう。そこへ学園の紛争がおこった。」

「その撃鉄役をつとめる少年がいた。（中略）梅島喬正である。（中略）この年の一学期、彼は殆ど学校に出ず、（中略）一生懸命に小説を書いていた。『新愛知新聞』の懸賞小説に応募（中略）彼が投じた作品は三等に入選した。」

「ところが、図らざるも、これが教頭上田又次郎の目に触れたからたまらなかった。上田は（中略）生徒のちょっとした間違いも見のがさなかった。（中略）自ら梅島の下宿を急襲し、虎の子のようにしている文学書などの蔵書を、ゴッソリ押収し、（中略）この事件で、梅島は、暑中休暇になって間もない七月二十五日、（中略）山内校長宅へ呼びつけられた。（中略）校長は教頭とちがい、（中略）温情あふれる訓戒をした。（中略）ところが、ひとくさり訓戒がおわり、世間話になったとき、ふと校長の口をついた言葉があった。（中略）「わしは学校をやめるかも知れん。」」

この話は「梅島のおかれた情況と心情」により、

「校長の辞意→理事長との確執→それに利益がからんで、介在する上田教頭らの醜い策動……と劇的に拡大され、エスカレートされ（中略）梅島の精力的な組織活動がはじまった。」

「山内校長は、もう八月末に辞表を出し、元御津郡長小野槙一郎が、校長事務取扱いになっていた。」

「応援を求められ、資金カンパにも応じた先輩団が（中略）交渉の結果、十月末までには、およそ生徒側の要求どおりにする、との回答を取りつけたということだった。（中略）表面的には際立ったこともなく、約束された十月もおわった。梅島らは、やがて財団ばかりか、交渉を委任した先輩に対しても、強い不信感を抱くようになって来た。」

「先輩たのむに足らず、問題は自らの実力で解決する以外に道なし。一気に全校ストライキに訴えて解決すべし」こうして梅島らは、その決行日を、市内の誓文払がはじまる十一月三十日ときめた。その前夜、梅島はうちに謄写版をもちこみ、煽動ビラを刷り、激越なスト宣言を書く。当日、（中略）待ちかまえていた同志の仲間（四年―犬飼寿吉・土生力吉・坪田治郎・丸川昇・秋山省三郎・岡崎徹・鈴木茂枝・山本雅章・小池忠光・太田耕作・前川二享・浅沼昇・平岡惺六・三年―真野律太・房延泰など）に、ビラや檄文を渡し、行動について指令する。」

「雨天体操場には、ストライキ宣言が貼りだされ、仲間たちは中央廊下を駈けあがり、「ストライキだ。授業をやめて、すぐ運動場に集まれ！」と怒鳴りながら、出会い頭の生徒たちにビラをまいていた。今まで静かだった校内は、たちまち騒然と沸きたって来た。（中略）教師たちも、なすすべもなく、憮然と教員室に引揚げるもの、呆れて眺めているもの、それぞれ人柄をあらわして、その態度は様々。」

「教師たちは本館二階の教員室に追い上げられて、カン詰になり、生徒たちは全員講堂に集められていた。一方、闘争団の行動隊は、前川二享が、二、三日前、授業中にことをかまえ、上田教頭のポケットからくすねた鍵で銃器庫を開け、そこから持ち出した三八式歩兵銃（中略）に着剣、武装して正門（中略）といわず、すべて隙間ある場所にはピケに立ち、パトロールを行なった。そして、その認めないものは出入を禁じ、完全に全校を封鎖してしまった。（中略）そして場合によっては、夜、校舎に放火も辞せずと、講堂外に腰掛をつみかさねさえした。まことに物騒千万な計画だった。」

「講堂では、生徒が気勢をあげていた。（中略）そのうちに、駈けつけて来た先輩たちも、壇上に立つようになった。」

「私たちは途中で教室へ引きかえし、団結して目的貫徹を誓う証しに、血判状をつくった。（中略）そしてまた講堂へ逆戻りだ。」

「こうして長いと想われた一日も、釣瓶おとしの秋の日とあっては、すぐ日も暮れて来た。父兄代表がやって来て、多分、寄宿舎でだろう、炊出しをはじめた。」

「どういう連絡がついたのか、山内校長が、少しばかり憔悴した姿を、私たちの前にあらわしたのは、もう薄暗くなってからだった。拍手喝采のどよめきがおさまると、校長は、文字どおり声涙下る訴えをした。「（中略）ほんとうにわしのことを思ってくれるなら、軽挙妄動はよして、きょうのところは、大人しく引取って、あすから生徒の本分たる勉強に立ちもどってくれ」（中略）校長のそういう言葉を聞いていると、なんのためにストライキをしているのか、生徒たちの気持ちは、複雑になるばかりだった。」

「大半は疲れ果て、ウンザリし切って（中略）今は、何かが物理的に、この情況を破砕してくれるよりほかに出口はなかった。そして、それは、奇妙な形で不意にやって来た。夕闇迫った正門から、ピケの武装生徒を排除して、帽子のアゴヒモをかけた、黒く物々しい石井署（今の西署）の警官隊が、ドッと闖入して来たのだ。「解散、解散！」と連呼する指揮者の声に、一番怖れをなして遁走したのが、勇敢なはずの武装行動隊だった。これではじめて、きょうの長い一日のドラマも、アッ気なく幕切れとなった。（中略）ことここに至っては、もはや万事休す、だった。」

「しかし、このストライキから、一人の犠牲者も出さなかったという事実は、武装ピケによる学校封鎖戦術とともに特筆すべきだろう。（中略）首謀者の一団は退校になったが、父兄が寄々協議、助命方を代議士や県議にたのんだ。そして彼らの斡旋の結果、生徒代表の伊丹訓吾は、特別扱いで天城中学、梅島をはじめ闘争団のアクチーブたちは、ゴッソリと今はない中学岡山黌へ転校させられてしまったのである。尤も里村欣三の前川二享は金川中学だったようだが。（中略）紛争の処理はのびたが、生徒たちに対するこの処分は、まことに人間的で見事というほかはない。」

以上、岡一太さんの「垣間見た歴史の一瞬——総社の米騒動と関中ストライキ」により、ストライキの経緯と里村欣三（前川二享）の行動をみてきた。総括してみると、里村欣三は首謀者の一人であり、行動隊長的な役割を果たしたのである。

9　山陽新報が報じた「関中ストライキ」

当時岡山市西中山下にあった山陽新報（現在の山陽新聞）は、「関中ストライキ」の翌日、大正七年十二月一日から同十三日に亘って、ストライキとその後の経過を伝えている。

その記事のタイトルをいくつか紹介すると、十二月一日＝「関中八百の生徒　学校を占領す　或る条件を提げて校長に肉薄し　一教師を傷けて　凄惨の気校の内外に漲る」、二日＝「暴動後の関中は　遂に無期休校　飽く迄禍根を絶滅すべく　首謀者其他の処分方法凝議」、三日＝「関中騒擾事件　暴行生徒の処分決す　退学廿九名無期停学十七名　遂に警察権の行使」、四日＝「関中漸く平静　処分発表後の　流言蜚語と復校哀願の悲劇」、七日＝「関中事件　処分軽減」、十三日＝「関中授業開始　十二日よ

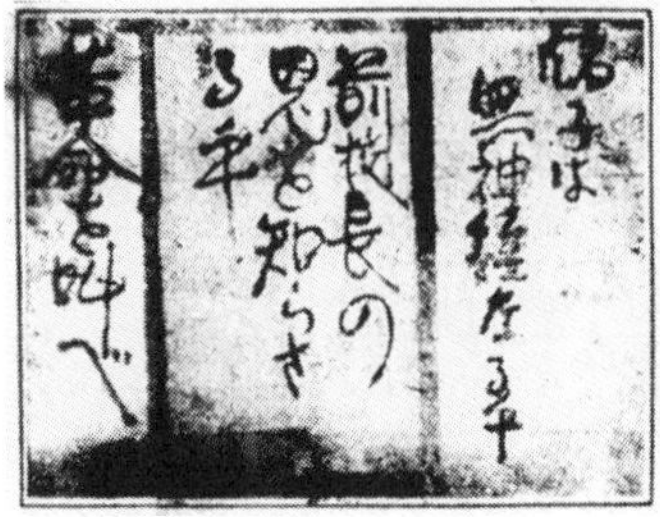

關中八百の生徒
學校を占領す
或る條件を提げて校長に肉迫し
一教師を傷けて
凄慘の氣校の内外に漲る

一部職員 に對する反

白河校長 を訪ひ

告別式の

右＝関中ストライキの発生を伝える山陽新報の記事。左＝梅島喬正さんが銃器庫の白壁に墨書したとされる文字（ともに十二月一日、七面）。「諸子は無神経なる乎」「前校長の恩を知らざる乎」「革命を叫べ」とある。

無期停學

上田教頭出縣
騷擾顚末具申

情状洵に憫むべきも

杉原署長

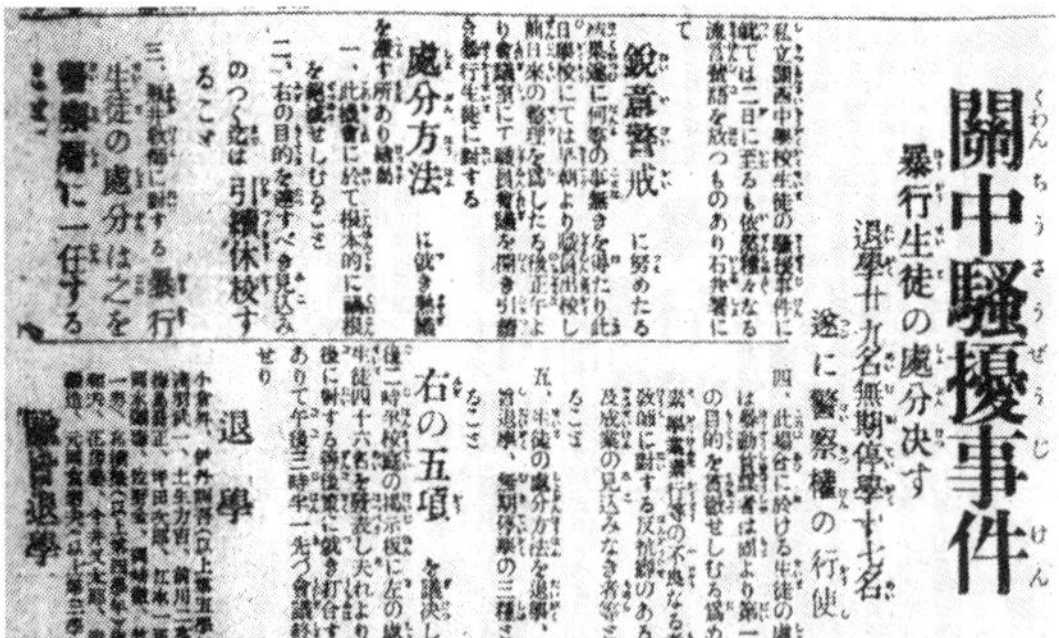

關中騷擾事件
暴行生徒の處分決す
退學十九名無期停學十七名
遂に警察權の行使

鋭意警戒

處分方法

右の五項

退學

諭旨退學

退学処分の決定を報じる山陽新報の記事（十二月三日、七面）。

前川二享（里村欣三）は梅島喬正ら他の首謀者とともに退学処分（写真右＝「退学」記事の二行目下)。のち『講談雑誌』等の編集長を勤めた真野律太の名（写真左＝「諭旨退学処分」の三行目下）も見える。

り」等で、この間継続して七回にわたり「白河校長の方針」が掲載されている（いずれも第七面）。ストライキの首謀者として処分を受けた者は、退学十八名、諭旨退学十一名、無期停学十七名の計四十六名で、四年生、三年生を中心とする闘いであったが、少数の五年生、二年生もいる。里村欣三（前川二享）は退学処分、あとで触れるが真野律太は諭旨退学処分である。当初は器物損壊や暴行傷害罪の適用が検討されていたようだが、父兄や地元代議士の嘆願が功を奏し、刑事処分になった者はおらず、十二月七日、処分の軽減が決定、退学は諭旨退学に、諭旨退学は停学または転校処分、無期停学はその期間の短縮が図られた。

里村自身は、後年、この「関中ストライキ」を次のように述懐している。

「萬成山の麓が、彼を退校処分にしたK中学校の所在地だつた。（中略）若い夢み勝ちな青年たちを、あのやうに熱狂させた理想は、今どこに在るのであらうか？　彼等は自由の戦士を自任し、個性の解放のために学業を放棄し、両親の反対を押し切り、あるものは新劇に、あるものは左翼運動に、あるものは文学に、理想の火を掲げて道案内もなしに荊の道を選んだのであつた。」（『第二の人生』第一部）

10　金川中学校へ

大正七年十一月三十日の「関中ストライキ」に敗北した里村欣三（前川二享）は、大正七年十二月三十一日付で関西中学校を除名され、翌年、十七歳になった春、四月十七日に私立金川中学校に無試験で転入学した。

「同校［関西中学校］の「大正七年退学者名簿」によると、（中略）大正七年十二月三十一日に「除名」となっている。（中略）ストライキを起したことで関西中学校を退学処分された里村欣三は、翌年の大正八年四月十七日に私立金川中学校に第四学年無試験で入学したが、同校の大正九年作成の『中途退学・除籍者名簿』によると、わずか二ヵ月後、大正八年六月十日に除名処分を受けたのである。その処分理由の記載はない。」（『日本プロレタリア文学の研究』）

金川中学校は明治三十一（一八九八）年に開通した津山線の、岡山から三駅目（当時）の金川駅近く、岡山県御津郡御津町金川にあった。現在でも三十分ほどの時間がかかる距離だから、当時はさらに遠距離に感じられたのかも知れない。関西中学校に比べて規模は小さく、生徒数は二百八十名程度で、岡山から通う生徒よりも御津郡や赤磐郡、久米郡からの通学が多かった。明治三十年代半ばには山田耕筰や坪田譲治らが在校した伝統校である。臥龍山下に寄宿舎を持ち、里村欣三が転入学した当時は、名物校長服部純雄がいて、熱血教育が行なわれていたようである（『玉松』昭和五十九年十一月六日、岡山県立金川高等学校創立百周年記念会）。金川中学校は、のち県立金川高校となり、二〇〇七年統廃合により閉校して、現在は岡山県立岡山御津高等学校となっている。

堺誠一郎は、「或る左翼作家の生涯」で、「金川中学に転校したが家から貰った月謝も納めず学校に行くふりをして図書館にこもって社会主義の本や文学書を乱読した。」と書いている。

「月謝も納めず」ということであるから、ここでいう「図書館」とは、金川中学校の図書館ではなく、当時、岡山市天神山（天神町）の県庁前にあった県立戦捷記念図書館（岡山県立図書館の前身）のことを指すのであろうか。天神山はかつて通った弘西尋常小学校のある弓之町のすぐ隣りである。

転入学の手続きはしたものの、里村欣三はこの金川中学校へはほとんど通わなかったのではないだろうか。「関中ストライキ」による除名により、父親との確執は沸点に達していた。

以下、『第二の人生』第二部から引用する。

「この間に二度中学を退校された。一度［関西中学校］はどこにも起きる種類の学校騒動のために、二度目［金川中学校］は学生の風紀を紊した不良行為のためであつた。もうこの頃、兵六［里村］はすでに女を知り、遊里に足を踏み入れてすでに悪い病気に感染してゐた。」

「兵六がぐれてしまひ、中学は二度退校させられ、父の金を持ち出して放埒三昧な生活を送つてゐた時、突然祖母が長文の手紙と共に祖先相伝の銘刀を、親戚先の知人にことづけて寄越した。」

「父は兵六に失望した。その失望した気持が、父と子を疎隔せしめ、家庭の不和を拡大した。この複雑な腐り切つた家庭の空気の中で、（中略）母方の祖母が刀を送つて寄越して、兵六に自決を迫つた事件を最後にして、兵六は家を出てしまつた。」

「この日の衝突が父との交渉の最後であつた。彼は二三日の後に父が持株の払込金のために銀行から引き出してゐた金を、家族の油断を見澄まして持ち出し、そのまゝ家族の前に二十年間姿を見せなかつた。金は七百円以上あつた。金のある間中、彼は大阪、京都、奈良と遊び歩き、持金を使ひ果して東京に出ると、自活のために市電の車掌になつた。大正八年、兵六が十八歳の時だつた。」

大正八年六月十日、転入学した金川中学校も再び除名処分となった里村欣三（前川二享）は、母方の祖母が里村に「自決」を迫った事件を最後に岡山の父の家を出た。十七歳の夏のことだった。

11　姫路、神戸、奈良…東京市電の車掌となるまで

大正八年、十七歳の夏、岡山の家を飛び出してから東京に出るまでの半年を、里村欣三は「大阪、京

都、奈良と遊び歩」いた、と書いている（『第二の人生』第二部）。作品上、京都での足跡は確認できないが、東京に出たのは半年後の大正八年暮か、または大正九年一月か二月の〝春には未だ早い〟頃、満十八歳になる直前の時であったと推測される。その足どりを示す資料が里村の「放浪病者の手記」（『中央公論』昭和三年五月号）の第三章「若草山の麓にて」である。

「姫路のある工場でのストライキに破れて、私は解雇された。即日工場の寄宿舎から警官立会の下に、まるで野良犬のやうに容赦なく雨のなかに叩き出された。賃金増額の要求を起した程だから、一文の貯のあらう筈はないし、それに何処と云つて寄辺のある訳はなし、仕方なく五十円ばかりの解雇手当を懐にして神戸の同志を頼つて、その夜のうちに姫路駅を発つたのだつた。」

この一節は、里村欣三を有名にした「苦力頭の表情」（『文芸戦線』大正十五年六月号）中の、「俺はかつてゴム靴の工場で働いたことがある。一日中、重い型を、ボイラーの中に抛り込んだりひきづり出したりして一分間の油も売らずに正直に働いた。そしてその上に、馘になるまいと思つてどれだけ監督に媚びへつらつたのだつたか！」という箇所に対応しており、父親の元を飛び出した里村欣三は、姫路のゴム工場で数カ月働いたのではないか、と思う。以下、ふたたび「放浪病者の手記」から引用する。

「同志は私に神戸で仕事を求めて、自分たちの全力を尽してゐる組合組織の運動に参加してくれないかと、しきりに奨めた。（中略）毎日、子守がはりに同志の長男を連れて工場から工場に仕事を求め歩いた。だが、どこでも成功しなかつた。四日、五日、六日………しまひには遂ひに憂鬱になり切つて、暇な毎日の大部分を公園にぶらついたり、活動を見て過した。（中略）私の解雇手当は、三円五円と無理矢理に同志の妻君の懐に捻ぢ込まずには済まされなかつた。その結果、私はまた元の無一文に帰つてしまつた。」

「まだ春には早やかつた。（中略）三宮で桂庵に飛び込んだら、一円の手数料を捲き上げられて、一本の紹介状を奈良の旅館宛に書いて呉れた。（中略）私はもう懐に、その一円を置いては幾らも残つてゐなかつた。が、私は忽ち暗がり峠を奈良に越える決心をした。徒歩で、しかも下駄履きで――奈良は始めてである。（中略）葉のついた木の枝を振り振り、鼻唄まじりの軽い気分で峠を登つて行つた。奈良への路を訊くと、会ふ人毎に怪訝な眼で凝視められた。無理もない。大軌電車で行けば五十銭そこそこである。それに薄汚い着物に足駄履きである。（中略）山をくだつて、遠く奈良の街の灯を眺めた時には、飢えと疲労にぐつたり弱り抜いてゐた。水藻の匂ひのする池の水を鱈腹のんで、そのまゝ空家に忍び込んで寝た。都跡のどこかの貸家であつたと記憶する。翌くる朝、奈良の街に入つて、桂庵から紹介状をつけられた驛前の旅館に行くと『（中略）そりや、あんたはん去年のことやな。今頃ひとはいりやへん。』」

「ぶつ倒れさうな程、腹が減つてゐたので、遊郭のある裏通りで羽織を売り飛ばして、朝飯を詰め込んだ。そして人間らしい気持になつて、若草山の麓に寝転んだ。（中略）私はその夜、公園内の建築中の空屋に一夜を明かさなければならなかつた。（中略）明くる朝、焚火をして温まらうと思つて起き上つたが、手も足も凍えて自由にならなかつた。（中略）その日は、帽子と手袋を売つて、焼芋を喰つた。そしてそれきりだつた。図書館が開くのを待つて、半日ボーと眼が霞んでしまふまで小説を読み耽つた。（中略）その夜も建築中の空屋に寝た。飢餓が極端に進むと、思考力も判断力も痺れ切つてしまふものだ。（中略）『開けろ』誰かゞ怒鳴つて、圍ひを蹴倒した。（中略）警官だ！（中略）遂ひに拘留二十九日！　だが、私は救はれたのだ。腹さへくちくなれば、人間にはい、分別が湧くものだ！」

これらの記述には、見た者、経験した者にしか書けない景色がある。大軌電車（今の近鉄奈良線）に乗る代わりに、生駒の暗がり峠を越え、奈良に入ると平城宮跡が見え始める。「葉のついた木の枝を振り振り」暗がり峠を越える里村欣三の姿が目に見えるようだ。興福寺の石段下にある猿沢池の、その外周の西側に小さな石橋があり、里村が「羽織を売り飛ばし」た「[旧]遊郭のある裏通り」、元林院町や木辻町へと続いて行く。「半日ボーと眼が霞んでしまふまで小説を読み耽った」「図書館」というのは、おそらく旧奈良県立戦捷紀年図書館のことで、奈良公園内にあった。里村欣三の書く、この距離感、位置関係は間違いなく経験した者の描写である、といえる。

このあと、東京に出て、市電の車掌（おそらく青山地区所属）となった里村欣三は、日本交通労働組合（東京市電）の理事長中西伊之助や、本部役員で研究部長の武井栄らと運命的な出会いを果たし、激しい労働運動の渦中に飛び込んで行くのである。

東京に出た時期は、この「放浪病者の手記」を信ずるなら、おそらく大正九年一月か二月頃、上野公園で日本で初めてのメーデーが行なわれたその年の、春には未だ早い頃である、と推測される。一方、『第二の人生』第二部には「東京に出ると、自活のため市電の車掌になつた。大正八年、兵六が十八歳の時だつた。」とある。「十八歳」は数えであるが、こちらを採ると、大正八年の暮、ということになる。

12　同時期の関中の人びと

関西中学校とその後身関西高等学校は、伝統校だけに多くの著名人を輩出している。古くは詩人の有本芳水（明治三十八年卒）、遅れては石川達三（大正十三年卒）。

大正四年四月に入学した里村欣三と在校期間が重なる人に、元経団連会長の土光敏夫（大正五年卒）がおり、卒業時には、時の校長で「関中ストライキ」の焦点の人となった山内佐太郎に一人ひとりが内容の異なった「宣誓書」を提出しているが、土光敏夫は「七生以テ校訓ヲ格守スル事」等を記した宣誓書を残している。

『関西学園百年史』の編著者の一人である関西高等学校の難波俊成先生は、公開講座の記録『日本の文化岡山の文化』（二〇〇五年三月二十五日、吉備人出版）の「ファシズムと抵抗文学」において、松本学、槇村浩、里村欣三の三人を取り上げておられる。松本学は、明治三十七年卒で、昭和七年から九年まで警保局長として「共産主義を厳しく弾圧」し、日本文化連盟をつくり、「ファシズム体制の支柱」を作った人、として紹介している。松本学が文化統制に果たした役割については、『文学報国会の時代』（吉野孝雄、二〇〇八年二月二十九日、河出書房新社）に詳しい。

槇村浩（昭和六年卒）は「間島パルチザンの歌」（『プロレタリア文学』昭和七年四月号）で知られる詩人。本名を吉田豊道といい高知県の人。高知の中学で軍事教練反対をやり、関西中学校に転校してきた人で、松本学が警保局長のとき治安維持法違犯で捕まり、三年間の刑務所生活で拘禁性精神病となり、昭和十三年、二十六歳で死去した。難波俊成先生は、槇村浩が関西中学校にいた「昭和五、六年当時は関西中学には朝鮮からの留学生や在日朝鮮人生徒が案外多く」、この影響を受けて「間島パルチザンの歌」が成立したのではないだろうか、とされている。

難波先生が紹介された松本学、槇村浩、里村欣三の他、里村と在校期間が重なる著名人はたくさんいる。

まず「関中ストライキ」の詳細な見聞記を残された岡一太さん（大正十一年卒）。四年生の里村欣三

（前川二享）が「関中ストライキ」を主導したときは二年生で学級委員。大正九年、新任の佐藤校長の「歓迎ストライキ」をやり、授業料免除の特待生資格を剥奪されている。

岡一太さんは児童文学者で、有名なエスペランティストであるが、自著『岡山のエスペラント』（昭和五十八年十一月二十日、日本文教出版）に簡潔な自伝を書かれている。岡さんもプロレタリア文学運動に進み、童謡詩人として『少年戦旗』や『プロレタリア文学』に作品を発表している。昭和六年、日本解放運動犠牲者救援会（モップル）に関係して特高から追及を受け、東京に出て、里村欣三と同じように「別人」になりすまし、作家生活。エスペラント文芸協会に加入、昭和九年逮捕され、夏から十一月末まで入獄。その後、「重大な決意のもとでＩＡＲＥＶ（国際革命エスペラント作家協会）へ加盟、この件で昭和十二年十月再び逮捕され、翌年二月起訴猶予で釈放された。こうして「まるで亡命するように孤影飄然と北京にわた」り、戦中の八年間を過ごした。

苦難だった人生にも関わらず、そのやわらかな文章を読んでいると、岡一太さんの人柄がわかるように思える。『関西学園百年史』にも、岡一太は「事業家や学者を眼中に置かず、特に官憲に対しては反骨を貫いた」とある。

関西中学校は「生徒の気風は一般に荒々し」かったが、「大変自由な校風で、のびのびと才能をのばすには、もってこいだった」、というのは岡一太自身の述懐である。（『関西学園百年史』）

次に料治熊太さん（大正八年卒）。里村欣三の一年先輩で、「関中ストライキ」のときは、卒業を控えた五年生。校友会誌『會報』の雑誌部幹事である。料治熊太さんは古陶器、古美術の研究家として著作も多く、庶民の目線に立つその語り口は、思い入れかも知れないが、どこかに「関中ストライキ」のあった自由闊達な時代の息吹を感じさせられるのである。料治さんは三十数年に亘って会津八一（秋艸道人）に師事し、岡一太さんの「垣間見た歴史の一瞬」によれば、「大正十四年（一九二五）会津八一の歌集『南京新唱』を、当時記者だった『太陽』で、はじめて天下に紹介したのは彼だった」という。

さらに料治熊太を有名にしているのは、一九三〇年から版画同人誌『白と黒』を、一九三二年以降は『版芸術』を通じて棟方志功と谷中安規を世に送り出したことである。『白と黒』には関西中学校丙申会の『會報』第四十一号で棕櫚の表紙絵を描いた佃政道も作品を載せている。なお、亡くなられたが、武骨な風貌と正論で広く人びとに親しまれた報道番組のキャスター、料治直矢さんはご子息である。

13 「隅の老人」真野律太

次に、真野律太。里村欣三より一年下の当時三年生、「関中ストライキ」の首謀者のひとりで諭旨退学処分を受けている。真野律太は大正十四年頃から昭和三年頃にかけ博文館の雑誌『譚海』の編集に携わり（編集長をしていたという説もあるが、奥付の発行兼編輯人に真野の名はない）、同じ博文館の『講談雑誌』の編集長を昭和三年から十年まで務め、怪奇趣味的な、反知性的な編輯で一時代を築いた、と云われている。自身も『譚海』や『少女世界』に時代小説や家庭小説、コント、『中学世界』（大正十四年十月号）では「地中海海底の大金塊引上げ作業」というドキュメンタリー風の作品を書いており、別のページには「記者より」として真野の名前がある。会津八一の歌集『南京新唱』を世に知らせた料治熊太も、大正十四年当時雑誌『太陽』の記者をしていた、という岡一太さんの記述を先に紹介したが、この雑誌『太陽』も博文館の発行で、料治熊太と真野律太は記者として同一の職場にいたのである。

小林信彦さんの短編集『袋小路の休日』に収載されている小説「隅の老人」は、小林さんが宝石社で

「ヒッチコックマガジン」の編集長をしていた昭和三十五、六年当時に嘱託として勤務していた真野律太をモデルとしたもので、その講談社文芸文庫版（二〇〇四年十一月十日）の「解説」で、色川武大さんが次のように書いている。

「この『袋小路の休日』という連作風の作品集の巻頭にある「隅の老人」という小説を読みだしてすぐに、あ、と思ってしまうのである。――あ、間〔真〕野律太さんのことだな。大正から昭和にかけて名を売った娯楽雑誌編集者で、次第に世に捨てられ、破戒老残の人生を送ったこの主人公は、変名になっているが私もいくらか実像を知っている。（中略）老人はたまに古い知り合いのいる小雑誌に雑文を買ってもらう以外、何もせず、焼酎を喰らって池袋の駅に転がって寝ていた頃である。外見はまったくの浮浪者で、だから窮すると、蹌踉とした足どりで編集室に押しかけ、そこの隅の机を借りて即席に雑文を書きなぐるのである。」

作品「隅の老人」で、真野律太は「『譚海』を爆発的に売った狩野道平」の名で登場し、次のように話す。

「岡山の中学のときは小栗風葉のファンだったし、東京に出てからは新劇です。第一〔二〕次文芸協会がシュミットボンの『街の子』をやった時は舞台に立っていたんです」

里村欣三も『第二の人生』第二部で「兵六は家庭の冷めたさを知り、家の外に楽しみを探すやうな『街の子』になつてしまつた。」と書いて『街の子』という言葉を遣っている。「隅の老人」の発言から『街の子』は単に〝街中を徘徊する不良〟という意味ではなく、明治四十四年五月に森鷗外が翻訳し大正八年刊の『蛙』（玄文社）に収載したW. Schmidt-Bonnの戯曲、父と子の価値観の相違と出奔をテーマにした『街《ちまた》の子』に由来する言葉であることが判る。そして里村が「あるものは新劇に、あるものは左翼運動に」荊の道を進んだ（『第二の人生』第一部）と書くとき、「あるものは新劇に」というのは案外に真野律太のことを指しているのではないか、とも思えてくる。

どこか無鉄砲で捨て鉢とも見える真野律太の生きざまは、里村の生きざまにも通じるもので、料治熊太や岡一太さんのやわらかな庶民の立場からの目線とともに、大正デモクラシーの中で青春を過ごし昭和の激動を生きた彼らの気骨、反骨、いわば「関中ストライキ」の熱いこころがここにも見える気がする。これらの人びとのうち、少なくとも岡一太さんや真野律太らは、「関中ストライキ」を通じて里村欣三と顔見知りであったのであり、どういう思いでその後の互いの生を見ていたのであろうか。なお小林信彦さんは『文学界』二〇〇九年七月号で「隅の老人」の続編ともいえる小説「夙川事件――谷崎潤一郎余聞」を書いておられ、ここにも真野律太が登場する。

また童謡集『赤い旗』等で知られるプロレタリア児童文学者槇本楠郎（大正六年卒）も、大正四年に入学した里村欣三と在校期間が重なる。

以上、関西中学校における大正七年十一月三十日の「関中ストライキ」、校友会誌『會報』四十一号に掲載の小品「土器のかけら」、および里村欣三の生育歴、学歴等を見てきた。そこから言えることは、米騒動や家庭環境等さまざまな要因が里村欣三のこころに影を落として、反抗的、反権威的であったけれども、関西中学校時代にはまだ反戦、反軍の意識は芽生えておらずむしろ忠君愛国的であったこと、これを最初に押さえておきたい。

次に母の死、父の再婚、幼くして伯母のもとに預けられ、再び後妻とその子らのいる家庭へ、このあまり幸せとは言えない生育歴。後年の里村欣三の「放浪癖」は、温かい居場所を求めるこころの裏返しであった、といえば観念的に過ぎるかも知れないが、「里村欣三」を論じる一視点として知っておきたいことである。

しかし、家庭環境がどれほど複雑なものであり、「関中ストライキ」による父親との究極の緊張、確執＝自決騒動があったにせよ、里村欣三の生きた軌跡は、やはり時代の潮流そのものの中にあった、と言わざるをえない。

米騒動に誘発された「関中ストライキ」、短い放浪の時を経た東京への進出。まるで「吸い寄せられる」という言葉がぴったりするように、大正デモクラシーという時代の潮流に引き寄せられて、里村欣三（前川二享）は東京へ、疾風怒濤の労働運動の時代へと出て行くのである。

第2章　ホタルと新選組――里村欣三の母方の系譜をめぐって

1　『良い子の友』の戦場譚と里村欣三の母、金のふるさと

『良い子の友』は昭和十七（一九四二）年、小学館の学年別雑誌が戦時統制により統合されて誕生した児童向けの雑誌で、戦後も昭和二十五年頃まで発行されている。この『良い子の友』に里村欣三がいくつかの作品＝戦場譚を書いているのである。

まず、昭和十八年八月号の「ハッシマ一トウヘイ」は中国戦線での戦場譚、同年十月号の「ケイリヤク」は少年飛行兵の兄に憧れる弟の家庭談義、昭和十九年正月号の「北の海の兵たいさん」は北千島の報道従軍体験に基づくもの、昭和十九年二月号の「カミノ　クニノ　サムラヒ」は日本軍のボルネオ進攻を武士の英雄来島伝説になぞらえたもの、最後の昭和十九年六月号の「ミナミノ　ヒカル　ムシ」は幼年期の思い出をマレーの戦場譚に結びつけた作品である。いずれも里村欣三の体験に基づく数ページの短い児童向け作品であるが、作品の背景となった体験を列挙すれば、昭和十二年七月から十四年十一月までの輜重兵としての中国戦線従軍、昭和十六年末から十七年末にかけての宣伝班員としてのマレー戦線、ボルネオ戦線報道従軍、昭和十八年九月、これも報道班員として柴田賢次郎、日比野士朗らと北千島幌筵島へ従軍した体験である。いわば里村欣三の戦場体験を総花的に網羅している形であり、内容

も今日の観点からみれば戦意高揚のための戦場譚で、正面からは評価の対象となり難い作品かも知れない。

しかしながら、昭和十九年六月号の「ミナミノ　ヒカル　ムシ」だけは、里村欣三幼年期の回想を含んでおり、ヒカルムシ＝「蛍」をキーワードに、里村欣三の最後の従軍戦場であり死地であるフィリピンに結びつく重要な作品であると思う。今日出海の『山中放浪　私は比島戦線の浮浪人だつた』（昭和二十四年十一月十五日、日比谷出版）は里村欣三とのフィリピン戦線逃避行の記録であるが、その中の一章「蛍の國」で今日出海が捉えた里村欣三のなにげないつぶやき、『蛍の國だなア』という一言に通じる作品である。

作品「ミナミノ　ヒカル　ムシ」はカタカナで書かれているが、冒頭部分を漢字仮名混じり文に書き改めて紹介してみると、

「私のお母さんが生まれたところは、岡山県の山奥の、ある小さな村です。そこは那岐山から流れ出る吉井川の源にあたるところです。きれいな水が流れている谷川ですから、岩魚やウグイや鮎などがたくさんに採れます。

お母さんは、麦の稔る頃や、田植え時分になると、毎年のように私を連れて、お祖父さんとお祖母さんのところへお手伝いに帰りました。

麦の取り入れがすんで、田植え時分になると、きれいな水のいっぱいある田の上や川のそばで、たくさんの蛍が集まって、蛍合戦を始めるようになります。

青白く光っている蛍が、何万となく入り乱れて、追いつ追われつしています。青白い光がもつれあって、ちょうど蛍の軍隊が、光る刀を抜いて切りあっているようです。また、何千という蛍が絡みあ

って、それが大きな光る手まりのようになって、水の上をふわりふわりと静かに流れていくこともあります。」

作品はこの後、種類は違うがマレー戦線で見た蛍は……と、戦場譚へ繋がっていくのである。

里村欣三は、この「ミナミノ　ヒカル　ムシ」の中で、母のふるさとを訪ねた思い出を懐かしんでいるが、『第二の人生』第二部でも「その頃祖母の家は備中の山の中の成羽町に逼塞の生活を送つてゐたが、兵六は毎年母に手をひかれ、古いガタ馬車に揺られて祖母を訪ねる習慣になつてゐた。」と書いている。文中の成羽町は現岡山県高梁市成羽町である。里村の母、谷金は明治三十三年に父作太郎と結婚し、明治四十年、里村が満五歳のとき広島市で亡くなっているが、こうした故郷行への懐旧は、幼くして母を亡くした里村欣三の、母への思慕であるともいえる。死地フィリピンの逃避行で『蛍の國だなア』と呟いた時、里村は母との故郷行を思い出していたのではないだろうか。

2　『第二の人生』第二部における新選組の記述

里村は母方の系譜について、『第二の人生』第二部でかなり詳しく書いている。以下に要点を抽出してみると、

「母は幕末の老中板倉備中守に仕へた、備中松山藩の貧乏士族の出であつた。母方の祖父は兄弟共に脱藩して新選組に加はり、時代の流れに抗して勤王党を斬つて斬りまくつた反動の壮士であつた。この二人の壮士も新しい時代の力に抗し切れず、つひに近藤勇たちと運命を等しくして、再びこの世に姿を見せることがなかつた。世は明治維新になり、母方の実家は廃絶の運命に迫られたが、ある役

人の取計ひによつて母方の祖母に養子を迎へて、やつと家名の廃絶を免かれることが出来たのであつた。（中略）その頃祖母の家は備中の山の中の成羽町に逼塞の生活を送つてゐたが、兵六は毎年母に手をひかれ、古いガタ馬車に揺られて祖母を訪ねる習慣になつてゐた。（中略）兵六は毎年の夏、祖母をこの山国へ訪ねる度に、真ツ裸で抜き身をさげて裏の川に飛び込み、石垣の奥に潜んでゐる鯰や鯉を見つけて突き刺すのを楽しみにしてゐた。」

里村の文中では「谷澤家」、「二人の壮士」とされているが、この「兄弟共に脱藩して新選組に加はり、時代の流れに抗して勤王党を斬つて斬りまくつた反動の壮士」こそ新選組「谷三兄弟」、即ち谷三十郎、万太郎、正武（昌武＝近藤周平）の三兄弟なのである。

もちろん、「谷三兄弟」といっても、新選組にあまり関心のない方にはわかりづらいので、以下、もっとも簡潔に要約してある一坂太郎氏の『幕末歴史散歩　京阪神篇』（二〇〇五年八月二十五日、中公新書）から要点を紹介させていただく。

「新選組の七番隊組長は谷三十郎供国《たにさんじゅうろうともくに》という、もと備中松山藩士である。

直心流の剣、種田流の槍を究めた三十郎は、一時は藩の御近習役を務めたが、安政三年（一八五六）十月、何らかの失策があって谷家は断絶し、永の暇を出された。こうして三十郎も、二人の弟万太郎・昌武も、大坂へと出てくる。

万太郎は大納言中山忠敬《ただやす》の侍医岩田文規の書生となった。のち、岩田の次女スエを娶り、現在の大阪市西区南堀江にあった酒屋の納屋で道場を開く。

谷三兄弟が新選組に入った時期については、確たる史料がない。文久三年（一八六三）八月十八日の政変後、大坂での隊士募集に応じたのではないかとの説がある。

元治元年（一八六四）五月には、局長近藤勇が三十郎の末弟で十七歳の昌武を養子として迎え、「近藤周平」と名乗らせた。武州多摩の農民から身を起こした近藤には、谷のようなれっきとした武士の血筋に対する憧れがあったのかもしれない。

ともかく、新選組内で谷三兄弟は着実に地位を占めてゆく。翌六月の池田屋事変でも活躍し、三十郎は十七両、万太郎は二十両、周平は十五両の褒賞を受けている。

あるいは、新選組が大坂の豪商加賀屋四郎兵衛に献金を求めたさい、大坂の事情に明るい三十郎はその交渉役を務め、結果、三万五千五百両もの大金を得ることができた。その後、三十郎は七番隊組長となり、また文武師範のなかの槍術師範に任じられている。

ところが三十郎は、慶応二年（一八六六）四月一日、突如京都祇園の石段下で遺体になって発見される。何者かに斬られたという説のほか、卒中による病死説もある。享年未詳。あまりにも呆気ない最後であった。

三十郎没後、万太郎は新選組から離れ、維新を迎えている。妻と別居し、たみという愛人と北桃谷町（大阪市中央区）で暮らし、明治七年（一八七四）には一子弁太郎をもうけた。しかし明治十八年、弁太郎を妻の実家である岩田家に託し、自分は翌十九年六月三十日、北桃谷町の自宅で五十一歳で没した。

周平は慶応三年六月、ほかの隊士とともに直参に取り立てられたが、戊辰戦争前に新選組から脱走したという。近藤勇との養子関係を解消し、再び谷昌武を名乗った。晩年は神戸に住み、山陽電鉄の下級職員となり、明治三十四年十二月二日、現在の神戸市中央区元町通3でひっそりと五十三歳の生涯を閉じている。

谷三兄弟の名を刻む墓碑が、大阪駅からさほど離れていない歓楽街の真ん中、日蓮宗本伝寺（大阪市北区兎我野町14—3）にある。同寺は万太郎の妻の実家岩田家の菩提寺だ。墓碑は岩田家の子となった弁太郎が大正十年（一九二一）十二月に建立した。

正面に「谷累代之墓」、左側面に「谷三十郎」の名がある。右側面には万太郎の法名「自證院本覚日遊居士」が見える。建立者弁太郎は、周平こと昌武の死を長い間知らず、後年になって左側面に「谷昌武」を加えたと伝えられる。」

以上が一坂太郎氏の『幕末歴史散歩　京阪神篇』の記述である。

この新選組「谷三兄弟」は里村欣三の曾祖父谷三治郎の子で、里村にとっていわば外祖父にあたる人であるが、のちほど戸籍関係のところで述べるように里村欣三と直接の血の繋がりはなく、三兄弟が故郷を出奔した後、谷家（『第二の人生』では谷澤家）を存続させるため、曾祖父谷三治郎の養子として谷家に入った谷供美《ともよし》とその妻志計《しげ》が里村欣三の祖父母で、里村の母、谷金はその次女である。

3　谷家の系譜

「谷三兄弟」について更に詳しい記述は、『新選組研究最前線［下］』（一九九八年四月二十日、新人物往来社）における森愛子先生の「谷三兄弟」である。一坂太郎氏の記述と重複しない範囲で、重要なポイントを拾い出していくと、

「[谷三兄弟の]父は、谷三治郎供行という板倉主膳正勝職《かつのり》の家臣であった。旗奉行として一二〇石、役料二〇石を食む上士で、直心一派の師範をつとめる撃剣家としても知られていた。」

「長男三十郎の生まれた年は判っていない。次男万太郎は天保六年生まれで、あとはずっと離れて十三年後の嘉永元年五月二十日に、末弟昌武が生まれた。」

「谷家は遠祖小幡姓を名のっていた。古くは伊賀の出で、」「谷三治郎の屋敷跡」は「御根小屋（御殿）と谷川一つ隔てた向いの御前丁の一郭で、現在は御殿跡にある高梁高等学校の寮となり、鉄筋三階の宿舎を新築中である。御前丁は今は「町」を使うが、当時は庶民の住む町と区別し、家中の方は「丁」と書いた。御殿の西方本丁に、大小姓格一六〇石の蔵田徳左衛門の屋敷があるが、彼の次男義之進は、三兄弟出奔後の谷家に養子にはいり、供美と名のった人である。」

この蔵田家から養子に入った谷供美が、里村欣三の母・谷金の父である。里村欣三にとっては、母方の祖父である。純粋な血筋という意味でいえば、里村欣三は蔵田家の血を引く、といえる。以下、森先生の記述を続けて引用する。

明治五年頃、谷三兄弟の末弟正武（昌武）は、近藤周平から「本名谷昌武に還って、いったん郷里備中高梁に落着いた。すでに蔵田徳左衛門の次男が養子にはいって供美と改め、この頃には九〇石取りの士族黒野一郎太夫という柏原流槍術師範の次女志計を妻に迎え、谷家を相続している。谷家の再興は成ったものの、」「昌武はこの家に安住することができなかったのか、明治五年四月には再び出奔して行方を晦ませた。明治十年頃、兵庫県神戸区（市制は同二十二年）神戸元町六丁目九拾五番屋敷に住む裁縫師匠、播田ツル方に間借り」し、「同十三年三月十二日には正式に播田家へ婿入りしてしまった。」

「昌武の方は姉さん女房のツルとうまくいかなくなり、明治二十年十二月二十九日、離婚してしまった。その後は近くの元町通三丁目にひっそりと住み、北長狭通四丁目にあった山陽鉄道神戸事務所

（後兵庫停車場内に勤めるサラリーマンになった。」

「山陽鉄道は現在、神戸―姫路間を走っているそれとは違い、民間富豪の出資で明治二十年に設立されたものである。」「将来は国が買収する事を条件に許可を与え」、明治「三十九年には約束通り国鉄に買収される。昌武は、十年余りここの下級職員として働いたが、明治三十四年十二月二日午前十時、元町三丁目八十三番地において病死した。五十三歳であった。戸籍上では高梁市（当時は上房郡高梁町）でも神戸市でも「昌武」ではなく「正武」になっている。」

「谷家の菩提寺は、（中略）藩主板倉家と同じ向町の安正寺である。」「三十郎は京都壬生の光縁寺に新選組の手によって葬られた。墓は建てられていない。万太郎の方は、大正十年岩田家菩提寺である大阪市北区西寺町二の十三本伝寺に」建立され、末尾に谷昌武の名が付け加えられている。

以上、森先生の「谷三兄弟」論考からの引用である（「　」外は引用者の補足）。

この記述のポイントは、里村欣三の祖父谷供美も祖母志計もそれぞれ百六十石と九十石の、相当の格式を持つ上級武士の出である、ということである。そしてもう一つは、谷三兄弟の末弟、谷正武（昌武）が、後年、「山陽鉄道」に勤めていた、ということである。里村欣三の父、前川作太郎も同じ時期に鉄道用材や駅弁用の経木を「山陽鉄道」に納めており、里村の父作太郎と母谷金の接点が「山陽鉄道」に勤務する谷正武を通してのものである、という推測も成り立ちうるのである。

4　谷供美氏の除籍謄本

『新選組写真全集』（釣洋一、一九九七年三月三十一日、新人物往来社）に貴重な資料が掲載されている。

里村欣三の母・谷金の父である谷供美氏の除籍謄本と、里村欣三の曾祖父にあたる谷三治郎の旧居図面である。そこには「旗奉行　谷三治郎　百二十石　役料二十石」と書かれており、その屋敷は備中松山藩主板倉勝職の御殿から小川を挟んだすぐ前の所であり、役職の重要さがわかる。「旗奉行」は、平時は閑職でも戦さのときは大将の旗を守り軍の進退の責任を負う重要な役職で、「谷三兄弟」が武術をもとに新選組で重用されたのもこの出自に負っている。また『新選組写真全集』の同じページには、「谷三兄弟」の次男谷万太郎の写真が掲載されている。谷供美氏の除籍謄本を参照しながら、以下、森先生の「谷三兄弟」から、さらにいくつかのポイントを拾い出し、追記してみる。

谷三兄弟の父、里村欣三にとっては曾祖父にあたる谷三治郎供行は嘉永六年（一八五三）に亡くなっている。三兄弟の長男谷三十郎は安政三年（一八五六）十月十三日、「永ノ暇トナリ家断絶」（『杉本家譜草按』）となって大坂に出奔した。お家断絶になった原因は不明である。次男万太郎も安政三、四年頃、大坂久左衛門町の医家岩田文碩の食客になっている。三兄弟の母の俗名は不明だが、万延元年（一八六〇）七月三日に亡くなっている。墓所は現高梁市向町安正寺。

長兄三十郎が安政三年「永ノ暇トナリ家断絶」となってしばらく後、里村欣三の母金の父、谷供美（＝蔵田義之進）が養子として谷家に入った。森先生の「谷三兄弟」には「蔵田徳左衛門の次男が養子にはいって供美と改め」「九〇石取りの士族黒野一郎太夫という柏原流槍術師範の次女志計を妻に迎え、谷家を相続している。」とある。

『新選組写真全集』に掲載の谷供美氏除籍謄本をもとにこの記述を検討してみると、冒頭に「氏神御前社　寺當區向丁禅宗安正寺」と氏神から書き始められていることから、この谷供美氏の除籍謄本は明治五（一八七二）年に作成されたいわゆる「壬申戸籍」に順次書き加えられたものであると思われる。

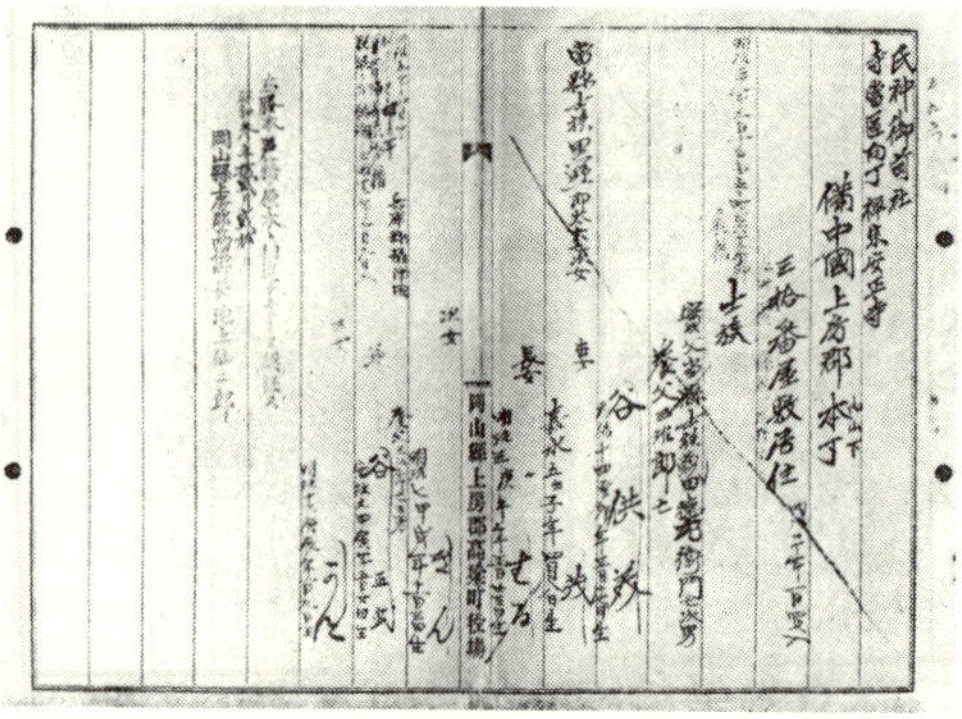

里村欣三の祖父谷供美（母金の父）の除籍謄本（『新選組写真全集』釣洋一、一九九七年三月三十一日、新人物往来社）

そこには谷供美氏について、「天保十四（一八四三）癸卯年正月十七日生」「實父当縣士族藏田徳左衛門亡次男　養父三治郎亡」、妻志計は「茂」と書かれ「嘉永五（一八五二）壬子年四月八日生」「当縣士族黒野一郎太夫亡次女」と記されている。

子供は三人で、変体仮名で書かれているので判りにくいが、長女は「はる」で明治三（一八七〇）年生まれ、次女「きん」は里村欣三の母で、明治七年十一月三日生まれ、三女「かす」（数）は明治十三年生まれ、その間に「弟（義弟）」として谷正武（昌武＝近藤周平）の名が見える。

里村欣三の祖父谷供美がいつ養子として谷家を継いだのか不明であるが、里村の『第二の人生』第二部には、「世は明治維新になり、母方の実家は廃絶の運命に迫られたが、ある役人の取計ひによって母方の祖母「曾祖母」に養子を迎へて、やっと家名の廃絶を免かれることが出来たのであった」と記されている。

「壬申戸籍」である『新選組写真全集』の谷供美氏除籍謄本とは別に、明治二十二年〜二十五年頃に作成されたと思われる谷供美氏を戸主とする別の戸籍謄本（除籍謄本）を閲覧させていただく機会があったので付言しておくと、その除籍謄本には、「本郡高梁内山下士族蔵田徳左衛門二男戸籍編製以前ニ付入籍相続年月不詳」とあって、谷供美が養子として谷家を継いだ時期は戸籍上も「不詳」とされている。入籍時期は「谷三兄弟」が故郷を出奔した幕末期とも考えられるが、長女が生まれる少し前の明治元年か、二年頃に谷家の養子となったと考えるほうがより妥当ではないだろうか。谷供美氏の住所は「岡山県上房郡高梁町大字寺町壱番地」となっており、「成羽町に逼塞」する以前はここに住んでおられたのであろう。明治三十三年一月二十七日に谷供美氏が亡くなったことが追記されている。

この推定明治二十二年〜二十五年頃作成の戸籍謄本（除籍謄本）では、里村欣三の母である谷金の欄に、二女として漢字で「金」と書いて、「カ子」と振り仮名が振られ、壬申戸籍である『新選組写真全集』の「きん」とは違う読みになっている。里村欣三の母金は、本名は「きん」でも、通称は「かね」さんと呼ばれていたのではないだろうか。供美氏の妻の欄も「茂」とは違って「志計」と書かれ、振り仮名は振られていない。この志計さんが、里村欣三が関西中学校、金川中学校をストライキと不登校で退学させられたとき、里村に自決を迫った祖母として書かれている人である。

さらに別の、三女数さんを谷家の戸主とする明治三十三年頃作製の戸籍謄本（除籍謄本）によると、

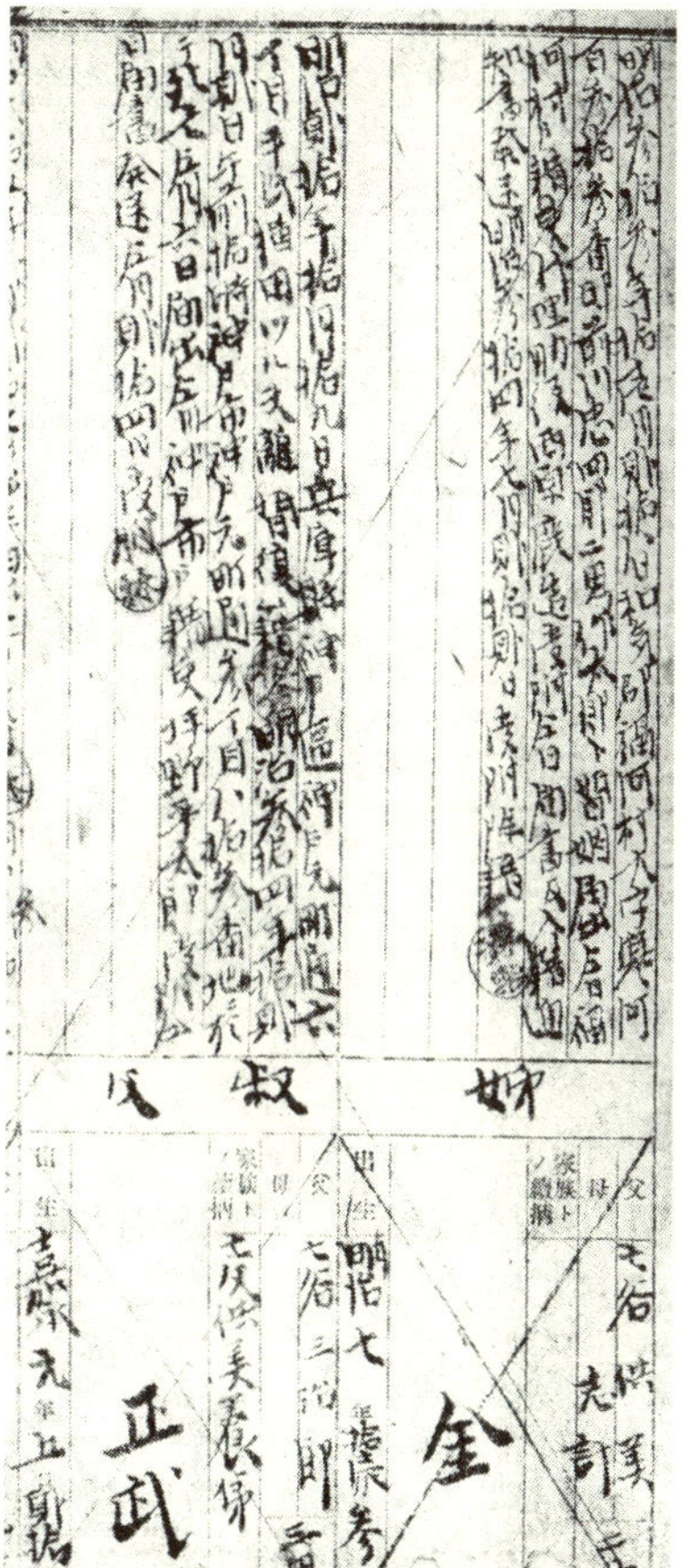

谷数さんを戸主とする除籍謄本の一部。里村欣三の母金さんの欄に里村の父前川作太郎との婚姻の記述が見える。

里村欣三の祖父谷供美氏が明治三十三年に亡くなった後、戸主は次女の金（里村欣三の母）へ、さらに金さんが結婚のため除籍して三女の数さんに引き継がれている。

この谷数さんを戸主とする戸籍謄本には、里村欣三の母金の欄に「明治参拾参年拾壱月貳拾八日和気郡福河村大字寒河百参拾参番地前川忠四郎二男作太郎ト婚姻届出」とある。前川作太郎は里村欣三の父である。また、金さんのすぐ左欄に「谷三兄弟」の末弟谷正武が、数さんの「叔父」として記載されている。里村の祖母にあたる志計さんの欄には「昭和四年拾壱月貳拾七日」に「川上郡成羽町大字成羽貳千五百五拾六番地」で亡くなった、とある。この「成羽町成羽二五五六番地」が、里村欣三が母金に連れられて幼少の頃何度も訪ねた母の故郷なのである。

冒頭に掲げた「ミナミノ　ヒカル　ムシ」（『良い子の友』昭和十九年六月号）の記述を振り返ってみると、

「私のお母さんが生まれたところは、岡山県の山奥の、ある小さな村です。そこは那岐山から流れ出る吉井川の源にあたるところです。きれいな水が流れている谷川ですから、岩魚やウグイや鮎などがたくさんに採れます。

お母さんは、麦の稔る頃や、田植え時分になると、毎年のように私を連れて、お祖父さんとお祖母さんのところへお手伝いに帰りました。」

とあるが、旧川上郡成羽町（現高梁市成羽町）は「那岐山から流れ出る吉井川の源にあたるところ」ではないにしても、不動滝、観音大滝、丸滝、布晒の滝があり、町には成羽川が流れる源流の町であり、「お祖父さん」にあたる谷供美は里村欣三が誕生する明治三十五年三月十三日以前の明治三十三年一月二十七日に亡くなっているが、それでも「お祖母さん」の谷志計が暮らす「お祖父さんとお祖母さんのところ」、故郷なのである。

5　谷正武と山陽鉄道

森先生の「谷三兄弟」には、もうひとつ、新選組「谷三兄弟」の末弟、谷正武（昌武＝近藤周平）が山陽鉄道に勤めていた、という大きな指摘がある。

「昌武の方は姉さん女房のツルとうまくいかなくなり、明治二十年十月二十九日、離婚してしまった。その後は近くの元町通三丁目にひっそりと住み、北長狭通四丁目にあった山陽鉄道神戸事務所（後兵庫停車場内に移った）に勤めるサラリーマンとなった。」

「昌武は、十年余りここの下級職員として働いたが、明治三十四年十二月二日午前十時、元町三丁目八十三番地において病死した。五十三歳であった。」

里村欣三の父、前川作太郎も同じ時期に山陽鉄道に駅弁用の経木を納めていたので、父作太郎と母谷金の出会いの接点が山陽鉄道に勤務する谷正武を通してのものである、と私は推測するのであるが、そのことを追究するために、森先生が、〝谷正武が山陽鉄道に勤めていた〟と記述された典拠を先生にお尋ねしたことがある。森先生は、「谷三兄弟」のことを調べたのは随分以前のことで、典拠について今は覚えていない、神戸あたりを相当歩き回った、とのことで、フィールドワークの結果導き出された記述であるが、残念ながら典拠は不明である。

この森先生の「谷三兄弟」論考に先立つ書物に、釣洋一氏の『新選組再掘記』（昭和四十七年十一月二十五日、新人物往来社）がある。釣洋一氏のこの著は、同様に「谷三兄弟」という一節を設け、ある意味、森論考の先駆けをなす考察を行なっている。ここでは、「周平が勤めたのは山陽鉄道という。」とし、明治二十年十二月、谷正武（近藤周平）と離婚した播田ツルが「鉄道事務所のあった近くの北長狭通七丁目四十九に移住している」ことを〝谷正武が山陽鉄道に勤めていた〟ことの傍証にされているようだが、それ以上の典拠の提示はなく、また「明治七年五月十一日大阪─神戸間を走った鉄道の方には、神戸停車場に運輸課もあって、もし周平がこの方に勤めたとするなら話も変ってくる。」としている。この他、『歴史研究』一九七一年十月号（第一二九号、新人物往来社）に掲載された青柳武明氏の「周平一代」にも多少の論及があるようだが、こちらは未見である。

山陽鉄道は今日のＪＲ山陽本線そのもので、明治二十（一八八七）年一月、「山陽鉄道会社」が兵庫県で設立され、明治二十一年十一月、まず兵庫─明石間が開通、十二月には明石─姫路間が開通した。その後路線を伸ばし、明治三十四年五月、山口県の下関（赤間関）まで開通、明治三十九年十二月、約定によって買収され国有化された。

山陽鉄道に関する基本文献は、『明治期鐵道史資料第2集（3）─Ⅱ』（昭和五十五年八月二十日、日本経済評論社）所収の「山陽鐵道会社創立史」である。この手書きの文献は緒言、山陽鐵道会社ノ起原、有限責任山陽鐵道会社創立約定書及定款の三項からなるが、職員録等の記載はない。

『山陽鐵道案内』（明治三十四年七月三日、山陽鉄道株式会社運輸課）は当時の沿線観光案内書で、巻末に旅館や関連会社の分厚い広告があるが、里村欣三の父前川作太郎が経営する折箱の経木等の広告はない。発行所在地は山陽鉄道株式会社の本社があった神戸市兵庫濱崎通り四丁目となっている。

山陽鉄道の成立、沿革についての研究としては、『歴史と神戸47』（昭和三十七年八月十五日、神戸史学会）の「私鉄山陽鉄道の成立」（木村孝）、同「赤穂の私鉄」（松岡秀夫）、『兵庫地理』（第十一号、昭和四十二年三月、兵庫地理学協会）の「私鉄山陽鉄道の成立」（木村孝）等がある。『歴史と神戸47』の「私鉄山陽鉄道の成立」は、タイトル通り山陽鉄道の成立史であるが、明治二十一年四月の会社設立時、会社事務所を「北長狭通四丁目」に置き、同年十二月に本社落成とともに兵庫駅構内に移転したことが書かれている。

森先生の、谷正武（昌武）が「北長狭通四丁目にあった山陽鉄道神戸事務所（後兵庫停車場内に移った）に勤めるサラリーマンになった」という記述からいえば、谷正武（昌武）は明治二十一年十一月に運転を開始した山陽鉄道のごく初期からの社員であった、ということになるが、この辺りはどうなのであろうか。

以上、山陽鉄道関係の幾つかの文献の中には職員録に類するものはなく、従って谷正武（昌武）が山陽鉄道に勤務した典拠を特定することはできなかった。

6　武家の出自

今みてきたように、里村欣三の曾祖父は「旗奉行」百二十石の谷三治郎であり、その谷三治郎の子、谷三十郎、万太郎、正武（昌武＝近藤周平）の「谷三兄弟」は、何らかの理由によりお家断絶（永ノ暇）後、備中松山藩を出奔して新選組に入り波乱の人生を送った。その後、曾祖父三治郎の養子として谷家に入ったのが、里村欣三の祖父にあたる谷供美（＝蔵田義之進、蔵田家百六十石の次男）とその妻、祖母にあたる志計（黒野家九十石の次女）である。

谷三治郎の子、谷三十郎のとき、どういう理由でお家断絶（永ノ暇）となったかについては不詳であるが、森先生の「谷三兄弟」では、大阪『東区史』をもとに、長男谷三十郎が「藩主の娘との間に事あり」、あるいはまた次男万太郎の後裔岩田家の言い伝えとして、長男三十郎が「家老の奥方と不義があった」との話を紹介されている。

なお「谷三兄弟」のほか、備中松山から新選組に走った人には、中公新書の『新選組』（大石学、二〇〇四年十一月二十五日）によると、竹内元太郎、商家三男の谷川辰藏、他に岡田藩士の大槻銀藏がいる。竹内元太郎は新選組平隊士で「谷三兄弟」とともに池田屋事変に加わった人、として知られる。

里村欣三の母、金の系譜はこのように相当の石高を有する上級武士の出で、里村が出生した時には、「谷三兄弟」も祖父谷供美もすでに死去していたが、祖母志計は健在で、里村の母金も武家の格式の中で厳格にしつけられて成長した。

こうした母方の武士の家系が、里村欣三の人生や行動にどう影響したのであろうか。このことを評価するのはなかなかに難しい。

後年、里村欣三が関西中学校をストライキ首謀で、続いて転校した金川中学校を不登校で除名され、放埒三昧な生活をしていた十七歳の頃、刀を送りつけて自決を迫ったのは祖母志計である。

「この昔気質な祖母の長女が、兵六［里村欣三］の実母であつた。武士の血をひく母は、祖母と同じやうに厳格な躾けで兵六に臨んだ。兵六がこの世の中で、最初の嘘を発見したのは、母の厳格な躾けのためであつた。母の前では温和しい、聞き分けのよい怜悧な子供であつたが、一歩外へ出ると「手のつけられない」我儘な坊チヤンだつた。家の近くには父の折箱製造の工場と製材所があり、まはりには職人たちの住宅がならび、この区域ではどのやうな悪戯も頭を撫でて許されるのであつた。高い足場の上から、材木を挽いてゐる木挽の頭の上へ小便をひつかけたり、貯木場の筏の上で遊んでゐる子供を川の中へ突き落したり、目も当てられない腕白振りだつた。母は毎日のやうに菓子折を持つて、兵六の尻拭ひに廻らされるのだつた。そして家に帰ると、祖母と同じ一徹な血につながる母は、幼ない兵六の肉体に仮借のない折檻を加へるのだつた。」（『第二の人生』第二部）

作中では「この昔気質な祖母の長女」とあるが、里村欣三の母金は、戸籍上は二女で、長女の「はる」さんがおそらく早くに亡くなったので、金は「長女」として育ったのだろう。

没落していても武家のプライドに生きようとした祖母と母。一方、大正七年八月の米騒動を眼前に見、その後、関西中学校で前校長擁護のストライキを首謀した里村欣三は、「腹の中では、頑として自分の非行を信じない己惚れがあつた。自分の「不埒な所業」のすべては、父と子の趣味と時代と個性の相違だ。彼のその頃の物の考へ方には、学業を放棄して濫読した外国文学の影響が強かつた。十九世紀末期の個性の解放とその思想的な影響を受けて、既成のあらゆる観念と習慣に叛逆しなければ、気の済まない、若い、生意気盛りな、しかも生一本な中学生であつた。」（『第二の人生』第二部）

武家のプライドと価値観は、里村欣三が叛逆し超克しようとした「既成のあらゆる観念と習慣」のひとつであった、といえよう。しかしまた同時に、新選組「谷三兄弟」が故郷備中松山藩を捨てて出奔し波乱の人生を生きたように、里村欣三も父の家を捨てて出奔し、波乱の人生を生きた。徴兵を忌避し、満洲に逃亡した。こうした無鉄砲ともいうべき思い切りの良さは、土着する農民の家系のものではない。農民も困窮すれば流浪するが、あらゆるものを捨てて出奔する思い切りの良さは、やはり「時」に至れば瞬時に命を投げ出す武士という出身階層の特性が反映している、と言い得るかも知れない。

里村欣三は、母方の祖母志計が送りつけた刀による自決騒動のあと、父の金を持ち出して出奔、持ち金を使い果たして東京に出て市電の車掌となった。中西伊之助が理事長（委員長）を務める日本交通労働組合（東京市電）との出会いである。その時の気持を里村欣三は、次のように書いている。
「彼は新しい希望と誇りを抱いて、学業を放棄したまゝ、人民の中へ投じた。すくなくとも人民の友たらんとする若い矜持があつた。」（『第二の人生』第二部）
激しい労働運動、徴兵忌避、満洲逃亡、プロレタリア文学運動、日中戦争従軍と転向、従軍作家、フィリピン戦線での死。里村欣三は武家の出自を超克して、「すくなくとも人民の友たらんとする矜持」と行動をもってその後の人生を生きたのである。

第3章　本名とペンネームの由来——中西伊之助の作品「奪還」の持つ意味

1　里村欣三の本名は「前川二享」

里村欣三の本名「前川二享」は、今日においてもしばしば「前川二亨」と誤記されている。時には「前川二侃」（「里村欣三」前田河廣一郎、『全線』一九六〇年四月号）というのもある。「享」、「亨」の音はともにキョウであり、あるいは本人の書き字に混乱の原因があったのかも知れないが、例を挙げてみると、正しく「二享」と表記しているものには『葉山嘉樹（近代文学資料6）』（浦西和彦、昭和四十八年六月十五日、桜楓社）、『日本プロレタリア文学書目』（浦西和彦編、一九八六年三月十日、日外アソシエーツ）、『日本近代文学大事典』（上田正行担当、昭和五十九年十月二十四日、講談社）などがあり、「二亨」と表記しているものには『従軍作家里村欣三の謎』（高崎隆治、一九八九年八月十五日、梨の木舎）、『葉山嘉樹日記』（葉山嘉樹、昭和四十六年二月九日、筑摩書房）などがある。

古いところでは、法政大学の大原社会問題研究所所蔵の「日本社会主義同盟名簿」においても地区別名簿ノートの「麻布区及び市外」中の「渋谷付近」の項では正しく「前川二享」となっているが、設立発起人のノートやビラでは「二亨」となっている。

浦西和彦先生の「里村欣三の『第二の人生』」（『日本プロレタリア文学の研究』）は里村欣三（前川二享）

の戸籍謄本調査に基づいた論考で、明確に「里村欣三の本名は前川二亭でなく、「二享」である。」とされている。正しく「前川二享」という表記が浸透することを願うばかりである。

2　ペンネーム「里村欣三」の由来

「里村欣三」のペンネームは、『早稲田文学』大正十二年四月号（通巻二〇九号）に発表された中西伊之助の小説「奪還」中の「里村欣造」に由来する。これは小正路淑泰先生の発見、ご教示によるものである。

先生は『フロンティアの文学――雑誌『種蒔く人』の再検討』（二〇〇五年三月二十日、論創社）の『種蒔く人』前後の中西伊之助」において、この時期の中西伊之助の活動を詳述されている。

中西伊之助は京都府久世郡槇島村（現宇治市槇島町）出身の社会運動家、作家で、『赭土に芽ぐむもの』（大正十一年二月十日、改造社）や関東大震災下の朝鮮人を擁護した「朝鮮人のために辯ず」（『婦人公論』大正十二年十一月十二月合併号）等で知られる信念の人。『不逞鮮人』（『改造』大正十一年九月号）という名作もある。明治二十年（一八八七）生まれで、里村欣三より十五歳年長。プロレタリア文学運動の源流『種蒔く人』の同人であり『文芸戦線』の初代編輯者でもある。

この中西伊之助の小説「奪還」は、作家里村欣三を考えていく上で重要な意味を持っている。即ち、前川二享が作中人物の名「里村欣造」を「欣三」と改変してペンネームに使用した、という意味だけではなく、作中人物「里村欣造」こそ、徴兵を忌避し、満洲に逃亡した前川二享その人をモデルにしているのである。しかも現に前川二享が満洲に逃亡しているその渦中のただ中で発表された作品なのである。

従来、中西伊之助と里村欣三の関係は、「徴兵を忌避し逃亡、里村欣三の名で満洲を放浪する。上京し中西伊之助のせわになる。」（『日本近代文学大事典』昭和五十九年十月二十四日、講談社）というような形で述べられている。しかしこれは順序が逆で、里村欣三の徴兵忌避、満洲逃亡は中西伊之助との関係の中で行なわれたのである。このことは後章で詳述するが、従来の言説は因果が逆転してしまっており、中西伊之助らとの激しい交通労働運動の結果として里村欣三の徴兵忌避、満洲逃亡が行なわれたこと、即ち、里村欣三における労働運動の経験が全く顧みられてこなかったことに原因している。

中西伊之助は大正八年九月三日、日本交通労働組合（東京市電）を組織して理事長（委員長）となり、大正九年四月、投獄者八十四名（または八十三名）、起訴者三十四名、馘首者三二八名を出した市電大ストライキを敢行したが、前川二亨（里村欣三）はこのストライキを活動家として経験、その後の後退期を本部実行委員、今日でいう専従書記的な位置で経験する。そして引き続く神戸市電の闘いの中で、労働運動上の傷害事件を起こし、入獄、徴兵忌避、満洲逃亡という道を選択して行くのである。

中西伊之助と里村欣三の関係をここでは詳述していないので断定的な物言いに聞こえるかもしれないが、「満洲を放浪後、上京し中西伊之助のせわになる」のではなく、中西伊之助の助言、もしくは手助けにより、前川二亨（里村欣三）は徴兵を忌避し満洲に逃亡した。「奪還」という小説が里村の満洲逃亡のただ中で、里村自身をモデルにして書かれているのは、このことを示しているのである。

この「奪還」という小説は、戦後に刊行された中西の小説集『採金船』（昭和二十三年十二月二十五日、人民戦線社）に「或るニヒリストの戀――奪還」と改題して収録されている。主人公「里村欣造」は「眞里欣一」と改名されているが、訂正漏れで元の「里村」のまま残っているところが一カ所ある。主人公の改名は軍国主義者と見なされて死んだ里村欣三への配慮なのであろうか。

「奪還」の内容を簡単に紹介すると、H市（平壌）に滞在している画家の田宮（中西）のところに労働運動の経験もあり入獄経験もある「里村欣造」という男が訪ねてくる。朝鮮を放浪中の「里村」は内地でも「朝鮮人の青年をかなりに知つてゐ」るが、朝鮮に来たのは今回が初めてで、「行けるところまで行くつもり」である。田宮とは船中で偶然に知り合って、身の上話や労働運動の話、ドストエフスキイの「カラマーゾフの兄弟」やツルゲーネフの「処女地」の話をする。「里村」は船中で知り合った子連れの女（撫順炭坑で働いていた夫が鉱毒で両足を切断し、それで会社と係争している）に同情し、ことづけを頼まれてH市（平壌）の遊郭に働くその女の娘（綾鳥）を訪ねて来ていた。綾鳥にはみつ江という子がいた。どうにもならない境遇に同情した「里村」は、やがて綾鳥とともに心中の手紙を残して出奔するが……。

作品の最後は無理に結末をつけた終り方であるが、アナーキーで心やさしい激情家、「両親には殆ど養はれたことがない」「なにか人間の愛情に飢えてゐるやうな里村」が描写されている。

この「奪還」には、船中で腰巻きの女に顔の上を跨がれたと怒る「北境警備をやつてゐると云つて威張つてゐた巡査」の話が出てくるが、「奪還」と同時期に書かれた中西の作品「瓢の花咲く家」（『東京朝日新聞』大正十一年十月三～六日、『支那・満洲・朝鮮』昭和十一年四月十一日、実践社に収載）にも「私が下の関から釜山への連絡船にのつた時に、その中に北境警備をやつてゐる巡査が故郷へ行つて、任地への帰り途だと云ふのに会つた」という話が出てくる。

『読売新聞』大正十一年九月二十六日朝刊の「よみうり抄」には「中西伊之助氏　朝鮮から帰京した」の記事がある。中西伊之助のこの大正十一年九月の朝鮮旅行は、改造社から刊行された『汝等の背後より』（大正十二年二月十三日）のための取材旅行と見られているが、あるいはこの「奪還」に書かれた里村欣三の放浪＝満洲逃亡に関係した旅行であった可能性もある。詳細は後章で検討することにするが、少なくとも「瓢の花咲く家」が書かれ「奪還」（『早稲田文学』大正十二年四月号）が発表されたこの時期こそ、前川二享（里村欣三）が徴兵を忌避し、満洲に逃亡したその渦中の時期なのである。

里村欣三は当時中西伊之助が編輯者をしていた雑誌『文芸戦線』大正十三年八月号に「輿論と電車罷業」、「真夏の昼と夜」の二作を書いて作家として出発するのであるが、比喩的に言えば、前川二享は中西伊之助の作品「奪還」から「里村欣三」の名を選び取ることによって〝里村欣三としての人生〟を生きることになるのである。

第Ⅱ部

第4章　里村欣三と日本社会主義同盟

――十八歳の里村欣三はなぜ日本社会主義同盟の創立発起人になれたのか

1　日本社会主義同盟の記念写真

里村欣三（前川二享）が東京に出て市電の車掌になったのは、第1章「青春の里村欣三」で見てきたように、大正八（一九一九）年の暮、もしくは大正九年のごく早い時期ではないかと推測される。

大正九年は日本で初めてのメーデーが五月二日、東京上野公園で行なわれ、同年十二月十日には神田青年会館において労働運動、社会運動の団体・活動家の大同団結である「日本社会主義同盟」の創立大会（実際は十二月九日夜、麴町区元園町の本部で在京同志打合せ会を創立大会に切替えて成立）が開かれた年である。

日本社会主義同盟は、山川均や岩佐作太郎、山崎今朝彌らの尽力により結成されたもので、赤松克麿の総括によると、「実に此の同盟は、広義の社会主義思想を中心とする最も広汎な共同戦線であつて、労働組合と組合外の社会主義者との提携であり、明治時代からの先輩社会主義者と大正時代の後輩社会主義者との提携でもあり、更にまた、マルクス主義者と無政府主義者との提携でもあつた」（『社会科学』（特輯日本社会主義運動史）昭和三年二月一日号、改造社）。創立に向けて年初より計画が進められ、大正九年九月には創立発起人会が東京芝新桜田町の山崎宅で行なわれ、三十名の創立発起人が選ばれている。

そしてここに、大杉栄や堺利彦、荒畑勝三（寒村）、山川均、麻生久、赤松克麿、岩佐作太郎、近藤憲二、加藤勘十、高畠素之、高津正道、小川未明、大庭柯公らの錚々たる発起人に混じって、日本交通労働組合を代表してまだ満十八歳半の前川二享（里村欣三）がその姿を見せるのである。

第一次世界大戦（一九一四〜一八年）による好況下で産業資本は飛躍的に増強し、労働者も階級として形成されてきていたが、大正九年はその反動で恐慌に陥り労働争議が多発している。しかしながら大正六年のロシア革命、七年夏の米騒動の経験は大きく、労働運動は悪戦苦闘しながら飛躍を求め、第一回のメーデー、日本社会主義同盟の成立に結実していく。

平林たい子は『自伝的交友録・実感的作家論』（昭和三十五年十二月十日、文芸春秋社）で、「創立と同時に解散させられた社会主義同盟の記念写真には、創立者の一人として［里村欣三が］別名でうつつている。」と書いている。また『鉄の嘆き』（昭和四十四年十二月二十五日、中央公論社）では、「中学時代に解散させられた吉野作造氏の民本主義の集団の写真に、中学生の彼の姿がうつっていたことが軍隊の猜忌を買った」、『たい子日記抄』（昭和二十四年十二月九日、板垣書店）では「解散された社会主義同盟の記録には前川二享の名が載っている筈」と書いている。

しかし平林のいう日本社会主義同盟の「記念写真」そのものは、存在しないのではないかと思われる。日本社会主義同盟は大正九年十二月九日夜、旧麹町区元園町の同盟事務所で発起人打合せ会を創立大会に換えて成立した「アナ・ボル」の大同団結団体で、十日に神田美土代町のキリスト教青年会館で「同盟成立報告演説会」を行なったが、この時の混乱した状況が江口渙の『続わが文学半生記』（一九六八年八月二十五日、青木文庫）に活写されている。こうした混乱の中で「記念写真」を撮ることはあり得ず、一網打尽にされる恐れのある当時の時代状況を考えても、断定はできないが、「記念写真」は存在しないと思う。また日本社会主義同盟の機関誌『社会主義』（岩佐作太郎編輯、平民大学、一九八二年七月十日、不二出版復刻）にも、翌大正十年五月の第二回大会をもって解散させられるまでの間、写真そのものの掲載はどの号にも全くないのである。当時の労働運動を伝える『日本労働新聞』（一九八三年十月十九日、大正労働文学研究会復刻）は市販の月刊労働運動評論紙であったが、大正九年九月の「京阪神労働問題大講演会」における麻生久、加藤勘十、堺利彦の写真は掲載しているが、ほかに日本社会主義同盟関連の写真はない。大杉栄、近藤憲二等の『労働運動』（一九七三年六月、黒色戦線社復刻）は、もともと写真そのものの掲載がない。こうしたことから、平林たい子の言う日本社会主義同盟の「記念写真」は存在しないのではないか、と思われる。

また「吉野作造氏の民本主義の集団の写真に、中学生の彼の姿がうつっていた」云々の記述は、大正七年十二月二十三日に結成された黎明会のことを指しているのかも知れないが、黎明会は大衆団体ではなく、大学教授や著名言論人を中心にした会員数四十数名の団体である。『黎明会講演集』を刊行し、東京、大阪、名古屋で講演会を行なったが、実際的な活動は大正九年四月頃には終息している。黎明会が成立した大正七年十二月は里村欣三（前川二享）が関西中学校で除名処分を受けた月であり、大正九年初めには里村は上京していたがもちろん中学生ではなく、黎明会の講演会も二月の第八回を最後に終っていた。従って、平林たい子の言う「吉野作造氏の民本主義の集団の写真に、中学生の彼の姿がうつっていた」ということも、ほとんどあり得ないことだと思われる。

けれども平林が『たい子日記抄』で書いた「解散された社会主義同盟の記録には前川二享の名が載っている」ということだけは事実であり、以下に紹介する。

2　日本社会主義同盟の創立発起人たち

改造社刊の前述『社会科学』（特輯日本社会主義運動史）は同時代に記録された運動史である。この『社会科学』の中の論考で、日本社会主義同盟創立発起人の名前を挙げているのは、荒畑寒村「労働運動の復興期」、近藤憲二「沈潜期以後＝社会主義同盟の解散まで」の二つである。共にまず三十人の発起人名を列挙した後、一括して出身母体を挙げており、その中に「交通労働組合」の名がある。

この日本社会主義同盟の創立発起人をみすず書房『続・現代史資料2　社会主義沿革2』他で検証してみると、無政府主義急進派（大杉一派）と分類されているのが赤松克麿、岩佐作太郎、橋浦時雄、服部濱次、近藤憲二、水沼辰夫、延島英一、和田巌、吉川守邦らで、布留川桂、山崎今朝彌は共産主義漸進派、高畠素之は国家社会主義者、堺利彦や高津正道らは共産主義急進派、島中雄三、植田好太郎は社会主義派とされている。渡邊満三は時計工組合、大庭柯公はロシア通のジャーナリストで、大正十二年、革命ロシアでスパイの嫌疑を受け消息を絶ったと伝えられている。吉田只次は神奈川の社会主義者（横浜赤旒会）で『貧乏人根絶論』（大正十年十一月二十日、凡人舎）の著作がある。

日本社会主義同盟は一口に「アナ・ボル」の大同団結といわれ、自らもその「趣意書」（一九二〇年八月、法政大学大原社会問題研究所所蔵）において「同盟は広き意味で、総ての社会主義者の包容を期するもの」としているが、主義、思想としては社会主義者、無政府主義者、サンジカリスト、共産主義者、国家社会主義者、民主主義者、団体としては友愛会（労働組合）、信友会（労働組合）、正進会（労働組合）、交通労働組合（労働組合）、日本時計工組合（労働組合）、鉱夫総同盟（労働組合）、建設者同盟（学生同盟）、

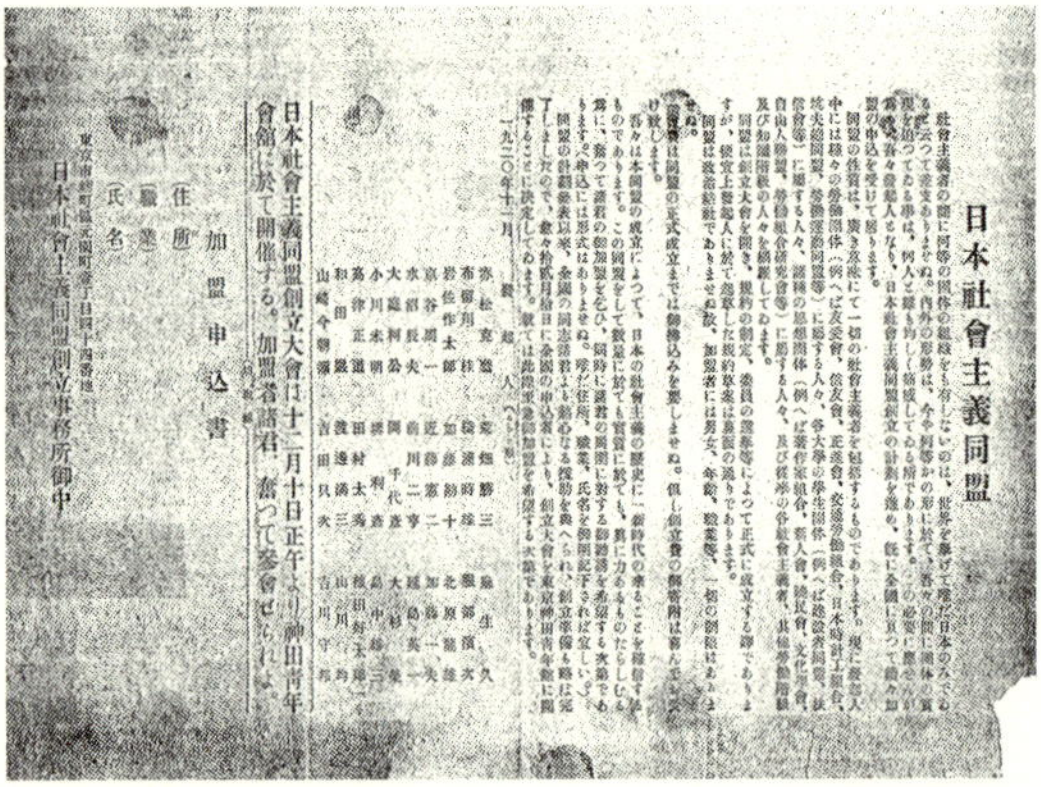
日本社會主義同盟

日本社會主義同盟創立大會は十二月十日正午より神田青年會館に於て開催する。加盟者諸君、奮つて參會せられよ。

加盟申込書

日本社会主義同盟創立大会を告知したビラ（一九二〇年十一月）（大原社会問題研究所所蔵）

新人会（学生同盟）、扶信会（学生同盟）、暁民会（思想団体）、労働組合研究会（思想団体）、北風会（思想団体）、著作家組合（思想団体）、文化学会（思想団体）で構成されていた。この日本社会主義同盟の「趣意書」には発起人を出している労働団体の一つとして「交通労働組合」の名が挙げられている。

前川二享（里村欣三）とその出身母体の日本交通労働組合（理事長中西伊之助）を直接に結びつけて記述している文献を紹介すると、日本社会主義同盟創立発起人の一人でもある高津正道の「暁民会前後の想い出」（『労働運動史研究12』一九五八年十一月二十九日、労働運動史研究会）、同じく近藤憲二の『私の見た日本アナキズム運動史』（一九六九年六月三十日、麦社）、『吉野作造』（田中惣五郎、一九五八年七月十五日、未来社）等いずれも前川二享の出身母体を「交通労働組合」としている。

3　日本社会主義同盟の名簿ノート

法政大学大原社会問題研究所所蔵の「日本社会主義同盟名簿」ノート九冊のうち、「社会主義同盟名簿」と題されたノートに創立発起人の名が書かれている。前川二享（里村欣三）の名はその三ページ目の末尾に近いところに書かれており、「前川二亨」の「亨」に線を引いて「亨」と訂正されている。住所は空欄になっている。

大和田茂先生はこの大原社会問題研究所所蔵の「日本社会主義同盟」の原本ノートを実際に調査され、『初期社会主義研究』（第二十号、二〇〇八年二月二十日、初期社会主義研究会）において、「発掘・日本社会主義同盟名簿」と題して詳細な研究報告をされている。大和田先生が№1と名付けられたこの発起人名が書かれたノート（表題「社会主義同盟名簿」）の成立時期については、同盟が創設された「一九二〇年末までには作成されていた」とされている。

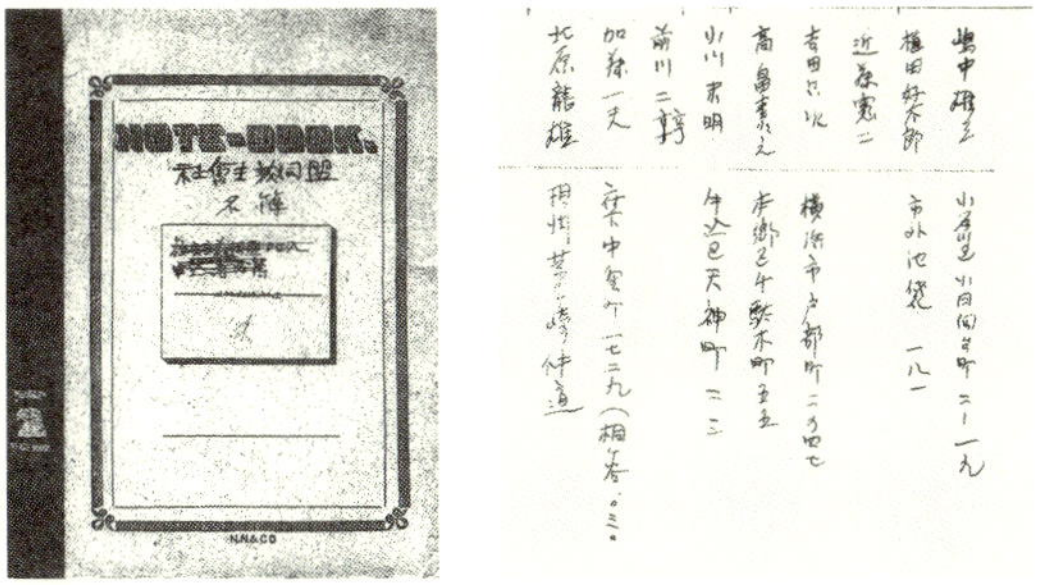

日本社会主義同盟発起人名簿ノートの一部（大原社会問題研究所所蔵）

№1の発起人名簿ノート以外の地区別名簿八冊、および近年大和田先生により発見された日本社会主義同盟の第二名簿「山辺健太郎旧蔵日本社会主義同盟名簿」二冊（和光大学所蔵）の成立時期については、廣畑研二氏の研究により、大正十一（一九二二）年三月に成立した西部交通労働同盟（大阪市電）その他の事項が書き込まれていること、労働週報社の移転先住所等から、日本社会主義同盟解散後も順次書き継がれて「一九二二年四月以降に成立した」ことが明らかにされている。（「山辺健太郎旧蔵「日本社会主義同盟名簿」」、『大原社会問題研究所雑誌』№611・612、二〇〇九年九月十日）

大和田先生の「発掘・日本社会主義同盟名簿」の記述から前川二亨に関係する指摘をまとめてみると、一九二〇年八月（五日）の「日本社会主義同盟」と題された「趣意書」の二十五人の発起人にはまだ前川二亭の名前はなく、同年九月一日の同盟機関誌『社会主義』に北原龍雄、加藤一夫、前川二亭、小川未明、植田好太郎の五人が発起人として追加され初めて「前川二亭」の名前が現れる。十二月十日の創立大会を呼びかける同年十一月の「日本社会主義同盟」と題されたビラにはａｂｃ順の三十人の発起人の一人として「前川二亭」の名がある。大正九年十二月の同盟成立から三カ月遅れて発刊された機関誌『社会主義』大正十年三月号には三十名の執行委員が挙げられているが、委員の大幅な入れ替えがあり既に前川二亭の名前が消えている。

これは大和田先生から直接ご教示いただいたことであるが、大原社会問題研究所所蔵の、発起人名を記した「社会主義同盟名簿」№１ノート以外に、もう一カ所前川二亭の名前が出て来るのである。それは先生が九冊のノートのうち№２として分類された日本社会主義同盟の地区別名簿ノート「麻布区及び市外」の「渋谷附近」の項に、こちらは正しく「前川二亭」と書かれ、「下渋谷六一四　武井方」という住所が書かれている。また和光大学所蔵の「山辺健太郎旧蔵日本社会主義同盟名簿」にも、「△前川二亭　市外下澁谷六一四　武井栄方」と記載されているとのことである。△印は創立発起人。

この住所に書かれた「武井」というのは、中西伊之助が理事長をしていた組合員八千人ともいわれる日本交通労働組合（東京市電）の本部役員の一人で、研究部長をしていた武井栄のことである。大正九年四月現在の日本交通労働組合役員名簿（『東京交通労働組合史』）によると、武井氏は青山支部の所属で、五名しかいない本部役員の一人として活躍している。日本交通労働組合が大正八年九月三日に三十五名で結成されたその最初からの加入者でもある。

前川二亭（里村欣三）の住所が「下渋谷六一四　武井方」であることは、弱冠十八歳半の前川二亭がなぜ日本交通労働組合を代表して日本社会主義同盟の創立発起人の一人となることができたのかを考える一つの鍵である。以下、簡単にその経緯を書いてみる。

4　前川二亨（里村欣三）はなぜ日本社会主義同盟の発起人になれたのか

日本交通労働組合の理事長中西伊之助は、人格の尊重、八時間労働制、賃金等の待遇改善を求めて市電当局と闘う中で、大正九年二月二十七日、治安警察法第十七条違犯で収監され四月一日未決収監一カ月で出獄したが、市電大ストライキの始まった四月二十五日に再検挙され、同年九月末まで東京監獄（後の市ヶ谷刑務所）に収監された。この間、S・M・U（俸給者組合）の杉原正夫が理事長代理を務めたようである（『労働運動』大正九年六月一日）。この中西伊之助が入獄中の大正九年八月半ば辺りに、日本交通労働組合に対し日本社会主義同盟への加盟呼びかけが行なわれたのであろうか、九月一日の日本社会主義同盟の機関誌『社会主義』に初めて発起人として「前川二亨」の名が現れるのである。九月、十月には堺利彦、加藤勘十、麻生久らによって関西方面での労働問題講演会が積極的に行なわれるなど、同盟成立の機運が高まって来ている。

中西伊之助が九月三十日に出獄した後、日本交通労働組合の内部では、四月のストライキで馘首された約三〇〇名の復職をめぐって、「大日本救世団」という慈善団体に依拠して復職活動を行なうのか、それとも純粋に自力で行なうのかという対立が起きる。日本社会主義同盟機関誌『社会主義』第三号（大正九年十二月一日）の「団体消息」には、「理事長中西伊之助氏の入獄中、交通労働組合は各方面からの抑圧に会つて、甚しい苦境に在つた。特に大日本救世団なる怪物は、失職して途方に迷へる組合員を弄絡し、組合の切り崩しに努めた。中西氏の出獄後、新事務所に新陣容を整へた組合は、先づ此の怪物大日本救世団の糾弾宣言を発して出陣の血祭とした」と記録されている。

しかし当初大日本救世団に対して批判的だった中西伊之助が、次第に救世団に依拠してでもまず復職を勝ち取り生活を立て直して組合を再建しようとする佐々木専治、島上勝次郎らに同調していき、一方こうした「救世団による復職哀願」活動を潔しとしない一群の人々＝前川二享（里村欣三）や片岡重助、山口竹三郎らの批判派との対立が深まっていく。この対立は、次章で紹介する文書「交通労働者団結之革命」によると、すでに大正九年十一月には始まっていたようで、翌大正十年二月には前川二享らが第二組合「全国交通運輸労働者同盟」を結成することになる。

この内部対立の過程で武井栄が、前川二享らの第二組合「全国交通運輸労働者同盟」に同調するものではない、と書いた文書「全然相関せざる事にて迷惑千萬」（日本交通労働組合機関誌『交通労働』大正十年四月一日号）があり、この武井の住所が「渋谷町下渋谷六百十四番地」となっていて、日本社会主義同盟の地区別名簿ノート「麻布区及び市外」の前川二享の住所「下渋谷六一四　武井方」と一致するのである。また「大正十年三月」の日付のあるこの渦中の文書「交通労働者団結之革命」には、前川二享らの肩書きが「日本交通労働組合本部実行委員」となっている。

武井栄は日本交通労働組合生え抜きの闘士で青山支部所属、前年大正八年十一月の待遇改善闘争で当局から解雇を申し渡されていた（『東京交通労働組合史』）。その「武井方」に同居する前川二享は「本部実行委員」であった。

このことから推測すると、日本交通労働組合の支部は勤務区域を原則にして作られているから、大正八年暮か大正九年のごく早い時期に上京した前川二享は、車掌となって青山地区に所属、組合の支部集会に参加したりオルグを受けたりして、中心活動家であった武井栄と急接近し、同年夏頃までに武井と同居するようになったのではないか、そして同じ頃「本部実行委員」になったのではないか、と思われる。

「交通労働者団結之革命」で使われたこの「本部実行委員」という肩書きは、今日で言う専従書記的な立場を指すものと思われる。日本交通労働組合の機関誌『交通労働』（大正十年四月一日号）の、あとがきに該当する「本部より」には「本部の実行委員会は解散した。現在では性質上有給でなければならぬ実行委員は財政の点で事実に就任を許さぬ。」とある。これは復職運動をめぐって叛旗を翻す批判派の拠点＝本部実行委員会を解散によって押し潰したということだと思うが、〝有給である実行委員〟というのは専従書記的な立場のことであり、その位置に前川二享がいたということを示している。中西伊之助のこの時代を背景とした小説『赤道』（大正十三年二月二十日、聚英閣）には「黒川廣造」という「本部の書記をしてゐる人」が登場する。「黒川廣造」は必ずしも前川二享ではないが、専従活動家的な書記が日本交通労働組合（東京市電）の本部にいたことを示している。

大正九年四月のストライキの敗北により壊滅状態に陥った日本交通労働組合は、中西伊之助が治安警察法違犯で収監されて不在、佐々木専治、匂坂義太郎ら本部役員も逮捕、起訴される中、残った本部役員は武井栄らごく少数で、その武井も解雇中の手負いである。肝心の「本部実行委員」も前述の「本部より」によれば「佐野左江君は数月前から石鹼屋を開いてゐるし、平野虎［寅］二君は昨年［＝大正九年］十一月委員を辞して帰郷してしまつた、（中略）武井君もやつぱり生活上昨年末一時委員を辞任した。」とあり、壊滅的である。こうした状況の中で、いわば押し出されるように、大正九年九月、前川二享は弱冠十八歳半で日本社会主義同盟の設立発起人の一人に名を連ね、同様に、復職運動を巡る組合内部の対立が十一月頃から激化しこれに軸足が移ることにより、同盟成立後の執行委員に名を残さなかった、ということではないだろうか。日本社会主義同盟そのものも、大正十年五月九日の第二回大会を最後に同月二十八日に結社禁止命令が出て解散させられ、以後、アナ・ボルの対立激化も加わり、「総ての社会主義者の包容を期する」ための有効な活動をなし得ないままに終った。

しかし前川二享（里村欣三）の交通労働運動における闘いはこれで終ったのではない。大正十年二月、市電ストライキによる解雇者の復職運動を巡る対立により武井栄と袂を分った前川二享は、第二組合「全国交通運輸労働者同盟」を結成し、『暁鐘』一号を発行することになるが、次章で述べる。

第5章 『暁鐘』をめぐって──日本交通労働組合（東京市電）後退期の確執

1 石巻文化センターの布施辰治先生関係資料

本考の原資料である八ページのリーフレット『暁鐘』（大正十年二月二十五日発行）が、石巻文化センターの布施辰治先生関係資料中にあり、この『暁鐘』の発行編輯兼印刷人が里村欣三の本名である前川二享となっていることをご教示下さった小正路淑泰先生にお礼申し上げます。

弁護士布施辰治先生の生地、宮城県石巻市の石巻文化センターに保存されている日本交通労働組合関係の資料は、〝「布施辰治関係資料収蔵品目録 Ⅱ」東京市電争議関係〟として整理され、資料№８３７〜８６０に分類されている。資料の時期は大正七年〜十一年に亘るが、大正七年、八年のものは電車事故に関する弁護依頼で、大正九年二月、四月の「東京市電大争議」関係のものではない。資料の大半は、この大正九年二月、四月の「東京市電大争議」による検挙投獄者八十四名の弁護関連資料とその通信応接関係のものである。

大正九年の「東京市電大争議」関係の資料がなぜ弁護士布施辰治のもとにあるのか。それは日本交通労働組合（東京市電）理事長の中西伊之助と面識のあった布施辰治が、市電争議起訴者の弁護を一括して引き受けたためである。後述の「布施辰治先生の決意」で取り上げるガリ版刷りの資料№８４０「書簡（布施辰治より市電従業員宛）」にそのいきさつが記されている。

本考で参照した石巻文化センター所蔵の布施辰治先生関係資料は次の通りである。

No.838 電車従業員より市民諸君へ 一九二〇（大正九）年三月
No.839 書簡（片岡重助より布施辰治宛） 一九二一（大正十）年三月十四日
No.840 書簡（布施辰治より市電従業員宛） 一九二〇（大正九）年五月十八日
No.841 中西伊之助刑事訴訟記録 一九二〇（大正九）年
No.844 交通労働第二年第七号（四月号） 一九二一（大正十）年四月一日
No.845 暁鐘 一九二一（大正十）年二月二十五日
No.846 交通労働者団結之革命 一九二一（大正十）年三月
No.847 決議（日本交通労働組合東京市電気局従業員部からの決議文） 一九二〇（大正九）年四月十七日
No.849 宣言（日本交通労働組合東京市電気局従業員部より） 一九二〇（大正九）年四月十七日
No.854 （仮）電車罷業事件弁護のための調査回答類 一九二一（大正十）年
No.855 書簡一括 一九二〇（大正九）年
No.859 東京市電争議に関する資料六点 一九一九（大正八）年～一九二一（大正十）年
No.860 東京市電争議に関する資料四点 一九二〇（大正九）年五月、他

この日本交通労働組合関連資料は年代順に整理された資料ではなく、また同一ナンバーの資料中にも時期や性質の違うものが一緒にファイリングされている。これらの資料のうち里村欣三（前川二享）と

の関連で言えば、資料No.845『暁鐘』、同No.846「交通労働者団結之革命」の二つの資料に「前川二享」の名前が出ており、里村欣三の足跡をさぐる上で重要な資料である。

　次に資料No.841「中西伊之助刑事訴訟記録」である。これは大正九年四月の「東京市電大争議」に先立ち、大正九年二月二十五日～二十八日にかけて突発的にストライキが発生、中西伊之助は治安警察法違犯容疑で検挙された。この時の検事調書が「中西伊之助刑事訴訟記録」であり、理事長として日本交通労働組合を指導した中西伊之助の思想、考えを知る上で重要な資料である。また、資料No.855「書簡一括」中に、大正九年四月二十五日～同二十九日のストライキで再拘束された中西伊之助の獄中書簡（大正九年七月二十八日、同八月十七日付）二葉が含まれている。

　資料No.860「東京市電争議に関する資料四点」の一部分である「市電問題入獄者名簿」（大正九年五月）は、大正九年四月のストライキで入獄した八十四名の市電労働者の氏名リストであり、後ほど紹介する。この八十四名は起訴者そのものではない。「市電問題入獄者名簿」中に、前川二享（里村欣三）の名前がないことから、里村欣三は、この大正九年四月のストライキでは入獄していないことが分かる。

　資料No.840「書簡（布施辰治より市電従業員宛）」はこの入獄者の弁護を引き受けた布施辰治先生の決意表明であり、入獄者への

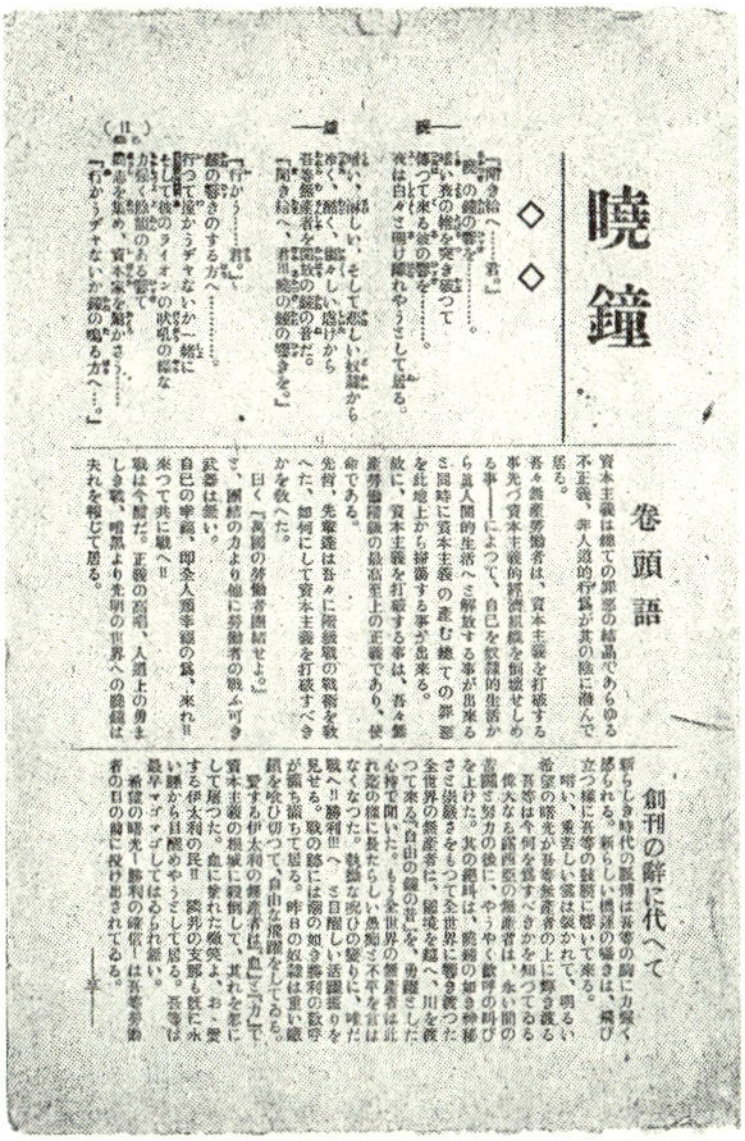
曉鐘
卷頭語
創刊の辭に代へて

リーフレット『暁鐘』（石巻文化センター所蔵）

励ましであるが、その志の高さにおいて、まれに見る名文である。これも後に紹介する。

資料№８５４「電車罷業事件弁護のための調査回答類」（大正十年）は、検挙入獄者の一部二十九名の弁護のための身上調査書で、当時の組合本部庶務部長佐々木専治氏や本所支部支部長島上勝次郎氏ら著名な活動家のものもある。

資料№８５９「東京市電争議に関する資料六点」は大正八年十月の電車事故に対する当局との係争についての、佐々木専治氏から弁護士布施辰治への書簡を主とした資料である。この時点で日本交通労働組合と布施弁護士との関係がすでに生じていることを示す資料であるが、以下の考察とは直接関係はないのでここでは取り上げない。

2　中西伊之助刑事訴訟記録　大正九年二月二十七日

大正八年九月三日の日本交通労働組合（東京市電）設立から翌九年四月のストライキにいたる争議の経緯については『東京交通労働組合史』（東交史編纂委員会編、昭和三十三年二月、東京交通労働組合）、『都市交通20年史』（昭和四十二年六月一日、日本都市交通労働組合連合会）に詳しいのでここでは触れず、代って資料的価値が高い№８４１の「中西伊之助刑事訴訟記録」の内「聴取書」を紹介する。これにより大凡ではあるが、大正九年四月の東京市電争議が理解できると思う。

この「聴取書」は中西が最初に収監された当日の大正九年二月二十七日付の検事調書で、聴取者は検事久保田金四郎、中西伊之助の思想、考え方がよく示されている資料である。原文は固有名の「やまと新聞」を除いてすべて漢字・カタカナで書かれているが、可読性のため漢字・平仮名、清音は濁音に直して以下に転記する。

東京地方裁判所第一刑事部
治安警察法違犯
　中西伊之助刑事訴訟記録
　　布施法律事務所

聴取書

本籍　京都府宇治郡宇治村四十五番地
平民
住所　東京市麻布区笄町六十五番地
中西伊之助
三十四才

右者　大正九年二月廿七日　本職に対し左の通任意陳述を為したり
一、私は明治四十五年中朝鮮平壌日々新聞で総督府と藤田組との問題を書いて平壌覆審法院で信用毀損罪で懲役三月に処せられ当時平壌監獄で服役致しました
一、私は郷里で小学校を卒業后十九才頃まで大坂砲兵工廠の職工等を致し居り十九才の時学問の目的で東京に来り大成中学に一年正則国民英学会等に其后三年程最后中央大学法律科に一年程在学致したのでありまして其間学資を得る目的で新聞の配達夫、人力車夫の労働を致しておりました
此間朝鮮で新聞記者を致し又中央大学を退学してやまと新聞記者を致して居りましたが最近は今よ

り二年前即ち大正七年二月東京時事新聞記者になり月給四十円を貰つて警視庁の丸の内倶楽部詰として仕事を致して居りました

此間私は自分が親しく労働に従事致した干係上労働問題に興味を覚へ又研究を致す事になりまして昨年六月頃から労働運動の実際問題に干係する様になりました

一、当時私は東京市電気局電車従業員に五六名の知人がありました　此等のものに其の従業者の労働状態を聞きましたので是れを改善する為めには是非労働組合の設立が必要であることを感じましたので私が日本交通労働組合を組織する事になつて昨年九月中に東京市に於て其の発会式を挙げるに至つたのであります

此組合は日本全国の交通労働者を加入せしめる目的でありますが只今までに入会致して居るものは東京市電気局、玉川電車株式会社、王子電車株式会社、東京市馬自動車株式会社の各交通従業員全部でありまして其の会員は総数八千人位であります

組織は理事合議制でありまして東京市電気局の方は各車庫に一個の支部を置き玉川、王子にも一個の支部を置き支部には支部長に副支部長各一人を選出せしめ此等のもの合計二十四人が本部の理事となり私が其長即ち理事長として理事の合議に依つて組合の事務を処理して居ります

会費は各組合員から始めは一人一月十銭宛を徴収致して居りましたが昨年十一月中から一人一ケ月三十銭の会費に増額致しました

私は初め時事記者で組合の事務を執つて居りましたが記者が実際労働問題に携はられると社では困ると時事の方から断はられたので昨年十月に退社致し専門に組合の方に尽力致すことになりましたので組合員より私の生活の保証する為め毎月百円宛の報酬を出して呉れる事になつて居ります

私も俸給を貰つて理事長に居るは色々誤解もされ又労働問題に対しても好影響を与へませぬから辞退を致しましたけれども去りとて別に収入もありませぬので当分貰つて居る次第であります

現在会費総計で不納もありまして約千二三百円位毎月集まりますが昨年十一月中十名程市電と組合との労働条件の交渉の際免職になつたものがありますから此等は月俸七十円宛で理事として居りますので私の俸給と合計八百円宛毎月支出致し其他経費等で実際会費は未だ残余が生ずると云ふ程には余つて居りませぬが只今積立金は組合として約二千円位はあると思ひます

一、私は理事長として只今申上げた通り労働問題の実際運動に携はつて居ります

昨年来より今日に至るまで市電当局者と其従業員間の労働条件の交渉等も理事長として必要な指揮を致し或は介添へとして従業者と共に市当局者にも交渉等を致し居る次第であります

又一方労働問題の解決は労働者自身の自覚に待たなければならぬ事は私の持論でありますから私は常に各支部に来り全員を集合せしめて労働問題の講演を致して居ります

又私の持論は労働問題の帰結は労働者の生活状態の改善にあるが只今の社会組織に於ては資本家と労働者の利害の衝突は到底免れる事が出来ないのであるから之れを解決するには可成穏当なる手段に依て資本家の了解を求め労働者の要求を容れしむるは最善の方法ではあるが現在の資本家には到底其の了解を得ることは困難であるから其時は労働者は其自身の権利たる一致団結して罷業するの外はないのでありまして是れが団結致して罷業するには組合の必要があり随分労働組合は即ストライキを訓練する組合であると云ふのが私の持論で此趣旨を常に講演致して居るのであります

此時当職は供述人の大正九年二月十三日日本交通労働組合王子支部員に対し東京府北豊島郡西巣鴨大塚倶楽部に於て為したる講演筆記を読聞けたる処

一、只今は読聞けの通り語句趣旨の講演を本年二月十三日王子支部員に対して私は致したのに相違ありませぬ

此の点は私は争ひませぬで承服致します

其の趣旨を簡単に申し上げますれば労働問題の解決は労働の実際的悲惨を経験した者の叫びに待たな［け］ればなりませぬ

即ち労働者自身の自覚に待たなければならぬ　労働者自身が実際生産に相当なる実力権威を持つて居るかを考へなければならぬ

一度考が此処に至ると今日の制度の不都合が判り労働運動の実際問題として権威を持つて来るのである　資本家は労働者を何処までも無視して居るのでありまして其の利害は今日の社会制度の下には衝突するのであるから労働者自身に之れを主張して其生活の改善を計らねばならぬ　併しながら今日の資本家は到底労働条件の改画に関する労働者自身の要求には応じませぬから茲に労働者は其権利である同盟罷業をせねばならぬ　而して其の罷業も一日や二日では駄目である　可成長く続行せねばならぬ　又罷業には時機がある　王子の諸君には花見の時は最も適切である　会社即ち資本家の最も収入ある時を見計らつて同盟罷業を数日致しますれば必らずや労働者の要求は容れらるる事になるのであります

花見の際日曜と祭日等の続く日等に於てすれば最も良い方法であります　諸君は百人位の人員でありますから其の結束も容易である　又諸君が罷業の場合には何れ組合である市電の従業員は諸君の会社に来て諸君の罷業を妨げる様の事はしない　又罷業を一日二日では駄目で少なくとも数日継続の必要があるがそれには資金も必要であります

其時になれば罷業資金は私の本部の方に少しは揃へてあるから御融通を致します　要するに今日の社会組織にては労働者の生活の改画を計るには資本家と利害の衝突が起り而して労働者が自己の主張を通するには勢一致団結して継続的に同盟罷業をせねばならぬ　諸君の王子も同様で其改画を計り人間らしい生活をするには勢ひかゝる方法を執らなければならぬ事になり其れをするには会社の利益ある時機即ち花見時が適切で若し諸君が決行する場合には本部より資金を融通するし又市電からも来ない事にするが其の方法は秩序整然として乱暴をせぬ様に致して決行すべきであるとの趣旨に帰着致します

一、私は労働組合は労働者を訓練し労働条件の改画を計り勿論穏当の方法で之れが目的を達成せられる場合は何よりの事であるが資本家が之れに応ぜざる場合には勢ひ同盟罷業の最后の手段を執らなければならぬので其際には之れを指導し最も秩序整然として決行せしむる目的の為めに設立も致し又組合なる者の使命が之れに存するものと信ずるが故に只今御読聞けに為りました同趣旨の講演は各支部で数回致して来つたのであります

又私は理事長でありますから組合に於て同盟罷業の場合に於ては私は援助も致し本部の基金は其時の用意の為めに積立て居るのでありますから労働条件の最后の主張の容れられぬ場合には同盟罷業をやる際には資金其他の援助は及ばずながら致す事を申して労働者の最后の手段は同盟罷工にあると云ふことを常に会員に宣伝致して居るのであります

一、右様の趣旨で私は只今御読聞け通りの演説を致したのでありますから是れが現行の法律に違反するとすれば止むを得ない事であります

供述人　中西伊之助

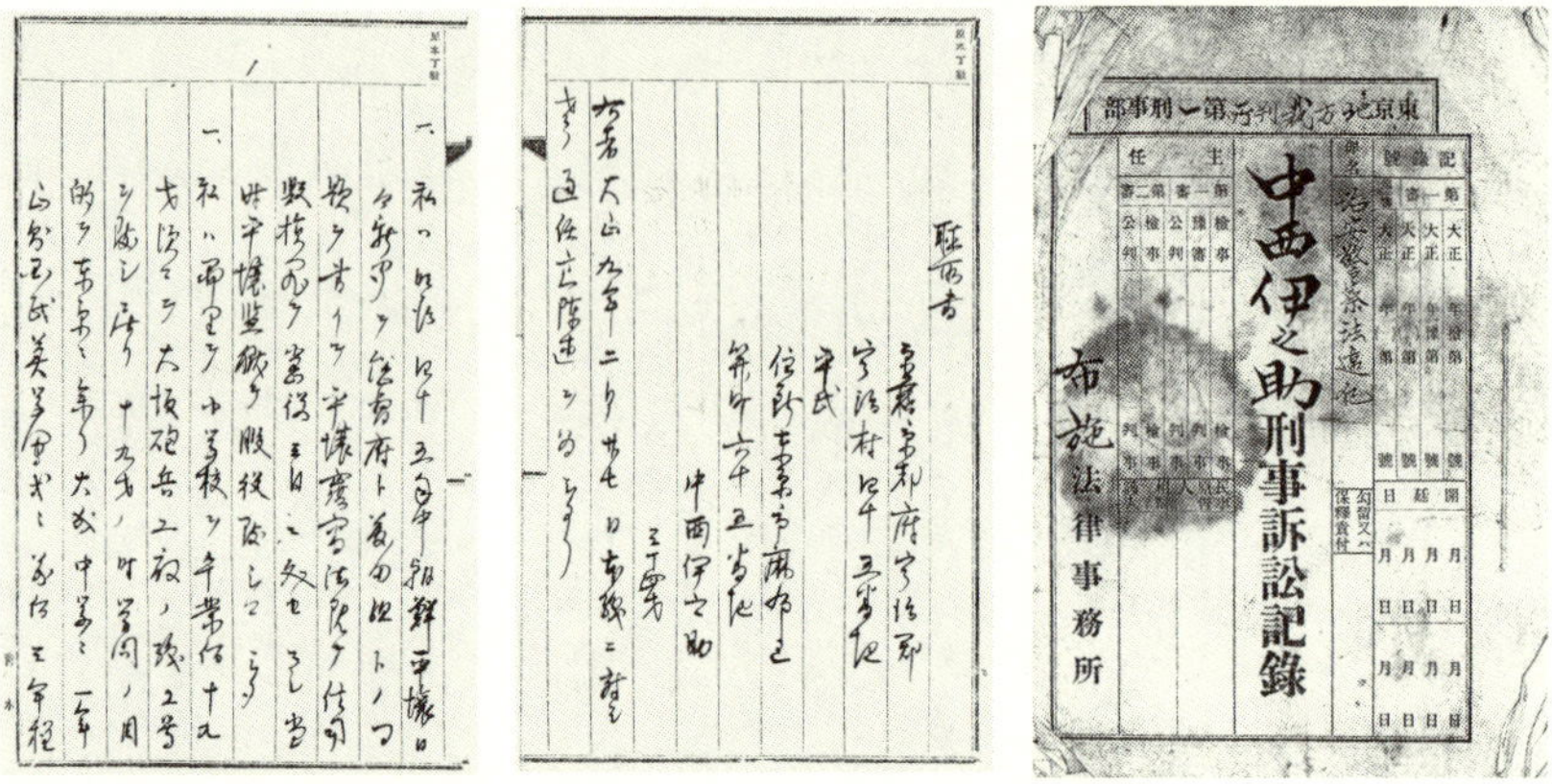

資料No.841　中西伊之助刑事訴訟記録の一部（石巻文化センター所蔵）

右録取書
自署したり
同日　於東京地方裁判所検事局
検事　久保田金四郎

以上が資料№８４１「中西伊之助刑事訴訟記録」の内「聴取書」の全文である。労働者の権利としての同盟罷業、戦術としてのストライキの時期、時代認識等、検事調書ではあるが中西伊之助の考えが読み取れる資料である。

大正九年四月の市電争議について追記しておくと、四月二十五日早朝、大塚出張所からストライキが始まり、各支部に漸次波及、東京全市の交通網は完全に麻痺した。組合員のうち千数百名は持久戦を覚悟して雑司ケ谷の玉椿相撲道場に籠城、夜、中西伊之助理事長が巣鴨署に再検挙された。深夜、警察隊と組合員の大乱闘が発生、検束者二十名。二十九日、当局は二五四名の懲戒解雇を発令。残留組合幹部は、馘首者救済をとなえ、強硬派の反対を押さえてストライキの中止を決定、三十日から運転は平常に復した。五日間にわたった全線ストは、馘首者三二八名、入獄者八十四名（または八十三名)、起訴三十四名の犠牲を出し、組合は事実上壊滅を余儀なくされた。この間の闘いの具体的な動きは、中西伊之助が「桜花爛漫下の大ストライキ」、「市電大争議を語る」として、自著『冬の赤い実』(昭和十一年三月二十日、實践社)の中で回想している。

中西伊之助は治安警察法十七条違犯に問われたが、周知の通り、一九四五年十二月二十一日に旧労働組合法が制定されるまでは、法的には労働者の団結権、ストライキ権、団体交渉権が認められていなかったのである。

明治三十三年三月に公布施行された治安警察法の主要な内容は、一～四条及び八条において、政治集会の開催、政治結社結成の場合の届出を義務づけたもので、当局は「安寧秩序ヲ保持スル為必要ナル」場合はこれらの集会や結社を自由に禁止、または解散させる権限規定を設けたことにある。治安警察法十七条の規定は次の通りである。

「左ノ各号ノ目的ヲ以テ他人ニ対シテ暴行、脅迫シ若ハ公然誹毀シ又ハ第2号ノ目的ヲ以テ他人ヲ誘惑若ハ煽動スルコトヲ得ス

1　労務ノ条件又ハ報酬ニ関シ協同ノ行動ヲ為スヘキ団結ニ加入セシメ又ハ其ノ加入ヲ妨クルコト

2　同盟解雇若ハ同盟罷業ヲ遂行スルカ為使用者ヲシテ労務者ヲ解雇セシメ若ハ労務ニ従事スルノ申込ヲ拒絶セシメ又ハ労務者ヲシテ労務ヲ停廃セシメ若ハ労務者トシテ雇傭スルノ申込ヲ拒絶セシムルコト

3　労務ノ条件又ハ報酬ニ関シ相手方ノ承諾ヲ強ユルコト耕作ノ目的ニ出ツル土地賃貸借ノ条件ニ関シ承諾ヲ強ユルカ為相手方ニ対シ暴行、脅迫シ若ハ公然誹毀スルコトヲ得ス」

治安警察法三十条は十七条に違反した場合の罰則規定で、「一月以上六月以下ノ重禁錮ニ処シ三円以

上三十円以下ノ罰金ヲ附加ス」とある。

治安警察法は大正十五（一九二六）年四月に改正され、十七条、三十条の規定が削除された。これは同月公布の「暴力行為等処罰ニ関スル法律（暴力行為法）」に引き継がれたもので、前年大正十四年四月二十二日に公布された治安維持法と相俟って、政治結社、労働争議、農民争議に対する弾圧体制が強化されていった。

大正九年四月の日本交通労働組合（東京市電）のストライキによる犠牲者は、この削除改正前の治安警察法十七条違犯に問われたもので、法の狙い通りに組合は壊滅させられたのである。

3　当時の組合役員と八十四人の検挙投獄者

次ページの写真は『東京交通労働組合史』に掲載されている大正九年四月当時の日本交通労働組合の役員名簿である。

また次々ページの写真は布施辰治先生関係資料№８６０「東京市電争議に関する資料四点」の一部である「市電問題入獄者名簿」である。これは大正九年四月二十五日を中心とする東京市電ストライキの検挙投獄者のリストであり、起訴者のリストではない。人数は八十四名で、『東京交通労働組合史』や後で見る『暁鐘』の八十三名という記述と異なる。この「市電問題入獄者名簿」が中西伊之助を含めているのに対し、他の資料は、検挙日が異なり二度検挙となった中西伊之助を別扱いして除外したためかも知れない。起訴者は『東京交通労働組合史』によると三十四名である。「市電問題入獄者名簿」の肩書きに「理事」とある人は今日風にいえば「中央執行委員」である。

本部役員（大正九年四月現在）

理事長	中西伊之助	相談役	原田実
研究部長	武井栄	会計部長	箕沢友三郎
		庶務部長	佐々木専治

支部役員（大正九年四月現在）

支部名	正副支部長	その他の役員
青山	支部長 福島昇 副〃 田中銀次郎	幹事長 遠山長治　書記 岩満通次郎　基金監査 西口留次郎 会計 中村常七　書記 中野己助　基金監査 大貫丑二 会計 岡安与喜蔵　基金監査 日高光一郎
本所	支部長 島上勝次郎 副〃 伊藤寅次 山口善四郎	幹事長 平山栄吉　理事 西村泰蔵　基金監査 安藤辰五郎 会計 黒田国太郎　理事 青木保之　基金監査 赤羽要雄 会計 安藤辰五郎　基金監査 黒田国太郎
三田	支部長 尾崎乙吉 副〃 清水専一郎	幹事長 山崎文秀　会計 高実子一美　会計 棚沢梅之助 副幹事長 飛山伊之助　会計 宮本長作　基金監査（欠員）
有楽橋	支部長 荒川勝吾 副〃 匂坂義太郎	会計 大越安太郎　書記 中田重彦　基金監査 宮井昌吉 会計 安藤実之平　調査 宮井昌吉　基金監査 荒川勝吾 書記 山本増吉　調査 平沢良造　基金監査 小野源之助
広尾	支部長 篠田音一 副〃 佐藤捨吉	幹事長 片岡重吉　会計 長安新万　基金監査 古沢粂蔵 副幹事長 古沢粂蔵　会計 石黒吉縄　基金監査 飯田一郎 副幹事長 苗村吉之助　書記 宮内四部 会計理事 岩満武平　基金監査 村田喜平
巣鴨	支部長 芳賀勇吉 副〃 長嶺通一	幹事長 渡辺梅作　会計 木村甲一　基金監査 佐藤伝平 会計 坂本兼吉　書記 池田粂
新宿	支部長 五味譲 副〃 山田竜平	会計部長 松井弥三吉　書記 岡田逸予　理事 柳沢数治 会計 山下軍三　理事 前中長次郎　基金監査（欠員） 書記 高橋芳弥　理事 鳩川文次郎
三ノ輪	支部長 栄田朝男 副〃 横沢佐利吉 〃 野平末松	幹事長 守脇藤太　会計 速見新兵衛 会計主任 楠山胤吉　基金監査（欠員） 会計 丸山芳治
大塚	支部長 香川安信 副〃 大塚末治	幹事長 相島大太郎　会計 尾崎銀蔵　基金監査 坪川勇次郎 副幹事長 近藤吉平　書記 小国伝之助　基金監査 細井竹之助 会計 天野惣重郎　書記 黒沢寅次　基金監査 荒井島太郎
早稲田	支部長 小林章治 副〃 杉本宗三郎	幹事長 福田福三郎　会計 安藤甚吉　基金監査 杉本宗三郎 副幹事長 榎本半蔵　会計 竹山兵八　基金監査 松村浅五郎 会計理事 杉本宗三郎　基金監査 小林章治
市街自動車新宿	支部長 海老名米吉 副〃 布施儁	理事 川崎与二郎　書記 鵜沼孝一 会計 荻原若一　書記 小林次男 書記 宍戸喜七
玉川	支部長 関口金平 副〃 桑野睦平	幹事長 山田和三郎　書記 長浜城治 会計主任 江袋源次郎 会計 長浜城治
王子	支部長 長谷川慶吉 副〃 勇田長吉 幹 柳田安吉	幹事長 樋口乙吉　書記 片山吾助 副幹事長 山口銀五郎　書記 荻野政太郎 副〃 西村兼蔵

大正九年四月現在の日本交通労働組合（東京市電）役員名簿（『東京交通労働組合史』）

この組合役員名簿と検挙投獄者リストを比較すると、組合のどの層が検挙されたかが見えてくる。検挙者は、組合活動の意義を認め積極的に活動した者、立場上やむを得ず組合役員を引き受けただけの者等さまざままであったが、一様に団結権、ストライキ権を認めない治安警察法による時代的犠牲者であったと言える。また前述した通り「入獄者名簿」に前川二享の名前がないことからこの争議では検挙されなかったことがわかる。

資料№８５４「(仮)電車罷業事件弁護のための調査回答類」。これは検挙投獄された者の一部、あるいは起訴された者三十四名の大部分なのかも知れないが、弁護のための身上調査書で二十九名分ある。それによると、のち解雇復職後、組合再建（大正十三年五月、東京市電従業員自治会）の中心となる佐々木専治（組合本部庶務部長）

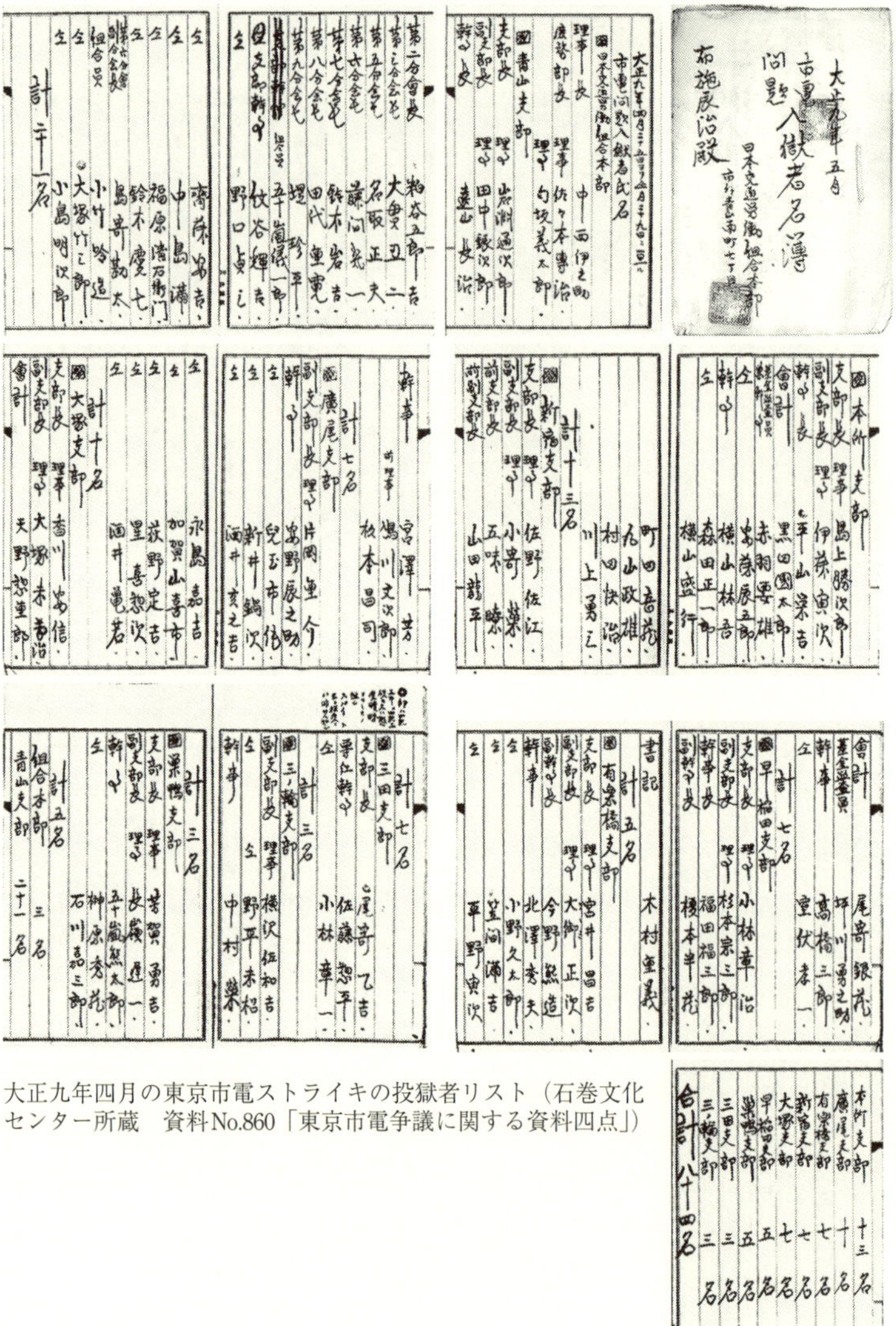

大正九年四月の東京市電ストライキの投獄者リスト（石巻文化センター所蔵　資料No.860「東京市電争議に関する資料四点」）

は、この大正九年四月のストライキ検挙時点で三十五歳、勤続年数十二年五カ月の車掌、宮井昌吉は三十一歳、勤続六年七カ月の運転手、本所支部長の島上勝次郎は四十一歳、勤続十三年二カ月の乗務（車掌）及び監督代理である。ストライキを推進した本部理事匂坂義太郎は二十六歳、勤続二年の車掌である。検挙投獄された者は下は二十一歳から上は四十七歳、そのほとんどが二十歳台後半から三十歳台で、勤続年数も十年前後の運転手、車掌。このことから大正八年末から大正九年四月にかけての一連の闘いは東京市電労働者の中核部分が決起した闘いであったことが分かる。

4　布施辰治先生の決意

布施辰治先生は、明治十三（一八八〇）年十一月十三日、旧宮城県牡鹿郡蛇田村南久林（現石巻市）生まれ、明治四十四年十二月末の東京市電最初のストライキによる犠牲者の弁護を引き受けており、大正十年の神戸三菱・川崎両造船所の労働争議、大正十二年の関東大震災時に平沢計七らが虐殺された亀戸事件、朴烈・金子文子の大逆事件の弁護もしている。ここでは、資料№８４０「書簡（布施辰治より市電従業員宛）」を紹介する。

このガリ版で印刷されたＢ４三枚に亘る書簡資料は、大正九年四月の東京市電ストによる検挙者の弁護を引き受けた布施辰治の決意表明であり、その志、格調の高さにおいて卓越している。布施辰治先生この時四十歳。個人雑誌『法廷より社会へ』大正九年六月一日号（一巻一号）収載の、社会運動の闘卒たらんことを宣言した「自己革命の告白」と対をなす決意の表明、行動の展開である。日付は大正九年五月十八日。■は判読できない文字。

時下新緑　心身共に躍動の季なるに付けても卿等今日の不自由なる御起居甚だ御仝情に堪へませぬ。特に卿等這回の電車罷業事件に付ては前から中西君の弁護を担任して居た干係上、詳細の事情も聞いて居るし亦私としても多少の調査研究を試みて居るのであるから何故這回の如うな大検挙を断行せられたのかを知つて居る丈け、卿等弱き者――従業員の立場を気の毒に思ひます。

一言にして悉くす本件の[redacted]例は財閥金権の弱い者苛めであるかも知れない。亦一言にして悉くす本件の検挙は官憲専恣の人権蹂躙であるかも知れないと考へらる、位仝情して居ります。

私は前に中西君からの深き信頼を以て仝君の弁護を引受けて居たのであるが、這回は組合本部からの依頼で引続き卿等全部の弁護を引受ける事にしましたから其の積りで居つて下さい。

私は去る十五日附を以て社会運動の闘卒たらん事を任する社会運動の第一着手として先づ自己革命を断行せる旨の通知を発して置きましたが、是れからは当然の生活権を主張して社会制度の缺陥に落ち込まれたり、金力権力の桎梏に絡み込まれたのであると思はる、卿等這回の事件の如うな社会的意義を含む事件の弁護のみに全力を尽くして――社会制度の缺陥を其侭にし金力権力の強きに任せた桎梏を其侭にして置いたのでは果てしの無い個人救済の一般事件を弁護する個々の救済よりも――社会救済の為に貢献したいと云ふ事に決心したのであるから、私は相当なる覚悟と決心とを以て卿等の弁護を引受けて居るのである事をも御含み置き下さい。

私は卿等の為に出来る丈け尽力します。予審の進行の一日も早いやうに保釈責付の一日も早く出来る如うに係判検事に交渉します。甚だ微力なる私であるけれども出来る丈け尽力します。卿等の今現に嘗めつ、ある苦汁を分けて嘗む丈けの覚悟を以て尽力します。

本来を言へば、協働共闘社会連帯であるべき筈の事件を個々別々の責任に分けて其の帰着点を誤魔化して居るにも等しき不徹底至極の司法裁判から観た這回の事件は所謂卿等の事件であるけれども——私は左様思つて居りません。

当さに社会協働の或る仕事が卿等の手に俟つた丈けのものだと信じて居ります。つまりは社会協働の仕事を卿等が他の者に代りて行ふたのが這回の事件であると仝時に、社会連帯の責任を卿等が他の者に代りて問はれんとするのが這回の事件であります。其処に私共は卿等這回の事件に関する私の仝情と社会連帯の責任を感じます。平たく言へば、

卿等は私共一般民衆の悩みである財閥金権の横暴に抗して起つた選民であり、そして更らに官憲専恣の下に踏み躙じられて居る犠牲者であるかも知れません。

斯の如うに卿等の事件を見、亦斯の如うに卿等の事件を解して居る私は、決して卿等を見殺しには致しませぬ、私の力に許された弁護の上に尽力して裁判上に救ひ得るものは之を裁判上に救ひ、萬々一にも今日の裁判上どうしても救ひ出す事の出来ないものは其の犠牲の大を輿論に訴へて社会的に救ひ出したいと念じて居ります。就ては其の参考とも材料ともなりそうな事は何んでも遠慮なく言ふて寄越して下さい、由来裁判に遠慮は禁物です、言ひ度い事は何んでも言ひなさい「有る事は有る」「無い事は無い」「自ら正しいと信ずる事は誰れが何んと云はうが正しい」「正しからさる事は誰れが［に］何んと云はれなくとも夫れは正しくない」とする勇敢な犠牲者の心事態度を以て何んでも言ひなさい、亦云ふて寄越しなさい。

別紙は卿等が萬一有罪として公判に移された時に裁判所へ提出すべき弁護届であるから可然記名拇印の上直ちに私の処へ御送り返しを願ひます。

時節柄犠牲者の心に勇む御身体の御自愛を祈ります。

大正九年五月十八日

布施辰治

5　解雇者救済と大日本救世団

大正九年二月二十七日、治安警察法第十七条違犯で収監された中西伊之助は、四月一日未決収監一カ月で一旦出獄したが、四月二十五日の市電ストライキ当日の夜、再び治安警察法十七条違犯で検挙された。『赭土』を書いた前後その他」（月報「新興文学」一九二八年三月、平凡社）には「九月の末まで未決監生活をした」とある。資料No.８５５「書簡一括」中の中西の獄中書簡二通はこの時のもので、日付は大正九年七月二十八日と同年八月十七日、宛先は弁護士布施辰治。

この中西の獄中書簡には「組合も出獄者の生活問題で難関です。僕には一つの計画があります。若し出られるならば来る可き有罪服役者（若し有るとすれば）の生活保障は必らず出来ます。」（大正九年七月二十八日付）、「組合では失業者を抱いて唸つてゐます。私が出獄さへすれば之れに臨機の職業を與へる成算があるのですが困つたものです。」（大正九年八月十七日付）という言葉がある。これは四月のストライキにより三〇〇名を超える解雇者と入獄者八十四名（または八十三名）、起訴三十四名の犠牲を出して組合が壊滅状態となる中で、どのようにして解雇、起訴された組合員の生活を守り組合を再建するのかということが緊要の課題となり、同時にその復職方法をめぐって組合内部に深刻な対立、確執が生じつつあることへの危惧である。

日本社会主義同盟の機関誌『社会主義』第三号（大正九年十二月一日）には、日本交通労働組合の消息として、「理事長中西伊之助氏の入獄中、交通労働組合は各方面からの抑圧に会つて、甚しい苦境に在つた。特に大日本救世団なる怪物は、失職して途方に迷へる組合員を弄絡し、組合員の切り崩しに努めた。中西氏の出獄後、新事務所に新陣容を整へた組合は、先づ此の怪物大日本救世団の糾弾宣言を発して出陣の血祭とした。」という記述があることは前章で紹介したが、『読売新聞』（大正九年十月二十八日）もこの間の事情を次のように伝えている。

「復職を希望する佐々木某他六十余名は大迫大将の肝煎で成立した大日本救世団に投じ嘗ては階級意識の闡明やら労働争議を云為して吾等は資本家の奴隷ではないと叫んだ雄々しい意気も何処へやら腹を減らしては何うにもならぬと無条件で屈服し、曩にやつた大同盟罷業は悪かつたと懺悔し其の具体的意思表示に鋤鍬執つて明治神宮御造営工事に奉仕した」。

一方「大日本救世団」に批判的な中西伊之助は、

「『労働問題を眞に理解しない彼等ワイワイ連に対つて多くを望むのが間違つてゐるが労働者が無条件で資本家に屈服し悪かつたなどと云ふ莫迦な話が何処の世界にあるか、第一日本救世団なんて売名もの、出来たのが時代錯誤で吾等はてんで問題にしてゐない』と語つてゐた」。

また『東京交通労働組合史』には「さきの争議により組合の中心分子として解雇された人々は、陸軍大将大迫元繁、護国団本多仙太郎らの世話で、一時、明治神宮造営工事の土方などしながら復職運動をつづけていた。その労苦と努力がみとめられ、やがてその多くは徐々に復職していつた。」とある。

「大日本救世団」については、『朝日日本歴史人物事典』（一九九四年十月二十二日、朝日新聞出版）の「大迫尚道」の項に「明治大正期の陸軍軍人。（中略）大正四（一九一五）年大将に昇進した。退役後は救世団を組織、愛国思想の鼓吹に努めた。また大正九年の東京市電ストライキの仲裁に当たり、免職になった職員の多くを明治神宮造営事業にあっせん」した、とある。『東京交通労働組合史』は「救世団」の指導者を「大迫元繁」としているが、あるいは「大迫尚道」大将の方が正しいのかもしれない。同様に「救世団」の本多仙太郎は東京砲兵工廠の同盟罷業で田中義一陸相との間で仲介の労をとる日蓮信者、「国士」として顔を見せている（『大阪毎日新聞』大正八年八月三十一日）。但し『読売新聞』の広告（大正十五年四月八日）では「南無妙法蓮華経　大日本救世団　代表　本田仙太郎」となっている。こうしたことから「大日本救世団」は、日蓮宗に関係する国粋主義団体だと思う。

6　「交通労働者団結之革命」　里村欣三は本部実行委員だった

このように当初「大日本救世団」に対して批判的だった中西伊之助は、しかし次第に「救世団」に依拠してでもまず復職を勝ち取り組合を再建しようとする佐々木専治、島上勝次郎らの現実主義的な路線に同調していくことになる。一方、組合運動の純粋性を求める前川二亨（里村欣三）や片岡重助、山口竹三郎らは「本部実行委員」の肩書きをもって批判派として立ち上がっていく。図式化すると、中西伊之助らの「本部役員＝柔軟派」と前川二亨ら「書記局＝観念派」の復職運動をめぐる対立である。

こうした対立の経緯を示す資料が№８４６の「交通労働者団結之革命」である。Ａ４換算十ページのこの資料は、前川二亨が大正十年三月の直近まで「日本交通労働組合本部実行委員」、即ち専従書記的な位置にいたことを示すとともに、前川二亨が山口竹三郎らとともに第二組合「全国交通運輸労働者同盟」を立ち上げていったことを示す資料である。本文は漢字・カタカナで書かれているが、可読性のため漢字・平仮名に直し、以下に読み下してみる。長文の資料だが、内容はかなり刺激的である。なお［　］内は引用者の補足。

交通労働者団結之革命
（宣言及報告通知）

全国交通運輸労働者同盟

全国交通運輸労働者同盟新綱領
一、本同盟は人類文化の基調に即し現社会制度の改善を期す
一、本同盟は真純なる文化的運動により人類共存の理想実現の為め協同の力に俟つて交通労働者の生活権拡充を期す
一、本同盟は無産労働者階級の大同団結を慫慂するため純真なる労働団体並に思想団体と僚友関係を結び相提携して実際運動に当り併而思想宣伝普及に努めむことを期す

東京市外高田雑司ケ谷弐弐八
全国交通運輸労働者同盟本部
仝　市外中渋谷三五八
仝　宣伝部
仝　編輯部

宣　言

中西伊之助氏を始め『日本交通労働組合』の名を悪用し組合運動を堕落せしめつゝある徒輩を排斥除外す

大正十年三月

日本交通労働組合本部実行委員

武井　栄　　山口竹三郎

前川二享　　片岡重助

平野寅二　　佐野左江

（実行委員八名中六名）

支部実行委員

大貫丑二　　外弐拾名

仝

排斥理由（別項の通り）

排斥理由

中西伊之助氏が吾「交通労働組合」と関係を結んだ当初、巷間兎角の風評があつたが、夫は氏の順調を羨む者、若くは私怨の有る者の言と吾々は解して居た。氏が吾組合理事者（特に指導者等の言を避ける）としての態度は、其生活が保証されたと正比例して居たと認めることが出来る。

処が昨年四月罷業に、怪我に巻き添へを喰つて（氏は常に斯く云ふ）入獄以来、昨の志士（自称）も今日の懦夫、更に出獄以後の態度は自ら犠牲者を以て任じ、自ら労働運動の先駆者を以て許すが如き誇張の言を弄する者の態度とは受け取れぬ。

今に至つて氏が組合に関係を結んだ当時の世評が全然空虚で無かつた事と、現在に至つて鍍金が脱落して昔の地金が露れたと云ふ事が思ひ合わされる。

茲に氏自らが揚言せる『真純なる運動を期す』の「モットー」に背反する氏の運動の全部を指摘するは煩に堪へないから、其二三を摘発して排斥理由を闡明し、彼等不純分子を労働運動の圏外に去らしめむとするものである。

一、労働者を侮蔑し此を利用し自家を利せむとする手段

氏が昨夏入獄中、組合運動の将来に対し態度を決し兼ね八方美人式辞令を弄したる書信を発し、為めに本部内に絶えず内訌を起さしめたる醜態は、本部会計部長として令名ありたる福島理事が氏の出獄と同時に桂冠し筋肉労働者の昔に皈り再び組合本部に入る事を毅然として拒んだ事によつて、若干其間の消息を窺ふ事が出来たが、近時に至り中西氏の運動が――組合運動に対する信条――全然大言壮語する其の口と相反する事実が原因を造つたのであつた事が判つた。

更に氏が出獄後直ちに救世団による復職哀願団に対し自家の態度を決する必要に迫られたに際し、復職哀願団の一幹部が『復職希望者が各自毎月金壱円づゝ負担し其れに依つて理事長の生活を保証する考である』旨の言明を為したるに牽制されて約一ケ月に亘り救世団反対派と哀願団との間に板挟みとなり売笑婦的言辞を以て復職哀願者に媚び、一方反対派には白を切り真純さを装つて居た事実が近く曝露された。

其れは昨年［大正九年］十月二十七日復職哀願団が救世団の命によつて「中西伊之助の主義に絶対反対にして是れと没交渉無関係」なる宣言を発した為め哀願団幹部の言明に失望した氏は急激に救世

団反対派を極力称揚し以て共に行動せむ事を求めて、『更に真純なる運動を続ける』と誇号した。

処が其後の氏の運動が氏の所謂真純さをも持て居ない為めに組合の孤塁を死守して来た救世団反対派も氏と行動を共にする事を差し控へたので氏は再び復職哀願団と提携するの必要に迫られ、先づ自家と最も妥協点（豹変病を有する意味に於て）を持てる哀願団の頭目島上某に秋波を送り遂に自家薬籠中の者とし彼の豹変宣言書を代作して発表せしめ其れを機会に野合した。

爾来彼を仲介として、組合運動に何等の理解と節操を有たない救世団に依る復職哀願者の敗残者を使族し、旧組合員に対し盛んに寄附金強制的集金運動を行つて居る。

一、労働組合運動を自家の営業科目の如く思惟せる所有感念の誤謬と

——組合幹部員を奴僕の如くする不遜なる資本家根性——

氏の現下の運動方針は全然自家の生活保証運動であつて何等労働組合運動の本質を備へて居ない。六ケ月分金弐円也の組合費を元交通労働組合員に納入せしめる其の復活運動である為め実行委員は之れを廃し他の宣伝方法を献策したが肯ぜず、又、行動を共にする事を避ける者あれば「其は亡び行く者なり」と為し、終に復職哀願団中より一日弐円にて二三の集金員を雇ひ入れ之れを組合幹部員なりと称して旧組合員に対し出金を強制して居る、其云ふ所は、「講演会を本月中に二回開きますから」等の偽瞞の誇言、又、氏自ら集金を勇敢に行る場合には「俺を一年の間に二回も監獄へ行かして置いて知らぬ顔で居られるか」等聞くに堪へぬ言葉迄弄して居る。

然して犠牲の押売、又は同情の強制が効を奏せぬ場合は「俺はまだ組合に対し千円以上の貸しがあるから旧組合員は当然金を出す義務がある」と放言しつゝある。奈んぞ知らん、昨年［大正九年］四月罷業以来組合費徴収の途絶へ二百余の失業者の救済さへ為し得ぬ裡に中西氏のみは十一月迄の俸給

月額金百円宛を残存基金中より支給され尚其の上の残存基金も使途不明の裡に氏の懐中に残されてある筈であるにも不拘斯かる放言は実に唾棄すべきで氏出獄以来の組合会計状態は公選会計係に其出納をも明示せず自家経済と混同し華美なる風采宛然ブルジヨアに匹敵する妻君の掌裡に隠され、其の発表を求むる者あれば言を左右に托して肯かず、以て氏の労働運動が「貸したる覚えなき掛取り運動」で一個の営業科目たるの感がある。

一、無定見無節操で終始せる醜態
　　――放置すれば官憲の御用組合と化せむ――

氏の運動が常に日和見的であつて労働階級の福利よりも自家の地位、名望に重きを置きたるは世評の誤りなき判定として是を茲に掲示しないが最近奇々怪々の風聞ある官憲と握手の如何に就而は左の件を見逃してはならぬ。雑誌発行保証金を警視庁の某官吏の手を通じて出資せしめ様とした事と小石川労働会の名により忌はしき行為があると定評ある某々一二の者と気脈を通じ次で大いに画策する処あらむとせる事実である。

雑誌発行保証金は郡部発行とすれば充分積立て得る資金を残存基金として氏が保管中である筈にも不拘官憲の手により得むとせるが如きは一昨年京都奥村電機商会争議当時の氏の大々的活躍？に対する世評を裏書きするの感なくむばあらずで、其挙に反対して雑誌名義人たるを拒否したる者を卑怯なり等悪罵したる氏の心事の陋や許す可からざるものがある。更に小石川労働会の名を利用し普選の運動に参加し兎角の風評ある者と協調せるが如きは氏が昨年市電代表委員問題に対し組合幹部に教へられて議会政策を否定せる態度を裏切り今に至り政治運動屋と野合する無節操無定見は共に他の数個の問題と併而吾労働組合運動を惨毒するものであつて断乎として糾弾せざるを得ないのである。

改称宣言

「日本交通労働組合」の名が中西氏及一二の不純分子に依りて毒せられし為め組合未加入交通労働者の厭忌の念を懐かしめ、加ふるに現に在籍組合員の好感を失ひ為めに組合運動の真価を疑ふ者続出するの状態に鑑み今後の倍旧の勇躍を期する為め組合名称を左の如く改称す。

全国交通運輸労働者同盟

事務所　東京市外高田雑司ケ谷弐弐八

大正十年三月

日本交通労働組合本部

実行委員会

▼本宣言補足参考書類▲

◎中西氏が吾組合に関係当初の世評の一端

――大正九年一月号「雄辯」所載『現存労働組合と其批判』より――

中西君に対しては種々なる噂がある、甚だしきに至つては警視庁の犬だとさへ云ふ者がある。私は其真偽を知らない。然しながら今回の事件に際する中西君の態度は極めて曖昧朦朧たるものがある様である。――中略――同君の労働運動が真に労働問題の自覚の上に立ち誠心誠意之れを為しつゝあるか、又、一部に伝へらるゝ如く同君が官庁の犬として之を操縦しつゝあるかは暫く措く――中略――

○同じく「日本労働聯合会本部」なる段に

此の会の初めに当つて中西伊之助君は井上倭太郎君を助けて居たが、同君の態度は兎角労働運動者として正しい態度とは思はれない様な処が間々ある。あつちでも、こつちでも其会の思想態度には何の顧慮する所なく関係をつけて、自分の野心を満足させ様と云ふやうな態度は最も卑しむ可きであつて斯くの如きは所謂労働運動屋である。

◎救世団による復職哀願団の宣言

——島上某も参加せり——

国家社会の現在及将来共に鑑み真正の意義に於て覚醒?せる我等は現在の態度並に将来の方針に関し各自の意思を茲に公表宣明す。

一、我等は中西伊之助の主義（当時労働組合主義）に対し絶対反対にして之れと没交渉無関係なるは勿論我等将来の公正（?）なる態度に依つて彼等の覚醒を促さむことを期す

二、現在及将来に於て曖昧的態度を執る者は我等の同志と認めず

大正九年十月二十六日

大日本救世団に依る復職希望者一同

註（代表者と称する三十名の名を掲げて都下の二新聞に広告したるもの）

◎前項宣言代表者の一人にして復職団三頭目の一人島上某の豹変宣言書……抜粋——中西君が代作し同夫人代筆発表のもの

（前略）此時救世団長大迫大将閣下は閣下の地位と種々の事情を放擲して、是は国家の不祥事であるとて蹶然起たれて此の事件を解決せんと努められた。閣下は国家の元勲にして然かも六十余才の高齢であるに係はらず此の二百有余名の同僚を救はんとせられた高志に対しては唯感激の外はなかつた。

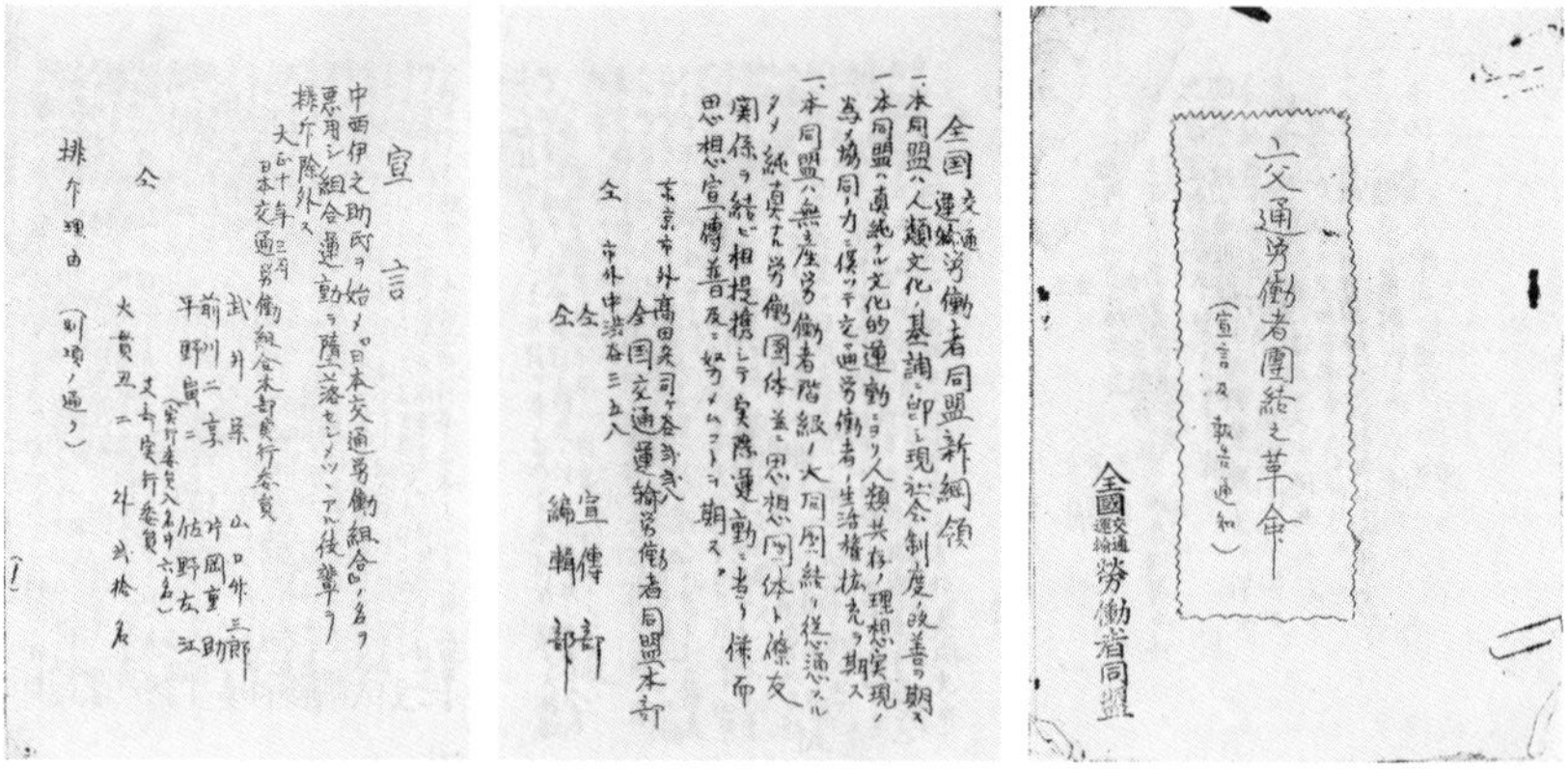

資料No.846「交通労働者団結之革命」の一部（石巻文化センター所蔵）

これが為めに閣下の指導に基き、その高志に酬ゆると同時に同僚の苦境を救はむが為め復職運動を起した所以であつた、此のためには組合創立以来中堅者となり労働者の生活改善を以て畢世の業とせられし仁人中西伊之助君と提携すること能はざりしは、これ余の最も遺憾とするところである……云々

大正九年十二月七日

日本交通労働組合本所支部長（潜称）

島上　某

以上が資料№８４６「交通労働者団結之革命」の全文である。この資料は、中西伊之助が当初「救世団反対派を極力称揚し以て共に行動せむ事を求めて、『更に真純なる運動を続ける』と誇号した」が、「組合の孤塁を死守して来た救世団反対派も氏と行動を共にする事を差し控へたので氏は再び復職哀願団と提携するの必要に迫られ」、「哀願団の頭目島上某に秋波を送り遂に自家薬籠中の者とし彼の豹変宣言書を代作して発表せしめ其れを機会に野合した」という経緯を明らかにしており、中西伊之助の中で解雇者の復職をめぐる方針に多少のブレがあったことが見て取れる。また前川二享や山口竹三郎、片岡重助らの

批判は「組合経理の不明」を突くなど、一般的に闘いの中で生起しがちな誹謗中傷的な側面も併せ持っているが、本質においては「組合運動に何等の理解と節操を有たない救世団」に依拠した復職運動に対する不信、批判である。

こうした対立の消息は、大杉栄らアナキスト系の労働新聞『労働運動』（一九七三年六月、黒色戦線社復刻）でも取り上げられている。大正十年四月三日号（第八号）二面の「光と闇」というコラムがそれで、「交通労働組合が二分して、新に全国交通運輸労働者同盟が出来、両者の間に内争が起つてゐる。次号で詳報しよう。」とあるが、次号（大正十年四月二十四日、第九号）にその詳報はなく、「読者諸君から」という投書欄に中西伊之助が「誇大な見方だ」というタイトルで、次のように反論している。

「第八号の、交通労働が『二分』して『内争』があるとの報道は君等の忌憚する新聞屋式の誇大な見方だ。（中略）下らぬ野心家の、出タラメな宣伝ばかりの材料では真相は判らぬ。全く現在は、労働者同志が内争する程の余力はない。二分する程の豊富な力はまだなかなかない。（中西伊之助）」。

7　『暁鐘』の発行

「大日本救世団」に依拠した復職運動をめぐる対立の中から、前川二享（里村欣三）らの「全国交通運輸労働者同盟」が第二組合として分派し、その機関紙として『暁鐘』が発行された。

資料No.845『暁鐘』創刊号は八ページのリーフレットで、日付は大正十年二月二十五日である。発行主体の明記はないが、本文六ページ目に「全国交通運輸労働者同盟宣言」があり、八ページ目の奥付部分（「編輯だより」）に、発行編輯兼印刷人として前川二享の名がある。その住所は「北豊島郡西巣鴨

町池袋九五五　石澤方」となっている。

内容を紹介すると、前川二享は『暁鐘』一ページ目の「創刊の辞に代へて」と、七ページ目の「労働者の活眼　知識階級への挑戦」、および八ページ目の「編輯だより」を「享」「二享」「編輯小僧」の署名で書いている。巻頭の詩も「創刊の辞に代へて」中の「自由の鐘の音」と同じ「解放の鐘の音」という言葉が使われており、あるいは前川二享のものかも知れない。

「労働者の活眼　知識階級への挑戦」は、労働運動を批評の対象とする知識階級を批判したものだが、ある意味一般論であって直接に中西伊之助や復職哀願運動を批判したものではない。前川二享の記事かどうか不明だが五ページ目の「親愛なる同胞へ」という全国交通運輸労働者同盟への加盟を勧める記事中に「従業員の贈り物を喰つたりするらしい奴を頼りとして居ては何年経つても諸君の生活改善は愚か不安なのだから」というあたりにその批判が垣間見える程度である。

四ページと五ページの中央境目には、欄外記事として「日比谷便り」があり、「元交通労働組合幹部八十三名に対する第二回公判（事実調べ）」の日程を記した記事がある。

八ページ目の「編輯だより」には「編輯事務に関する郵便物は市外中渋谷三五八番地林盛義方片岡宛に願ひます。会計に関する郵便物は市外高田雑司ケ谷二一八番地山口竹三郎宛に願ひます。」というように書かれている。

この文中の「片岡」は片岡重助で、山口竹三郎とともに「交通労働者団結之革命」に名を連ねている「日本交通労働組合本部実行委員」六名のうちの一人で、四月の市電ストで入獄している。

「片岡」はその名の表記に混乱が見られ、大正九年四月当時の日本交通労働組合の役員名簿（『東京交通労働組合史』）では広尾支部幹事長片岡重吉、資料No.860の「市電問題入獄者名簿」では広尾支部副支部長理事片岡重介、「交通労働者団結之革命」では片岡重助となっている。資料№８３９の書簡「片岡重助より布施辰治宛」は封書や署名が残っておらず、この「交通労働者団結之革命」および布施辰治の添書き「筆者は文面によって片岡氏と知れる」により、資料を保存している石巻文化センターでは片岡重助と認定しており、本稿では片岡重助の表記とした。

『日本社会運動人名辞典』（一九七九年三月一日、青木書店）では「片岡重介」の項が立てられているが、それによると、片岡は明治二十六（一八九三）年三月八日、広島県呉市生まれ、「一九一八、一九年ごろ上京、東京市電気局に市電車掌として入り、二十年の市電ストライキに参加、四月警官隊との衝突で検挙され、懲役六ヵ月を科された」。のち郷里に帰り、農民組合運動で活躍、昭和十六年に没した、とある。

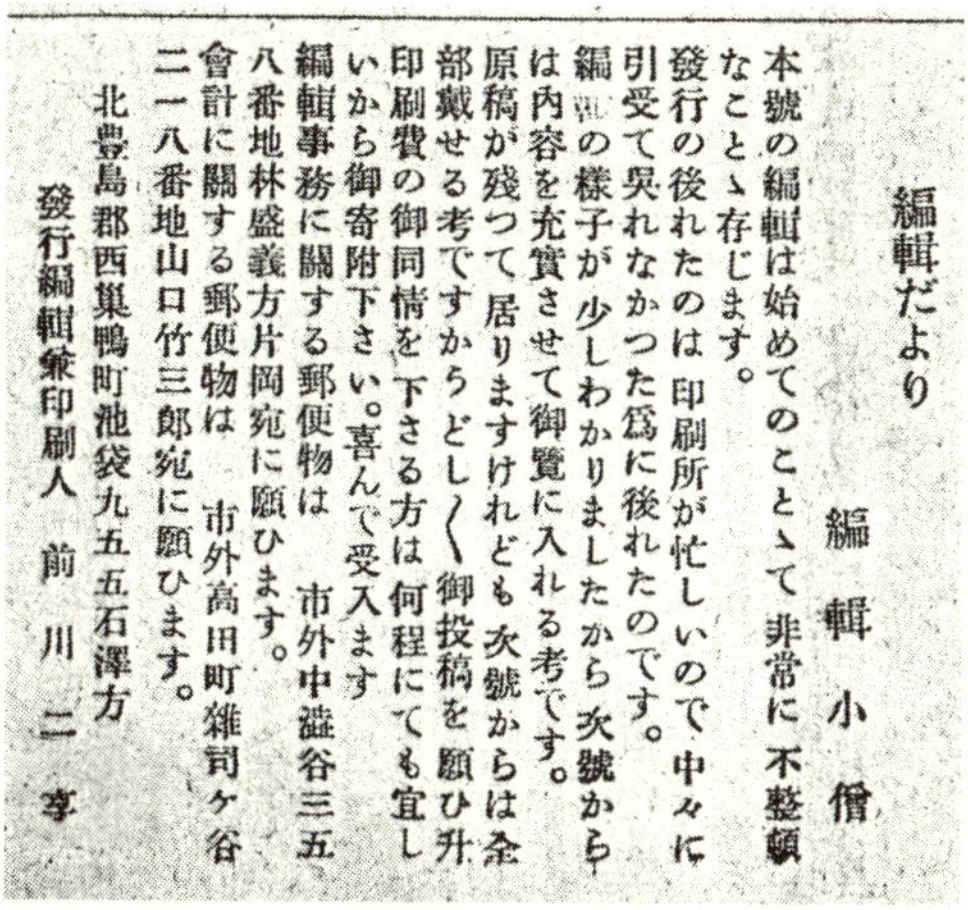

編輯だより

編輯小僧

本號の編輯は始めてのことゝて非常に不整頓なことゝ存じます。
發行の後れたのは印刷所が忙しいので中々に引受て呉れなかつた爲に後れたのです。
編輯の様子が少しわかりましたから次號からは内容を充實させて御覽に入れる考です。
原稿が殘つて居りますけれども次號からは全部戴せる考ですからどしどし御投稿を願ひ升
印刷費の御同情を下さる方は何程にても宜しいから御寄附下さい。喜んで受入ます
編輯事務に關する郵便物は　市外中澁谷三五八番地林盛義方片岡宛に願ひます。
會計に關する郵便物は　市外高田町雑司ケ谷二一八番地山口竹三郎宛に願ひます。
北豊島郡西巣鴨町池袋九五五石澤方
發行編輯兼印刷人　前川二享

『暁鐘』八ページ目の「編輯だより」部分

郵便物の宛先である山口竹三郎も、前川二享や片岡重助とともに「日本交通労働組合本部実行委員」の一人であるが、大和田茂先生のご教示によると、山口は和光大学に所蔵されている日本社会主義同盟の第二名簿「山辺健太郎旧蔵日本社会主義同盟名簿」に住所「市外高田町雑司ケ谷水久保二一八」と記載されている日本社会主義同盟員の一人である。山口の年齢は未詳だが、片岡重助は大正十年三月の時点で満二十七歳、前川二享はまだ十九歳であった。

8　武井栄の反論

こうした前川二享らの動きに対し、「交通労働者団結之革命」に「批判派」の一人としてその名を記載された本部実行委員の武井栄（本部研究部長）、支部実行委員大貫丑二（青山支部基金監査）は、日本交通労働組合の機関誌『交通労働』（大正十年四月一日号、発行編輯兼印刷人中西伊之助）に「迷惑千萬の至りに候」という記事を掲げ、「批判派」ではないことを明言している。（傍点原文のママ）

▲迷惑千萬の至りに候

啓上昨今『交通労働者団結の革命』と題する印刷物に小生等の名義を利用列記し各所に配布したるものある由なるも右は小生等の全然相関せざる事にて迷惑千萬の至りに候誤解なき様為念御通知申上候也

大正十年三月十五日

渋谷町下渋谷六百十四番地

武　井　　栄

渋谷町中渋谷六百〇六番地

大　貫　丑　二

中西伊之助殿

本郵便物ハ大正十年三月十五日第六八〇号

書留内容証明郵便トシテ差出シタル事ヲ証明ス
渋谷郵便局

大正九年四月末の東京市電ストライキによる解雇、入獄者の復職運動をめぐる対立により、前川二享は、日本社会主義同盟の創立発起人となった大正九年九月時点で同居していた武井栄とも袂を分かつことになってしまった。この後、時期的にいえば『暁鐘』創刊号が発行された後の大正十年四月頃、また は日本社会主義同盟が治安警察法によりその結社を禁止された大正十年五月前後に東京を離れ、土地勘のある神戸に戻り、神戸市電に車掌として潜入することになる。里村欣三（前川二享）の『第二の人生』第二部には、「市電第一次の争議に敗れ、大正十年には神戸市電に再び車掌となつて潜入し」たとあるが、その経緯を補述する小説が以下に紹介する「古い同志」である。

『暁鐘』に関していえば、大正十年二月二十五日の創刊号には、次号への抱負として「内容を充実させ」、「どしどし御投稿を願ひ升」、「印刷費の御同情を」等の記述があるが、第二号が発行された形跡は今のところない。これは推測に過ぎないが、おそらく『暁鐘』の第二号は発行されなかったのではないだろうか。

9　新資料「古い同志」を読む

総合誌『世界の動き』（昭和五年一月一日創刊号、世界の動き社）に里村欣三が「古い同志」という小説（一一三～一一四ページ）を書いているのが、最近「中西伊之助研究会」の秦重雄先生により発見された。

作品の時代背景は「官業のB工場」（東京砲兵工廠あたり）に仮託され、「大正八年十月に「工友会」が全工場を動かして、ストライキを開始した。官業工場の最初のストライキであり、また××を製造する重要な軍事工業だつたので、当局［の］弾圧と迫害はシユン烈を極めた。」と設定されているけれども、ここに書かれている内容はまさに日本交通労働組合（東京市電）の後退期における様々な確執と敗北なのである。この作品の執筆時点では既に徴兵忌避、逃亡中の身であった里村欣三にとってはやむを得ぬ背景設定である。その意味でこの「古い同志」は、里村欣三の大正九年秋から十年初めにかけての状況を指し示す〝ミッシング・リンク〟とも言うべき作品である。

作中人物「黒川敬太郎」は「最も親しく交はつてゐた先輩の一人であつた」。ストライキに敗れ、黒川はいま植木屋の人夫になっているが、「昔のま、の「直接行動派」——アナルコ・サンヂカリストであつた」。「労働者の生活に今も昔もあるものか。——同じだ。五銭がい、か、十銭が得か！——この単純な利害だけで沢山だ。組織——！ そんなしち面倒が［な］ものがゐるものか。」という黒川敬太郎。その黒川と、彼に批判的な立場に変わってきた自分（「吉岡」）との齟齬、懐かしさの混じった悲哀、対立をテーマに描いた作品である。

以下に、その闘争の経緯に関する部分を抜き出して紹介する。［ ］は引用者の補足。

「ストライキが始められるや否や、工友会の六十三名の議士［闘士］と幹部は「治警違犯」に問はれて、一斉に検挙された。そしてこの指導者を奪はれたストライキは、百三十七名の犠牲者を出して、一週間たらずでウヤムヤに惨敗した。

六十三名の闘士と幹部が、二ケ月の後に出獄した時には、工友会は丸潰れになつてゐた。組合の看板すら、何処へ行つたか解らなかつた。

黒川は口惜しがつた。彼は洗濯用の張板に組合の名前を書いて、いきなりそれを自分の家の格子に打ちつけた。そして彼は馘首された組合員を掻き集めた。（中略）

彼の意見では、犠牲者が復職運動を起せば、工場の連中が黙つてはゐないであらう、といふ腹だつた。そして都合よく復職運動が成功すれば、再び組合をもり立て丶、徹底的なストライキを始めるつもりであつた。

ところが最初のストライキの惨敗で、すつかり卑屈になり切つてゐた職工は、（中略）外部で行はれる復職運動に対して、眼と耳をふさいで頑固に押し黙つた。

復職運動の効果はなかつた。――十日、二十日、三十日と、経つうちに犠牲者自身の熱も冷めて行つたし、生活に追はれて町工場へ転職する人間も出来て来た。運動の結果が乱れ始めると、黒川の運動方針に不平を抱く者が殖えて来た。

「俺たちは、本当に復職を希望するんだ。黒川のやうな主義者と手を切つて、穏当に復職の方法を講じやう！」といふ一派と、飽くまで労働組合を再建する方法として、復職運動を利用しやうとする強硬な一派とに分裂してしまつた。

そして微温な妥協派は、日蓮の狂信者で、有名な大ヤマカンの本田千代太郎に縋りついて、退職陸軍大将大勢戸将軍を団長とする「救世団」の袖に泣きついた。そして彼等はこ丶で「悔悟の状」が現はれるまで、明治神宮の外苑工事に労働奉仕した。

黒川はこの卑劣な「哀訴嘆願派」の恥さらしな行動に怒つて、いよいよ反対に急激な運動に走つた。吉岡［里村欣三］は勿論、黒川の一派であつた。黒川の意見に従つて、最後まで踏み止つた者は、ほんの十三人にしか過ぎなかつた。彼等は飽くまで初志の貫徹を期して、組合の再建のために血の出るやうな奮闘をつゞけた。組合員の名簿を探ぐつたり、古い友人を訪ねたりして、職工の戸別訪問を始めたが無駄だつた。――職工たちは、彼等と顔を合はせるのさへ嫌つた。家にゐても留守を使つた。そしてこの十三人の同志も遂ひに、生活難に追はれて、一ケ年の苦闘の後に散り散りな運命になつた。

その当時の吉岡は、まだ若かつた。十八才になつたばかりの青年であつた。彼はB工場の争議で百三十六人の同志と共に馘首されて以来、黒川の家で厄介になつてゐたのだ。

黒川はどこまでも「組合の再建」の強固な意見を捨てなかつたが、生活のためには一時の退却を余儀なくせられた。（中略）

吉岡は大阪へ走つた。そして彼は再び、労働運動の渦中に飛び込んだ。そしてA電気の争議で入獄した。

彼が二年の後に上京して来た時には、「哀訴嘆願派」の運動は成功して一年前に元通りB工場に復職してゐた。そして彼等は「自助会」と称する御用組合を作つてゐた。これは当局が、労働運動に経験のある彼等の復職を許すと共に、先手を打つて御用組合を作らせたのだ。」

以上、「古い同志」から「吉岡」＝里村欣三（前川二享）の闘いの経緯、経歴に関する部分を拾い出した。

このうち「日蓮の狂信者」の「本田千代太郎」は本田仙太郎、「救世団」の「退職陸軍大将大勢戸将軍」は大迫尚道、復職希望者が「明治神宮の外苑工事に労働奉仕した」のも史実に一致する。復職した島上勝次郎らによって大正十年秋に「相扶会」が結成されたが関東大震災で島上が死去、その後身の「人間会」（大正十二年十二月）は復職者の宮井昌吉、佐々木専治らにより結成され、大正十三年五月の

「市電従業員自治会」の結成となる（『東京交通労働組合史』）。「古い同志」中の「自助会」に対する「御用組合」批判は、こうした復職者の活動に対する批判である。

「哀願復職運動」について中西伊之助にブレがあったことは先に見てきたが、「市電従業員自治会」の中心となった宮井昌吉や伊藤誠に対して、後年中西は、大正九年四月の東京市電ストの敗北の原因として、彼等が市電当局と妥協を図り、スト収束に動いたと厳しく批判している（「ブルジョア新聞と労働争議——東京市電争議を中心として」『世界の動き』昭和五年六月号）。また、この「古い同志」の記述から、大正九年四月末の「東京市電大争議」において、前川二享は検挙入獄はしなかったが、三〇〇名を超える解雇者の一人であったことが推測される。

大正九年四月の東京市電ストから「一ケ年の苦闘の後」、大正十年五月前後、「散り散りな運命」となって「大阪へ走つた。そして彼は再び、労働運動の渦中に飛び込んだ。そしてA電気の争議で入獄した」。

この「A電気」を「神戸市電」と読み換えれば、まさに「十八才になつたばかりの青年」である「吉岡」がたどった経緯は、前川二享がたどった経緯そのものである。そして「彼＝吉岡」が「二年の後に上京」したのと同様に、前川二享は入獄、徴兵検査、入営を嫌っての満洲逃亡という他言できない秘密、書けない経歴を抱えながら、やはり「二年の後」、即ち大正十二年、関東大震災の年の初夏に再び「上京」するのであるが、それは後章で述べることにする。

最後にこの章を概括しておくと、前川二享（里村欣三）は東京市電の青山地区（推測）に所属する車掌で、積極的な活動家であった。日本社会主義同盟の創立発起人に名を連ねた大正九年の夏頃から、『暁鐘』を発行する大正十年の三月頃まで、日本交通労働組合の「本部実行委員」＝今日でいう専従書記的な立場にいて、「哀願復職運動」に批判的だった。

中西伊之助との関係は、大正九年から十年にかけての、東京市電での激しい交通労働運動の中で、因縁浅からぬ形で既に形成されていた。

即ち、巷間言われているような「徴兵を忌避し逃亡、里村欣三の名で満洲を放浪する。上京し中西伊之助のせわになる」（『机上版日本近代文学大事典』講談社）といった従来の里村欣三についての記述はこの関係を見ておらず、順序が逆転している。事実は、こうした一連の交通労働運動そのものが原因となって、徴兵忌避、満洲逃亡の結果が導き出されていくのである。

第6章　里村欣三が「神戸市電」にいた——西部交通労働同盟（大阪市電）創立大会に登場

1　西部交通労働同盟の創立を支援した中西伊之助

『交通労働運動の過現』という一冊の書物がある。大正十一年から同十四年にかけての大阪市電従業員の闘いを記録したこの本は、第一部（八五ページ）桒田次郎、第二部（六五四ページ）長尾桃郎の共著で、大正十五年六月三十日、クラルテ社刊、日本交通労働総同盟確立記念出版という副題が付けられている。この本の序文で、中西伊之助は次のように述べている。

「大阪を中心とする関西一帯の交通労働者の運動は、かなり久しい歴史を持つてゐる。そしてその黎明運動を起したものは、何と云つても大正十一年三月に、大阪市電従業員を以つて組織された西部交通労働同盟である。その創立は、関西一帯の交通労働者に大なる衝撃を与へた。そして到る処に交交通労働者の運動が競ひ起つた。西部交通労働同盟の蹶起は、この点に於て最も重大なる先駆的運動であつた。西部交通労働同盟の指導精神は、純真明白なる階級闘争主義の下に、あくまでも万国労働者運動の歴史的使命を遂行するものであつた。これは曽つて東京に於て、大正八年、日本交通労働組合の創始された當時の指導精神と相通ずるものとして、交通労働者運動の新らしい伝統精神をなすものであると言はねばならない。」

中西伊之助は、時事新報の記者から転じ、大正八年九月三日に東京市電従業員を中心とする日本交通労働組合を設立、同年秋から労働者の人権の尊重や労働時間短縮、待遇改善を掲げ、理事長として大正九年二月および四月二十五日から五日間の総罷業等一連の闘いを指導してきたことは前章で見て来たところである。

その中西伊之助が大阪市電の従業員組合である西部交通労働同盟の創立に関係したのは、『大交史』（大阪交通労働組合編、昭和四十三年十月二十四日、労働旬報社）によると次の事情による。

大正十一（一九二二）年一月、大阪市電従業員の中で「共扶倶楽部」が結成され、のちに西部交通労働同盟の中心となって活動する中川知味らが「四〇〇〇名の市電従業員をどうして一つに統一するか。思いあまった中川は、東京市電（日本交通労働組合）の中西伊之助に手紙を出して、意見をもとめた。ここから東京市電との交流がはじまる」。

そして驚くべきことに、大正十一年三月十六日、この西部交通労働同盟（大阪市電）の創立大会に、中西伊之助とともに、これを声援する神戸市電労働者として前川二享（里村欣三）がその姿を見せるのである。

2　神戸市電従業員として姿をみせた里村欣三

冒頭に紹介した『交通労働運動の過現』の第一部＝桒田次郎の「日本陸上交通労働運動史」の「第八章　西部交通労働同盟」において、前川二享がその姿を現している。「前川二享」の名があるのは、六三ページの終わりから三行目の下部である。以下にその前後を書き写す。ルビは省略、旧字は新字、［　］

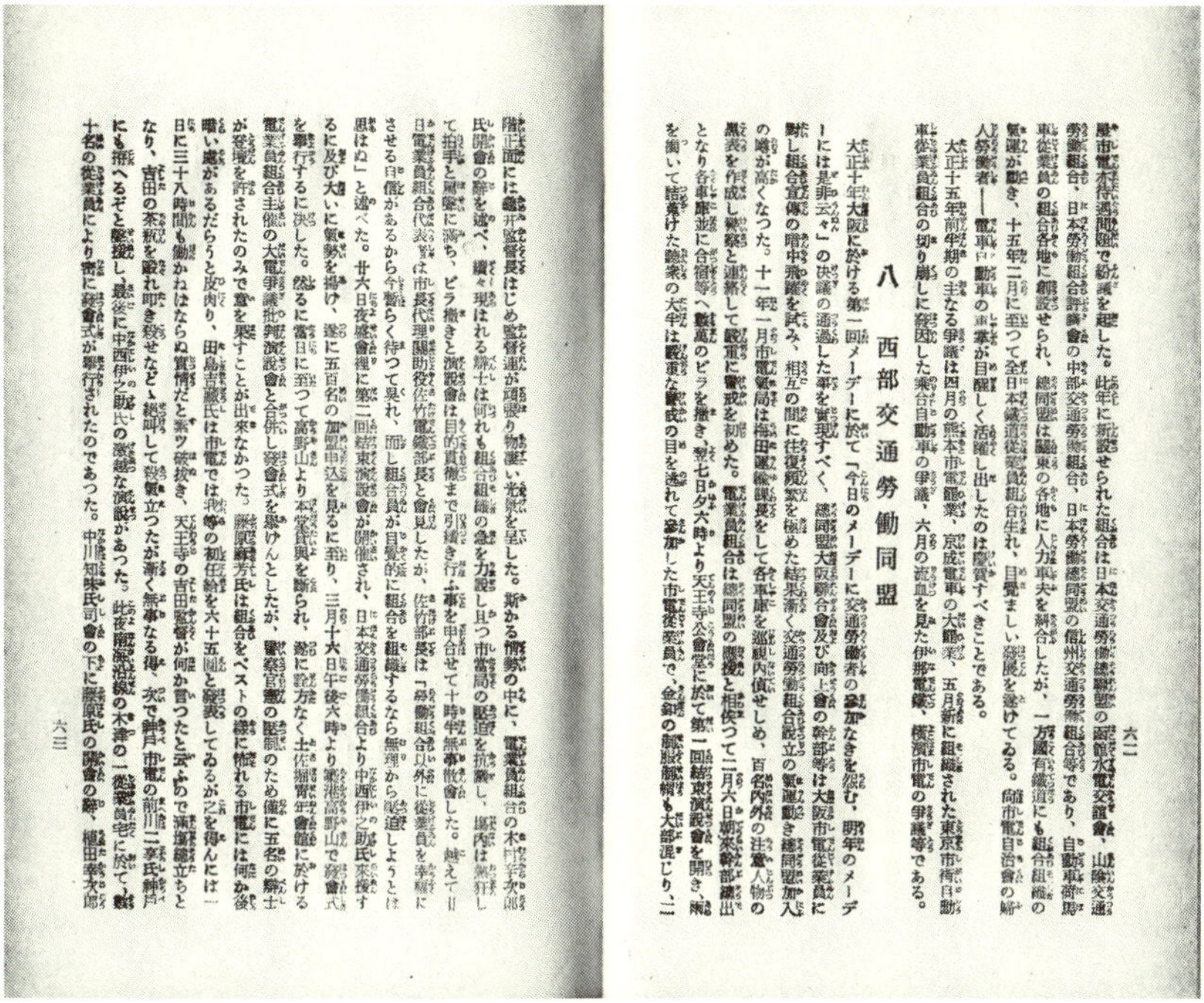
郡市電木待遇問題で紛議を起した。此年に新設せられた組合は日本交通勞働總聯盟の函館水電交誼會、山陰交通勞働組合、日本勞働組合評議會の中部交通勞働組合、日本勞働總同盟の信州交通勞働組合等であり、自動車荷馬車従業員の組合各地に創設せられ、總同盟は關東の各地に人力車夫を糾合したが、一方國有鐵道にも組合組織の氣運が動き、十五年二月に至つて全日本鐵道従業員組合生れ、目覺ましい發展を遂げてゐる。尚市電自治會の婦人勞働者——電車、自動車の車掌が目醒しく活躍し出したのは慶賀すべきことである。

大正十五年前半期の主なる爭議は四月の熊本市電罷業、京成電車の大罷業、五月新に組織された東京市街自動車従業員組合の切り崩しに發因した乗合自動車の爭議、六月の流血を見た伊那電鐵、横濱市電の爭議等である。

六二

八　西部交通勞働同盟

大正十年大阪に於ける第一回メーデーに於て「今日のメーデーに交通勞働者の參加なきを怨む、明年のメーデーには是非云々」の決議の通過した事を實現すべく、總同盟大阪聯合會及び向上會の幹部等は大阪市電従業員に對し組合宣傳の暗中飛躍を試み、相互の間に往復頻繁を極めた結果漸く交通勞働組合設立の氣運動き總同盟加入の聲が高くなつた。十一年一月市電氣局は梅田運輸課長をして各車庫を巡視内偵せしめ、百名内外の注意人物の黒表を作成し警察と連絡して嚴重に警戒を初めた。電業員組合は總同盟の應援と相俟つて二月六日朝來幹部總出となり各車庫並に合宿等へ數萬のビラを撒き、翌七日夕六時より天王寺公會堂に於て第一回結束演説會を開き、瞬を偸いて詰寄けた聽衆の大半は嚴重な警戒の目を逃れて參加した市電従業員で、金釦の制服制帽も大部混じり、二階正面には鶴井監督長はじめ監督連が頑張り物凄い光景を呈した。斯かる情勢の中に、電業員組合の木村芋次郎氏開會の辭を述べ、續々現はれる辯士は何れも組合組織の急を力説し且つ市當局の壓迫を抗議し、場内は熱狂して拍手と喝采に満ち、ビラ撒きと演説會は目的貫徹まで引續き行ふ事を申合せて十時半無事散會した。越えて二日電業員組合代表者は市長代理關助役佐竹電鐵部長と會見したが、佐竹部長は「勞働組合以外に従業員を幸福にさせる自信があるから今暫らく待つて呉れ、而し組合員が自覺的に組合を組織するなら無理から壓迫しようとは思はぬ」と述べた。廿六日夜盛會裡に第二回結束演説會が開催され、日本交通勞働組合より中西伊之助氏來援するに及び大いに氣勢を揚げ、遂に五百名の加盟申込を見るに至り、三月十六日午後六時より築港高野山で發會式を擧行するに決した。然るに當日に至つて高野山より本堂貸與を斷られ、遂に詮方なく土佐堀青年會館に於ける電業員組合主催の大電爭議批判演説會と合併し發會式を擧げんとしたが、警察官憲の壓制のため僅に五名の辯士が登壇を許されたのみで意を果すことが出來なかつた。藤原麻芳氏は組合をペストの様に怖れる市電には何か後暗い處があるだらうと皮肉り、田島吉藏氏は市電では我等の初任給を六十五圓と發表してゐるが之を得んには一日に三十八時間も働かねばならぬ實情だと素ツ破抜き、天王寺の吉田監督が何か言つたと云ふので満場總立ちとなり、吉田の奈秋を殴れ叩き殺せなど〻絶叫して殺氣立つたが漸く無事なる得、次で神戸市電の前川二享氏神戸にも飛火へるぞと怒鳴し、最後に中西伊之助氏の激越な演説があつた。此夜南海沿線の木津の一従業員宅に於て、數十名の従業員により密に發會式が擧行されたのであつた。中川知味氏司會の下に藤原氏の開會の辭、植田幸太郎

六三

前川二享（里村欣三）が西部交通労働同盟発会式に登場したことを伝える『交通労働運動の過現』の記述

内および傍点は引用者。

「〔大正十一年二月〕廿六日夜盛会裡に第二回結束演説会が開催され、日本交通労働組合より中西伊之助氏来援するに及び大いに気勢を揚げ、遂に五百名の加盟申込を見るに至り、三月十六日午後六時より築港高野山で発会式を挙行するに決した。然るに当日に至つて高野山より本堂貸与を断られ、遂に詮方なく土佐堀青年会館に於ける電業員組合主催の大電争議批判演説会と合併し発会式を挙げんとしたが、警察官憲の圧制のため僅に五名の弁士が登壇を許されたのみで意を果すことが出来なかつた。藤原麻芳氏は組合をペストの様に怖れる市電〔当局〕には何か後暗い処があるだらうと皮肉り、田島

吉藏氏は市電では我等の初任給を六十五円と発表してゐるが之を得んには一日に三十八時間も働かねばならぬ実情だと素ツ破抜き、天王寺の吉田監督が何か言つたと云ふので満場総立ちとなり、吉田の茶瓶を殴れ叩き殺せなどと絶叫して殺気立つたが漸く無事なる［を］得、次で神戸市電の前川二享氏神戸にも拵へるぞと声援し、最後に中西伊之助氏の激越な演説があつた。此夜南海沿線の木津の一従業員宅に於て、数十名の従業員により密に発会式が挙行されたのであつた。中川知味氏司会の下に藤原氏の開会の辞、植田幸次郎氏宣言及綱領を朗読し、次で各出張所代表者の祝辞演説あり、東京から来援の中西田中両氏の激励演説もあり、折柄細雨しとしとと降る中に、厳粛な産声を挙げて散会したのは、夜半の二時過ぎであつた。」（『交通労働運動の過現』）

里村欣三は、『第二の人生』第二部で、「持金を使ひ果して東京に出ると、自活のために市電の車掌になつた。大正八年、兵六が十八歳の時だつた。（中略）翌年には市電第一次の争議に敗れ、大正十年には神戸市電に再び車掌となつて潜入し、組合の組織運動に従事してゐるうちに、当局の弾圧に腹を立て、、時の電車課長を襲つて短刀で斬りつけた。直ぐ現場で取押へられて警察へ突き出され十ケ月の刑を受けた。」と書いているが、この記述通り、大正九年四月の東京市電の争議に敗れ、大正十年『暁鐘』一号を発行したあと関西に戻り、神戸市電の車掌になったことが、この『交通労働運動の過現』の記述により裏付けられるのである。

3　『大交史』の記述

次に前述『大交史』から、同じ大正十一年三月十六日の西部交通労働同盟（大阪市電）発会式の記述を見てみよう。

「市電労働者は、やむをえず同じ頃土佐堀青年会館に開催中の大電糾弾演説会に合流した。演説会は「熱狂して」これを迎えた。官憲の資料によれば、当夜の参加人員は、電業員組合被解雇者一五〇、電業員組合員二二〇、大電会社系の労働者七〇、市電従業員二〇〇〇（制服一五〇、私服五〇）、神戸市電従業員二〇、阪神、阪急電車従業員一〇、総同盟系その他七〇、合計およそ七八〇名であったという。九時半ごろに至って演説会を打ち切り、大阪市電の労働組合の発会式に移ろうとしたが、官憲の圧迫に妨害されてとうとうできず、中西伊之助（日本交通）、前川行雄（或は二享か、神戸市電）、藤原朝房、植田幸次郎（以上大阪市電）らの演説が、厳重な警戒のなかでおこなわれただけで散会しなければならなかった。」

藤原氏の名前はこの『大交史』の記述では「朝房」となっており、先の『交通労働運動の過現』の「麻芳」とは異同がある。それにしても二十人の神戸市電労働者が西部交通労働同盟（大阪市電）の創立大会に応援に駆けつけていたのである。

神戸市電労働者の闘いについては、『神戸交通労働運動史（戦前編）』（一九八〇年十二月一日、神戸交通労働組合）があり、西部交通労働同盟（大阪市電）が設立された後の情勢を次のように伝えている。

「一二二［大正十二］年六月二一日、西部交通の後援によって阪神電鉄の乗務員が「阪神談笑倶楽部」を結成（約七〇〇名）。七月二五日の天神祭を期してストライキに突入し、賃上げをかちとった。この模様はたちまち神戸市電従業員に伝えられ、「盛んに、その運動に関する喧伝入り込み」・「従業員ははなはだ気が立ち、一種不安の気分に満たされた」（岡得太郎論文〈協調会『社会政策時報』大正十三年十月号〉といわれる。交通労働運動の波がひたひたと神戸市電にも押し寄せ、それに共鳴する人々が出て来た。」

前川二亭が神戸に戻ったと推定される大正十年前後には乗客数も著しく増え、神戸市電の労働者も例えば車掌、運転手の数が大正九年の四八九人から七二三人に、翌大正十一年度には八七七人と大きく増加している。

『交通労働運動の過現』第二部は長尾桃郎が書いた「大阪に於ける交通労働運動の過現」である。大正期に於ける大阪市電労働者の闘いを「『あるがま丶の運動史』たらしめたいと希望」（自序）して書かれたものだが、この第二部の記述中には残念ながら前川二亭の名は出てこない。ただ「当夜土佐堀青年会館で開催してゐた大電問題演説会に懇談交渉の末、辛くも逃れて同演説会と合併して発会式を挙げようとした。けれども、三度官憲の為めに制せられ、僅かに五名を限り演説が許されたに過ぎずして目的を果すことは遂に出来なかつた。」と書かれているだけである。

長尾文庫
C0299

集會結社は憲法による人民の權利だ！

團結は吾々の權利だ！

西部 交通勞働同盟發會式

出演辯士　天王寺、築港、梅田、九條、上本町各出張所從業員、神戸市電從業員各代表者數十名

祝辭演說者　東京市電日本交通勞働組合、大阪電業員組合、日本勞働總同盟關西勞働同盟聯合會、同京都聯合會、向上會、其他勞働團体各幹部數十名、大阪勞働記者俱樂部有志其他

自由演說　大阪市電、神戸市電及各郊外線從業員の飛入自由「五分間」

時日　三月十六日午後六時

場所　大阪西區九條市民館

■この裏に本同盟の歌あり■

西部交通労働同盟発会式のビラ（長尾文庫）

長尾桃郎は大阪都新聞の記者で、大正から昭和にかけての関西の労働運動を丹念に記録、収集した人である。その業績は大阪府立大学に「長尾文庫」として保存されており、大正十一年三月十六日の西部交通労働同盟発会式のビラが「長尾文庫Ｃ０２９９」として残されている。このビラの「自由演説」のところに神戸市電の名が見える。鉛筆で書き込まれた「中西」は中西伊之助、「田中」は中西と同じ日本交通労働組合（東京市電）の青山支部副支部長だった田中鉞次郎、「島上」は本所支部長の島上勝次郎で、壊滅した日本交通労働組合の再建の中心となる人々がこの発会式で顔を合わせ、共に声援している。

4　西部交通労働同盟の「提灯張時代」

『交通労働運動の過現』のうち、長尾桃郎の記録によると、中西伊之助は中川知味らの支援要請に基づき、大正十一年一月、西部交通労働同盟の前身「共扶倶楽部」の誕生時から加入者獲得に奔走し、三月十五日の創立大会には田中鉦次郎らとともに激励演説した。しかしここでも東京市電と同じく、当局による中川らの馘首により動揺や路線対立が起り、五月末には「所謂「提灯張時代」」に陥る。同書によると、大阪毎日新聞は当時の模様を次のように伝えているという。

「南海電鉄萩の茶屋停留場を西に距る約六丁の路次の奥に、市電の車掌服を着た約十名の若者がセッセと提灯を張つてゐる。そしてその異様な提灯屋の門口にこれも亦異様に眼の光る人物八九名が、まるで火薬庫でも見廻るやうに交るがわる立つては、提灯屋への来訪者に細密な注意を払ふ。異様に光る眼の持主は今宮署から派遣されてゐる私服刑事で、その刑事隊に監視される提灯屋こそは、何れも今春市電を馘首された西部交通の幹部であつた。彼等は市電を解雇されて以後此処に合宿し、組合本部の看板を掲げて組合運動を始めたのであつたが、彼等は遊んで喰へる金持でないので、何か生計の途を講じなければならぬとあつて考へた末、仲間の一人が提灯張りの経験があるのを渡りに船と速成の提灯屋さんになつた」

『交通労働運動の過現』の口絵写真には「提灯張」を見守る中西伊之助の写真が掲載されている。この「提灯張」をした西部交通労働同盟の「萩の茶屋」の組合本部は「大阪市外今宮町元木津萩の茶屋一

八一　山下方」にあった。これは西部交通労働同盟の創立を支えた市電天王寺出張所所属の組合員山下数二の自宅を借用したものである。

西部交通労働同盟がこうした苦闘を続ける中で運動昂揚の機運は再び到来する。阪神電車従業員の一部は「談笑倶楽部」を結成し「西部交通労働同盟とも提携して関西の交通労働者の大同団結に努むべきを約し」、大阪軌道（後の近鉄）や南海電鉄阪堺線従業員もそれぞれに有志、賛同者を結束させて西部交通労働同盟に加盟した。（『交通労働運動の過現』）

大阪市電従業員を中心とする西部交通労働同盟は、労働条件改善を求めて七月に従業員大会を開くことになり、官業労働総同盟理事長の安達和《かず》も来阪し陣頭に立って奮闘している。「談笑倶楽部」をつくった阪神電鉄従業員は、七月二十五日の天神祭を期して同盟罷業に入り、賃金等の待遇改善闘争に勝利した。

『交通労働運動の過現』の長尾桃郎の記録は続けて次のように書いている。

「階級戦の策源地であつた同盟本部は、殊に中西氏が来阪して其画策に任じたため、一層官憲の神経を極度に尖らすに役立ち、尾行は一々本部出入者を誰何し、或は本部員と乱闘を演じ、更に中西氏も今宮署に検束された揚句所謂「退去命令」を喰らふ等、外界との交通は遮断、封鎖され全く戒厳令下に置かれると等しかつた。」

このときの中西伊之助の記録（作品）が、『冬の赤い実』（昭和十一年三月二十日、実践社）収載の「留置場裏の人生」（初出『読売新聞』大正十一年八月八～十日）である。巡査に小便を引っ掛ける男、ストライキ中の紡績女工、狂人でない狂人、自動車に足を轢かれた浮浪者、「底に沈んでゐる人生」を見る温かいまなざし、眼前の闘争に目を塞がれていないまなざしが書き残されている。

そして、この「提灯張」をしている「萩の茶屋」の西部交通労働同盟本部の二階に、驚愕に値する一枚の貼り紙、前川二享（里村欣三）の労働運動上の傷害事件とその入獄を伝える一枚の貼り紙があったのである。従来の里村欣三観を問い直す一枚の貼り紙であるが、次章で述べる。

第7章　労働運動上の傷害事件はあった――徴兵忌避、満洲逃亡の直接原因につながる入獄

1　西部交通労働同盟（大阪市電）本部二階の貼り紙

「もはや里村の確とした軌跡がたどれないのはもどかしい」（『文学の力』音谷健郎、二〇〇四年十月三十日、人文書院）と嘆かれたその核心部分、すなわち、里村欣三の徴兵忌避、満洲逃亡の直接の原因に関わる労働運動上の傷害事件＝入獄記事が、二〇〇五年三月、小正路淑泰先生によって発見されたのである。『労働週報』大正十一年七月十九日（通巻第十七号）第三面に残された、前川二享（里村欣三）の入獄を伝える記事がそれである。

その全文は次の通りである。［　］内の補足は引用者による。

西部労働組合の張紙

西部労働組合本部は大阪府下西成郡萩の茶屋の或横袋の底のやうな所にある。下では大阪市電を馘首された諸君が、パンの為めの提灯の製品が山と積まれて、涙ぐましく苦戦を語つて居る、二階へ上つて見ると、壁に張つてある大小幾十の張紙が、如何にも労働組合の本部らしく張られてある。こんなのがある。

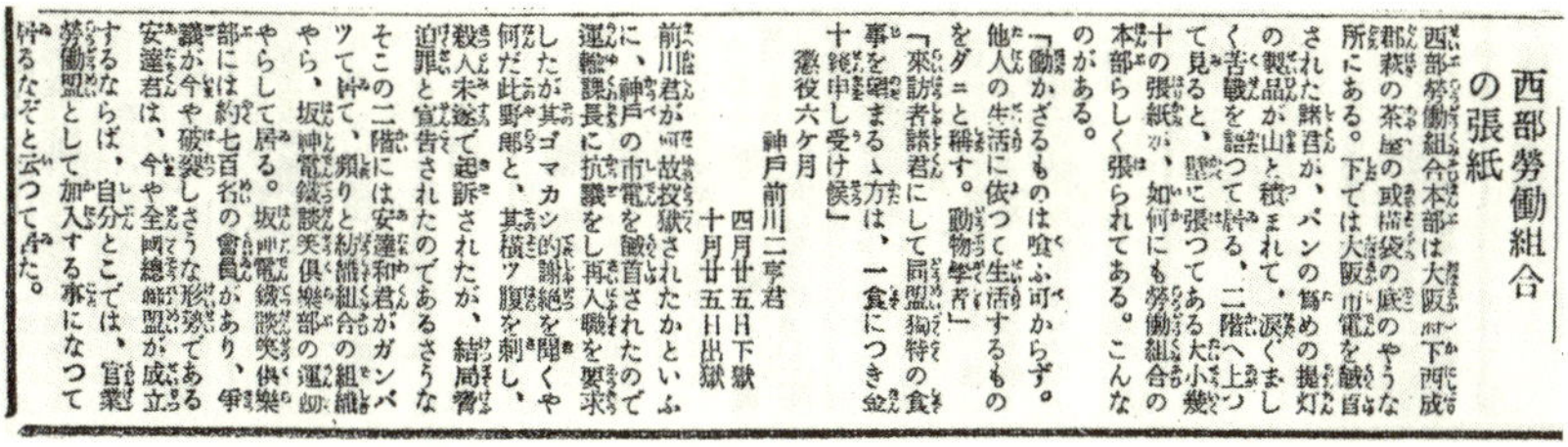
西部勞働組合の張紙

西部勞働組合本部は大阪府下西成郡萩の茶屋の或る袋の底のやうな所にある。下では大阪市電を馘首された諸君が、パンの爲めの提灯の製品が山と積まれて、涙ぐましく苦戰を語つて居る、二階へ上つて見ると、壁に張つてある大小幾十の張紙が、如何にも勞働組合の本部らしく張られてある。こんなのがある。

「働かざるものは喰ふ可からず。他人の生活に依つて生活するものをダニと稱す。動物學者」

「來訪者諸君にして同盟獨特の食事を望まるゝ方は、一食につき金十錢申し受け候」

懲役六ケ月
神戸前川二享君
四月廿五日下獄
十月廿五日出獄

前川君が何故投獄されたかといふに、神戸の市電を馘首されたので運輸課長に抗議をし再入職を要求したが其ゴマカシ的謝絶を聞くや何だ此野郎と、其横ツ腹を刺し、殺人未遂で起訴されたが、結局脅迫罪と宣告されたのであるさうな。

そこの二階には安達和君がガンバツて居て、頻りと紡織組合の組織やら、坂神電鐵談笑倶樂部の運動やらして居る。坂神電鐵談笑倶樂部には約七百名の會員があり、爭議が今や破裂しさうな形勢である。安達君は、今や全國總聯盟が成立するならば、自分とこでは、官業勞働盟として加入する事になつて居るなぞと云つて居た。

前川二享（里村欣三）の入獄を伝える『労働週報』の記事

「働かざるものは喰ふ可からず。他人の生活に依つて生活するものをダニと称す。動物学者」

「来訪者諸君にして同盟独特の食事を望まるゝ方は、一食につき金十銭申し受け候」

懲役六ケ月

神戸前川二享［享］君

四月廿五日下獄

十月廿五日出獄

前川君が何故投獄されたかといふに、神戸の市電を馘首されたので運輸課長に抗議をし再入職を要求したが其ゴマカシ的謝絶を聞くや何だ此野郎と、其横ツ腹を刺し、殺人未遂で起訴されたが、結局脅迫罪と宣告されたのであるさうな。

そこの二階には安達和君がガンバツて居て、頻りと紡織組合の組織やら、阪神電鉄談笑倶楽部の運動やらして居る。阪神電鉄談笑倶楽部には約七百名の会員があり、争議が今や破裂しさうな形勢である。安達君は、今や全国総聯盟が成立するならば、自分とこでは、官業労働［総同］盟として加入する事になつて居るなぞと云つて居た。

以上が前川二享（里村欣三）の入獄を伝える『労働週報』の記事である。

『労働週報』は、大正十一年二月四日の第一号から大正十二年四月十九日の第四十号終巻まで刊行されたタブロイドの新聞で、「組合運動の正確なる報道機関」であることを主目的に安倍隆一らが編集にあたり、第二十三号からは平沢計七が編集している。編集委員の一人として、第一号に肩書きなしで中西伊之助の名もある。短期間ではあったが、『労働週報』に掲載された労働運動の情報は全国に亘っており、また水平社等の社会運動の記事も随所に見られる。『労働週報』はこの時期の労働運動研究の基礎資料であり、復刻版が一九九八年十月九日、不二出版から刊行されている。

大正十一年三月十六日の西部交通労働同盟の創立大会に、神戸市電労働者として登場し声援した前川二享、その前川の「入獄」を伝える「萩の茶屋」の西部交通労働同盟の組合本部二階に貼り出された貼り紙。この『労働週報』が報じる情勢は、官業労働総同盟理事長安達和の来阪や阪神電鉄従業員の「談笑倶楽部」が七月二十五日の天神祭に向けて「今や破裂しさうな形勢である」と報じていることなどから、その発行日の七月十九日に近い大正十一年六月から七月初めの状況である、といえる。

そして正にこの時期こそ、二十歳になった前川二享（里村欣三）が徴兵検査を受けるべき時期なのである。徴兵検査を受けるべき男が、労働運動上の傷害事件により獄中にいたのである。どのようにして彼はこの状況に陥り、どのような道を選択してこの状況を突き抜けようとしたのだろうか。

2　アナーキーな気分の果てに

里村欣三は『第二の人生』第二部で次のように書いている。

「神戸市電に再び車掌となつて潜入し、組合の組織運動に従事してゐるうちに、当局の弾圧に腹を立て、、時の電車課長を襲つて短刀で斬りつけた。直ぐ現場で取押へられて警察へ突き出され十ケ月の刑を受けた。西欧文学の影響からスチルネルの個性主義と、クロパトキンのアナーキズムに心酔してゐる頃であつた。十ケ月の刑が、その後の彼の生涯にどのような障害になるかも考へず、若いアナーキストは英雄気取りで十ケ月の刑を終へた。その頃――母方の祖母はまだ兵六の改悛を信じて日頃信仰する不動尊に日参してゐた。その祖母の耳へ、いつとはなしに兵六の入獄が傳へられた。祖母の希望は寸断された。」

中西伊之助は「里村と云ふ男は、妙にいんぎんなところもあるが、またがむしやらな男だ（中略）里村て男は、やつぱり野放しの労働運動でもやらせて置く方がい、と思つた。あの男は大阪で『控訴なんかめんど臭い！』と云つて、一審で六個月を頂戴した程だが、近頃はだいぶ野性が抜けて来た。」（「Yに贈る手紙」、『文芸戦線』大正十五年八月号）と書いている。中西の言葉を引きとるような形で、堺誠一郎は「伯母志牙（父の姉）の息子が大阪にいてこのことを父に知らせ、弁護士をつけるように勧めたが、父はこらしめた方がいいのだと言って相手にしなかった。複雑な家庭の中で継母に対する遠慮もあったかも知れない。」と書いている（「或る左翼作家の生涯」）。この堺誠一郎の記述は里村の妹の華子さんに取材して得たものと思われる。

里村の入獄は事実であった。それは『第二の人生』第二部に書かれた「十ケ月の刑」ではなく、『労働週報』にあるように「六ケ月の刑」であった。

「アナーキズムに心酔」していたのは一人前川二享（里村欣三）のみではない。市電車掌として潜入した大正十年の神戸は熱い坩堝の中にあった。大正十年五月一日、神戸大倉山において関西初のメーデーが行なわれ、三菱、川崎造船所大争議は、神戸全体を巻込んだ一大共同闘争となり、七月十日には三万人を超える未曾有のデモ行進が神戸労働組合連合団主催で敢行された。

この闘いを描いた小説『熱い港——大正十年・川崎三菱大争議』（武田芳一、昭和五十四年三月一日、太陽出版）によると、示威行進中の労働者に抜剣して襲いかかる警官隊に対し《あらゆる武器を取って立とう。ケガキ針、コンパスを持って立て、オレ達を虐殺せんとする資本家の手先である彼らの営舎をブチ壊し焼き払って、オレ達の意気地を見せてやろう》という檄文が出た。八月初旬には「川崎の虎の子であり、造船所の表徴であるガントリークレーンを爆破するほかない」という計画が麻生久、松岡駒三、赤松克麿らにより進められていた、とも言う。

大正十一年三月十六日、中西伊之助とともに里村が声援した西部交通労働同盟創立の闘いでは、その渦中で、馘首した大阪市電佐竹部長に対し「お前は労働者を大根より安い解雇辞令一枚で切つてゐるんだ。（中略）公開状を出してゐる間はまだいい。もつと圧迫しろ！（中略）そして今に思いしらせてやるから。一寸の虫にも五分の魂だぞ」という「公開状」が出ている（『交通労働運動の過現』）。また馘首された天王寺出張所の活動家田窪竹一は「秘かに匕首をのんで天王寺所長に迫まるなど、当時の運動は殺気立つてゐた」。（『労働週報』大正十一年五月三十一日号）

この三菱、川崎造船所大争議に揺れる神戸において、神戸市電労働者がどういう闘いをしたのかは十分明らかにはなっていない。前述『神戸交通労働運動史（戦前編）』によると、「交通労働運動の波がひたひたと神戸市電にも押し寄せ、それに共鳴する人々が出て来た。しかし、神戸市電では、それに呼応して組織し行動する動きは見られなかった。」「川崎造船所争議団による工場管理宣言が発表された七月一二日、土岐神戸市助役は神戸市電の「従業員主任を召集し、軽挙妄動を慎しむこと及び共済組合の設置を訓示」した。これによって共済組合設立に拍車がかかり、（中略）一一月一二日の市会で原案通り可決された。（中略）共済組合の設置は、（中略）第一に、労働者の権利意識の伸張と労働条件の改善要求を去勢もしくは逸脱させ、市電労働運動の出現を防ぐことにあった。」「電気局は、この時期急増した乗務員の動向を無視できず、また局外労働者のたたかいが内部のそれに転化するのを警戒した。」とある。また『神戸又新《ゆうしん》日報』大正十年七月十三日号には「市の頭痛市電従業員／労働争議の渦中に巻込れて／市民が迷惑と土岐助役の訓示／注意と慰撫をチヤンポン」の記事があり、総じて神戸市電では組織的な運動を起こせないまま市当局に押さえ込まれていたように見える。

中西伊之助が西部交通労働同盟発足に対する大阪市電当局の馘首に抗議して『大阪時事新報』（大正十一年三月十九日）で語った記事中には、「神戸市電には既に五十名が奮闘してゐる」とあるが、これも八〇〇名を越す神戸市電労働者に比して少数であり、前川二享（里村欣三）ら一部が突出して、全体の組織化はまだ成し遂げられていなかった、そのことが却って焦りとなり、前川二享のアナーキーな気分を増進させた、とみることができる。

3　大正十一年の徴兵検査

徴兵検査の対象は、「前年十二月一日からその年の十一月三十日までに満二十歳に達した、戸籍法の適用を受ける男子」（『徴兵制と近代日本』加藤陽子、平成八年十月二十日、吉川弘文館）で、「壮丁」と呼ばれていた。明治三十五（一九〇二）年三月十三日生まれの前川二享の徴兵検査はこの大正十一（一九二二）年で、入隊すべき聯隊は姫路第十師団第十聯隊（大正十四年五月に岡山に移転）であった。

前川二享の本籍は岡山県であるが、同じ姫路聯隊管内の兵庫県の例（『神戸又新日報』）で言うと、大正十一年の徴兵検査は四月に武庫郡から始まり、神戸市内では六月二十四日開始七月十九日終了、入営者の抽選は七月二十日、実際の入営期日は従来の当年十二月十日が経費削減等の「陸軍縮小案」実施により翌年一月十五日に変更され、入営期間は二年（実質一年十一カ月）となっている。受検者は七、六三六人、甲種、乙種、第一、同第二補充兵の合格者は五、一六七人、合格率は七〇％弱である。なお昭和十年に里村が徴兵忌避を自首した際の再検査日は七月八日である。

全国的にみると、大正十一年の徴兵検査の受検人員は『徴兵制と近代日本』によると五五八、〇九六人、『徴兵忌避の研究』（菊池邦作、一九七七年六月十五日、立風書房）も同数である。

この菊池さんの労作『徴兵忌避の研究』によると、大正十一年の徴兵忌避者数は、「身体ヲ毀損シ疾病ヲ作為シ又ハ傷痍疾病ヲ詐称シタル者」四三三人、「逃亡又ハ潜匿シタル者其ノ他詐欺ノ所為（傷痍疾病ヲ詐称シタル者ヲ除ク）アリタル者」四九七人で、「当年初めて生じた逃亡者（全国）」が二、三六九人、「逃亡し所在不明のため徴集し得ざる者」が三四、九〇〇人である。要するに、大正十一年に生じた新規の徴兵忌避逃亡者が二、三六九人、兵役義務の終わる四十歳までの累計で言えば三四、九〇〇人の忌避逃亡者がいるということである。

明治六年の徴兵令から始まる日本の徴兵制度は、各種の免役特権や一家の支柱を取られることへの不満を抱えながら、明治十一年の参謀本部の設置、同十五年の軍人勅諭下付、明治二十二年の徴兵令大改正により確立していった。

「一八八九年（明治二二）に徴兵令の大改正がおこなわれた。（中略）新徴兵令は、その後、一九二七年（昭和二）の兵役法制定までは根本的改正なしに存続した。（中略）新徴兵令が旧令と根本的に異なっている点は、帝国憲法第二〇条に定められた兵役義務にもとづいて、はじめて一般兵役義務＝必任義務としての徴兵制を確立したことである。新令は第一条で「日本帝国臣民にして満一七歳より満四〇歳迄の男子は総て兵役に服するの義務あるものとす」と定めた。免役についても「兵役を免ずるは廃疾又は不具等にして徴兵検査基準に照し兵役に堪えざる者に限る」とした。(中略)兵役上の特権制度を除外すれば、例外を認めない「国民皆兵」の原則が確立されたものといえよう。

兵役制度は、常備兵役、後備兵役、国民兵役の三種とし、常備兵役は満二〇歳から現役三年(海軍四年)、予備役四年(海軍三年)の合計七年、後備兵役は常備兵役終了後五年、その他は国民兵役であった。ほかに満一七歳に達したものに現役志願を許した。(中略)徴兵検査の甲種合格者、乙種合格者の順に抽選をおこない、当せん者を現役に徴集した。落せん者は一年間予備徴員とし、現役の欠員補充要員とした。予備徴員を終ったものおよび丙種合格者は国民兵役に編入された。丁種は(中略)不合格免役であった。」(『徴兵制』大江志乃夫、一九八一年一月二十日、岩波新書)

しかし「国民皆兵」をうたったこの新令も、甲種合格以外は平時には実質免役に等しく、また「出身階層の相違が色こく反映していた」ということである。

4　甲種合格だった前川二享(里村欣三)

前川二享が大正十一年に徴兵検査を受けたことは、次の二つの資料により知られている。

まず一つ目は、浦西和彦先生の『葉山嘉樹(近代文学資料6)』(昭和四十八年六月十五日、桜楓社)に収載された里村欣三から葉山嘉樹に宛てた昭和十年七月十日付の手紙である。

これは、里村欣三が昭和十年四月末に徴兵忌避を自首したその経緯を伝えた昭和十年五月一日付の葉山嘉樹宛て手紙、即ち「僕はこゝ一ケ年間の熟慮の結果、徴兵忌避になつてゐる兵籍関係を清算する決心で、僕の故郷へ帰り、自首して出た。ところが、僕は十四五ケ年行方不明、居所不明のまゝ、僕の親戚が、失踪宣言の手続を取り、僕は「死亡」となつて戸籍から廃除されてゐた。それで滑稽なことに、戸籍のない死人に、陸軍刑法が適用されないといふ矛盾が起つて、今、失踪宣告の取消しが、先決問題となつてゐる。」と報告した手紙に続く頻繁なやりとりの中で書かれたものである。

その昭和十年七月十日付の手紙には、「時節が時節だけに、相当心配しましたが、案づる程のこともなく、連隊司令官、県兵事課、憲兵隊の取調べを受けまして再検査で事済みになりました。満二十才から満四十才までは兵役の義務があるので、再検査だけは仕方がなかつたのです。だが、以前の時は甲種合格だつたが、こんどは蓄膿があつたので、第二乙種で済みました。まあ、これで兎に角、万歳です。」とあり、これにより大正十一年に徴兵検査を受け甲種合格だったこと、兵籍関係が「徴兵忌避になつてゐる」ことが明らかにされたのである。

もう一つは堺誠一郎が「或る左翼作家の生涯」（『思想の科学』一九七八年七月号）で採り上げたもので、「在郷軍人名簿」の写真版を掲載し、次のように書いている。

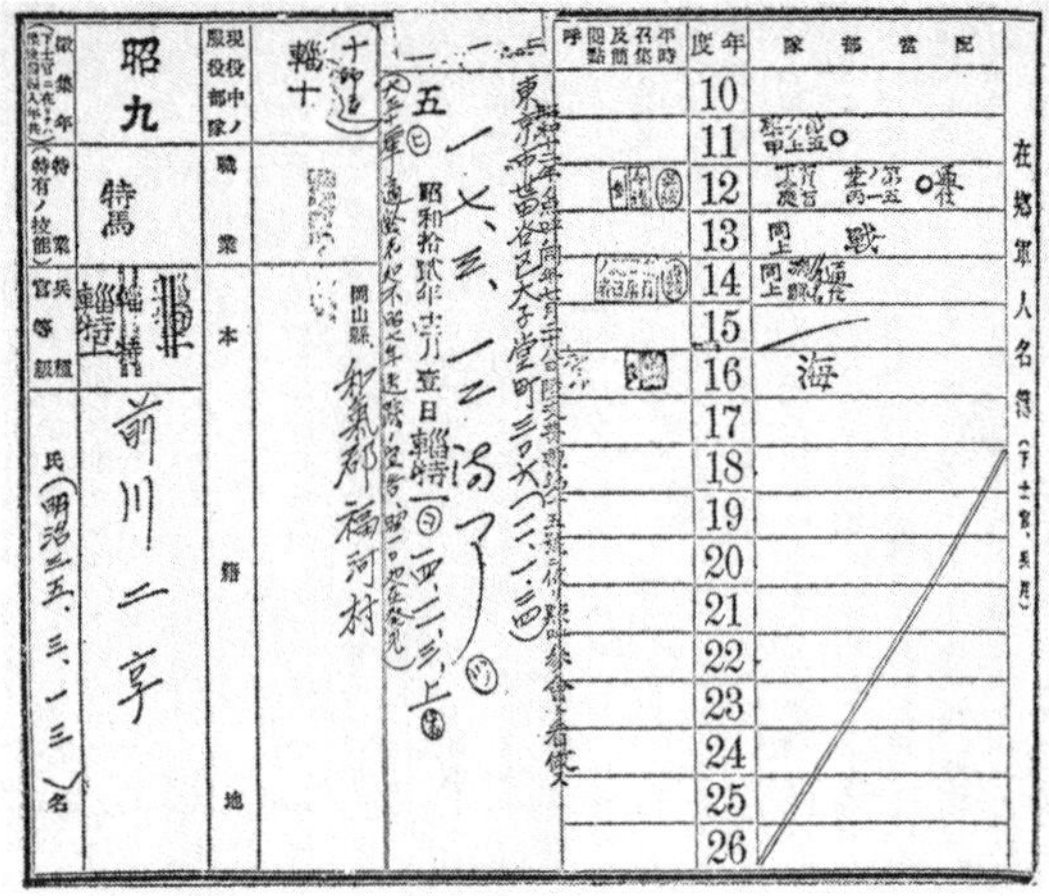

『思想の科学』に掲載の前川二享（里村欣三）の「在郷軍人名簿」

「岡山市に行って県庁の中の民政労働部援護課を訪ね調べた結果、「在郷軍人名簿（和気郡福河村）」という古い綴じ込みの中に（前川二享、大正十二年適齢者処不、昭七年失踪ノ宣告、昭一〇処在発見）という字を読んだ。処不というのは処在不明ということで、当日氏が入隊すべき日に入隊しなかったことを示している」。

「大正十二年適齢者処不」というのは、従来当年十二月十日であった入営期日をこの大正十一年からは翌年一月十五日に繰り下げ、二年の入営期間を一カ月間短縮、人員も約二割五分削減する「陸軍縮小案」（『神戸又新日報』大正十一年七月二十七日）が実施されたためで、この大正十二年一月の入営日に里村は入営せず、行方を晦ましたということを言っているのである。

堺誠一郎が発見したこの「昭九」の用紙に書かれた「在郷軍人名簿」が大正十一年当時のものでないことを理由に、その記載内容に疑義を投げかける説もあるようだが、別のなんらかの記録から引き写されたものと推定され、「大正十二年適齢者処不」という事実そのものは動かない。

昭和十年七月十日付の里村欣三から葉山嘉樹に宛てた手紙およびこの「在郷軍人名簿」から、前川二享（里村欣三）は大正十一年に徴兵検査を受け甲種合格したが、そのまま逃亡して入営しなかった、と言えるのである。

5　獄中での徴兵検査？

大正十一年三月十六日の西部交通労働同盟（大阪市電）の創立大会に登場し声援した前川二享は、その直後であろうか、「神戸の市電を馘首されたので運輸課長に抗議をし再入職を要求」（『労働週報』）して傷害事件を起こし大正十一年四月二十五日から十月二十五日まで収監されている。そしてこの間に前川二享の徴兵検査の時期（『神戸又新日報』）が到来している。獄中での徴兵検査なのか、それとも別のところに引き立てられての徴兵検査なのだろうか。

犯罪と徴兵の関係は『徴兵忌避の研究』（菊池邦作）から要約すると、次のように変化した。

明治六年の最初の徴兵令では、単に「犯罪者ハ徴兵カラ免除スル」と規定しているだけであったが、明治十六年の改正では、これを「重罪ノ刑ニ処セラレタルモノハ、兵役ニ服スルコトヲ許サス」と改めた。この重罪時代は、明治十六年から三十四年間続いたのであるが、大正七（一九一八）年の改正に至って、「第八条　六年ノ懲役又ハ禁錮以上ノ刑ニ処セラレタ者ハ兵役ニ服スルコトヲ許サス」と刑期が明記されるに至った。一定の犯罪を犯したものは「帝国軍人」からも排除されたのである。また兵役法の第三十九条に、「徴兵検査ヲ受クベキ者左ノ各号ノ一ニ該当スルトキハ徴集ヲ延期スルコトヲ得」とあり、その第二項に、「犯罪ノ為拘禁中ナルトキ」とある。

前川二享の入獄は、この「犯罪ノ為拘禁中」には該当しないのだろうか。それとも「徴集ヲ延期スルコトヲ得」により延期されて、出獄後の大正十一年十月末あたりに行なわれたのであろうか。これに言及した文献は見当たらないが、先に見たように前川二享が大正十一年に徴兵検査を受けたことは確かであり、入営時期の上からも、やはり入獄中の六月末から七月初めにかけての全国的な徴兵検査時期に、何らかの方法で前川の徴兵検査も行なわれたのではないか、と思う。

6　里村欣三は徴兵忌避者か、逃亡兵か

里村欣三（前川二享）は「脱営した逃亡兵である」という誤解が、今日でもまだ相当残っている。その逃亡兵伝説の出所は、里村欣三と親交のあった平林たい子の言説から出ている。

「彼はのちに、神戸で車掌をやつたとちらり話したことがある。とすれば、関西学院を中退して車掌になつた時社会主義同盟の結成があり、それに加はつたものだらう。徴兵検査に合格して姫路の聯隊に入営したのはその車掌時代であるらしい。彼が社会主義同盟に入つたことを、隊の幹部が知つてゐたので、普通の兵卒以上に軍隊ではいぢめられた。苦しさのあまり自殺を計つたこともあつたが死ねなかつた。そこで用意周到に脱営を計画した。彼は、隊内に遺書を残し、海岸に靴や軍服を残して、海に投身したといふ形にした。彼はすぐに、上海に逃亡したらしい。（中略）何年か経つて、彼の計画は成功した。彼は入水自殺したことになつて、戸籍は、抹消された。」（『自伝的交友録・実感的作家論』昭和三十五年十二月十日、文芸春秋新社）

「もともと彼は、逃亡兵で、自殺したやうに見せるため、海岸に軍服や靴を置いてうまく追跡をのがれてゐる人間だつた。その後戸籍は抹消されてゐた。」（『女は誰のために生きる』昭和三十二年一月二十五日、村山書店）

「花田［里村］は兵役中兵営から逃走した逃亡兵であった。（中略）彼が水死を装って逃げたのはそのあとであった。（中略）本来この隊にたまに起る逃亡計画が成功した例は絶無だった。はじめての例としての成功者が自分だということには誇らしい感慨もなくはなかった。」（『鉄の嘆き』昭和四十四年十二月二十五日、中央公論社）

「彼［里村］はごく抽象的にしか言っていなかったけれども、じつは逃亡兵で、そのときは変名で逃亡中だったのである。」（『砂漠の花』第二部、昭和三十二年七月十日、光文社）

いずれも平林たい子の言説である。他の人々が「里村欣三は逃亡兵」と書く場合も、皆この平林たい子の言説を受けたものである。平林の『自伝的交友録・実感的作家論』の記述は、日本交通労働組合（東京市電）時代の前川二享の活動に対する認識が欠落しているため、日本社会主義同盟への加盟が神戸市電時代とされている。後年里村欣三は二度上海に行ったが、一度目は大正十五（一九二六）年十月に石井安一らと、二度目は昭和二（一九二七）年四月に小牧近江と行ったこの上海行の経験が、平林たい子の逃亡兵伝説の中に混入している。前川の学校名も関西学院ではなく、岡山の旧制関西中学校の誤りである。

堺誠一郎自身も一九七八年七月に『思想の科学』に「或る左翼作家の生涯」を書くまでは逃亡兵伝説を信じていたようで、今でも中公文庫の『河の民』の解説（堺誠一郎、一九七八年二月十日初版）には「大正十一年、徴兵検査には郷里に帰り、甲種合格、岡山の歩兵第十連隊に入隊したが、約三カ月後兵営に遺書を残して脱走、海岸に軍服その他を脱ぎ捨てて水死を装い、貨物船の火夫となって大連に渡り、満洲（現在の中国東北地方）各地を中国人労働者の中にまじって労働しながら放浪した。」という解説がそのまま残ってしまっている。

しかしながらこうした逃亡兵伝説は、先に紹介した「徴兵忌避になつてゐる兵籍関係」という記述のある昭和十年七月十日付里村欣三から葉山嘉樹宛の手紙、および堺誠一郎自身による「大正十二年適齢者処不」と書かれた「在郷軍人名簿」の発見により今日では否定されている。里村欣三は徴兵忌避者である、というのが正しい認識である。

堺誠一郎はこの間の事情を次のように総括している。

「大正十一年満二十歳を迎えた氏はひょっこり郷里に帰って来て徴兵検査を受けたが、甲種合格、翌年二月には岡山輜重兵第十七大隊に特務兵として入隊せねばならぬことになった。しかし検査が終わるとまたすぐ郷里をとび出した氏は、年が明け入隊当日になっても姿を現さなかった。父作太郎は「たった二ヵ月ぐらいの辛抱だから（当時輜重兵特務兵の入隊期間は五十五日だった）きっと現われるにちがいない」と言ってまる一日営門のそばに立って氏を待っていたという。しかし氏は姿を見せず、その日以来、実家には毎日のように憲兵や警官がやって来ては氏の行方を追及しはじめたが、氏の行方は杳として知れなかった。父作太郎はこのことに責任を感じて岡山市警防団長の職を辞した。［妹の］華子さんの話では、このときすでに氏は満洲に渡っていて、金もなく帰って来られなかったのではないかというのである。」（「或る左翼作家の生涯」）

7　「逃亡兵伝説」を考える

堺誠一郎は、徴兵忌避の事実が「どうして脱走兵としての定説となったかを考えてみると、のち『文芸戦線』時代、氏がたまたま「軍隊をずらかった」とか「入水自殺をしようとしたことがある」などと不用意に洩らしたことが結び合わされて定説が作り上げられたと考えるほかはない。」（「或る左翼作家の生涯」）と問題提起している。

一方、井伏鱒二は『徴用中のこと』（一九九六年七月十日、講談社）の中で、昭和十六年十二月、宣伝班員（報道班員）として里村欣三らとともにマレー戦線に徴用されたときの話として、次のように伝えている。

「里村君は郷里が岡山である。岡山の聯隊にゐたとき、意地の悪い下士官に苛められるのがつらくて脱走し、東京に出て上野の精養軒で皿洗いをしてゐたところ関東大震災に遭つた。（中略）だから里村君は脱走兵である。私は誰からともなく聞いて、里村君はさういふ経歴の人だらうと思つてゐたが、大阪の兵舎に入つて三日目に、里村君自身から本当の告白だといふ話を聞かされた。その身上話によると、岡山の兵営から脱走した前川二亭《ママ》は里村欣三と変名して左翼小説を書いてゐたが、（中略）或るとき新宿駅で、岡山聯隊にゐたときの小隊長にぱつたり逢つた。（中略）元小隊長の後姿を見てゐると涙がこみあげて、すぐ岡山までの旅費を調達して元の聯隊司令部へ自首して出た。（中略）私はこの懺悔話をそのまま信じてゐたが、（中略）最近になつて、堺誠一郎の書いた「或る左翼作家の生涯」といふ記録を見て、大阪の兵舎で語つた里村君の告白には念入りな嘘を織込んであるのが判つた。」

問題の本質は、里村欣三が不用意に洩らした言葉が積み重なって「逃亡兵伝説」が定着していったのか否かではなく、むしろ里村本人が「念入りな嘘を織込んで」逃亡兵として自身を語った、というところにこそあるのではないだろうか。なぜ、里村欣三は徴兵忌避者としてではなく、逃亡兵として自身をカムフラージュしたのだろうか。

徴兵忌避者としての真実を語るなら徴兵忌避の思想、即ち、行き着くところ東京市電、神戸市電での交通労働運動の時代を語り、労働運動上で発生した「傷害事件」を語らなければならなくなる。それは同時に「かつて僕を厚い友愛と同志愛で包んでゐてくれた人々に迷惑のかゝることを怖れる」（昭和十年五月一日付、里村欣三の葉山嘉樹宛手紙）ことにつながるのである。根拠の追及をより遮断しやすい、つまり「意地の悪い下士官に苛められるのがつらくて」などと言い訳しやすい小さな嘘＝「逃亡兵伝説」の中に、里村は自己の秘密を閉じ込めておきたかったのではないだろうか。

後年、里村欣三は『第二の人生』三部作や『兵の道』等のいわゆる〝転向小説〟といわれる作品を書くが、そこにおいても自身が徴兵忌避者であるのか、逃亡兵なのか、明確にしなかった。東京と神戸の市電労働者時代の自己を明確に語らなかったということは、自身を丸裸にしなかったということである。平林たい子は「彼は腹の底からの転向者ではなかったが、又転向者でなくもなかつた。」(『自伝的交友録・実感的作家論』)と言ったが、里村欣三における「転向」とは何だったのか、その核心を突く問いが、この逃亡兵伝説の中に潜んでいるように思われるのである。

このように見てくると、前川二享における徴兵忌避は、反戦・平和を求める思想的な徴兵忌避ではなく、東京市電から日本社会主義同盟、神戸市電へと一直線に続く激しい交通労働運動と労働運動上の傷害事件の直截の結果であり、獄中で徴兵検査を受けるという屈辱、あるいはアナーキーな反抗心から起こった現実的な選択の一つであった、と言えるのである。あり体に言えば、前川二享にとって甲種合格、三年の現役(後、昭和二年の兵役法により現役二年に改正)というのは耐えられない時間の長さであった。おめおめと頭を下げて軍隊になど行きたくない、という反抗心が湧き起こって来るのは必然であった。三菱、川崎大争議の鎮圧に出動した甘粕正彦中尉指揮の憲兵隊や同郷の部隊姫路三十九連隊の神戸進駐による反軍意識も相当にあったのであろう。

前川二享には、守るべき家がなかった。五歳のとき母を亡くし、後妻を迎えた父とは、関西中学でのストライキ、自決騒動のあと音信不通の状態であった。

こうした労働運動上の傷害事件と入獄中の徴兵検査、守るべき家の喪失という主体的な条件に加えて、外的条件とも言うべき人と人の繋がりが、里村を徴兵忌避から朝鮮、満洲逃亡へと押し出していった、と思う。

即ち、因縁の人である中西伊之助の朝鮮・満洲体験と、中西を取り巻く在日朝鮮人の存在がそれである。

第8章　朴烈との交友——大正十二年の「夏の初め」前後

1　中西伊之助の朝鮮、満洲体験

大正十一年三月十六日の西部交通労働同盟（大阪市電）創立大会に顔を揃えた中西伊之助と里村欣三（前川二享）、その中西が指導する西部交通労働同盟の「萩の茶屋」の組合本部二階に貼り出された入獄を伝える貼り紙、里村のペンネームの由来となった中西の小説「奪還」、また里村が徴兵を忌避し逃亡した満洲から帰国した後の、大正十二年五月前後から関東大震災に至るまで行動を共にしている中西伊之助。

中西伊之助の朝鮮、満洲体験と中西を取り巻く人と人の繋がり、在日朝鮮人との交流が里村欣三の徴兵忌避を満洲逃亡という具体的な形に押し出していった、と私は推測している。

ここではまず中西の朝鮮、満洲体験を「愛読者への履歴書」（『新興文学全集2　中西伊之助集・藤森成吉集』昭和三年三月一日、平凡社）から見ておくことにする。

「私は山城宇治在の片田舎の小作七分、自作三分、の農夫の倅に生れた。私は十四五まで、野良で追ひつかはれたが、附近が漸次都会化して来たので、土地を奪はれて私の家は没落した。そこで私は、十六の頃から、鉄道の機関車掃除夫になつたり、陸軍火薬製造職工などになつた。日露戦争の当時、対馬竹敷で職工をして、戦争の威怖を受けた。が、その『労により、金三拾円』を賜つた。その時は全くうれしくてたまらなかつた。

数へ年十九の時に、海軍兵学校へはいる準備のため貯金をもつて、東京へ苦学するつもりで出た。大成中学校五年級に編入、兵学校は、私が私生児だといふので入れてくれなかつた。二十一まで、車夫、新聞売、おでん屋、何んでもやつたが、却々勉強ができなかつた。それに憤慨して、社会主義を信ずるやうになつた。ポーツマウス（ママ）屈辱的條約の際には、現鉄道大臣、小川平吉閣下の旗下に参じて、大いに暴れた。

海軍士官にはしてくれなかつたが兵卒にはいゝと見えて、私は徴兵で伏見工兵第十六大隊に入れてもらつた。鉄砲を打つ稽古、爆破、突貫、みんな面白かつた。それで上等兵になつた。上等兵になつてから、営倉二度、禁足無数。

退営後、朝鮮へ渡つた。自然主義にかぶれて、遊蕩児になつた。しかし、新聞記者になつてから、寺内総督を攻撃し、大資本家藤田傳三郎の鉱山に於ける労働者虐待を暴露して、大いに気を吐いたために、その新聞は潰れ、私は監獄にブチこまれた。鉱山はそのために労働者が行かなくなつて滅茶になつた。

朝鮮を亡命して、支那へ渡つた。満鉄へはいつて、すばらしい高給をもらつたが、係長とすぐ喧嘩してやめた。それから芸者屋の二階で食客をやつたり何かして、全く閉口した。

再び東京へ舞戻つて、今度は神妙に、弁護士になるつもりで、中央大学や、早稲田大学などを、渡り歩いたが、その講義がばかばかしいので、みんな半歳ばかりでやめて、国民英学会だけ通学、他はすべて独学、やまと、時事、鉄道時報なんぞの記者になつたが、各半歳、または一年ばかりで、きつと首になつた。その頃から、労働運動をやり出した。」（「愛読者への履歴書」）
中西伊之助が再婚した生母を頼って朝鮮に渡った時期は、明確ではないが、明治四十四（一九一一）年、中西二十四歳の頃で、大正三、四年頃には東京に戻ったとされる。堺利彦らの売文社に出入りしたのは大正五年、二十九歳の頃、日本交通労働組合（東京市電）を創立したのは大正八年、中西三十二歳のことである。秦重雄先生の調査、ご教示によると、中西伊之助は『朝鮮新聞』大正二年一月一日号に短編小説「春と暗い女」を掲載し、また同紙の別の日にちに「平南文社　中西伊之助」という署名記事があるとのことで、詳細な研究、発表が待たれているところである。

その後の中西の朝鮮再訪は、大正十年のことである。大正十年十二月現在「特別要視察人状勢調」（『続・現代史資料2　社会主義沿革2』一九八六年七月二十五日、みすず書房）に「朝鮮旅行中」とある。

また大正十一年九月にも朝鮮を旅行している。『読売新聞』の「よみうり抄」（大正十一年九月二十六日）には、「中西伊之助氏　朝鮮から帰京した」とあり、この時の朝鮮旅行は、『赭土に芽ぐむもの』（大正十一年二月十日、改造社）に続く長編小説『汝等の背後より』（大正十二年二月十三日、改造社）の取材旅行とみられている。

帰国後は「瓢の花咲く家」（『東京朝日新聞』大正十一年十月三〜六日）や「霧」（『読売新聞』大正十一年十二月十八日）を発表し、里村欣三のペンネームの由来となる「里村欣造」が登場する「奪還」（『早稲田文学』大正十二年四月号）もこの間に構想されたものである。

大正九年の東京市電争議に敗れ、迎えた苦難の大正十年、中西伊之助は「例の「略」をやるには自尊心が強すぎるし、勇気も持合さない。いや全く窮した。」「賀川豊彦君は『死線』［を越えてを］出版してすばらしい景気だ。」「「うむ、これくらゐなら俺にだつてかける」と呟いた。これがそもそもの、私に畑違いな野心を持たせる機縁となつた。」「四五年も前から、『朝鮮』について、何か長篇をかいてみようと思つてぼつぼつ書きためておいたものがあつた。それを私は古行李の中から引出して熱心に書きつづけた。勿論、晝間は組合の復活運動でとび歩き夜は八九時頃から、明け方までかいた。そして三四時間眠つては、とび出した」という一時期を過ごした。(『「赭土」を書いた前後その他』、月報「新興文学」一九二八年三月、平凡社)

『赭土に芽ぐむもの』の刊行に目処がつきホッと一息ついたのか、中西は大正十一年初めから西部交通労働同盟の創立に奔走している。大正九年秋から大正十年三月にかけて、東京市電鹹首者の復職運動をめぐって中西らと対立した前川二享(里村欣三)も、大正十年、三菱、川崎大争議の〝神戸の熱い夏〟を経て、この弾圧下の西部交通労働同盟発会式を声援、再び中西と手を携えて進むことになる。

青年期の数年を朝鮮、満洲で暮らし、また里村が労働運動上の傷害事件から出獄する直前の大正十一年九月に朝鮮を再訪している中西伊之助が、何故、朝鮮からさらに「行けるところまで行くつもり」の「里村欣造」を主人公にした「奪還」という作品を、現に里村が満洲に逃亡中のこの渦中の時期に書くことができたのか。このことを考えてみれば、中西伊之助の大正十一年九月の朝鮮取材旅行が里村欣三の満州逃亡の水路を切り開く目的を兼ねていた、と推論することも不可能ではない。少なくとも中西が里村に何らかの示唆を与えたことは十分考えられることである。

中西伊之助が里村欣三の入獄を意識していたことは、先にも引用したが「Yに贈る手紙」(『文芸戦線』大正十五年八月号)で「里村て男は、やつぱり野放しの労働運動でもやらせて置く方がいゝ、と思つた。あの男は大阪で『控訴なんかめんど臭い!』と云つて、一審で六個月を頂戴した程だが、近頃はだいぶ野性が抜けて来た。」と書いていることからも明らかである。また中西の『死刑囚の人生観』(大正十三年十一月十五日、越山堂）中の「朝鮮の獄中生活」という随筆には「僕の友人で、労働運動のために入獄した神戸監獄などでは、現今でも随分ひどいことをすると云ふ話をしてゐた。」という記述がある。三菱、川崎大争議のあった神戸のことだから、この「友人」を必ずしも里村欣三と措定することは出来ないが、里村の出獄日である大正十一年十月二十五日に、中西伊之助が里村欣三を（おそらく神戸監獄に）出迎えた可能性も捨て切れないのである。

中西の植民地民族に対する眼差しは『支那・満洲・朝鮮』（昭和十一年四月十一日、実践社）の自序によく現れている。

「青年時代、支那、満洲、朝鮮と放浪した。そこでわたしは東洋の×××［労働者］階級の姿をはつきり見ることができた。見せつけられた。そしてわたしにこれらの諸植民地に於ける民族へ信仰的な情熱をもつことを強ひられた。（中略）弱小民族自ら起ち上つて自らの姿を世界の民衆の前に描破することの要求は必然起つて来るし、また甚だ必要なことであるが、わたしたちのやうな民族の立場からも、さうした仕事は決して無駄なことではないと思ふ。」

他民族の自立自決の尊重と連帯、畏怖尊敬のまなざし、中西の世界観がここに見られる。ペンネーム「里村欣三」の由来となった「奪還」では「家の前では、大きいまくわ瓜を嚙ぢつてゐる鮮童が、終日遊びに耽つてゐた。私も時々その中にまぢつては、聞きおぼえの朝鮮語で話しかけて、彼等に笑はれたりした。」とあり、こういう描写は「瓢の花咲く家」でも見られる。民族によって人を差別しない中西伊之助の人柄、世界観の豊かさが垣間見える描写である。中西は大正十三年八月にも奥むめおと朝鮮に渡り「思想大講演会」を行ない、朝鮮プロレタリア芸術連盟（ＫＡＰＦ）の成立に寄与している。

2　「思ひ出す朴烈君の顔」

「その日は、朴烈は一人だった。近くに、中西伊之助が住んでいた。日本帝国主義の、朝鮮侵略の実態をえぐったその大作『赭土にめ［芽］ぐむもの』をかいた中西は、朝鮮人のあいだに友人をつくっていた。そのうち、鄭然圭や朴烈やは、わたしもしっていた。朴烈は、その日も、中西の家に行ってきたらしかった。」

これは山田清三郎の『プロレタリア文学風土記』（一九五四年十二月十五日、青木書店）の一節である。「その日」というのは関東大震災の直前、大正十二年「八月下旬の猛烈な残暑の日」であった。

里村欣三は『文芸戦線』大正十五年五月号において、「思ひ出す朴烈君の顔」という三ページに亘る有名な一文を書いている。みずみずしい感性で大正十二年初夏から関東大震災後にかけての朴烈、金子文子らとの交友の想い出を描いたこの一文は、同時に里村欣三（前川二享）が徴兵を忌避した後、一体いつ頃満洲に逃亡したのか、その時期を考える上での基本的な資料でもある。一般には読む機会が限られているので、その核心部分を以下に紹介してみることにする。

「こ、一ケ月ばかりは、自分の働いてゐるところの親爺がケチで新聞をとつてゐないので、世の中の消息からは全く隔離されてゐる始末である。それが久し振りに東京に出て、その帰り電車で、隣席の男が新聞をひろげてゐたのを何気なく覗くと、三段抜きの朴烈君の断罪記事が、ハツーと胸をかき裂いた。その刹那は実際に、身が塞つてものも言へない気持であつた。――いきなり電車をとび降りて夕刊を買つた。赤い灯のついたポールにもたれて読み貪つた。（中略）寝ようと思つて蒲団にもぐつたら、急に涙が出て来て、涙粒の中から朴烈君の顔が転げ出して来た。もう再び会へないのだ！聽てこゝ、四五日のうちには絞首台で絞め殺されるであらう……顔が、震災前のあの無造作に生えた長髪と水色のハゲかゝつたルバンカ［ルパシカ］姿の、ロイド眼鏡の奥に笑つた細い眼が見えるのだ。新聞の朝鮮服を着た朴君は、どうしても朴君とは見えないが、いま思ひ出されて来るルパシカ姿の朴君が××［死刑］になるのだ――と思ふと、もう凝つとしてゐられない悲しみにどッと涙が溢れ出る。しかし朴君はニヤニヤと笑つてゐる。その背のところには、富ケ谷のあの二階の壁に書き投《（ママ）》ぐつた赤い字の××［革命］歌と、血のたれる心臓を短刀で貫いた落書がある。

『おい飯でも喰へよ』

朴君がさう親しげに言ひさうである。鱒の乾物とバサバサした麦飯をよく嗜はしてくれてゐたが……。

× ×

夏の始めであつた。何んでも親日派の朝鮮人を殴り込みに行つた話を、その時ボツリボツリと例の口調で私に話してきかせ、警察の干渉で『不逞鮮人』をやむ得ず『太いせんじん』と改題したことを語つて大笑ひしたりした。そして朴君と金子文子さんと私と三人で、いつものやうに麦飯を食つた。そして三人で渋谷の終点に出た。

金子さんは女学生のやうな袴を穿いて中西さんの『汝等の背後より』を手に抱えてゐた。よく笑つて歯切のいゝ調子で快活に話す人であつた。が靴が馬鹿に小さいので君に朝鮮婦人そつくりだと始終思はせた。それを言つて三人で笑つた。その時も朴君は、肩のところの剝げた水色のルパシカを着て太いステツキをついてゐた。

『警察では殴ぐられりや、仕方がないから僕は謝まるが、謝まつてまたやつつければ同じことだ。心から謝まるんでなければ、その方が痛くないだけ、得だ』

その時、富ケ谷から出て、埃ぽい水溜のやうなところを歩きながら朴君は何かの話でさう言つた。何故私がそれを覚えてゐるかは云へば『なる程そいつは得だ！』としみじみへにもならんことを頑ン張つて刑事に殴られる痛さを思ひ、俺もこれからはその手その手と思つたからである。

その日は何んとなく朴君と離れるのが嫌で一日、くツついて歩いた。金子さんはどこかで電車を降りて何処へか行つてしまつた。

いま考へると、それが最後であつた。

翌日、私は中西さんと一緒に九十九里の海岸に行つた。私たちは一ケ月中（中西さんは出獄の躰を休めるために）思ひ存分に真黒になつて遊んだ。後にも先きにも、一ケ月思ひ存分に遊べたのはこれが最後であらう。そこへあの地震が来たのだ。

× ×

中西さんは、地震の報と共に、鮮人が片ツ端から××［虐殺］される報をきいて、朴君の身上を毎日毎日案じ暮らした。それ！海嘯だ、地震だと一分間も凝つとしてゐられない最中であつたが――『東京にゐて危ないなら、屹度こゝへ逃げてくるに違ひない――』中西さんはさう云つた。私たちは不安な地震に驚きつゝも、朴君や鄭君を待つ準備をしてゐたがつひに来なかつた。その筈だ皆んなフン捕かまつてゐたのだ。

私と中西さんは入京の許可があつた日、即ち地震後四五日目に味噌米を二人で背負つて東京に這入つた。そして始めて朴君の動静を知つた。」

以上が里村欣三の「思ひ出す朴烈君の顔」の中心部分である。この後に、里村欣三がいつ東京を離れたのか、等の里村自身の身上に関する記述が続くが、それは後ほど里村の満洲逃亡時期を検討するところで引用することにする。

中西伊之助や里村欣三（前川二享）らと、朴烈ら在日朝鮮人の交流は、一体いつ頃始まったのだろうか。

小正路淑泰先生は「『種蒔く人』前後の中西伊之助」（『フロンティアの文学』二〇〇五年三月二十日、論創社）において「「アナ」派の在日朝鮮人勢力を牽引した朴烈（一九〇二～七四）・金子文子（一九〇三～二六）夫妻とも、『鞜土に芽ぐむもの』刊行を契機に交流が始まった。」とされ、『黒濤』第一号（一九二二年八月十日）の中西の小説「一本の蠟燭」やその後継誌『現社会』（『太い鮮人』改題）第三号（一九二三年三月十五日）の自著広告等を挙げておられる。

亀田博氏は『金子文子と中西伊之助』（二〇〇六年六月十三日、中西伊之助研究会レジメ）において、中西伊之助と朴烈を結びつけたキーパーソンとして、「焦点はアナキスト岩佐作太郎の存在である。二一年末には朴烈と岩佐作太郎は面識を得ている。（中略）岩佐は堺利彦の売文社へ出入りをしていた。そこで岩佐と中西伊之助は出会っている可能性はある。」とされている。これは杉本貞一の「証人訊問調書」において、朴烈が一九二一年「十二月上旬か四日、岩佐作太郎方忘年会に出席」という供述に基づく推定である。金一勉の『朴烈』（一九七九年九月一日、合同出版）にも、時期は特定していないが、朴烈は「岩佐作太郎と中西伊之助とも懇意な同志となった。」と記している。

金一勉の『朴烈』には、大正九年十二月の日本社会主義同盟の結成大会に、「朝鮮青年学生も多数参加している。」とある。この年、中西伊之助は四月の東京市電のストライキによる治安警察法違犯で九月末まで入獄中で、代って前川二享が日本社会主義同盟の創立発起人の一人となったが、朴烈との出会いの可能性という意味ではこの辺りまで遡れるのではないだろうか、とも思うが具体的に記述した文献は見当たらない。

日本社会主義同盟の創立発起人の一人、高津正道の「暁民会前後の想い出」（『労働運動史研究』No.12、一九五八年十一月二十九日、労働運動史研究会）の中に、「暁民会で第二に特筆すべきは、朝鮮・中国の同志がしきりと出入し、私からいうとこの思想団体で社会主義を学んだということです。金若水、曹奉岩、李廷允、卞熙鎔、金鐘範、朴烈、河弼源、金七星（女）、金平山等々、これらの名前がその顔と一緒に想いうかびます。ロシア盲詩人のワリシー・エロセンコ、中国人の王樹聲なども常連でした。」という記述がある。

エロシェンコがメーデーと社会主義者の会合への参加を理由に国外退去処分となったのは大正十年五月末のことであり、このことから高津正道が記憶する朴烈ら「朝鮮・中国の同志」との交流は、すでに大正九年の日本社会主義同盟結成の頃から始まっていたと見ることができる。

里村欣三の「思ひ出す朴烈君の顔」の、親しげで深刻な描写からみても、大正九年から十年初めにかけて既に面識のあった朴烈との交流が、里村が満洲逃亡から帰国した後の大正十二年初夏に復活した、と見ることも可能かと思う。

個別的な事情は推測の域を出ないが、小正路淑泰先生が指摘されているように、中西伊之助と在日朝鮮人活動家らの活発な交流が大正十一年二月の『赭土に芽ぐむもの』の刊行をきっかけに始まり、同年九月七日の「信濃川朝鮮人虐殺事件」の糾弾大演説会（神田美土代町青年会館）には、弁士に朴烈、堺利彦、大杉栄、中濱鐵、小牧近江らが予定され、聴衆千人、民族の垣根を越えた労働者の連帯が大規模に実現した闘争となり、連帯が深まっていった。

「信濃川朝鮮人虐殺事件」は、現在の新潟県中魚沼郡で起った事件で、大正十一年七月二十九日の『読売新聞』の報道がその端緒を開いた。信越電力の信濃川ダム工事（大割野、下穴藤の水力発電所）のタコ部屋（飯場小屋）において、過酷な強制労働による衰弱死、病死、逃走を企ての折檻、虐殺で一〇〇人近くの朝鮮人労働者が殺されたといわれる事件で、近年では「中津川事件」とも呼ばれている。

小牧近江は、この九月七日の糾弾大演説会の思い出を次のように書いている。

「信濃川に電力開発事業があって、朝鮮の労務者が何人も工事中に死亡しました。それで、朴烈などを先頭とする朝鮮人有志が、「人道上許せない。講演会を開くから応援してくれ」というのです。〝種蒔き社〟も、〝朝鮮人問題特集〟を出そうと思っていたのでしたから、会場費を集めてやりました。この時、私は、むりやり生れてはじめて、演壇に立たされました。朝鮮人たちの演説は、どれもこれもものすごく熱烈なものばかりでした。そこへちっぽけな私がつづいて立ったわけですから、まったくドギマギ声もでません。すると、鋭い野次が二階から飛んできました。「やい日本人、メシくって来たか！」これではダメだ、大衆の前で、少しは上手に話すようにならねば、と教えられました。」

（『ある現代史――〝種蒔く人〟前後』昭和四十年九月、法政大学出版局）

3　朴烈の経歴

里村欣三の「思ひ出す朴烈君の顔」は朴烈、金子文子とのみずみずしい青春の交友を描いた作品であるのみならず、里村の徴兵忌避、満洲逃亡の時期を考える上で第一の文献である。それを読み解くために、まず朴烈の経歴について見ておくことにする。

朴烈の経歴については、『続・現代史資料3　アナーキズム』（一九八八年七月三十日、みすず書房）収載の「朴烈・文子事件主要調書」（訊問調書）に詳しいが、それによると、大正八年三月一日の「独立騒擾事件」（三一独立運動）に関与し、「取締厳重デ惨虐ナ朝鮮デハ永続的ニ独立運動ニ参加スル事ガ出来ヌ、朝鮮デ独立運動ヲシテ一度摑マツタラ夫レガ最後デアリ、繰リ返シテ運動スル事ガ出来ヌ」と考えて朴烈は来日したのであった。

来日後の朴烈の経歴をここでは金一勉『朴烈』によって、簡単に紹介しておきたい。

「京城普通高等学校を三年で中退した朴烈が、東京に現われたのは一九一九年（大正八年）十月である。満十八歳のかれは学業を続けたかったようだが、とうとう学校には入学しなかった。渡日後の朴烈の足跡は、茨の道であった。新聞配達人、製ビン工、人力車夫、ワンタン屋、夜警、深川の立ちん棒、それから中央郵便局の集配人をしばらくやった。」「一九二〇年（大正九年）には、日本国内においても、朴烈青年らに刺戟を与えた二つの出来事が起きた。その一つは、朝鮮王世子・李垠と日本皇族・梨本宮方子との政略結婚式における投弾事件であった。（中略）その二は、日本社会主義同盟の結成であった。」「一九二一年の秋には、朴烈は筋金入りの無政府主義者となり、直接行動者になっていた。かれは、一見して無政府主義者と判るような、首筋を覆うほどの長髪で、灰色のルパシカを着ていた。」「「日本社会主義同盟」が結成されて一年目の一九二一年十一月、在東京朝鮮人の社会運動者の統合ともいうべき「黒濤会」が組織された。これは岩佐作太郎のあっせんにより、同志約三〇名で結成したといわれる。」

「朴烈が「岩崎おでん屋」へ立ち寄ったのは［大正十一年］三月上旬、（中略）こうして、朴烈と金子文子は出会った」「イギリス皇太子訪日のあおりで、淀橋警察署で一六日間の拘束を受けた朴烈は出所した［大正十一年］四月末、文子と同棲生活に入った。文子が見つけた家は、府下荏原郡世田谷町（現在、世田谷区）池尻の相川新作という下駄屋の二階の六畳間で、間代は月一〇円である。（中略）まもなく朴烈は、黒濤会の機関紙刊行にとりかかった。」

「［大正十二年の］四月中旬の日曜日の夜、かれは自分の住居の六畳間に十余名の仲間を集めて「不逞社」の結成を呼びかけた。（中略）その夜、不逞社会員になった者は朴烈のほかに小川武、張祥重、崔圭悰、李弼鉉、河一、洪鎮裕、永田圭三郎、徐東星、鄭泰成らである。」

続けて、金一勉の『朴烈』には、「朴烈・文子が世田谷池尻の下駄屋二階を引き払って、代々木富ケ谷一四七四の一戸を借りて引越したのは［大正十二年］五月上旬であった。」としている。しかし亀田博氏のご教示によれば、「金子文子・朴烈の裁判記録で確認すると、金子文子は富ケ谷に移った月を「三月頃」と話しています（第四回金子文子訊問調書、一九二四年一月二二日付）。『現社会』二号（通巻四号）の裏表紙には三月十五日発行でまだ池尻の住所が記されているので引っ越した日付の範囲は三月の下旬から四月の始めと推測できます」とのこと。前述の『続・現代史資料3　アナーキズム』の第四回被告人訊問調書（大正十三年一月二十三日）には「大正十二年三月頃私等ハ同府豊多摩郡代々幡町代々木富ケ谷千四百七十四番地ニ移転シテ居住中検挙サレタノデアリマス。」の記述が確認できる。

4　代々木富ケ谷、真っ赤なハートと「叛逆」の文字

再び、金一勉『朴烈』の記述から引用する。

「朴烈と文子が代々木富ケ谷の一軒家を借りて移ってから不逞社の同人も急に増えた。（中略）今度借りたのは二階家だったので何人でも泊ることができた。（中略）仲間がゴロ寝して議論しあい、食物があればともに食い、なければ食わないという式であった。（中略）小川武は漫画家であった。それまでに壁に張った悲憤慷慨の文字のかわりに、小川が真赤な絵具で大きなハートを描き、その左右に墨で太く大きく《叛逆》と書いて張りつけた。しいていえば、このハートと《叛逆》という文字が不逞社仲間の意思であり、暗黙の綱領というべきものだったのかもしれない。二階の窓をあけると、道路から壁の文字が見え、いやおうなく道行く人の目に触れたという。（栗原一夫《ママ》氏の話）（中略）かれらの例会や集まりは、朴烈の家に定まっていたが、たいてい日本のアナキストを招いて社会問題の話を聴くとか、誰々をなぐりに行く相談とか、仲間の出獄歓迎会や、朝鮮衡平社と鉄道ストライキへの応援電報を打つというものであった。」

「六月二十八日は、不逞社グループが集まって「中西伊之助出獄歓迎会」をやった。この夜は中西の獄中生活談を中心に、日本と朝鮮の監獄の醜状を話題にした。」（以上『朴烈』）

真っ赤なハートと叛逆の文字。この情景は金子文子を支え続けた不逞社同人栗原一男の「第二回調書」（大正十二年十二月四日）にも、「問　朴烈方ノ二階ノ壁ニ赤インキデハートノ絵ヲ書キ其上ニ墨デ太ク大キク叛逆ト云フ文字ガ書イテアツタ様ダネ。　答　ソウデス。」として記録されている。

いま一度、里村欣三の「思ひ出す朴烈君の顔」に立ち戻ってみると、

「朴君はニヤニヤと笑つてゐる。その背のところには、富ケ谷のあの二階の壁に書き投なぐつた赤い字の××歌と、血のたれる心臓を短刀で貫いた落書がある。『おい飯でも喰へよ』朴君がさう親しげに言ひさうである。鱒の乾物とバサバサした麦飯をよく嗜はしてくれてゐたが……（中略）夏の始

めであつた。何んでも親日派の朝鮮人を殴り込みに行つた話を、その時ボツリボツリと例の口調で私に話してきかせ、警察の干渉で『不逞鮮人』をやむ得ず『太いせんじん』と改題したことを語つて大笑ひしたりした。そして朴君と金子文子さんと私と三人で、いつものやうに麦飯を食つた。そして三人で渋谷の終点に出た。金子さんは女学生のやうな袴を穿いて中西さんの『汝等の背後より』を手に抱えてゐた。よく笑つて歯切のいゝ、調子で快活に話す人であつた。（中略）いま考へると、それが最後であつた。翌日、私は中西さんと一緒に九十九里の海岸に行つた。私たちは一ケ月中（中西さんは出獄の躰を休めるために）思ひ存分に真黒になつて遊んだ。後にも先きにも、一ケ月思ひ存分に遊べたのはこれが最後であらう。そこへあの地震が来たのだ。」

大正十二年の「三月の下旬から四月の始め」、朴烈と金子文子が転居した「代々幡町代々木富ケ谷千四百七十四番地」の不逞社の情景がここに活写されているのである。事実関係を確認しておくと、朴烈が『不逞鮮人』を『太い鮮人《フテイ》』と改題して創刊したのは大正十一年十一月七日頃のこと、金子文子が持っていた中西伊之助の『汝等の背後より』の刊行日は大正十二年二月十三日、「親日派の朝鮮人を殴り込みに行った話」というのは、大正十二年四月二十六日、渡米の途中東京駅に立ち寄った東亜日報主筆張徳秀を神田の歓送会の席上に襲った話であろうと思われる。

『赭土に芽ぐむもの』刊行から一年余、中西らと在日朝鮮人の連帯は広がりを見せていた。

東京市電ストの判決確定による中西伊之助の下獄を前に「中西伊之助氏が来る廿五日下獄するにつき在京鮮人発起の下に廿日午後七時から神田区西小川町朝鮮青年会館に送別会が開かれ」（「よみうり抄」大正十二年三月十七日）、出獄日の大正十二年六月二十八日には第四回不逞社例会として出獄歓迎会が行なわれた（栗原一男「第二回予審調書」他）。七月六日には日本橋家庭食堂において秋田雨雀、小川未明らが中西伊之助出獄慰労会を催している。この後、中西伊之助と里村欣三は行動を共にし、九十九里の海岸に静養に行って九月一日の関東大震災に遭遇することになる。

なお付言すれば、金一勉『朴烈』では、代々木富ケ谷の二階にハートを描いたのは「漫画家」の小川武としているが、この小川武は明治四十一年四月生まれで、北沢楽天に学び、大正十四年時事新報社に入り漫画家としてのスタートを切った人と言われる。そうしてみると、この大正十二年の「夏の初め」の時点ではまだ十五歳であり、朴烈の不逞社に同調するには無理があるのではないだろうか。

廣畑研二先生のご教示によると大原社会問題研究所所蔵「日本社会主義同盟」名簿のNo.8ノートに「小川武／中渋谷六九四　中西伊之助方」という記述があり、また『労働週報』（大正十一年二月十四日号）に「市電青山出張所運転手」の肩書きで「小川武」の投稿があるとのこと。この「青山出張所」は日本交通労働組合本部研究部長の武井栄の所属支部であり、その「下渋谷六一四　武井方」に日本社会主義同盟創立発起人当時の里村欣三（前川二享）が同居していたことを考えるなら、不逞社に加入していた「小川武」は市電青山出張所運転手の「小川武」である可能性の方がより高いのではないだろうか。日本交通労働組合の一部の人々と不逞社同人の親和性、連帯が想像されるのである。

以上、里村欣三の「思ひ出す朴烈君の顔」を中心に検討してきたが、これらのことから、朴烈、金子文子、里村欣三の三人が揃って「渋谷の終点」に出た「夏の始め」の時期は、大正十二年七月中旬辺りが最もふさわしいと思われる。

しかし、問題の核心はこうした事実関係の解明自体にあるのではなく、里村欣三が、一体いつの期間満洲に逃亡していたのか、というところにある。里村の満洲逃亡期間について、章を改めて考察することにする。

第Ⅲ部

第9章　里村欣三の満洲逃亡期間を考える——二度にわたる里村欣三の満洲逃亡

1　徴兵忌避、満洲への逃亡

里村欣三（前川二享）の満洲逃亡前後の状況は、堺誠一郎によって次のように伝えられている。

「大正十一年満二十歳を迎えた氏はひょっこり郷里に帰って来て徴兵検査を受けたが、甲種合格、翌年二月には岡山輜重兵第十七大隊に特務兵として入隊せねばならぬことになった。しかし検査が終わるとまたすぐ郷里をとび出した氏は、年が明け入隊当日になっても姿を現わさなかった。父作太郎は「たった二ヵ月ぐらいの辛抱だから（当時輜重兵特務兵の入隊期間は五十五日だった）きっと現われるにちがいない」と言ってまる一日営門のそばに立って氏を待っていたという。しかし氏は姿を見せず、その日以来、実家には毎日のように憲兵や警官がやって来ては氏の行方を追及しはじめたが、氏の行方は杳として知れなかった。父作太郎はこのことに責任を感じて岡山市警防団長の職を辞した。［妹の］華子さんの話では、このときすでに氏は満洲に渡っていて、金もなく帰って来られなかったのではないかというのである。（中略）翌日念のため岡山市に行って県庁の中の民生労働部援護課を訪ね調べた結果、「在郷軍人名簿（和気郡福河村）」という古い綴じ込みの中に（前川二享、大正十二年適齢者処不、昭七年失踪ノ宣告、昭一〇処在発見）という字を読んだ。処不というのは処在不明ということで、当日氏が入隊すべき日に入隊しなかったことを示している。」（「或る左翼作家の生涯」）

堺のいう「ひょっこり郷里に帰って来て徴兵検査を受けた」という記述は、先に紹介した『労働週報』の入獄記事から見て疑問が残る。「入寄留者」として神戸辺りで徴兵検査を受けたか、又は拘引されて本籍地の郷里岡山に戻り徴兵検査を受けたかのどちらかであろう。

「たった二ヵ月ぐらいの辛抱だから（当時輜重兵特務兵の入隊期間は五十五日だった）きっと現われるにちがいない」という記述もやや疑問で、堺が見た「在郷軍人名簿（和気郡福河村）」は里村欣三（前川二享）が昭和十年に徴兵忌避を自首、再検査（「蓄膿があつたので、第二乙種」）後に作成されたもので、たしかに「輜特（輜重兵特務兵）」とあるけれども、これが大正十一年に甲種合格して徴兵忌避した時の兵種と同一のものであるかどうかはこの「在郷軍人名簿」からは速断できないのである。従って里村欣三が大正十一年の徴兵忌避時に、入隊期間を「五十五日」と認識していたのか、通常の「三年」と認識していたのかは不明という他ない。また堺は入営日を「翌年二月」と書いているが、『神戸又新日報』では一月十五日となっている。このように幾つかの部分的な疑問は残るが、しかし全体の流れとしては、父作太郎の動静など、堺誠一郎が書いた通りの事実があったと思う。

里村欣三（前川二享）は（おそらく神戸監獄に）大正十一年四月二十五日から十月二十五日まで入獄、その直後に徴兵を忌避し満洲に逃亡した。その時期を暗示するかのような一節が「『暁鐘』をめぐって」のところで紹介した「古い同志」という小説（『世界の動き』昭和五年一月号、世界の動き社）に何気なく挿入されている。

「「ね、吉岡［里村］君、君が×××へ行つて消息を絶つた時、僕の嬶や芳子がどれほど心配したか知れないぜ。もう殺されたものと諦めて、十月三十日、君から最後の消息があつた日を命日にして、位牌をまつて［祀つて］ゐた位だ。君の噂さが出ない日はなかつた。（中略）」吉岡は涙が出るやうに思つた。」

この「古い同志」の記述通り、労働運動上の傷害事件の出獄直後、大正十一年「十月三十日」前後に、里村欣三の最初の満洲逃亡が実行された、と私は推測している。

では、いつ帰国したのか。それは前章において検証したように、少なくとも大正十二年七月中旬以降は中西伊之助と行動を共にしているし、それ以前にすでに朴烈との間に親密な関係が生じているのである。面識の有無は別として、里村欣三と朴烈の親密な関係が大正九年十二月の日本社会主義同盟成立の頃にまで遡れないのなら、朴烈と金子文子が「代々幡町代々木富ケ谷千四百七十四番地」の不逞社に転居した大正十二年の「三月の下旬から四月の始め」からこの七月中旬の間に、「思ひ出す朴烈君の顔」に書かれた親密な関係が構築されたとみる他ない。即ちこれが里村欣三が満洲から帰国した時期である。さらにその親密度から言えば、朴烈と金子文子が代々木富ケ谷に転居する以前の世田谷池尻の下駄屋二階にいた頃、あるいは中西伊之助が大正九年のストライキの判決確定により収監される大正十二年三月二十六日以前にまで遡ることも不可能ではない、と思われる。

いずれにしろ、この比較的短い、大正十一年十月末から十二年の「夏の始め」までの半年前後の期間が、里村欣三の第一回目の満洲逃亡の時期である。

2　二度にわたる里村欣三の満洲逃亡

いま「第一回目の満洲逃亡」と書いたが、里村欣三の満洲逃亡は少なくとも二度にわたって行なわれている。

その根拠を順次述べるが、結論を先に言えば、第一回目の満洲逃亡の後、大正十三年春から同年夏にかけて信州および北海道の札幌、長万部辺りへの国内放浪を行なっており、幾つかの作品に結実している。すなわち、「息子」（『新興文学』昭和三年三月号）、「佐渡の唄」（『文芸戦線』昭和三年五月号）、「職人魂——芸術」（『戦車』大正十五年九月号）が信州の放浪体験、「濃霧《ガス》」（『文学時代』昭和五年四月号）や「痣」（『週刊朝日』昭和四年九月二十号）、長編「監獄部屋」（『大衆文芸』昭和六年二月号〜八月号、のち「光の方へ」と改題され、『光の方へ』昭和十七年六月二十日、有光社に収載）が北海道放浪体験に基づくものであるため、これがしばしば見落とされているため、里村の満洲逃亡時期を曖昧なものであるかのように見せかけている、と思う。

第二回目の「満洲逃亡」は、大正十三年秋から大正十四年秋にかけて行なわれた。これは「ハルピンのメーデーの思ひ出」（『新文戦』昭和九年五月号）、その他の作品から推察できる。

こうした国内外にわたる逃亡、放浪が渾然一体となって行なわれている上、徴兵忌避者であることを隠すため、相当数にのぼる満洲放浪体験を描いた作品においても、時期が特定されないように慎重な配慮が加えられており、里村欣三の放浪の足跡を解りにくいものにしているのである。

前章「朴烈との交友」において「思ひ出す朴烈君の顔」（『文芸戦線』大正十五年五月号）の中心部分を紹介したが、実はその後半部に里村欣三の足跡を示す記述が現れるのである。それをまず引用する。

「私と中西さんは入京の許可があつた日、即ち地震後四五日目に味噌米を二人で背負つて東京に這入つた。そして始めて朴君の動静を知つた。

『まあ、殺されずに警察にゐれば安心だ！』

と思つた。が、どつこい一月しても二月しても朴君達は出て来なかつた。

×　×

ある日鄭君がやつて来た。もう秋風が身に沁む頃だつた――と思ふ。

鄭君と私と二人は、中野の救世軍の病院で毛布を貰つたり、増上寺へ行つてシヤツや着物を貰つてそれを未決監に浴衣一枚で震えてゐる、朴君やその他の一同に差入れた。それまで地震さわぎや何かで、誰一人として朴君たちの面倒をみてゐなかつたのだ。しかしその時はまだ接見禁止であつて、つひに面会することが出来なかつた。

私は秋風とともに、まもなく流浪の旅に出た。

×　×

一昨年の夏ごろだと思ふ。吉祥寺に鄭君を訪ねたら栗原君が出獄してゐた。皆んな共犯は出たのだと云ふが朴君、夫婦だけは保釈が許されず獄にゐた。恐ろしい予感が胸にこたへた。

その秋、私はまた東京を去つた。それから去年の秋かへつたが鄭君にも誰にもまだ会へない。」

「思ひ出す朴烈君の顔」のこの部分は、関東大震災直後の描写から始まっているが、書かれたのは末尾に「一九二六、三、二五」とある通り、朴烈、金子文子に死刑判決が出た日であり、「死刑執行は廿七日の朝か」（『読売新聞』）という緊迫した状況の中で書かれたものである。

この擱筆日付の大正十五年三月二十五日の時点から里村欣三の動きを振り返ってみると、「私は秋風とともに、まもなく流浪の旅に出た。」というのは大正十二年の秋のことである。次に「一昨年の夏ごろだと思ふ。吉祥寺に鄭君を訪ねたら栗原君が出獄してゐた。」というのは大正十三年夏のことである。なお、この「鄭君」というのは、朝鮮人による最初の日本語小説『さすらいの空』（大正十二年二月一日、宣伝社）を書いた鄭然圭のことではなく、朴烈や金子文子を支え続けた栗原一男とセットで描かれていることから、朴烈事件で予審調書を取られている不逞社メンバーの鄭泰成のことである、と思う。

最後の「その秋、私はまた東京を去つた。それから去年の秋かへつたが鄭君にも誰にもまだ会へない。」のうち、まず「その秋、私はまた東京を去つた。」は十三年の秋、「それから去年の秋かへつたが」は大正十四年の秋にまた東京に帰って来た、ということを言っているのである。

これを整理すると、大正十二年の秋から同十三年の夏、および大正十三年秋から同十四年秋の二回、東京を離れて「流浪の旅」に出ているのである。前者が信州および北海道への放浪、後者が二回目の満洲への放浪である。

先に書いたように、里村欣三の諸作品には徴兵忌避者であることを隠すため、時期が特定されないよう慎重な配慮が加えられているが、以下、この二つの「流浪の旅」を検証してみることにする。

3　信州、北海道への放浪

大正十二年の秋から翌年の初めにかけての足どりは不明であるが、「佐渡の唄」（『文芸戦線』昭和三年五月号）には「木賃宿の裏には不潔な川が流れてゐて、潮が満ちると、卒塔婆や下駄や板片や雑多な都会の塵芥を押し上げてくる水量に乗つて、糞船が上下した。私たちのコミ部屋の窓は、ぢかにその悪臭のこもつた川に向つてゐた。私はその頃、川内と呼ぶ男と一緒に洲崎の埋立に働いて、夜はこゝへ帰つて来た。」とある。深川洲崎は東京の一部（府外＝現江東区）であり東京を離れたことにはならないが、大正十三年十一月、十二月号の『文芸戦線』に「富川町から　立ン坊物語」が発表されていることからみて、こうした近郊での土木作業に従事していた可能性がある。
新潟の糸魚川から信州へかけての放浪は、大正十三年の初めの「晩冬」から「酣《たけなわ》な春」にかけて行なわれた。その経路を作品「息子」（『新興文学』昭和三年三月号）から紹介すると、

「寒むい日本海の北風に吹き曝される越後の國には、私は潤ひを感ずる訳には行かなかつた。（中略）草はまだ芽をふいてはゐなかつた。（中略）越後の國の空には、白鳥が群れてゐると聞いたが、私はつひぞ見たことがなかつた。（中略）吹き過ぎるアルプス颪の突風に、私はどんなにか私の果敢ない生存の惨めに持て餘さなければならなかつたであらうか。まことに細々と生きることは、生爪をしやぶるよりも惨めなことである。それで私は影のやうに糸魚川の町に辿りついたのである。（中略）だが、この町にもまた私は、私の労働を必要とする活気を見なかつた。（中略）私達は幾日かまるで親子の乞食のやうに旅して、深い雪の信越の山々を線路伝ひに越えて、つひに信州に下りて行つたのだ。」

「私達は遂ひにやつとの思ひで信州に入ることが出来たのだ。こゝでは雪が消えて、桑の芽が青ばんでゐた。空は快よく晴れ切つて、豊かに開拓された善光寺平の眺望は、私に青麦のやうな若い希望を抱かせずにはゐなかつた。（中略）私と老人とはその日のうちに、犀川の護岸工事の平井組の部屋に割り込むことが出来た。こゝでは充分な春が来てゐた。（中略）久しぶりにする労働は楽しいもので、私は腹一杯に掻き込んで、終日トロを押した。夏とは違つて、早春の野に汗ばむことは愉快なものだ。」（「息子」）

糸魚川で偶然知り合った渡り人足の老人「権爺」に気まぐれな愛情を感じながら、私は信州の放浪を続けるが、「年のせゐですつかりガメ込んだ」「権爺」の法螺話に従って、「杏の花時で、野には菜の花が咲いて」いる「酣な春」に上野駅に戻り、最後は老人を「深川の富」の「備中屋」に送り届けてこの

作品「息子」は終るのである。「深川の富」は富川町のことだろうと思う。
また「職人魂――芸術」（『戦車』大正十五年九月号）という作品にも、信州で働く主人公が登場する。

「私は信州の信濃川の防堤工事に働いたことがあつた。その時、トロを連結して土砂を運ぶために二輌の機関車を使用してゐた。雨に錆びた軽便の小型機関車であつたが、谷川といふ機関手がそれを操縦すると決して、如何に土を沢山つみ込まうと、急行さすとも、積土の柔軟な土堤に線路がノメツて車が動かなくなるといふ恐れはなかつた。（中略）常々、谷川といふ男は口癖のやうに自分自身の腕を誇つてゐた。彼はほんとうに機関車のコツをわきまへてゐたのだ。」（「職人魂――芸術」）

この越後から信州にかけての放浪のあと、続けて大正十三年五月から夏にかけて北海道への放浪が行なわれる。

「もう七年になるだらう。私が懐疑的な思想にかぶれて、出鱈目に放浪して歩いたのは、その頃である。やつと二十歳を過ぎたばかりの私が、人生のあらゆる事柄に興味と希望を失つたつもりで、一つぱし憂鬱な哲学者を気取つてゐたのだから呆れる。（中略）――この生半可な思想の熱病にかぶれてゐた私が、その時分に北海道の旅で（中略）ある事件にぶつかつたのである。（中略）北海道の春には、猛烈な濃霧がつきものだ。（中略）函館本線と長輪線の分岐点に、長万部といふ駅がある。（中略）その日は、春の五月だといふのに、吹雪になる時の前触れのやうに、恐ろしく底冷えのする日であつた。そして北海道に特有の濃霧が、乗客の尠いプラット・ホームに漂茫と煙のやうに吹きつけてゐた。（中略）その人群れの中に、私は計らずも一人の土方絆纏の老人を見つけたのだ。（中略）「旅を歩かれるお若衆だと思ひますが、どちらへ行かれますかな……？」「函館へ。」「ほうツ、それは願つてもないよい道連れだ。（後略）」（「濃霧《ガス》」、『文学時代』昭和五年四月号）

「もう七年になるだらう」という「濃霧」の記述は、「七年」という期間がちょうどこの大正十三年に合致し、また「私が懐疑的な思想にかぶれて、出鱈目に放浪して歩いたのは、その頃である。やつと二十歳を過ぎたばかりの私が」という記述も、状況や年齢から見て、この時期の放浪を描いている、と思う。

「私たちの部屋はやうやく鉄道工事の切り上げを済ませて、部屋が解散になつた。（中略）私は日高の國のヘトナイといふ移民町から、二十里にあまる路を徒歩で（中略）苫小牧に出た。そしてそこから長輪線で函館に舞ひ戻つて来た。そして或る木賃宿の追ひ込み部屋に落ち着いたのであつた。――私が不思議な老人に出喰はしたといふのは、この時の話である。」（「痣」、『週刊朝日』昭和四年九月二十日号）

作品「痣」の季節は「秋が終りに近づいて、峻烈な冬期を間近に控えた十一月の中旬」と設定されていて、私が推測する夏前後の放浪ではないが、「濃霧」と同様に流浪する老土方が描かれている。「痣」に書かれた「ヘトナイ」は現在の北海道勇払郡穂別町富内で、鵡川上流の旧辺富内《へトナイ》の北海道鉄道の鉄道工事が背景にある。長篇「監獄部屋」も、室蘭で集められ海路で釧路、標茶《シベチャ》の鉄道工事に送り込まれる人夫達という設定であるが、鉄道工事そのものの描写はほとんどなく、タコ部屋描写が主となっている。里村自身がタコ部屋に追い込まれた訳ではないにしても、この時期に北海道の道南、道東を流浪し、こうした知見を得ていたことが推定されるのである。

このように里村欣三が信州、北海道と「出鱈目に放浪して歩」き、東京を離れたようとしたのは、関東大震災後の朴烈、金子文子の検束と「大逆事件」のでっち上げ、彼等と深い交友のあった徴兵忌避者としての自己の状況に恐怖を感じたために他ならない。それ故に、朴烈等に死刑判決があった大正十五年三月二十五日当日に書かれた「思ひ出す朴烈君の顔」において、こうした状況から逃避し、放浪に逃れる自分自身に対し、「シミタレた意気地のない俺」、「のろのろと何処までも××（中略）××ゐる自分自身」、「どこまでノホーヅなのか得体が知れない俺」、「酒蛙々々とタワイなく生きてゐる自分に、まつたく反吐を催す！」と激しく自己嫌悪し、呻いているのである。

4　大正十三年秋、再び満洲へ逃亡

大正十三年夏、東京に戻った里村欣三は、「大逆事件」で拘束されている不逞社の仲間の消息を訪ねる。

「思ひ出す朴烈君の顔」の「吉祥寺に鄭君を訪ねたら栗原君が出獄してゐた」という「栗原君」とは、不逞社同人栗原一男のことで、瀬戸内晴美の『余白の春』（昭和四十七年六月三十日、中央公論社）では栗原の出獄を大正十三年秋としているが、佐藤信子氏の「金子文子を支えた人々――栗原一男を中心に――」（『甲府文学』一九九九年十二月号）では、「在日韓国人の軌跡」（小松隆二、三田学会雑誌）を引用して「母の死で韓晛相は一九二四年六月保釈出獄し、他の四名もその頃保釈されたという。（栗原一男もいたであろう。）」としている。

大正十三年秋、里村欣三は再び満洲へ逃亡する。二度目の満洲逃亡からの帰国は「それから去年の秋かへつたが鄭君にも誰にもまだ会へない」という記述通り、大正十四年秋と推察される。

青野季吉は「紹介・感想・質問　葉山君と里村君」（『文芸戦線』大正十四年十二月号）で次のように述べている。

「里村君は中西君と一緒に大阪で、労働運動をやつてゐた人で、強い反面でおつとりとしたいい人間だ。中西君の家にゐる時に僕は、これは立派な人だと思つた。君が文章を書くことを知つてゐたので、「戦線」へ何か書いてはとすゝめた。富川町の生活を書いたのがそれだつた。その後里村君は一人になつて、土工になつた。信州の工事へ行つたり、富川町へ帰つたり、その都度、三月目か半年目に、ぶらりとやつて来た。一度など喧嘩したと云つて、すつかりホウ帯して、さすがに疲れたやうに縁側に横になつて行つた。この間久しく音沙汰がなかつたので、中西君に聞いて見やうと思つてゐたら、何でも満洲まで行つて来たらしい。二人とも熱心な労働運動者で、牢獄を出て、喰ひつめた人間だ。（中略）里村君はいまは越山堂で働いてゐるが、里村君も葉山君も小説で喰へるやうになつたら喰ふがよい。喰へなくなつたらまた土工に立戻るとして。」

青野季吉が言っているのは、大正十一年の徴兵忌避、満洲逃亡のことではない。大正十三年十一月号『文芸戦線』に「富川町から　立ン坊物語」を書いて以降、最近ふたたび「満洲まで行つて来たらしい」ということを言っているのである。この言葉の通り、里村欣三の「ハルピンのメーデーの思ひ出」（『新文戦』昭和九年五月号）には、大正十四年のメーデーをハルピンで迎えたことが書かれている。以下、それを紹介する。

「約十年程前に、私はハルピンでメーデーを迎へたことがある。その頃は張作霖の全盛時代で、一切の民衆運動に苛烈な弾圧が下されてゐた時だつた。殊に張作霖は、東支鉄道の権益をソヴエートの手から捲き上げやうと貪欲な陰謀を企らんでゐる最中だつたので、一切のソヴエート機関の上に加へられてゐた迫害圧迫の度合は猛烈を極めてゐた。赤系の新聞社が正規兵に襲撃されたり、家宅捜査を受けたり、新聞雑誌の発行を停止されたり、理由もなく東支鉄道の長官が逮捕されるなど、そんな事

件が毎日のやうに頻繁に起つてゐたものだ。(中略)
ハルピンでは、五月の聲を聞くと、一斉に木々が芽ばみ、草の蕾がふくらんで来る。それで五月一日、この労働者の祝祭日は、同時に舊いロシアの花祭りで、もあるのだ。プロレタリアのデモ、舊教のお祭りと、こいつが一緒にぶつかる。新しい時代と、舊い時代との鉢合せだ！(中略)
丁度、その頃、上海では全紡績のストライキが戦はれてゐた。その強い波動が、こんな北満の果てにまで、ピシピシと響いてゐたのだつた。私は例年にないメーデーの検挙者数を見て、それを感ぜずにはゐられなかつた。」

この記述の「理由もなく東支鉄道の長官が逮捕され」た事件については、当時のハルピンの状況を伝える『哈爾賓乃概念』(大正十五年九月、増補四版、哈爾賓日本商業会議所)にも具体的な記述がないので、このことによって里村が経験した「ハルピンのメーデー」の年度を特定することは出来ないが、この随筆の最終段落、「丁度、その頃、上海では全紡績のストライキが戦はれてゐた。その強い波動が、こんな北満の果てにまで、ピシピシと響いてゐた」という記述こそ、大正十四年(一九二五)二月、上海に起った「在華紡」のストライキであり、反帝愛国運動、もしくは国権回復救国運動として知られる「五・三〇運動」についての記述なのである。これにより里村欣三の「ハルピンのメーデー」の体験が大正十四年のことであることがわかるのである。同様の状景は「五六年前、ハルピンへ行つた時」の想い出として「ハルピンの記憶」(『東洋』昭和六年九月号)にも描かれている。

5　上海「在華紡」ストライキと五・三〇運動

大正十四（一九二五）年二月、上海に起った「在華紡」のストライキと、五月十五日、内外綿第七工場で起きた紡績労働者顧正紅殺害事件を機に上海から全国に拡大した「五・三〇運動」については『民国前期中国と東アジアの変動』（一九九九年三月二十日、中央大学出版部）のうち、高綱博文先生の「第三章　上海「在華紡」争議と五・三〇運動―顧正紅事件をめぐって」が詳しい。上海第二棉紡織国営工場の門付近に「顧正紅烈士殉難処」があり、顧正紅烈士像が建っているが、その碑文の紹介から引用する。

「顧正紅烈士、一九〇五年江蘇阜寧の生まれであり、上海の日本資本内外綿第七工場の前で犠牲となり、即ち現在の本工場所在地で働いていた。（中略）日本資本紡績工場労働者は一九二五年二月にストライキを組織、待遇改善の要求と日本資本家が労働者を打ったり罵ったりすることに反対した。顧正紅はこの闘争の中で鍛えられ成長し、中国共産党に参加した。この年の五月、日本資本家は二月ストライキの協定を履行することを拒否した。顧正紅同志は五月十五日に労働者を伴い工場に交渉に赴き、日本資本家に銃撃されて英雄的な犠牲となり、二〇歳で死去した。顧正紅烈士の殺害に遭遇して、中国人民の帝国主義に反対する烈火は燃え上がった。中国共産党の指導下、偉大な五・三〇反帝運動は顧正紅事件を起点として爆発した」。

これが顧正紅烈士像の碑文の一部である。つづけて同論文から「五・三〇運動」の概要を引用する。

「一九二五年五月三〇日、上海各大学の学生たちは共同租界のメイン・ストリートである南京路を中心に「顧正紅の仇を討て！」「内外綿労働者を支援せよ！」「上海は中国人の上海！」「租界回収！」などのスローガンを叫びデモ行進をおこない、（中略）老閘警察署長イギリス人エヴァーソンは警察隊に発砲を命じ、死者一〇名、負傷者八名を出すという大惨事——いわゆる五・三〇事件を引き起こした。五・三〇事件を契機として、上海では空前の規模の民族運動が開始され、この民族運動は事件の起きた日にちなんで五・三〇運動と呼ばれている（中略）。五月三一日、中国共産党は上海総工会を結成して上海全市のゼネストの方針を打ち出し、六月一日より学生は罷課、資本家・商人たちは罷市に踏み切った。（中略）五・三〇事件の悲報が伝えられると、全国各地で激しい抗議デモが行われ、学生・資本家・商人・労働者のストライキが相次ぎ、列強勢力と対峙したが、外国軍隊は不用意に発砲して多くの流血事件を引き起こした。例えば六月五日の鎮江事件、六月一一日の漢口事件、六月二三日の広州沙基事件、七月二日の重慶事件、七月三一日の南京事件など枚挙するにいとまがない。（中略）広州沙基事件では（中略）イギリス軍が機関銃を掃射し、一瞬にして死傷者二百数十名を出し、広東民衆の憤激はその極に達した。」「広東民衆は（中略）国民革命軍が北伐を遂行する政治的・経済的・軍事的な条件を支えたのである。」（『民国前期中国と東アジアの変動』）

この五・三〇運動は、『中国国民革命』（栃木利夫、坂野良吉、一九九七年十二月十八日、法政大学出版局）では、次のように概括されている。

「一九二五年の五・三〇運動では、奉天をはじめとして、ナショナリズムの未曾有の高まりが見られた。（中略）経済上でも、日本の独占市場であった東北各地に、上海をはじめ中国各地から、木綿・雑貨などの日用品が大量に移入されるに至り、日本の支配層に衝撃を与えた。その動きは、周知の、奉天派内の革新派郭松齢部隊の決起へと繋がってゆき、日本政府は関東軍の満鉄付属地への出動と、朝鮮軍の増派を余儀なくされた」「この時期、上海・北京・広州などの大都市のストに約三〇〇万人が参加したほか、奉天派の牙城東北各地、華南の都市周辺農村への運動の広がりによって、全国で一七〇〇万人余が運動の輪に加わった」。(『中国国民革命』序章、第六章)

これが、里村欣三が「ハルピンのメーデーの思ひ出」で、「丁度、その頃、上海では全紡績のストライキが戦はれてゐた。その強い波動が、こんな北満の果てにまで、ピシピシと響いてゐた」と書いた上海「在華紡」ストライキと五・三〇運動であり、ハルピンを含めた東北地方への中国ナショナリズムの波及なのである。

横光利一の小説『上海』(一九九一年九月十日、講談社文芸文庫)では、この顧正紅事件が「高重ら一部の邦人と、工部局属の印度人警官の発砲した弾丸は、数人の支那工人の負傷者を出したのだ。その中の一人が死ぬと、海港の急進派は一層激しく暴れ出した。彼らは工部局の死体検死所から死体を受けとると、四カ所の弾痕が、尽く××人の発砲した弾痕だと主張し始めた。総工会幹部と罷業工人三百人から成る一団が、棺を担いで、殺人糾明のため工場へ押しかけた。しかし、彼らはその門前で警官隊から追われると、漸く棺は罷業本部の総工会に納められた。」「群衆は喊声を上げながら、再び警察へ向って肉薄した。爆ける水の中で、群衆の先端と巡邏とが、転がった。(中略)その澎湃とした群衆の膨張力は黒い街路のガラスを押し潰しながら、××の関門へと駆け上がろうとした。と、一斉に関門の銃口が、火蓋を切った。」と描写されている。

以上諸文献を通して見てきたように、里村欣三の徴兵忌避による第一回目の満洲逃亡は、大正十一年の十月三十日前後から大正十二年の「夏の初め」以前の半年程度の期間であり、それに引き続き大正十三年初め(晩冬)から同年夏にかけて信州および北海道への国内放浪が行なわれた。第二回目の満洲逃亡はこの国内放浪に連続して、大正十三年秋から大正十四年秋にかけて行なわれた、と推定できるのである。

大正十四年秋に帰国したことは、「里村君はいまは越山堂で働いてゐるが、里村君も葉山君も小説で喰へるやうになつたら喰ふがよい。喰へなくなつたらまた土工に立戻るとして。」という青野季吉の記述（「紹介・感想・質問　葉山君と里村君」）や、その後の作品発表等の年譜上の出来事によって裏付けられる。

こうした一連の放浪を跡づける作品としては、満洲放浪を描いた「苦力頭の表情」（『文芸戦線』大正十五年六月号）だけが有名だが、一般に知られていないだけで、満洲での体験を基にした小説や随筆は実際には相当数に上る。

徴兵忌避による逃亡が特定されないように、時期や季節の描写に慎重な配慮を加えながら、大正十四年十一月の「河畔の一夜　「放浪挿話」その一」（『文芸戦線』）を皮切りにこれらの体験が書き始められたということは、逆に、里村欣三の二度にわたる満洲逃亡がこの時点までに終了していたことを示唆していると思われる。

第10章　ハルピン、トルゴワヤ街とはどこなのか？
——里村欣三の満洲逃亡の中心地・ハルピンを考える

1　露西亜寺院の金の十字架

里村欣三の作品に、放浪雑話とでも言うべき「放浪病者の手記」（『中央公論』昭和三年五月号）というのがある。

四章からなり、第一章は放浪へのあこがれ、第二章は備後路の放浪で、おそらく大正七年暮に関西中学校を除名処分になった頃の話ではないかと思う。鞆の浦で入水自殺を試みる記述があり、あるいはこの辺りが平林たい子の「逃亡兵伝説」の入水自殺に紛れ込んだのではないか、とも思う。第三章は東京に出奔する直前の神戸から奈良大和路への放浪、「修理婦」と名づけられた第四章は、ある年の一夏ハルピンで苦力をやっていた時の雑話である。

この第四章の中に「トルゴワヤ街」、「フーザテン」という具体的な地名が出てくる。ハルピンにかつて在住した経験のある人々にとっては周知のことかも知れないが、それが具体的にどこなのか、私にとって気にかかる疑問であった。「満洲国」建国（昭和七年三月一日）以降のハルピン市街図は、「北大街」「地段街」等の漢字名の街路であり、「キタイスカヤ街」「モストワヤ街」等のロシア風の街路名で表記された大正期の詳細なハルピン市街図はなかなか目にすることができない。はじめに種明かしをすれば、

「トルゴワヤ街」はハルピン随一の繁華街キタイスカヤ街に並行する「売買街」のことで、また「フーザテン」は「フージャテン」「フーチャテン」とも表記される中国人街「傅家甸」のことである。「傅家甸（西傅家甸）」の人口は、『哈爾賓の都市計画』（越沢明、一九八九年四月十五日、総和社）によると大正五（一九一六）年三月時点で戸数四、五三四戸、人口二万二、六一三人に達していたため、四家子と呼ばれる隣接地区に拡張が図られ、一九一八年十月、その中心施設として「平康里」（遊郭）が建設され、ここを中心に傅家甸の新市街（東傅家甸）が発展した。「傅家甸」は大正十年代には人口二十万人を超える中国人街に発展する。

この「修理婦」という小見出しが付けられた「放浪病者の手記」第四章は、ハルピン、トルゴワヤ街の裏通りで里村がその日の糧を求める修理婦をたぶらかし、自ら犯したそのおぞましい行為に怯えるという、まがまがしい異色の放浪雑話である。そこには一つの具体的な情景が描かれている。

昭和六、七年以降の中央寺院（当時の絵はがきから）

「深い木立の森に蔽はれて、露西亜寺院の金の十字架が、青い屋根の尖塔に麗かな陽ざしを浴びて、燦然と輝いてゐた。その快晴のある日であつた。私はトルゴワヤの裏通りを歩いてゐた。」

この寺院は、ハルピン新市街（南崗）の中央に位置する「中央寺院」である。

「東アジアでもっとも美しいロシア正教会の聖堂」で、「ハルピンだけでなく満洲のロシア正教会の総本山となった」（『「満洲」都市物語』西澤泰彦、一九九六年八月二十日、河出書房新社）とされるこの「中央寺院（サボール）」の建立は一九〇〇（明治三十三）年で、一九六六年、〃文化大革命〃の際に破壊されて現存しないが、里村欣三が体験した大正十年代のハルピンにおける中心的寺院である。

『哈爾賓事情』（中村義人、大正十三年三月十六日、ハルピン上屋書店）には、「中央寺院は新市街建設時の第一最初の建物なり（中略）金色燦然たる十字架を頂くビザンチク式聖堂より朝な夕な響き渡る鐘の音はロシア人に（中略）歓喜と光明を與ふ」とある。

里村欣三が「露西亜寺院の金の十字架が、青い屋根の尖塔に麗かな陽ざしを浴びて、燦然と輝いてゐた」と書いた寺院は、このロシア正教の中央寺院＝聖ニコライ会堂なのである。

2　国際都市ハルピンの発展と警察権

里村欣三が、二度にわたって逃亡、放浪した満洲のハルピン（＝ハルビン、哈爾賓）が、どういう特性をもった都市だったのか、なぜ里村欣三の満洲逃亡の中心地が、大連や長春（新京）ではなくハルピンであったのか、ということを考えてみたい。

ハルピンはウラジオストクから満洲里に至る東支鉄道の東部線、西部線と長春、奉天、大連に向かう南部線の結節点にあり、地政学的な要点に位置している。このためその都市特性、発展史は複雑で、一口に概括するのは難しい。

『哈爾賓乃概念１９２６』（中村義人編輯、大正十五年九月増補四版、哈爾賓日本商業会議所）は、「哈爾賓は斯くして発展した町です」という三十ページに亘る発展史の附録をつけて詳述した後、「本項全部に流るる所のものは結局「露支両国の闘争史」と見ればよい」と結んでいる。

「カシニー条約」を基礎に一八九七（明治二十九）年八月、ロシアが東支鉄道（東清鉄道）の起工式を挙げた当時のハルピンは松花江右岸の一小寒村であったが、大正十年代には三十万人が住む大都市に発展している。

この間、日本との関係で言えば一九〇四、五（明治三十七、八）年の日露戦争とその後の関東州の租借権、長春（寛城子）以南の鉄道（南満洲鉄道）およびこの附属地に関する権利、駐兵権の獲得、一九一七（大正六）年のロシア革命、その余波を受けたハルピンにおける東支鉄道当局と赤色労兵会の抗争、白系ロシア人の流入、一九一八年八月から一九二二年にかけてのシベリア出兵等さまざまのことがあり、この間隙を縫って「支那側の権謀術数虚々実々「東鐵回収と政権争奪」は目覚ましく」、一九二〇（大正九）年にはロシアから東支鉄道管理の実権、司法権を回収している。しかし大正十二年の第二次奉直戦争を機にロシアは一九二四（大正十三）年九月、露奉協定を結んで再び東支鉄道に喰い入り、これ以来、「帰属点不明の東支は事実上露支両国のものと云ふ事に落ちつき」「権利義務は露支両国平等のもの」となって大正十五年に至るのである。（「　」内は『哈爾賓乃概念1926』）

里村欣三が満洲を放浪した大正十一年秋から大正十四年頃のハルピンは、このようにロシアと支那の権力が拮抗していたが、また外国人の居住が認められた国際都市（開市場）でもあった。ハルピンが国際都市として諸国に開放されたのは一九〇六年のことである。

「長春以北の東支鉄道沿線が日本人に開放されたのは、ポーツマス条約から一年あまりたった一九〇六年十月であった。ウラジオストクで待機していた日本人はその開放を聞き、勇躍してハルビンに向かった。〇七年三月にはハルビン総領事館が開設され、日本人の保護、管轄にあたった。」「日露戦争後に満洲里、ハイラル、チチハル、ハルビン、寧古塔が開放地になった」。(『満洲の日本人』塚瀬進、二〇〇四年九月二十日、吉川弘文館)

開市場のハルピンは、日露戦争後に日本が獲得した長春(寛城子)以南の鉄道およびこの附属地に関する諸権利、駐兵権、関東州の租借権の埒外にあって、日本の警察権が基本的に及ばない土地である。日本も自国民保護のため領事館警察を持っていたが、この領事館警察は「外務省の反対を押し切って、関東都督府の配下に領事館警察が入るという形式で調整された」。(『満洲の日本人』)

警察権の実態は前述『哈爾賓事情』によると次のようなものであった。

「ハルピン現下の警察権は支那に在るかの如く表面は見ゆれ共事実はしからずさりとて露国に在るに非ず殆んど中ぶらりの状態なり而して今日僅かに市の秩序を保ち得るに至れるは是各国領事館警察我軍守備隊の駐屯に依るものなり(中略)ハルピンに於ける行政並に警察の概要は(中略)一歩裏面に立入れば各国領事館及之に附随する領事館警察あるありて複雑を極め此の間常に政争行なわる、と共に警察事務の如きも実に繁雑を極め(中略)又日露支人間に起る反目的事件は後より後より続出し来り領事館当局の手をわずらわす事甚だ多し」

「哈爾賓市は、厳密に云ふ時は、哈爾賓市自治会の管区にある埠頭区と新市街丈であるが、普通は右の外郊外も支那町傅家甸も含めて哈爾賓と総称して居るので従つて其の各区は種々異つた行政権下に置かれて居るので各多種の警察がある訳である」(以上『哈爾賓事情』)

ハルピンには「総領事館警察というのがあったが、主として日本人の行動をパトロールして居て、実例を挙げると素足で歩くと三円の罰金を徴収していた」程度の、路上警備に止まったものであった。(『ハルビンの想い出』後藤春吉編、昭和四十八年四月十五日、京都ハルビン会)

このように権力が拮抗するということは、相手の立場に権力が及ばないということである。ハルピンの日本人は松花会を前身とする「日本人居留民会」を結成し、哈爾賓総領事館の保護下にあったが、これ以外にも相当数の一時滞在者や無頼の徒がいた。これらは領事館警察の掌握の外にあった。里村欣三が身を置いたのは領事館保護下の日本人社会ではなく、これらの埒外、拮抗する権力を防御壁にした、中国人社会に近いハルピンの下層社会であった。

3　ハルピン、都市の光景

ハルピンは、一寒村から二十年後の大正十年代、人口三十万人という北満随一の大都市に発展した。その街区は埠頭区（プリスタン）、新市街（南崗）、八区（八站）、傅家甸、馬家溝、ナハロフカ、香坊（旧哈爾賓）に分けられる。傅家甸（フーザテン）は中国人街で、東支鉄道の付属地ではないが、広義の哈爾賓に含まれる。各地区の性格は次のようなものである。

「ハルピンは鉄道駅を中心に新市街（南崗）、埠頭区（道裡）、傅家甸（道外）などの地区からなり、日本人の多くは埠頭区に住んでいた。埠頭区は外国人商人が集まる商業街であり、横浜正金銀行や朝鮮銀行といった金融機関の支店や、三井物産や三菱商事などの支店がある場所であった。またハルビン銀座として有名なキタイスカヤ（中央大街）があり、ロシア情緒を感じる場所でもあった。（中略）傅家甸は喧噪にあふれた中国人街であった。住民の七割は労働者や小売商人といった下層の中国人が占め、市街は不潔であり、ひとたび雨が降れば道路はぬかるみ、歩行は困難を極めた。傅家甸には少ないながらも中国人に混じり奮闘する日本人もいた。」（『満洲の日本人』）

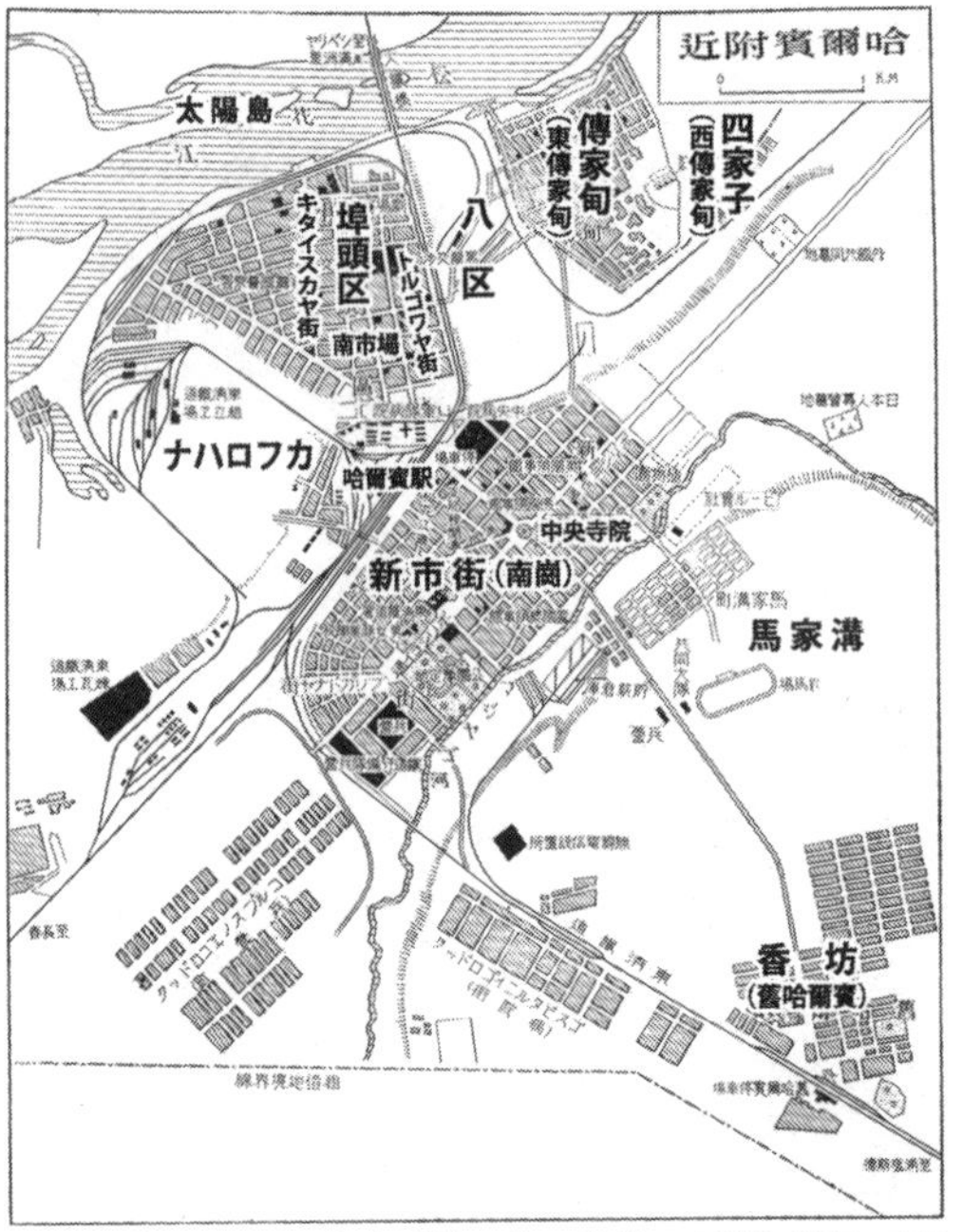

参考に『世界地理風俗大系第一巻　満州の大観』（昭和五年、新光社）掲載の大正八年当時のハルビン市街図に区名等を書き込んでみた。

以下『哈爾賓の都市計画』（越沢明、前述）から引用する。

「プリスタン（埠頭区）のメインストリートはキタイスカヤ（中国大街）であり、モデルンホテル、秋林商会、松浦洋行［松浦商会］などの大型商業建築が軒を並べていた。キタイスカヤに併行する新城大街は一九二〇年代以降に発展した商店街で中国人経営の商店が多かった。日本人の商店はモストワヤ（石頭道街）、ウチヤストコワヤ（地段街）、トルゴウワヤ《（ママ）》（売買街）の一帯に集中していた。商店の看板は各国語で表示され、国際都市としての性格を表わしていた。裏町は夜は歓楽街となり、ロシア・キャバレーや邦人花街（ロシア官憲により一面街に営業指定区域の許可を得る）、朝鮮人遊郭（柳町）などが集積していた。」新市街（南崗）と馬家溝は緑豊かな美しい街で、「鉄道会社の施設・社宅、官庁、各国領事館、兵営」のある「山の手」である。「中国人は南崗への居住は許されなかったが、プリスタンには商人の居住が認められた。中国人の多くはプリスタン東側の鉄道付属地外に拡がる河畔の沼沢地に居住するようになり、自然発生的に中国人街が形成された。これが後に傅家甸と呼ばれる地区で、鉄道付属地の外にあるため道外とも呼ばれるようになった。」

八区は「プリスタンと傳家甸の間にはさまれ、鉄道線に囲まれた地区である」。八区には「輸送貨物の積換えや一時保管のために、倉庫」が設置され、「穀物を加工する工場（製粉工場、大豆油工場）」が次第にこの八区に立地するようになった。

「ナハロフカ（新安埠）はプリスタンの西側隣接地の低湿地であり、白系ロシア人の難民の貧民街であった。（中略）道路も未整備で、木造家屋が立ち並ぶという住環境の悪い地区であった。」香坊は〝田家焼鍋〟という中国人集落があった場所で、「哈爾賓誕生の地であり、（中略）旧哈爾賓（スタールイ・ハルピン）と呼ばれ」る。（以上『哈爾賓の都市計画』）

4　ハルピンの中の日本人

ハルピンにおいて日本人が集中して住んでいた場所は、埠頭区の中のモストワヤ（石頭道街）、ウチヤストコワヤ（地段街）、トルゴワヤ（売買街）であった。『哈爾賓日本商業会議所時報』によるハルピン在住日本人の「町別戸数」は次ページの表の通りである。（第二巻第六号＝大正十二年六月十五日、第三巻第七号＝大正十三年十一月十五日。主要なものだけを抜粋）。

ハルピンの人口は、戸籍簿もなく調査機関も不備なため、資料および時期によって数字が大きく異なる。『哈爾賓乃概念１９２６』によると、大正十一年ではロシア人十五万五千人、中国人十八万三千人、日本人三、八〇〇人、計三十四万三千人、『哈爾賓日本商業会議所時報』（第五号、大正十一年五月十五日）では、ロシア人五万五千人、中国人十九万五千人、日本人三、五四五人、計二十五万四千人、同『哈爾

ハルビン地区・街区名	大正12年4月末現在		大正13年9月末現在	
埠頭区（プリスタン＝道裡）				
トルゴワヤ街（売買街）	191戸	554人	195戸	554人
モストワヤ街（石頭道街）	119戸	416人	133戸	438人
ウチヤストコワヤ街（地段街）	102戸	382人	110戸	330人
ブテワヤ街（一面街）	55戸	306人	36戸	224人
ボレワヤ街（田地街）	76戸	216人	67戸	178人
スクウオズナヤ街（透籠街）	63戸	182人	64戸	249人
ザヲドスカヤ街（工廠街）	33戸	109人	37戸	104人
水道街	24戸	73人	22戸	65人
キタイスカヤ街（中国大街＝中央大街）	22戸	71人	18戸	70人
中国一道街〜十七道街	18戸	71人	21戸	68人
外国一道街〜八道街	45戸	172人	59戸	205人
新市街（南崗＝ノヴィゴロド）	104戸	290人	130戸	326人
馬家溝	21戸	222人	34戸	201人
舊哈爾賓	16戸	36人	11戸	22人
ナハロフカ	12戸	23人	22戸	45人
傳家甸（フーザテン＝道外）	93戸	345人	83戸	241人
日本人　計	1,017戸	3,530人	1,059戸	3,376人
（参考）朝鮮人　計	149戸	507人	282戸	780人

大正十二年六月十五日発行の『哈爾賓日本商業会議所時報』（二巻六号）、大正十三年十一月十五日発行の同『時報』（三巻七号）をもとにしたハルピン在住日本人の「町別戸数表」

賓日本商業会議所時報』（第十一号、大正十一年十一月十五日）では、ロシア人八万八千人、中国人三十一万五千人、日本人三、二三九人、計四十四万四千人。資料によってはロシア人、中国人とも各十万人もの差がある数字であるが、大正十一年のハルピンはほぼ三十万人都市で、中国人の増加とロシア人の減少という激しい人口移動が行なわれた都市であった。日本人は三、五〇〇人で、その大半は埠頭区（プリスタン）の一角、トルゴワヤ街、モストワヤ街、ウチヤストコワヤ街を中心に集中して住んでいた。

『哈爾賓日本商業会議所時報』（第七号、大正十一年七月十五日）の大正十一年六月二十日調べでは、埠頭区（プリスタン）の日本人は二、四八四人、職業は「商6割、銀行会社員1割、料理店飲食店1割、工業其他2割」、新市街、馬家溝、舊哈爾賓は五四一人で「官公吏会社員4割、商工業6割」、傳家甸は二一四人で「商5割、料理飲食店2割、銀行会社員2割、其他1割」となっている。

一八九七年の東清鉄道の起工から二十数年にして、

大正十年代には北満随一の大都市に発展したハルピンは、ロシア情緒の色濃い国際都市であり、外国人の居住が認められた開市場であった。二十万人の中国人は傳家甸（フーザテン）を中心に住み、十万人前後の白系亡命ロシア人（エミングラント）は埠頭区と新市街（南崗）に、細民化したロシア人はナハロフカに住んだ。郊外には広大な草原が広がり、東傳家甸（四家子）の建設はまだ始まったばかりである。以下、『ハルビンの想い出』（昭和四十八年四月十五日、京都ハルビン会）をもとに、大正十年当時の情景を振り返ると、電車やバスは未だ無く、四輪や二輪の洋車が走り、「皮と馬糞の香りが町中にただよって居」た。水道施設はなく、「皆井戸水を使って居た」。日本人の「商家はキタイスカヤ街及びモストワヤ街に在り」、各国領事館があった新市街（南崗）には一軒もなかった。売買街（トルゴワヤ街）に「藪そば」、モストワヤ街に「東京庵」というそば屋があった。料理屋は「武蔵野」が第一で、旅館は日本間のある「名古屋館」が人気があった。

ロシア人は「終戦後の日本人と同様筍生活をして居て、金のある者は家を買って」人に貸し、ない者は「ピアノ、ヴァイオリン等の楽器まで売り」、余程のスペシャリストでない限り、「旅館かレストランのドアーマンか給仕」、「キャバレーのケルネルシェ（ホステス）」、「門衛」になった。

「其の時分の邦人の一般給与は、旧制中学出で手取り三十五円～五十円、大学出で六十円程度」で、ハルピンの物価は安かった。「新市街にも至る所に安上りに遊べるキャバレーがあったし、日本人中心のモストワヤや地段街の地下室にもあった」。「心掛けの良い者なら貯金をし、そうでない者は一面街や傳家甸に遊びに行かないでは居られない状勢」であった。「当時哈爾賓には総領事館警察というのがあったが、主として日本人の行動をパトロールして居」たが、「ヤレ何処の家庭では小輩の手引で泥棒にあったの、何処かの家の主婦は口八釜しいのでボーイに殺害された等々邦人側の此の種の被害もけっして少なくなかった。だが加害者が見つかったことは一度もなかった。」「市政はロシア人が実権を握って居たけれども、警察権は中国側に在り、日本人が馬賊馬賊と恐れて居た匪賊が各所に跳梁し、それに小軍閥が各地に随時割拠し」ていた。

晩春の松花江太陽島での町内対抗の日本人運動会、大正十一年には野球チームも結成され、七月には日米対抗戦も行なわれた。信仰心の厚い白系ロシア人は一月十九日、ハルピンで一番寒いとされている日にスンガリー（松花江）で氷の洗礼をし、夏にはヨット遊びを楽しんだ。埠頭区のハルピン公園には「常にロシア音楽が流れていて、夏の公園内には納涼を楽しむ老若男女がそれぞれ楽しそうに手を組んで人生を楽しみ、新市街の東支倶楽部には「交響楽団あり、バレエ劇団あり、レストランあり」で、音楽会も盛んに行なわれた。（『ハルビンの想い出』）

里村欣三が逃亡、放浪した大正十年代のハルピンは、このように猥雑で活力のある都市であった。

5　権力の拮抗を防御壁にした里村欣三

里村の作品「苦力頭の表情」（『文芸戦線』大正十五年六月号）の最後は「やがて喰ひ物にも慣れる。辛抱して働けよ、なア労働者には国境はないのだ、お互に働きさへすれば支那人であらうが、日本人であらうが、ちつとも関つたことはねえさ。まあ一杯過ごして元気をつけろ兄弟！　――苦力頭のアバタ面にはこんな表情が浮かんでゐた。俺は涙の出るやうな気持で、強烈な支那酒を呷つた。」と結ばれている。あたかも里村が中国人苦力社会に入り込んで生活したかのように見えるが、しかし実際は必ずしもこのようではなく、下層の雑労働、土木労働者に違いはないが、日本人の経営する建設関連の会社に雇傭され、日常的には中国人苦力とともに働いた、という方が真実に近いようである。

その例として、「ハルピンの記憶」（『東洋』昭和六年九月号）には、「私はある建築請負業者の家へ厄介になつて、支那人の苦力と一緒になつて働いてゐた。この頃、日露の国交が回復して、田中大使をモスコーへ運ぶ列車が松花江の鉄橋をとゞろかす轟音を、私はモストワヤのハルピン日々新聞社のボロ家屋のトタン屋根の上でコールタールを塗りながら見送つてゐた。（中略）それから間もなく、五卅事件が上海に起つた。」とある。これは大正十四年の、第二回目の満洲逃亡時の話である。

また前田河廣一郎と里村の共作『支那から手を引け』（昭和五年十一月十五日、日本評論社）には、「四月、田中功［里村］の乞食のやうな姿は、ハルピンの街に見受けられた。（中略）食へなくなつた田中が、外套を質に入れたりして、たうとう轉ろげ込んだのは、長谷川といふその土木請負師のやつてゐる北満電気の工事場だつた。彼は苦力と一緒に寝起きして、同じ物を食ひ、同じ力業をやつた。ものの半月も働いてると、長谷川組の親方に発見されて、今度はその事務所で働くこととなつた。（中略）土木建築の請負と云つても、主に満鉄官舎宅のテニスコートを造るとか、二重窓を嵌めるとか、網戸を取付けたりする仕事なので、重い大工の仕事と云つてはあまりなかつた。時には、せいぜいトタン屋根のコールター（ママ）塗りとか、東拓や朝鮮銀行の重役の邸の修繕ぐらゐが関の山だつた。」とある。

この「北満電気の工事場」は、三カ所の発電所を所有し電力供給事業を行った実在の「北満電気株式会社」（「事業紹介（満洲）」、『大阪時事新報』大正十一年四月四日）を指しているのかも知れない。

「北満放浪雑話」（『中央公論』昭和二年七月号）には「精悍な鋭い眼と鼻柱をもった好漢」の苦力呉海《ウーハイ》と共に「日本のある商会の宿舎の敷地内」にあるテニスコート作りに汗を流す話がでてくる。さらに「北満の戦場を横切る」（『改造』昭和七年一月号）には、「かつて七年前にこゝ、［齊々哈爾《チチハル》］の満鉄建築事務所で働いてゐた」とある。

ハルピンにおけるこのような形の雑労働、あるいは国内における立ン坊（土方、人足）生活は、徴兵忌避者である里村欣三にとって、住所、氏名の追及から逃れる余儀ない選択であった。

ハルピンにおけるその生活は「殊に低廉な賃金なので、喰ふものは苦力と同じやうにマントウや生葱を噛じらなければならなかつた」（「放浪病者の手記」）という厳しいものであった。中国人苦力の並人夫、土方労働の賃金が、日本人の二円前後に比し、三分の一か四分の一の日額五、六十銭であり（『日本商業会議所時報』大正十三年十一月号）、「其の時分の邦人の一般給与は、旧制中学出で手取り三十五円～五十円、大学出で六十円程度」（『ハルビンの想い出』）と比較すると、極端な低廉さが分かる。

しかし、中国、ロシア、日本、欧米諸国の思惑が背面で渦巻き、権力が拮抗する国際都市ハルピンの中では、白系ロシア人をはじめそれぞれに訳ありでこの地に来ている人も多く、互いの身分を誰何する風潮は今日ほど繁くなかったのであろう。殊に直接的な肉体労働においては「お互に働きさへすれば支那人であらうが、日本人であらうが、ちつとも関つたことはねえさ。」という「苦力頭の表情」に書かれた意識が支配的だった。権力の拮抗と国際都市という属性を防御壁にして、里村欣三は日本人の経営する建設関係会社に雇傭されながら、日本領事館警察の権力が及ばない中国人苦力社会の近くに巧みに身を置き耐え忍んだ、といえよう。

一方、大連や奉天、長春は開放都市ではなかった。それらは関東州や南満洲鉄道の付属地であり、権益のため日本の鉄道守備隊に守護され、中国人であっても監視された地であった。ロシアへの夢を紡ぎながら、里村欣三がハルピンを指向した理由はここにあったと言える。

6　里村欣三はロシアに逃亡したかった

里村欣三の満洲逃亡、特に二度目の大正十三年秋から十四年秋にかけての逃亡には、日本ではない何処か＝革命ロシアに逃亡したかったことを窺わせる記述が散見される。

ペンネーム「里村欣三」の由来となった中西伊之助の小説「奪還」では里村らしい男が次のようにつぶやく。

『（中略）まあ放浪者のやうになつて、行けるところまで行くつもりです』『では、ロシアの方へでも行かれるのですか？』『え、、まあしまひには、そのへんまで流れて行くかもしれません。しかし、朝鮮はもとから一度来てみたいと思つてゐたのです。（後略）』」

前田河廣一郎との共著『支那から手を引け』の第九章「回顧の日」では、これがもっと具体的な記述になる。おもしろい所なので、少し長いが引用する。

「それからの田中［里村］は、どうにかしてロシアへ抜け出たいといふ決意で、一路長春へ向つた。道々、満州の隅つ子に内地から茫漠とした夢を追ひかけて吹き寄せられた、あらゆる帝国主義国日本のルンペンと落ち合つた。

長春では、十ケ月ばかり過ごした。冬は再び春となつた。大陸の春は、飽くことのない田中の放浪心を唆つた。

——ロシアへ、国境を越えて！（中略）

いよいよ田中が、自堕落な植民地生活を切り上げて、もつと大きな冒険に出よう、世界に渦巻く階級戦の中へ飛び込まうと決心したのは、ハルピンの単調な二冬を焦《あせ》り抜いて過ごしたあとであつた。(中略)露支協定があつてから、東支鉄道はソヴェート・ロシアと支那との共同管理に移されて、多数の赤色東支鉄道従業員がハルピンへ入り込んだ。赤色クラブも建つた。(中略)

――と、突如として、全世界のブルジョアを震撼させた五・卅事件が上海の一角から勃発した！ 続いて、広東の沙面事件！ 上海紡績工の大ストライキ！

田中は、じつとして(中略)ゐられなくなつた。彼は、計画的に方々から借金をして、百円近くの金を持つて、ハルピンを抜け出すと、線路伝ひに満洲里を目ざして遁走した。曠漠として東支鉄道西部線の原野を、ものの一週間も徒歩した彼は、昂々渓に着いた。

駅には西瓜の山があつた。モンゴリア人の牧夫がうようよしてゐた。疲れた彼は、黒パンの固塊と牛乳を買ふと、ステーション前の公園へ行つてゆつくり一と休みしようとした。

と、そこへ一団の支那人学生が襲ふて来て、物をも云はず田中を蹴倒して、前後不覚になるまで殴りつけた。

彼が正気にかへつたのは、ステーション前の支那人巡警の小舎であつた。そこで、彼は否応なしに、再びハルピンへ逆戻りさせられた。腰掛のない苦力列車に積み込まれた田中は、もう一度ハルピンで下車すると、その夜発車するボクラニーチャナ行の切符を買つた。それは満洲里とは反対の東部線で、そこから浦鹽《うらじほ》へ線は連結してゐたのである。

翌朝ボクラニーチヤナに着くと、もう一と駅でソヴェート連邦社会主義共和国といふ処で、一人の怪げな朝鮮人が彼に近づいた。

『もし、もし、貴方は何処から御出《おいで》テすか?』

呼び留められたので振り向くと、その青年は意味ありげににやにやしながら、

『これからロシアへ御出《おいで》テすか?』と急所を突いた。

むつとした田中功は、

『お前は誰かね?――おいらアお前に呼び留められるわけはないんだ。』と突撥ねた。

しかし、朝鮮人はどこまでも柔かくした手に出た。

『……もしあんたがロシアへ行かれるんテしたら、親切に御忠告して上ケたいと思ふんテすが、旅券も査証もない、日本人は、ロシアへ這入つたつて一歩も身動きは出来ないんテすよ、それに、黒龍江沿岸のロシア人は、日本人のシベリア出兵以来、日本人と見りあ誰でも非道い目に会はせるから危険テすよ。この間もケー・ペー・ウーに捕まつた二人の日本人が、素性が怪しいといふ廉テロシア内地へ送られましたが、スパイの懸疑テすよ! まあ、悪るいことは云ひませんから、引返して、本当に手続をなすつてから御出になつたらいいテせう。……』

田中は、その時の朝鮮人が、どこの廻はし者であるか、果して朝鮮人かどうか、何の目的であの荒涼とした駅に立番をしてゐるのか――それらの疑問を解決せずに、たうとう又ハルピン行の列車で逆戻りしなければならなかつた。」

以上、『支那から手を引け』からの引用である。

昂々渓での殴打事件は当時の支那(中国)の排外機運がよく現れており、「ハルピンの記憶」(『東洋』)にも「私はこの排日の気勢が昂まりつ、ある最中に、東支鉄道の線路伝ひに、満洲里へ向かつて放浪の旅に出てゐた。」とある。

国境の街ボクラニーチャナでの出来事も「あの荒涼とした駅」という一言の中に実感がこもっている。

里村欣三自身が体験した事実であるか、ごく近い体験があったと思われるのである。

このように満洲逃亡時の里村欣三は、日本でない何処か、ロシアへの逃亡を心に秘めていたのではないだろうか。

第11章　里村欣三の満洲関連作品を読む——逃亡の足跡は作品の中にどう残されているのか

1　満洲逃亡に関係する作品

里村欣三の満洲逃亡の足跡を垣間見せる作品は、いま判明している範囲で列挙、分類すると、次の通りである。

「河畔の一夜　「放浪挿話」その一」	『文芸戦線』	大正十四年十一月号	（挿話）
「モヒ中毒の日本女　—放浪挿話—」	『文芸戦線』	大正十五年二月号	（挿話）
「苦力頭の表情」	『文芸戦線』	大正十五年六月号	（小説）
「飢」	『解放』	大正十五年八月号	（小説）
「北満放浪雑話」	『中央公論』	昭和二年七月号	（挿話）
「國境の手前」	『東洋』	昭和二年九月号	（小説）
「放浪の宿」	『改造』	昭和二年十二月号	（小説）
「放浪病者の手記」	『中央公論』	昭和三年五月号	（挿話）
「旅順」	『文戦』	昭和六年一月号	（小説）

「ハルピンの記憶」　　　　『東洋』　　　昭和六年九月号　（随筆）
「ハルピンのメーデーの思ひ出」　『新文戦』　昭和九年五月号　（随筆）

こうした作品群に加え、著者名は前田河廣一郎だが里村欣三との共作「假面」（『福岡日日新聞』昭和四年七月十六日〜同八月十六日まで全三十回、八月二日、七日休）、同じく前田河との共作『支那から手を引け』（昭和五年十一月十五日、日本評論社）の二つの長編小説を加えたものが里村欣三の満洲逃亡に関連する作品である。

「北満の戦場を横切る」（『改造』昭和七年一月号）、「戦乱の満洲から」（同二月号）は、満洲事変直後の昭和六年十一月下旬〜十二月中旬に、改造社から特派されたルポルタージュであり、「苦力監督の手配」（『文学評論』昭和十年七月号）もこの体験をもとに構想されたもので共に満洲を題材にしているが、逃亡に関係する作品ではないのでここから除外する。また「シベリアに近く」（『戦争ニ対スル戦争』昭和三年五月二十五日、南宋書院）は、まだ日本のシベリア出兵の雰囲気が色濃く残るハルピンに里村が滞在したことから構想された作品だと思うが、これも同様に除外する。

ここで留意したいのは、作品の発表順が必ずしも里村欣三の満洲逃亡の時間的経緯を示していないことである。すなわち、最初の挿話「河畔の一夜」は、この時点までに二度にわたる里村欣三の満洲逃亡が終っていたことを示しているが、第一回目の満洲逃亡時（大正十一年秋から十二年初夏以前）の話とは限らないということである。徴兵忌避者であることを隠すため、季節や時期に慎重な配慮が加えられ、一体何時の出来事なのか曖昧にされているのである。以下、作品論ではなく、こうした作品の中に逃亡の足跡がどう残されているのかを中心に見ていくことにする。

2　突出する「放浪の宿」

有名な「苦力頭の表情」も、末尾の「やがて喰ひ物にも慣れる。辛抱して働けよ、なア労働者には国境はないのだ、お互に働きさへすれば支那人であらうが、日本人であらうが、ちつとも関つたことはねえさ。まあ一杯過ごして元気をつけろ兄弟！」という労働者の連帯を歌った一節がなければ、他の諸作品と同様に満洲放浪譚の一つに過ぎない、と私には思える。「お牧婆」が登場する偽の出生譚も構成上から言えば不要なものである。けれども、この猥雑で無鉄砲な、捨て身の放浪譚こそ里村の満洲関連諸作品の魅力の本質である。

小説的結構と言う意味では、唯一「放浪の宿」だけが群を抜いて完成度の高い作品である。正念寺という「無料宿泊所」において、食うために犬を殺して塩焼きにし、修理婦を連れ込んで強姦する〝大陸浪人〟の黒眼鏡の男と支那服の男、「ロシヤ人をさへみれば、女の臀に見とれるやうに」ロシアに憧れる大連から来た若者、汚れた詰襟洋服、破れ靴の左官、鞄ひとつで「時計の修繕を拾ひながら、それで世界を流して歩かう」という時計屋等の浮浪する人々。酔いつぶれた左官と大連から来た若者を叩き出す因業な白系ロシア人の居酒屋亭主。「手広く密輸人をやつているといふ評判」の薬種商を襲って逃亡する黒眼鏡と支那服の男、「乾干になつて、もうこ、一二日の生命が危いくらゐ弱り抜いてゐた左官に時計屋」を誤認逮捕する領事警察。作家里村欣三の力量を示す作品である。

「モヒ中毒の日本女─放浪挿話─」という作品は、裏でモルヒネを扱う「日信洋行」主人宅を、行き詰った〝支那浪人〟が襲い脅迫する小話（挿話）であるが、「放浪の宿」の舞台がおそらくハルピンであるのに対し、こちらは「関東廳警務署」の「査公」（巡査）が登場するので、大連あたりの関東州を背景にしている。

「旅順」は、里村が旅順で、「軍用人夫の出し入れを専門とする或る「組」に傭はれてゐた」時に見た「不思議な苦力」の話である。「一馬力のモーターの電力よりも、老苦力の賃金が安い為」に、ある倉庫の地下室に湧いてくる水を三十年間、錆びたポンプで汲み出し続けてきた老苦力は、「おかみさんはあるかね……？」と里村が何気なしに尋ねると、不意に猛り立って垢だらけな痩せた腕を伸ばして摑みかかってきた。そういう不思議な、非人間的な、あるいは人間的な出来事を捉えた好短編である。

満洲関連の作品を概括すれば、「放浪の宿」一作を除いて、全ての作品が「放浪挿話」「雑話」と言ってもいい性質のものであるが、それ故にこそ破綻した小説的構成の間から、里村欣三の大胆で野放図な行動と生の息づかいが聞こえて来る作品群である。大部分の作品が小説的構成さえ企図されていないとも言えるのである。今日、「放浪の宿」よりも「苦力頭の表情」が支持されているのは、労働者の国際連帯を歌ったためではなく、大胆で野放図な行動、猥雑な表現の魅力がより直接的に行間から立ち上がっているためである、と思われる。

3　「北満放浪雑話」を読む

四章で構成される「北満放浪雑話」（『中央公論』昭和二年七月号）の第一章「雲」は、放浪へのあこがれを散文的に詠ったものである。ここでは第二章「露西亜女」の記述から見てみよう。

「露西亜の帝政時代の東洋根拠地」ハルビンの停車場に「昨夜汽車で着いた」私。

「日本では春だといふのにこゝでは冬なのだ。」「苦力どもはまだお客がないので安心して風当りのない、停車場の隅ツこに洋車《ヤンチャア》を引づり込んで、ぐつすり居眠つてゐる。」「言葉は通じる訳でなし、仕事の口が見付かる訳でもなし、泌々と迫つて来るのは不甲斐のない不安なのだ。えゝ儘よ、兎に角歩いてみよう」「街は奇麗なものだ。」「しかしまあ何んて車道はあんなに凸凹の小石を、しかも叮嚀に植えたもんだらう。あれでは轍が痛むだらう」

「どこをどう通つて、どう来たのか知らない。」「ソバカスだらけの女が黒い布で頭を包んで、頻に聲高かく支那商人と押問答したり、パンを抱えて雀のやうに饒舌くつて帰つて行く女の群を、見たり、眺めたり、凝視めたり、振り返つたりして、うつとりとこの騒がしい市場《バザル》の光景に対してゐたのである。恐らくハルビン中のおかみさん連がこゝに集るであらう」。

ハルピンのバザル「南市場」。（『ハルビンの回想』昭和四十一年十一月二十五日、恵雅堂出版）

ハルピン名物の石畳の道は東清鉄道の建設資材を運搬するために造られたものである。埠頭区のウチヤストコワヤ街（地段街）、モストワヤ街（石頭道街）、キタイスカヤ街は勿論、新市街にも敷かれていたが、この石畳の道を通って里村は市場《バザル》に行ったのである。ハルピンの埠頭区の地図を辿ると、中国人商店街の新城大街と日本人が多く住んだ水道街に挟まれた場所に南市場、北市場がある。ロシア人も混在する地区なので、里村欣三が書いている市場はこの辺りの情景だと思う。上の『ハルビンの回想』の写真でいうと、奥に見えるロシア寺院は聖ソフィア会堂だから、手前のバザルが「南市場」なのだと思う。

言葉の分からない「私」は、「青い目や茶色の眼」をした「露西亜女」が取り巻く中で「小ましやくれた支那人の小僧」にからかわれ、「大切なところを出し抜けに摑」まれる。「女連の間には、笑の嵐がどつとあげられ」た。

一人の婆さんが私の前で「敬虔なお祈を済ますと、早速私の眼の前に、トンヅル（支那銅貨）をつきつけるのだ。」「『乞食ではないのだ！』と、言はふとするが、その感情だけで、表すべき言葉がない。とうとうそれを握らされてしまつた。」「幾ら情け深い心であつたにしろ、私の姿が如何に穢苦しいものであつたにしろ、そのひとり合点には、恐れ入らずにはゐられなかつた。」

これに続く第三章「呉海と美女」は、弁髪をきりりと巻いた精悍な中国人苦力「呉海《ウーハイ》」と倉庫番の娘とのはかない感情の交錯を描いたものだが、里村はこの「呉海」とともに「日本のある商会の宿舎の敷地内」にあるテニスコート作りに汗だらだらで働いている。性格描写も背景も異なるがこの「呉海」という名前は「兵乱」（『文芸戦線』昭和五年一月号〜四月号、四回）にも、地主に組する馭者として登場している。

第四章「トウニヤ」は、淫売屋のなじみの女トウニヤとの情交話である。「苦力頭の表情」では「ふと、目と目がカチ合つた」「女は近づいてみると、思つたよりフケて、眉を刷いた眼元に小皺がよつてゐた」とあるが、このトウニヤも「額にも紅を塗つた瞼のあたりにも、小皺がよつて白粉の表面がケバ立つてゐるのを知つた。だから少なくとも歳は三十を二つも三つも越えてゐたか知れない。」とあり、同一の体験を二つに描き分けているのかも知れない。

「苦力頭の表情」との比較で言うと、淫売婦をめぐる猥雑な与汰話と汗を流す労働の併置、季節感

（五月～夏）、ハルピンの停車場に汽車で到着していること、女から「日本人か？」《ヤポンスキー》と問われること、十円ほどの持ち金を今日使い果たすのも明日使うのも同じだという開き直った思考、等に共通点が見られる。

修理婦をたぶらかす話が出てくる「放浪病者の手記」、ハルピン日々新聞社のボロ家屋のトタン屋根の上でコールタールを塗る場面の出てくる「ハルピンの記憶」、五・三〇運動の記述のある「ハルピンのメーデーの思ひ出」については前章で既に述べたのでここでは省略する。

4　「飢」とアルツィバーシェフの「サアニン」

「飢」という作品は、ハルピンに向かう放浪体験を書いたものではなく、むしろハルピンからロシアへの逃亡を企てた時の体験を基にしているのではないだろうか。すなわち、前田河廣一郎との共著『支那から手を引け』中の「ハルピンを抜け出すと、線路伝ひに満洲里を目ざして遁走した。曠漠として東支鉄道西部線の原野を、ものの一週間も徒歩した彼は、昂々渓に着いた」という、このロシアへの逃亡を企てた時の記録かも知れない。

主人公は「『日本にゐりあ、野垂れ死することもあんめえものを。』と、月に愚痴る身振り、弱き者よ、汝の名は里村欣三。」と、里村欣三自身が作中人物として登場している。このことは、この「飢」の体験が大正十三年八月号『文芸戦線』に「里村欣三」のペンネームで作家デビューして以降の満洲放浪体験であること、即ち大正十三年秋から同十四年秋にかけての第二回目の満洲逃亡時の体験を描いたものであることを間接的に証明していることになる。

飢えて野垂れ死にしそうになった時、野中の一軒家の線路工夫セミョーノフの家に救われるのだが、その家には弁髪を巻いた苦力がいた。牛乳のスタカン（コップ）を施され、汚ない毛布にくるまれて介抱される。壊れかかった椅子に腰をおろして見守る娘は、「俺が眼覚めたのを知ると、につこり微笑つた。そして隼のやうに、パツと黒パンを引裂いて頰張つた。俺も微笑《わら》つた。『生きたなア……』」と結ばれている。

この放浪譚「飢」には、アルツィバーシェフの『サアニン』のラストのシーンを意識した記述がある。大正八年一月十日に新潮社から中島清訳（初訳＝大正二年十二月二十八日）、植木製本所製の瀟洒な縮刷版の『サアニン』が出ているので、この本辺りを念頭においての言及ではないかと思うが、まずその場面を中島清訳から紹介すると、

「プラットフオルムでサアニンは新鮮な朝の空気を十分に吸つた。（中略）と、急に彼は、今直ぐ、よしんば一寸でも可い、此の皆の群衆の中から、汽車から、窒息する様な空気の中から、さては煙や響きから、身を自由に放し度いといふ慾に燃えた。朝明の紅は早や水平線の上に鮮かに登つた。（中略）サアニンは兎や角考へもせず、蹈台の上に下り、行李は遺したま、、大地に飛び下りた。車輪の音と蒸汽の息に鳴り轟いて、列車は彼の側を疾走した。（中略）際限なく真平に何方を見ても自由無碍な野は、まだ草も緑の色をして、遠く遠く朝霧の裡に消え入つてゐた。

サアニンは気も心も軽々と呼吸《いき》をつき、愉快さうな眼を上げて際涯《はて》ない大野の末を見やり堂々と確乎《しつかり》した大股な歩調《あしどり》で、爽快な朝明の光の方へ進んで行つた。睡眠《ねむり》から覚めた草原は緑に空色を帯びて遠く輝き渡り、其の上を絶大な蒼空の穹窿は彼の眼に被ひか丶り、而して此時丁度太陽は鋭く眩い光を無数に射放つて昇りかけた。サアニンは其光に対《むか》つて進み行くかの様な気持を覚えた。」

中島清訳の『サアニン』はこう結ばれて終っている。

次に、里村欣三の「飢」の中の、「サアニン」に言及した部分を以下に引用してみる。

「『朝だ。朝だ。朝だ。』

飢ゑた欣三は、力のない腹を杖に倒して、上眼ずかひにこの素晴らしい光景を眺めて、

『腹は減つても、俺は詩人的感情を失はない！』と、自負する。『サアニンはだ、この太陽を見て、お、太陽よ！と叫んで汽車から、シベリヤの野に跳び下りたものだが……』と考へる。だが待てよ、欣公――お前はだ、サアニンをお前に結びつけることによつて、自分自身を慰めやうとするのではないか？　聞け、恰悧なアルチバーセフは、お前を慰めるために、汽車から飛び降りたサアニンのその後を書いてはゐない。いや、その続きを書かうとはしなかつた。腹の空つた食欲ばかりでは、小説にはならんからね……まつたく、まつたく『野垂死にの死線を彷徨する者は、前にも後にもお前ぐらゐなものであらうよ。』欣三は、自分の苦しい流浪――を、否、前にも後にも俺ほど苦しい運命を背負つた者はないであらうことを思つて、ほろりとなつた。」

訳者によると、アルツィバーシェフの『サアニン』原作は一九〇三年には既に書き上げられていたが、これが刊行されたのはそれより五年後の一九〇七年のことであった。

主人公サアニンは「政治上の闘争に加入した」ことがあり「又打止めた」こともある青年で、「僕の生命といふのは、愉快だつたり、でなかつたりする僕の感情なんです。それ以外のものは、――フム、何にならう。」、「彼は利己主義で不道徳であるらしかつた」が、「不羈独立な自由な者」であった。「彼の前では一切の事がたゞもう簡単な、何の訳もない物になつて了ふのであつた。――妊娠になつてゐる、可《い》いさ、それが何だ、――男と関係した、結構ぢやないか、その気になつたんだらう。人に軽蔑される、

屈服させられる、それが何うした、……？」、そう考える青年であった。

故郷を出奔する時、見送りにきた友人イワノフに「僕は運命に何の希望もしなければ、何の期待もしない。人生の旅の終局は、どんなにしても畢竟幸福ぢやないよ、老と死、それだけさ……。」と語り、汽車に乗り合わせた農民に「だが君達は何時迄愚図々々してるんだね」と毒づくサアニン。

ナロードニキ運動の挫折から生まれた個人主義、自己の感性に忠実に生きることにより時代のモラルを突き抜けようとするこの思想は、大正時代、「サーニズム」として日本でも相当深い影響を与えたらしい。尾崎士郎の『作家の自伝14 尾崎士郎』（一九九四年十月二十五日、日本図書センター）にもそのことが出てくるし、金子文子の『何が私をかうさせたか』（大島英三郎編、一九七二年十月二十日、黒色戦線社復刻）にも、朴烈・金子文子事件の新山初代が、アルツィバーシェフの「「労働者セイリヨフ」を感激をもつて私［金子］に読ませた」ことが出てくる。

サアニンが朝ぼらけの荒野に飛び出したように、里村の作品「飢」の主人公も、「野垂死に」しそうになりながら荒野の朝を迎えるのである。作品では「俺ほど苦しい運命を背負つた者はない」ことの理由は説明されていないが、感性を信じて生きるサアニンに、運命を成り行きに任せようとする自己、徴兵忌避、満洲逃亡という孤独な自己を重ね合わせて、励ましているのである。

5　鴨緑江のほとり、安東

「河畔の一夜」は満洲放浪譚の中で一番最初に発表された作品ではあるが、「金のない私は常に支那人に欺むかれる剛腹［業腹］から、女であれ、馬車であれ、包子であれ、買はない先にまづ「幾何だ？」

と、きめてかゝるのが習慣になつてゐた」という記述から、既にいくらか中国大陸放浪の体験があるように見受けられる。従ってこの作も、大正十三年秋から同十四年秋にかけての第二回目の満洲放浪に関係した作品ではないか、と思う。満洲の入り口、鴨緑江のほとりの中国領「安東」が舞台である。

李炳という朝鮮人の友人と「プロレタリア運動者が淫売を買ふことの可否に就いて、悲しい論議をつゞけながら」「心では「安く買えるぞ」とまだ行きつかない淫売街に淫蕩な空想を馳せる」私。里村が見つけた「絶世の美女」は「水色の短褂子《トワンクワズ》が腰で切て《（ママ）》、ふくよかな股の線と盛り上った臀部の肉が露はに袴子《クーツ》の上に躍動してゐる」なかなかの肉感的な女であった。その一夜のできごとの後、翌朝、「女から與えられた接吻を最後の思ひ出に断食の儘私は、北満への汽車の旅をつゞけて行つた。無論、長い面を車窓に撫でる李炳君と一緒であつた。」と結ばれている。こういう同行者が本当にいたのか、作品上の仮構なのか、興味の持たれるところである。

同じ安東の、安バアを舞台にした作品に「國境の手前」がある。これは満洲を食い詰めて、安東から逆に朝鮮に戻るときの話である。

「新二」と「吉田」の二人は、「成功する見込みのない苦学を諦めて」朝鮮に流れてきたが、「吉田」は平壌のK組に拾われ、妻子を得て定住し、「新二」は奉天のゴロツキ新聞の記者となっていた。「新二」には「朝鮮から満洲、西伯利亜と、盲滅法に歩き廻り、うろつき廻つた」経験がある。「吉田」からの音信を頼りに、「新二」は無料宿泊所を渡り歩いて、「看板屋の手伝、ゴロツキ新聞の記者、土方帳場の帳付、パン屋の配達」をしながらこの安東の安バアに流れ着いてきた。安東に着いた昨日は、大連で知り合った縁故を頼って訪ね、その人から、「この流浪者に一ケ月も居候されては堪つたもんではない」と拾円恵まれてきたばかりである。流れて舞い戻ってきた安東で、「新二」は、『人間はだ!』『いや、人生はだ！』とオダをあげるが、酒場の女から「「人生」「人生」と勿体ぶるが、そんなけちなものはみんな泣言なんだ」とののしられる。

里村欣三の満洲逃亡の中心地はハルピンであったが、これらの諸作品から大連や奉天（瀋陽）あるいは旅順にもその足跡、滞在経験があったことが推察される。

6　「假面」、『支那から手を引け』の成立経緯

前田河廣一郎との共作「假面」（『福岡日日新聞』）および『支那から手を引け』（日本評論社）の二作の長編小説には、事実かどうかはにわかに断定しづらいが、さらに具体的な放浪体験の記述が登場する。『支那から手を引け』の序文（前田河廣一郎）には、この二つの共作の成立過程が書かれている。それをまず紹介する。

「この小説『支那から手を引け！』は、次のやうな順序を経た、同志里村欣三と私との共同製作である。——

一九二九年四月、前後三日に亘つて、里村欣三の舊稿『スパイ』を解剖し分析した。その結果、全然新しい構成の必要を認め、人物、事件、背景等の再創作を行ひ、大体の筋書を立て、里村欣三がその執筆に当つた。約三週間で出来上がつた百二三十枚の原稿を通読して、私はその数十枚に改稿を薦めた。それが完成すると、一昼夜、私は単独にその仕上げを行つた。そして、『假面』と改題して、これを『福岡日々』紙上に掲載し、稿料は折半した。たしか、その脱稿と共に同志里村は北海道へ旅行した筈だ。それが六月である。

『假面』は失敗であつた。それには共同製作の特質よりも、むしろその反対のものがより多くのさばり出た。既に支那に関する題材を、やや書き荒らした二人の作家が、半ば技術上から結びついて作製したといふ感じがしないでもなかつた。（中略）

一九三〇年、三―四月に亘つて、再び里村と私とは、『假面』を中心として、三四回の打合はせを行つた。その結果、新しくスタートする意味で、里村は多くの参考書類を携へて帰へつた。

いづれの場合にあつても、本来のテーマは、北伐革命軍上海入城前後の支那革命の転換の動機にあつた。（中略）六月までに、里村は、百枚ほどの原稿を書いた。そして、その大部分は再懇談の結果訂正されなければならなかつた。七月上旬、同志里村は、必要以上に物議を醸した代作問題の喧しい折柄、遂に私との合作を断念する旨を通知して来た。しかし、私は如上の経過を見ても、この小説が『代作』でないことを知悉してゐるから、みすみす里村欣三君の努力を、一時的な風説の下に葬り去ることを潔しとしなかつた。

そこで、この小説の最初五六十枚の彼れの書き出しに加へるに、満洲放浪時代の同君の悲痛な経験を取入れて、その他は全部新しく私が書き足すといふことにして、合作の意義を全ふすることに決意した。（以下略）」

要するに、「假面」および『支那から手を引け』は、里村欣三のベースの上に前田河廣一郎が手を入れた共作であるが、満洲放浪時代の悲痛な体験の記述は里村欣三のものである、ということである。

引用文中の「代作問題」は、岩藤雪夫の名前で発表された小説「工場労働者」（『工場労働者』現代暴露文学選集、昭和五年三月二十八日、天人社）及び「訓令工事」（『改造』昭和五年六月号）が他人（＝井上健次）の作であることが暴露され、この処理を巡って、労農芸術家聯盟内で対立が起こり、一九三〇

（昭和五）年六月十四日、青野季吉、前田河廣一郎、葉山嘉樹らと小堀甚二らが対立、平林たい子、長谷川進、今村恒夫らが同聯盟を脱退した事件を指す。

前田河廣一郎の序文に書かれている里村欣三の「スパイ」と題する旧稿については不明である。百二三十枚といえば相当のボリュームがあり、結局発表されなかった草稿に類するものかと思われるが、『文芸戦線』昭和三年二月号に発表された里村欣三の「動乱」という作品には、福岡日日新聞に掲載された「假面」、および『支那から手を引け』（日本評論社）と同一の設定がある。三作品には、主人公がハルピン滞在の経験をもつ失業者であり、職を求めて、上海で新聞記者をしているハルピン時代の知人を訪ねる、その落ち着き先は上海「義豊里」の路地裏であり、領事館警察のためスパイを働く盲目のキャバレーの女主人が登場する、等の共通点が見られるのである。旧稿「スパイ」の内容がこうした設定に反映しているのかも知れない。

なお、前田河と里村の共作「假面」が掲載された『福岡日日新聞』（現在の『西日本新聞』）の当時の編集局長は、菊竹淳《すなお》（号・六鼓）であった。葉山嘉樹の「恋と無産者」＝西尾菊江（通称菊枝）さんとの恋の駆け落ちを語ったこの作品も、菊竹編集局長の下、同じ昭和四年の一月八日～二月二十八日までこの新聞に掲載されている。

菊竹については『六鼓菊竹淳』（木村栄文、昭和五十三年三月十日、葦書房）がある。

菊竹は、昭和七年、犬養首相が暗殺された五・一五事件に際し、「あえて国民の覚悟を促す」（五月十七日）他の論説を発表し、軍部を弾劾したことで知られるが、昭和二年、蔣介石の北伐に対抗した日本軍の山東出兵に対しては「やむをえざる処置」とし、また満洲における日本の権益についても「満蒙は、支那本部と絶対に相異なる一の特殊地方である」として日本の権益を擁護する立場であり、必ずしも反戦平和論者ではないのである。しかしながら、その論説の大部分は、独立不羈であるが故にリベラルに通底するものがある。

いずれにしても、『福岡日日新聞』掲載の「假面」、および『支那から手を引け』に書かれた満洲放浪時代の描写は、全て里村欣三による体験もしくは仮構から導かれたものである、と言えるのである。

7 「假面」および『支那から手を引け』における満洲放浪体験の描写

まず「假面」における満洲放浪体験の描写から、幾つかを紹介する。主人公名は平田修である。「二年前に北満を放浪してハルピンの停車場で何気なく下車した」彼＝平田は、社会主義者前島昇と風貌が似ていたことから領事警察の刑事に捕縛された（掲載第一回）。「訊問中に少しでも彼の答弁が渋ぶると、鉛筆の堅いきつ尖が力まかせに柔かい股に肉に喰ひ込んで来た。両手を捩ぢあげて置いて鼻腔の軟骨がハンカチで抓りあげられるとか、指の股に角火箸を挟んでこぢ廻はされるとか、あらゆる手段で平田は苛め抜かれた。」（第二回）、「約束通り黒田がやつて来てくれた。満洲や朝鮮を一緒に放浪してゐた時代とは、すつかり見違へるやうに様子が変つてゐた。」（第四回）、「『うむ、君はハルピンにゐたんだね。何故、梅林公司を辞めたんだね……？』『会社が事業不振で、閉鎖したもんですから。』」（第九回）等の描写が見られる。

この「假面」を書き改めた『支那から手を引け』では、はるかに多くの満洲放浪体験が語られている。以下それを拾い出してみる。こちらの主人公は田中功、舞台は同様に上海である。

「『ハルピンに何をしてゐたんですか？』『ハルピンは、森田洋行、その雑貨部に勤めてゐた俺だよ。

三月前に首になつて、何かい、仕事がないかと思つて内地へ帰つて来たんさ。（後略）』」

「一体自分はどこがそんなにその男に似てゐるんだらう？……一度、ハルピンの領事館警察で、高等係に突きつけられた写真、そこには、長髪の、骨のがつしりした、あまりからだの均衡のとれてゐなさうな、自分の同年輩ぐらゐの男の上半身が出てゐた。（中略）写真が眼の前からなくなつて、また薄暗い独房の中に、雨もやうの空を鉄格子の向ふに眺めてゐた時に始めてわかつたのが、きつとその男の横顔と、からだの輪郭全体に似たところがあるのだらう（中略）といふ懸念であつた。」

「秋から冬へかけての、これからの支那の生活が、陰惨な戦場の跡のやうに、たまらなく淋しい景色となつて頭に浮んだ。――彼は、一時の興奮から、そして病みつきの放浪癖から、再び内地を棄てて、殆ど当て途もない旅に出た自分を、つくづく後悔し始めた。内地にゐたら、たとへそれが屑拾ひでも、田舎から田舎へ乞食をして歩いても、自由労働者の多い本所深川あたりで立ん坊をしてなりと、何とか食ひつなぎぐらゐは出来たにちがひない。」

「ハルピンでの、角鉛筆を指の股に挟み込まれたり、髪を握つて床へ投げつけられたりした、十日間の死ぬほどの拷問を、忘れてしまふには、あまりに傷がなまなましかつた。」

このあと第九章「回顧の日」で、満洲放浪時代の出来事がまとまって語られる。その中には、前章中の「里村欣三はロシアに逃亡したかった」で紹介した満洲里やその反対方向のボクラニーチャナに逃亡を企てる描写があるが、ここではそれ以外のものを紹介する。

「田中は、支那人の貸二階に納まつて、『美麗《メイ・レイ》』をふかしながら、義豊里の袋小路に、糞桶を洗つてゐる長屋の女達や、物売りの群を見おろして」「ゆつたりとこんな思ひ出に耽つたのである。」

「朝鮮の痩せた、草つ気一つない、石ころだらけな土地が、古い地図のやうに、するすると眼の前に展らける。春であつた。釜山から三時間で行ける三浪津といふ小田舎町へ、彼れの前身を知つてゐる友達をたよつて、田中功といふ青年が疲れた足を運んでゐた。——大正十三年の三月、まだ日本には大震災の亀裂がなまなましかつた。」

三浪津《サムナンジン》は釜山北西30～40㎞にある町で、今日でも日本式家屋が相当数残っているらしい。果樹園を経営している昔の知人を訪ねた田中であったが、言葉一つわからない朝鮮人労働者とともに働きながら、林檎の枝の剪定や施肥に扱き使われた。

「三ケ月やつと煮え湯を嚥む気持で働き通すと、いつもの横柄な呼び捨てから、大喧嘩になつた。」

「それから、田中の朝鮮の旅がはじまる。」

「朝鮮の農村状態を見たことは、放浪者田中功の思想にとつて一つの革命であつた。それだけで彼は、世の中を二つにみた。——搾る奴と搾られる奴と！　彼は大きい決心を持つて、京城へ向つた。」

「田中は、泊り込んだ宿の周旋で、何とかいふ公園に新築中の『乃木神社』の大工の下働きを三日間した。満目索落とした『死』の都に、軍神乃木の山だけは、まつ青に木が茂つて、桜の花が咲いてゐた。」

この「何とかいふ公園に新築中の『乃木神社』」というのは、現在ソウル・タワーのあるソウル南山の中腹、旧倭城台にあった京城神社、もしくはそれに隣接して大正十四年十月に創建された朝鮮神宮のいずれかであろうと思われる。『海外の神社』（小笠原省三、昭和八年五月十日、神道評論社、平成十七年五月二十五日、ゆまに書房復刻）および『日本統治下の海外神社』（菅浩二、平成十六年九月十五日、弘文堂）を参照すると、京城神社は明治三十一年五月南山大神宮として建立、大正五年京城大神宮として認可、同十二年社名を京城神社と改称、大正十五年から社殿改築と境内の拡張が行なわれた。一方の朝鮮神宮は朝鮮全土の総鎮守として大正十四年十月に創建、朝鮮総督府の寄贈金により維持された「内地延長」の神社で「総督府の官吏が公的に参拝する神社」であったのに対し、京城神社は天照大神のほか朝鮮國魂神を祭神しており、京城（ソウル）全市の日本人二万二千戸、朝鮮人五万一千戸が氏子となっていた。

ただし京城神社に摂社として乃木神社が造営されたのは昭和九年のこととされている。『支那から手を引け』の刊行は昭和五年十一月のことであるから、里村の書いている「何とかいふ公園に新築中の『乃木神社』」ということをどう解釈したら良いのかよく判らないが、ここは造営の時期からみて、「何とかいふ公園に新築中の『朝鮮神宮』」と言うべきところではないだろうか、とも思う。いずれにしてもこの記述だけでは、里村欣三の満洲逃亡時期を推測し難く、三浪津を訪れた「大正十三年の三月」という記述も同様に逃亡時期を断定する根拠とはなりづらいのである。

再び『支那から手を引け』に戻る。この京城の南山で、主人公の田中は、岩田平三郎という啄木の歌を口ずさむ醜い「文学狂い」の青年と出会ったのである。

「岩田青年が、口を極めて日本の軍国主義を罵倒するのは、根拠は曖昧であつたが、田中の淋しい気持を惹き立てるにはいい刺戟だつた。田中は、職場を捨て、山を降りた。『どうです、ロシアまで行きませんか、二人で？』青年のホテルへ行くと、田中はそんなことを薦められた。」

京城の古本屋を呼んで、青年のトランクの文学書類を売り払い、「二人は奉天行の切符を買つた」。

「この文学狂ひの若殿様は、蛭が血を慕ふやうに、女の肌を欲しがつては、しきりに同伴者にその周旋を頼んだ。（中略）平壌では、細い指の妓生を買つた。安東の野鶏《やーち》を、岩田は無性に悦んだ。鴨緑江の川幅を瞰おろしながら、二人は土地のアバズレ芸妓を揚げて騒がせた。それが又黒いハムレット君の気に入つた。二人が奉天へ着いた時は、ちようど奉直戦争の最中で、城内には戒厳令が布かれ、通行は殊の外やかましかつた。」

「ステーションには、夥しい赤毛のロシア女が、素足の娘や子供達や、銅壺のやうに眼だけ光らした婆さんと連れ立つて、西瓜を頬張る、黒パンを奪ひ合ふ、眼の玉を引掻き合ふやうな喧嘩をする──（中略）岩田青年は、この襤褸屑のやうなスラヴ民族の大群を見て、悉く失望したらしい。『僕はもう内地へ帰へる。（中略）ここでお別れしよう……。』かう云つて、彼はべそを掻きながら日本へ帰つた。」

「それからの田中は、どうにかしてロシアへ抜け出たいといふ決意で、一路長春へ向つた。道々、満洲の隅つ子に内地から茫漠とした夢を追ひかけて吹き寄せられた、あらゆる帝国主義国日本のルンペンと落ち合つた。長春では、十ケ月ばかり過ごした。冬は再び春になつた。大陸の春は、飽くことのない田中の放浪心を唆つた。──ロシアへ、国境を越えて！　四月、田中功の乞食のやうな姿は、ハルピンの街に見受けられた。」

「食へなくなつた田中が、外套を質に入れたりして、たうとう轉ろげ込んだのは、長谷川といふその土木請負師のやつてゐる北満電気の工事場だつた。彼は苦力と一緒に寝起きして、同じ物を食ひ、同じ力業をやつた。ものの半月も働いてると、長谷川組の親方に発見されて、今度はその事務所で働くこととなつた。」

「いよいよ田中が、自堕落な植民地生活を切り上げて、もつと大きい冒険に出よう、世界に渦巻く階級戦の中へ飛び込まうと決心したのは、ハルピンの単調な二冬を焦心り抜いて過ごしたあとであつた。」

このあと、主人公は満洲里およびボクラニーチャナを越えてのロシア行きを試み挫折するのであるが、この時期が、上海の五・三〇事件のあった大正十四（一九二五）年に設定されている。

先に述べたように、この『支那から手を引け』では、釜山北西の三浪津に着いたのが「大正十三年の三月」という設定である。里村の満洲関連の作品中に具体的な期日が登場するのはここだけであるから十分尊重したいが、長春で十ケ月余を過ごし、ハルピンへは翌年の四月に着き、そこの「北満電気」で、「ハルピンの単調な二冬を焦心り抜いて過ごした」という設定であっては、それが「一冬」の間違いであったとしても、つじつまが合わない。

私は、里村欣三の第一回目の満洲逃亡時期を徴兵検査、労働運動上の傷害事件による入獄のあった大正十一年秋から翌十二年の夏の初めまでの期間、第二回目の満洲逃亡は、大正十三年秋から大正十四年秋にかけて行なわれた、と推定している。これは「思ひ出す朴烈君の顔」（『文芸戦線』大正十五年五月号）、「ハルピンのメーデーの思ひ出」（『新文戦』昭和九年五月号）、その他の作品によるもので、ここに書かれた「大正十三年の三月」は、越後から信州への放浪の時期であると思っている。

里村の満洲逃亡時期を考究する余地はなお残っているかも知れないが、逃亡生活の実態そのものは、「テニスコート造り」や「屋根のコールター《（ママ）》塗り」等、他の作品とも一致することから、ほぼ『支那から手を引け』の記述に近い形で流浪を続けたものであった、と思われる。

「仮面」（『福岡日日新聞』）および『支那から手を引け』（日本評論社）は、「北伐革命軍上海入城前後の支那革命の転換の動機」すなわち一九二七年四月十二日、上海で反共クーデターを発動した蒋介石の動きのなかで、日本国内における「対支非干渉」の運動、国民党革命と日本の労働者、階級闘争との関係をどう考えるのか、というテーマを持って構想されたものである。テーマそのものがいわば「他国」の動乱という大きなものであり、主人公も里村欣三の当時の姿を反映して、職を求めて上海を訪れる失業者＝「外在者」として設定されている。

このため、作品として十分成功しているとはいえないが、文中における主人公の、上海の苦力や下層労働者にむけるまなざし、「どうにかして彼等とへだてのない気持で交際して見たいと思ふ」感情、「かたくなな自負心と、日本人であるといふ意識とがすくなからず邪魔をして」しまう自分への内省など、細部には里村欣三の気質、まなざしがよく現れている作品である、と思う。

第12章　里村欣三の「上海体験」——連続する中国革命への関心

1　第一回目の「上海行」

里村欣三の上海体験は時期的にも満洲逃亡期に近く、混同されがちである。

里村の「上海行」は二度ある。一度目は一九二六（大正十五）年十月のことである。里村の作品「疥癬」（『文芸戦線』大正十六年＝昭和二年一月号）にそれが描かれている。

「その頃、私達同志三人は『支那行』を計画してゐた。三人とは私と、相棒の渡部と、それから近くの村の建具職人の石田であつた。」

「石田」というのは後、『文芸戦線』の編集者にもなった詩人石井安一のことである。「相棒の渡部」は、作中では秋田から出て来た『文芸戦線』の愛読者で、里村と同じ駒沢の東京ゴルフ倶楽部に働いている一つ年下の「眼の鋭い、小柄な長髪」の青年、と設定されている。伊藤永之介は秋田市の出身で、里村より一歳年下の明治三十六年生まれであるが、後年の里村との親密度からみて伊藤を「渡部」のモデルに当てはめるのは無理があり、やはり実在の「渡部」がいたのではないか、と思う。

「その頃」というのは、後段で「支那の風雲は急迫してゐた。蔣介石の率ゆる北伐軍は武昌に進撃して、孫傅芳軍と対峙してゐた。萬県に於ては、英艦が砲撃され、各地の国民党員共産党員は奮起して、排外と北伐軍支持の革命行動に奔命してゐた。――私達は毎日々々、新聞面を睨めては、この支那の革命軍に、若い情熱が呼びさまされて来るのをどうすることも出来なかつた。」と書かれている。

『中国国民革命』（栃木利夫、坂野良吉、前述）によると、北伐軍の武漢三鎮への攻略は一九二六年八月下旬からで、文中の「武昌」が陥落したのは同年十月十日のことである。また、作品「疥癬」には上海に着いて数日経った時の出来事として「新聞面では浙江省の独立が報ぜられ、九江の陥落が伝へられて、支那の形勢は日毎に激変して行くのだ。」という記述があるが、この九江の陥落は十一月五日のことである。

「そして兎に角、私たち三人は×月×日香港行の天洋丸の甲板上にあつた。（中略）船は、濁流を横切つて上海に着いた。」「［しかし］私たちの方へは支那同志から一向に何んの沙汰もないのである。」「私達の財布はそれに反して、日々に細つて行き明日の糧もやがて尽きる形勢である。」「上海の国民党員共産党員は、官憲の眼を掠めて、変現自在に活躍する。ある街頭で、擦れ違つた支那の断髪美人から小冊子を与へられた。（中略）それは『上海市民的出路』という共産党員の檄文であつた」。

この「上海行」は、平林たい子に言わせると、「蔣介石の北伐軍が上海に進入すると、彼は、異常に興奮して近所に住んでゐた建具屋徒弟の石井安一や、も一人の友人などと語らつて、北伐に加はるつもりで鍋や釜を持つて上海に出かけたが、金がなくなつて、乞食のやうになつて這々の態でかへつて来た。」（『自伝的交友録・実感的作家論』）ということになる。このように、里村欣三の第一回の「上海行」は一九二六（大正十五）年十月下旬から十一月初めのことである、と言える。

作品「疥癬」は、福壽堂の娘お時への儚い片思い、「三十一《サーティーワン》」をやる時の心のときめき、ゴルフ場という「ブルジヨアの歓楽場」で働くことへの不平と不満、中国国民党革命への憧れ、「餓死と野垂れ死にを眼の前に据ゑた自暴自棄」、「一か八かの人生を賭した賭博」としての放浪観など、のびのびとした感性の中で書かれたケレン味のない作品で、里村らしさの良く出た小説である。作中の「S・M・Uといふ俸給者組合をやつてゐたS氏」は大正九年四月の東京市電のストのあと中西伊之助から後事を託された杉原正夫のことではないか、と思う。中西伊之助や金熙明などの実名も登場する。

なお余談ではあるが、前田河廣一郎の評論集『十年間』（昭和五年五月二十四日、大衆公論社）に「福本イズムと疥癬」という評論があり、その中に「雑誌『文芸戦線』に、同人里村欣三君が、含味のある短篇『疥癬』を発表した頃から、私の両腕や腹部にかけて、ほろ痒い、小鳥の餌ほどの噴腫物があらはれはじめた。（中略）上海から帰つた青野季吉君は、（中略）飛んで来て、『里村から感染したのじやないか？』と訊ねた」が、その疥癬は、「昨年大原にゐた時分に」傭った女中から、長女を介して感染したもので、「短篇『疥癬』との間には何等の有機的な交通がないことは、見舞に来てくれた里村君にも云つた」という逸話が残されている。また里村の「疥癬」をひやかした堤寒三のイラストが『読売新聞』昭和二年十二月四日朝刊に掲載されている。

2　第二回目の「上海行」

里村欣三は、翌年の一九二七（昭和二）年四月に、小牧近江とともに上海で開催予定の汎太平洋反帝会議に参加するため、再び上海に渡った。これが二回目の「上海行」である。蔣介石の反共クーデター（一九二七年四月十二日、蔣介石は上海で反共クーデターを発動、総工会の活動的労働者に兇刀を振い、機関銃を乱射した）が起こっている、まさにその渦中への渡航であった。

「そのころ上海は、帝国主義列国の軍隊によって、国民革命が武力干渉をうけていた。――蔣介石は革命を裏切って、買弁軍閥になりさがっていた。そういう上海に、『文芸戦線』は特派員をおくったのだ。中国の革命的文学者と、日本のプロレタリア文学者の友誼をかため、相互の運動を協力しあうために。（中略）上海への期待が、ゆくものの胸も、送るものの胸をも、大きくふくらませていた。同人たちは、二人を東京駅に、送って行った。革命の上海へ。ホームで小牧と里村の手をにぎったとき、意気地なくもわたしは泣いた」。（『プロレタリア文学風土記』山田清三郎、一九五四年十二月十五日、青木書店）

小牧近江の『ある現代史―〝種蒔く人〟前後―』（昭和四十年九月、法政大学出版局）には、長崎から上海丸に乗り、同船した東亜同文書院の新入生に紛れて〝先生然〟として下船したスリリングな光景が記録されている。旅費は、田口運蔵の世話で、朝日新聞の編集局長美土路昌一と中央公論の島中雄作が原稿料の前渡しとして出してくれた、とある。この二回目の「上海行」のレポートが「青天白日の國へ」（里村欣三、小牧近江、『文芸戦線』昭和二年六月号）である。

「上海はもう初夏だ。」「上海は、正に、青天白日旗のへん翻たる姿と共に平静に帰しつ、ある。かくて支那民衆はプロレタリア革命の過程を、その途中から新軍閥の手に掠奪されんとしてゐる。（中略）共産党員を片端しから捕縛し、糾察隊の全員に武装解除を行ひ、数百の学生工人を虐殺してしまつた。総工会は解散されて、国民党の工会統一委員会となり、特別市党部からは勇敢な前衛分子は駆逐されて、国民党に横奪されてしまつた。蔣介石は遂ひに、新軍閥だつた。」「薄暮のせまつた窓に卓を囲んだ。小牧と私と支那の同志の三人である。うす甘い茶に話は自然と国民党の共産党弾圧、糾察隊撲滅に落ちて行つた。」（第三信＝里村）

「毎日、蒸し暑い日盛りのなかを脚を棒にして、帽子の下ににじむ汗を拭き拭き、（中略）支那の文

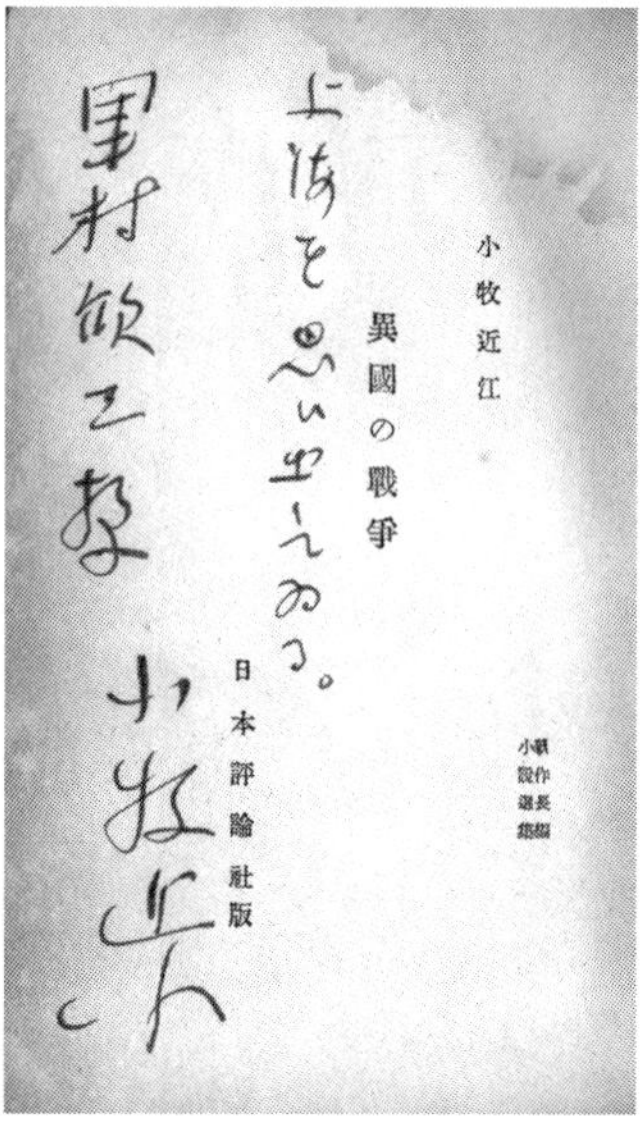

小牧近江『異国の戦争』（昭和五年十一月十五日、日本評論社）の扉に書かれた里村宛の為書（筆者蔵）

学者に逢ひ度いと努力したが、総て徒労に終つた。郁達夫君は上海にゐないであらう……郭沫若はいま、武漢政府の宣伝部長とかをして漢口にゐる！（中略）私達は憂鬱な失望を感じた。（中略）私と小牧は（中略）北四川路の涯てに、内山書店を訪れた。（中略）主人はイガ栗頭の、小肥りのした人だつた。谷崎も芥川も知つてゐる。郁も田漢もみんな自分の家にやつて来る。（中略）日が暮れて私たちは、宿に帰つた。と、思ひがけなくもテーブルの上に郁達夫の名刺がのつかつてゐるではなかつたか！」（第四信＝署名はないが里村）

この「青天白日の國へ」の執筆日は第一信・四月二十四日（小牧）、第二信・三月二十五日（小牧）、第三信・二月二十六日（里村）、第四信・四月二十七日（里村）、第五信・四月二十八日（小牧）となっていて、日にちは連続しているが、月の表示に混乱がある。これは誤植でなければ渡航時期の意図的なカムフラージュをしているのだと思う。小牧との上海行を描いた別の随筆「翻へる青天白日旗の下」（『大衆』昭和二年七月号）の末尾の執筆日付は「五月二十日夜於上海」となっているが、これも疑わしく、やはりカムフラージュが施されているようである。「プロレタリア支那の誕生」（『春秋』昭和二年九月号）では「私はこの三月から四月にかけて、上海の動乱を直接に目撃した」とある。

　里村と小牧近江が郁達夫に会ったのは四月二十六日夜、翌日の二十七日の昼には田漢にも会っている。田漢は一九三五年、今の中華人民共和国の国歌である「義勇軍行進曲」を書いた人で、作曲は聶耳。文化大革命中の一九六八年獄死、「義勇軍行進曲」も同様に受難したが、一九八二年、元の歌詞のまま正式に中国国歌となっている。田漢は郭沫若、郁達夫らと「創造社」を結成、一九二二年五月、上海で『創造季刊』を創刊。田漢、郭沫若、郁達夫らは一九二一（大正十）年頃、ともに日本留学の経験がある。

里村と小牧近江にこのとき託された田漢の書（『文芸戦線』昭和二年六月号に掲載）には、「全世界無産階級文学此聯合起来！　民国十六年首夏過」とあり、里村欣三と小牧近江の上海行は、一九二七年のことに間違いない。内山書店主・内山完造の『花甲録』（一九六〇年、岩波書店）には、里村欣三や小牧近江が田漢、郁達夫らと会ったことについての記述はないが、『魯迅の友内山完造の肖像』（吉田曠二、一九九四年九月三十日、新教出版社）には、「一九二七年四月一二日の反共クーデタ（蔣介石が上海で決行）の最中、上海に潜入した郭沫若を一時、書店にかくまったり、郭の上海脱出に協力して日本に亡命後のかれに生活上の便宜を与えたのも内山完造であった。」とある。

このように里村欣三と小牧近江の上海行は、多少のカムフラージュはあるものの、資料的には一九二七年四月十二日の蔣介石による上海反共クーデターの直後、一九二七年四月二十四日～二十八日を含む時期であった、といえる。

里村と小牧のレポート「青天白日の國へ」が掲載された『文芸戦線』昭和二年六月号には、二人の署名入りで「支那革命事情　新軍閥蔣介石の正體？」という報告がある。

最初に「厳酷な検閲制度のもとでは、これ以上その真相を展開し得ないのを深く遺憾とする」という断りがつけられたこの報告は、一九二七年四月の蔣介石による上海反共クーデター前後の状況を追ったもので、反共クーデターに対抗するための上海総工会の組織改編、糾察隊の整理、武装解除に対抗する罷業の準備、蔣介石の策謀と右派・上海工界聯合総会の結成等が、今日の視点から見ても適切に把握されており、資料的価値も高いと思われる内容である。
「かくして、張作霖でない蔣介石は支那の反帝国主義××をまんまと列国帝国主義に売ったのである！　が、支那のプロレタリア革命はそのまま泣寝入りになるものではない。（中略）我等の先輩である支那××を支持せよ！」と結ばれている。

3　「上海行」から生まれた作品

里村欣三の上海行は時期的にも満洲逃亡と連続して行なわれているが、こうした上海体験から生まれた里村の作品は相当数にのぼる。これが満洲放浪譚である「北満放浪雑話」や「放浪の宿」「放浪病者の手記」と混然と入り交じって発表されているところに、里村欣三の中国革命とその動乱への持続する関心が窺えるのである。

随筆「上海の共産党」（『文芸市場』昭和二年四月号）は大正十五年秋の石井安一らとの上海行のものだが、「青天白日の國へ」（前述）や「翻へる青天白日旗の下―上海一瞥―」（『大衆』昭和二年七月号）、「プロレタリア支那の誕生」（『春秋』昭和二年九月号）は昭和二年四月の小牧近江との上海行のルポ、もしくはルポ的な随筆である。

「上海抒情―一九二六年の放浪日記―」（『東洋』昭和二年三月号）は随筆の形をとっているが、吸い殻拾いの纏足の女と流浪に衰えた男を書いた「貧婦の敵意」、商品の湯気ふく饅頭に手をつけず飢え死にする老爺を書いた「餓死」、ダダイストと淫売を描いた「ダヾイストと女」等、里村らしい味わいのある連作掌篇である。

「黒い眼鏡」（『週刊朝日』昭和二年九月十一日号）は、サスペンス仕立てで、淫売婦のフミコと彼女が魅かれた青年を通して罷業と排外気分に満ちた上海の動乱を描こうとした小説である。

「動乱」（『文芸戦線』昭和三年二月号）は、前章で紹介した前田河廣一郎との共作「假面」（『福岡日日新聞』）、同『支那から手を引け』（日本評論社）と並ぶ作品で、一九二七年四月の、蔣介石による反共クーデター下の上海を動的に捉え直そう、という意欲的なモチーフで共通する。その中でもこの「動乱」は二十ページの一回完結の作品であるため、構成も緊張感があり、民衆もよく捉えられていて、成功した作品である。以下に梗概を紹介しておく。

上海閘北W・P路に朱敬鎮という船大工が住んでいた。女房は仕立物を内職にしていたが、上海に迫る国民党革命軍の党旗を内密に作るように依頼される。その夜、W・P路に銃声が起った。便衣隊の蜂起だ。朱敬鎮は戦争の近づいたことを意識しないではいられなかった。

放浪者の「私」は、市中の形勢を観察するため、昵懇にしている「上海××新聞記者」黒田と連れ立ってW・P路を歩いていた。「萬歳！」「××成功萬歳！」群衆の叫びの中心に、朱敬鎮の六つになる一人っ子洪張が、母の秘密の内職の国民党「青天白日満地紅」旗を持ち出し、それを翻しながら人々に抱き上げられていた。

警邏の山東兵が突然群衆の中に切り込んで来た。銃声が聞こえた。「私」は群衆が逃げ去った路上に、可憐な洪張が血だまりのなかに白い顔を投げ出しているのを見た。次の日、市中は家財道具を積み込んだ馬車やトラックで、どの道路も道幅一杯に群衆が溢れていた。総工会の罷業が開始され、砲声が間近に聞こえていた。革命軍の先鋒が上海に着いた日、全市がゼネストの中で上海市特別市政府が宣言され、警察権は糾察隊の手中に帰した。放浪者の「私」は置き去られて行く憂鬱を感じずにはいられなかった。

以上が主要部分の梗概である。

最後に「兵乱」（『文芸戦線』昭和五年一月号〜四月号、四回）を紹介する。

山東省の架空の農村「蔡家庄」を背景に、狡猾な土豪（地主）で村主の李俊英、その下の首事、金貸しと奴隷的な立場の永代小作人。繰り返される重税と軍費調達、軍閥による掠奪、土匪の出現で疲弊するこの農村で、階級対立、階層内の対立が激化する。暴力的に徴税する巡警と、徴税反対運動の中心金宋鎮と趙貴盛、この二人の間にも国民革命軍を「新しい反動」と見る金と、土匪を一掃してくれる「応急の措置」と見る趙の対立。

国民党の北伐、上海の動乱と同時期の中国農民の闘いを描いたこの作は、里村の第二著作集『兵乱』（昭和五年五月五日、鹽川書房）の表題にもなっている。満洲放浪譚にみられる生身の里村の息吹きとは異なり、構想も農民の描写もしっかりしており、中国革命への関心の持続と深さ、里村欣三の作家的力量を示す作品である。時代に与えたインパクトは異なるものの、中西伊之助の『赭土に芽ぐむもの』に比肩して論じられていい作品である、と思う。

この「兵乱」を含めた里村欣三の全体像について澤正宏先生の論考がある。（「里村欣三の文学——徴兵忌避をしたプロレタリア作家から一兵卒への道——」『言文』第五十三号、二〇〇六年三月三十一日、福島大学国語教育文化学会）

以上見てきたように、大正十五年十月、昭和二年四月の、里村欣三の二度にわたる「上海行」は、徴兵忌避による大正十一年秋から同十二年初夏、大正十三年秋から同十四年秋の満洲逃亡と連続した、ほとんど一塊りの中国体験であることがわかるのである。

第13章　プロレタリア文学運動の渦中で——短い春と粘り強い抵抗

1　「運動」としてのプロレタリア文学

プロレタリア文学運動は、土崎版『種蒔く人』（大正十年二月二十五日）から始まり、大正十三年六月に『文芸戦線』が発刊されて隆盛期に入り、昭和八年二月二十日の小林多喜二の虐殺あたりに終焉のメルクマールがあることは異存のないところである。

第一次世界大戦を機に産業資本が勃興し、それとともに階級としてのプロレタリアが成立、社会運動、労働運動が激しくなっていく。このプロレタリア階級のみじめな労働と生活、悲惨な闘いを描写の対象とするプロレタリア文学は、その特質ゆえに、常に文学運動としてどのように現実の政治と関わって行くのかが問われ、この文学運動が、いわば「政治に対する有効性」に収斂されるとともに、治安弾圧、出版弾圧により解体して行く。

その過程では、現状認識、運動方針、彼我の力量、組織論、文学方法論、さらに人間関係をめぐっての確執、組織の分裂と対立が繰り返される。

ここでは、それらの跡づけをするのではなく、この期の里村の作品、里村とその周辺のエピソード、私の印象などを紹介するにとどめておきたい。

2 プロレタリア文学の「青春」と貧窮の中の持久戦

運動体としてのプロレタリア文学運動の「青春」は意外に早く、短く、大正十五年、里村欣三が『文芸戦線』同人となった年がそれにあたる。翌昭和二年には、「文芸戦線」テーゼをめぐって福本イズムの日本共産党系と山川均らの労農派の力のこもった対立が始まり、その後の文学運動の大半はいわば貧窮の中の持久戦であり、しかしこの悪戦苦闘の中でこそ今日に伝わる優れた社会文学、プロレタリア文学が作り出された、というのが私の印象である。

大正十三年末、「富川町から　立ン坊物語（一）」、「同（二）」を『文芸戦線』（十一月号、十二月号）に書いてその名を知られ始めた里村欣三は、大正十五年四月、林房雄、岡下一郎、葉山嘉樹とともに『文芸戦線』同人に推挙され、同年六月号に「苦力頭の表情」を発表、作家として認められていった。兄貴格の葉山嘉樹は既に大正十四年十一月号『文芸戦線』に「淫売婦」を発表していたが、続いて大正十五年一月には「セメント樽の中の手紙」を発表している。プロレタリア文学の記念碑的作品『海に生くる人々』（改造社）が刊行されたのもこの大正十五年十月十八日である。

プロレタリア文学運動の「青春」のエピソードの一つが、大正十五年春の東大での講演会である。

「それはたしか春ごろだった。この〝マル芸〟の主催で、東京帝大の学生集会所で、社会文芸講演会がひらかれ、葉山嘉樹、里村欣三、わたしの三人が講師に出かけた。（中略）葉山は、労働運動でアジ演説をやりつけていたから、「なに、学生なんかは煙にまけばいいさ」と、すましていた。当日は集会所いっぱいの聴衆だった。長身痩軀、色の浅黒い、眼の光った葉山と、ずんぐりとしたみずからサンチョ——ドン・キホーテの従者——をもって任ずる、おどけた顔の里村、小男で猫背のわたし。顔見せだけでも人気をはくしたが、話も案外にうけた。（中略）葉山は、「おれたち労働者の胃の腑は……」と、ストライキの話などをもちだして、しきりにアジをとばしていた。里村は、大工や左官が、いかに仕事を愛するか——つまり生産の歓びと搾取の苦痛の矛盾といったようなことを話して、感動をよんだ——講演会は成功だった。」（『プロレタリア文学風土記』山田清三郎、一九五四年十二月十五日、青木書店）

この講演会には尾ひれのエピソードがあり、

「講演会がすんで、懇親会に移つた時、聴衆の中の眉目秀麗な一人が、昂奮してたちあがり、『けふのお話は、非常に感激してきゝました。自分の文学上のコースが、これでわかつたやうな気がしました。』と、挨拶した。それが、武田麟太郎だつた。」（『文壇郷土誌』笹本寅、昭和八年五月二十八日、公人書房）

「臼井［吉見］　その主催で、いまで言えば、工学部の方の小さな食堂で、葉山嘉樹と里村欣三の話があるという。ぼくはそういう話を聞いたことがないので聞きに行ったら、里村欣三っていう者にびっくりした。こういう人が大学生を相手に文学の話をするかと思ってね、非常な衝撃だったな。まあ、どぶ鼠がちょうど、どぶからはい上って来たまんまという格好だったな、何から何まで。（笑）

高見［順］　面だましいが凄いからね。　臼井［吉見］　着物をゾロッと着てるんだけど、髪の格好からどうしたってどぶ鼠だと思ったな。」（「座談会昭和作家の思い出」、『現代日本文学全集月報67』昭和三十二年五月、筑摩書房）

等の話が伝えられている。

『文芸戦線』時代の里村欣三（昭和二年頃、最前列左端）。後列中央葉山嘉樹、中列肩に手を置かれているのは山田清三郎か。（『葉山嘉樹と中津川』昭和五十五年四月一日、文学碑建立二十周年記念集実行委員会）

里村欣三といえば深川富川町の立ん坊、という眼で見られがちだが、しかし実際の土木労働、立ん坊生活はそれほど長期間ではない。富川町を基点に、洲崎の埋立地へ出かけたり、信州や北海道の函館、勇払郡の辺富内《ヘトナイ》へ、また大正十三年秋からは再び満洲へと土木労働に従事しながら各地を放浪し、こうした流浪の生活を後年繰返し描いているが、実際に土木労働に従事した期間は比較的短く、徴兵を忌避し満洲に逃亡した大正十一年の秋から、同じく第二回目の満洲逃亡から帰国した大正十四年の秋にかけての数年間に限定されるのではないだろうか、と思う。

第二回目の満洲逃亡から帰国した大正十四年の秋には、「里村君はいまは越山堂で働いてゐるが、里村君も葉山君も小説で喰へるやうになつたら喰ふがよい。喰へなくなつたらまた土工に立戻るとして。」（「紹介・感想・質問　葉山君と里村君」、『文芸戦線』大正十四年十二月号）という状況が青野季吉によって記録されている。

大正十五年四月、里村は葉山嘉樹らとともに『文芸戦線』同人に推挙されたが、まだ作家生活に軸足を移し得たとは言えず、同年六月号『文芸戦線』の「同人住所録」には、「里村欣三……市外駒沢村東京ゴルフ倶楽部」とあり、これが「疥癬」に描かれたゴルフ場のコックの時代、玉川の畔に野外喫茶店を目論んだり、石井安一らと「上海行」を試みたりした時代である。続いて大正十五年十二月号『文芸戦線』の「移居一束」には「小堀甚二……市外杉並町馬橋三二九文芸戦線社方　里村欣三……同上」とあり、この頃から『文芸戦線』の編集を手伝いながら、稿料をベースにした作家生活が始まったようである。

大正十五年の作品総ページ数は五〇ページ弱であったが、昭和二年には二〇〇ページ近くになり、十月には初の単独著作集『苦力頭の表情』（春陽堂）が刊行されている。里村欣三の作家的青春が、プロレタリア文学運動の「青春期」に重なるようにあったわけだが、翌昭和三年三月十五日には第一回普通選挙の結果を受けて早くも左翼勢力に対する弾圧が始まり、里村の発表作品も以降昭和五年までは一〇〇ページ前後で推移、昭和六年は「監獄部屋」（『大衆文芸』）の連載や二度にわたる葉山嘉樹との「東京暗黒街探訪記」のルポ（『改造』）などがあり、総ページ数は二三〇ほどに増えているが、昭和七年には年間で八〇ページ弱、昭和八年、九年は四〇ページほどと、作家生活が維持できない状況に落ち込んでいる。「去年の今日、一昨年の今日、その前の今日――といふ風に考へ出すと、まつたく危ぶなつかしい軽業みたいな芸当である。『よく、生きて来たものだ！』と、自分ながらも呆れる位ひだ。」（「病中のたはごと」、『労農文学』昭和八年九月号）。総ページ数が最も多かった昭和六年においてさえ「ダンピング」（東京朝日新聞）、「不景気時代」（河北新報）、「退屈な失業者」（都新聞）等の〝貧乏随筆〟が書かれ、既に失業状態に陥っていたようである。

昭和六年四月号の『新潮』に発表された小説「金が嬲る」は、昭和五年二月に長男が生まれた前後の家庭事情を描いた作品だが、第十七回衆議院議員選挙に東京六区から立候補した中西伊之助（東京無産党）の応援をしながら、窮乏した生活が描かれている。中西伊之助について「この人には個人的にも大変厄介になつてゐる」、「個人的にも特別関係がある」と繰り返され、東京市電時代から続く因縁浅からぬ関係が示唆されている。なお、中西伊之助の「私生児小風景」(『婦人公論』昭和九年五月号)にも、中西と里村一家の交流が記述されており、プロレタリア作家時代を通じて中西との個人的な交際が継続していたようである。

『葉山嘉樹日記』(昭和四十六年二月九日、筑摩書房)の昭和七年三月十日の項には「里村の宅に引き帰すと居た。もうズツとお粥を啜つていると云ふ。」とある。その直後の昭和七年四月二日には葉山嘉樹の「中津川への都落ち」が起こり、交通費もなく煙草銭もない極端な窮乏生活の中で、仲間がいればこそ踏ん張って来られた「文戦」系のプロレタリア文学運動も、その解体が目に見える形で現れて来るのである。

このように運動体としてのプロレタリア文学の「青春」は短く、文学運動をめぐる路線対立と分裂報復の間に、半失業状態のままで工場争議の支援や選挙の応援等、いわば窮乏、解体の時代の方がずっと長く続いたのである。

徴兵を忌避した大正十一年の秋から、昭和八年十月『労農文学』が休刊し、翌年千葉県九十九里の東浪見《とらみ》村に逼塞するまでの十年間は、里村の二十歳代の十年間とぴったりと重なりあう。青年期の多感な時代を、徴兵忌避の追及に脅えながら、関東大震災で戸籍を焼失したことにして「里村欣三」の偽名で生きたこの十年の間、里村は肖像写真をほとんど撮らせず、代りに堤寒三のイラストを使ったことはよく知られている。浦西和彦先生の「里村欣三のはがき」(『現代文学研究の枝折』二〇〇一年十二月二十五日、和泉書院)には「八月一日と言へば、僕のタン生日だし、それに反戦デー。ライスカレーでも食つて心祝ひをしませう。」という昭和九年七月二十七日付の中井正晃宛はがきが紹介されている。いわば「文戦派」の身内である中井への私信においても、カムフラージュした偽りの誕生日を持ち出して話題を盛り上げているのである。プロレタリア文学運動が解体した昭和九年においてさえこうした偽りを行なう里村を見ていると何か痛ましい思いに駆られる。プロレタリア文学運動の全期間を通して常に徴兵忌避追及の影に怯えながら、生活と生活の旗である文学運動との間で筆舌に尽くし難い苦悩、苦闘があったのではないだろうか。

昭和四年八月、国立中野療養所の看護婦の待遇改善闘争を支援して杉並署に一時拘束されたり（『木瓜の実』石井雪枝）、昭和八年九月「極東平和の友の会」の会合で田無署に召還されたり（『葉山嘉樹日記』）もしており、よくぞ身元が判明しなかったものだと思われる。こうした諸々の外形的事実を通して、我々は里村欣三の苦悩の幾分かを理解できるが、しかし殊に昭和三年藤村ます枝さんと結婚し、昭和五年に長男が生まれてからは子煩悩な里村である、その苦悩は我々が想像するもののおそらく数倍は苦しいものだったのではないだろうか、と私は時々思うのである。

3 「監獄部屋」など

里村欣三の満洲逃亡関連の諸作品については先に紹介しておいたが、これと同様に「立ン坊物語」や放浪の土木労働生活から生まれた作品群も、プロレタリア文学運動の全期間を通じて書き続けられている。

大正十三年の「富川町から　立ン坊物語」、十四年の「どん底物語　富川町から」（ともに『文芸戦線』）を皮切りに、『職人魂――芸術』（『戦車』大正十五年九月号）、「息子」（『新興文学』昭和三年三月号）、「佐渡の唄」（『文芸戦線』昭和三年五月号）、「痣」（『週刊朝日』昭和四年九月二十日号）、「濃霧《ガス》」（『文学時代』昭和五年四月号）等それぞれに味わいのある作品である。その集大成が「監獄部屋」（『大衆文芸』昭和六年二月〜八月号、六回）で、のち「光の方へ」と改題されて『光の方へ』（昭和十七年六月二十日、有光社）に収載されている。

『光の方へ』は里村欣三が昭和十六年十二月、陸軍宣伝班員として徴用されマレー戦線に出発する際にまとめられた作品集である。その「まへがき」の中で、この長編「光の方へ」（「監獄部屋」）は、「題材を北海道の監獄部屋に採つてゐる」が、「不可怪な、旧体制的な機構と生活の泥沼にあへぐ、いたましい土木労働者の生活描写であるが、私には愛着のもてる作品」、「忘れられない懐古的な作品の一つ」である、と書いている。この「光の方へ」（「監獄部屋」）の取材のためか、昭和四年六月、「假面」（『福岡日日新聞』）完成後にも北海道を再訪している。里村の場合、このように実体験から構想が伸びて小説化されたものの中に佳作が見られる。

また、労働の現場を描いたものではないが、「貧民の世界」、「暗澹たる農村を歩く」、「東京暗黒街探訪記」（葉山嘉樹との共作）、「北満の戦場を横切る」、「戦乱の満洲から」、「凶作地帯レポート」等のルポルタージュはその作家的力量に定評のあるところで、「戦乱の満洲から」が集英社の『昭和戦争文学全集1』に、「東京暗黒街探訪記」や「ルンペン微笑風景」が平凡社の『モダン都市文学』第三巻および第八巻に採られている。

市電労働者の経験を書いた作品は意外に少なく、デビュー作の「輿論と電車罷業」の他、「罷業者の妻」、途中で投げ出した「デマゴーグ」（『文芸戦線』昭和二年八月〜十月号、三回）、「古い同志」等である。「デマゴーグ」については、平林たい子が『自伝的交友録・実感的作家論』で、「彼が、『文芸戦線』

に書きかけてやめた「デマゴーグ」といふ小説には一番先に、電車が人をひくことが書いてあつて、どこか市街電車の車掌をしたことのある経歴が窺はれる。彼はのちに、神戸で車掌をやつたとちらり話したことがある。」と書いていて、〝「デマゴーグ」は神戸市電の体験を書いたもの〟という説が一般に流布しているが、その根拠はなく、東京市電時代の体験を基にしたものである、と思う。

里村には小林多喜二の「党生活者」のような党員生活、組織生活を描いた作品はなく、徳永直の『太陽のない街』のような本格的な労働争議を描いた作品もないに等しい。「罷業者の妻」は東京市電のストライキを描いたものだが、この他にはわずかに昭和五年九月から十一月にかけて「『文戦』責任創作」として読売新聞に連載された共同製作の『工場閉鎖』が工場労働者の闘いを描いた作品である。しかし、鶴田知也、青木壮一郎、里村欣三の三人がどの部分を担当して作品が成立したのか不明である。

一方、農村の惨状や、解体し都会に出て行く村の青年層、地主と農民の闘いを描いた〝農村もの〟的な作品は「村の老嬢」、「娘の横ツ面」、「娘の時代」、「峠」、「久助の失敗」、「ある村の素描」、「帰つてくれ」、「キヤベツ泥棒」等、意外に数が多く、里村欣三が持続して農村に苦しむ人々に関心を持ち続けていたことは知っておいた方がよい。しかし、内容的には人物も構成も概念的なものがほとんどで、部分的な心理描写に光るものはあるが、山本勝治の「十姉妹」一作に及ばないのは残念なところである。

4　里村欣三は朝鮮人を差別したのか

下層土木労働者の生態を率直な語り口と臨場感で描いた「富川町から」の一連の作品において、里村欣三が彼らに向けるまなざしは、私には差別感のない、好感が持てるものである。

しかし、林淑美先生は、その著『昭和イデオロギー』（二〇〇五年八月十八日、平凡社）の中の一章「〈インターナショナリズム〉は〈饅頭《マントウ》問題〉を越えられたか——日本プロレタリア文化運動のなかの朝鮮」において、里村欣三は日本人と朝鮮人労働者の間の労働規範（気風）や食習慣の違いという「差異の設定」を通して、朝鮮人を嫌悪し排斥している、と批難しておられる。

その論旨は、『文芸戦線』大正十三年十一月号の「富川町から（立ン坊物語）（一）」と、十二月号の「同（二）」、同じく大正十五年六月号の「苦力頭の表情」のテキストに則ったものであるが、導き出された結論が、里村欣三は民族差別を助長したデマゴーグである、というのでは到底納得できない。

林淑美さんは、まず里村欣三の「富川町から（立ン坊物語）（二）」の記述に対する批判から始める。十二月号の「富川町から（立ン坊物語）（二）」において、里村欣三は、同じ立ン坊という下層労働者の世界においても、日本の労働者は「仕事の完成欲」があるが、「ヨボと来た日には仕事のキマリをつけるといふことがなくやり放しの、ちよつと時間が遅くなると不精々々な仏頂面をかく」と、その労働気風の違いを書いている。

また、「ヨボ、支那人と云つた種類の人種はまるで豚の臟腑でも持つてゐるらしい。汚い、ゴミゴミしたヘドのやうなものを喰つて、副食に沢庵の尻尾位ひ嚙んで意気揚々と仕事に出られるのだから堪つたもんではない。自分の生活費が五十銭ともか、らないものだから、平気で安い賃金に満足して働く。（中略）立ン坊市場の建値は、ヨボや支那人が這入つてくれば這入るほど低下して行く。そこに排斥の気運が醸成される。」とも書いている。

この箇所をとらえて、林淑美さんは「書き写している私の胸が悪くなるような文章だが、里村の異民族労働者への嫌悪はまず彼らの食習慣にある。」と書く。続けて「里村の嫌悪は異民族労働者の所作身振りに向けられる。」と書き、「里村はそれを「気風」の違いだけにして嫌悪の対象とする。したがって、里村が異民族労働者を「排斥」するのは、彼らの労働規範、所作身振り・食習慣を含む慣習行為、そして彼らの身体そのものが、日本人と違うからなのである。」と書く。こうした「差異の設定」を通して、里村は「賃金問題の上から生ずる人種排斥」を行ない、「多様な慣習行為・文化行為の領域における知覚・評価図式の行使による人種差別」を行なった、こう林淑美さんは言われる。

本当なのだろうか。本当に里村欣三は、林淑美さんが言うように、「差異の設定」を通して朝鮮人差別を行なっているのだろうか。

「ヨボ」や「支那人」は朝鮮の人々、中国の人々に対する差別語である。「一九二三年の一つのスケッチ」という副題を持つ、中島敦の「巡査の居る風景」には、この「ヨボ」の言葉の持つ差別性をめぐる情景が鮮やかに描写されている。里村欣三の「富川町から（立ン坊物語）」における言説が、反差別的である、というつもりはないが、それでも、里村欣三は、本当に「差異の設定」を通して、朝鮮人差別を行なっているのだろうか。

「社会制度が、人間生活の上に優劣を劃してゐる以上、立ン坊に堕ちてくる人間は種々雑多な傾向と階級から成り立つてゐる。（中略）何のことはない人間の掃溜だ！　人参もあり、大根の切端しもあり、牛蒡もあると云つた具合だ。」

そうした「人参」「大根」「牛蒡」の中にあっても、労働気風・規範の違いがあり、朝鮮人差別がある。「［彼等は］汚い、ゴミゴミしたヘドのやうなものを喰つて、副食に沢庵の尻尾位ひ嚙んで意気揚々と仕事に出られるのだから堪つたもんではない。自分の生活費が五十銭ともか〻らないものだから、平気で安い賃金に満足して働く。（中略）立ン坊市場の建値は、ヨボや支那人が這入つてくれば這入るほど低下して行く。そこに排斥の機運が醸成される。」

林淑美さんが引用する里村のテキストには確かにそう書いてある。これを指して林淑美さんは「里村自身の労働体験から出た彼の肉声」であり、こうした「差異の認識」を通して、里村欣三は彼らの食習慣を嫌悪し、彼らを排斥した、と断定する。

けれども、林淑美さんの論旨は本当に成り立つのだろうか。「堪つたもんではない」というのは、字面通りに、里村の嫌悪の感情の発露なのだろうか。私にはむしろ、立ン坊という最下層労働者の中においても、「差異の認識」を通して、差別と分断がある、里村欣三は彼等への親しみを込めたタメ口の中で、そのことを逆説的に指摘しているように思える。

事実、林さんの指摘する箇所の前段「インターナシヨナリズム」には、「人の忌む賤業にも、辛い労働にも、寒い夜の野宿にも、見窶らしい風體にも、「俺ばかりではない」ツレがあることに慰められ、その心持は延いて貧しき者同士の、虐げられた者同士の心から、あらゆる障害を取り除くのである。そこにはもうヨボも琉球もチヤンコロもない。人種の区別を超絶した、哀れにも見窶らしく飢えた兄弟の姿があるばかりだ！　おゝ、而し何んといふ惨めなインターナシヨナリズムであることか？」とあり、これを受けて、朝鮮人労働者は「日本人の落ちぶれと同じ一定の場所で住ひ、食ひ、働きそして一言半句の小言も、反感も排斥もないのである。が、一つ面白い事項を註釈する要がある。それは仕事の上に於ける、亦賃金問題の上に生ずる人種排斥である。」と前置きして書かれているのである。

里村欣三は、林淑美さんが引用したテキストに続けて次のように書いている。

「「日鮮土方入り交つての大喧嘩」などゝ、新聞なんかに書かれた時には、その裏面に、大抵そんな原因が潜んで居る。彼等は思想を言ひ表す術を知らないから、ヘボ新聞記者なんかに、意趣喧嘩であらう位ひに間違ひられて了ふ。」

「そんな原因」というのは、立ン坊という最下層労働者間においても、日本人と朝鮮人の間に、労働規範、食習慣の違い、低賃金化による分断、排斥がある、ということである。一連の里村の記述は、こうした下層労働者間における民族差別を指摘し、抉り出したものであって、すくなくとも、里村欣三が朝鮮人を嫌悪し排斥したという読み方は誤りであり、「意趣喧嘩」的な読み方である、と思う。従って「注目すべきは、自身が「立ン坊」であったために獲得したその具体性の故に里村がつかまされたデマゴギーである」という林淑美さんの認識にも同意できない。

事実はむしろ逆である。長文のため今は引用はしないが、「富川町から（立ン坊物語）」を敷衍した「どん底物語　富川町から（承前）」（『文芸戦線』大正十四年九月号）の記述を、林淑美さんは読み落としているのではないだろうか。里村欣三だけが、「社会運動から距る位置に置かれてゐる」この「立ン坊」の社会的位相を正しく認識していた、とも言えるのである。もしこれが言い過ぎなら、賀川豊彦（「「ごろつき」の心理」、『精神運動と社会運動』大正八年六月五日、警醒社書店）を含めたごく少数の者だけが、彼等下層土木労働者の社会的位相を正しく見ていたのだと思う。

里村欣三の〈インターナショナリズム〉についても、林淑美さんは、「苦力頭の表情」（『文芸戦線』大正十五年六月号）の最後の段落をとらえて、次のように批判する。

苦力頭の差し出したマントウを主人公である里村は食えなかったが、食習慣を通して他者、他民族を分類することによって自らも分類される、その意味で、マントウを食べられなかった里村欣三のインターナショナリズムは、概念としてのインターナショナルな連帯に過ぎない、こう林淑美さんは言われる。

この箇所に限って私の感想を言えば、林さんの論はいかにも牽強付会的で、前日には欲しくて差し出したその手を払いのけられたマントウを、この日の里村は、「マントウには手が出なかつた。熱い湯を呑んで、大根の生まを噛ぢつた」、ただそれだけのことである。たとえそのマントウが「腹が減つてゐても、バラバラした味気のないマントウは食へなかつた」という民族的差異、食習慣を含んだものであったとしても、マントウを食べなかったことがかならずしも里村欣三のインターナショナリズムの質を測る問題とはなり得ないのではないだろうか、と思う。

「あり得べき〈インターナショナリズム〉は〈饅頭（マントウ）問題〉を、すなわち民族文化の問題を正面に据えなければならなかった。」という林淑美さんの命題は、それ自体は正しいと思う。また「苦力頭の表情」における里村欣三のインターナショナリズムは「概念としてのインターナショナルな連帯というものそれきりを示す言葉としか思われない。」ということにも同意できる。

けれども「苦力頭の表情」において、里村欣三がマントウを食べたか食べなかったかを通してインターナショナリズムの質を問うことは、キムチが好きか嫌いかを通して日韓、朝鮮人問題を考える質を問うのと似ている。ある階級や社会組織のイデオロギーは制度や意識的な信念を通して実現されるだけでなく、公式化されていない態度、慣習、感情、無意識のうちの仮定や想念、志向、他者に対する差異化の欲望を通して実現される。命題はたとえそうであっても、里村欣三がマントウを食べたか食べなかったかはインターナショナリズムの質を問う適切な例とは思えない。現に「放浪病者の手記」（『中央公論』昭和三年五月号）では「殊に低廉な賃金なので、喰ふものは苦力と同じやうにマントウや生葱や蒜を噛らなければならなかつた」として、マントウを食べているのである。

私見によれば、里村欣三の「苦力頭の表情」は、何もインターナショナリズムを歌い上げることをねらった作品ではない。「苦力頭の表情」は「北満放浪雑話」や「放浪病者の手記」と同じ放浪譚の一つに過ぎない。末尾の「お互に働きさへすれば支那人であらうが、日本人であらうが、ちつとも関つたことはねえさ。」というのが「概念的なインターナショナリズム」として感じられるのは、「苦力頭の表情」という作品が里村欣三の「捨て身の放浪譚」であり、そこに無理に「インターナショナリズム」を溶接した結果である、と思われる。

イデオロギーは制度や思想・信念のみならず、他者に対する労働規範、所作身振り・食習慣を含む多様な慣習行為・文化行為の「差異の設定」を通して実現される、という林淑美さんの命題には教えられることが多い。けれども、こうした「差異の設定」を通して、里村欣三が、「賃金問題の上から生ずる人種排斥」を行ない、「多様な慣習行為・文化行為の領域における知覚・評価図式の行使による人種差別」を行なった、という論旨には同意できない。

批判なしに「差異の設定」を行なうことは差別である、と言える。また一連の里村の言説が、今日の視点から見れば時代の持つ制約＝差別的言辞から逃れられていない、とも言えよう。

けれども、林淑美さんが言うように、里村欣三が悪口雑言をもって朝鮮人を嫌悪し排斥した、と断定するためには、その時、里村欣三がどこから彼等を見ていたのか、を言わなければならない。深川富川町において里村欣三は彼等とおなじ立ン坊であり、前田河廣一郎との共著『支那から手を引け』や「假面」（『福岡日日新聞』）の上海「義豊里」においても、その下層労働者＝「苦力達の巣」である義豊里の、「世にもみすぼらしいまつ黒な破ら家」に間借りし、「安料理屋で晩めし」を喰い、次のように自省するのである。

「田中［里村］は、いつもこの一団の群集の傍観者であり、傍聴者であつた。彼は、どうにかして彼等とへだてのない気持で交際して見たいと思ふのだが、自分のかたくなな自負心と、日本人であるといふ意識とがすくなからず邪魔をして、思ひ切つてめし屋の飾臺まで進出させないのを歯痒く思つた。それに、考へて見ると、彼等と同じ生活をしないことが、何よりも双方の共通を缺いてゐる主な原因であつたらしい。」（『支那から手を引け』）

「義豊里の露地を這入らうとすると、真向ひに住んでゐる苦力が、どやどやと賑やかに帰つて来た。（中略）太蒜の匂ひとも、腋臭の悪臭ともつかない、異常な臭気が闇に漂よつた。平田［里村］は彼らに対する親愛な気持が、急に強く湧くのを覚へた。裸足で働く彼等の群にこそ、本当の生活があるんではないかと思つた。『さうだ、今晩は酔つてゐるからいけないが、明日は必ず彼等に近づいて、彼等の生活に触れやう！』と、決心した。」（「仮面」）

林淑美さんなら、こういう心性をどう見るのだろうか。

人は同じもの（事象）を見ていても、まなざしが違えば、同じものを見ているのではない。形、色、質感、背景、こうした事象に誘発されて生起する思念は、見る者のまなざしによって異なるのである。里村欣三が、どの位置から、どういうまなざしで、朝鮮の人々、中国の人々を見ていたのか。「富川町から（立ン坊物語）」を読み返してみても、林淑美さんの論旨への私の疑問は消えないのである。

5 「越山堂」のこと

里村欣三の初めての著作『近代人の人生観』（中西伊之助、大坪草二郎らとの共著）が「人生哲学研究会」の名で越山堂から発行されたのは、大正十四年二月十五日のことである。さらに『聖哲の懺悔』、『名僧の人生観』の共著が同年三月、四月と連続して越山堂から刊行されている。社会運動家、日本交通労働組合理事長であった中西伊之助の自伝的要素の濃い『我が宗教観』も同じ越山堂から大正十四年四月に出版されている。大正十四年当時の越山堂所在地は「東京市牛込区筑土八幡町二十一」である。

一連の共著が刊行された大正十四年二月〜四月は、里村欣三の第二回目の満洲逃亡期間（大正十三年秋〜同十四年秋）の最中である。なぜ、里村欣三が国内に不在の時にこれらの共著を刊行することができたのか。一般的な推測しかできないが、前年に書き置いて満洲に再逃亡したのか、郵送したのか、それとも中西伊之助によって代筆されたものであるのか等の可能性は考えられるが、十分に解明できない疑問である。一方、里村欣三は大正十四年秋に満洲から帰国した後、一時期「里村君はいまは越山堂で働いてゐる」（「紹介・感想・質問」青野季吉）とされており、越山堂に容易に就職できるような関係が周縁に存在していたと思われる。

里村と越山堂との関係について、判っている範囲で書いておくことにする。

これら一連の著作の発行者は「越山堂帆刈芳之助」である。鈴木徹造さんの『出版人物事典』（一九九六年十月三十日、出版ニュース社）に帆刈芳之助の項があり、次のように書かれている。

「一八八三〜一九六三（明治一六〜昭和三八）帆刈出版通信主宰者。新潟県生れ。早大中退後、柏崎市の柏崎日報や越後新報主筆となり、のち上京、時事新報、やまと新聞政治記者として活躍したが、一九二一年（大正一〇）独立、出版業越山堂を創業。『ナカヨシ』『少女界』『日本の子供』などの雑誌を発刊、また、江原小弥太の『新約』三巻や翻訳ものなどを出版したが、関東大震災で被災して廃業。二九年（昭和四）『出版研究所報』を創刊（以下略）」

この記述には一部誤りがあるようで、越山堂（正確には越山堂書店）には大正五年十二月『英国の経済的勢力』（堀川美哉）等の出版もあるから、創業は大正十年ではなく、数年遡るものと思われる。大正五年当時の所在地は「東京市神田区表猿楽町二十一」。また「関東大震災で被災して廃業」も誤りで、被災したのは事実だが、社名を「越山堂書店」から「越山堂」に変えて、大正十三年「東京市小石川区水道端町二ノ四」に、同十四年には前記「牛込区筑土八幡町」に移り、少なくとも大正の終わり頃までは続いていた。

出版社として越山堂が始動した前後の事情が江原小弥太の『我が人生観』（大正十三年四月一日、越山堂）に書かれている。この本の中には江原の経歴がかなり細かく書かれているが、それによると、江原は新潟県柏崎の出身で、代用教員や船員、明治三十八年の冬から三年間、柏崎で新聞記者、四十年代に朝鮮釜山で、同四十四年には東京で新潟新聞の在京記者、大正五年柏崎にもどり家を新築、その時の援助者「洲崎義郎氏が資金を出して私に書店を中猿楽町の電車通へ出させた」。江原小弥太は、本屋をしながら『新約』三部作（大正十年四～五月、越山堂）を書き始めた。

「執筆は大正六年の夏からで、店番をしながら書いた。本屋をすること二年、損をするばかり、損をしてお金をへらすほどなら、遊んで食つてゐた方がよいと考へて、本屋を越山堂に売りとばした。」

このようにして、江原小弥太から帆刈芳之助に売り渡された書店が、本格的出版社として進出する越山堂の基礎になった。大正八年三月の生田春月『日本近代名詩集』の越山堂所在地は「東京市神田區中猿楽町四番地」となっており、これは江原の「中猿楽町の電車通」の記述に一致する。『日本古書通信』で知られる八木福次郎氏は『「古本屋の書いた本」展目録』（二〇〇五年、東京都古書籍商業協同組合）で、「出版界の内報紙をだしていた帆刈芳之助は三崎町通りで越山堂という古本屋を開店のちに出版社になった。」と書いているという。この記述に従えば、古本屋もしくは書店としてこれ以前いくつかの出版実績のあった越山堂が、大正八年頃、やはりなにがしかの出版事業を兼ねていた「江原書店」買収を機に、本格的な出版事業に乗り出していった、という見方が正しいのかも知れない。大正五年当時の越山堂所在地「表猿楽町」とこの「中猿楽町」とは三崎町通りを挟んで向かい合っている。

柏崎出身の江原小弥太と、おそらく同じ柏崎出身（未確認）の帆刈芳之助の関係は、二人とも同年輩（江原＝明治十五年、帆刈＝明治十六年生まれ）の新聞記者で、江原は越後タイムスの二代目主幹、帆刈は柏崎日報や越後新報の記者で、二人は柏崎において既に顔見知りであったか、あるいは地元の名士洲崎義郎氏を通して相知る関係にあった。それ故に、「江原書店」を越山堂に売り渡すことが可能だったといえるだろう。

大正九年の暮、柏崎における朋友、吉田正太郎の斡旋で、江原は創作『新約』を「出版することになつて、一山の原稿を越山堂に渡した」。大正十年、この作品の成功により以後江原小弥太は作家生活をはじめることになる。

大正十三年、既に『赭土に芽ぐむもの』や『一人生記録』の著作をもつ中西伊之助は、十一月、越山堂から『死刑囚の人生観』、大正十四年一月には江原小弥太との共著『人生論十二講』を出版する。これは『近代人の人生観』、『聖哲の懺悔』、『名僧の人生観』の先駆けをなす「人生論もの」である。中西伊之助は、大正八年九月、自ら組織して創立した日本交通労働組合の理事長となり、これにより「時事新報」社会部記者の職を追放されることになる。東京市電のストライキ指導による治安警察法違犯事件の大正九年二月二十七日付検事調書で、中西は次のように語っている。

「中央大学を退学してやまと新聞記者を致して居りましたが最近は今より二年前即ち大正七年二月東京時事新聞［新報］記者になり月給四十円を貰つて警視庁の丸の内倶楽部詰として仕事を致して居りました」

越山堂の社主・発行者の帆刈芳之助の経歴、すなわち越山堂を起こす直前まで「時事新報、やまと新聞政治記者として活躍」という経歴は、中西伊之助の「やまと新聞」や「時事新報」の記者時代と、時期的にもごく近いか、重なるのである。このことから中西伊之助と帆刈芳之助は面識があったものと推測でき、この縁で大正十四年の一連の「人生論もの」の著作刊行が行なわれ、江原小弥太と中西の共著『人生論十二講』も生まれた、といえるだろう。

中西伊之助と帆刈芳之助、そして中西と里村欣三の関係といった機縁で一連の著作の刊行が行なわれた。また、これら著作の発行主体「人生哲学研究会」は、江原小弥太が文化生活研究会という名称で著作を出していることからみても、実質的には実態のない出版のための「研究会」だったのではないか、と思われる。

帆刈芳之助と江原小弥太の仲介者であり、画家中村彝《つね》のパトロンでもあった洲崎義郎氏は、明治二十一年新潟県生まれ、旧比角《ひすみ》村の素封家・大地主で、大正七年、二十九歳で旧比角村村長、自由画教育を奨励し、画家の中村彝や苦学生への援助を惜しまなかった人である。昭和二十六年から柏崎市長を八年、原水爆禁止運動、スポーツ振興にも取り組み、終世、理想に燃えつづけた私利私欲のない人であった、といわれている。中村彝の手による「洲崎義郎氏の肖像」（新潟県立近代美術館蔵）を一目見れば、その人となりが自ずから伝わる風貌である。

6　山本勝治と飛車角

山本勝治は「十姉妹」（『文芸戦線』昭和三年五月号）で知られる作家であるが、葉山嘉樹の「私の一日」

（『葉山嘉樹全集』第六巻、昭和五十一年六月三十日、筑摩書房）に次のような記述がある。昭和四年一月二日のことである。

「途方もなく寒い。風が強い。（中略）文芸戦線社に出かける。四ケ月の間に三度発禁を食つたので、正月も糞もあつたものぢやない。出鱈目な検閲制度は帝政末期のロシアより甚しい。文戦の玄関に一人の自由労働者が立つてゐた。（中略）里村と僕とが用事を聞く。「兎に角此処は寒いから、僕の家で聞きませう」と言つて里村の家へ行く。（中略）文戦の同人でも岡下は矢つ張りアブれてゐる。山本もノーチヤブでアブれてゐる。（中略）「うちの小遣はどうする」と渋る女房を叱り飛ばして、二円持ち出す。里村が一円出して、「これで食ひつないで下さい」と言つて渡す。労働者の帰つた後で里村の言ひ草が振つてゐる。「あれで俺よりか金持になつた」不景気深刻である。」

この文中の「山本」が山本勝治である。飯も食えず、仕事にあぶれているのである。

山本勝治はこの直後の昭和四年三月十七日朝五時、数え二十六歳で鉄道自殺した。その原因には諸説が伝えられる。

山本勝治の遺著『員章を打つ』（昭和四年十二月三十日、文芸戦線出版部）の前田河廣一郎の序文は、『文芸戦線』昭和四年四月号に寄せた追悼文「同志山本勝治の死」をかなりに書き改めたものである。その一部を書き写すと、

「山本勝治君は、突然とあらはれて、突然と我々の前から去つた作家である。（中略）私の知つてゐる範囲でも、彼は、農民であつたり、ボツキシングをやつたり、沖仲仕組合に這入つたり、新聞配達をやつたりしてゐる。そして、これらの全部を通じて、蒼白な、神経質な、整つたインテリゲンツイア風な顔の、よく泣いて昂奮することのあつた彼が、今日悲しい思ひ出となつてゐる。（中略）同志

山本は、一九二九年三月十七日の朝、配達しに出た新聞の束を抱いたなり、東中野と中野駅間の省線軌道へ、投身轢死した。この我々にとつての不慮の死の、最も首肯し得べき原因は新聞配達従業員の岩月監理所（東京朝日新聞直配所）との争議である。同志山本も、その渦中にあつた。数度の官憲の暴圧と、反動団の切り込みの下に、争議団員は、果敢にもストライキを継続し、（中略）三月十七日は、正にこの争議が白熱戦に入つた第三日目であつた。その頃の同志山本の気持は極度に悲嘆状態にあつた。しかし、スキヤツプのボイコツトにビラ撒きに、彼はやはり平常の通り、闘争の一線を固持してゐた。それからの、突然な、自殺！『あまりにも考へ過ぎる神経』——思索は往々にして消極性を帯びる——から一躍して、彼は、争議の好転回を望んで、デスペレートな、日本人風な犠牲的精神で、自分を争議の前に屠り去つたのか！これは我々には推測出来ない。同志山本だけの関知した心理である。（中略）貧乏な我々は、同志山本勝治の遺骸を、銅粉を塗りこくつた柩車をもつて送ることは出来なかつた。（中略）今、文芸戦線叢書の第一巻が刊行される。我々としては、この闘争的な叢書のカヴアーの間に、同志山本勝治の遺骸を包んで、長い、これからの階級戦の先頭を切つて貰はう！」

『文芸戦線』四月号の「文芸戦線」欄では、里村欣三がことの発端となった東京朝日新聞「岩月監理所」争議における朝日新聞の態度を激しく非難している。争議の経緯については同四月号の「戦線資料東京朝日岩月監理所従業員ストライキ」、同五月号の「大衆的批判を求む」、同六月号の「東京朝日新聞争議解決報告」に記録されている。

平林たい子は『新潮』（昭和三十一年六月号）の「知られざる小説」特集に山本勝治の「十姉妹」を推し、その解説「「十姉妹」とその作者」で、「山本は争議を苦にして死んだといふことになつてゐる」が、

「当時山本はすでに「十姉妹」のほか「員章を打つ」といふ小説をかいて仲間うちでは認められてゐたが小説はそれきり行詰り、生活に困つてゐた」。そこで、飛車角（石黒彦市）と山本勝治の「二人で、『女人芸術』華やかな牛込左内町の三上於菟吉氏のところに金をかりに行つたがことわられた。気の短い飛車角が腹いせにピストルをうつたので、三上邸では警察に訴へた。多分その事件を気にやんで、山本は、鉄道自殺したのである。」とし、そのため、三上の妻・長谷川時雨は、責任を感じて「山本のたゞ一人の妹だつた美智子［美智幸］さんを引きとつて長年面倒を見てやつた。」としている。

尾崎士郎は大正七年ごろ売文社に出入りし、中西伊之助とも面識があった。『人生劇場』に登場する「飛車角」こと石黒彦市を尾崎に紹介したのは、この山本勝治であることが尾崎の『わが青春の町』（昭和三十八年四月五日、河出書房新社）の「東禅寺裏」に記されている。以下、その引用である。

「その頃、もう一人、山本勝治という拳闘家の文学青年が毎晩のように、私を訪ねてやってきた。彼は、その頃のプロレタリヤ《ママ》文学運動の機関誌である『文芸戦線』の同人だったが、ある晩、芝浦の沖仲仕だという、見るからに精悍なかんじの中年男をつれてやってきた。彼の名前は石黒といった。この石黒と親しくなったことが、意外なところへ展開し、ついに大変な結果を生じてしまった。

山本勝治は、『文芸戦線』の新人作家として有望視されていた男であるが、彼は人好きのする明るい性格の持ち主で、だれからも好意を持たれてはいたが、感受性のつよい彼は私たちの雰囲気の影響をうけるにつれて、そのころ、次第に政治的方向のハッキリしてきたプロレタリヤ《ママ》文学運動から遠ざかるような傾向を生じてきた。

それが仲間たちから批難される原因をつくったらしく、私を訪問することについてもいろいろ苦心したらしい。仲仕人足の石黒を私に紹介したのは、石黒が横浜育ちの「やくざ」でありながら、一種の変わり種として文芸戦線の一派に投じていたからであろう。彼は仲間同士の末梢的な批判なぞを眼中にはおいてはいなかった。

この石黒と、二、三度会っているうちに私はすっかり仲よしになってしまった。

ある日の夕方、——もう、そろそろ大晦日に近いころだった。彼は私の部屋へはいってくるとすぐ懐から一梃のピストルをとりだした。これを当分預かつてくれというのである。」

この後に預かったピストルが押収されるまでの記述が続くのであるが、『人生劇場』を特集した雑誌『太陽』（一九七二年十二月号、平凡社）の都築久義先生の解説によると、石黒が尾崎にピストルを預けたのは昭和三年暮のことらしい。

浦西和彦先生の「山本勝治と「十姉妹」」（『日本プロレタリア文学の研究』、初出＝関西大学『国文学』昭和五十二年九月二十五日）は、山本の経歴と「十姉妹」の成立過程を明らかにした、他に比肩するものがない屹立した論考であるが、その中でこのピストルを威嚇射撃した事件にふれて、それが山本勝治が省線に飛び込み自殺した昭和四年三月十七日の前日の「十六日の出来事か、それ以前のことかよくわからない」とされている。

しかし、尾崎士郎の記述が正しければ、石黒のピストルは前年の昭和三年の暮に押収されているので、ピストル事件が山本勝治の自殺の直接原因ではなく、生活、創作等諸々の要因はあったとしても、やはり指導していた東京朝日新聞岩月監理所争議において自殺前日の十六日に暴力団「大和民労会」による原宿直配所への切込みがあり、これが誘因となって死を選んだ、ということなのではないだろうか。

山本勝治の経歴は浦西先生の論考に詳しいが、ここでは先の平林たい子の「「十姉妹」とその作者」の言葉を紹介しておく。

「山本のかうした愚連隊めいた経歴にも似ず、山本は、繊細で気質のやさしいインテリだつた。骨格は逞しく眉目清秀でいつも、表情は何かの哀愁を湛へてゐた。「十姉妹」で見てもわかるやうに、彼は一見荒んだ生活の中に、澄んだ魂をもちつゞけてゐた。」

「昭和余年」ならぬ「昭和四年」に、赤色エレジーの世界が里村欣三の近縁にあったのである。「飛車角」こと石黒彦市は後年、昭和十六年暮から昭和十七年九月にかけて小堀甚二と病床の平林たい子夫妻を援助した。抗争による石黒の死の経緯は、小堀の『妖怪を見た』（昭和三十四年七月五日、角川書店）に相当詳細に書き留められている。

7　支那ソバ屋開業記

里村の「支那ソバ屋開業記」が『改造』に掲載されたのは昭和八年十二月号である。

「私は支那ソバの流しを始めてから、約二ケ月余りになるが、いざ支度をする段になると、ひどく憂鬱になる。」

「私は陰気な腕組みをして、頭を振り振り考へる。鴉にさへ一日の終りには、平安な休息があるのだ。だのに、この私は、地獄の階段を下りて行くやうに、これから真暗い街の底へ出て行かなければならないのだ。――これが、生活といふものだらうか？　と疑ひ始める。人間一匹が蟲ケラのやうに、たゞ喉つて、一日々々と生き延びて行くだけのものならば、生活といふものは、まるつきり無意義なものぢやないか。だが、生活の内容に意義があらうと、なからうと、生活しなければならない要求が、生活なんだ、と反省もしてみるんだが、結局厭なものは厭なんだ。（中略）鉛の外套でもかぶせられたやうに、頭も、心も、手足までが、地べタを引き摺るやうに重い。暗い。」

それを「腫物にさわるやうにハラハラしながら、屋台の支度を手伝ひ始める」女房。

『トウチヤン、行つてらつしやい!』『よし、よし、行つてくるぞ!』(中略)

私は眼頭が熱くなる。何もかも忘れて、可愛い、子供たちのために働かなければならない! だが、これまでに如何に多くの人々が、私と同じやうに本能的な肉親の愛情に溺れて、高い理想を捨ててしまつて、たゞ生活のためにのみアクセクして、時の流れの上に、蟲ケラと同じやうに醜い死骸を横へて来たであらうか? それを考へると、私は一層絶望的になつて、明るい街の灯も、雑踏する美しい散歩者の姿も眼に入らない。大きな口を開けてゐる暗黒の闇の中へ呑まれてゆくやうな、真暗い気持になつてしまふのである。」(「支那ソバ屋開業記」)

中井正晃の「葉山嘉樹と里村欣三」(『小説公園』昭和三十一年五月号)にもこの夜鳴きソバ(支那ソバ)の光景が描写されている。屋台を引いて里村が流して歩いた場所は、高円寺界隈や駅前通りの通称「夜店通り」で、時には葉山や前田河の住む堀の内の蚕糸試験場裏あたりであった。里村は「ナッパ服を引つ掛け、足はゲートルで固め、地下足袋をはいていた。」鳴らないチャルメラに苛立ち、犬に吠えられ、ついには「大聲で、「支那そばア、夜泣きそばア。」と怒鳴りはじめるのである。その里村の聲には、追い詰められたものの絶望的な怒りが籠っていた。」

中井は、里村が支那ソバ屋をした時期を「細田民樹氏等による「文戦」第四次の分裂騒ぎもいちおう鎮まった、たしか昭和六年の暮」のこととしているが、『葉山嘉樹日記』に照らしてもこれは誤りで、昭和八年九月八日の葉山の日記には「里村を訪ねる。支那そば屋の資金を借りに橋浦方に行つて不在。」とある。

昭和五年十一月、黒島伝治らの脱退に対する「焼ゴテ事件」、昭和六年五月、警官が包囲する中で行なわれた細田源吉、細田民樹、間宮茂輔、小島勗ら「前線作家同盟」との分裂、さらに昭和七年七月には青野季吉、金子洋文、鶴田知也、伊藤永之介らの『レフト』（左翼芸術家聯盟）と、里村、葉山、前田河、高橋辰二、石井安一、中井らの『労農文学』（プロレタリア作家クラブ）との分裂。志を同じくする者が共同体的な生活を維持する中で、かろうじて持続されて来た「文芸戦線」派の文学運動も、この昭和八年に至って、里村欣三らの拠る『労農文学』は文庫版大の六四ページの薄さになり、それも資金難で休刊が続き、昭和八年九月号を最後に、生活の旗である『労農文学』も廃刊に追い込まれていったのである。生活の目標がなくなり、食わねばならない生活、食えない生活だけが残った。

昭和八年十月六日の『葉山嘉樹日記』には「里村は家族連れで金策に出かけたらしい。二三日戸に鍵がかゝつてゐる。（中略）俺はもう何もする気力が無くなつたやうだ。何もかも、大した事とは思へなくなつたやうだ。貧乏のせゐだらうか。（中略）夜、里村を訪ふ。帰つて居た。金策も余り捗々しくなかつた模様であつた。」とあり、翌日十月七日には「里村は又、今日から支那ソバ屋をブリ返した。いづこを見てもうまく行かない世の中ではある。」、八日には「八時半頃、里村の支那ソバのチヤルメラ下の街道に聞える。こんな雨の夜に同志が支那ソバの屋台を引つ張つて歩くのを聞き感慨に堪へず。まづい笛が遠ざかつて行く。売れないのならん。昨夜は、菊枝が子供の着物を質に持つて行つた金で一杯食つたれど、今日は、冷雨しとど降り、金さへも無く、哀れ二階に笛の音を聞き送れり。何たる世なるぞ！　九時、里村の笛の音愈々遠ざかりて聞えなくなりぬ。雨、トタン屋根に冷たくシトシトと降る。」、十二月十二日、「里村、支那ソバ屋を止したりと。何もかも、良くないなり。」とある。

翌昭和九年一月六日、葉山嘉樹は東京での生活をあきらめ、家族を残して天竜河畔・長野県下伊那郡泰阜村明島の三信鉄道工事に、飛島組錦龍配下の帳付けとして出発した。

残された里村一家は、昭和九年二月から世田谷太子堂の崖の上の二階家で、石井安一一家と共同生活を始め、その共同生活は九月頃まで続いたが、その後、里村一家は千葉県長生郡東浪見村に移っていったことが、石井安一の妻雪枝さんの『木瓜の実　石井雪枝エッセイ集』（一九九〇年六月二十九日、ドメス出版）に記録されている。

「文芸戦線」派のプロレタリア文学運動は、荒畑寒村の斡旋により昭和九年二月四日、葉山、里村、前田河らのプロレタリア作家クラブと青野、金子らの左翼芸術家聯盟が合同し第二次労農芸術家聯盟を発足させた。その機関誌『新文戦』は里村の千葉県東浪見村への逼塞に符合するかのように八月号まで断続的に続き、昭和九年十二月号で最後の残照を見せて終わった。里村は三度作品を寄せたが、三信鉄道工事へと都落ちした葉山嘉樹は再びこれに書くことはなかった。

第Ⅳ部

第14章　徴兵忌避を自首――苦悩の決断

1　千葉県東浪見村にて

千葉県九十九里浜の南端、長生郡東浪見村字大村小安地内の「平凡社の人の別荘」＝窓も障子も雨戸も床板まではがされて「屋根に瓦がのっかっているだけのアバラ家」（「里村欣三」前田河廣一郎、『全線』一九六〇年四月号）に里村一家が転居したのは昭和九年九月のことである。砂浜に取り残された魚を平板に釘を打ち付けただけの道具で拾って歩く、原始的漁労生活を始めた里村欣三。

「ところもあろうに、外房の漁どころで、平板へ釘を打ちつけた漁具で魚をとって歩いている里村のうらぶれた姿を思いうかべて、ちょっと暗ら《（ママ）》い気持になった。」（「里村欣三」前田河廣一郎）

「昭和九年一月、最も仲が良く、日夜往き来して兄のように思っていた葉山嘉樹氏も東京での生活が成り立たなくなり、長野県天竜の飯場に行ってしまった。このことは里村氏にとって絶望的な出来事であったに違いない。さらに長男の学齢期が近づくにつれて戸籍のないことに対する焦りが氏を捉えはじめていた。それより先、兄はどこかに生きているに違いないという確信を持ちつづけていた妹華子さんが、若いときから兄によく名前を聞いて覚えていた中西伊之助氏に手紙を出し問い合せたことがきっかけで、里村氏と華子さんの間にはひそかに文通がはじまっていた。そして昭和九年春、里村氏は妻と子供二人を連れて、両国の旅館で十数年ぶりに継母と伯父（陸軍少将）夫婦に会い、七年前五十四歳で父が亡くなる最後の息を引きとるまで氏のことを気にかけていたという話を知らされた。」（「或る左翼作家の生涯」堺誠一郎）

この堺誠一郎の記述は、おそらく里村の妹の華子さんからの聞き取りによるもので、この間の事情を見事に明らかにしている。岡山の父の下を出奔して以来十五年、昭和九年春、里村が両国の旅館で継母と伯父（父の兄）前川遜《ゆずる》（陸軍主計監）に再会した時の、伯父の助言がどのようなものであったかは伝えられていないし、のち里村が徴兵忌避を自首した後も、どの程度里村の力になったのか不明である。しかし、入営後の逃亡と異なり、徴兵忌避の自首が直接にはそれほど過重な処罰を伴わない（通常六月以下の禁錮、戦時は一年以下の禁錮）といった程度の助言があったのかも知れない。昭和七年八月十日の継母（父作太郎の後妻ひささん）による失踪宣告手続き＝「昭和七年八月拾日失踪宣告昭和六年参月弐拾弐日死亡ト見做サル右本人母前川ひさ届出」を、里村欣三の徴兵忌避自首のための事前準備とみるのは穿ち過ぎである、と思う。

「蒸し暑い蚊帳の中で、上の男の子と小さい枕を並べて寝てゐる［生まれたばかりの長女の］可愛いい寝姿を見ると、私もやはり平凡な父親となつて一生の希望をかけて、子供の成長に没頭できる世間一般の父親になつてしまひ度い気になることがある。勿論、プチ・ブル意識だが、誰にだつてこの感情のあることは否めない。」（「病中のたはごと」、『労農文学』昭和八年九月号）

生活の旗である『労農文学』もこの昭和八年九月号を最後に廃刊に追い込まれ、兄と頼る葉山嘉樹も東京を離れて三信鉄道工事の帳付けとなって長野県下伊那郡泰阜村明島へ出発してしまった。昭和九年春の継母、伯父との再会をきっかけに、子煩悩な里村の気持が現実的に大きくゆらぎ始める。上海行を共にした格別の親友である石井安一一家と別れて里村が東浪見村へ転居したのは、文戦派の仲間から意図的に距離を置こうとしたものである。しかし、徴兵忌避の自首に至るにはまだ逡巡の時間が必要であった。

「――思想は捨てたが、詐欺師にはなりたくなかつた。兵六［里村］は、まだ一度も転向を声明したことはなかつた。また友人たちに、動揺してゐる気持を訴へたこともない。だが、彼が千葉県の海岸で逃避の生活を送つてゐる間に、兵役関係を清算して更生しようと考へた時から、彼の思想は変つてゐたのだ。」（『第二の人生』第二部）

里村のこの東浪見村への隠遁のことに触れた作品に、葉山嘉樹の「慰問文」（『文芸』昭和十三年十月号）がある。のち日中戦争に応召した里村欣三（作中「定村銀三」）に宛てた手紙の形をとった作品であるが、その前半部分で「半年も一年もどこにゐるか分らないやうに、行方をくらましてしまつて、ひどく僕を心配させた」こと、「やうやく探し当てて見ると、千葉の辺僻な海岸で、漁師と一緒になつて、鯨と格闘をやつて、生捕つたなどと云ふ、ひどく楽天的な、原始生活をやつてゐた」ことが書かれている。プロレタリア文学運動時代に、「諸君」と呼びかけたまま講演会で立ち往生した里村、苦闘する「支那ソバ屋」時代の里村を描くことにより、どういう経緯の中で里村欣三が徴兵忌避の自首に至ったのかを知る葉山の、里村への哀惜と痛苦の思いに満ちた作品となっている。

2　満洲事変特派体験

昭和六年十一月下旬から十二月にかけて改造社から派遣された満洲事変報道従軍について、「里村は、改造社にゐた水島［治男］氏に頼んで、満洲へ改造特派員となつて行つた。これが、彼の戦争に対するある種の心理的変化のきつかけだつた。彼は帰つてくると、逃亡兵として自首することを考へ始めた。」（『自伝的交友録・実感的作家論』）、「北支満洲の鉄道沿線に駐屯している国軍訪問の旅のことから思いかえした。彼の気持は、このときから鳴動をはじめたのだった。」（『鉄の嘆き』）、とする平林たい子の見方がある。

この満洲事変を作品背景にした「苦力監督の手記」、これは徴兵忌避を自首した直後の昭和十年七月号『文学評論』に発表された小説であるが、この作を指して「徴兵忌避の清算から一兵卒への道は至近距離だった」と見る澤正宏先生の見解（前述「里村欣三の文学――徴兵忌避をしたプロレタリア作家から一兵卒への道――」）がある。

里村自身も、ずっと後年の「閣下」（『知性』昭和十八年三月号）という作品において、「わたしはある雑誌社から派遣されて満洲事変に従軍しましたが、まだその時にはその思想を十分に清算しきつてはゐませんでしたが、満洲の凍野で戦はれた皇軍の勇戦ぶりや、当時の張学良政権が在留邦人に加へた圧迫や、不法にも日本の国家的権益を蹂躙した実例など、そんないろんな事実を見るにつけ、聞くにつけ、わたしの精神には非常な動揺と苦悶が生じました。満洲事変の前年の秋には、わたしは東北地方の凶作地帯を見て歩いたのですが、（中略）その翌年、満洲事変の勃発とともに、わたしの従軍したのが、この凶作地帯の壮丁をあつめた多門師団でありました。そしてわたしが吃驚したり、感心させられたりしたことは、この凶作地帯を郷土とする兵隊さんたちが、郷土を襲つてゐる冷害のことなど念頭になく、零下三十度の北満の雪原で戦つた壮烈な姿でありました。」と述べている。

里村欣三の「北満の戦場を横切る」（『改造』昭和七年一月号）、「戦乱の満洲から」（『改造』昭和七年二月号）はこの満洲事変特派のルポで、前者は支那民衆の無言の抵抗、「鉄道戦争」というべき満鉄の活用と沿線支配の限界、満洲から駆逐される朝鮮人小作人等のルポ、後者は戦乱直後のチチハルと沿線の状況、中国人避難民への同情等である。軍に付き従う位置からの観察ではあるが、戦乱の状況を非常によく見ている。反戦的ではないが、また軍に対する親和性を指摘することも難しいのである。

その中で「戦乱の満洲から」に描かれた、奉天から軍用列車に便乗して新民屯に向かった車中の出来事が目を引く。そこで里村は伝書鳩をかわいがる若い通信兵にこう尋ねる。

「『あんたのやうに、そんなやさしい心掛をもつてゐる兵隊さんでも、支那兵が殺せますか。……』（中略）兵隊さんは、不意に押し黙つて不機嫌な白眼をした。私は「しまつた」と思つて、かう言ひ直した。

『いや、卑怯な意味ぢやありませんよ。あんたのやうに優しい心の兵隊さんでも、いざとなれば支那兵を散々ぶち殺すでせうね……』

『はツ、勿論です。（中略）戦争となると、こつちが相手を殺さなければ、相手から殺されますからね。恐いとも、可哀さうとも思つちやいられない、必死な気持でありますツ！』

私はこの時、四洮線を南下する車中で、ある中年の将校が「社会主義者は怖るゝに足らない。南嶺の戦闘で平生から行動を監視されてゐた社会主義者が、軍の先頭に立つて勇敢な働きをして戦死した。彼等は喰ふ手段のために社会主義者になつたので、いざと言ふ場合には、やはり一死報国の精神に返へるんだ。なアに、日本の国民精神の中には、伝統的に根強い愛国心がひそんでゐるからのウ。……」と、言つて車中を響かせるやうな笑ひ聲を立てたのを思ひ出した。

私はその社会主義者が、どんな心持で攻撃の先頭に立つて戦死したのか知らない。が、私はもう一度、車中を響かせるやうに笑つた将校の考へとは、別な理由を頭に描きながら、鼻の赤い通信兵の顔を見上げた。

『内地の出身地はどちらですか?』

『青森です。』

私は青森と聞いて、新聞で知つてゐる北海道や青森地方の凶作の話をした。若い兵隊さんは吃驚したやうに、私の顔をマジマジと見つめてゐたが、直ぐ外つぽを向いた。」(「戦乱の満洲から」)

「こつちが相手を殺さなければ、相手から殺されますからね。」と若い通信兵が答えた時に思い出した、社会主義者の戦死に対する中年将校の「一死報国」的な解釈。それとは違うどういう「別な理由」をその時里村は頭に思い描いたのだろうか。若い通信兵と同様に、殺さなければ殺されるという現実を是認したのか、帝国主義戦争に駆り出された社会主義者の絶望的自死を想像したのか、あるいは後年「閣下」で述べたような、この若い通信兵の故郷の農村の惨状を超越した「無私の精神」と同じものを社会主義者の戦死に想像したのだろうか。頭に描いた「別な理由」は明らかにされていないが、いずれにしてもこの満洲事変ルポにおける里村欣三の問いはまっとうである。

3 「苦力監督の手記」

満洲事変特派の体験から三年余の発酵期間を経て、徴兵忌避の自首直後、昭和十年七月号『文学評論』に「苦力監督の手記」という三十二ページの小説が発表された。昭和六年末の満洲事変特派の体験をもとに、奉天や四平街を背景に満洲事変の戦乱下の日本人と中国民衆を描いた小説であるが、徴兵忌避の自首前後の、分裂する自己＝里村の抱えた問題意識が表現されている。

「苦力監督の手記」中には、自主規制と思われる「……」の伏せ字箇所が多く見られる。概要を紹介すると、主人公である俺＝水谷は、渡満して十二年、今は奉天の江口組で、「小使とも苦力の世話役ともつかない仕事にコキ使はれて五年になる」労働者で、平康里《ピイカンリ》の娼婦金鳳蘭に「首つたけに惚れてゐ」る。銃声とともに満洲事変勃発、飲み仲間が在郷軍人として出動する。俺はこの一週間、落ち着いて眠った日などない。皇姑屯で苦力が「いつになつたら、戦争が済むんだらうね？」と尋ねる。俺は彼等が毎日の銃声を「一体どんな心持で聞いてゐるのだらうか！」と考え、彼等の「腹の中をたち割りたくって、むづむづ」する。おやぢたちは今、戦争を中止されて堪まるかい、と嘯く。仲間の野上は便衣隊に撃たれて負傷していた。

おやぢに命じられ、俺は四平街で四十三人の苦力を一週間かかって集め、「バラックの兵舎を建てるため」、凍える無蓋車で通遼の白音太来《パインタライ》に来た。「全身が石のやうに麻痺してゐた」。そんな状態で苦力を働かせるのは不可能であった。おやぢにそれを言うと、おやぢはかんかんになって「貴様は何か言ふと、直ぐ支那人に同情しやがる。そんなことで仕事になると思ふか、馬鹿！」と怒鳴る。俺は「顔に漲る不満の色が隠せなかつた」が、凍え空腹な苦力に働くことを命じる。三日目の早朝、苦力たちは逃走していた。俺はおやぢから「貴様には、この非常時が解らんか。」と、革手袋のまま眼の眩むような「往復ビンタ」を喰わせられた。

数日後、民會の布施老人が洮南から八人の苦力を連れて来た。「よく気をつけて、見張つてゐないと、また逃げ出してしまふぞ」と言って預かった苦力。俺はピストルを握り締めて苦力たちと倉庫内で宿泊した。夜更け、倉庫の外で兵隊の出動する物音、苦力が騒ぎ始める。外では激しい爆音が聞こえる。一瞬の静寂の後、苦力が俺を襲って来た。闇の中の乱闘、しばらくして兵隊が駆けつけて来た。「俺は生れて始めて、ふるひつくやうな嬉しさで、日本語の発音を聞いた。救はれたと思つた。」一人の苦力が死に、雪の上に丸裸にされた苦力を訊問する。お願いだから帰らせてくれ、という苦力に「俺は親方《ジャンクイ》ぢやない。お前達同様、親方に使はれてゐる身體だ。俺の自由にはならないんだ」というが、苦力は「嘘だ。俺たちと同じに使はれてゐる人間なら、………」と反論する。「馬鹿ツ！ お前たちとは、訳が違ふ。俺は日本人だから、責任と義務があるんだ。何も俺一人の損得でこんな、仕事をしてゐるんぢやないぞ。」一人の苦力が「ぢや、お前も兵隊なんだらう。お丶ツ、怖い！」と叫んだ。

俺は苦力の補充をつけるため奉天に帰ることになった。鄭家屯から四平街行の列車に乗り換えたときのことだ。車内へ入っていくと中老の百姓が俺に席をあけて、「どうぞ、おかけなさい。」と言う。「俺は厭な気がした。事変以来、急に支那人の腰が低くなつたのは事実だが、こんな風にあけすけに好意を見せられると、感謝よりも嫌悪が先きに立つた。百姓のにやにやした笑顔までが、作り笑ひのやうな気がして、癪だつた。」

その百姓の前に、乳飲み子と五歳位の男の子を連れた真っ青な顔をした小柄な百姓女がいた。戦争で追われて逃げるうち亭主とはぐれてしまった上に、大砲の音で吃驚して、乳があがってしまったとのこと。俺は三江口のホームでパンを買い、牛乳がなかったので守備隊の屯所で湯と砂糖を貰い、コップにまぜて女に差し出した。女は俺を睨みつけながら「いらない！」と言い、子どもが出した掌をピシャと叩きつけた。俺は「車内の支那人から、ぢろぢろ顔を見られるのが苦し」く、引っ込みがつかなくなり、パンと砂糖水を「疾走中の車外に投げ捨てた。「犬にでも喰はれろ、畜生！」あ丶、俺がどんなに支那人を愛してゐるか、金鳳蘭だけは、俺の心持をよく知つてゐてくれる筈だ。俺はさう考へ、自らを慰めやうとした。果敢ない自慰だ！」

夜半、奉天へ着いた俺は金鳳蘭の愛情が欲しくて平康里へ東洋車《トンヤンツア》を走らせた。ところが金鳳蘭は、にこッともせず「お前は嘘つきだ！　お前は……［兵隊］ぢやないか。わたしは外の女とは違つて、……が大嫌ひな性分さ！」と言う。「俺は怒るより、泣き出したくなつてしまつた。はつきり……ないと言ひ切れなかつた。」金鳳蘭はさらに「お前のやうな碌でなしは、日本人の社会では大手をふつて威張れないものだから、自分たちより弱い、貧乏な支那人の中へまざり込んで、虚勢をはりたがるんぢやないか。」と畳み掛ける。「俺は、何か抗弁しようとして口を動かしたが、唇だけがふわふわと痙攣して、一口も言葉にならなかつた。」

このように結ばれて「苦力監督の手記」は終っている。

満洲事変に出動する軍への無批判、苦力に同情し「おやぢ」に不満を持ちつつ中間支配者として彼等を使役する立場、助けに来た兵隊に「ふるいつくやうな嬉しさで、日本語の発音を聞いた」り、「俺は日本人だから、責任と義務があるんだ」と苦力に反論する言葉など、この部分だけを見れば「一兵卒への道は至近距離だった」という澤先生の見解も成り立ち得るかも知れない。

けれども、「同じ使われている人間」、「お前も兵隊なんだらう」と言う苦力からの批判、「兵隊は嫌いだ」と言う金鳳蘭、お愛想笑いの中で席を譲ろうとする中老の百姓、パンと砂糖水を拒否する避難民の女、こういうところを読み込んでいけば、支配し侵略する自己の民族的立場、社会的立場と、中国人が好きだという個人的な感情との相克、分裂の中に立ち尽くす里村がいることが判るのである。「唇だけがふわふわと痙攣して、一口も言葉にならな」い自分、立脚すべきプロレタリア階級的立場を喪失しながら、なおまっとうに自問する姿がここにある。その意味で、この徴兵忌避の自首前後に書かれた「苦力監督の手記」は確かに一つの分水嶺に位置する作品ではあるが、この時期をもって「一兵卒への道は至近距離だった」ということはできない、と思う。

思想は生活の変化、状況の変化、認識の変化により変わるし、変わってよいものであるから、里村欣三の思想が昭和六年末の満洲事変特派の時点で、あるいはこの「苦力監督の手記」が書かれた徴兵忌避の自首前後の時点で変化して、プロレタリア階級的な視点の間に軍国主義的な言説に対する無批判、容認が紛れ込んできたとしても、それは大いにあり得ることである、あってもよい、というのが私の見解、立場である。たとえそれが軍国主義的な立場への変化であったとしても、ある種の教条、規範によって善悪正邪を決すべきものではない。自問する姿こそ大切である。

この「苦力監督の手記」に続いて発表された作品「九十九里ケ濱スケツチ」(『社会評論』昭和十年八月号)は、葉山嘉樹の作品(「山間の峡流地帯」)と並んで同時に掲載された最後のものであるが、里村の思想がどのように変化しつつあったにせよ、描き出された漁民へのまなざしは、プロレタリア文学時代盛期のものと何ら遜色のない辛辣さと愛情に彩られているのである。

4　徴兵忌避を自首

昭和十年四月、妻の実家のある福岡県八幡市に行き妻子を預け、自分は岡山市伊福清心町三〇五に移り住んだ。そして四月末、岡山の第十聯隊に徴兵忌避を自首して出た。

「僕はこゝ一ケ年の熟慮の結果、徴兵忌避になつてゐる兵籍関係を清算する決心で、僕の故郷へ帰り、自首して出た。ところが、僕は十四五ケ年行方不明、居所不明のまゝ、僕の親戚が、失踪宣言の

徴兵忌避自首後、再検査、入営の後再上京する途次、信州赤穂村に葉山嘉樹を訪ねた時の写真（昭和十年十月二十日頃）。後列立っているのが里村。前列右葉山嘉樹、左は葉山を支援した小出小三郎。中は里村の長男。（『葉山嘉樹全集第三巻』昭和五十年六月二十五日、筑摩書房）

手続を取り、僕は「死亡」となつて戸籍から廃除されてゐた。それで滑稽なことに、戸籍のない死人に、陸軍刑法が通用されないといふ矛盾が起つて、今、失踪宣告の取消しが、先決問題となつてゐる。（中略）千葉の田舎へ落ちこんだことが、僕にこの決心の拍車にもなつたし、警察のおせつかいも亦非常な手助けになつてゐる。（中略）あらゆる嘘と偽りでカモフラージした生活では、本当の文学は生れないし、第一に子供たちに対する責任が済まない。あれやこれ、色々に考へた末に、敗北的だが、その筋へ自首して出ることにしたのだ。或ひは、君を怒らせることかも知れない。だが、僕にはかうするより仕方がなかつたのだ。とに角、善悪、良否、そんな風な比較的な問題を、遥かに超えた、僕にとつて、生死的な問題なのだ。」（昭和十年五月一日付里村欣三の葉山嘉樹宛手紙、『葉山嘉樹』浦西和彦、昭和四十八年六月十五日、桜楓社）

その後、失踪宣告の取消しが先ということで、「五月十三日岡山区裁判所失踪取り消し、五月二十七日失踪取り消し登記」（加子浦歴史文化館資料「里村欣三年譜」）、七月八日徴兵検査（再検査）を受け、「第二乙種合格、第一補充兵に編入される予定」（昭和十年七月十日付里村欣三の葉山嘉樹宛手紙、前述『葉山嘉樹』）で、「八月中には上京できると思ふ。その時には何を措いても、中央線に乗つて、君の村へ一先づ飛んで行くつもり」（昭和十年五月二十七日付里村欣三の葉山嘉樹宛手紙、同）であったが、七月二十一日、「「上京するつもりで、親類廻りして帰つて見ると、聯隊区から輜重特務兵として入営通知が来てゐた。八月十二日入営の予定になつてゐるが、これで二ケ月ばかり上京が延びることになつた。懲罰の意味が含まれてゐるのだらう」と里村から云つて来た」。（広野八郎宛葉山嘉樹の手紙、『葉山嘉樹全集』第六巻、昭和五十一年六月三十日、筑摩書房）

「岡山輜重兵第十七大隊に特務兵として入隊、五十五日の教育を受けた」（「或る左翼作家の生涯」堺誠一郎）後、十月二十日頃、里村はようやく心待ちにしていた葉山嘉樹を信州赤穂村に訪ねて二泊、再び文学を志して上京、世田谷区太子堂三〇六に居を定めた。

「文学では絶対に食つて行けさうな根拠がない。しかも私は文学を志して、遙々上京して来たのである。文学を捨てゝも食へる道を発見できないし、同じ食へないなら、先づ手近かな「文学」から、といふ絶対《ママ》絶命の淵からである。」（「文学で食ふか・食はれるか」、『文芸首都』昭和十年十二月一日号、黎明社）

という背水の陣の上京であったが、創作を発表する場はほとんどなかった。

「高津正道氏が請け負って来た偉人伝の一枚四十銭にもならぬ下請け原稿を書いたり、日雇い人夫として働いたりしたが、生活は依然として苦しく」（「或る左翼作家の生涯」）、翌十一年十月頃には家族とともに郷里の旧岡山県和気郡福河村寒河に帰り、親戚である中日生の古松清数氏の離れに住み、三石索道や広瀬耐火煉瓦で土工、煉瓦工として働くことになる。

「高津正道氏が請け負って来た偉人伝」というのは、中西伊之助の『愛の教師』（奥付と背文字名は「仲西伊之助」、昭和十一年五月五日、章華社）のことで、その序文に「この稿は「無知の犠牲」「櫓の音も悲し神龍湖」の二篇を本会同人、前川二亭［享］氏が執筆されたことをつけ加へて置きます。」

とある。

この間、昭和十一年二月、葉山嘉樹が第十九回衆議院議員選挙で岡山の黒田寿男（岡山地方無産団体評議会、当選）の応援に行き、その後東京に帰着した時、里村とともに「二・二六事件」に遭遇した。「里村が帰つて来て、これ又、「大変だぞ」つて云ふ。」、翌二十七日には「改造社へ見舞がてら里村と行つて見る。」（『葉山嘉樹日記』）とある。

その前々夜の二月二十四日には小堀甚二が里村方に宿泊している。小堀は当時、麻生久の社会大衆党の党員だったが、麻生が軍部ファシストや右翼団体と結んで侵略政策に協力的だったため、内部に反対派を作り、党外の加藤勘十の選挙（東京五区、日本労働組合全国評議会、当選）を応援し新党（後の日本無産党）結成の準備をしていた。その打ち合せの「豚汁会」が選挙違反で挙げられ、出獄後身元引受人となった里村方に宿泊していたのである。（『妖怪を見た』小堀甚二、昭和三十四年七月五日、角川書店）

昭和十一年七月三十日、労農無産協議会の呼びかけにより新宿白十字で「人民戦線懇談会」が開かれ、労農無産協議会側からは加藤勘十、小堀甚二、高津正道、中西伊之助等十数名、文化運動者側からは戸坂潤、青野季吉、前田河廣一郎、平林たい子、里村欣三、今野賢三、宮地嘉六など計百余名が出席。加藤、中西の挨拶の後、青野、戸坂ら八人がスピーチを行い、「いづれも日本に於ける人民戦線確立の必要なることを力説」したことが記録されている。（「人民戦線懇談会」中西伊之助、『セルパン』六十七号「学藝ニュース」欄、昭和十一年九月一日、第一書房）

徴兵忌避を自首した後も、里村欣三のプロレタリア的な階級意識はなお保たれて、労農無産協議会の反ファッショ人民戦線運動に参加していたことが認められるのである。

5　失意の故郷

昭和十一年十月十七日の『葉山嘉樹日記』。

「里村からハガキ、岡山の寒河村にて煉瓦工をして日給一円をとつてゐると。草疲れ切つて、口を利くのも、いやだと書いてあつた。あゝ！」

再度の上京も失敗して文学活動の場を失い、故郷の旧岡山県和気郡福河村寒河に帰った里村欣三の生活、とりわけ精神的な側面は抜き差しならないほど、追い詰められ厳しいものだった。

「彼の思想はすでに、この五六年来の非常時局の重圧に堪へかねて、微塵に破砕し尽くされたものであつた。思想の破産は同時に、生活の破産であり、その頃彼の故郷への逃避がはじまつたのである。しかし少年時代を慈しみ育んでくれた故郷の風物も人心も、彼には冷めたかつた。その冷めたさも、まだ故郷に馴染のある彼には忍べた。だが、爪の垢ほども兵六の故郷に馴染をもたない妻子には他人のやうによそよそしく、しかも敵意のある眼は、忍び難い痛さであつた。二人の子供たちは東京へかへることをせがむし、あらゆる機会にあらゆる手段を尽くして、故郷の人たちに接近して迎合につとめた妻も、そのあらゆる手段と計画に敗れてしまつてからは、薄暗い一間に閉じ籠つたきり、外へ出て陽を仰ぐことも、人々に顔を合はせるのも厭がつた。（中略）この妻子を雄々しく外敵から護らなければならない父の兵六は、外へ出て行つて村人の前で、恥も外聞もなく、意気地のない捕虜のやうに自ら進んで、己れの武装を解除してゐるのだつた。思想の鎧を脱ぎ、イデオロギーの太刀を手渡してしまひ、最後には身につけた襦袢や肌着まで脱いでしまふのであつた。まだこれだけでは足りないと考へて、おまけのつもりで凡ゆる場合に妥協し、追従し、屈服し、恥辱は甘受して恥ぢないのだつた。（中略）兵六は村の人々に、生きながら捕捉された捕虜であつた。」

「兵六はまだ就職して三月にしかならない、この地方の特産である耐火煉瓦の工場を、いきなり罷めてしまつた。そして（中略）酔ひのまはつた頭で、やけくそな計画を立て始めた。また妻子を引きつれて、どこか見知らぬ土地へ放浪して行く考へであつた。」（『第二の人生』第一部）

そんな時ふと里村欣三に訪れた九州行は、里村にとって、一面では心安い仲間が集まったひと時のやすらぎの旅でもあったのではないだろうか。昭和十二年四月下旬のことである。これは同月三十日投票の第二十回衆議院議員選挙で福岡二区日本無産党の三浦愛二（次点落選）を応援するためであった。『葉山嘉樹日記』には、四月二十五日「鶴田知也、伊藤永之介来る。（中略）九州へ直行」、同二十六日「八幡に着く。それより四月二十九日まで三浦愛二応援の為演説又演説、声をからした。中西伊之助、三輪盛吉君も来てゐた。里村岡山より来る。」とあり、五月一日、葉山の故郷豊津村に行き、前年「コシヤマイン記」で芥川賞を受けた鶴田知也の生家で宿泊、三日、『福岡日日新聞』に里村、葉山、伊藤、鶴田が原稿を書いて帰りの旅費を捻出した。

葉山嘉樹、中西伊之助とは一年振りの再会であった。この後、昭和十二年七月七日、蘆溝橋で日本軍北支那駐屯軍と中国国民革命軍との武力衝突が起り、里村は召集され二年半に亘り中国戦線に従軍することになる。

一方中西伊之助は同年十二月十五日の第一次人民戦線事件で検挙され、二年間の拘置所暮らしを強いられる。

司法省刑事局の内部資料『思想資料パンフレット特輯第一二号』（昭和十五年四月刊、『昭和思想統制史資料第五巻（人民戦線事件篇2）』一九八〇年一月十九日、生活社に収載）の「日本無産党日本労働組合全国評議会関係治安維持法違反事件予審終結決定」には、中西伊之助が「昭和十二年四月施行セラレタル衆議院議員選挙ニ夫々被告人加藤及鈴木茂三郎、三浦愛二其ノ他ノ同党公認候補者ノ応援演説ニ努ムル等諸般ノ活動ヲ為シ以テ「労協」（日本無産党）ニ加入シ其ノ目的遂行ノ為ニスル行為ヲ為シ」たことが検挙理由の一つとして挙げられている。加藤勘十、荒畑勝三、鈴木茂三郎らとともに、里村の親しい友人小堀甚二、高津正道もこの時検挙された。小堀は一時逃走したが、彼らが検挙されたのは昭和十一年七月三日結成の労協（労農無産協議会＝加藤勘十委員長）の結成委員であり、その後身日本無産党（昭和十二年三月十一日発足）の指導部であったからである。同じ三浦愛二を応援しながら里村欣三や葉山嘉樹が検挙されなかったのは彼らが労協（日本無産党）の政治指導部にいなかったためである。

このように人民戦線事件は、労協＝日本無産党および向坂逸郎や大森義太郎、大内兵衛、脇村義太郎、宇野弘蔵、美濃部亮吉らの教授グループ等を一網打尽にした事件であった。山川均の流れを汲む〝労農派〟の、その労働者階級の立場に立った変革理論は、国体を変革し私有財産制を否定する目的を持ったマルクス主義理論である。従ってこうした目的を裡に秘めた反ファッショ人民戦線運動は治安維持法第一条に違反する「結社」の運動であり、これに加担した者は「情ヲ知リテ之ニ加入シタル者」であり、処罰の対象とされたのである。こうした司法当局の理不尽な論理により、日中戦争開始の状況下、反戦・反ファシズムの運動が押しつぶされ、合法左翼政党までが解体させられていった。「労農派、日本無産党、全評が総検挙を食つたのである。何が何だか分らない。」（『葉山嘉樹日記』昭和十二年十二月二十二日の項）というのは、葉山嘉樹一人の感想ではなかった筈である。日本無産党とは直接の関係がなかった青野季吉等も労農派の一人として翌十三年二月一日に検挙されている。

このように、昭和十二年四月下旬から五月初めにかけての八幡、豊津行は、一つの歴史的な結節点であった。文芸戦線派、労農派としてプロレタリア文学運動を共に進めてきた人々の、集団としては最後の共同闘争となってしまったが、里村欣三が昭和十一年七月三十日の労農無産協議会の「人民戦線懇談会」に中西伊之助や高津正道、小堀甚二、青野らと参加していたこと、昭和十二年に日本無産党の三浦愛二を応援したことは、里村がこの時点でまだ反ファッショ人民戦線の側にいたことを示しており、十分に記憶されていいことである。徴兵忌避は自首したものの、そのことをもって「転向」したとは言えないのである。

第15章　中国戦線従軍と転向——戦場で兵士としての自分を見つめ直す

1　日中戦争に応召

昭和十二（一九三七）年七月七日夜、北京の西南盧溝橋で起きた日本軍と中国軍との軍事衝突は、小競り合いの後拡大し、七月二十七日、内地三個師団（第五、六、十師団）と朝鮮軍から第二十師団の動員派遣が決定された。

第十師団（師団長磯谷廉介中将）歩兵第十聯隊（聯隊長赤柴八重蔵大佐、のち毛利末広大佐＝約三、七〇〇人）は大正十四年五月、駐屯地を姫路から岡山に転じていたが、この第十聯隊の本部直属通信隊輜重兵（有線第二小隊）として里村欣三（前川二享）は召集を受ける。兵種官等級は「輜重特務二等兵」で、主な任務は馬匹による通信機材及び通信兵の糧秣の運搬、そのための軍馬の世話であり、付随的に通信線の延伸敷設、保線、小戦闘、守備等の任務が行なわれた。通信隊隊長は乗越儀一少佐、小隊は第一から第三まであり、里村の属した第二小隊の長は畑欽二少尉である。里村の作品『第二の人生』三部作（河出書房）では「乗切部隊長」、「旗小隊長」として描かれている。

ここでは里村欣三（前川二享、作中人物名＝並川兵六）の中国戦線従軍の足跡について、初めに大要を紹介し、その中から幾つかの問題を抽出して振り返ることにする。召集以後、昭和十四年秋までの間、里村は二年半に亘って華北、華中を転戦することになるが、走破範囲は驚くほどの長距離で、しかもその殆どが徒歩による行軍であった。

2　転戦と関心のありどころ

里村欣三の応召時期については、『赤柴毛利部隊写真集』（昭和四十七年一月二十七日、山陽時事新聞社）に「戦時編成岡山歩兵第十聯隊野戦隊　昭和十二年七月二十七日動員下命　同年八月七日動員完結　同年同月八日出征」とあり、七月二十八日には里村のもとに「充員召集令状」（いわゆる赤紙）が届いた。

「令状の赤紙を受取つた二日目には、応召地へ着いてゐなければならぬのである。彼は後に残して行く妻子に生活の方針を授ける暇もなく出発しなければならなかつた。」（「里村欣三著「第二の人生」小堀甚二、『文学者』昭和十五年六月号）

加子浦歴史文化館資料「里村欣三年譜」によると、「姫路第十師団通信隊第二小隊第二分隊に配属。岡山真備高女で結団式。八月十日神戸港出発」で、八月十五日には、天津に近い渤海湾の太沽《タークー》に上陸している。以後、泥濘の中を津浦鉄道に沿うような形で戦闘を続け、翌昭和十三年三月の台児荘の闘いで戦線が膠着、微山湖を越えての徐州会戦後、隴海鉄道に沿って開封、鄭州方面に迫ろうとしたが、十三年六月、蔣介石が黄河堤防を決壊させたことにより前進できなくなった。この頃から眼に見えて兵隊に疲労の色が濃くなってきた。

「兵六［里村］の下痢も癒つてゐなかつた。食欲を喪つて、益々痩せ、益々頻繁な下痢がつづいた。出すものがなくなると、血便が出た。誰も彼れも痩せて、眼を落ち窪ませてゐた。（中略）大陸へ出征してから、間もなく丸一年になるのだ。あらゆる困難に堪へた野戦の兵隊に、やうやく疲労の色が見えて来たのではないだらうか？　それに、徐州攻略戦の四ケ月に亙る連日連夜の苦闘——ひきつづき機動作戦の強行！　毎朝、医務室へ整列する診断患者の数は、殆んど部隊の過半数を超えてゐた。」（『徐州戦』昭和十六年五月十五日、河出書房）

黄河決壊による大洪水のため作戦が変更され、蚌埠から盧州を目指し石ころの多い禿山の高地ばかりを選んで進んだ。里村はアミーバ赤痢に苦しみ、盧州に入る直前には眼暈いがして倒れ、車輛の下敷きになった。

昭和十三年八月二十二日、大本営は武漢三鎮攻略を下命、部隊は信陽から漢口へ浦信鉄道沿いに進撃した。九月、六安を過ぎたあたりで里村は脚気を併発した。

昭和十二年夏、中国戦線出征前の写真（備前市加子浦歴史文化館所蔵）。前列妻ます枝さんと長男、長女。後ろ中央里村欣三、右端の方は未詳。

「馬を曳いて歩いてゐると、両手がゴム毬のやうに腫れるのだ。しまひには指先を曲げるにも、手套を脱ぐにも、相当に苦労しなければならなかつた。肉の削げてゐた顔が丸々と張り切つて、笑つても顔が仮面のやうに重たくつて、表情が動かなかつた。絶えず尿を催して、真白に濁つた尿に血がまじつてゐた。」（『徐州戦』）

「敗残兵が飛び出さうが、夜にならうと、そのまま畑の中で死んでしまはうと、「何もかも一切合切――命までもうつちやつてしまつて」休みたい」（『兵の道』）ほどに精魂尽き果てて、固始に入ったところで、里村欣三はついに強制入院の命令を受けて部隊から脱落した。

「野戦病院で診断を受けた結果は、脚気とマラリヤと大腸炎であつた。（中略）やがて部隊は光州を目指して（中略）行進を起した。兵六はつひに、部隊から取り残されたのである。」（『徐州戦』）

「並川［里村］はこの追撃行軍中に、脚気とマラリヤと下痢と、念入りに三つの病気を背負つて落伍し、固始の野戦病院へ収容されてしまつた。（中略）約十日間ほど固始の野戦病院で手当を受けてゐた。（中略）患者たちは葉家集へ着くまで、焼け爛れるやうな九月の炎天下を自動貨車の上で揺られながら、［敵襲におびえ］緊張して固くなつてゐた。葉家集で三四日休養させられると、更に六安の病院へ、それから蘆州の病院へと転々と後送された。蘆州では約半月入院してゐて、やがて開通したばかりの淮南鉄道で裕溪鎮へ運ばれ、発動機船で揚子江をわたつて対岸の蕪湖の病院へ送りこまれた。（中略）並川は蕪湖から更に鉄道で南京へ後送されて、やつと彼の旅路に終止符が打たれた。」（「補給」、『文芸春秋』昭和十九年六月号）

昭和十三年十二月、三カ月の入院の後南京の陸軍病院を退院した里村は、北支石家荘に転進していた原隊を追求、「蚌埠から徐州へ、徐州から済南へ、済南から北京、更に石家荘へと貨車や客車で運ばれて」原隊に復帰した。「昭和十三年の暮から約三ケ月ほど石家荘郊外に待機を命ぜられ」（「補給」）、昭和十四年三月、南下して順徳に移駐、以降自給自足を基本とする生活が始まった。十四年七月から八月にかけて太行山脈中に蟠居する朱徳麾下の共産党八路軍を追っての四十日にわたる掃蕩戦に参加、これが最後の戦闘であった。

この間、里村欣三の妻ます枝さんは、「干渉のはげしい」里村の故郷旧岡山県和気郡福河村からプロレタリア文学時代の友人を頼って東京に戻り、杉並区阿佐ケ谷に「友人の世話で借りて貰つた借家で、扶助は無産党の――これも昔の知り合ひの区会議員の手を通じて、区役所から受けてゐた。」（『第二の人生』第二部）

「彼女は私の留守中の生活を二年半に亘つて、国家の扶助を受けながら、夏はプールの脱衣場の世話係をして働き、プールのない時期は編物と縫物の内職をして、かつかつな状態で二人の子供を養つて来たのだ。」（「戦争と影」、『新潮』昭和十五年七月号）

「だが、彼が千葉県の海岸で逃避の生活を送つてゐる間に、兵役関係を清算して更生しようと考へた時から、彼の思想は変わつてゐたのだ。兵六のこの心持が、妻に分らない筈がなかつた。」「兵六には『思想と友情』を二つのものに切り離して、考へることは出来なかつた。」「まだ兵六には昔の友人の思想を、敵にまはすだけの対蹠的な思想的立場をはつきり摑んではゐなかつたが、しかしかつての思想を捨てたものが、かつての思想的な友人の友情にだけ縋るといふ手はなかつた。だが、彼の妻は、その友情に縋つたのだ！」「兵六は思想を捨てる前後から、その信念にはげしい動揺を来してゐた。そして、何物かを、このはげしい時局の動きの中から摑み取り、人生更生の足がかりにしたいと焦つてゐた。」「だが、俺は乞食ではない。まだかつての友人の憐憫の袖の下へ庇はれるには、早過ぎるのだ。新しい時代の精神を摑んで、もう一度起ち上がりたいのだ。そしてはつきりと過去の思想を否定して出発した場合には、明らかにかつての友人の敵対者として現はれなければならないだらう。毒にも薬にもならない、哀れな思想的虚脱者として、友人の庇護の下に妻子を生かして置くに忍びないのである。」（『第二の人生』第二部、傍点原文のママ）

昭和十二年十月、山東省の徳州近くの陵縣で、杉並区阿佐ケ谷への上京や消息を伝える妻からの手紙を受取った里村欣三は、「頭を掻き捲つてのた打ち廻はりたい」気持で、「妻の手紙を引きちぎりたい衝動を持て餘しながら、凝つと窓の外を見てゐた」（『第二の人生』第二部）のである。

どのようにして「人生更生の足がかり」、「新しい時代の精神を摑」むのか、泥濘と焼けるような陽射しの戦場で苦しみながら、里村欣三の関心は常にそこにあり、そこに絞り込まれてしまっていた。

3　ケガと召集解除

里村欣三の召集解除時期について、「在郷軍人名簿（和気郡福河村）」に「11月3日病解」とあるところから、「昭和十四年秋、戦場で病を得てようやく召集解除になり、」（「或る左翼作家の生涯」堺誠一郎）という風に言われるが、これはやや誤解を招く言い方である。実際は病気ではなく事故であり、聯隊の召集解除に遅れて除隊している。

『歩兵第十聯隊第一中隊　支那事変行動概要』（一中隊白山会、昭和四十一年八月二十一日）という孔版の資料は、里村の属した歩兵第十聯隊の内、第一大隊第一中隊の中国戦線における詳細な行動記録であるが、ここに次のようにある。昭和十四年のことである。

九月三〇　石家荘乗車　一九時五〇分発車、京漢線南下（中略）
十月四　十時二十分青島駅着、宿舎鉄道中学校に入る。
　五～六　青島市内見学、乗船準備
七　十四時全員乗船完了、同三十分出航（中略）

一三　七時宇品上陸、乗車、（中略）二〇時十七分岡山駅着　二三時原隊屯営帰着（中略）
一七　歩十合同慰霊祭　岡山市公会堂にて執行
二〇　第一次召集解除者除隊（中略）
二四　第二次召集解除者除隊（中略）
二五　復員完結

詳しい行程は省略したが、歩兵第十聯隊は昭和十四年十月十三日に広島の宇品港に上陸帰国し、召集解除は同十月二十、二十四日に行なわれている。里村欣三はこの帰国途上の山東省青島で左足甲を骨折負傷し、現地の病院に入院することを勧められたが「泣かぬばかりに悃願」して聯隊とともに帰国、姫路の陸軍病院に入院し、聯隊の召集解除に遅れて十一月三日召集解除、しかし実際の退院は十一月末であり、「同じ日に帰還した戦友たちはもう四十日も前に除隊になつてゐるのだつた。」（「悔恨」、『知性』昭和十六年六月号）。この退院申告のとき、上等兵進級の命令を受けている。

いま部分的に引用した里村の作品「悔恨」は、この事故の顚末と戦闘で負傷した兵へのひけめ、退院後福河村に帰村するのを暗くなるまで躊躇する心情を書いた佳作であるが、事故に関する部分だけを簡単に紹介しておく。

帰国乗船をひかえて青島に集結した部隊。昼食時、里村はみんなの水筒を集めて炊事場にお茶を貰いに行ったが、その炊事兵との会話で同郡の郷土部隊と判り酒をご馳走になる。帰国の身体検査終了後、「整列して宿舎へ引き上げる途中の出来事であつた。」

「苦力と車馬の群れが雑踏してゐる埠頭区へ差しかゝつた時、突然後ろから追ひかけて来る騎兵部隊の行進を避けようとして、私は足元がよろけたハズミに、石炭を満載した支那車輌に——編上靴の上から左足背を乗り切られてしまつたのである。「大車《ターチャー》」と呼ぶ馬鹿でかい車輌で、その車輪の鉄の輪には、赤鬼の持つてゐる鉄棒と同じやうな疣々《いぼ》があるのだつた。「あッ！」と、私は思はず叫んで、屈んだま丶、靴先をか丶へて、隊伍から離れた。」

「歩けなかつた。靴を脱ぐと、血の気を失つて紙のやうに白く、平つぺたくなつてゐた足の甲が、みるみるうちに暗紫色に腫れ上がつて、脱いだ靴が二度と穿けなかつた。私は洋車に乗せられて、宿舎になつてゐる××神社境内の講道館道場へ引きあげた。（中略）「帰還間際に、そんな負傷をするなんて、餘り不注意だぞッ。」小隊長殿が、ちよつと聲を尖がらせたが、酒のことには触れられなかつた。だが、私は内心で大いに恥ぢた。」（「悔恨」）

姫路陸軍病院を十一月末に退院した里村は一旦和気郡福河村に帰村した後上京、十二月十八日には新宿「秋田」で帰還歓迎会が行なわれている。（『青野季吉日記』昭和三十九年七月二十五日、河出書房）

神成志保の経営した「秋田」は、青野季吉が神成の別れた夫大坂連治郎と交友があった縁で、金子洋文や村山知義、高見順、亀井勝一郎、中島健蔵他多くの文学者、編集者、画家が姿を見せた酒亭で、神成の長男大坂志郎は佐々木孝丸との出会いから「新築地劇団」研究生となり、のち映画俳優となった。（『わたしの酒亭・新宿「秋田」』神成志保、昭和五十五年十一月十日、文化出版局）

4　『第二の人生』三部作

『第二の人生』第一部が河出書房から刊行されたのは昭和十五年四月十六日で、里村の葉山嘉樹宛三月五日付の手紙に「一昨夜、六百枚ほどのものを書き上げて、ほつとしました。」とあるところから、帰還から二カ月余、相当の集中力をもって書かれたことが判る。最初「『兵馬』という題のこの長編小説は、当時河出書房の顧問をしていた中島健蔵氏によって『第二の人生』と改題」された（『河の民』の「解説」堺誠一郎、一九七八年二月十日、中公文庫）と伝えられている。この『第二の人生』第一部は第十一回の芥川賞候補作に挙げられたが落選（受賞作なし）、宇野浩二の選評「少しぞんざいである。」（『文芸春秋』昭和十五年九月号）が残されている。

これを好意的に評価したのが亀井勝一郎の『芸術の運命』（昭和十六年二月二十三日、實業之日本社）収載の文芸時評「人間再生の文学」（初出＝『文学界』昭和十五年七月号）で、同時代のものとしては最長に属する評論だと思う。

亀井勝一郎の評価は、「主人公並川兵六は、過去長い間、或る思想運動に従事し放浪して来た。それが崩壊し、信念を失ふこの間の事情が些細に、彼の内面の問題として追求されてゐないことはいま問ふまい。」「並川兵六と宿舎の若い細君との最初の出会における会話や描写に、月並な小説かきの筆法が感じられる。」とその欠点を指摘しつつ、「これをかくこと、即ち生きること、その必死の念願がこの作品を強烈なものにしてゐる。」「自己の再生、乃至はひろく人間の再生を夢み、その試練に身を委ねざるをえなかつたやうな、さういふ精神的モオチフをもつた作品」として高く評価している。

しかしながら、「戦争を肯定するか、否定するか、といふ論議は愚劣である。それは肯定否定といふ生やさしい言葉で云ひつくされぬ、或る切実な生の叫喚ではないか。」（傍点原文のママ）というような捨象の仕方、「一切破壊と一切放下それを迫られる絶対的な力として戦争を考へ、意識的にそこへ挺身する――悲壮で何か痛々しい人間の営みを、或はこれが神性を具現する刹那ではあるまいかと考へてみたりした。『第二の人生』における戦争は、里村にとつてさういふ奇蹟をもたらす神であつたかもしれない。」というような視点、他国領土への侵略と破壊、人民の殺傷、抑圧を見ずに、自己に誠実であろうとする態度だけが評価される亀井勝一郎の視点は、同時代の、戦時思想の一側面を表すものと言わざるを得ないのではないだろうか。

亀井の指摘のうち、「宿舎の若い細君との最初の出会における会話や描写」に違和感を抱いたのは小堀甚二も同じで、「書き出しの第一篇第五章頃まではや、腰がふらついてゐる感じだが、(中略) この破綻が却つて読者に親しみのある微笑を催させる」(「里村欣三著「第二の人生」」、『文学者』昭和十五年六月号) としている。

これは召集を受け出発準備の間、岡山の聯隊近くの「俄分限者」の農家に分宿したときのこと、「主人の渡辺さんとは比較にならない、若くて、きれいな細君」から格別の好意を受ける、その感情の揺れを描いた部分である。彼女は並川兵六 (里村) が「四年の時にストライキで退学させられた」ことも聞き知っている。

「兵六が彼女に強く心を惹きつけられてゐるのは、彼女の美しい肉体の中に深く匿されてゐる家庭破壊者的な精神なのだ。現状の生活に満足しない、はげしい情熱なのだ。(中略) 彼女が兵六に求めてゐるものも、やはり同じ種類のもので、この謂はゞ思想的な近似性とも言へるものが、二人をかくも接近せしめる秘密かも知れない。」「これは「とんだことになるぞ!」と、特務兵の並川は、もう用心深く身構へるのであつたが、心の中のもう一人の別な並川は、すでにわくわくするやうな全身の躍動を感ずるのであつた。」「兵六はこの女の前でなら、どんな無礼なことでも平気でやれるぞ、といふ太々しい、大胆な考へに捉へられて、投げ出した足をひつ込めもしなかつた。」(『第二の人生』第一部)

これほどビビットに、大胆に、太々しく里村欣三の感情が奔流するのは、この細君との「思想的な近似性」、即ち思想的な実際運動の帰着として年の離れた農家の渡辺さんに嫁しているかのようなこの細君と、直感的にまた隠微的に互いの思想的過去を認め合っているからで、後段で、この細君が検挙され渡辺さんと結婚するまでの過去が明かされている。この細君との交接部分は作品的には破調であり、「月並な小説かきの筆法」と言えば言えるかも知れないが、『第二の人生』三部作の冒頭に、「心の中のもう一人の別な並川」が、思想的な近似性を持つ細君に「わくわくするやうな全身の躍動を感ずる」描写が置かれたことの意味は小さくない。『第二の人生』三部作は、その「跋」（あとがき）にあるように、「これは、私の戦争の記録であると同時に、私の新しい人生追求の姿」であり、「新しい信念と理想を摑むことへ躍起になつて行つた」行動の記録であるが、必ずしも転向告白の書ではないのである。

5　鈴木律治軍医大尉

転向の書という意味では、六芸社から刊行された『兵の道』（昭和十六年十月三十日）がそれに当る、と思われる。

この『兵の道』は、昭和十三年八月二十二日武漢三鎮攻略の命令が出たあとの六安から固始あたりを舞台にしている。打ち続く炎天と休みない行軍の過労で日射病、マラリア、アミーバ赤痢、脚気のため落伍者が続出する。「国家を考へ、民族の発展を考へ」、「せめて妻子が肩身のせまい思ひをしないだけの、立派な死に方をしなければならない」と思い、「一人が部隊から落後すると、それだけ他の戦友には余分の負担をかける」と踏ん張って来た里村の精神力も、「しかし、信念と肉体の衰弱とは、また別のものであつた」という極限状態、一歩も足を交わせない状態に追い込まれる。そして精神力を超えた何ものか=信仰を求め始めるのである。

この里村欣三（作中、並川兵六）の信仰のきっかけをつくった人が、「壽々木准尉」である。壽々木准尉は「暍病《えつびょう》（日射病）で倒れ」た瀕死の三津野に、「きつとお前を助けてやる。助けずにおくものか」、と蠟燭の灯の中で南無妙法蓮華経の題目を唱えながら一心不乱に皮膚摩擦を行なう。それは三津野が、「早く父を喪ひ、孤独の母を故郷に一人残して出征」、「小学校も中途で退いて鉄工所へ入り、やつと年期があけて、これから田舎の母に楽をさせようと思つてゐた矢先」に応召したことを知っているからであった。

「僕にも、准尉殿が、三津野を助けなければならないと、一心になられた気持はわかる。だが、分らないのは、その精神力が何から生まれるかといふことなんだ。」「それが信仰なんだ。（中略）兵六は（中略）今日までついぞ考へてもみなかつた「信仰」といふ問題について、漠然とした想ひに捉へられてゐた。」

里村欣三の日蓮正宗入信のきっかけとなったこの作中の「壽々木准尉」は、「五十を二つ三つ過ぎた召集の老准尉殿であつた。喘息の持病があるくらゐだから、頑強な体格だとはいへなかつた。」「応召前までは、ある紡績会社の人事課に勤務されてゐた」と書かれ、『徐州戦』では「部隊本部から派遣されて来た壽々木衛生准尉」、「俳諧のたのしみを持たれてゐる」とある。

『岡山聯隊写真集』（昭和五十三年十月一日、国書刊行会）の「歩兵第十聯隊編成表・昭和十二年八月一日調」には聯隊本部所属（第二大隊）に鈴木律治軍医大尉（予備役出身）がおり、写真とともにその書幅が掲載されている。その詩は「残熱焼身江北原　泥濘没車馬不進　神州男子精幾何　遙信陽城在雲間」

で、「昭和十三年九月漢口目指して」と添え書きがあり、ちょうど里村が落伍するこの時期の軍医である。作中の「壽々木准尉」と実在の鈴木律治軍医大尉とではその階級が異なるが、落ち着いて穏やかな風貌、年齢から、あるいはこの人が「壽々木准尉」のモデルかも知れない。

6　転向論の視座

主体的な思想の変化は一個の人間にとって、自由な、固有の、根源的な権利である。例えそれがプロレタリア文学時代の社会科学的な「ものの見方」から軍国主義に追随する「ものの見方」への変化であったとしても、あるいは「転向」と呼ばれようと呼ばれまいと、そのこと自体をもって非難されてはならず、許容されなければならない、と思う。

「転向」が権力による直接、間接の外的強制による思想の変化であるとするなら、里村欣三の場合ももちろんそれにあてはまる。生活の旗であった雑誌を相次ぐ発禁によりつぶされ、徴兵忌避ゆえに生活の基礎を奪われて立ン坊的な雑労働を余儀なくされ、ついに徴兵忌避の自首に追い込まれる。このように言うなら、徴兵忌避の自首そのものが「転向」である、とも言えよう。けれども、生きるにしろ死ぬにしろ思想の変化なしには適応できない軍隊に、強制的に徴集されるのが徴兵であり徴兵検査であるなら、一部の職業軍人や志願兵を除いて、大多数の国民にとっては徴兵に応じることそれ自体が外的強制であり、「転向」ということにもなってしまう。直接の外的強制力の有無に関わらず、人々が、個人の能力を超えた時代の思潮に押し流され、あるいはその中に儚い夢を紡ぐのはある意味やむを得ないことである。その変化には挫折を伴うこともあれば、苦い敗北感をもって認識されることもある。

作品「閣下」(『知性』昭和十八年三月号)の中において、里村は自身を「転向者」と規定し、中国戦線従軍から帰還した昭和十六年当初、「太々しくも転向といふことを、そんなむずかしく考へる必要はない、俺は日本人だといふ自覚に立つだけでいゝんぢやないか」と考えていたが、しかし「応召する機会もなく、(中略)世間の疑惑を身一つに背負つて、苦悩し苦行してゐる多くの友人知己」を見るにつれ、自分の「苦行は、まだとてもとても本物だとは申されません。」「一度骨の髄までしみついた穢れといふものは一朝一夕に洗ひ落せるものではなく、転向の苦行のためにこれからの生涯がかけられてゐるといつても間違ひではありません。」という自覚に至っている。

里村は、林房雄の『転向に就いて』(昭和十六年三月十四日、湘風会)に対する感想(「『転向に就いて』を読んで」=初出誌未詳、『支那の神鳴』に収載)を述べたときには、「左翼主義の誤謬を自覚して、日本の国体を確認し一日本人に復帰する決心がついたら、それで立派な転向だと思つてゐる。その転向が偽装か、どうかは、将来の問題である。」と語っていた。それが二年後の昭和十八年初頭には、作品「閣下」に見られるように、「生涯をかけての苦行」という、痛々しい、窒息するような自己規定に変わっている。

林房雄の『転向に就いて』は、「意識の転向だけではなく、(中略)心理の底からの転向」、「骨の中味まで洗つて出なほす」内心の苦行を求めるもので、昭和十一年に施行された思想犯保護観察制度の質的転換を促すものであった。

林は「転向とは、単に前非を悔ゆるといふことだけではない。過去の主義を捨てるといふことだけではない。共産主義を捨てて全体主義に移るといふことでもない。――一切を捨てて我が国体への信仰と献身に到達することを意味する。」とし、その例として、年少の知友からの「宮城の前を通るとき、果たして自づから頭が下がるかどうか」という詰問を肯定、「築地小劇場の廊下に小山内薫と並んで土方与志の肖像がか丶つてゐた」ことを見過ごす感性を批判、当局による両築地劇団の検挙解散（昭和十五年八月）を「外科的手術」、「必要にして正しい方法」として是認している。

高見順は、『昭和文学盛衰史（二）』（昭和三十三年十一月十日、文芸春秋新社）の中で、河上肇、杉山平助、大宅壮一の諸論を引き、転向のタイプを示している。例えば、マルキストを離れて仏教徒になる、あるいはマルキストを離れるとともに他の一切の思想を拒否し、思想的無関心者になるような「拋棄」型転向、マルクス主義の正しいことは認めながら、実際運動から身を引き研究的な立場にとどまる「没落」型転向、表面上その信条を捨てたように装って自由を獲得し、再起を考える「偽装」型転向、マルクス主義を捨てたのか、捨てないのか、はっきりしたことを言わない、あるいは自分でもはっきりしない状態の「曖昧」型転向、イデオロギー反対物への飛躍的な改宗＝「返り忠」型の積極的完全転向などの様々なタイプを挙げ、「転向の種類とは、すなわち転向の段階なのであつた」としている。

単なる「没落」も転向と見なされていた段階から「忠良なる日本臣民への転向――すなわち、作家にあつては、右翼日本主義者にならなければ、転向と認めない」、そういう転向の最後の段階を求めるものとして林のパンフレット『転向に就いて』が高見の許に送りつけられてきたことに「私は追いつめられたおもいだつた」と記している。

『転向に就いて』の中で自著『第二の人生』を言及された里村欣三も、当初、このような思考の停止に近い林の転向論に批判的だった。しかし昭和十六年夏を境に日米関係が破局し太平洋戦争の開戦へ向かって時代が大きく転換していく中で、その転向観も「骨の髄までしみついた穢れ」を禊ぐ「苦行」へと変化を余儀なくされて行った。

生きるためには常にその生き甲斐、目的という「旗」が必要な里村のような人間にとって、自己の生きざまを突き詰めずには居られない一途さが、戦争状態が無条件の前提となってしまったこの時代転換により、転向観の変化のみならず、その必然の結果として戦争遂行の翼賛に加担することにもなっていった。それは誠実さゆえの弱さであり、他方では過去の徴兵忌避体験、プロレタリア文学運動の挫折がそれほどまでに大きな反作用、傷として働いていたということでもあるのだろう。

一群の非転向を貫いた人々に対置して、「転向」した人々に生理的な嫌悪感を示し、敗者、戦争協力者であるかのように見る言説が今日においても散見される。その嫌悪感の基底には、戦争を憎み平和を希求する心があると思う。しかし、こうした「転向」に負の価値を見て断罪する善悪正邪の「転向」観は、権力による直接、間接の思想的強制を転向者個人の責任、苦行にすり替える思潮に捉えられているのではないか、いわばそうした批判自体が軍国主義的な思潮、全体主義的な思潮ではないのか。このことを自戒しなければならない。

戦争は里村欣三の思念の中の「戦争＝戦争観」であるだけでなく、自国三一〇万人、他国は中国の一、〇〇〇万人、フィリピン、マレーシア、インドネシア等を含めて二、〇〇〇万人の生命が失われた（『「戦争体験」の戦後史』福間良明、二〇〇九年三月二十五日、中公新書）悲劇の現実である。里村欣三はたしかに戦争犠牲者の一人ではあるが、また戦争遂行の翼賛に加担した一人でもある。従来のプロレタリア的な「ものの見方」がどのような経緯を経て変化したのか、どのような自問が行なわれたのか、具体的に検証し追求されなければならない。それは、我々がもし里村欣三と同じ情況に置かれたなら、我々もまたそうであったかも知れない責任の問題であるのみならず、里村が人生を賭けて投げかけた豊かな問いを今日に受けとめる行為でもある。なぜ軍国主義への追随、屈服が、斯くももろく個別に粉砕されながら形成されていくのだろうか、里村の歩んだ軌跡の中にそのことを問うて見たい。

7　分裂する自己

里村の思想の変化が明白な形で表明されたのは、日中戦争に召集された時だった。

「そこへ降つて湧いたやうに蘆溝橋の事件が突発し、やがて間もなく彼は、召集されることになつたのだ。最初、召集の赤紙を手にした時、兵六は何がなしほつとした。助かつたと思つた。思想を捨て主義から離れ、生活の信條を失つて野良犬のやうな暗闇を彷徨してゐる彼に、微かに光が射したやうに思へたのだ。思想的な立場を完全に喪失した彼は、唯々として上官の命令に服し、きびしい軍紀の下に素直に服従できる身軽さを感じ、胸を叩いて喜ぶのであつた。だが、この感情は結局、詐りの誇張であつた。己の思想的な行き詰りを、自力によつて解決する能力がなく、召集といふ不可避的な事情の下に打開されることを当て込んだ、ひどく横着な自己欺瞞であつた。だからこそ、ちよつとした異常な事件や事実にぶつかつても忽ち、その仮面は剝がれるのだつた。」（『第二の人生』第一部）

これは里村欣三の自省である。けれどもなぜ軍隊に召集されたことに「ほつとした」のであろうか、なぜ行き詰っていた生活を官にすがることによって脱出しようとするのであろうか。苦痛に感じ、屈辱感に震えてもいいはずである。召集の赤紙に「何がなしほつとした」と感じるほどに、里村欣三の心は分裂し自失しはじめていた。

「「やつぱり僕たちは、生活の中心を失つて、動揺してゐるからでせうね。何か確固たる信念が摑みたい。しかもその信念が摑めないで、焦せり切つてゐる。これが今の僕たちの姿だ。しかし僕たちが今まで、考へてゐたやうな、理想とか真理とかは、そんな高いところにあるのではなく、子供だとか、自分の身のまはりの生活の中に、本当のものがあるんぢやないでせうか。僕は近頃さう思ひ出したんです。こゝまで来ると、またあなたたちから、現実に追随し過ぎるなんて軽蔑されさうですがね……」兵六の笑ひ聲の中には、自嘲的な響きがあつた。彼の顔は、人にも見せられない奇妙な泣き笑ひを泛べてゐた」。

「若い応召兵たちや、その家族たちの一身を度外視した熱情や興奮にも、何か空々しく思慮の足りない単純さを感じたし、学園の自由な空気が紊される痛々しさにも、彼の心は疼くやうな戸惑ひを覚えるのであつた。裸になつたつもりでゐても、まだまるつきり裸になり切つてゐない証拠であつた。思想的なものを、すつかり払ひ捨てたつもりでゐても、まだ肉体の内部に何かひそんでゐて、こいつが時々に生き物のやうに頭をもたげて来るのだつた。」

宿舎になっている渡辺さん宅の「この余りにもでつかい過ぎる新築の長屋門」を見て、それは「美観のためや、泥棒除けや、農家の必要のためにある」のではなく、「世間に、自分の富をひけらかす見栄のためであつた」と感じた里村は、渡辺さん宅の「内玄関のガラス戸に片手をかけ」た瞬間、「彼は彼の外に」プロレタリア的なものの見方をする「もう一人の並川兵六が、彼の肉体の中に巣喰つてゐることを意識したのである。召集になつて新しい軍服を着、そして今この宿舎の玄関口に現はれてゐるのは、影の並川兵六であつて、その影を後から魔術師のやうに操つてゐるのは、全く別個の並川兵六であつた。」

(『第二の人生』第一部)

こうした二つに分裂した自己、自失した心境のままで応召を迎えたため、以降、昭和二十年二月、フィリピン戦線で戦死するまでの間、この自失の空白を埋めるための努力が、「私のやうな、ぐうたらな人間が、本当に立派な兵隊になれるだらうか?・」(「跋」『第二の人生』第一部)という自問となって終生続けられることになる。自失し、呆然となって、里村は戦争に引きずられていった、というのではない。抑えても、打ち消しても、どこまでも頑固に姿を現すプロレタリア的なものの見方をする自分と、この自失した自分との乖離の大きさが動機となって、里村欣三の関心は根本のところにおいて「戦争と自己」という二者関係の中に捕捉されていったのだ、と私はそう思うのである。

向坂逸郎はかつて里村の『第二の人生』を「今日この作品は、立派な反戦小説になっている」(『戦士の碑』)と評したが、確かに今この『第二の人生』第一部、第二部を読み返して見ると、ハッとするほどにプロレタリア的なものの見方をしている作者里村欣三に出会うことがある。

『第二の人生』には周囲の戦友に対する辛口の人物評が所々に出てくるが、その中でも第一部の終盤で、隣村の「中里上等兵」の人物評にかこつけて「M鉱山」争議を取り上げ「寺尾専務」批判をしている部分など、一体いつの時代に書かれたものかと疑うほどの辛辣さである。

この争議は、昭和十二年二月から三月にかけて里村の郷里福河村の隣町、三石町の大平鉱山で起こった戦前最後ともいわれる大規模な労働争議で、帰村中の里村は系列の三石索道会社で働いたことがある。作中の「寺尾専務」は別子鉱業所の支配人を務めたこともある鷲尾勘解治のことで、足尾銅山で暴力団を使って争議を弾圧したように書かれているが、これは足尾ではなく大正十四年の別子鉱山争議のことだと思う。その「寺尾」が寄せ書きした日の丸を「肌身離さず腹に巻いてゐる」中里上等兵に対し辛辣な人物評価を行なっているのである。

日中戦争従軍を経て書かれたこの『第二の人生』第一部が昭和十五年春の作家里村欣三の意識を何ほどか反映しているとするなら、その自失した心と、この時点でもなおプロレタリア的な視点で「M鉱山」

争議を批判するその乖離の大きさに私はある種の驚きを禁じえないのである。そしてこの乖離の大きさ、深さからの自己回復、自己の立脚点を求めた道が「この戦争がどうなるか知りませんが、僕はどこまでもこの戦争について行くつもりです。」（「里村欣三」前田河廣一郎）という形で帰結したところに、里村欣三の悲劇も、また責任の一端もあったといえるのではないだろうかと思うのである。一方には石井安一や岩藤雪夫、小堀甚二のように戦中を堪えしのぎ、志を戦後に継いだ人々もいたからである。

8　信仰への傾斜

こうした自己喪失の間隙を埋めるものとして、信仰への傾斜が始まる。以下、再び『兵の道』（六芸社）に戻って、里村欣三が信仰に傾斜していく過程を見ることにする。

過労と日射病で瀕死の三津野を助けようと、南無妙法蓮華経の題目を唱えながら一心不乱に看護する壽々木准尉。

その三津野が壽々木准尉の必死の看病で持ち直したのを見た並川兵六（里村）は、「病人がお題目の功徳で持ち直したとは信ぜられなかつた」が、「今日までついぞ考へてもみなかつた「信仰」といふ問題について、漠然とした想ひに捉へられ」始める。

「兵六はよく今日まで、落伍せずに部隊について来たものだと、われながら自分自身の思ひもまうけない忍耐強さに感心するのであつた。しかし、その辛抱強さは、どんな原因からであらうかと反問してみる。すると、それはやはり兵六の責任感に帰するやうであつた。結局は自分の責任を完全に果すことが、同時にお国のためになるんだといふ信念に帰着するのであるが、直接的には部隊の戦友に対する責任感からであつた。一人が部隊から落後すると、それだけ他の戦友には余分の負担をかけるのである。」

「だが、彼の責任感にも限度があつた。足が腫れ、下痢が続き、もう一歩も足がかはせなくなつてしまふ土壇場へ来たら、やつぱり部隊から落伍するより仕方がないのである。しかし、彼の責任感が許さない。――だとすれば、どうなるのであらうか！　責任感は彼の意思であつた。彼の意思が崩壊すれば、同時に責任感は抛棄されるのである。彼は彼自身の意思に危険な崩壊を感じてゐた。一心に気力を張りつめて意思の崩壊を防がうとして躍起になれば、そこに自分自身の意思以上に、強大な「意思」が求められるのであつた。（あるひは、ひよつとしたら、これが信仰なのではないだらうか？）と、兵六は眼をつむつて考へてみるのであつた。」

この「部隊の戦友に対する責任感」こそ軍隊生活における究極の罠である。戦闘における生死の問題以前に、軍隊において一日一日を生きていくためには、戦友の助けが不可欠であった。過酷な行軍においては生死を分けることにもなる。肉体の限界に立ち至った里村欣三は、その責任感を支える精神力にも不安を覚え、自問自答しつつ信仰に引き寄せられていく。

「君がこんど信仰に入つたといふが、それは、君一流の今日の苦しい現実からの、要領のよい逃避だ。はげしい時代の変転について行けなくなつて、苦しまぎれに宗教の看板の蔭へ逃げ込んだのぢやないのかね。」

「いつたい君は、いつからそんな精神主義者になつてゐたんだ。かつての社会科学の法則は、どこへお預けを喰つたのだね？」

「君が曾て華かな時代に、我々の陣営へ飛び込んだのと同じ筆法で、こんどは、信仰の帳の後ろへ隠れようとするのだらう。何故、君は避けてばかりゐて、何故、もつと苦しまないんだ。君のやうな便乗主義者が、この世界で最も下劣な人間なんだぜ。」

小隊長から入院を命ぜられた里村は、いったん固始の野戦病院に入り、後送されることになる。この時「准尉殿！……私は信仰を持ちたいんです。」と我知らず叫んだ里村に、壽々木准尉は慌ただしい時間の中で次のように諭す。

「行ずるとは、一心不乱にお題目を唱へ奉つて、ひたすらに佛の功徳と御利益を念ずることなのだ。そこに、おのづから悟りの道が開かれるのだ。（中略）法華経を、否、題を一心に唱へ奉れば、きつと己が身に佛の功徳が生ずる。この確信が、わが正宗の信仰なのだ。熱烈な信仰の道に入つて、しかもその身に何らの価値も利益も生じなかつたら、そんな信仰は何の役にも立たないぢやないか。君たちは、をかしいと思ふかも知れないが、これが僕の信仰の根本信念なんだ。（中略）一心にお題目を唱へれば、きつとそれだけの現証が現はれる。」

「もとの兵六であつたら、頭から否定してかかる観念論であつたが、お題目の信仰が徹頭徹尾、純粋な実証論だからこそ、今はその世界に入つて行きたい魅力を覚えるのであつた。」

里村欣三が入信したのは日蓮正宗であった。『兵の道』には壽々木准尉の唱ずる法華経の経文が五行にわたって書かれ、また日蓮正宗の起原、変遷もまる一ページを使って書かれている。「現世利益」といえば卑俗かも知れないが、里村欣三は、純粋な信仰は現世において必ず実証される、という壽々木准尉の言葉に魅き寄せられたのであった。

9　『大善生活實證録』

竹中労の『聞書　庶民烈伝　牧口常三郎とその時代4　秋の巻・檻褸の巻』（昭和六十二年四月三十日、潮出版社）に、「おそらく読者の中に、里村欣三を知る人はあるまい。『大善生活実証録』に、その名を見出したとき、しばらくのあいだ私は、声も出せぬ思いにうたれた。」という記述がある。

『大善生活實證録』は、創価教育学会の昭和十七年五月十七日開催の「第四回総会報告」を中心に各種活動報告をまとめたものが同年八月十日に、また昭和十七年十一月二十二日開催の「第五回総会報告」と各種活動報告をまとめたものが同年十二月三十一日に発行されている。この『大善生活實證録』の「第四回総会報告」の中に、「地方たより」の一つとして里村欣三の「昭南島より」という消息文が掲載されている。総会の席でも「午後一時再会。福田理事より別項の通り○○部隊陸軍報道班員里村欣三氏及び○○派遣部隊柴田勇氏よりの来信を朗読」した、とある。

この里村の消息文は、昭和十六年十二月八日の太平洋戦争開戦時に、井伏鱒二や堺誠一郎らと共に陸軍宣伝班員として徴用され、タイ領のシンゴラに上陸、マレー戦線に投入され、翌十七年二月十五日シンガポール（昭南島）が陥落、その後しばらくして落ち着いた頃にシンガポールから出されたもので、宛先は明らかではないが、創価教育学会会長の牧口常三郎宛と推察されている。文章の一部を紹介すると、「出発の際には盛大な壮行会を催して頂き、大変有難う存じました。しかも例の調子で大変無禮の振舞に及び大いに御迷惑をかけたと思ひますが、どうかお許し下さい。まだどうも人間が練れてゐなかつたのです。戦地へ来てからは一層信心堅固に信仰してゐますから、他事乍ら御安心下さい。一夜に三千以上の弾丸に見舞はれたこともありますが、私は一心にお題目を唱へて、身に一寸の負傷も負はず、御本尊の功徳の広大さに、今更ながら驚きました。こちらへ来てから、私の南無妙法蓮華経は相当有名になりました。どうか御本山へ御参詣になつたら、私の謝恩の念を御祈念下さい。」というものである。

総会の席でこれを朗読した「福田理事」というのは、里村欣三の『兵の道』や『支那の神鳴』を刊行した六芸社の社主福田久道のことで、六芸社は創価教育学会の「出版クラブ」を構成する、今で言う系列出版社であった。里村の『センチノオウマ』を刊行した学芸社も同様である。牧口会長や戸田城外（城聖）理事長が直々にこの福田久道を指導している場面が『大善生活実証録』に記録されている。

前述竹中労によると、「学会の本格的活動は、昭和十四年十二月にはじまる（第一回総会）。明けて紀元二千六百年、いわゆる新体制下。組織を整え役員を選び、秋も深まる十一月上旬、九州指導を皮切りに布教の旅。十六年十二月八日、大東亜戦争に突入する間に、〝宗教革命〟は緒につき、三千の会員を獲得した。」とある。里村欣三が信仰に入った時期が創価教育学会の勃興期であり、里村はわずか会員三千の、最初期の会員であったことがわかる。

また高崎隆治先生は「作家・里村欣三と創価教育学会」（『創価教育』第三号、二〇一〇年三月十六日、創価大学創価教育研究所）において、同会機関誌『価値創造』（昭和十六年七月二十日創刊号～十七年五月十日、九号で廃刊）に「創価教育学会会員著作選」として里村欣三『兵の道』、竹森一男『黒龍江』、新井紀一『戦陣子守唄』他の出版広告があると指摘しておられる。

「『第二の人生』『支那の神鳴』につづいて発表された『兵の道』を氏はその発行所六芸社社長福田久道氏の紹介で、創価学会の前身である身延山大石寺の離れで書いたが、福田氏は熱心な日蓮信者であり（中略）、里村氏もいつか熱心な日蓮信者になっていた。仏壇を買い、その前で朝夕大きな声で

お経を上げ、月に一回は必ず葛飾砂町のお寺に家族全部を引きつれてお詣に行った。」(「或る左翼作家の生涯」堺誠一郎)

「花田［里村］は仲間から少し離れた所に住んで、落着くと時々こっそり日蓮宗の寺に行った。そこに一人坐って経をあげた。自分一身の大過なきをいのり、大陸の戦運が日本のために栄えることもいのった。それはてらいではなかった。」(『鉄の嘆き』平林たい子)

10 忠君愛国の精神と法華経の精神

昭和十二年七月の応召から一年余、華北、華中の広大な戦場を、洪水の中で、また炎天下に軍馬を引いて徒歩で従軍した里村欣三は、肉体の限界に立ち至る。その肉体を支える精神力にも不安を覚え、自問自答しつつ信仰に引き寄せられる。それが日蓮正宗であり、勃興しつつあった創価教育学会であった。ここまでは首肯できる。

けれども里村欣三の尋常ならざる決意、「この戦争がどうなるか知りませんが、僕はどこまでもこの戦争について行くつもりです。」(「里村欣三」前田河廣一郎)、「二度も三度も、出直せるものではない。私は昭和十二年七月に、支那事変に応召して以来、私は祖国日本と共に出発してしまつたのである。」(「新年の感想」里村欣三、『読売報知』昭和十八年一月四日)という決意、「一兵士の覚悟でゆけ―あす出陣する学徒へ―」(『朝日新聞』昭和十八年十一月三十日)という自他に対する思い、「戦場を禊の場、灌頂の道場と心得て、出来るだけ激しい戦闘、苦しい戦場へと志願した。」(「同行二人」今日出海、『人間』昭和二十一年一月号)という行動、こういうものは入信とは別の、また一個の飛躍である。

当時の創価教育学会の状況を伝える『大善生活實證録』にはこの里村欣三の「飛躍」を支える論理が展開されているわけではない。以後の里村欣三の人生を決定づけた「飛躍の想念」を支える論理がもしあるとすれば、それは「立正安国論」をめぐる宗祖日蓮の行動の中にあったのではないだろうか、とも思われる。

これを解明することは難しいが、例えばこの『兵の道』にも、『光の方へ』にも、巻頭に「一心欲見佛　不自惜身命」という妙法蓮華経如来壽量品の言葉が記されている。また『兵の道』の本文中には、高山樗牛の「日蓮上人とは如何なる人ぞ」の引用がある。これは明治三十五年の『大陽』四月五日号に掲載されたものであるが、高山は明治三十四年から三十五年十二月の死去にかけて、後に「国柱会」を創立し「八紘一宇」という言葉を造語した田中智学の指導を受けて日蓮宗に帰依している。田中の指向した「八紘一宇」は、法華経を国教とし天皇を頂点とする日本が、世界（八紘）を一つの国家（一宇）に統一するというもので、のち石原莞爾らの軍部と結びつき、さらに法華経が国家神道に換骨奪胎されて「大東亜共栄圏」、大東亜戦争の指導理念としてアジア太平洋諸国の侵略に利用されていくことになる。日蓮の「本門戒壇」という言葉をもとに「国立戒壇の建立」を唱え始めたのもこの田中智学であると言われている。

高山樗牛は「日蓮上人とは如何なる人ぞ」において、蒙古襲来が旦夕の間に迫った時、日蓮が甲州身延山に退隠した事蹟をめぐって「日蓮の眼より見れば、蒙古は外敵の仮面を被れる仏陀の遠征軍」であり、「真理の声に目覚めざる謗法の（中略）国はあるいは亡びなん、民はあるいは殺されなん、ただ真理の光これによりて輝き、妙経の功徳、新国土を光被するを得ば、また恨むところなかるべきなり。日蓮は日本国の上に懸かれるこの一大惨劇の運命を忍受せんがために、鎌倉を去りて身延の幽谷に退隠したるのみ」と解釈している。

法華経を国家の宗教とすることにより国と民衆の安寧を図るように諌言したのが日蓮の「立正安国論」であり、法華経を信仰しなければ国が滅ぶ、法華経が軽んじられる謗法の世では戦乱もやむを得ず、戦乱の彼方に正法、衆生救済の光がある、と高山樗牛は見ていたのではないだろうか。

里村欣三自身は『兵の道』において、愛国精神と信仰の関係をただ次のように書いているだけである。

「あツ、ちよつと!……僕がお訊きしたいと思つてゐたのは、そこなんですよ。忠君愛国の精神と、あなたが法華経を信仰されてゐる精神と、どんな関係があるのですか?」

「……今、それを話したいと思つてゐたんだ。(中略)僕にもはつきり説明はつかないけれど、天皇陛下を崇め奉り、君民一体の国家観念を自分の信念としなければ、決して戦争について行けないといふことを知つたのだ。疑惑や懐疑を持ちながら、死地に飛び込めるものではない。況してや、戦争は毎日々々、異常な忍耐を要し、あらゆる困苦缺乏に堪へ、そして、その揚句の涯てには、生命を投げ捨てて戦はなければならないのだ。一夜作りの精神や、肚の中でぐらついたものがあつては、決して戦争に勇み立てるものではない。僕はこの事実を知つた途端に、熱烈な愛国主義者になつてゐた。しかし、だんだん自己反省を続けてゐるうちに、僕は一度信念をぐらつかせて、マルクス主義を裏切つた人間だ。(中略)僕はそんな風に、弱い人間なんだよ。だから、その脆弱な精神を、もう二度と動揺しないところへ金縛りにしておきたいんだ。いいかね! 僕が信仰に入りたいと思ふのは、そのためなんだ。(中略)」

「(中略)君の話を聞いていると、どうも国体観念よりも、信仰の観念の方が強いやうだね。(中略)」

「(中略)そんなに一切合切のことについて説明は出来ないが、国家を信じて歓んで死ぬることは出来る。だが、死地に飛び込んで、しかも生き抜けるといふ確信は持てないのぢやないか。つまり死ぬることが、生きること——死ぬる決心でゐても、必ず生き抜き、生き通せる、どうもはつきり、このへんの説明がつかないが、つまり、さういふ超自然的な観念が宗教の信仰なのぢやないだらうかね。（中略）結局、熱烈な信仰に入れば、自然にさういふ佛の功徳——つまり、利益があることが確信されるやうになるんではないだらうか。（中略）」ている。

竹中労は前述の書『聞書　庶民烈伝』で、「牧口常三郎とその時代、信仰者は唯々、権力に迎合し弾圧に屈して、戦争に協力したのか？　私は、そう思わない。（中略）法華の行者である日蓮の子たちは、〝聖戦〟の彼岸に寂光浄土、大東亜《パン・アジア》解放の桃源をゆめみた。」「日蓮宗はまさしく〝世法〟、現世革新の思想である。〔行学たへなば仏法はあるべからず〕（『諸法実相鈔』）を実践の指標として、乱世・業火のかなたにこそ、衆生の極楽はあると信じた。」と書き、また「里村欣三は衆生の運命に殉じた」としている。

里村欣三が「業火のかなたにこそ、衆生の極楽はあると信じた」のか否かについては、十分に検討されなければならない課題であるが、「僕はどこまでもこの戦争について行くつもりです」と語った里村の脳裏には、忠君愛国という国体観念以上に「一心欲見佛」という信仰があったように見える。それはまた、戦争の帰趨そのものよりも「私のやうな、ぐうたらな人間が、本当に立派な兵隊になれるだらうか？」（『第二の人生』第一部「跋」）という自問自答、戦争下の人間としてのあり方にこだわり続けたということでもある。樗牛が日蓮の身延山隠遁の事蹟を「彼にとりては真理は常に国家よりも大也」（「日蓮上人と日本国」、『大陽』明治三十五年七月号）として捉えた、その国家と信仰との関係にどこか通底しているかのように見えるのである。

11　プロレタリア文学運動への逆説的な誠意

里村欣三は昭和十六年十二月以降の陸軍報道班員としてのマレー戦線や北千島、再度の中国河南湖南作戦従軍の中で、常に白い房の数珠を手に巻き信仰を持続した。従軍作家として徴用され、重宝されるにつれ、作品上も無前提に皇軍を讃美するものが多く現れてくる。しかしそれにもかかわらず里村欣三における信仰は、国家、国体観念と結びついてファナティックに昇華されることはなく、常に一個の内面における信念の問題、一身を処する規範として起ち現れているように見える。信仰により里村が選択した行動の規範は、陣中において敢えて危険な第一線に身をさらし、「不自惜身命」を貫く、というものであった。

「［里村は］率先して危険なところへ行った。（中略）兵隊ではなく、従軍の作家にすぎないのに、みずから死地に赴いた。（中略）あれは贖罪の気持ちからではなかったのか（中略）転向したんでもないし、兵役を逃れて天皇陛下に申し訳ないというのでもなかった。何か贖罪は神か仏か、何かそういうものに対してなのだ。彼は法華経を読んでいたが、絶対者を求めていたんだね。そういうものが感じられた。」（「ある左翼作家と戦争　里村欣三のこと」中での今日出海の発言、『毎日新聞』昭和五十八年四月十一日夕刊）

この心境は余人にはなかなか理解し難いものである。

「脆弱な精神を、もう二度と動揺しないところへ金縛りにしておきたいんだ。」（『兵の道』）という信仰への思いは、必ずしも戦場の危険な第一線に身をさらすということとイコールではないはずだ。「それ「『第二の人生』」が売れたら、瀬戸内海には、小さな無人島がいくらもあるから、それを買って百姓をして暮らすつもりです、とそんなことをいった。」（『戦士の碑』向坂逸郎、昭和四十五年十二月二十五日、労働大学）、これは可能性に過ぎないかも知れないが、そういう生き方もあったはずである。けれども里村欣三は「一兵卒」たらんことを志向し、「兵隊の下働きでも、手伝ひになつてもい丶」（『山中放浪』今日出海）と願い、「僕はどこまでもこの戦争について行くつもりです。」と語り、報道班員であるにも関わらず第一線に立って戦火の中を行動した。

これは死地にあっても生き抜けるんだという法華経信仰の「現証」を信じたためなのだろうか。あるいは竹中労の言うように、娑婆即寂光、「〝聖戦〟の彼岸に寂光浄土、大東亜《パン・アジア》解放の桃源をゆめみ」て「衆生の運命に殉じた」ためなのだろうか。そのように理解することもあるいは可能かも知れないが、私には、「二度も三度も、出直せるものではない。」（「新年の感想」里村欣三）という自己縄縛、心からの転向でなければ自分自身を許せなかった誠実さの謂い、つまるところプロレタリア文学時代の仲間に対する逆説的な誠意であったように思われる。

前にも引用したが、次の文章は、里村の妻が里村の出征後、干渉の激しい里村の故郷を捨て二人の子を連れて、元のプロレタリア文学時代の仲間を頼って上京したことに対する里村の苦悩を述べた部分である。

「兵六には『思想と友情』を二つのものに切り離して、考へることは出来なかつた。この考へ方は、彼が長い間か丶つて左翼運動の波に揉まれて鍛へ上げられた精神であつた。過去の運動の一切が誤まつてゐたにせよ、ぐうたらな兵六にこの強い精神を傳へた運動の一面には、やはり立派なものがなければならなかつた。思想で結合された友情は、世間百般の友情とは異るのだ。思想だけを抜きにして、友情だけで交はることは出来なかつた。まだ兵六には昔の友人の思想を、敵にまはすだけの対蹠的な思想的立場をはつきり摑んではゐなかつたが、しかしかつての思想を捨てたものが、かつての思想的な友人の友情にだけ縋るといふ手はなかつた。（中略）兵六は思想を捨てる前後から、その信念にははげしい動揺を来してゐた。そして、何物かを、このはげしい時局の動きの中から摑み取り、人生更生の足がかりにしたいと焦つてゐた。しかも、その動揺と焦慮は、今もなほつゞいてゐるのだ。だが、俺は乞食ではない。まだかつての友人の憐憫の袖の下へ庇はれるには、早過ぎるのだ。新しい時代の精神を摑んで、もう一度起ち上がりたいのだ。そしてはつきりと過去の思想を否定して出発した場合には、明らかにかつての友人の敵対者として現はれなければならないだらう。毒にも薬にもならない、哀れな思想的虚脱者として、友人の庇護の下に妻子を生かして置くに忍びないのである。」（『第二の人生』第二部、傍点原文のまま）

昭和十二年七月から同十四年十一月の里村欣三の中国戦線応召期間は、労農派の反ファッショ人民戦線運動が昭和十二年十二月十五日、十三年二月一日の二度にわたる検挙、投獄により解体していった時期に重なる。

昭和十二年四月末の、日本無産党三浦愛二応援のための中西伊之助や葉山嘉樹らとの福岡行の後、里村は応召し、一方、里村の友人小堀甚二や高津正道、中西伊之助や青野季吉らはこの人民戦線事件で投獄され、里村が召集解除となるほぼ同じ時期まで獄中で苦闘していた。

この間、里村の妻ます枝さんは小堀の妻、平林たい子の病床を見舞い、里村は戦場から消息を伝えている。平林が再入院する昭和十五年春には、里村は小堀と二人で平林をリヤカーに乗せて病院に運び、また『第二の人生』の稿料から相当の援助もしている。石井安一の妻石井雪枝さんは、エッセイ集『木瓜の実』（ドメス出版）で、「里村さんは、前川二亨［享］としてあらためて兵役に服され、告白的小説『第二の人生』を書き、（中略）報道班員として従軍するなど、いわゆる転向者としての道を歩まれたが、私には、里村さんを心底からの転向者だとは思えないものがある。戦地から厭戦的な手紙をよこし、人民戦線事件のかかわりで病床にあった平林さんに経済的な援助をされた里村さんである。」としている。

平林たい子もまた『自伝的交友録・実感的作家論』の中で「彼は、腹の底からの転向者ではなかつたが、又転向者でなくもなかつた。」と言っている。この微妙なあわいは、里村の「転向」が常にかつてのプロレタリア文学運動の仲間、人民戦線事件で投獄された彼らの生き方を一方に措定しながら、その対照として戦場の自身を見つめていたためではないだろうか。日中戦争以後の里村の自分を振り返る鏡は、かつてのプロレタリア文学運動であり、その仲間であった、と言えよう。彼らに対する「敵対者」となるための必死の努力、つまるところ、敢えて危険な戦場に突き動かされていく心の機微は、彼らに対する逆説的な誠意であるかのように思われる。

12　中国民衆を見つめる眼

歩兵第十聯隊の本部直属通信隊輜重兵として従軍した里村は、第一線部隊の直後もしくは数日程度の遅れで進軍したようで、直接の戦闘も敗残兵や遊撃隊とのものが主であるが、あたり一面には支那兵の死体が散乱し、上陸三カ月目の濁流鎮あたりでは、「直ぐ眼と鼻の高粱畑で、物凄い機銃の音がしてゐるのに呑気千萬にも、駅附近の死体を見物して歩いてゐた。」、「そのどす黒い土煙の渦巻きの中では敵の陣地と支那兵が、木ツ葉微塵に吹き上げられてゐるのだが、遠くから見てゐる分には、少しも戦場の凄惨な感じはなかつた。映画でも観てゐるやうな、愉しい驚きだけが、心臓をわくわくさせた。」（『第二の人生』第一部）というような戦場馴れが生じている。昭和十二年九月の馬廠河渡河戦では堀田万義第二大隊長が戦死し、歩兵第十聯隊の死者の数も三百人近くになろうとしていた。

「い、気味だ！　い、気味だ。これで溜飲が下がつた！」と、兵隊たちは飯を食ふのも忘れて、支那兵の死体を見て喜び、壕から壕へ飛び廻はるのだつた。頭蓋骨が割れて、血で凝まつた脳味噌が流れ出てゐる。若々しい顔が、笑つた時の笑顔のまゝ白い前歯を見せて、腰から下が吹つ飛んでしまつた死体。――かういふ支那兵の死体の一つ一つが、生命を落す寸前までは、見物して歩いてゐる日本の兵隊と同じやうに、色々な欲望や計画や希望を抱いてゐた同じ人間だとは考へられなかつた。兵隊たちは余りに多くの友軍の犠牲者ばかりを見てゐた。たゞ憎いのであつた。その憎い奴に、思ひ切り復讐を成し遂げた時のやうな、快哉があるだけであつた。（中略）だが、助森だけは、普通の兵隊たちとは違つてゐた。特務兵たちが堤防上の楊柳の木蔭に坐つて、飯盒飯をかき込んでゐた時、ふいに助森が言ひ出した。「わしは、支那兵の死体の顔を一つ一つ見てゐると、みんな知り合ひの友達の顔みたいに思へて来るんだ。そんなことはないと、思つてゐても、ほんとによく似た顔があるんで吃驚するんだ。支那人も日本人も、軍服の色や格好が変つてゐなければ、実際見分けがつ

中国戦線の里村（左端）。（ＮＨＫ・ＥＴＶ特集『ボルネオ・楽園伝説～従軍作家・里村欣三の旅』一九九五年十月十七日放映）

かないやうに思はれるね……」」（『第二の人生』第一部）

いったいこの描写は、好戦的なのだろうか、反戦的なのだろうか。戦場心理に押し流されながら、まっとうに眼前の事実を見ている里村欣三がいる。

戦塵の中国民衆を見る里村のまなざしが最もリアリティーをもって表現された作品が「マラリヤ患者」（『知性』昭和十五年七月号、河出書房）であると思う。『光の方へ』（昭和十七年六月二十日、有光社）に収載された時点で執筆の日付が削除されているが、初出には「昭和十五年五月」とあり、『第二の人生』第一部の完成直後に書かれた初期の、時代がまだ戦争文学の表現に幾分かの寛容を持っていた時期の作品である。背景設定は漢口攻略戦のあと、北支の太行山脈下の石家荘郊外に移駐し食糧の自給自足体制をとりはじめた昭和十四年の初めである。

主人公の「私」は、「歯の根は合はず、全身の皮膚は粟粒立ち」立て続けに冷水を浴びせられるような猛烈な悪寒と、悪寒の発作が止んだ途端四十度前後の高熱にうなされるマラリヤ症状に毎日苦しんでいる。テーマは「熱で昂ぶつた頭脳」が描き出す夢とも現ともつかぬ恐ろしい「真実さが籠つ」た妄想・幻覚と、駐屯地の営舎に使役され出入りする苦力や残飯を拾い集めに来る小孩や老婆へのまなざしに二分されているように見える。

前者の「妄想」の内容は、「私自身の名誉のために語れない。」「口に出したら最後この人間社会を支へてゐる秩序が、一挙にして腑抜にされてしまふやうな種類のものだ。」として、明かされていない。「この世の中のすべてが嘘であつても、私は人を信じて生きて行きたい。人を信ぜずに、己れの生存はないからである。」という美しいフレーズの前に置かれているところから見て、戦場の機微に誘発された惨忍残酷な幻覚、「苦しい現実の世界が熱ばんだ頭脳の無軌道な回転のまゝに、奔放に描き出される」

戦場のトラウマであったのかも知れない。

　戦場の恐ろしい妄想に対置するこの美しいフレーズの一節を刻んだ顕彰碑が、二〇一〇年三月十三日、里村の生誕日に、現備前市日生町寒河の故地に地元里村欣三顕彰会の方々の手で建てられている。

　戦塵に苦しむ中国民衆へのまなざしは、馬糧の食べこぼしを拾い集める小孩や老婆、兵隊の洗濯物を乞いにくる左手の指の欠けた女に向けられる。

「あたりに兵隊の姿が見えないと、いきなり箒で馬の鼻面をぶん殴ぐつて桶をひつくり返へし、馬糧をそつくり浚ひ取つてしまふ」小孩、隙を見て馬の「寝藁を束にして持つて行かう」とする老婆、彼らは見つかって兵隊に打擲されても、「「我的《ウオド》メシメシ没有《メイユ》！」――食物がないんだから、仕方がないぢやないか。馬の馬糧を盗んだつて当り前ぢやないか、といつたやうな意味の言葉を叫んで逆捻ぢを喰はせるのだ」。小園《ショウエン》という小孩が「ひよいと足で桶を蹴返へし、急いでこぼれた馬糧を塵取へしやくいこむ」のを偶然に見つけた時には「私」（里村）も「怒りに燃え、手を揮つて少年を殴りつけた。だが、小園は歯をくひしばつて涙一滴こぼさず、背筋を石のやうに固くして」「私」の打擲に身をまかせながら、「殴ぐられてゐる俺の方が、決して悪いんではないんだ。俺は不合理な鞭を受けてゐるんだ！」と、言はぬばかりに、毅然として小さな肩を聳かしてゐる風があつた。私はこの少年の表情を思ひ、またさつきの老婆の太々しい態度を思ひ、日本人の常識では測り切れない、何か怖いやうなものが、日本人と支那人の間を隔てゝゐることを悟らされるのであつた。」

「ふと、聲がする。夢の中の聲ではない。私は寝返へりを打つて、薄眼をあけて見た。洗濯板を入れた大きな籠を抱へた女が、明るい戸口に背をもたせて、部屋の中を覗いてゐるのだ。（中略）喰ふに困まつて、附近の農民の女房が洗濯板一枚を元手に、兵隊の宿舎を戸別に訪問して、僅かな報酬をもらつて兵隊の汚れ物を洗濯するのだ。（中略）戸口に肩をもたせて「油麩子《ユーフーズ》」を食ひ噛りながら「我的小孩都々的《ウオデショウハイトントンデ》メシメシ没有了《メイユラ》…」と、心細いことを訴へてゐる。（中略）私は纏足の踵でヨチヨチしながら土間へ這入つて来て、洗濯物を抱き上げてゐる女の左手の指が二本、根元から欠けてしまつて（中略）ゐるのを見た。秣《まぐさ》を切る押切りか何かで、人差指と中指を切り落したものであらうが、やはりこの女たちは、ありふれた淫売ではないのだ。戦争前まではレッキとした百姓のおかみさんだつたのだ。それが戦火を浴びて田畑が荒され、家を失ひ、大地の生活から離れることを餘儀なくされて、兵隊の洗濯物などをして、辛じて家族の糊口を凌いでゐるのではないかと思はれるのだつた。」

「私はどういふ訳だか、妙に支那人の間に人気があるのだつた。支那人と兵隊との間に何か悶着が起きると、必らず私が引つ張り出されて、仲裁する役目を押しつけられるのだつた。それは私が兵隊の中で一番年取つてゐるので、分別がありさうな男に支那人たちから見られてゐるためかも知れなかつた。」

そういう「私」も、深い井戸から水を汲み出すための轆轤《ルール》の盗難騒ぎの時には、マラリヤ熱のため「湯気の出てゐる手拭を、冷めたいのと取り替へて頭に載せてくれた」小孩の胸倉をいきなり摑んで嫌疑をかけたり、彼が犯人でなかったことに「何故だかホッと」したりしている。

このように、『第二の人生』第一部と同時期の昭和十五年五月に書かれた作品「マラリヤ患者」には、眼前の戦争や中国民衆をまっとうに見つめる作者、里村欣三がいるのである。こうして里村は戦友から「おい、こら、並川！　貴様はしよつ中、支那人を庇ふが、てめえは一体支那人か日本人かい？　そんなに支那人の味方になりたけりや、今からでもアッサリ蔣介石の手下になれッ！」（『徐州戦』）と絡まれたりもする。

戦友の高月の「どうも支那人が好きになれんのだ。支那人を憎いと思はなければ、僕には戦争する気が起きないんだ。」という問いに対し、並川兵六（里村）は、「お前は何んでそんなに支那人が好きなんだと訊かれたら、まつたく返事に困るよ」と言いつつ、次のように答えている。

「今、彼等が戦つてゐる事変が支那人全体を敵にしてゐるのではなく、つまり究極の目的は日支両民族の提携と共栄にあるんだが、しかし兵六はそのやうな政治的な目的を意識して支那人を愛してゐるのではなかつた。（中略）彼が支那人を愛する心持のうちには、もつと深く人間性に根ざした根本的な愛情があるやうに思へた。だが、今は何とも説明が出来なかつた。」（『徐州戦』）

この語りは、大正十五年と昭和二年の二度にわたる「上海行」から生まれた前田河廣一郎との共作「假面」中の「義豊里の露地を這入らうとすると、真向ひに住んでゐる苦力が、どやどやと賑やかに帰つて来た。（中略）太蒜の匂ひとも、腋臭の悪臭ともつかない、異常な臭気が闇に漂よつた。平田「里村」は彼らに対する親愛な気持が、急に強く湧くのを覚へた。裸足で働く彼等の群にこそ、本当の生活があるんではないかと思つた。」（『福岡日日新聞』）という感情に通じている。作品「マラリヤ患者」においては戦場の一兵卒としてシリアスに戦塵の中国民衆を見ているけれども、里村欣三は、こういう誠実に生きる下層の人々に対し、ほとんど無条件に親近感を持っていたのである。

13　逃れられない「戦場の法則」の中で

しかしながら戦場はそうした感情の持続を許さない。兵隊が戦場で生きるためには、戦友という擬似家族の助けが必要であり、戦友が傷つけば当然敵愾心も起こる。補給もままならない戦場では家屋、家財、作物、飲料水等の掠奪が随所に起こる。戦闘員と非戦闘員の区別はあってもスパイ、便衣隊への警戒感、黙して姿を隠す民衆……。逃れられない「戦場の法則」の中から里村は次のような感慨に陥る。

「――最早、何もかも一切のものは、過去の夢である。毎朝鴉の啼き聲に腹を立てたことも、美味い料理も、回教部落の混血児を庇つたことも、一切合財は過去へ流れ去つた夢である。兗州の駐屯を最後にして、またもや新しい生活がはじまるのだ。過去との一切のつながりの断絶した、全然未知の新しい世界へ、兵隊たちは出発したのだ！　未来も過去もない。現在の転移があるだけだ。それが戦場である。兵隊個人の予定も、計画も予測も許されない。勝つか敗けるか、殺すか殺されるか、生きるか死ぬるか――の絶対の支配力の相互関係の中へ、一切のものが埋没してしまふ。この世界では、ただ生死を国家に捧げて、現在を感受する信念と能力が働くだけである。過去も未来もない。戦場の法則に仕へて動く、ことごとくが平等と同一の運命線上にある兵隊である。（中略）兵六は、いままで余りに永く過去にこだはり過ぎてゐた。過去のつながりが捨て切れなかつた兵隊だ。だが今になつてやつと、兵隊並みの覚悟が持てるやうになつたのである。それは過去を失ひ、未来が閉ざされてしまつた時に、初めて「現在」の瞬間に包含される大きな意義が摑めるのである。過去の誤謬、社会主義思想……そんなことはなんでもないのだ。よしんば兵六自身がどのやうな思想を持ち、どのやうに特別な人間であらうとも、この戦場の「現在」に立たされた刹那には、如何に藻掻き、如何に意思しようとも戦争の法則からは絶対に遁げられないのだ。戦争の法則の支配下に立てば、国家の生命力を伸張させるための立派な戦闘力である。過去もなく未来もない。戦闘が有利に展開されることだけを、意思し、念慮し、行為する「現在」の感覚があるだけだ。」（『徐州戦』）

のちマレー戦線で、宣伝班員として里村と生死を共にすることになる堺誠一郎も、これと全く同一の、自分を無化する感慨に陥っている。

「……一切の主義や思想に嫌悪を感ずる。それらによつて規定された枠の中を歩き廻ることの下らなさが身にしみる。兵隊の中にまじつて自分がこゝにかうやつて生きてゐる。今日の自分にとつてたつた一つの動かせぬ事実はこれだ。その他のすべてのものは全く自分とは縁がなくなつてしまつた。自分はこゝにかうやつて生きてゐる。信頼出来ることはたゞこのこと一つだけだ。」（『曠野の記録』堺誠一郎、昭和十七年二月二十日、六芸社）

里村は北支、中支の輜重二等兵、堺は中央公論社の編輯者で、北満の歩兵伍長であるが、「学生時代ニ唯物論ヲ信奉セシコトアリ」の過去を持っている。農家出身の兵士は「若し生きて帰れたら、お前等のとこに俺が作った一番いゝ小豆を送つてやるからな。」と土地への信頼を語り、工員出身の兵士は帰還後に自分の工場を持つことを夢見ている。これに対し、里村や堺ら、ある種インテリ出身の兵士は誠実に自問を続ける中で「たゞ一個の戦闘員としての純粋さ」（『曠野の記録』）という観念に陥っていた。

里村欣三は、かつて泰山の頂上に立ったときの感激を思い出していた。

「ふと、兵六の両眼から熱い涙が迸るやうに、溢れ出てゐた。涙をこぼすまいとして眼をつむつて顎を噛みしめるのだが、涙はとめどなく頰を伝ふのだつた。何故、こんなに涙が流れるのか、彼には分らなかつた。（中略）野戦に鍛へられた粗奔な精神が、ふんわりと温かい愛情で押し包まれるやうな感じ、今まで見えなかつた光が突然に見えて来たやうな、ほのかな感激だつた。（よしツ、よろこんで日の丸と共に行かう！）兵六のわななく口唇には、そんな言葉が泛んでゐた。（中略）霊山の息吹から生れる清浄な烈風に、「日の丸」は布地一杯にはためいてゐる。穢れのない「日の丸」の真紅の色は、兵隊たちに戦争の現実を忘れさせて、日本民族のもつ宏大無辺な大理想におもひを通はせる。「日の丸」の真紅の色を通じて、遠い祖先の血が交流するのであらう。兵六は解散の命令が出たのも知らずその場に佇立してゐた。」(『徐州戦』)

戦場に投げ入れられた兵士は、柵のない監獄の虜囚である。抜け出せない「戦場の法則」に支配され、一兵士として自己を純粋化、無化するしかない戦場の中で、その空白を埋めるかのように想念は飛躍して、生存環境に適合した新たな価値観、自己の存在を肯定するための観念が準備されていくのである。戦場に倒れた兵士の多くがそこに「祖国」や「家族」を置換したのと同様に、里村も一人その例外ではなかったのである。

プロレタリア文学運動の苦難の時代をくぐり抜けてきたにも関わらず、真紅の「日の丸」に「遠い祖先の血」を見る発想は、里村の作家以前の作品＝旧制中学時代の「土器のかけら」の、「先祖の目前に侍せる様な厳粛な感に打たれて言ふ言葉が無かつた。(中略)かけらの内に祖先の霊魂が宿つて居て我国を永久に保護してゐるのではあるまいか。」という発想と何とよく似ていることだろうか。

この里村の『徐州戦』(『第二の人生』第三部)を評し、矢野貫一氏は「前二部とは質の上で甚しく異なるところが第三部にはある。「高邁な聖戦の意義と精神」とが、兵六の思考に上るのである。(中略)それにしても、ここにいたって、突如として、きわめて公式的な表現をもって聖戦の精神が書かれるのか。これは、兵六の内面の変化というよりは、作者里村欣三の側に起った変化ではあるまいか。さらに言えば、作者を包む世間の風潮の変化ではあるまいか。第三部後記に「二千六百一年紀元節」と日付を記すのも、このことと無関係ではあるまい。」としておられる(『近代戦争文学事典』第一輯、一九九二年十一月二十五日、和泉書院)。作品の背景設定からいえば、『徐州戦』中の並川兵六(里村)が、泰山の日の丸に感激の涙を流したのは昭和十三年一月十五日のことであり、一方「マラリヤ患者」の方は昭和十四年の初め北支の石家荘郊外での話であるが、実際の擱筆は「マラリヤ患者」が先で昭和十五年五月、『徐州戦』は昭和十六年二月十一日である。この間の作者の側の変化、作者を包む世間の風潮の変化が作品に反映していることを矢野氏は指摘しておられるのである。作中のみならず実人生においても「戦場の法則」が力を持ち始めていたのである。

この「はじめての書きおろし長編は、二つの結果をもたらした。一つは築地小劇場が『第二の人生』の部分的上演を試みたことであり、二つには彼は郊外の鎌田というところに、四間ばかりの借家を求めることが出来た」（「里村欣三」前田河廣一郎）。築地小劇場での公演は、昭和十五年七月四日〜二十一日まで、八田元夫演出、並川兵六役に本庄克二（東野英治郎の旧芸名）、妻の「キミ枝」役に本間教子、戦友の武田役に多々良純、荻野役に殿山泰二等の懐かしい名前が見え、里村の長男と長女も子役で出演、その公演台本が備前市加子浦歴史文化館に保存されている。公演前後の事情については、石井雪枝さんのエッセイ集『木瓜の実』に詳しい。新築地劇団はこの公演を最後に八田元夫や本庄克二らが検挙、弾圧されて八月二十三日解散に追い込まれている。

昭和十六年二月には『徐州戦』を書き上げ、杉並区阿佐ケ谷の新居に移転した里村は、四月末から五月にかけて軍人援護会の依頼により静岡県、長野県の軍人遺家族を訪問、その訪問記が後『青人草（中巻）』（昭和十六年十一月十五日、軍事保護院）にまとめられた。この間、前述したように、創価教育学会への入信が行なわれている。

昭和十六年十月には次女も生まれ、生活がやや安定するかに見えた十一月、国民徴用令により陸軍宣伝班員として徴用されて大阪に集結、太平洋戦争の開始とともにマレー戦線に従軍することになる。

第16章　マレー戦線にて——里村欣三はファッショになったのか⁉

1　遺著としての『光の方へ』

『光の方へ』（有光社）の刊行は昭和十七年六月二十日であるが、里村による「まえがき」の日付に「二六〇一年十一月」とあるように、昭和十六年十一月、太平洋戦争の開始直前に陸軍宣伝班員として徴用され、その出発の慌ただしい準備の中でまとめられた作品集である。中国戦線は膠着し、英米との破局も近く、宣伝班員としてどの戦線に投入されるのかも定かでない。里村はこの時、死の可能性を予感し、口絵に「一心欲見佛　不自惜身命」という妙蓮華経如来壽量品自我偈からとった色紙を置き、遺著としてこの書をまとめたと思われる。

巻頭には、保線に出た戦友が狙撃される「敵性」（『知性』昭和十五年二月号）という作品を置き、また日本軍に脅え沼に身を潜める若い中国人の女を描いた幻想的な中国戦線の戦場譚「獺《かわうそ》」等を配置することにより戦時向きの装いをとっているが、収載された「息子」や「十銭白銅」、「光の方へ」（原題「監獄部屋」）等、全分量の四分の三を占める作品は皆プロレタリア文学時代の作品であり、「息子」に至っては徴兵忌避時の信州放浪を描いた作品である。

里村の「まえがき」には「かつての旧体制的な機構と生活から、一歩づつでも喘へぎ出ようとして、もがき苦しむ自由労働者の苦悩と、そのはかなき希望とを再吟味することは、今日の新しき時代の確認のためにも、それ相応の意義が存するのではないか」とあり、「戦争と一緒にどこまでも運命を共にする」という決意とともに、自信とも居直りともとれる、里村のこころの有り様が窺える大胆不敵な作品構成となっている。

2　陸軍宣伝班員

昭和十六年十一月中旬「国民徴用令書」が発せられ、これにより徴用された作家、画家、カメラマン、新聞記者、出版放送関係者、音楽家、宗教家、貿易関係者たち約三百人は十一月二十二日朝九時、大阪城内に集合、東京での身体検査（十一月十七日）の際に告げられていた乙班、丁班に分れて中部軍司令部の宿舎に入り、更に宣伝班、宗教班、通訳班に分けられた。南洋方面へ派遣されることは分っていたが、実際の行き先を徴員が理解したのは菱刈隆文が聞き出してきた十一月二十八日頃のことであった。

約三百名の第一次徴用者のうち文学者は三十名ほどで、丁班（マレー方面）は井伏鱒二、小栗虫太郎、海音寺潮五郎、堺誠一郎、里村欣三、寺崎浩、中村地平ら、乙班（ビルマ方面）は岩崎栄、小田嶽夫、倉島竹二郎、高見順、山本和夫らである。この二つの班は、太平洋戦争開戦に先立つ十二月二日、大阪の天保山港を「あふりか丸」で出航、十二月十八日サイゴンで別れるまで行動を共にしたので、この間の記録も多く、里村と同じ丁班だった井伏や寺崎の記録はもとより、ビルマ組の高見順『高見順日記』第一巻（一九六五年九月二十日、勁草書房）や岩崎栄の『萬歳《チャイヨウ》』（昭和十九年五月二十日、泉書房）にも里村欣三の言行が登場する。

輸送船あふりか丸船上にて、マレー、ビルマ従軍の宣伝班員達（昭和十六年十二月）。最前列中央里村、右堺誠一郎、高見順、左栗原信、四列目首を傾げた井伏鱒二、その左海音寺潮五郎。（『戦争の横顔』寺崎浩）

徴用された作家にはこの他、フィリピン方面は石坂洋次郎、上田廣、尾崎士郎、今日出海、柴田賢次郎、火野葦平ら、ジャワ・ボルネオ方面は阿部知二、大木惇夫、大宅壮一、北原武夫、武田麟太郎、富沢有為男らが第一次徴用組であるが、フィリピン組は東京の東部軍司令部に集結、広島の宇品港から台湾経由で、ジャワ・ボルネオ組も東京で集結、開戦後の十七年一月三日に大阪の天保山港から出発しているのでマレー組、ビルマ組に関する消息の記載はない。また丹羽文雄や寒川光太郎など海軍に徴用された作家も多い。

寺崎浩によると、徴用期間は一年の予定であった。

（『戦争の横顔』一九七四年八月十五日、太平出版社）

その任務は「八紘為宇の大理想の下に東亜民族を解放せんとする（中略）建設戦の重要な一翼を負担して最前線に立つ勇士である。或は文化挺身隊ともいへよう」とされ、占領地における宣伝、宣撫工作を第一義に、「前線と銃後を結ぶ紐帯」として「前線将兵の奮闘の状況、又は建設宣撫等の実情を、或はペンに或は彩管に或は写真によつて報道して国民の戦意を強化し、その決意を振起し、その士気を昂揚せしむる使命を有してゐる」（『大東亜戦争陸軍報道班員手記　マレー電撃戦』の序文、陸軍報道部長大佐谷萩那華雄）として、戦地における宣伝、宣撫工作とともに戦意高揚のための「報道文学」「戦争文学」が求められた。

占領地における宣伝、宣撫工作として、マレー班では『建設戦』という「インド語、マレー語、英語の謄写版刷りのニュース」新聞を「要所要所に貼つて歩き、住民たちに手渡ししたりした」。（「マレー西岸部隊」堺誠一郎、『マレー電撃戦』文化奉公会編、昭和十六年六月九日、講談社）

寺崎浩はペナン島で謀略放送に従事している。「ニュースは東京の放送を聞き、それを英語、中国語、マレー語、インド語などになおして放送する。ところが住民の短波受信機はみんな取り上げてしまったので効果がない。仕方がないから広場のある所にラウンドスピーカーをそなえて聞かせるのだ。」（『戦争の横顔』）

昭和十七年二月十五日に英領のシンガポールが陥落した後、井伏鱒二は英字新聞「昭南タイムス」の責任者となり、第二次徴用の神保光太郎は「一九四二年五月から十一月にかけて開設された「昭南日本学園」の園長として第一期から第三期まで、千三十四名の卒業生を送り出した」（『南方徴用作家』神谷忠孝、木村一信編、一九九六年三月二十日、世界思想社）。また、日本映画をマレー語やインド語に翻訳して上映するなどの活動が行われた。里村欣三自身はこうした「文化工作」には従事しなかったが、高見順（ビルマ）、大江賢次（ジャワ）との対談「遙かなる南の映画を語る」（『映画之友』昭和十八年三月号）では「マライの映画界」の情勢を分析して「風と共に去りぬ」等の英米映画、インドの甘い恋愛映画、中国の抗日映画はあるが「マライ人がどう云ふやうな生活をして居るかと云ふやうな、生活の中に入つて居る映画は一つも見たことがありません」と話している。

ドイツ国防軍のＰＫ（Propaganda Kompaniien）部隊を真似た宣伝部隊の構想は、最初、陸軍参謀本部第八課（宣伝・謀略担当）の藤原岩市を中心に構想されたもので、文学者や映画人、新聞記者等がそれぞれの分野ごとに班を編制し、軍の方針に従いそれぞれの行動方針を決定するものであったらしい。

フィリピン組第一次徴用の尾崎士郎の『人生劇場（離愁篇）』（昭和二十九年二月二十八日、新潮文庫）の自身による「解説」にはそのあたりの事情が書かれている。

「『第一、任務――、戦場における敵の戦意破砕、ならびに反乱。投降兵を誘起せしむべき対敵宣伝、及び占領地民衆、民心把握、及び一般宣撫を主体とし、併せて、報道、資料の蒐集調査に任ず』そういう説明を精細に書いた文書が配布され、部署が決定したが、それが具体的に何を意味するのか誰にもわからなかった」。

「文化」は、国土、民族、言語、宗教とともにナショナルを形成する要素であり、軍事上における対敵宣伝、謀略ならいざ知らず、本質的な意味において「工作」の対象になるものではない。ましてや藤原岩市自身が太平洋戦争開戦に先立つ昭和十六年十月にタイのバンコクに入り情報収集に努めたような有様で、また徴用された作家や映画人の中の軍隊経験者はごく少数であり、構想も軍事組織としての実態も俄づくり、付け刃以前の問題であった。尾崎士郎は『作家の自伝14　尾崎士郎』（一九九四年十月二十五日、日本図書センター）で、「日本の参謀本部第八課はすぐさまこの計画を日本の軍隊の中に軽々しくとり入れた。これがすなわち急速に形成された私たちの宣伝部隊なのであるから驚くのほかはない。」と記している。

構想を理解しない配属軍人と闇雲に集められた作家たち。当然に摩擦は戦線の各方面で起こり、「文化工作」「文化挺身隊」という側面は薄れ、次第に将兵の戦闘における奮闘状況を伝え、国民の戦意高揚を高めるための「報道文学」「戦争文学」を担う者として「宣伝班」は収斂されていくことになる。第一次徴用当時の「宣伝班員」という呼称が昭和十七年春頃から「報道班員」と呼ばれるようになったのは、当初の半自律的な組織による「文化工作」構想が後退し、次第に軍に従属し、戦闘を記録する組織に改変されていったことを意味している。

3 『遥拝隊長』

井伏鱒二は「最初、第一回目の徴員として南方に派遣された宣伝班員は、フィリピン組（百二十名）、マレー組（百二十名）、ビルマ組（八十名）、ジャバ組（百二十名）の四組であった。ドイツの部隊を真似たものだと云われていたが、出先の軍人のうちには徴員をどう扱っていいか、宣伝班員とは何をしに来たものかわからないのが多かったようだ。徴員たちの組と組の間にも横の連絡がいっさいなくて、どこそこの組はどんなに辛いことをしているのか、何をしているのか全然わからなかった。」（「『キナバルの民』の作者のこと」、中公文庫版『キナバルの民』（堺誠一郎）の解説）としている。この文章に引き続き、井伏は次のように書いている。マレー組がまだ大阪の宿舎にいた昭和十六年十一月二十五日の出来事である。

「私たちのマレー組は、遠慮なく云って貧乏籤を引かされた。実にひどい輸送指揮官に当った。こんな軍人は見たこともない。（中略）輸送指揮官は中学校の教師をしていた退役軍人中佐で、仁丹の広告のような大きな八字髭を生やしていた。（中略）点呼がすむと、輸送指揮官は台の上に出て徴員名簿を拡げ、一人一人に捺印させ、傍に立っていた附添の少尉が認識票というものを渡してくれた。何か無気味なものに思われた。認識票がみんなに行き渡ったときには、もはや輸送指揮官には「髭」という綽名がつけられていた。（中略）「髭」は「気をつけ」の号令をかけて、いきなり大きな喚き声で云った。「儂は、お前たちの指揮官である。今からお前たちの生命は、儂が預かった。ぐずぐず云う者は、ぶった斬るぞ」みんなの間に、声でない声に出す動揺の気配が起った。その中から、「ぶった斬って見ろ」と云う者がいた。（中略）海音寺潮五郎であった。「髭」は謂わゆる気合を入れる訓話をしたわけで、（中略）この人は案外にこれで一生懸命になっていたのかもわからない。輸送船に乗ってからは、ラジオで日本軍の捷報ニュースがあるたびに、私たちを甲板に集合させて東方を遥拝させた。」（「『キナバルの民』の作者のこと」）

このマレー組の髭の指揮官は栗田といい、井伏はいま引用した話を『徴用中のこと』（一九九六年七月十日、講談社）でも書いており、寺崎浩の『戦争の横顔』や松本直治の『大本営派遣の記者たち』、また当時書かれたものとしては岩崎栄の『萬歳』にも「丁班、栗田班長と、何か衝突し、騒然たりとの情報。」と記されている。

井伏鱒二の作品『遥拝隊長』（昭和二十六年四月三十日、改造社）の元陸軍中尉「岡崎悠一」は、この髭の指揮官栗田を人格的なモデルにして書かれたといわれる。

岩波文庫版では「元来、遥拝隊長は遥拝をすることが好きであった。輸送船のなかでも、ラジオで何か朗報なるものが伝わると、部下を甲板に整列させて東方を遥拝させ、万歳を三唱させた。そのあとで必ず訓示をした。（中略）お昼のニュースで遥拝させ、夕方に同じニュースの繰り返しがきこえても、それが勝ちいくさであったと報道されている以上、また東方遥拝である」と書かれている。

作品『遥拝隊長』の舞台そのものは戦後の「笹山村」であるが、戦時マレーに派遣されたこの遥拝隊長の岡崎は、クアラルンプールを過ぎたあたりで、爆弾で破壊された橋の仮架橋の間待たされる。そのとき部下の友村上等兵が、惜しげもなく落とされた敵の爆弾の跡を見て、「ぜいたくなものじゃのう、戦争ちゅうものは。」とつぶやく。それを聞いた岡崎が友村を殴りつけた時、もろともにトラックから転落し頭部を負傷する。郷里に送還された岡崎は、戦後も村人に「突撃に進めえ。」や「伏せえ。」と号令する。逃げ出す人には、背後から「逃げると、ぶった斬るぞお。」とこわい言葉を浴びせるのである。

この栗田指揮官と徴員との摩擦は、さらに陰湿な形で展開する。井伏鱒二が寺崎浩の『戦争の横顔』の「跋」で書いている「三人組」の出現である。この徴員「三人組」は作家ではなく新聞記者であったようだが、自己の保身、つまり戦地で安全な後方勤務につくために指揮官にごまをすり、他の徴員の行状をスパイし、「「大阪集結以来、徴員に関する行状」といふ題名の密告書」(『徴用中のこと』)を作成し、輸送指揮官経由で二十五軍の鈴木参謀長に提出した。サイゴンに着いてからのことであるが、徴員の配置換え工作も行なわれ、のちシンガポールのブキテマで戦死した柳重徳(東京日日新聞編集局)も後方の資料班から前線の報道班に振り替えられたといわれる。

徴員たちは輸送船の中で「南航ニュース」というガリ版刷りの船中新聞を発行していたが、そこにこの三人組を風刺する堺誠一郎の「二匹の忠犬」という童話が出た(『戦争の横顔』)。井伏はこの作者を堺誠一郎ではなく、「小栗虫太郎はこのいきさつを風刺の効いたユーモラスな童話に書き」(『徴用中のこと』)としているが、前述『南方徴用作家』(世界思想社)収載の「寺崎浩と宣伝放送」(神谷忠孝)では、寺崎浩の堺誠一郎説を引いている。

こうした輸送船中でのごたごたに対し、「同じ徴員でも種々さまざまで、戦地帰りの里村君や堺君のやうに、戦争の不平も云はず、遠慮深いが泰然としてゐるのもあつた」(『徴用中のこと』)。

しかし確執が沸点に達して栗田中佐が「南航ニュース」の発行を禁止したとき、敢然と栗田中佐に立ち向かったのは里村欣三であった。

「「みんながいっても分らん。一人がいえ!」老中佐はそういった。

「よし、俺が話す。新聞同士の喧嘩じゃないな」と里村は佐山［忠雄］に念を押しながら中佐の前へ進み出るといった。

「一部の者がこそこそ事をやるのはいかん。権力を持ったかのようなふるまいもいかん。戦友は戦友らしいいたわりがあるべきなのに、告発したりスパイするとは何事か！　それを書いて悪いことはない。文学はそんな生易しいことで分るもんじゃない。それがいかんというなら憲兵隊へ引き渡せ！」と卓を叩いて老中佐に詰め寄った。

その瞬間、いつ出てきたのか地平［中村地平］が長身の体をくらりくらりとさせながら「あやまれ！」と叫んだ。

「それじゃ取り消す。取り消せばええじゃろう」と老中佐はいった。

それをしおに堺［堺誠一郎］は里村の傍へ行って、もういいというようになだめ、中佐には取り消して貰い、こっちは以後注意すると間に入って解決をつけた。」（『戦争の横顔』）

4　六人の報道小隊

こうした「三人組」による船中での陰湿な画策の一方で、最前線の取材を志願する小隊の結成が画家の栗原信を隊長に盟約された。通称「六人の報道小隊」である。

「栗原小隊は洋画家の栗原信が隊長で、隊員は作家の里村欣三、中央公論社の堺誠一郎、声楽家の長屋操、国民新聞の松本直治、都新聞カメラマンの石井幸之助である。この小隊の従軍中の活躍ぶりは、後に栗原信が詳しく書いて『六人の報道小隊』といふ題で一冊の本にした。そこに書いてある通り、六人は自発的に最前線に出て、各自の分野で一箇月間あまりにわたつて記録を取つた。命懸けの活躍だから軍人や兵隊たちを感心させた。宣伝班の尾高少佐は「栗原小隊は宣伝班の花だ」と云つた。同じ班の少尉中尉たちからも尊敬されて、特別扱ひの待遇を受けてゐた。」（『徴用中のこと』）

栗原信が書いた『六人の報道小隊』（昭和十七年十二月二十五日、陸軍美術協会出版部）は、マレー戦線における里村欣三の行動を直接に知ることのできる資料である。里村に対する栗原の人物評を含めこの小隊結成のいきさつを同書から引用してみる。

「我々報道小隊結成の覚悟は船中から進められてゐたのだつた。前途の判らない船中ではあつたが、いつの間にか里村と堺と私は、前線へ出ることを約束して了つてゐた。里村も堺も近年帰還した兵隊で二人とも小説家である、性格は丸で反対だが純情で、実行性に富んでゐるところが、お互に面白い対象《ママ》をなして一致してゐる。

里村の健康は直接労働の中に彼を置く結果にして了つた。衝動に引ずり廻されて、四十年の人生を殆ど労働者の中で送り、内地はもとより北満の果までも、膏薬を貼つたり跛を曳いたりして旅をしてゐる。彼はいつも、突発的に直情的に行《や》つて了ふのが癖だが、決して悔いたことも、効果を楽んだこともない。或る宗教には関心を持つてゐるが、戒律には好きなところだけしか必要がない様である。寧ろ彼の尤もらしいものは酒を呑み乍ら、のべつ論じられる社会批評人生批判なのである。然もそれは、常に変らぬ一貫した論調と理想とを持つてゐるのにも拘らず誰もそれを諒解したと言ふものも賛成だと言ふものもゐない。それは、彼がラツパを吹き鳴らす様な宣言的な音響と、抑揚のない、力一杯に物を敲く様な不協和音だけで叫ぶ為めに、聴き取りにくいせいであるからだと思ふ。

堺はその反対に言葉は○○用に相応しいと言はれる程、優しく透つてゐるが、最後は容易に曲げない意志的な無気味さ一國さがある。彼は満洲の軍隊生活から得た諦観を持つてゐて、惨めな自分の姿を、冷やかに凝視してゐる習慣がある。自分を酷使してゐると思はれる程勤勉だが、散歩と冷水摩擦と朝起は健康に害があると言つて決して行はない男である。

これでこの二人はお互に反感を抱いたことがない程二十年に近い親交をつゞけてゐる。堺は、里村がどんなに呑んだくれで、稽古中のラッパの様な「演説を打つ」ても平気で里村の間役をつとめてゐる女性的な立場にあるのだが、里村の弱点はつねに、この堺の辛抱強い同情に依つて押へられてゐるのであつた。

カメラマンの青年石井が我々について来たのは、前線と言ふところはどんなに輝かしい空気に充ちてゐるものか、戦車に当る砲弾がどんなに美しい光を発するものか、（中略）前線スナップで、これらの疑問を晴した方が、青年石井のカメラマンとしての面目が立ち、可愛い妹が喜んでくれると信じたからであつた。

他に二人の新聞記者があるが、これは出発の前日になつて参加した。日頃の報道生活意識が、我々の颯爽たる自転車姿に特色を感じたところから小隊参加を希望したものかも知れない。」（『六人の報道小隊』）

堺誠一郎自身は砲弾の落ちる最前線を志願した理由を次のように書いている。

「それはもつと体ごと何かにぶつつけたいといふ徴用されて以来の自分の希願であり、云ひかへれば断ち難い前線への憧れであつた。自分の中にあるこの烈しい思慕は一体何によるのであらうか。自分は時々このことを考へて見た。それにはいろいろの訳がありさうでもあつた。

しかしまた何程の理由もないやうな気もした。ただ自分が云ひ得ることは、曾つて自分が兵隊であつたといふたつた一つのことがそれ程までに自分を前線へ駆り立てる理由の一番大きなものであつた。自分は今度は戦闘員ではない。そして戦闘員でないことは卑怯な意味で自分を安心もさせ、また同時に自分を寂しくさせる。自分は曾つての出征で、戦闘員の置かれるのつぴきならぬ絶対の運命といふものの尊さを身を以て知つた。自分が前の出征で得たたつた一つの、そして最も尊いものはこの絶対の有難さであつたと云つてもいい。そして仮令今度は戦闘員ではなくとも、前線にある兵隊の中に溶けまじることによつて今一度その尊さに触れたい願ひがあつた。」(「マレー西岸部隊」堺誠一郎、『大東亜戦争陸軍報道班員手記　マレー電撃戦』)

また栗原信の『六人の報道小隊』では、堺誠一郎が次のように述べた、と記録されている。

「僕は最初から第一線に出ようと思つてゐた。自由の体でもつて第一線を観察しようと言ふ作家的な希望もあつたが、僕はそれよりも、自由な立場に置かれた一人の人間として僕がどこまで砲弾に耐へ、敵中に耐へ、行軍に耐へて行くことが出来るかと言ふことに、寧ろ興味を持つてゐたんだ」

堺誠一郎は昭和十二年十月から伍長として一年半召集され、北満のさらに北部に駐屯、ノモンハンにも出動したが、「一発の弾丸も撃たず帰ってきた」。(『菩提樹への道』一九九三年三月二十日、弥生書房)

その堺誠一郎の従軍記『曠野の記録』では、戦闘の機会もなく雪原の兵舎で静かな自問を繰り返している。班長として部下を預かる自分、兵士としての自分、「立派な一人の兵隊にならう、そのことが自分を鍛へるたゞ一つの方法だといふ気がしてゐた。しかしたゞこの雪の中では何を目標に挺身すればいゝのかそれは矢張り判らなかつた。」

堺は「突撃の時はどんなことがあつても兵隊よりは一歩先に駈けて行かう、若し彼等に中る弾丸があるとすればそいつを自分の胸板で受け止めよう」と思い定め、里村と同様に〝逃れられない戦場の論理〟の中で「たゞ一個の戦闘員としての純粋さ」を志向していたのである。

里村自身は最前線を志願した理由を書いていない。「戦闘員の置かれるのっぴきならぬ絶対の運命」を共に甘受しようとする姿勢は里村にも堺にも共通するが、堺のそれが諦観から発しているのに対し、里村の場合は「一心欲見佛　不自惜身命」、法華経信仰の現証を求めるところから発しているように見える。この堺の諦観と、里村の現証を求める熱いこころの差が、のち昭和十七年九月、ボルネオのキナバルを巡る旅の数日前の壮行会で、里村が堺に「貴様はいつも……」という言葉とともに酒盃を投げつけるエピソードとなって現れている。

堺誠一郎の「或る左翼作家の生涯」(『思想の科学』)によると、これには伏線があって、里村が朝日新聞朝刊に連載(昭和十七年四月二十九日〜六月三十日、六十三回)した『熱風』を書き始める少し前、戦車隊に取材に行ったとき、堺は黙って眺めていたが、里村は「急にノートを取る手をやめて涙を流しはじめた。感激のあまり泣き出したのだった」。里村が酒盃とともに「貴様はいつも……」と投げつけた言葉のうちに、堺はこの出来事を思い出していたのである。堺はこの酒盃エピソードを次のように総括している。

「壮行会も終わり外に出ると、氏は突然私のそばに寄って来て肩を抱くようにして「さっきはすまなかった」と低い声で一言いった。私はびっくりし、横っ面を張られるならわかるが、こうして謝って来る人の良さにどぎまぎし、ああこの人は何と良い人で、また何という弱い人であろうかと暗澹たる気持であった。この氏の人の良さ、弱さが社会主義(氏の場合アナーキズムといった方が適当である)を捨てると同時に、日蓮にすがらずにはいられなかったのではなかろうか。また次々に戦争ものを書かされることを断わりきれず、最後にはほとんど自殺に近い形でフィリピンに行かざるをえなかったのもすべて氏のこの人の良さと弱さのためではなかったのだろうか。」

5　マレー戦線従軍の足跡

昭和十六年十一月二十二日、大阪城に集合した里村や井伏らの宣伝班員（報道班員）は、太平洋戦争開戦に先立つ十二月二日、大阪の天保山港を「あふりか丸」で出航、十二月八日、中国厦門の沖合で開戦の報を聞く。その時の里村欣三の感想「来るべきものが来たのみ。徴用令を貰つた時と同じ感じである。」（「南航ニュース」第七号、昭和十六年十二月九日）が、寺崎浩の『戦争の横顔』口絵写真に残されている。

船中で、宅送すべき荷物の梱包を、里村が次々と気安く行なったことが井伏鱒二の「南航大概記」や、海音寺潮五郎の「ハムチョイ」（『バナナは皮を食う』檀ふみ選、平成二十年十二月十日、暮らしの手帖社）に残されている。

「大抵の者が、彼の厄介になった。親切な彼は、こちらから頼むまでもなく、至って気軽に手を出して、巧みに箱につめ、トントンと釘を打ち、シュッシュと縄をしごいて、からげてくれた。今でも、その頃のナカマが会うと、きまって、この話が出て、彼の親切をしのぶのである。」（「ハムチョイ」）

十二月十八日、サイゴンで高見順らのビルマ組と別れ、浅香山丸に乗り換えて二十四日出航、二十七日タイ領のシンゴラに上陸、トラックに分乗してマレーのアロルスターまで二二〇㎞を南下、さらに二五〇㎞を南下して十二月三十一日タイピンで司令部に追い着き、山下奉文司令官の指揮下に入った。この間、里村は『建設戦』という前線向けのニュース新聞発行等の手伝いをし、十七年一月八日、スリムへ出発、十二日にはクアラルンプール（コーランポオ）に入っている。一月十六日、ゲマスに向かう。ここからは前線に近く、砲弾が飛び、「コゲ臭い戦場には腐肉の臭も交つて、我々は戦場意識で身が緊まる思ひがした。」「アイエルヒタムを集合地点として我々はそれぞれの好む部隊に蹤いて前線に出ることになつた。自転車の下手な里村は〇〇部隊の歩兵に、堺は工兵隊に、長屋松本は砲兵に、私と石井は〇〇部隊の戦車隊に配属して資料蒐集にか、つた。」（『六人の報道小隊』）

十七年一月二十九日、アイエルヒタムから西岸のバトバハトへ自転車で一気に走る。二月一日、シンガポールの対岸ジョホールバルへ自転車で向かう途中、里村は転倒し負傷する。「上半身血だらけになつて右手を繃帯してゐた。肩先からは血が流れてゐる。『坂道で兵隊が後ろから突当たつたので、僕あ十間位自転車と一緒に吹飛んだ。（中略）』」（『六人の報道小隊』）。この時の、右手に包帯を巻いた姿が、里村の『静かなる敵前』（昭和十八年八月二十五日、成徳書院）の表紙絵になっている。

十七年二月八日のジョホール水道敵前上陸までの間、軍戦闘司令所は右翼のスクダイに移動し、近衛師団を左翼のウビン島から上陸させるように見せかける陽動作戦が展開された。八日二十三時乗船開始、第五師団はスクダイから、十八師団はさらにその右翼から渡過、九日零時十分、第一陣が上陸に成功している。（『マレー作戦』陸戦史研究普及会、昭和四十一年九月二十日、原書房）

以下、続けて栗原信の『六人の報道小隊』を中心に里村の足跡を追ってみると、里村、堺、栗原、石井の四人は膝まで埋まる沼地を自転車を持って進みスクダイから渡過を行ない、九日払暁シンガポール島に上陸している。赭土の崖をよじ登るとその先は砲弾の炸裂する戦場だった。ゴム林で休息後テンガー飛行場に向けて進み軍司令部を追求、その夜は軍刀を抱いて斜面に寝た。

十日ブキテマ三叉路に向けて進攻、「第一線の作戦区域の中に這入り込んでゐる」のを実感する。夜、

ブキテマ高地の宣伝班員。左から堺誠一郎、栗原信、里村欣三、石井幸之助。里村の右手には包帯（自転車事故）、左手刀の柄に数珠が見える。撮影：石井幸之助（『六人の報道小隊』栗原信、昭和十七年十二月二十五日、陸軍美術協会出版部）

後方に本部があるゴム林で枕を一ケ所に集めて放射形になって寝た。その夜、指呼の間に敵襲があった。「ジョー……」「カムオン……」機銃弾がバリバリと音をたて、「いやあ……あ……」という突き刺された英兵の悲鳴が聞こえる。栗原らは後方にさがったが、息を潜める林の脇を英兵が通る。栗原も堺も抜刀したが、人影はそのまま通り過ぎた。翌朝もまだ敵襲が続いている。食事も取れず、銃火の中を放置した自転車を取りに戻り、昼前、牟田口廉也司令官（＝昭和十二年七月盧溝橋で日中戦争の端緒を開き、のちインパール作戦指揮で悪名高い）率いる第十八師団の前線本部に合流、数百人の部隊とともにブキテマ三叉路に向かう。『大東亜戦争絵巻マライの戦ひ』（文・里村欣三、昭和十八年十二月二十五日、岡本ノート）の「ブキテマの牟田口兵団長閣下」の絵（栗原信）は彼等の見た光景である。三叉路は集中砲火を浴び大混乱、夜十一時、栗原や里村も砲火にさらされ、石井は写真機を吹き飛ばされ後退する。

十二日朝、もとのT字路に戻る。「切迫した最後のシンガポールの姿」を捉えようとここまで踏ん張ってきた栗原小隊であったが、記事も書けず、書いても後方と連絡のつかない中で、栗原は小隊員の身を案じ一旦後退することにした。しかし烈しい砲撃の中で里村は行方不明となる。栗原、堺、石井はテンガー飛行場近くに戻り八日以来の飯を食い、ブキトパンジョン部落の地下に掘られたトンネルの中で寝る。

二月十三日トンネル内で食事、撮影隊の少尉に誘われて部落外れの家へ移動。翌十四日トンネル前の小屋に入る。そこへ行方不明だった里村が現れる。十二日に戦死した宣伝班員の柳重徳と同様に、ブキテマ三叉路で里村も撃ちまくられて逃げ遅れ、近くの鶏小屋で一泊、翌日は三叉路北方二㎞のフォード自動車会社で寝てようやくブキトパンジョンのトンネルに来たのだった。十四日夜から十五日にかけてここで里村は「醜の御楯　ジョホール水道敵前上陸記」(『陸軍報道班員手記　マレー電撃戦』収載)を書く。

十五日夕五時、師団本部から連絡があり、敵の降伏使節を迎えるため杉田参謀、通訳を務めた宣伝班員の菱刈隆文とともに栗原が先行してブキテマロードのフォード会社へ、最前線での「六人の報道小隊」の活躍が認められて、里村や堺、長屋操、松本直治、カメラマンの石井幸之助も召集された。第二十五軍司令官の山下奉文が敵将パーシバル中将に「イエスか、ノーか」と無条件降伏を迫るあの有名な写真を撮ったのは石井幸之助である。里村欣三も金網の張られた窓の外から直接にこの降伏会談を見て、翌日には「歴史的会見を観たり―シンガポール最後の日―」を書いている。夜十時、砲声は全く止んだ。「六人の報道小隊」はトンネルの小屋の前に並んで皇居遥拝式、万歳三唱、戦没将兵への黙禱を捧げた。その夜は堺誠一郎の入れた濃いコーヒーを飲んで語り合った。

「話しは尽きなかつた。話題は戦闘中の話しか故郷の話に決つてゐるのだが、それを幾度も幾度も蒸し返しては話し合ふのであつた。里村の親父が監獄の囚人に汽車弁の箱を製造させて批難され、事業に失敗した話や、堺の北満警備中、足跡に溜つた水を飲む話やノモンハンや戦友の話」などが出た(『六人の報道小隊』)という。こうしてマレー戦における闘いは終った。

6　「里村はファッショになった」という批判

作家、新聞記者、画家、写真家など百二十名が宣伝班員としてマレー戦線に投入された結果、残された従軍記録は数多い。里村の作品が掲載されたアンソロジーとしては『陸軍報道班員手記　マレー電撃戦』（文化奉公会編、昭和十七年六月十五日、講談社）、『作家部隊随筆集　マライの土』（昭和十八年三月五日、新紀元社）、『マライ戦話集』（昭和十八年三月三十日、朝日新聞社）、『陸軍報道班員手記　従軍随想』（文化奉公会編、昭和十八年六月二十八日、講談社）、『新生南方記』（日本文学報国会編、昭和十九年三月十日、北光書房）、読売報知新聞に連載六回（昭和十八年一月二十六～三十一日）の「神兵」等がある。

里村の行動が記録されている著書には、当時のものとしては栗原信の『六人の報道小隊』、井伏鱒二の『花の町』（昭和十八年十二月十五日、文芸春秋）に収録された「南航大概記」、戦後刊行されたものには井伏の『徴用中のこと』や寺崎浩の『戦争の横顔』、松本直治『大本営派遣の記者たち』、『高見順日記』などがある。カメラマン石井幸之助の『ファインダーのこちら側』（昭和六十二年十一月二十日、文芸春秋）、『イエスかノーか』（一九九四年四月八日、光人社）も、里村や堺、栗原信らに対する人間的信頼に溢れた著作で、忘れがたい。

里村欣三自身の著書は、戦車隊に取材し昭和十七年四月二十九日から朝日新聞に連載（六十三回）された『熱風』（昭和十七年十月二十日、朝日新聞社）、児童向けの『静かなる敵前』（昭和十八年十月二十日、成徳書院）がある。

この『熱風』を直接に指しての批判が、かつてのプロレタリア文学時代の仲間内から起こった。

「だが、もっと手痛い批判は彼の仲間からおこった。ファッシジム《ママ》に里村はなったというのである。彼の近作『熱風』が、如実にその傾向のあらわれだと云うのであった。（中略）『実際に、君はファッショになったのか？・』『と、とんでもない』（中略）『それにしても、何とかほかに策の施こしようがなかったのかね。ああも軍の精神を鼓吹するような、誤解され易い『熱風』のような作品を発表しなくとも。（中略）』しばらく里村は返答せずにうつむいていたが、ふたたび顔をあげたときは、ある種の決意に似たものを眼に閃めかしていた。『実のところ、僕は久しく迷よって来たんです。しかし今はそうじゃありません。この戦争がどうなるか知りませんが、僕はどこまでもこの戦争について行くつもりです。』『ふむ、じゃ、やっぱりファッショだ。立派なファッショだよ。』『そうですかな。そういうことになりますな。』」（「里村欣三」前田河廣一郎、『全線』一九六〇年四月号）

この『熱風』には、中国戦線の記録『第二の人生』や『兵の道』の集団的戦闘場面の描写とは異なり、白兵戦的な、敵兵を刺殺したり銃撃する場面がある。また「生きて虜囚の辱めを受けず」や「東方遥拝」という皇国思想宣揚の箇所もあるが、全体は徹底した「戦闘の記録」である。私が入手した里村欣三の『熱風』の後半部、「白き月光」、「殲滅戦」、「二つの橋」の章には元の所有者により作中人物に消し込み線が引かれ、横に実名（姓）が書かれている。島津少佐は戦車第六聯隊の島田豊作少佐、安住部隊長は安藤大佐、増岡中尉は増田小隊長、その他軍曹や兵長、上等兵にも実名が施されている。このように実在の人物による実際の激しい戦闘であるにもかかわらず、読み手から言えば、そこには抽象化された兵士がいるだけで、中国戦線の描写で見られた苦悩する兵士の姿が見えないのである。

もっと激しく皇国思想へ誘導する言辞が埋め込まれていたら別の作品価値が生じていたかも知れない。むしろ実際の戦闘経過の記録に忠実であろうとするところに作者の意が注がれ、そこに規範的な兵士が描かれることにより、結果として読み手を不感症にし、思考の停止に追い込む。その意味で「ファッショ」と呼ばれたこの作品への批判は、本質的な意味で正しいのである。

井伏鱒二の「『キナバルの民』の作者のこと」（中公文庫『キナバルの民』（堺誠一郎）の解説）には、次のように書かれている。

「里村君は徴用になる前、堺君と同じく「文化奉公会」に入っていた。これは戦地から帰還した作家、画家、ジャーナリストたちの会で、会長は前田利為中将であった。（中略）今度も徴用令状を受取ると、つづいて陸軍報道部から出頭を命ぜられ、「君は個を追及しては駄目だぞ」と禁断を云い渡された。「文化奉公会」に入っている関係で、知りあいになっていた将校が訓戒のつもりで云ったのだろう。一本気で人情家肌の里村君は、「俺は一兵卒として、その将校に誓った。だから、人間というものを俺は追及できないんだ。模範的な人間を書いて、反省させる以外にない」と云っていた。」

「模範的な人間を書いて、反省させる以外にない」と、里村が本気で考えていたとすると、ミイラ取りがミイラになった、という他ない。私が入手した古書の『熱風』に、作中「銃手の長谷川一等兵」がスリムの闘いで戦死する記述の横に、「長谷（通信教育ヲ一緒ニ受ケタ戦友ナリ）アー戦友ノ君ノ奮闘ハ我等通信手ノ本望ノ死ダ大東亜ノ基礎トシテキットキット魂ハ我等ノ上ニアル」という書き込みがあり、こうした戦闘の記録が、規範的な兵士を描くことによりどのように戦意高揚に寄与したかを物語っている。

自身を安全な圏外においてファナティックに皇国思想をあおるファッショではない。ブキテマの闘いで迫撃砲弾に身を伏せた兵士に、「貴様は其処で死ぬんだ！」と気合を入れる将校、パッと立ち上がって突撃する兵士（『六人の報道小隊』）、その絶対の兵士の姿を里村は見つめていた。どうしようもない運命に晒される下級兵士への同情と連帯感は、そのままプロレタリア文学時代に労働者、下層貧民、苦力に共感し、連帯して闘った里村の変わることのない姿であった、とも言えよう。けれども規範的な兵士を描き、「あるべき兵士の姿」を提示することにより戦意昂揚に寄与しながら、同時に戦争の客観＝他国領土の侵略と兵士、人民の殺傷を、意図的に封印して見ようとしなかったのは里村自身の責任である。書けない状況に置かれたから書けなかったのではない。下級兵士の運命に共感し、その戦闘経過を記録していく中で、里村はやはり戦争の全体を見なかったのではないだろうか。「見えなかった」のではなく「見なかった」のではないだろうか。死を覚悟してマレー戦線に従軍したのであれば、たとえ戦争の悲劇が書けなくても、見ることはできたのではないだろうか。見ることができれば、直接に表現できなくても、こうした規範的な兵士の戦闘記録の行間に、その痕跡を残すことができたのではないだろうか。

下級兵士の運命に対する同情と連帯感、戦争の本質を見ようとしない態度、これが里村が堕ち込んだ「ファッショの陥穽」だった。「見ない」という処世上の方便によって従軍作家としての地位を確立していった、とも言えよう。そして戦場において「朝夕に「南無妙法蓮華経」のお題目を唱え」（『ファインダーのこちら側』石井幸之助）た里村の信仰は、祈りそのものは無心なものだったにせよ、この「ファッショの陥穽」、矛盾する自己を鎮めるために働いていたのではないだろうか。

7　ボルネオへの転属と『河の民』

昭和十七年二月十五日のシンガポール陥落から半年、朝日新聞に『熱風』を書き、陣中新聞『建設戦』の発行に携わり、またマレー半島を巡り同じ創価教育学会会員であった竹森一男に会ったりした。四月十六日、井伏鱒二が視察の山下奉文に敬礼しなかったことを叱責された現場に居合わせたりもした。この間、「オーチャード・ロードという市内の住宅街にあるカンボン・ハウス（田舎風の棟割長屋）に引越」（「『キナバルの民』の作者のこと」井伏鱒二）して「何一つ物を買はず、すべて酒に投じてゐる」（「小さな想ひ出」寺崎浩、『文学報国』昭和二十年三月一日号）という比較的安定した生活を過ごしていた。

八月中旬、井伏鱒二と小栗虫太郎にボルネオ守備軍報道部へ転属の内命が出たが、井伏が東京日日新聞、大阪毎日新聞に「花の街」（のち「花の町」と改題）を連載中であったため、堺誠一郎と里村欣三は交替を申し出た。一旦は断わられたが、ボルネオ守備軍司令官の前田利為《としなり》中将が彼ら帰還作家が加入している文化奉公会の会長であったことから、シンガポールに南方軍司令官会議で来ていた前田に頼み、九月五日北ボルネオ灘九八〇一部隊報道部への転出命令が出て、九月二十一日、堺と里村が飛行機でクチンに渡り、その後カメラマンの石井幸之助と撮影の中村長次郎が出発した。

「昭和十七年九月半ばから十一月一ぱい、都合二ケ月半をボルネオで暮した。（中略）当時ボルネオ軍には宣伝班はまだ非常に小さな形でしかなかつたし、新たに転属になつた里村欣三氏はじめ私たちの上には、まだ知られてゐないこの土地を内地の人々に紹介するといふ任務が負はされた。（中略）私たちがボルネオに行くことになつたのは故前田利為閣下の御尽力によつてであつた。陥落直後からずつと半年以上を昭南で暮してゐた私たちはもうそこから何か新しいものを発見する眼を失つてしまつてゐたし、この未開の土地に行くことに大きな希望を持つてゐた。そして、私たちは喜んでそこに行つた。」（『キナバルの民』あとがき、堺誠一郎、昭和十八年十二月二十一日、有光社）

ところが里村と堺にボルネオ転出命令が出た九月五日に「将軍は飛行機事故で行方不明になつていた。後で戦死と聞いた堺、里村君は、まるで階段を転がり落ちるやうに一度にがつかりしてしまつた。」

（「徴員時代の堺誠一郎」井伏鱒二、『海揚り』昭和五十六年十月二十日、新潮社）

それでも二人は前田利為司令官の「ボルネオの隅々を旅行して、ボルネオの正しい事情を世間に伝えて貰ひたい」（『河の民』後記）という遺志を継いで、十月九日クチンから二〇〇トン足らずの「マーガレット」号で出航、十一日ミリーで別れ、堺誠一郎と石井幸之助はゼッセルトンを起点にキナバル山をめぐる旅に出た。里村と中村長次郎とはそのまま船に乗って北端のバンカワン水道を経てサンダカンに至り、ここからキナバタンガン河を遡ってその流域地方の踏査を行なった。この時の記録が里村欣三の『北ボルネオ紀行　河の民』（昭和十八年十一月二十五日）と堺誠一郎の『キナバルの民』（昭和十八年十二月二十一日）で共に有光社刊、二人の友情に相応しい姉妹書となっている。

里村と中村長次郎の旅程は、昭和十七年十月十五日サンダカン着、十月二十日朝七時半定期船で出航、夕刻ビリッツ農場着一泊、二十一日ラグマ、夜ドゥスン族の踊りを見る。二十二日、三菱の森林資源調査団と落ち合い、二十三日ピンタサンに向かい一泊。山蛭の話が生々しい。二十四日クワムツへ向かう。ここからは小さなプラフ舟（屋根付きの小型の舟）で三菱調査団の大沼義宣、シェヤーマン、里村、中村長次郎、四人の苦力漕ぎ手で遡航する。クワムツで二泊、減水して河底が浅くなっているためもう一艘プラフ舟と四人の漕ぎ手を雇い二十六日出発、中洲でテントを張って寝ようとするがスコールで増水、岸に避難する。その翌朝のことである。

「苦力たちも、私たちも昨夜から一杯のコーヒーも水も飲んでゐない。今朝は朝食抜きである。しかも彼等は昨夜一睡もしなかつたのだ。だが、不平も愚痴もこぼさないで、黙々として洪水と戦ひつゝ、困難な遡航をつゞける。彼等が櫂を揃へて歌を唄ひながら、急流を漕ぎのぼつてゆく姿は、確かにキナバタンガンの勇士である。困難が益々、彼等の勇気を駆り立てるらしく無口なリューファまでが汚ない髪の伸びた襟頸を見せながら、みんなの聲について歌を唄つてゐるのだ。」と心を打たれる。二十七日午後ようやくタンクラップに着く。親切なもてなしに「武器も何も持つてゐない。まるつきり無力な私たちである。（中略）無事に旅がつゞけられるのは、民族が異つてゐても、お互ひに共通してゐる人間的な感情の交流があるからだ。」と思う。翌日も遡航、インボットの岸の上の破家をかりて寝る。

この夜、シェヤーマンが大沼氏を通じて里村に忠告した。

「彼曰く、私があまり苦力の取扱ひに親切過ぎるといふのだ。（中略）私が苦力たちの食事や寝場所のことを心配したり、食糧を分けてやつたり、また途々品物を買ふのに金を払ひすぎることを指摘するのである。

私のやり方はシェヤーマンに指摘される通りである。中村君も大沼君も、シェヤーマンの言葉を是認している。（中略）しかし私には私なりの考へがあつて、やつてゐることなのである。（中略）私は武力の背景を持たず、また征服者の誇りを捨て、しまつて、一放浪者として人間的に交際し、友達になつてみたいと考へて、こんどの旅行に出て来たのである。私のそんな考へが通用するかどうかを試みて見るのも、この旅行の目的の一つであつた。彼等がつけ上がつてもい、し、時と場合によつては、私たちが彼等の苦力になつてもい、、私はそんな風に考へてゐる。食糧がなくなれば、私は土人の小屋から小屋へ、食物を乞ひながら、彼等の人間的な感情に縋つて、この旅をつゞけなければならないことがあるかも知れないと、出発の時から秘かに覚悟してゐた。（中略）私は私の良心が命ずるま、に行動するつもりだ！」（『北ボルネオ紀行　河の民』）

ここが最も宣言的に書かれている箇所である。

二十九日インボットを出発して夕刻シナロバ着、花嫁花婿を乗せたドゥスン族の舟に出会う。三十日シナロバ発、河幅が狭くなり、急流の浅瀬が多くなる。激流の中に飛び込んで舟を押し上げたりする苦力たちの殺気立った奮闘を見て、里村はここで二つの事実を発見する。一つは「上流に来るほどジャングルが浅くなつて、景色がだんだん明るくなつてくること」、もう一つは「自分たちの肉体の困難が加はれば加はるほど、苦力たちがとてもはづんで、その困難に抵抗することであつた。口笛を吹いたり、歌を唄ひまくつたりして、無邪気な子供のやうに夢中になつて燥ぐ。決して愚痴や、不平を言はないで、よろこんで困難な場面にぶつかるのだ。（中略）決してこのオラン・スンガイ［河の民］たちは懶惰でもなければ、また気力の衰耗した惰弱な民族ではない。」ことである。

午後トンゴット着、三十一日トコサルン、皮膚疾患やマラリヤの子のために持参の薬を与える。十一月一日ピナンガ着、翌日も同地で休息、十一月三日長い竿でプラフ舟を押し上げるようにしてさらに遡航、ミリアンのムルット族の部落へ。「彼等が私たちに心を許して警戒心をなくしてしまふと、まるで子供のやうに単純で、正直で無邪気である」。村人が踊りを見せてくれる。翌四日正午ここを限りに下航することになった。「スラマット・ジャラン（さやうなら！）」一人も立ち去らないで、川岸の水際に寄り集まって手を振って見送ってくれた。こうして十一月八日河口近くのビリツ農場に帰り着き、キナバタンガン河踏査の旅が終った。

この後ボルネオから昭南市（日本占領時のシンガポール市）に戻り徴用解除となり、昭和十七年十二月中旬、里村は日本の土を踏んだ。

8　戦闘文学と『河の民』の落差

堺誠一郎は『キナバルの民』の一部を『現地報告』（昭和十八年二月七日号、文芸春秋社）に書いているが、里村欣三の『北ボルネオ紀行　河の民』の初出は不明で、おそらく書き下ろしとして、帰国後の昭和十八年前半に執筆が行なわれたものと思われる。鰐、大蛇、野猿、鹿、豊かな自然描写とともにカンボン・ハウスに集う純朴な村人、それぞれに個性を持ちながら遡航の困難に生き生きと働く苦力の漕ぎ手たち。額に汗して誠実に働く人々、正直で無邪気な人々、彼らに対する親愛の情と共感、尊敬の気持ちはプロレタリア文学時代の里村と何ら変わっていない。

この『北ボルネオ紀行　河の民』を読む人が、もし『陸軍報道班員手記　マレー電撃戦』（講談社）や『マライ戦話集』（朝日新聞社）、あるいはプロレタリア文学時代の仲間からファッショと批難されたマレー戦の記録『熱風』とを読み比べるなら、「武力の背景を持たず、また征服者の誇りを捨て、しまつて、一放浪者として人間的に交際し、友達になつてみたい」と宣言するヒューマンな里村と、個性を切り捨てた規範的兵士の戦闘を描く里村との間の不思議な落差にしばし感慨を覚える筈である。『『河の民』と他の戦記小説との間にある落差の秘密は、まだ明かされていない」（「徴用作家が見た南方1　里村欣三と「マレー快進撃」」音谷健郎、二〇〇〇年十一月四日、朝日新聞夕刊）という思いは、多少とも里村欣三の人となりを知る人の共通した感慨である。一方は人影も少ないキナバタンガン河の紀行文であり、他方の多くは第一線の戦闘の記録、宣伝班という任務に縛られて逐次戦場の中で書き上げられ、校閲を経て発表された作品であるとしても、そこにおける作者の眼に落差があるかのように見えるのである。

しかしこの落差はコインの裏表、やはり二つながらに里村欣三のものだったのではないだろうか。

前田河廣一郎が里村をファッショだと追及したときの問答が残されている。（「里村欣三」前田河廣一郎）

「君は軍隊に属してしかもその軍のお蔭でめしを食っているんじゃないか」、「ああも軍の精神を鼓吹するような、誤解され易い『熱風』のような作品を発表しなくとも。」、「一番危険なのは、そういう意識しないファッショになることだ」、「三十年間、東京で苦しんだのは、どうなったね？」、「〔戦争の〕予測は出来ん。おそらく滅亡だろう。どうだ、それでもついて行けると思うか？」と畳み掛ける前田河に対し、里村は、「軍隊にとられたということと軍の精神を主張していることとは、全然別のことですから」と答え、ファッショであるという批判に「そうですかな。そういうことになりますな。」と逡巡しつつ、「この戦争がどうなるか知りませんが、僕はどこまでもこの戦争について行くつもりです。」と答えている。

徴用を解除され帰国した後の、昭和十八年の年頭に発表した里村の「新年の感想」（読売報知新聞、昭和十八年一月四日）は、「二度も三度も、出直せるものではない。私は昭和十二年七月に、支那事変に応召して以来、私は祖国日本と共に出発してしまつたのである。」という印象的な言葉で書き始められている。「出発した」のではなく、もはや引き返せない形で「出発してしまつた」のである。戦況の不利を書いた後、「戦闘が皇軍の絶対の勝利となるためには、一に優秀な飛行機、船舶、食糧、その他の科学的兵器であると聞かされてゐる。私は今にも工場へ駆けつけたい衝動を覚えるが、その方面に無能力な私は、たゞ工場の人々の邪魔になるだけであらう。私に可能なことは兵隊に召されることである。私は年頭と共に、身辺を整理してその日を静かに待つ決心である。」という言葉で終っている。

前田河廣一郎が発した里村欣三へのファッショ批判は、今日私たちが里村を批判的に見る視線と共通するものである。けれども里村に見えていて、前田河に見えなかったものがある。それは戦場に生き死にする兵士の姿である。「貴様は其処で死ぬんだ！」と気合を入れる将校、パッと立ち上がって突撃する兵士、この理不尽な、逃れられない兵士の運命に対する限りない同情と共感、彼らの運命が逃れられないものであるなら、自らも工員となり、兵士となり、兵の荷物持ちになって運命をともにしたい、という連帯感、虐げられた人々への生理的な本能的な共感である。

それは結局、ファッショの陥穽、他国の領土を侵略し人民を殺傷する戦争の本質に意図的に眼をつぶることによってなされたものであったにしても、「どこまでもこの戦争について行く」里村の行動を支えた動機であった。

「二度も三度も、出直せるものではない。」という思い、これも里村欣三に固有のものであった。転向をめぐって「上海行の友人の一人だつた石井安一からひどく殴られたことがある」（『自伝的交友録・実感的作家論』）ともいう。プロレタリア文学運動から転向していった作家は数多い。しかし里村欣三のように、戦場の只中で兵士としての自己を見つめることにより転向を余儀なくされていったプロレタリア作家は他にほとんど例がないのではないだろうか。

中国戦線における戦場体験を書いた『第二の人生』が築地小劇場で上演されるなど好評を博したこと、その結果として宣伝班員に徴用されマレー戦線に従軍したこと、「模範的な人間を書いて、反省させる以外にない」という主観的な意図にどこか方便が混じっていたとしても、尉官もしくは佐官待遇の給与を受けながら徴員として報道部の厳しい校閲の中で戦闘を書いたこと、これらが里村欣三を戦争の大河の中に押し出していった。帰り着く岸辺としてのプロレタリア文学運動は既に崩壊して存在せず、対岸が見えないにしても彼岸をめざして漕ぎ続ける他なかった。

「はっきりと過去の思想を否定して出発した場合には、明らかにかつての友人の敵対者として現はれなければならないだらう。」（『第二の人生』第二部、傍点原文のママ）というプロレタリア文学運動への裏返しの誠意、もはや引き返せない形で「出発してしまつた」苦い自覚が、漕ぎ続ける他ない悲壮な決意となって、人間の個性を捨象した戦闘文学、戦場文学に必要以上に傾斜していったもう一つの動機となったのではないだろうか。

9　キース夫人の『風下の國』

里村欣三はキナバタンガン河の踏査に先立ち、アグネス・キース夫人の『ボルネオ—風下の國—』（野原達夫訳、昭和十五年十月二十日、三省堂）を読んでいる。またサンダカン対岸のベルハラ島の捕虜収容所に抑留されていたキース夫人の「籐のやうにひよろひよろした背の高い後姿を見かけたことを正直に白状して置く」と書き、キース夫人の五人の召使いの一人、中国人の阿金を、今は日本軍のある部隊に傭われて働いている酒保に訪ね、キース夫人の印象を聞いたりしている（「サンダカンと「風下の國」の作者」、『新生南方記』昭和十九年四月二十日、北光書房）。さらに丘の上のキース夫人の家を訪れ、「屋根をニツパ椰子で葺き、マライ家屋にちよつと毛の生えた位の粗末な木造家屋であつた」としている。（『北ボルネオ紀行　河の民』）

キース夫人はアメリカ人であるが、英国の保護領北ボルネオの林務官兼農業監督官を務めるイギリス人の夫ハリー・キースと一九三四年に結婚し、以来五年間のボルネオ・サンダカンでの生活を綴ったのがこの『ボルネオ—風下の國—』である。訳者の野原氏が「未開の蛮地の大自然と、其処に生活する民族への大きな愛情と深い洞察」、「公平に率直にもの、姿を理解し、把握しようとする情熱にはうたれること、思ふ」と書いているのはまず妥当な読後感であるが、里村は次のようにキース夫人を批判している。
「西洋人は自分たちこそが、世界第一等の民族だといふ自尊心と己惚れから、土人を虐待はしないが、動物以上だとは考へてゐない。キース夫人のボルネオの生活記を読んでみても土人や家庭の使用人に対しては、甚だ親切で、彼等を根気よく愛してゐる。しかしその親切な心持には、やはり自分たちはボルネオの統治者であり、征服者であるといふ絶対の立場から、土人たちを愛し、動物を手なづけるのと同じに、彼等を根気よく手なづけている。その心持が私には反対であり、不満であつた。私は武力の背景を持たず、また征服者の誇りを捨て、しまつて、一放浪者として人間的に交際し、友達になつてみたいと考へて、こんどの旅行に出て来たのである。」（『北ボルネオ紀行　河の民』）
しかしこのキース夫人の『ボルネオ―風下の國―』のお蔭で、里村は、上流のムルット族やドゥスン族が決して首狩りの蛮族ではなく親しみやすい人々であることを理解していたのであり、「キース夫人の『風下の國』を読むと、はげしいスコールがあると、その途端にボルネオの河は三十呎も増水し、雨が一日なければ忽ち上流では小さなゴーバンも通へなくなるほど減水する。その増減のはげしい魔の河のことを書いてゐたが、それは決してキース夫人の誇張ではなかつた。」（『北ボルネオ紀行　河の民』）といった実際的な知識も得ていたのである。
キース夫人と夫ハリーらが一九三八年に踏査したコースは、サンダカンから東岸を汽船に乗ってタワオに至り、そこから未踏のジャングルを抜けてクワムツ河に出て、下流のキナバタンガン河を下ってサンダカンに帰着するコースであった。キース夫妻はこの踏査行のあと八ヶ月の休暇を得て一旦米国に戻り、ヨーロッパで第二次世界大戦が始まった一九三九年九月、夫ハリーが英国政府からボルネオに戻るようにとの命令を受け、妊娠中のキース夫人とともに横浜、長崎、上海を経てボルネオ、サンダカンに戻り、ここで長男ジョージが生まれた。それから一年、太平洋戦争が起き、北ボルネオは日本軍により占領された。サンダカンへの進攻は一九四二年一月十九日だった。キース夫人の『ボルネオ―風下の國―』が日本でも翻訳され名が知られていたのでしばらく自宅軟禁となった後、五月十二日対岸のベルハラ島の捕虜収容所に移された。里村欣三が見たのはこのベルハラ島のキース夫人だった。

里村は前述の「サンダカンと「風下の國」の作者」（『新生南方記』）において、「私は、その筋の人から、その筋の許しを得て、キース夫人が愛児の育児をテーマに大長篇を執筆してゐると聞いてゐた。しかし、私はそれがどこの国で発行されるのかを、残念ながら聞き漏らしてしまつた」と書いているが、この「大長篇」こそ戦後に刊行されたキース夫人の虜囚記『三人は帰った』（Three Came Home、山崎晴一訳、昭和二十四年十二月二十日、岡倉書房）であった。

もちろん昭和二十年二月二十三日、敗戦を待たずフィリピンのバギオで戦死する里村にとって知る由もないことであるが、里村の『北ボルネオ紀行　河の民』における純朴な村人や額に汗して働く苦力の漕ぎ手に対する親愛の情と共感が、果たして純粋に、美しい物語として存在しうるのかどうかを問い糾す書ともなっているのである。

キース夫人に『ある捕虜の生活と思想』と題して執筆を求めたのは「スガ大佐」であった。キース夫人はこれを逆手に取って捕虜に対する日本軍の対応、苦難の生活を秘密のメモに取り、それを持ち帰って戦後、『三人は帰った』を書いたのである。キース夫人を庇護した「スガ大佐」はボルネオ俘虜収容所長であった菅辰次中佐である。

この『三人は帰った』には、困窮と屈辱、仲間同士がいがみ合い憎しみ合う収容所生活の中で、一方には自己を犠牲にして他の人々を助けようとする人が多く登場する。

「死刑にするぞ」と脅されてもひるまずにキース夫人を守ろうとした阿尹（阿音）、卵や食糧を内緒で差し入れた村のマレイ人漁師サリー。

「サンダカンに残つていた東洋人は日本軍の監視のもとに僅かな給与で暮らしていたが、非常な危険を犯して、絶えずわれわれに食糧や金を送つてくれた。あとからわかつたことだが、そのうちの何人かがわたしたちを救う食糧を送つたためにその生命を棄てたのであつた。」

キース夫人がマラリアのためサンダカンの病院に入院したとき、ドイツ系ユダヤ人のラバンド医師は特別の食物や衣類を援助してくれた。

「わたしは彼のために心配した。この人は失うべきものをまだ持つているのだし、わたしは何も持つていないのだから。しかし彼はわたしの警告を意に介さないで、こう云つた。「ほおりこまれたつていいんですよ。それまでは、皆さんをお助けしますよ。」恐れる様子もなく、数か月間はそのようにふるまつていたが、遂にほかの醫者たちと一緒に共同謀議に問われて懲役を宣告されてしまつた。」

「収容所内には二人の中国婦人がいた。一人は周西蘋《チュウシイピン》、もう一人は副領事夫人のミセス・李《リィ》で、二人ともその夫が蔣政権に忠誠をつくしていたために収容されたものだつた。（中略）アジアの共栄圏を誇号するそのまつただ中にありながら、二人のアジア人が文字通りの奴隷としてつながれていた」。

周夫人の夫は終戦の五週間前にボルネオで日本軍のため斬首刑になつた。

俘虜収容所の中で人間としての矜持を守つたこれらの人々の行為が美しくなくて、ひとり里村欣三の村人や苦力に対する共感の気持ちだけが美しく純粋なのだろうか。

「戦争は人間の残虐性を刺戟し、昂揚するものなのだ。憎むべきものは、戦争であつて、お互い人間同志ではないはずだ！」「何故、この世界中の青年が、殺すか殺されるかの岐路に立たなければならないのか？」「同時に人道主義者であり征服者でもあろうとすることはまことに至難なことなのであつた。」（『三人は帰った』）

こうした歴史的総体性の視点の中で、相互の立場の中で、里村欣三が『北ボルネオ紀行　河の民』で示したキース夫人への「大英帝国建設者」批判、貧しい者、虐げられた者への里村の同情と共感が読み返される必要があるのではないだろうか。

菅辰次中佐は明治十八年広島県生まれ、歩兵第十一聯隊の機関銃隊長としてシベリア出兵にも参加、「かつてのワシントン大学の卒業生、芸術の擁護者、第一次世界大戦の連合軍の受勲者、（中略）子供好きの軍人、（中略）神道信者に生れついてカソリック教徒になりかけた宗教上のディレッタント、（中略）日本の愛国者、全ボルネオ俘虜及び抑留者全員の司令官」であり、「善良で親切な感情を備えており、異人種間の理解を助長したいと心から望んでいた」。

「勿論、彼は上からの命令には従わなければならなかつたであろう。さもなければ自分の身が危険だつたはずである。（中略）戦時中に愛国的情熱にさからつて人間の価値を支持しようとするには、肉体的な勇気以上のものが要ることを、わたしはよく知つている。自分の頭に鉄砲をつきつけられるまで、そして《裏切者》と呼ばれるまでに、どれだけの好意が安全なのかは自分にもわかるものではない。」

「戦争が終わつた時、二人がともに生きていることはあり得ないということは、わたしも知つていたし、彼も知つていたに違いない。敗北に終つても、勝利に終つても、どちらか一人は死に、どちらか一人は生きるのである。」

「スガ大佐の家族はヒロシマの原子爆弾で全滅した。スガ大佐自身はラブアンの連合軍営倉内で

〔昭和二十年九月十五日〕咽喉を掻き切つて死んだ。」（『三人は帰った』）

なお、この『三人は帰った』は、一九五〇年、『三人の帰宅』という邦題でジーン・ネグレスコ監督により映画化され、スガ大佐を早川雪洲、キース夫人をクローデット・コルベールが演じているということである。

第17章　フィリピン戦線での死——北千島、中国戦線への報道従軍、フィリピン戦線での死

1　北千島への従軍

徴用を解かれた里村は昭和十七年十二月中旬に昭南市（シンガポール）から帰国した。

「東京へ帰ってきた宣伝班員はそのまま報道班員と呼ばれるようになった。そして時局講演や戦地の報告に駆り出された。」（『戦争の横顔』）

里村も早速十二月二十一日に埼玉県朝霞の陸軍予科士官学校を訪れ、訪問記「逞し陸軍の若雛」（『婦人画報』昭和十八年三月号）を書いている。昭和十八年二月上旬には日本文学報国会、大日本産業報国会、読売新聞社主催の「生産戦場躍進運動」の一環として磐城炭坑に派遣され、同月東横電鉄沿線の軍需産業の第一線に働く少年工を訪問、三月宮崎県児湯郡川南村の陸軍落下傘部隊、五月栃木県の足尾銅山の増産現場を訪れている。この間いくつかの座談会をこなしながら、こうした訪問記、マレー戦線、中国戦線を題材にした「閣下」や「青年将校」等の戦記小説を発表している。またこの時期から『少年倶楽部』や『少女倶楽部』、『日本少女』、『良い子の友』などの児童、青少年向け雑誌への執筆が始まっている。

昭和十八年九月、陸軍報道部からの要請で、カムチャッカ半島の南に位置する北千島の幌筵島、占守

島へ報道班員として派遣されることになった。里村と同行したのは柴田賢次郎、日比野士朗、写真班の小柳次一、信濃毎日新聞の池邊女史であった。戦後南極観測船となる砕氷船宗谷を旗艦に米潜水艦が出没する海域を十隻ほどの船団で進んだ。

これより先、昭和十七年六月、ミッドウェー海戦の陽動作戦および北太平洋からの日本本土空襲の予防を目的に、日本軍はアリューシャン列島のアッツ島、キスカ島を攻略占領した。昭和十八年に入り米軍は反撃を開始、五月十二日、約一万一千名の米軍がアッツ島に上陸、山崎保代大佐が率いる日本軍守備隊約二千六百名は戦傷で生き残った数十名を除き同月二十九日に全員玉砕した。こうした状況からアメリカ本土により近いキスカ島の維持も困難と判断され、七月二十九日、木村昌福少将指揮の下、濃霧をついた二度目の撤収作戦で米軍に気づかれることなく五千数百名を僅かの時間で艦隊に収容、幌筵島に帰投した。このキスカ島から幌筵島、占守島へ帰った部隊を訪問し取材するために里村や柴田賢次郎らが派遣されたのである。

里村はこの従軍から訪問記「霧の北方基地」（東京新聞、昭和十八年十月十二日～（十四日休）五回）、及び「北千島にて」、「キスカ撤収作戦」、「キスカ部隊」他の戦記小説を生み出しているが、里村の足どりについては柴田賢次郎の『霧の基地』（昭和十九年六月二十日、晴南社）に詳しいので、以下そこから見ていくことにする。

激しい風が吹き砂塵が舞う三角兵舎で里村や柴田、日比野等はキスカ撤収部隊将兵の話を聞く。アッツもキスカも北海道、東北出身の兵士で構成され同期兵が多かった。それだけに話は熱を帯び、「涙もろい里村君も泣いてゐる。」

その後、島内に分屯する部隊を舟艇に乗って訪問したり、新しく出来あがった占守島の飛行場落成式に招待されたりした。

「朝早く海峡を軍用船で渡つて迎への自動貨車に便乗した。」「「鳥居が立つてゐる」その時、里村君が呟き喜ぶやうな聲で言つた。（中略）「なるほどお宮が建立されてゐる」感慨深そうに里村君が呟いた。」

「「私もやはり兵隊として支那の前線に行つてゐたのですが、あの頃の私たち兵隊の気持と、今の前線の将兵の気持を較べてみて随分変わつてゐることに驚きます。恥じます」里村君は言つた。（中略）それからまた現地自活班の話が出た。敵機来襲の時の話が繰り返へされた。（中略）「南方の将兵もえらいですが、北の将兵の生活はまた苦しいですな」里村君が言ふ。（中略）「その将兵が、敵に直面すれば生命を捧げて突入してゆくのですな」と、里村君が感激した語調で答へた。」

里村はこの北千島報道従軍の間、鱈工場に働く軍属の人夫や大工を訪ねたり、郡司成忠海軍大尉が明治二十六年三月に移住者二百十七名とともに占守島に渡ったその定住者別所二郎蔵氏を別飛に訪ね、「北千島に定住する人々」（『週刊毎日』昭和十九年一月十六日号）という幕末以来の北方領土日露交渉史のような作品も書いている。

2　ひとときの休息

昭和十八年十月末、里村は昭和二年に死去した父前川作太郎の法要のため岡山に帰り、その足で戦友を訪ねている。

「マライ戦線から帰つた翌年の昭和十八年の十月末に、並川［里村］は亡父の法要を営むために故郷へ旅立つた。滞りなく簡略な法要をすませると、彼はふと思ひついて、堀島託一を訪ねてみる気持になつた。（中略）秋のとりいれ前で農村は農閑期であつた。黄金色に稔つてゐる豊かなA川渓谷の稲田を眺めながら、並川は、私鉄のボロ汽車に揺られてゐた。お祭で賑はつてゐる村も見えた。たわゝに枝をしなはせてゐる柿の実が、窓を掠めたりした。沿線の農村は、少年時代の記憶と、あまり変つてゐる風景ではなかつた。だが、終点の駅になつてゐる城下町へ下車した時には少年の時の記憶に残つてゐる繁華さは、どこにも見られなかつた。人通りも尠かつた。埃りつぽい大通りが妙に広くなつた感じで両側の商店の軒並がいやに低くなつて見えた。こんな筈ではなかつたがと、よく見廻して見ると町の繁華さを飾り立つてゐた看板類が悉く取りはづされてゐることを知つた。献納されたものであらう。（中略）戦争の影響がひしひしと胸にこたへる風景であつた。中国山脈の麓の村が、バスの終点であつた。日暮れ前だつたので、直ぐ堀島を訪ねることは遠慮して、バスの車掌から教へられた宿屋へ泊ることにした。」（「補給」里村欣三、『文芸春秋』昭和十九年六月号）

この「補給」は、昭和十二年七月から十四年秋にかけての中国戦線での通信隊輜重兵としての自身の行動を概括した作品で、戦友堀島託一の戦地での行動と右手を廃疾してからも開墾に情熱を燃やす生きざま、一枚の畑も持てず大酒飲みだった車夫の父とその子堀島の生い立ちを描いている。「おんびき」（ヒキガエル）と揶揄される兵士春日を描いた「怪我の功名」（『現地報告』昭和十五年七月号）に似た印象に残る佳品である。見方によれば増産を奨励しているとも言えようが、こういう作品を見ると、マレー戦線以来の人間の個性を捨象した「戦闘文学」には、やはりなにがしかの自己規制が働いていることが窺えるのである。

里村が戦友堀島を訪ねて、A川渓谷を走った終点の城下町は、里村の母・金の故郷備中高梁ではなくて、旭川沿いを走った津山あたりではないかと思うが、この父の法要を兼ねた岡山行が、里村の最後の故郷訪問となったのではないだろうか。どこかホッとする秋の光景である。

3　日本文学報国会、文化奉公会

以下は昭和十八年十一月三十日に行なわれた日本文学報国会勤労報国隊結成大会に参加した時の里村の感想である。

「勤労報国隊には自発的に参加した（中略）すこしでも生産上や労務の上でお手伝ひが出来ればと望んでゐるだけだが、（中略）発会式の当日は参加した人たちが、みんな真剣だつたのでそれを大変にうれしく思ひました。」（「勤労報国隊結成式の印象」、『文学報国』昭和十九年一月一日号）

『文学報国』昭和十八年十二月一日号には「時局下戦力増強の国家要請に応ずるためかねて東京都、大政翼賛会の指示に従ひ会員の熱烈なる支持を得て編成を急いでゐた本会勤労報国隊の結成式は十一月三十日午後一時から大政翼賛会講堂に於て都下の各種文化団体と合同で華々しく挙行された。この日参加人員千余を数へ講堂に溢れるばかりで、（中略）いづれも戦闘帽にゲートルでキリッと身仕度、規律正しく豁然として決意昂揚（中略）第三中隊隊長下村千秋　第一小隊長里村欣三」、とある。第一小隊は、本多秋五、横光利一、三好十郎、鶴田知也、橋本英吉、海野十三、小栗虫太郎等二十八名で構成されていた。

翌昭和十九年には「文報勤労報国隊は五月十二、三日大政翼賛会川崎支部の斡旋で勇躍出動した。川崎市が今最も重要且つ緊急を要する臨港鉄道敷設工事の鍬入れなのだ。」（『文学報国』昭和十九年五月二

十日号）

「二日間、汗を流して働いた後は何ともいへず爽快な気持ちでした。殊に川崎在住工員のための通勤電車の工事だと知り、いつそう有意義な奉仕だつたと思ひました。」（「川崎出動の感想」里村欣三、『文学報国』同五月二十日号）

このように、昭和十八年の後半から十九年の前半にかけて、里村欣三は日本文学報国会の勤労奉仕活動の先頭に立って汗を流している。

昭和十七年五月二十六日に創立総会を開き、社団法人の認可を得て六月十八日に発会式を行った日本文学報国会は、日本文芸家協会の改組という側面を持っていたので大多数の文学関係者が半自動的に加入し、中野重治や宮本百合子、黒島伝治、文戦派の作家・評論家では里村はもちろん、葉山嘉樹、前田河廣一郎、金子洋文、平林たい子、青野季吉等は皆この日本文学報国会の会員となっている。中西伊之助や小牧近江、岩藤雪夫らは会員になっていないようだ。

日本文学報国会は次のように規定されていた。

「日本文学報国会は、政府の外郭団体、すなはち情報局第五部三課の指導監督下に在る外郭団体であつて、常に国家の要請するところに従つて、国策の周知徹底、宣伝普及に挺身し、以て国策の施行実践に協力することを目的とする公益法人であつて、いはゆる同志的血盟による思想結社でもなければ、文学にたづさはる者の利益福祉を擁護する職業組合でもない」（「社団法人日本文学報国会の成立」戸川貞雄、『文芸年鑑二千六百三年版』昭和十八年八月十日、桃蹊書房）

日本文学報国会については、この『文芸年鑑二千六百三年版』のほか、不二出版から一九九〇年十二月十日に復刻された機関紙『文学報国』、およびその解題（山内祥史）、解説（高橋新太郎）等の基本文献、櫻本富雄の『日本文学報国会』（一九九五年六月一日、青木書店）、吉野孝雄の『文学報国会の時代』（前述）等の研究書がある。これらの研究により日本文学報国会については広く知られるようになってきているが、一方、里村や堺誠一郎ら戦地からの帰還作家が属した文化奉公会についてはまとまった研究書が見当たらない。

文化奉公会の成立は昭和十六年七月八日のこととされている（『新聞集成昭和編年史昭和十六年度版3』明治大正昭和新聞研究会、一九九三年十一月、新聞資料出版）。前田利為中将（当時）が会長に就任したのは昭和十六年八月二十一日のことである。「前田侯爵は昭和十六年八月廿一日文化奉公会こぞつての熱望に迎へられ会長に就任されたが、（中略）爾来会長は会員に対して温情を以て友達のやうに思はれて、一しよに食事をするのが好きな方であつた。会員も自らのお父さんであると心から会長をしたひ、あたかも部隊長とその部下のやうであつた」。（「立派な文化人だつた」桜井忠温《ただよし》、『梅華餘芳』故前田大将追悼出版会編、昭和十八年九月五日、縣人社）

里村の作品「閣下」（『知性』昭和十八年三月号、河出書房）はこの前田侯爵との出会いを描いたもので、昭和十四年暮に中国戦線従軍から帰還した頃、「帰還文化人の有志の間で文化奉公会を組織する計画が進められてゐた」こと、「文化奉公会が閣下を会長に御推戴申し上げた発会式の当日（中略）わたしは会場の案内係をつとめてゐ」たこと、前田閣下の要請に従い「わたしも自分の著書を二種類ばかりお送り申し上げ」、「折返へし閣下の御自筆で大へん御鄭重な御礼状をいただいて」しまったことが書かれている。続けて、里村もその一人である文化奉公会の幹事が「閣下から星ケ岡茶寮へ御招待にあづかつた」とき、「閣下は、あ、、君だつたのか、とわたしの著書の題名をあげて、どうも先日はわざわざ有難う、今、読みかけてゐるが、大変に面白いよ、と仰言つて下さいました。」、また毎月七日の靖国神社の常例参拝日には何度か閣下の姿を拝している。その後、里村は『兵の道』を書きあげるため、「わたしの信仰してゐる富士山麓大石寺の御坊にこも」り、また報道従軍のための留守宅の整理や周囲のいろいろな壮行会等で、「たうとう文化奉公会にも顔を出さず、また閣下にお眼にかゝることもなく」マレー戦に出発したことが書かれている。

『日比野士朗と湧谷』（一九七七年六月十日、日比野士朗追悼文集刊行会）に日比野の「里村欣三と私」（初出＝小金井新聞、昭和四十八年三月二十一日）が収載されているが、そこにも文化奉公会に関連した記述がある。

「里村欣三に初めて会ったのは、彼の三部作『第二の人生』の出版記念会の会場だった。（中略）私が急に彼と親しくなったのは、それから一年ほど後に、帰還文化人たちによる「文化奉公会」が発足する前のことだった。彼は学連事件で京都大学を追われた石浜金作などとともに、銀座裏の小さな仮事務所で、入会勧誘状を謄写版で刷ったり、封筒書きをしたりする仲間になったからである。」

里村の『第二の人生』第一部の出版記念会が千代田区日比谷公園近くの「レインボー・グリル」で行なわれたのは昭和十五年六月二十三日のことである。それから一年後、日比野士朗の入会勧誘状の話から見て、里村は当初から幹事として文化奉公会の設立準備を押し進め、文化奉公会を下支えしていたことが窺える。日比野の自作年譜（『新日本文学全集第廿四巻』昭和十八年三月二十日、改造社）には昭和十六年「七月、同志と共に文化奉公会結成」とあり、里村自身も「愛弟通信」（初出誌未詳、『支那の神鳴』に収載）で、「僕たち帰還兵は、その国家的な責任を自覚して、近く『文化奉公会』を結成して、銃後のあらゆる方面へ働きかけることになつてゐる。」と書き留めている。

『文芸年鑑二千六百三年版』によると、文化奉公会は「（組織）帰還将兵軍属の同志に拠り結成せられたる会、文芸部、美術部、少国民部、芸能部より成る（事業）軍事思想普及に関する講演、映画、音楽会、美術展覧会、絵画移動展、少国民の会等」とある。少し時代は下がるが、文化奉公会発行の雑誌『つはもの』の昭和十九年十二月号には「文化奉公会は陸軍省報道部の外郭団体で、会長代行桜井忠温少将を頭に戴き、文化部門に挺身する帰還軍人の集り」とある。ここに書かれているように、前田利為ボルネオ守備軍司令官が昭和十七年九月五日に陣没した後は、『肉弾』等で知られる副会長桜井忠温少将が会長代行、中野實が幹事長で、組織は終戦まで続き、里村欣三がのちに死去した時の葬儀委員長はこの桜井忠温が務めている。

『戦線点描』（昭和十七年四月一日、日本電報通信社）の「巻頭言」で、桜井忠温は「この書は文化奉公会員の作品集」と書いているが、百数十名の作家、画家がここに作品を寄せている。堺誠一郎の名前はないので、文化奉公会全員を網羅しているわけではないようだが、著名なところでは里村を始め、火野葦平、上田廣、日比野士朗、棟田博、山本和夫、柴田賢次郎、小川眞吉らの戦記作家、画家では里村の『センチノオウマ』の挿絵を描いた内海徹らもいる。

文化奉公会が昭和十七年から十八年にかけて刊行した著作には『マレー電撃戦』、『バタアンコレヒドール攻略戦』、『ビルマ戡定戦』、『ジャワ撃滅戦』等の戦記アンソロジーがあり、また『模範学校訪問記』（昭和十八年九月三十日、軍事保護院）もその「序」に「文化奉公会の全面的な協力を得」て出来上がったとある。この『模範学校訪問記』に、山形県大曽根村国民学校を訪れた里村の訪問記「はぐくまれる精神」が収載されている。

文化奉公会が関与した著作のうち稀書に属するものに、新紀元社（東亜書院）の「陸軍少年兵叢書」がある。里村欣三と杉坂弘（表紙の松坂弘は誤植）の共著『少年戦車兵』、『少年重砲兵』（松永健哉、大内直通）、『少年野砲兵』（柴田賢次郎、牧野英二）、『少年通信兵』（倉島竹次郎、佐藤観次郎）で、他に『少年飛行兵』、『少年防空兵』が刊行された可能性がある。「刊行の辞」には「本叢書発刊について、陸軍省当局においては絶大なる賛意と支援を賜はつて、報道部監修の配慮を仰ぎ、文化奉公会においては編纂並びに執筆の全幅的な協賛を寄与せられた」とある。各巻共通して巻末に「生徒志願者心得」という募集要項を置き、若年者を戦場に誘導する直接の手引きになっている。

このように、文化奉公会は軍報道部と密接な連関をもって国民の戦意昂揚に組織的に寄与した、と言える。前述桜井忠温の「巻頭言」には、「自ら戦場の人となり、弾丸乱射の下に身を置いたばかりではなく、（中略）多数会員は、勇躍して戦線に赴き、戦場に身を置いた兵士としての「誇り」と、「祖国日本と共に出発してしまつた」というどこか忸怩とした自己認識をもって文化奉公会の中心的な一人として大東亜戦争の渦中を突き進んでいったのである。

4　再び中国戦線へ報道従軍

「里村君来訪、こんどは支那へ報道班員で行くと云ふ。これで出征共に四度目になるさうだ。戦争と一緒にどこまでも運命を共にすると云つてゐる。伊藤永之介君も報道班員で出るさうだ。この年配の人達の不幸な幸福を思ふ。」（『青野季吉日記』）

昭和十九年六月から九月にかけて、里村欣三は毎日新聞社から特派されて中国戦線の湖南作戦に従軍した。同行したのは柴田賢次郎、マレー戦線で「六人の報道小隊」として親しい画家の栗原信。伊藤永之介も湖南作戦に従軍したが、これは里村等の特派とは関係がない徴用によるものである。まず始めに「湖南作戦」を概括しておく。

大陸打通作戦と総称される正式名「一号作戦」は、昭和十九年四月から十二月にかけて中国大陸で行なわれた作戦で、これにより仏領インドシナ（ベトナム）からマレー半島に通じる中国大陸内部の南北の交通路を確保し、太平洋諸島で制空、制海権を握りつつある米軍に対抗する、併せてこの沿線の米空軍基地を破壊して日本本土空襲を阻止し、さらに蔣介石の継戦意思を破砕しようとする企図を持っていた。

まず北京から保定、石家荘、黄河を超えて鄭州、武漢を結ぶ京漢線を確保し、続いて揚子江（長江）を超えて長沙から衡陽、広州までの粤《えつ》漢線を確保する。前者を河南作戦といい第十二軍が担当、四月十七日の黄河敵前渡河により開始され五月二十五日の古都洛陽の占領をもって終了、後者は第二十三軍が担当、洞庭湖の南、湖南省にちなみ湖南作戦と呼ばれ、五月二十七日に行動開始、まず長沙を占領、湘江に沿って南下し衡陽の攻略に向かったが中国軍の頑強な抵抗に会い苦戦、八月八日ようやく占領、その後体制を立て直し西進し、桂林から柳州、南寧を占領し十二月には仏領インドシナに到達、作戦は形の上では成功した。しかしこの間七月にはサイパン島が陥落して太平洋地域における制空、制海権を喪失、大陸打通作戦も伸び切った補給線と米軍による制空権、占領地周辺での八路軍の抗日ゲリラ活動のため戦略的効果を発揮できず、多大の犠牲を生み出しただけで終っている。

里村欣三の、この湖南作戦の従軍記「大陸新戦場」（『征旗』昭和十九年十二月号）は、様変わりした中国戦線の状況を次のように伝えている。

「大陸戦線の様相は、著しく変化してゐる。その原因の最大なものは、在支米空軍の跳梁である。

米機の出撃が頻繁なために、皇軍の昼間の行動が制限されて、ほとんど行軍も戦闘も夜間のみである。（中略）私はこんどの湖南作戦に従軍するために、漢口から武昌へ渡り、武昌から岳州までは列車であつた。南京から漢口へは揚子江を輸送船でのぼつたのであるが、この航路も夜間であつた。（中略）漢口へ滞在中にも、二回敵機の空襲を経験した。武昌から岳州までの沿線の停車場附近は、爆撃による相当の被害の跡が見受けられた。（中略）私たちは三日間、岳州に滞在してゐたが、この廃墟街へ多い時には一日に二十五回、敵機が来襲したことがあつた。（中略）岳州から長沙へ、私たちは洞庭湖と湘江の水路を利用して水上勤務隊のヤンマー船に便乗した。（中略）私たちが自動車に便乗して長沙を発つたのは、衡陽陥落の直前であつた。」

里村の「湖南戦線より帰りて」（『週刊毎日』昭和十九年十月二十二日号）には次のようにある。

「湖南作戦に従軍して特に深い感動に駆られたことは、心ある将兵のすべてが「中国民衆の心をつかむことなしには、真実の勝利はあり得ない」といふ深刻な反省に立つて、困苦な戦ひを戦つてゐることであつた。（中略）抗日重慶軍と激烈な戦闘を交へつつ、しかも抗日民衆の心をつかむといふとは、いかにも困難な事業である。大東亜戦争の意義や日支両民族相戦ふことの不幸を、彼等の理性に呼びかけることは、あるひは容易な業であるかも知れないが、彼等の人間的な感情と血に訴へて彼等の心をつかむといふことは、至難中の難事である。（中略）作戦上のあらゆる障碍を忍んでも、絶対に最高指揮官の告諭に違背せざるやうに努めてゐる前線将兵の苦悩に満ちた姿を見ては、思はず涙があふれるばかりであつた。」

これは大陸打通作戦の河南および湖南作戦を指揮した岡村寧次《やすじ》大将の「焼くな、犯すな、殺すな」という三戒が北支那方面軍に一定程度浸透していたこと、そういう戦闘規律を守ろうとする「前線将兵の苦悩に満ちた姿」の中に、中国民衆の「人間的な感情と血に訴へて」「日支両民族相戦ふことの不幸」を克服する可能性を里村は見ている、とも言えよう。しかしこの儚い願いも「思はずあふれる」涙の中に掬い取られて、皇軍の侵略作戦、戦闘行為を是認し、賞讃するものとして機能している。

同時期に湖南作戦に従軍した伊藤永之介は、「漢口に赴くも戦線には行かず、農村のスケッチに勤しんだ」（「伊藤永之介年譜」高橋秀晴、『国文学解釈と鑑賞別冊伊藤永之介』平成十五年九月十五日、至文堂）といわれる。「中国に渡った伊藤さんは滞在中も帰国後も一行も書こうとしなかった。たぶん権力によってゆがめられた報道は、したくないという気持だったと思う。」（座談会「伊藤永之介氏を偲ぶ」中の武塙祐吉の発言、『伊藤永之介追悼の記』昭和三十五年十二月二十日、羽後文学社）。同じプロレタリア文学から出発した伊藤の行動が良くて、里村のそれが悪い、ということではない。けれども侵略しつつその民を愛そうとするのは、侵略しているものの論理である。侵略者の戦争理念が主観的にどのような大義を持っていたにしろ、その是非によって自国への軍事侵略を許す国民など、どこにいるのだろうか。中国民衆とて同じである。

5　最後の小説「いのち燃ゆ」

『征旗』昭和二十年一月号に発表された里村の戦記小説「いのち燃ゆ」は、この湖南作戦を背景にしている。挿画栗原信、文末に「十一月二十日」の日付のあるこの作品が、小説としてはおそらく里村の遺作となったのではないだろうか。作中「須藤兵長」に仮託された里村欣三の心情が窺える作品である。

小隊長の言葉で語られる須藤兵長の最後の姿は次のようなものである。

現役の満期を間近にひかえた須藤兵長は「正直一点張り」の「堅苦しいくらゐに糞真面目で、意地つぱりだつた。」

もし須藤兵長が「堅苦しいまでに窮屈な気持で分隊を指揮するとしたら、はたして分隊内が円滑に処理され、鞏固な団結が立派に保持されるかどうか」と危ぶまれたほどであった。

その須藤兵長が現役続行を希望した。「自分は損得を考へて、再役を志願するのぢやありません。いまの苦しい戦局のことを考へて、自分はもう少し兵隊で置いて貰ひたいと決心したのであります……」行軍が開始された。「揚子江沿ひのデルタ地帯の行軍のくるしさは、いひやうのないものだつた。」須須藤は「普段から真面目すぎる位な兵隊であるから、同じ行軍をしても、連絡や落伍兵の世話や馬の飼付などで、彼は他の兵隊とは較べものにならないほど身体を動かしてゐた。」

第一線の歩兵部隊に配属され、敵陣地の一角を突き破った時だった。「手榴弾をふりかぶつた敵兵が三名、やにはに草のなかから踊り出した」。「須藤ツ、何をしてゐるかツ、撃て！」と小隊長は叫ぶが、須藤はその聲が耳に入らないかのように重機の引鐵に指をあてたまま、

「「馬鹿ツ、手を挙げろ。手を挙げるんだ、この野郎ツ！」と怒鳴つてゐた。敵の将校はギラギラと飛び出すやうな眼で須藤を睨みつけてゐたが、何事か大声で叫んだと思ふと、ふりかぶつてゐた柄付手榴弾を胸前へ抱へこむやうにして、パツと紐をひきちぎつた。（中略）将校以下の三名は、のがれるすべがなかつたとはいへ、敵ながらも天晴れな最後であつた。敵将校の壮烈な死体を見つめたまま、須藤兵長は、しばらくその前から動かなかつた。強い感銘にうたれてゐるらしかつたが、彼らしくひと言もその感動を洩らさなかつた。」

その夜、汨水《ベキスイ》の敵前渡河が決行された。激しい乱戦が展開される。

「須藤は堤防上の敵の壕へ飛び下りて、重機を据ゑた。（中略）堤防下の蓮池の向ふを、支那兵が揉み合ふやうにして退却してゐた。須藤がいきなり掃射を浴びせかけた。（中略）「小隊長ッ、駄目です。機関銃をあの地点へ前進させます。……」叫んだと思ふと、もう重機を担ぎあげて、堤防の斜面を辷り下りてゐた。」

「蓮池をぐるッとまはつて、五百米ほど水田の畦道をどんどん躍進して行つた。（中略）敵は友軍の歩兵が攻撃してゐる正面へ逆戻りして、こんどは部落沿ひの裏道から遁走をはじめた。俺も夢中だつた。「須藤ッ、前へッ！」と叫びながら、遁げ出してくる敵の正面へ先廻はりをして機関銃で抑へなければと思つた。（中略）須藤が俺を追ひ越して躍進した。道へ出た。彼は走路わきの水たまりに伏せて、楡のやうな大木の幹を盾に機関銃を据ゑた。（中略）「須藤ッ、何故、撃たないんだッ！」（中略）返事がない。「おいッ、どうしたんだ！　おいッ……」彼の肱をゆすぶると、ポロッと力なく引鐵から手がはなれた。」

「眼は半ば閉ぢられてゐたが、泥のこびりついた顔が、ぽかンと口をあけてゐた。手をあててみたが、呼吸がなかつた。（中略）須藤は狙撃弾でやられたのだと思つてゐたが、どこにも血はついてゐなかつた。（中略）俺は須藤の胸元をはだけて人工呼吸をこころみてみたが、さつぱり効果がない。肺にも内臓にも、まるつきり空気が留められてゐないらしく、無抵抗な柔軟さだけが、たよりなく掌のうちに残つた。白さではなかつた。炭火が燃え切つて白い灰にかはつた時の、あの脆ろさの感じられるむなしい白さであらうか。その顔には、表情の翳りさへ、跡をとどめてゐなかつた。口と眼を半ばひらいたまま、どこを見つめるでもなく、何を話しかけるでもなく、ただぽかンとして仰向いてゐた。（中略）澄みわたつた虚空を無心に見つめてゐた。その眼差は見つめてゐるといふよりは、虚空のひろがりに溶けこんでしまつてゐるむなしさであつた。無にちかい須藤兵長の死顔を見つめてゐると、ふと、俺は襟を正すやうな厳粛なものにシーンと胸をみたされて来た。（中略）いろいろな死に方がある。だが、須藤兵長のやうに、いのちの最後の一滴まで燃しつくして斃れたといふ風な戦死があるであらうか！　俺は彼の戦死こそ、この上なく立派なものだと思ふんだ。……」

こう結ばれて、このおそらく里村最後の小説「いのち燃ゆ」は終っている。規範的な兵士の死ではない、「虚空のひろがりに溶けこんでしまつてゐる」むなしい死を描き得たところに、里村の戦闘文学がマレー戦線以来の地平を越えて、独自の、新しい戦争文学の高みに到達しているのを見ることができるのである。

擱筆日付の十一月二十日には既にフィリピンへの報道従軍が決定していた。戦況が苦しいからこそ現役兵続行を希望し、いのちを燃やし尽くして死んだ須藤兵長への詩的な、情緒的な思い入れの中に、里村欣三の「どこまでもこの戦争についていく」心境が仮託されているのは疑いない。里村は自身の死を予感したのである。

6　死地、フィリピンへ

湖南作戦従軍から帰ってわずか一カ月、十月には「丸の内ホテルで徴用作家と報道部将校との懇親会の席上、向こうはレイテ戦に派遣する人の名を挙げた。里村欣三、火野葦平、日比野士郎［朗］の三名だった」。のち報道部の大熊嘱託から、謀略宣伝をするため語学力のある今日出海に派遣要請があり、今が承諾して四人のフィリピン戦線への派遣が決まった（『戦争の横顔』寺崎浩）。十一月十五日には日

フィリピン行の直前、昭和十九年十月頃の家族写真。右端妻のます枝さん、中央は里村の妹の華子さん。（ＮＨＫ・ＥＴＶ特集『ボルネオ・楽園伝説～従軍作家・里村欣三の旅』）

本文学報国会の中村武羅夫事務局長と職員が弁当を持ち寄り会食、今日出海の壮行会と為した（「今実践部長比島へ従軍」、『文学報国』昭和十九年十一月十《（ママ）》日号）。こうした調整連絡には大本営陸軍報道部近くの牛込若松町に住んでいた寺崎浩が当った。

　これより先、米軍は十月二十日レイテ島攻略に着手し、十二月十五日にはルソン島上陸に先立ちミンドロ島へ侵攻していた。こうした戦況は里村も十分認識していた。湖南作戦の従軍記には「サイパン以来、敵の攻撃がフイリッピンに指向されてゐることは、今更いふまでもない。」ということが繰り返し出てくる。出発前、千葉の小見川で行なわれた歓送会で「長男のことをよく頼んだりしてゐた」。死を覚悟した出発であった。「だが里村君は生きて生きて書き抜くつもりだつたと思ふ。」（追悼文「小さな思ひ出」寺崎浩、『文学報国』昭和二十年三月一日号）

　「十月、アメリカ軍はフィリピンのレイテ島を攻撃、さらに、ルソン島も危機に瀕した。私［火野葦平］は、また、従軍を志願した。今日出海、日比野士朗、里村欣三、三君と私とが行くことに決定した。しかし、四人いつしよに飛行機に乗れないで、二人ずつ、二度に行く手筈になり、まず、十二月二十九日、今さんと私とが先発、一月六日、日比野、里村、両君が後発することに打ち合わせした。

ところが、東京で、いつしよに開いた送別会の席上、私が、ふと、仕事がまだ残つていることを洩らすと、里村君が、「そんなら、火野さんはあとの飛行機に乗んなさい。僕は、もう、仕事はなんにもないから、先に行こう」という。そうしてもらうとありがたいといつて、私は交替した。今さんと里村君は、予定通り出発した。」(『火野葦平選集第四巻』解説、火野葦平、昭和三十四年二月二十日、東京創元社)

昭和十九年十二月下旬、今日出海と里村は羽田から一旦福岡に飛び、翌日台北着。だが、既に制空、制海権を失っている中で、旅客機の乗組員達は『わざわざ死にに行くこたアないでせう』と露骨に反抗を示し、「兎も角台湾の南端屛東まで飛ぶ妥協が成立した。(中略)ここの戦闘司令所ですつたもんだの末に戦闘機四機の護衛をつけるからマニラまで行くことに決着した」。(『山中放浪』今日出海、昭和二十四年十一月十五日、日比谷出版社)

十二月二十八日午後、フィリピン向けの最後の飛行機で、海面すれすれの低空飛行の末、里村と今はマニラに着いた。レイテ島決戦に敗れ、ルソン島の闘いが開始されるその端境の間隙を突いた飛行であった。

7 フィリピン逃避行

里村欣三のフィリピン戦線における足跡は、この今日出海の『山中放浪』に詳しく、また『隻眼法楽帖』(今日出海、昭和五十三年五月二十日、中央公論社)や「同行二人」(今日出海、『人間』昭和二十一年一月号、鎌倉文庫)にも補足的な記録がある。里村の死の前後の状況については、浜野健三郎の『戦場ルソン敗戦日記』（昭和五十四年七月三十日、績文堂）に詳しい。以下、今日出海の『山中放浪』に依りフィリピンでの足跡を振り返る。

マニラに着いた夜、二人は秋山邦雄報道部長（中佐）を公館に訪ねた。

「秋山部長は困つた時に困つたものが着いたといふ風に蒼い顔をしたまま、『また何故こんな時に来たのです』と沈痛な聲で言ふ（中略）段々聞いてみれば手違ひだらけで、秋頃誰か報道班員を寄こせと大本営報道部へ言つてやつた覚えはあるが、戦況がここまで来てから寄こすのは解せぬといふのである。（中略）わざわざ死ににここまで来る必要はない、また何も知らぬ二人を殺すわけにはいかぬといふ意味を部長が婉曲に言ふのも私にはよく解つた。すると突然里村君は私の健康の点も気遣はれるし、戦争には不向きな人柄だから一刻も猶予なく飛行機を見つけて内地へ帰してやるやうに頼み、自分だけはどんなにしても比島へ残してくれと哀願し始めた。『私は戦場に来たので、ここが戦場になるのは本望です。一兵卒にして下さい。それでなかつたら、一兵卒の下働きでも結構です』彼は頬を紅潮させ、訥々として部長に手を合はせた。（中略）『呂宋島が玉砕の憂き目に遭ふなら、僕も玉砕させてくれ』彼は私に手を合はすのだ。（中略）飛行機がとれぬま、に一週間経つた。（中略）そして遂に八日目にリンガエン湾に敵船団が姿を現はした。」（『山中放浪』）

戦況に通じた里村にも唯一の誤算があった。

「『ここまで軍規が弛緩してゐるとは思はなかつた。ラム酒やビールの製造に大童になつて、防備を怠つてゐた罪は歴代の軍司令官にあるね』彼は最近洛陽作戦から帰つたばかりで、その苦戦振りをつぶさに見て来たのだが、支那の派遣軍とは比較にならぬ弛緩振りを私以上に昂奮して語つた。（中略）『支那では米国製の飛行機が活躍して昼間の行軍は殆んど出来なかつた。戦車も飛行機にはかなはない。それなのに、こつちの航空軍は壊滅してゐると聞いて、僕は不安でたまらないんだ』」。（『山中放浪』）

十月十二日から十六日の台湾沖航空戦で戦闘機三百機を失ったにも関わらず日本軍は戦果を誤認し、また十月二十三日から同二十五日にかけてのレイテ沖海戦も航空部隊の援護なしの突入作戦で敗北、完全に制空権、制海権を喪失したが、いかに戦況に通じた里村もこうした詳細まで知る術がなかった。

昭和二十年一月九日、三日間の艦砲射撃に続いて、米軍はルソン島中部西岸のリンガエン湾に上陸を開始した。これに先立つ一月六日、艦砲射撃と艦載機の爆撃の中で、マニラから司令部のいるバギオに向けての報道部の逃避行が始まる。以下、再び今日出海の『山中放浪』から抜粋する。

秋山部長らが午後三時に先発し、里村と今は後発の人見潤介大尉に同行、ガソリン欠乏のため出発は夜十二時にずれ込み、車輛九台に分乗して出発した。車輛一台が故障し、しのつく雨となる。明け方ようやくマニラの町を出た。昼、プラリデルという寒村で小休止中、二十機ほどのノース・アメリカン機による超低空の銃撃を受ける。里村と今の乗った乗用車は荷物ごと炎上した。アンガット河に架かる白鷺橋が爆撃で炎上、渡河点を求め上流へ向かいチバガンという部落の民家で夜を明かす。八日、夕方まで水かさが引くのを待つも、待ちきれず車を乗り入れ朝までかかって対岸へ渡す。本道近くまで行き小休止中、再び爆撃と銃撃。近くには「撃」戦車兵団の戦車が木の葉で遮蔽されて無数に隠れていた。敵機が間断なく旋回する中で夕方まで退避、五時出発、本街道に出てヘッドライトを消してノロノロと進む。夜半サンミゲルに着く。サンミゲルの報道部出張所長をしている桔梗五郎が訪ねて来て宿舎と情報を提供してくれた。小一時間休んで夜中一時に出発、合歓の木に群れ飛ぶ蛍が蒼い光を発している。この時、「里村君が眠さうな声で、『蛍の國だなア』と呟いた。」

夜明け前、カバナツアン近くのマンゴ樹の密生した部落に着いたが爆撃を避けて夜まで待機、日没後カバナツアンに入ったがそのまま北上、一月十一日、夜が白々明ける頃サンホセの町へ入った。戦火は迫っていたが、もう一日休息をとって十二日夕六時サンホセを出発。バレテ峠を目指し九十九折れの山道をヘッドライトを消して登る。九台の車輌は四台になっていた。対空監視で不眠のまま十三日朝アリタオに着く。バンバンを過ぎバレテ峠を越し、真夜中、州庁所在地のバヨンボンに着く。人見大尉が参謀部に連絡に行く。「『最早、これから先に進むことが出来なくなつた。我々はバヨンボンにとどまり、独立部隊としてこの地区の報道任務につくやう命令を伝達されたのである。』」

「バヨンボンも山の中では、大きい方の町なので、いづれ近いうちに爆撃を受けるだろうと人見大尉は観測した。そして池田伍長を連れて、毎日我々の安全な定住地を探し歩いた。」数日後、山の向こう側のブシラクという竹で作ったニッパ小屋が七、八軒の、住民が逃げ去って悉く空き家となっている村を発見、一月中旬ブシラク村に移動、バヨンボンは里村等が移動して三日と立たぬうちに大爆撃に遭っている。翌日、今日出海と里村はバヨンボンの焼け跡を見に出かけ、機銃掃射を受ける。

「バヨンボンは死の町になつた。（中略）町外れの森の中に爆風で屋根のすツとんだ木造家屋に台湾の鉱山会社の社宅があつた。入口のところに白髪の老人がゐたので、私と里村欣三君と二人で入つて行つた。（中略）茶卓の上に積み重ねた書物が埃を浴びてそのまゝにあるのを里村君は目ざとく見つけて手にとつた。『これ僕に貸してくれませんか』彼は頓狂な声で叫んだ。青野季吉著の文学評論集である。『この著者は僕の親友なんです。若い時分から一緒に雑誌をやつたり、教へを受けたり、世話になつた人なんです』老人は、里村君の熱を帯びた言葉にも注意をむける気力を失つてゐた。（中略）里村君はもう夢中でページを繰つては拾い読みをしてゐるが、中味を読みたいといふよりは、むしろ著者を懐しんで、書物を撫でさすつてゐるといつた風である。」
爆撃で死んだ台湾炭鉱社員二人の遺骸を埋める。先ほどの北澤老人が「両手を合はせて、『南無妙法蓮華経』を呟くやうに繰返す。これに和して私の隣りにゐた里村君が突然同じやうに『南無妙法蓮華経』を唱へ出した。ふと見ると、彼の合掌した手に数珠がかかつてゐた。」

昭和二十年二月三日、里村は今日出海と別れ、ブシラク村を出て第十四方面軍司令部（山下奉文大将）、秋山報道部長のいるバギオに向かう。

「バギオへの連絡隊に同盟通信の岩本君、日映の田口君、写真部の岸野君、池田伍長と一行が十二名決定した時、里村君は、どうしてもバギオへ行くと言ひ出した。（中略）『どうせ死ぬんなら秋山さんの傍で死にたい』と彼は腕を組んで頑なに後は口を緘んでしまつた。（中略）一行十三人の出発の朝は霧が深かつた。（中略）東京を出る時から寝ても覚めても一緒にゐた里村君とこの時別れたのが最後になつてしまつた。彼が私に遺したものは小さなセルロイドの針箱と妙法蓮華経一巻だつた。」（『山中放浪』）

8　バギオでの死

ブシラク村からバギオへは直線距離にして七〇㎞ほどだが、ゲリラの集結している部落を避け、道なき道を尾根伝いに山脈を幾つも越え、里村等がバギオに着いたのは二月十一日のことである。今日出海の『山中放浪』では二月十六日としているが、浜野健三郎の『戦場　ルソン敗戦日記』には、二月十一日の項に「今朝バヨンボンから来た里村欣三さんに会う。」とあり、また船戸光雄の「北サンの里村欣三氏」（『集録「ルソン」』第二十八号、比島文庫）にも次のように書かれている。

「［里村氏が］バギオにたどり着いたのは確か昭和二十年二月十一日紀元節であったと記憶している。里村氏が作家であることは知っていたが、本人と会ったのは初めてだし、まして過去の経歴など、何も聞いていなかった。ところが報道部へ着いた翌日から、炎天下、しかも激しい砲爆撃の続くなかで、壕掘りや土運びに一人で汗を流している。だれに命令されたわけでもないのに、どうして危険なことを平気でやるのか、むしろその行動は異常とすら思えた。やがて米軍が上陸を始めると、報道部長に前線行きを志願し、バギオを離れていった。」

船戸氏は同盟通信社出身の曹長で、内地召集され、当時比島派遣軍報道部で班長をしていた人である。里村欣三の死の状況については、浜野健三郎の『戦場　ルソン敗戦日記』に詳しく記録されている。浜野氏は徴用ではなく嘱託として昭和十九年七月以降比島派遣軍報道部に勤務し、十九年暮にマニラに到着した里村、今日出海ともそこで出会っている。里村が被爆した当時はバギオの報道部で自軍内への宣伝報道を担当する「軍内班」の責任者であった。昭和二十年二月二十三日、里村が「爆弾で負傷」したことを聞き、二十四日バギオの第十二陸軍病院第二分院に見舞いに行き、看護婦から里村は既に「昨夜九時半ごろ」死去し、埋葬されたことを聞く。

二十五日報道部の防空壕に里村の遺品の雑嚢を祀って通夜の準備をした後、詳細を聞くため再び第十二陸軍病院を訪れる。その時、里村が被爆した当時行動をともにしていた拓南塾（拓務省令により東京都北多摩郡小平村（当時）に開校された南進政策を担う人材育成のための専門学校）出身の那須という嘱託から話を聞き、書き留めたものが、二月二十五日の日記である。以下、注釈を加えつつその一部を抜粋する。

「里村さんの一行（那須と日映のカメラマン）が、ベンゲット道キャンプ1の盟兵団本部へ向かって山を下ったのは、去る十六日のことだった。キャンプ3の旭兵団本部で、盟兵団のナギリアン道への転進を知った里村さんは、直ちにこれを追及《ママ》すべくバギオへ戻った。二十日深更のことである。ナギリアン道は報道部のあるケソンヒルの麓を通っている。疲労困憊した那須とカメラマンが、今夜は報道部に一泊してと申し出たところ、日ごろは温厚な里村さんが、このときばかりは色をなして怒り出した。命令をうけて出発した以上、子供の使い走りではあるまいし、任務途中で帰ることは絶対にできない。あなた方がどうしても嫌だというなら、自分だけ先行するというのである。その勢いに呑まれて結局同行することになったが、カメラマンがフィルムの取り替えに本部に立ち寄ったことも、里村さんはあまり心よく思わなかったらしいと那須は言う。誠実、朴直な里村さんの面目躍如たる話である。」

ベンゲット道には海岸寄りのロザリオ近くからバギオに向かって、戦闘拠点キャンプ1から4が設置されていた。初めリンガエン湾に上陸した米軍は、ロザリオを通って北上しバギオに至るベンゲット道から主攻したが、盟兵団（独立混成第五十八旅団、佐藤文蔵少将、弘前編成）、旭兵団（第二十三師団、熊本編成）が阻止したため、リンガエン湾のバウアンからバギオに東進する山岳道路ナギリアン道に主攻路を変えて進攻した。両道とも峻険な山岳を縫う細い道路である。里村と那須らはこの山岳道を一旦キャンプ1の最前線に向けて下り始め、キャンプ3で盟兵団が虎兵団（第十九師団）と交替して二月二十二日からナギリアン道全域の守備を担当するために既に転進したことを知り、再び山岳を登りバギオから西方のナギリアン道に転じたのであった。『北部ルソン戦記　盟兵団　独立混成第五十八旅団激闘の戦史』（市川嘉宏編、平成元年十月三十日、盟兵団戦友会事務局）によると、盟兵団本部がバギオの西北約一

○㎞のナギリアン道バナンガンに到着したのは二月十八日であった。里村が被爆したのはこのバナンガンであると推認される。

のち新聞各紙が伝えた「ルソン前線基地報道班員一日発」の里村の死亡記事には「里村氏は第一線に出動中の某部隊を訪れ、リンガエン戦線の華、西村大隊長の最後の戦闘報告書を筆写中、敵九機の爆撃を受け、」とある。

西村大隊長は独立歩兵第五四五大隊大隊長西村勇大尉のことで、二月五日ベンゲット道キャンプ1の戦いで戦死している。里村はその西村大隊の戦いを書くために、ナギリアン道に転じた盟兵団本部で佐藤「師団長と会見し、部下の西村部隊長の戦死までの記録を見せて貰い、是非ノートさせて呉れとその場で手帳に筆記」中（「同行二人」今日出海）被爆したのである。以下、続けて浜野健三郎の『戦場 ルソン敗戦日記』から引用する。

「その夜、幸い自動車に便乗してナギリアン道を下ることができたが、盟兵団本部を三キロも通りすぎて下車したため、同夜はそこで野宿し、翌早朝、本部を訪ねた。里村さんは、参謀長や幕僚から地図を前にして戦闘状況を聞きながらノートを取っていた。それから山あいの底地に移りトランクを机代わりにして、〝盟〟の戦闘詳報を写しはじめた。そこへ敵機が来た。転進直後のこととて、〝盟〟本部にはまだ壕もできていなかったが、このことが里村さんの不運になった。敵機はノースアメリカン二機で、小型爆弾を一個ずつ落とした。その一弾が里村さんのところから十メートル以内という至近距離に落下して炸裂した。すぐ里村さんは戦闘詳報やノートを抱えて待避した。背中に小銃弾くらいの弾片をうけたが、盲貫で大したことはないような様子だった。ただし、腹部の疼痛をしきりに訴えていた。この爆弾で盟兵団の下士官がひとり頭部に負傷したが、里村さんの傍にいた那須やカメラマンは全く負傷しなかったというのだから、よくよくの不運だったとしかいいようがない。不幸中の幸いは、負傷後間もなく入院できたことだった。その日、〝盟〟の伊沢中尉が、功績関係その他の要件で第十二陸病へ行くことになっていたので、その車に便乗できたわけだ。これに那須が付き添った。入院するとき那須が、ノート類などを預っておきましょうかと言うと、里村さんは烈しく断わって、二、三日すればまとめるのだからと言っていたという。自分の負傷をあまり重く見ていなかったらしいことがこれでわかるし、一方そこにきびしい作家魂をみたような気もする。

病院で昨夜の婦長さんから、里村さんの担当看護婦を聞き、将校病棟に山口さくさん（新潟県南蒲原郡長沢村字馬場）を訪ねる。山口さんは、病棟の前で患者の傷の手当てをしていたが、その話——。

入院時刻は二十一日の二十二時三十分ごろ。腹部と胸部の痛みをしきりに訴えていた。腹部が膨満していたのでガスを取ってあげると、五十ばかり放屁し、気分がよくなったとたいへん喜んでいられた。一方、血尿とともに吐血もしたので、爆風のため内出血を起こしていたことはまちがいない。弾片による負傷は大したことはなく、内出血が致命傷になった。手術はしなかった。こんな際なのでと済まなそうに詫びていたが、あとで担当の小川尚一軍医中尉（東京都浅草区馬場公園裏）に聞くと、内出血の場合は負傷直後、遅くとも六時間以内には手術せねばならないとのことであった。里村さんが負傷したのは二十一日の午后三時半ごろで、その夜の十時半には入院しているのだから、すぐ手術すればあるいは好結果も望まれたのではないかと思うが、その夜は手術できなかった（電燈もなく、忙しくもあったろうから無理はあるまい）。

翌二十二日の早朝五時ごろ、那須から報告を聞いた部長が見舞いに行くと、里村さんは苦しそうに唸っていたが、部長だよ、秋山だよと言うと、「こんなことになってしまって申し訳ありません」と詫び、「こんなに苦しいことはいままでにありませんでした」と言っていたということだったから、よほど苦しかったものらしい。

その日も手術はできなかった。病院も爆撃されて十五名も死者を出すという騒ぎがあったからである。もっとも昼間は患者を壕に入れておくことになっているといっていたから、よほどの場合でないと手術はしないようだ。仮りに手術が成功したとしても、内出血の場合三日間くらいもつのが普通で、快癒は大して期待できないということだったから、これも里村さんの不運とあきらめねばなるまい。戦陣の間、誠にやむを得ないことだった。死亡時刻は、同夜九時半ごろ。」（『戦場　ルソン敗戦日記』）

浜野健三郎氏のこの記録は読み方によっては二十二日夜の死去とも読め、公式発表とでは異同がある。昭和十九年七月、ルソン島に上陸した一万三、二〇〇人の盟兵団は、昭和二十年一月から七月のバギオ攻防の戦闘で将兵一万一、四〇〇余人を失い、生還者は一割の一、七〇〇人に過ぎなかったという。（『北部ルソン戦記　盟兵団　独立混成第五十八旅団激闘の戦史』）

9　自殺と見なされる死

「ファシズム下の日本軍国主義の最も生きにくかった時代を屈折を強いられながら、自殺ともいうべき死に突入して行った一人の左翼作家」（「或る左翼作家の生涯」堺誠一郎）

「米軍の上陸で里村欣三はむしろ死を選ぶように死んでいった。」（『戦争の横顔』寺崎浩）

「彼の最後の場所となつたフイリツピンへの従軍志願は、その無暴《ママ》さから言つても一種の自殺的な気持で行はれたのではないか。」（『現代文学代表作全集2』の解説、平林たい子、昭和二十三年八月十五日、

萬里閣)

「彼は、敗戦近くなって報道班員として、ふたたび戦場におもむき、弾丸雨下を突進して、倒れたといわれる。自殺であったかも知れない。『第二の人生』にも「愛想がつき」はてたのではあるまいか。」(『戦士の碑』向坂逸郎)

里村欣三のフィリピン従軍は、北マリアナ諸島のサイパンに続きレイテ島が陥落した時期からみても、「自殺と見なされる死」という比喩的な見方は当っていると言えよう。しかしそれは比喩的な例えだけでなく、実際的にも里村欣三は「死を選ぶように」米軍と対峙する第一線の戦闘の中に志願して飛び出して行ったのである。子煩悩な里村である。何とかして生きたい、と願いながらその選択した行動は、より危険な第一線への飛び出しであった。

「[里村は] 率先して危険なところへ行った。(中略) 兵隊ではなく、従軍の作家にすぎないのに、みずから死地に赴いた。(中略) あれは贖罪の気持ちからではなかったのか (中略) 転向したんでもないし、兵役を逃れて天皇陛下に申し訳ないというのでもなかった。何か贖罪は神か仏か、何かそういうものに対してなのだ。彼は法華経を読んでいたが、絶対者を求めていたんだね。そういうものが感じられた。」(「ある左翼作家と戦争　里村欣三のこと」中での今日出海の発言、『毎日新聞』昭和五十八年四月十一日夕刊)

何故、里村は後方に待機しようとすればできた道を捨てて、死につながる第一線に飛び出したのであろうか。事実秋山邦雄比島派遣軍報道部長も、報道部を切り盛りした人見潤介も、生き延びて捕虜となり生還しているのである。今日出海は里村が「絶対者を求めていた」ことを指摘したが、平林たい子は里村のフィリピン戦線従軍を次のように見ていた。

「短い数年間に社会や軍の当事者からうけた寛大と優遇は、過去の逃亡兵だった凄惨な経験の償いのようなつもりでうかうかと享けて来た。ところがその評価は昨今見事にどんでんがえししていた。彼は、償われるいわれをいつのまにか喪失していた。彼のうけた寛大と優遇とは、みんな彼の新たな負債となって、彼がうっかりしている間に彼に負わされていたのである。この傷だらけの体で、どうしてこれからその償いができよう。生方［小堀甚二］は、彼が「再転向はしない」という宣言にも似た調子高い言葉を生方にかき送ったのを、そんなニュアンスとして受けとった。彼が縋るもののない孤独な心を抱いて出発したろうということだけはいわずともわかっていた。」（『鉄の嘆き』）

平林の言う「負わされた負債」という見方は、戦争が破滅に向かって明確に転換していたこの時期にあっては、客観性、妥当性を持っているかのように見える。しかし、「再転向はしない」、「僕はどこまでもこの戦争について行くつもりです」という里村の決意の中には、「負債を負わされた」だけではない、もっと積極的な、一途な思いがあったのではないだろうか。

10　「文学的衝動」と死

「私自身近頃の心構へといふものは、たゞ平凡で、謙虚な一日本人でありたいと希ふ心だけである。そしてその謙虚な静かな心持で、近頃のはげしい国家と文学の動きを見つめ、日本人として恥づかしからぬ態度で、あらゆる急変の事態に対処したいと思ふ念願だけである。」（「日本人に返れ」里村欣三、初出誌未詳、『支那の神鳴』に収載）

この「日本人」という言葉の代りに「人間」という言葉を置き換えたらどうだろうか。

中国戦線の応召から帰還し、昭和十六年マレー戦線に徴用される間の、この感慨のままに、里村は戦場の第一線に身を曝す生き方をもって「一日本人」を、即ち「転向」のあるべき姿を、人間としてのあり方を求め続けていたのではないだろうか。プロレタリア文学運動に対峙する何者かになろうとして出発した里村欣三が辿り着いた先は、戦争の中の、「恥づかしからぬ態度」、人間としてのあり方だったのではないだろうか。そして同時に、このことの中に、自己の文学の可能性を見ていたのではないだろうか、と私は思うのである。

「今の日本で「戦争」位、大きな問題はないぢやないか。この深刻な現実から、何故眼が逸らされるのであらうか？　僕には、不思議である。（中略）戦争文学をもつと大きな取材《ママ》［主題］の中に、高めるべきだと思ふ。やつぱり第一線的な「戦闘文学」だけでは、僕も駄目だと思ふ。（中略）パンだけを焼くのを専門にしてゐる兵隊も居れば、内地から追送される米俵や炭俵の計算だけに追はれてゐる兵隊もゐる訳だ。しかも兵隊全体としては、誰もかも例外なしに、軍服を着る前までは、地方人であつたのだ。（中略）僕はこのへんに、将来の戦争文学の方向に、大きな示唆があるんぢやないかと考へてゐる。」（「帰還兵の「侘びしさ」に就いて」、『文学者』昭和十五年三月号）

「地方人」というのは軍人でない者、民間人の謂いである。

「朝本部へ行き、［秋山］部長に里村さんの死を報告する。（中略）将来戦争文学の第一人者になるのは、この人をおいて他にないと期待していたのにと、心からその死を惜しんでいた。」（『戦場　ルソン敗戦日記』）

里村がもし生きて敗戦を迎えたとしたら、戦争の中の人間存在の、その根源に迫る文学を書けたのか、その余力があったのかどうか。秋山邦雄比島派遣軍報道部長の言は戦時の将来であるが、意味合いは異なるとしても、敗戦後の将来において、里村欣三は「戦争文学の第一人者になる」可能性、戦乱を描くだけでなく、戦争の中でどのように生きることが「恥づかしからぬ態度」なのか、ということを書き得る可能性があったのかどうか。こうした観点から、里村が遺した戦争文学が、プロレタリア文学以上に繰り返し検証されなければならないと思う。

里村欣三が選んだ道は、戦争の中で文学を捉え直すという道だった。それは潰え去る道、続いていたかどうか断言できない細い道だった。里村にとって、「日本人」というのは、戦争の中における人間としての態度の問題だった。その結節点が戦場の第一線だった。後方でも文学は書ける。むしろより広い眼で戦争が見えたのかも知れない。けれども戦争の中の人間存在に迫りたいという里村の希求が里村を戦場の第一線に押し出していった。文学としてはそこに何もないかも知れないのに、止むに止まれぬ文学的衝動に突き動かされて戦場の第一線に出て行ったのだ、そう私は思うのである。

「兵隊と一緒に苦労しなければいけないんだ。兵隊の、命令一つで最前線へ出て死地に入って行く、その兵隊達と同じ立場に自分達も置かなければ、この戦争はわからないんだ。」

里村欣三はこう語ったと、マレー戦線で行動を共にしたカメラマンの石井幸之助は簡潔にその思い出を述べている。（NHK・ETV特集「シリーズ山河あり～戦争と自然～」、『ボルネオ・楽園伝説～従軍作家・里村欣三の旅』一九九五年十月十七日放映）

「どうせ死ぬんなら秋山さんの傍で死にたい」。（『山中放浪』）

戦況が想像を超えて悪化し、死が避けられないものとして旦夕の間に迫った時、里村のそうした文学的衝動はさらに純化していった。昭和二十年二月三日、今日出海らが引き止めるのを断わり、自ら志願してブシラク村を出て軍報道部のあるバギオに向かい、さらに旬日ならずして最前線のバナンガンに飛び出したのである。

バギオからバナンガンに飛び出すこの間、報道班員の船戸光雄氏の眼（「北サンの里村欣三氏」）からみても、「激しい砲爆撃の続くなかで、壕掘りや土運びに一人で汗を流している」その姿は「異常とすら思えた」のである。戦争の中で文学を捉え直すという志さえ超えて、リンガエン湾に対峙するキャンプ1の戦いで死んだ西村勇大隊長の、その戦闘報告書を、何故砲弾下のバナンガンで筆写しなければならなかったのだろうか。

このバギオの一週間は、里村にとって文学的衝動が更に飛翔していく期間であった、と思う。バギオを巡る攻防はまさにのっぴきならない情勢に陥っていたことが『比島戦記』（昭和三十三年三月十二日、日本比慰霊会）などを読めば実感される。眼前の兵士が苦闘して死んで行くなら、彼等の苦闘を、見ることによって励まし、記録することによって励ましたい、彼等とともに自分にも死が訪れるならそれもやむを得ない、里村の思いは断末魔の戦況の中で純化され昇華していったのではないだろうか。戦争の罪悪も、侵略されている者の苦しみも、大東亜共栄圏の理念も、皇国思想も一切のものが雲散霧消し、信仰も、戦争の目的も消え去って、ただ眼前に苦闘し死に絶える兵士の力になりたい、そういう突き詰めた思いだけがあったのだと思う。それは民衆の側からの、ファシズムの純化である、とも言えよう。あるいは里村欣三の歩んだ道筋から見れば是非の道理を超えた行為であった、と言えるかも知れない。

眼前の人々の苦しみに全身をもって共感する行為の純粋性が、戦争の中でのそれと、プロレタリア文学運動の、あるいは階級闘争の中で発揮された共感の純粋性とではどう異なるのであろうか、里村の死はそのことを、即ち日本型ファシズムの深淵を今に問うているように思われる。

里村が求めた人間存在としての「日本人」という観念は、結局、他民族を捨象し同時に支配するものとしての民族概念、国体観念の中の「日本人」に掬い取られ、収斂していった。

その死は、二日間の苦しみを伴ったものであった。里村が理想とした中国湖南戦線の須藤兵長のように燃え尽きた突然死ではなかったが、フィリピン戦線で戦病死した四十七万六、八〇〇人の将兵・軍属の一人として、里村は戦場に力を出し尽くして死んだ。里村が昭和十年四月末に徴兵忌避を自首した岡山歩兵第十聯隊（通称鉄兵団）も昭和二十年三月にルソン島中部のバレテ峠に投入され、里村と同様にこの地で終焉したのである。

11　死のあとで

里村欣三の戦死は、『東京新聞』昭和二十年三月二日夕刊、『朝日新聞』同三月三日朝刊で「ルソン前線基地報道班員一日発」の情報として報じられた。『文学報国』（日本文学報国会）は昭和二十年三月一日号で里村の死を報じているが、「新聞紙の伝へるところに依れば」とあるので、日付通りに三月一日に発行されていたかどうかはやや疑問である。これらは皆、里村の死亡時刻を「二十三日十五時三十分」としており、浜野健三郎氏の言う「夜九時半ごろ」とは違っている。『青野季吉日記』によると、家族には二日に軍から内報があったという。

『文学報国』の報道は「里村欣三氏を悼む　従軍作家初の戦死」という見出しを掲げている。今日、この「従軍作家初」ということが殊更に採り上げられることがままある。確かに里村の死の本質的な意味が凝縮されているのであるが、一方では何か違和感の残る言い方でもある。報道班員としての死は里村が初めてではない。昭和十七年二月十二日、東京日日新聞からマレー戦に徴用された柳重徳が、里村等とともに混乱に巻込まれてシンガポール、ブキテマの丘で戦死している。柳は作家ではなく新聞記者であったが、柳を悼む為書きのある『ブキテマ』（林炳輝、昭和十八年八月十日、毎日新聞社）には「報道陣のなかからだけでも、九名の戦死傷者が数へられた」とある。里村が死んだルソン島の軍報道部でも戦局が押し詰まってくると多数の病死者を出し、第一線の戦闘部隊への転属が行なわれている。昭和二十年六月ルソン島で戦病死した脚本家、映画監督の山上伊太郎、七月に東部山中で餓死した劇作家、小説家の生江健次はともに比島派遣軍報道部に所属していたと伝えられている。報道部員ではないが、推理作家の大阪圭吉もまた七月ルソン島で戦病死している。昭和十四年天津で死んだ歌人の渡辺直己、死後『わがいのち月明に燃ゆ』を残した林尹夫、硫黄島で戦死した折口春洋をはじめ、文学、芸術を志しながら戦塵に死んだ無名の人々は多かった筈である。作品「寛容」で第十六回直木賞（昭和十七年度下半期）を受賞した神崎武雄も、昭和十九年九月、海軍報道班員として徴用中、乗艦が攻撃を受けて南方洋上で戦死したと言われる。

三月三日夜、東京都世田谷区鎌田町四四四の里村宅で仮通夜が行われた。そこに集まったのは青野季吉、金子洋文、前田河廣一郎、中井正晃らの旧「文戦派」の仲間の他、マレー戦線「六人の報道小隊」の栗原信画伯がいた。

三月九日、親しい旧友だけで通夜が行なわれた。「今野君来訪、里村宅へ同伴した。舊い友達だけで通夜をすることになつてゐたのだ。洋文、湊、今野、青木、鈴木、鶴田、外に栗原画伯などが集つた。供養の品々は湊のそなへものだつた。六時からはじめて九時半に去つた」。（『青野季吉日記』）

『読売新聞』（昭和二十年三月二十四日）等で広報された里村の告別式は、三月二十九日、文化奉公会会長代行の桜井忠温少将が葬儀委員長となって「午前十時から佛式により四谷見付平山堂跡で文化奉公会葬をもつて営まれ」た。

「この時節としては盛大と云へよう。［金子］洋文が舊友を代表して弔文をよんだ。」（『青野季吉日記』）告別式で読んだ金子洋文の弔文は伝えられていないが、里村の死を報じた三月一日号の『文学報国』に、金子洋文、寺崎浩、向井潤吉の三氏が追悼文を寄せている。

金子の追悼文は「されど悲しまず」というタイトルで、「第一の人生への訣別は、妻子を連れて東京から生れ故郷へ帰ることだつた。」と書き始め、支那そば屋時代、日中戦争従軍から「皇国の大道」「神州の正気」に至る道へと書き継ぎ、『河の民』を「里村の最高を示す名著」と賞讃、「僕は里村の戦死を少しも悲しんでゐない。よくぞ戦死したと思つてゐる。萬歳！と言つてはすぎるが、見事に！と思つてゐる。」と結んでいる。「よくぞ戦死した」という言葉には幾分かは時流に対するおもねりが混じっているとしても、勿論、反語である。「寂寥と寒冷をしのぐために、売物の酒類に手がのびるのは致方がなかつた」という支那そば屋時代のエピソード紹介は、里村の苦闘を知る者の、暖かい思いやりが込められている。また同時に〝里村欣三は里村欣三としての人生を「見事に！」生き切って死んだ〟という諦観、〝生き切って死んだ〟人生を認める思いやりが潜んでいるように思われる。

向井潤吉は、昭和十九年十一月三十日、里村のフィリピン行直前に、小説「いのち燃ゆ」と同じ号の『征旗』（昭和二十年一月号）で里村、栗原信、棟田博と対談（「最近帰還した報道班員の従軍報告座談会」）している。追悼文ではその時の印象を「その頃レイテ島の戦局が問題になつてをり里村氏がフイリッピン行を熱心に希望してゐた」と証言、「私は里村氏のあの戦争の魅魔にとりつかれたような瞳にルソンの白雲を浮べてさぞ満足だつたらうと心境を遥かに羨ましく思つた」と、戦場にかけた里村の一途な思いを認めている。（「不粋な印象」）

近年、「銀漢子」氏によって発見された里村の妻ます枝さんの、昭和二十年四月二十日消印細田民樹宛ハガキには次のようにある。表面は「広島県山県郡壬生町川西　細田民樹様、東京都世田谷区鎌田町四四四　里村ます枝」である。

「(岡山県和気郡福河村字寒河　前川華子方) 行先

先日はお手紙誠に有難う存じました。三月九日の旧友の御通夜は何とも云へず嬉しゆうございました。このにぎやかな集りの中に里村が居たら、どんなにか嬉んで大いに気焔を上げるだらうにと、誠につまらないことを考へました。洋文さんが、里村よくぞ死んだ、然しお前が十年前に死んで居たら、俺は泣いても泣いても泣ききれぬ、然し今はよく死んだと、俺は嬉こぶぞ、決して泣かぬぞと云はれた言葉は、旧友の方々の皆様の言葉だと思ひました。廿五日にやつとこの家を引き上げることになりました。発ち去り難く、ぐずぐずして居ました。あちらへ参りましたら、又くはしく御便りいたします。いづれ、折がありましたら、御目にかゝらせて下さいませ。奥様へ何卒ヨロシク」

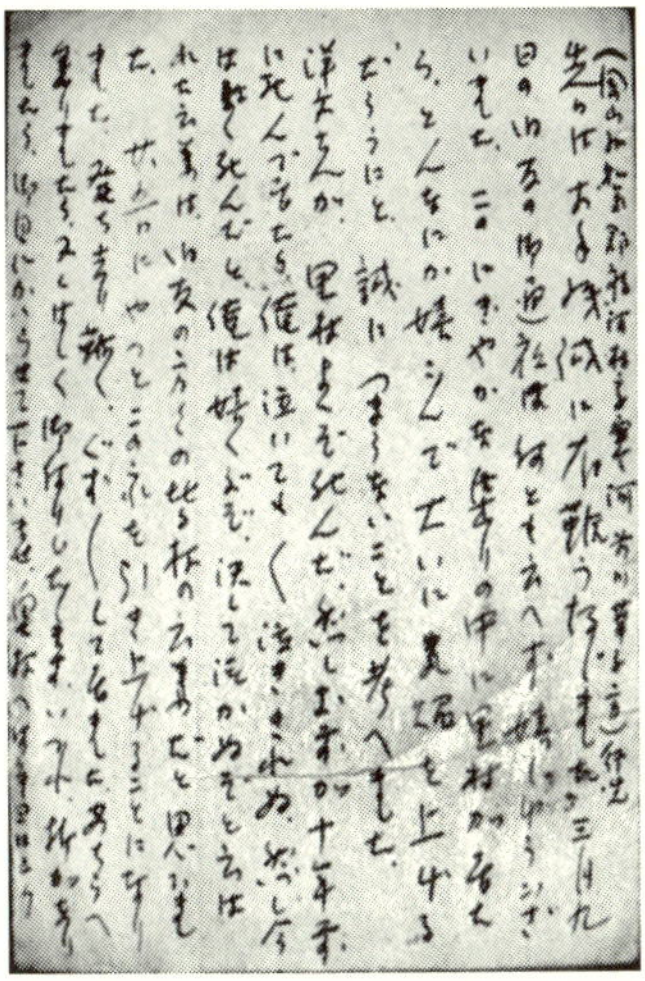
里村ます枝さんの細田民樹宛ハガキ裏面（昭和二十年四月二十日消印）

「欣チャンの愛称でたれからも親しまれた」「この善良な労働者作家」(「懐かしい作家たち」間宮茂輔、『現代日本文学全集69　プロレタリア文学集』付録月報、昭和四十四年一月十日、講談社)は、このようにプロレタリア文学時代の仲間や旧友の追悼の中でその人生を終えたのである。

昭和二十年七月二十日付『朝日新聞』朝刊は、財団法人日本文学振興会から「里村欣三氏の報道戦における赫々たる殊勲とその壮烈な戦死」に対し、初の「戦記文学章［賞］」が贈られ、記念品および賞金五百円が遺族に贈られることになった、と報じている。選者は川端康成、佐藤春夫、上田廣らである。

平林たい子の『自伝的交友録・実感的作家論』は、「終戦と共に里村の名誉も泡のやうに消え去つた。時勢の浪のそとで、唯一筋に働いて来た細君は三人の子供を抱へて、学校の炊事婦となつて子供を大きくした。「槿花一朝の夢」といふ言葉は、この細君には当てはまらない。彼女の生きてきた道は里村のジグザグコースと違つて一直線、一筋だつた。」という言葉を結び部分に置いている。

石井雪枝さんの『木瓜の実』に、「昭和四九年にようやく里村さんのお墓ができたとき、上京された［妹の］華子さんにお目にかかった」云々の記述があるが、里村欣三の墓、というよりは合祀文学碑に近い形の石碑プレートが、昭和四十九年に静岡県駿東郡小山町大御神八八八—二、冨士霊園の文学碑公苑内に建てられている。日本文芸家協会が昭和四十四年に建立した「文学者之墓」の背面を、協会会長を務めた菊池寛、広津和郎、青野季吉から始まる六名一組のプレートが連続して取り囲んでいるが、その第一期の三枚目、近松秋江、片岡鉄兵に続く六人目の場所に「里村欣三　苦力頭の表情　一九四五・二・二三　四二才」と刻まれている。

霊園管理事務所によると、墓には遺品、遺骨を入れる人が多いが、里村の場合は納骨されていない、とのことである。当たり前のことだが、里村欣三がどこで、どのように死んだのかを改めて思い知らせるのである。この文学者の合祀墓は現在八期、七百数十名分になっている。また里村の実家である前川家の墓は備前市日生町寒河の西願寺および岡山県勝田郡勝央町に受け継がれている、と聞き及んでいる。

著作リスト・発表作品リスト・参考文献・略年譜

著作リスト

著作リストは初めに著書名を『　』で示す。〈　〉は叢書名、共著の場合は編者名、（共著）は共同著作、下の名前は共著者またはその一部、（共著）の表記のないものは単独著作、初版刊行年月日（西暦表記は元号に置換）、発行所、判型、頁数、定価、「函」は外函の有るもの、（収録）は里村欣三の収録作品名、（備考）は補足事項。

『近代人の人生観』〈人生哲学研究会編〉　（共著）中西伊之助、大坪草二郎、小泉幸太郎、萩原新生　大正十四年二月十五日　越山堂　四六判　四一三頁　函　二円三〇銭　（収録）夏目漱石　樋口一葉

『聖哲の懺悔』〈人生哲学研究会編〉　（共著）中西伊之助、大坪草二郎、小島徳彌、秋山義雄　大正十四年三月十五日　越山堂　四六判　三一八頁　函　一円八〇銭　（収録）ゴオルキイ

『名僧の人生観』〈人生哲学研究会編〉　（共著）大坪草二郎、小島徳彌　大正十四年四月十二日　越山堂　四六判　三二〇頁　函　一円八〇銭　（収録）白隠　一休

『近代人の人生観』〈人生哲学研究会編〉　（共著）中西伊之助、大坪草二郎、小泉幸太郎、萩原新生　昭和二年六月二十五日　日新社　四六判　四一三頁　函　二円三〇銭　（収録）夏目漱石　樋口一葉

『近代人の人生観』〈人生哲学研究会編〉　（共著）中西伊之助、大坪草二郎、小泉幸太郎、萩原新生　昭和二年九月二十日　三水社　四六判　四一三頁　函　二円三〇銭　（収録）夏目漱石　樋口一葉

『苦力頭の表情』〈文壇新人叢書10〉　昭和二年十月三十日　春陽堂　菊半截　一七〇頁　五〇銭　（収録）苦力頭の表情　シベリアに近く　飢　黒い眼鏡　疥癬　演説会一景　娘の横ツ面　第三日曜日　娘の時代

『戦争ニ対スル戦争』〈左翼文芸家総聯合編〉　（共著）

金子洋文、前田河廣一郎、黒島傳治、小川未明、壺井繁治ほか　昭和三年五月二十五日　南宋書院　四六判　四〇八頁　一円五〇銭　（収録）シベリヤに近く

『名僧の人生観』〈人生哲学研究会編〉　（共著）和田正覚、大坪草二郎、小島徳彌、江原小弥太ほか　昭和三年六月一日　洛東書院　四六判　七二〇頁　二円五〇銭　グレーのクロス装　（収録）白隠　一休

『新興文学全集第七巻　日本篇』　（共著）葉山嘉樹、黒島傳治、今野賢三、小堀甚二、平林たい子、岡下一郎、小島勗　昭和四年七月十日　平凡社　四六判　七二九頁　函　非売品　（収録）苦力頭の表情　黒い眼鏡　疥癬　放浪の宿　十銭白銅

『名僧の人生観』〈人生哲学研究会編〉　（共著）和田正覚、大坪草二郎、小島徳彌、江原小弥太ほか　昭和五年四月十日　洛東書院　四六判　七二〇頁　二円五〇銭　エンジのハードカバー装　（収録）白隠　一休

『兵乱』〈プロレタリア前衛小説戯曲新選集〉　昭和五年五月五日　鹽川書房　四六判　一八一頁　三〇銭　（収録）兵乱　十銭白銅　勲章　息子　家賃の値下法の執行官

『支那から手を引け』　（共著）前田河廣一郎　昭和五年十一月十五日　日本評論社　B6判　二五五頁　五〇銭　（備考）上海の動乱を描いた小説。著者名は前田河廣一郎単独だが、里村欣三との共作であることがその序にうたわれている。第九章「回顧の日」には、里村の満洲放浪に関するまとまった回想がある。

『文戦1931年集』〈労農芸術家聯盟文学部編〉　（共著）葉山嘉樹、伊藤永之介、鶴田知也、岩藤雪夫、金子洋文、前田河廣一郎ほか　昭和六年十月二十三日　改造社　四六判　五四九頁　一円八〇銭　（収録）ある村の素描

『愛の教師』〈小学校教師顕彰会編〉　（共著）仲西［中西］伊之助　昭和十一年五月五日　章華社　四六判　三二六頁　函　一円五〇銭　（収録）無智の犠牲　櫓の音も悲し神龍湖　（備考）中西伊之助の著作であるが、序文に、前記二篇は「本会同人、前川二亨［享］氏が執筆」とある。

『哲人文豪の人生観』〈人生哲学研究会編〉　（共著）中西伊之助、大坪草二郎、小泉幸太郎、萩原新生

昭和十四年五月十日　金竜堂出版部　四六判　三四〇頁　一円五〇銭　（収録）夏目漱石　樋口一葉（備考）越山堂版『近代人の人生観』の再刊。但し三四一頁「大杉栄」（中西伊之助）以下が削除されている。

『第二の人生』〈書き下ろし長編小説叢書〉　昭和十五年四月十六日　河出書房　四六判　三七六頁　函帯一円八〇銭　（収録）第二の人生　第一部（備考）十一版（昭和十六年二月二十八日）まで確認できる。版により外函及び表紙に異装。

『第二の人生　第二部』〈書き下ろし長編小説叢書〉昭和十五年十月二十八日　河出書房　四六判　三二八頁　函帯　一円八〇銭　（収録）第二の人生　第二部

『黄河戦線』（第二の人生　第二部）　昭和十五年十月二十八日　河出書房　四六判　三二八頁　一円八〇銭　（収録）第二の人生　第二部　（備考）函なし、カバー付き（＝未見、書誌情報は推定）

『我らは如何に闘ったか』〈三省堂出版部編〉　（共著）上田廣、倉島竹二郎、山本和夫、柴田賢次郎ほか　昭和十六年五月十日　三省堂　B6判　四六五頁　一円六〇銭　（収録）輜重隊挿話

『徐州戦』（第二の人生　第三部）〈書き下ろし長編小説叢書〉　昭和十六年五月十五日　河出書房　四六判　三六六頁　函帯　一円八〇銭　（収録）徐州戦

『津浦戦線』（第二の人生　第一部）〈書き下ろし長編小説叢書〉　昭和十六年九月十五日　河出書房　四六判　三七六頁　函　一円八〇銭　（収録）第二の人生　第一部　（備考）『徐州戦』発刊にあわせ、『第二の人生』第一部を『津浦戦線』と改題して再刊。

『黄河作戦』（第二の人生　第二部）〈書き下ろし長編小説叢書〉　昭和十六年九月三十日　河出書房　四六判　三二八頁　函　一円八〇銭　（収録）第二の人生　第二部　（備考）『徐州戦』発刊にあわせ、『第二の人生』第二部を改題して再刊。

『兵の道』〈帰還作家書きおろし長編小説純文学叢書〉　昭和十六年十月三十日　六芸社　四六判　二二四頁　帯　一円五〇銭　（収録）兵の道

『祖国のために』〈三省堂出版部編〉　（共著）日比野士朗、火野葦平、杉坂弘ほか　昭和十六年十一月五日　三省堂　B6判　二五〇頁　一円三〇銭　（収

録）英魂記

『青人草　中巻』〈軍人援護会編〉（共著）山本和夫、佐藤観次郎、鷲尾洋三ほか　昭和十六年十一月十五日　軍事保護院　B６判　四八二頁　定価記載なし（収録）静岡県　傷痍の身から起つ　最高年齢者長野県　再起奉公記　捧げる赤誠　遺族指導の華（備考）軍人遺家族の訪問記。

『祖国を護る人々』〈軍事保護院編〉（共著）山本和夫、佐藤観次郎、鷲尾洋三ほか　昭和十六年十一月二十五日　六芸社　B６判　四八二頁　三円（収録）静岡県　傷痍の身から起つ　長野県　遺族指導の華（備考）『青人草』上・中・下三冊をまとめた普及版。

『支那の神鳴』〈帰還作家自選短編集３〉　昭和十七年一月二十日　六芸社　B６判　二四七頁　一円五〇銭（収録）英魂記　怪我の功名　黒眼鏡の閣下　悔恨　回教部落にて　戦友安竹三吾の母　子馬　傷痍軍人徽章　輜重隊挿話　戦線スケッチ集（陣中夢枕、墓参の人、七夕祭、絹川軍曹、献策、家庭新体制、愛弟通信、雷雨、横井廣太の馬）感想・随筆・小品の中（戦争文学に関するメモ、帰還兵の「侘びしさ」について、日本人に返れ、組織的な発展を、「転向に就いて」を読んで、複雑な『戦闘』へ、きまりの悪い帰還兵、憾みの新黄河、葉山嘉樹兄へ）

『センチノオウマ』〈国民学校聖戦読本初級（巻外）〉　昭和十七年三月二十日　学芸社　A５判　二〇二頁　一円五〇銭（収録）ドロミヅヲノマナイオウマ　アナヘオチコンダオウマ　オウマノクンショウ　ブンタイチョウノセンシヲシラセタオウマ　オウマニケラレタ小孩児　母の欄（備考）児童・少年向け中国戦線戦場譚。本文カタカナ、画＝内海徹。

『戦線点描』（共著）火野葦平、日比野士朗、夏目伸六、山本和夫ほか　昭和十七年四月一日　日本電報通信社出版部　B５判　二九二頁　函　四円（収録）黄河占領　鴉と馬　杏の蕾（備考）『第二の人生』から部分的に抽出した文章。

『陸軍報道班員手記　マレー電撃戦』〈文化奉公会編〉（共著）堺誠一郎、寺崎浩、松本直治、井伏鱒二、中村地平ほか　昭和十七年六月十五日　講談社　B６判　三二六頁　一円五〇銭（収録）架橋部隊魂の進撃　ゲマス＝セガマトの激闘　月下の前線に

て　醜の御楯　歴史的会見を観たり

『光の方へ』〈有光名作選集17〉　昭和十七年六月二十日　有光社　B6判　三〇四頁　一円三〇銭　（収録）敵性　獺　マラリヤ患者　息子　十銭白銅　光の方へ

『熱風』　昭和十七年十月二十日　朝日新聞社　B6判　二七二頁　一円五〇銭　（収録）国境へ　戦車急襲　切腹問答　御神酒　黒い鷲　ジャングルの戦ひ　白き月光　殲滅戦　二つの橋　（備考）昭和十七年四月二十九日～六月三十日まで朝日新聞に連載した戦記小説。マレー戦線の島田戦車隊の闘いを軸に、オートバイ隊やジャングルの歩兵を描く。

『作家部隊随筆集　マライの土』〈井伏鱒二、海音寺潮五郎現地編輯〉　（共著）井伏鱒二、小栗虫太郎、海音寺潮五郎、中村地平、堺誠一郎ほか　昭和十八年三月五日　新紀元社　B6判　三〇二頁　二円　（収録）歴史的会見を観たり

『マライ戦話集』〈マライ軍宣伝班編〉　（共著）堺誠一郎、松本直治、佐山忠雄、長屋操ほか　昭和十八年三月三十日　朝日新聞社　B6判　三八二頁　一円八〇銭　（収録）国境突破　アロルスター橋　スリム殲滅戦　西海岸部隊追撃記　戦車突撃す

『陸軍報道班員手記　従軍随想』〈文化奉公会編〉　（共著）尾崎士郎、三木清、上田廣、堺誠一郎、寺崎浩、小田嶽夫ほか　昭和十八年六月二十八日　講談社　B6判　二七七頁　一円五三銭　（収録）カメロン高原の百姓少尉

『辻小説集』〈日本文学報国会編〉　（共著）阿部知二、網野菊、伊藤永之介、宇野千代、圓地文子、大庭さち子、谷崎潤一郎、葉山嘉樹、太宰治ら二〇七人　昭和十八年八月十八日　八紘社杉山書店　B6判　二一七頁　一円五〇銭　（収録）たちばなし

『増産必勝魂』〈日本文学報国会編〉　（共著）尾崎士郎、丹羽文雄、火野葦平、阿部知二、高見順ほか　昭和十八年九月五日　文松堂書店　B6判　三一六頁　二円三四銭　（収録）磐城炭礦を訪ねて　（備考）付録「増産の核心を衝く座談会」を併録、里村も出席。

『軍人援護模範学校訪問記』　（共著）上田廣、棟田博、山本和夫、玉井政雄（火野葦平）ほか　昭和十八年九月三十日　軍事保護院　B6判　二四九頁　定価記載なし　（収録）はぐくまれる精神（山形県

大曽根村國民学校）　（備考）文化奉公会の協力による学校訪問記。

『静かなる敵前』（上級向）〈少国民大東亜戦記〉　昭和十八年十月二十日　成徳書院　A5判　一七五頁　一円七〇銭　（収録）自転車　捕虜の姿　露営の月　兵六ころぶ　マライの月　敵機撃墜　ジョホール水道　静かなる敵前　（備考）ジョホール水道渡河直前までを描いた青少年向けマレー戦線従軍記。

『北ボルネオ紀行　河の民』　昭和十八年十一月二十五日　有光社　B6判　二七二頁　一円八五銭　（収録）サンダカンにて　ビリツ農場　三菱調査團とともに　洪水　キナバタンガン河の傳説とドゥスン族の結婚式　ピナンガの乳母車　ムルット部落へ　後記

『マライの戦ひ』〈大東亜戦争絵巻〉　昭和十八年十二月二十日　岡本ノート　B5判　四六頁　一円六〇銭　（収録）コタバル敵前上陸　佐伯部隊のとつげき　カンパルの戦ひ　マラツカ海を進む　工兵隊のはたらき　スリム殲滅戦　ジヨホール水道　ブキテマの牟田口兵團長閣下　あらわしの一撃　しろかべの家の山砲　無條件降伏　（備考）絵＝向井潤吉、栗原信、宮本三郎。二頁見開きの紙芝居形式で、一枚の絵に一つの文章。

『ボルネオ物語』〈大東亜こども風土記〉　昭和十九年一月八日　成徳書院　A5判　一五四頁　一円六〇銭　（収録）はしがき　天子さまの兵隊　クチンと果物の味　ダイヤの土地と温泉　ダイヤ族の部落　「ワカナ」の傳説　マンガリスと神の木　ベナ少年　三十萬人のいのち　ベナの働き

『少年戦車兵』〈陸軍少年兵叢書、文化奉公会編〉（共著）杉坂弘　昭和十九年五月三十一日　東亜書院　B6判　一九九頁　一円六五銭　（収録）第二部　陸軍少年戦車兵實戦記　（備考）表紙、扉では共著者名が松坂弘となっているが、奥付の杉坂弘が正しいと思われる。

『日本小説代表作全集12　昭和十八年後半期』　（共著）丹羽文雄、森山啓、火野葦平、中島敦ほか　昭和十九年十一月十五日　小山書店　変形B6判　三四一頁　三円四〇銭　（収録）北千島にて　（備考）編輯代表　川端康成

『現代文学代表作全集2』　（共著）黒島傳治、小島勗、小林多喜二ほか　昭和二十三年八月十五日　万

里閣　B6判　三四二頁　二〇〇〇円　（収録）苦力頭の表情　（備考）解説（里村欣三の項）　平林たい子

『現代日本小説大系40』〈日本近代文学研究会編〉　（共著）葉山嘉樹、前田河廣一郎、黒島傳治ほか　昭和二十六年九月十五日　河出書房　B6判　三二六頁　二〇〇〇円　（収録）苦力頭の表情　（備考）解説　青野季吉

『日本プロレタリア文学大系2』　（共著）葉山嘉樹、黒島傳治、中西伊之助ほか　昭和二十九年九月三十日　三一書房　四六判　四〇三頁　函　三八〇〇円　（収録）苦力頭の表情　（備考）解説　平野謙

『現代日本文学全集86　昭和小説集（一）』　（共著）片岡鉄兵、黒島傳治、立野信之、岩藤雪夫ほか　昭和三十二年五月五日　筑摩書房　B5判　四二九頁　函　三五〇円　（収録）苦力頭の表情　（備考）解説　臼井吉見

『昭和戦争文学全集1　戦火満洲に挙がる』　（共著）林芙美子、和田傳、島木健作、小林秀雄ほか　昭和三十九年十一月三十日　集英社　変形B6判　五〇二頁　函　三九〇円　（収録）戦乱の満洲から　（備考）解説　橋川文三

『近代日本の名著9　戦争体験』　（共著）田村泰次郎、高木俊朗、中野重治、丸山真男、開高健ほか　昭和四十一年四月二十日　徳間書店　B6判　三八二頁　函　五八〇円　（収録）戦乱の満洲から　（備考）解説・編　山田宗睦

『定本限定版　現代日本文学全集86　昭和小説集（一）』　（共著）片岡鉄兵、黒島傳治、立野信之、岩藤雪夫ほか　昭和四十二年十一月二十日　筑摩書房　B5判　四二九頁　函　定価記載なし　（収録）苦力頭の表情　（備考）解説　臼井吉見

『日本現代文学全集69　プロレタリア文学集』　（共著）前田河廣一郎、藤森成吉、立野信之ほか　昭和四十四年一月十九日　講談社　A5判　四五一頁　函　六〇〇円　（収録）苦力頭の表情　（備考）巻末に紅野敏郎作製「里村欣三年譜　改訂増補」

『日本短編文学全集28』　（共著）葛西善蔵、嘉村磯多、里村欣三、川崎長太郎　昭和四十五年六月二十日　筑摩書房　変形判　二六三頁　函　三六〇円　（収録）怪我の功名　黒眼鏡の閣下　回教部落にて　（備考）解説・鑑賞　山室静

『現代日本文学大系91　現代名作集（一）』（共著）高山樗牛、立野信之、本庄陸男、鶴田知也ほか　昭和四十八年三月五日　筑摩書房　A5判　四五八頁　函　二九〇〇円　（収録）苦力頭の表情　（備考）解説　小田切進

『北ボルネオ紀行　河の民』　昭和五十三年二月十日　中央公論社（中公文庫）　A6判　一九三頁　二六〇円　（収録）サンダカンにて　ビリツ農場　三菱調査団とともに　洪水　キナバタンガンの伝説とドゥスン族の結婚式　ピナンガの乳母車　ムルット族の村へ　（備考）解説　堺誠一郎。「支那人」↓「華僑」他、断り書きのない原文書き換えがある。

『日本プロレタリア文学集10　「文芸戦線」作家集一』（共著）伊藤永之介、岩藤雪夫、小堀甚二　昭和六十年十一月二十五日　新日本出版社　四六判　四〇二頁　函　二六〇〇円　（収録）苦力頭の表情　娘の時代　シベリアに近く　放浪の宿　旅順　「帰ってくれ」　（備考）解説　津田孝

『日本プロレタリア文学集33　ルポルタージュ集一』（共著）宮嶋資夫、細井和喜蔵、藤森成吉ほか　昭和六十三年九月三十日　新日本出版社　四六判　五一三頁　函　二八〇〇円　（収録）富川町から　（備考）解説　今崎暁巳

『日本プロレタリア文学集34　ルポルタージュ集二』（共著）壺井繁治、徳永直、佐多稲子、平林たい子ほか　昭和六十三年十月三十日　新日本出版社　四六判　五三三頁　函　二八〇〇円　（収録）暗澹たる農村を歩く　（備考）解説　今崎暁巳

『モダン都市文学3　都市の周縁』（共著）横溝正史、佐多稲子、葉山嘉樹、夢野久作ほか　平成二年三月八日　平凡社　A5判　四六一頁　二八五四円　（収録）東京暗黒街探訪記（葉山嘉樹との共作）　（備考）川本三郎編

『モダン都市文学8　プロレタリア群像』（共著）葉山嘉樹、佐多稲子、小林多喜二、前田河廣一郎ほか　平成二年十一月六日　平凡社　A5判　四七七頁　二八五四円　（収録）ルンペン微笑風景　（備考）鈴木貞美編

『里村欣三著作集一　第二の人生』　平成九年三月三十日　大空社　A5判　三七六頁　セット販売（第一巻～九巻九万円）　（収録）第二の人生　（備考）元版　昭和十五年　河出書房

『里村欣三著作集二　第二の人生　第二部』　平成九年三月三十日　大空社　A5判　三三八頁　(収録)第二の人生　第二部　(備考)元版　昭和十五年河出書房
『里村欣三著作集三　徐州戦』(第二の人生　第三部)平成九年三月三十日　大空社　A5判　三六六頁(収録)徐州戦　(備考)元版　昭和十六年　河出書房
『里村欣三著作集四　兵の道』　平成九年三月三十日大空社　A5判　二三四頁　(収録)兵の道　(備考)元版　昭和十六年　六芸社
『里村欣三著作集五　支那の神鳴』　平成九年三月三十日　大空社　A5判　二四七頁　(収録)英魂記　怪我の功名　黒眼鏡の閣下　悔恨　回教部落にて　戦友安竹三吾の母　子馬　傷痍軍人徽章　輜重隊挿話　戦線スケッチ集　感想・随筆・小品の中　(備考)元版　昭和十七年　六芸社
『里村欣三著作集六　光の方へ』　平成九年三月三十日　大空社　A5判　三〇四頁　(収録)敵性　獺マラリヤ患者　息子　十銭白銅　光の方へ　(備考)元版　昭和十七年　有光社
『里村欣三著作集七　熱風』　平成九年三月三十日大空社　A5判　二七二頁　(収録)熱風　(備考)元版　昭和十七年　朝日新聞社
『里村欣三著作集八　北ボルネオ紀行　河の民』　平成九年三月三十日　大空社　A5判　二七二頁(収録)北ボルネオ紀行　河の民　(備考)元版昭和十八年　有光社
『里村欣三著作集九　ボルネオ物語』　平成九年三月三十日　大空社　A5判　一五四頁　(収録)ボルネオ物語　(備考)元版　昭和十九年　成徳書院
『里村欣三著作集一〇　短編創作集』　平成九年八月三十一日　大空社　A5判　二三八頁　セット販売(第一〇巻～一二巻、三万円)　(収録)シベリヤに近く　苦力頭の表情　黒い眼鏡　疥癬　放浪の宿十銭白銅　娘の時代　旅順　「帰ってくれ」　法の執行官　暴風　環境の子　輜重隊挿話　閣下　青年将校　北千島にて　アッツ島挿話　(備考)監修高崎隆治
『里村欣三著作集一一　戦記・エッセー集(1)』　平成九年八月三十一日　大空社　A5判　三八五頁(収録)架橋部隊　魂の進撃　醜の御楯　国境突破

アロルスター橋　スリム殲滅戦　西海岸部隊追撃記　戦車突撃す　カメロン高原の百姓少尉　ゴオルキイ　白隠　一休　夏目漱石　樋口一葉　（備考）監修　高崎隆治

『里村欣三著作集一二　戦記・エッセー集（2）』　平成九年八月三十一日　大空社　A5判　三二四頁　（収録）富川町から（一）　富川町から（承前）　理解の程度　罷業者の妻　雨の八月　東京モス争議を観る　戦死者の統計　東京暗黒街探訪記　戦乱の満洲から　凶作地帯レポート　ルンペン微笑風景　支那ソバ屋開業記　文学で食ふか、食はれるか！　殷賑産業地帯　戦争と影　打明け話　陣中夢枕　墓参の人　新嘉坡への道を拓く　月下の前線にて　馬来軍報道班員の手記　陸の上のダンケルク　歴史的会見を観たり　新嘉坡陥落一周年（座談会）　逞し陸軍の若雛　遙かなる南の映画を語る（座談会）　誇らかな少年工　陸軍落下傘部隊　高々と「勝ち幟」揚る足尾銅山　行軍と敗残兵の出没　昭南からボルネオへ　街の少年戦車兵　北千島のつはもの　齋藤切羽　北千島に定住する人々　マライ戦線における創意工夫　北辺の皇土　北海僻遠の基地　万能部隊　俘虜の表情　補給　黄土を征く　洛陽界隈　洞庭湖畔にて　湖南戦線より帰りて　鯉のひもの　小孩譚　大陸新戦場　船舶兵の寝顔　大陸の怒り　（備考）監修　高崎隆治。雑誌掲載作品を集めた労作。

『編年体大正文学全集　第15巻　大正十五年1926』（共著）志賀直哉、永井荷風、梶井基次郎、江戸川乱歩、葛西善蔵、牧野信一、平林たい子ほか　平成十五年五月二十五日　ゆまに書房　A5判　六七九頁　六六〇〇円　（収録）苦力頭の表情

発表作品リスト

発表作品リストは初めに作品名を「　」で示す。〈　〉内は参考のための作品分類。『　』は初出掲載誌名、号、（　）内は通巻号数、掲載頁、発行所、（備考）は作品内容の補足説明など。

このリストは現段階で判明している作品のリストであり、未発見の作品は他にも多くあると思われる。従って里村欣三の作品の全てではありません。

「土器のかけら」〈小品（小説）〉　『會報』第四十一号　一九六～一九九頁　大正七年七月十八日　関西中学校丙申会　（備考）校友会誌に本名の「前川二享」で発表した作家以前の作品。他に、「前川二京」名で短歌十二首、「前川いつきよう」名で俳句五首。

「創刊の辞に代へて　労働者の活眼　智識階級への挑戦　編輯だより」〈創刊の辞、評論、編集後記〉　『暁鐘』創刊号　一・七・八頁　大正十年二月二十五日　全国交通運輸労働者同盟機関紙　（備考）本名の「前川二享」名で発表した作家以前の文章。石巻文化センターに「布施辰治関係資料収蔵品目録Ⅱ」東京市電争議関係、として架蔵。

「真夏の昼と夜」〈小品〉　『文芸戦線』大正十三年八月号（一巻三号）　二〇・二一頁　文芸戦線社　（備考）「焼けた東京の真中」での土方作業、いびきの木賃宿。

「輿論と電車罷業」〈感想〉　『文芸戦線』大正十三年八月号（一巻三号）　二六・二七頁　文芸戦線社　（備考）ギュスターヴ・ル・ボンの『群衆心理』を援用しつつ東京市電、大阪市電罷業を擁護。

「富川町から　立ン坊物語（一）」〈随筆〉　『文芸戦線』大正十三年十一月号（一巻六号）　三二～三六頁　文芸戦線社　（備考）貧民窟から離散して木賃宿に巣食う立ン坊。「牛めし、焼酎」「人夫狩り出し」「立ン坊に堕ちる人間」。立ン坊の本質を描き出したこの作で、里村の名が人々に印象付けられた。

「富川町から　立ン坊物語（二）」〈随筆〉　『文芸戦線』大正十三年十二月号（一巻七号）　一九～二一頁　文芸戦線社　（備考）「ヨボも琉球もチャンコロもない」「惨めなインターナショナリズム」で助け合う立ン坊の兄弟たち。その中でも労働規範、食習慣の違いにより排斥が起こる。放浪する「トビッチの土方」、「夢・ヨタ・誇大妄想」、「「金スジ」のこと」等。

「どん底物語　富川町から（一）」〈随筆〉　『文芸戦線』大正十四年八月号（二巻四号）　二〇頁　文芸戦線社　（備考）深川富川町に巣食う「金スジ」「ゴロ押へ」「柔道家」。「「金スジ」のこと」の一部が「立ン坊物語（二）」と重複。

「どん底物語　富川町から（承前）」〈随筆〉　『文芸戦線』大正十四年九月号（二巻五号）　二一頁　文芸戦線社　（備考）「立ン坊」の社会的位相を抉り出し「あるが儘に蠢動せしめよ」という持論を展開。

「女」〈小品〉　『文芸市場』大正十四年十一月号（一巻一号）　七・八頁　文芸市場社　（備考）執念深い男の恋。中西伊之助が失敗作と批判。

「河畔の一夜　「放浪挿話」その一」〈放浪譚〉　『文芸戦線』大正十四年十一月号（二巻七号）　五〇～五二頁　文芸戦線社　（備考）満洲放浪譚のうち一番最初に発表された作品。

「『文芸市場』に要求する」〈評論〉　『文芸市場』大正十四年十二月号（一巻二号）　三九・四〇頁　文芸市場社　（備考）プロレタリア文学運動の進むべき方向。

「村の老嬢」〈小品〉　『文芸戦線』大正十五年一月号（三巻一号）　四〇～四二頁　文芸戦線社　（備考）家族の桎梏の裡に次第に若さを失う農家の娘おとき。

「モヒ中毒の日本女―放浪挿話―」〈放浪譚〉　『文芸戦線』大正十五年二月号（三巻二号）　一九～二一頁　文芸戦線社　（備考）陰でモルヒネを扱う日信洋行を「支那浪人」が襲う。

「思ひ出す朴烈君の顔」〈随筆〉　『文芸戦線』大正十五年五月号（三巻五号）　五六～五八頁　文芸戦線社　（備考）朴烈、金子文子との交友を瑞々しい感性で描いた作品。里村欣三の満洲逃亡時期を探る上でも貴重な文献。

「苦力頭の表情」〈小説・放浪譚〉　『文芸戦線』大正十五年六月号（三巻六号）　五七～六四頁　文芸戦

線社　（備考）里村欣三の名を今日に残した作品。作中の「お牧婆」の出生譚は偽の創作である。

「飢」〈放浪譚〉『解放』大正十五年八月号（五巻八号）　六三～六八頁　解放社　（備考）満洲放浪譚の一つ。大正十四年、満洲里方面にロシアへの逃亡を図った時の話ではないだろうか。

「理解の程度」〈評論〉『文芸市場』大正十五年九月号（二巻九号）　七・八頁　文芸市場社　（備考）プロレタリア文学運動論。

「娘の横ツ面」〈コント小説〉『文芸戦線』大正十五年九月号（三巻九号）　六七～六九頁　文芸戦線社（備考）都会に出て行こうとする農村の娘とその防止同盟。

「職人魂——芸術」〈随筆〉『戦車』大正十五年九月号（一巻三号）　二六～二八頁　甲栄社　（備考）社会の最下層の、痛ましい芸術家＝職人魂の讃美。

「水神ケ淵」〈小説〉『原始』大正十五年十月号（二巻一〇号）　二九～三四頁　原始社　（備考）鮎漁をする鐵爺。その川上に水神＝すいじん＝水死人の淵がある。人生に絶望し淵に身投げする娘や商人。

「罷業者の妻」〈小説〉『文芸市場』大正十五年十一月号（二巻一一号）　四四～五六頁　文芸市場社（備考）「公共機関」の名で市電ストライキを非難する輿論。亭主は入獄し、残されたお清は長屋で孤立する。

「失題」〈小説〉『文芸公論』昭和二年（大正十六年）一月号（三巻九号）　八八～九〇頁　文芸公論社（備考）弁士中止を叫ぶ警官の立場を覆す夢想。

「甲板上の寂寥」〈小説〉『解放』昭和二年一月号（四巻一号）　三四～四七頁　解放社　（備考）老社会主義者の寂寥。ゴム工場の話が出てくる。

「疥癬」〈小説〉『文芸戦線』昭和二年一月号（四巻一号）　三四～四七頁　文芸戦線社　（備考）福壽堂の娘お時への儚い片思い、ゴルフ場＝「ブルジョアの歓楽場」で働くことへの不満、中国国民党革命への憧れ。

「けだもの　一幕」〈戯曲〉『野獣群』昭和二年一月号（二巻一号）　二三～二五頁　野獣群

「義人「ジミー」を読んで」〈書評〉『文芸戦線』昭和二年二月号（四巻二号）　四一頁　文芸戦線社

「演説会一景」〈小品〉『文芸戦線』昭和二年三月号（四巻三号）　一〇九～一一一頁　文芸戦線社

（備考）弁士中止、の罷業演説会。閉会の辞を前に高まる緊張。

「上海抒情――一九二六年の放浪日記」〈随筆〉『東洋』昭和二年三月号（第三十年三号）八六～九三頁　東洋協会　（備考）排外運動の群衆を蹴散らす消防ポンプ、吸い殻拾いの纏足の年増、断髪、饅頭売りの餓死等、騒乱の上海を活写。

「上海の共産党」〈随筆〉『文芸市場』昭和二年四月号（三巻四号）四七・四八頁　文芸市場社

「文芸戦線」〈コラム〉『文芸戦線』昭和二年四月号（四巻四号）五四頁　文芸戦線社

「娘の時代」〈小説〉『文芸戦線』昭和二年四月号（四巻四号）一二九～一四〇頁　文芸戦線社
（備考）母の死と父の病、田地に縛られて娘時代を失うお君。

「東海地方講演旅行記」〈ルポ〉『文芸戦線』昭和二年五月号（四巻五号）一二八・一二九頁　文芸戦線社　（備考）山田、小堀、葉山、千田、里村による文芸講演会。

「峠」〈小説〉『随筆』昭和二年六月号（二巻六号）七二～七六頁　人文会出版部　（備考）村を出ようとする肺病の「お露」と社会主義者の私。

「青天白日の国へ」〈ルポ〉『文芸戦線』昭和二年六月号（四巻六号）三八～四六頁　文芸戦線社
（備考）動乱の上海へ小牧近江と渡航。田漢、郁達夫らと会う。

「革命支那事情　新軍閥蔣介石の正體？・」〈報告〉『文芸戦線』昭和二年六月号（四巻六号）一二六～一三七頁　文芸戦線社　（備考）小牧近江との共同執筆。蔣介石による反共クーデターの記録としても貴重。

「北満放浪雑話」〈放浪譚〉『中央公論』昭和二年七月号（四二年七号）七六～八八頁　中央公論社
（備考）放浪の叙事詩「雲」、ハルピンでの体験を描く「露西亜女」、「呉海と美女」、「トウニヤ」の四章からなる北満放浪記。

「傳公と新聞」〈小品〉『号外』昭和二年七月号（一巻一号）二八・二九頁　東京記者聯盟　（備考）年老いて労働能力を失った土方の傳公の行く末。

「英露国交断絶と時局への影響／田中内閣の対支出兵問題可否」〈アンケート〉『号外』昭和二年七月号（一巻一号）三二頁　東京記者聯盟

「翻へる青天白日旗の下—上海一瞥—」〈随筆〉　『大衆』昭和二年七月号（二巻五号）　六二～六五頁　大衆劇作家聯盟　（備考）小牧近江との上海行の見聞記。

「デマゴーグ　第一回」〈小説〉　『文芸戦線』昭和二年八月号（四巻八号）　一〇三～一一二頁　文芸戦線社　（備考）人身事故を起こした市電運転手の吉田と車掌の水谷。

「目標を闘争に！」〈随筆〉　『文芸公論』昭和二年九月号（一巻九号）　一三・一四頁　文芸公論社　（備考）労農芸術家聯盟とともに歩む決意を表明。

「デマゴーグ　第二回」〈小説〉　『文芸戦線』昭和二年九月号（四巻九号）　一五六～一六六頁　文芸戦線社　（備考）馘首の不安に震える吉田。市電の職場は国際労働会議の労働者代表選出をめぐって揺れ動いているが…。

「プロレタリア支那の誕生」〈随筆〉　『春秋』昭和二年九月号（一巻六号）　一〇九～一一七頁　春秋社　（備考）上海情勢の報告。

「國境の手前」〈小説〉　『東洋』昭和二年九月号（第三〇巻八号）　一二九～一三八頁　東洋協会　（備考）初夏の鴨緑江畔、安東の安酒場の放浪者と女給。

「第三日曜日」〈小説〉　『若草』昭和二年九月号（三巻九号）　四八～五二頁　寳文館　（備考）徹太郎とおみつ。獄にいる兄と神経痛の母。別に欄外に女流作家に関するアンケートがあり里村も回答している。

「黒い眼鏡」〈小説〉　『週刊朝日』昭和二年九月十一日号（一二巻一二号）　一三～一五頁　朝日新聞社　（備考）動乱の上海、淫売婦と黒眼鏡の男。

「デマゴーグ　第三回」〈小説〉　『文芸戦線』昭和二年十月号（四巻一〇号）　一四八～一五六頁　文芸戦線社　（備考）運転手の女房はお詫びに貴族院議員宅に出向くが…。市電「労働組合の発生から、ストライキに破れて組合が瓦解するまでの経路」を描こうとしたが描き切れず、この回で放棄。

「放浪の宿」〈小説〉　『改造』昭和二年十二月号（九巻一二号）　三六～四九頁　改造社　（備考）ハルピンの大陸浪人を活写した秀作。

「同志葉山の意力（新人の印象（四）葉山嘉樹　その人間・その仕事）」〈評論〉　『文芸公論』昭和二年十二月号（一巻一二号）　三八・三九頁　文芸公論

社　（備考）葉山嘉樹についての人物評。
「文芸戦線」〈コラム〉　『文芸戦線』昭和三年一月号（五巻一号）　一五一頁　文芸戦線社
「久助の失敗」〈小説〉　『春秋』昭和三年一月号（二巻一号）　一九八～二〇二頁　春秋社　（備考）立身出世を志し上京した久助が「主義者」となって帰村。
「動乱」〈小説〉　『文芸戦線』昭和三年二月号（五巻二号）　二五～四四頁　文芸戦線社　（備考）青天白日旗を握ったまま撃たれた六歳の洪張。国民党革命下の上海の動乱を描いた秀作。
「文壇新人録（二）「私」」〈随筆〉　『文章倶楽部』昭和三年二月号（一三巻二号）　一一二頁　新潮社
「文芸戦線」〈コラム〉　『文芸戦線』昭和三年三月号（五巻三号）　八一頁　文芸戦線社
「「前田河廣一郎」を読みつつ」〈書評〉　『文芸戦線』昭和三年三月号（五巻三号）　一一八～一二〇頁　文芸戦線社
「息子」〈小説〉　『新興文学』昭和三年三月号（一巻一号）　二～一四頁　平凡社　（備考）信州放浪譚。
「巻頭言」〈巻頭言〉　『文芸戦線』昭和三年四月号（五巻四号）　五頁　文芸戦線社
「放浪病者の手記」〈放浪譚〉　『中央公論』昭和三年五月号（第四十三年五号）　六三～七八頁　中央公論社　（備考）「婆さんの握り飯」「若草山の麓にて」「修理婦」等、里村欣三の放浪の足跡を示す作品。
「苛借なき批判を要求する」〈感想〉　『文芸戦線』昭和三年五月号（五巻五号）　三四・三五頁　文芸戦線社　（備考）プロレタリア文学論。
「佐渡の唄」〈小説〉　『文芸戦線』昭和三年五月号（五巻五号）　一八八～二〇三頁　文芸戦線社　（備考）木賃宿の老人の法螺話に騙される車力引きの岡田。「富川町から」に通じる里村らしい味のある小説。
「お清」〈小説〉　『創作時代』昭和三年五月号（四巻三号）　七～一三頁　文芸聯盟社　（備考）純朴な老料理人と女給お清の人情話。
「法の執行官」〈小説〉　『文芸戦線』昭和三年八月号（五巻八号）　四七～五一頁　文芸戦線社　（備考）法の執行官である巡査の河西を揶揄。
「『十月』を読んでの感想」〈書評〉　『文芸戦線』昭和三年八月号（五巻八号）　九三頁　文芸戦線社

「文芸戦線」〈コラム〉　『文芸戦線』昭和三年八月号（五巻八号）　一一四頁　文芸戦線社

「文芸戦線」〈コラム〉　『文芸戦線』昭和三年九月号（五巻九号）　七五頁　文芸戦線社

「雨の八月」〈随筆〉　『文芸戦線』昭和三年十月号（五巻一〇号）　九四～九八頁　文芸戦線社　（備考）降り続く雨に苦しむ底辺の人々。目配りの効いた時評。

「暴風」〈小説〉　『文芸戦線』昭和三年十一月号（五巻一一号）　一三二～一四五頁　文芸戦線社　（備考）地主山政の実弟ながら農奴扱いされる藤吉と女中お兼。

「文芸戦線」〈コラム〉　『文芸戦線』昭和三年十一月号（五巻一一号）　八三頁　文芸戦線社

「環境の子」〈小説〉　『文芸戦線』昭和四年二月号（六巻二号）　六三～七六頁　文芸戦線社　（備考）酒乱の父、殴られて流産する母。引きとられた祖父の家でもアキの運命は変わらない。

「私の一日」〈ハガキ随筆〉　『文章倶楽部』昭和四年二月号（一四巻二号）　七〇頁　新潮社

「アンケート（近来露骨に資本主義的威力を振ひつつあるヂヤアナリズムは文芸に如何なる影響を与へる様になるか）」〈アンケート〉　『文芸レビユー』昭和四年三月号（一巻一号）　三八頁　文芸レビユー社

「日本大衆党若干の幹部に纏わる醜聞事件の真相を暴露して、読者諸君に訴ふ」〈声明〉　『文芸戦線』昭和四年三月号（六巻三号）　一八三～一八八頁　文芸戦線社　（備考）七党が合同して結成した日本大衆党幹部に対する平田孝一と里村欣三の批判声明。

「文芸戦線」〈コラム〉　『文芸戦線』昭和四年三月号（六巻三号）　四九頁　文芸戦線社

「文壇盛衰レビユー　藤森氏に一言」〈批評〉　『読売新聞』昭和四年三月二日号　朝刊第四面　読売新聞社

「文壇盛衰レビユー　もう一度！」〈批評〉　『読売新聞』昭和四年三月十七日号　朝刊第四面　読売新聞社

「「前田河廣一郎集」続篇に就いて」〈書評〉　『文芸戦線』昭和四年四月号（六巻四号）　一一三～一一五頁　文芸戦線社

「林房雄よ、恥を知れ！」〈批判〉　『文芸戦線』昭和四年四月号（六巻四号）　一五一・一五二頁　文芸戦線社　（備考）平林たい子を批難する林房雄への反批判。
「大衆とは？・」〈アンケート〉　『大衆』昭和四年四月号（一巻一号）　三五・三六頁　大衆社
「日本社会運動スパイ物語」〈論考〉　『中央公論』昭和四年四月号（四四年四号）一〇七～一二九頁　中央公論社　（備考）無産階級運動上のスパイ、ロシアのアゼフ、ガボン、日本では加納豊、安部庄吉、有吉三吉、黒瀬春吉、坂口義治らの査問を取り上げた異色の論考。
「朝の自由労働者街」〈随筆〉　『若草』昭和四年四月号（五巻四号）　四二・四三頁　寳文館　（備考）「東京大都会交響楽」の一部。深川富川町の朝の光景。
「東京モスリンの争議を観る」〈ルポ〉　『文芸戦線』昭和四年五月号（六巻五号）　一六五～一七一頁　文芸戦線社　（備考）幹部の組合主義を批判しつつ吾嬬工場の争議を支援。
「田口運蔵の新著『赤旗の靡くところ』」〈書評〉　『文芸戦線』昭和四年五月号（六巻五号）　一三八頁　文芸戦線社
「アンケート（形式主義文学理論を如何に観るか）」〈アンケート〉　『文芸レビュー』昭和四年五月号（一巻三号）　二六頁　文芸レビュー社
「戦死者の統計」〈随筆〉　『文芸戦線』昭和四年六月号（六巻六号）　一二一～一二四頁　文芸戦線社
「ある村の素描」〈小説〉　『文芸戦線』昭和四年七月号（六巻七号）　一五八～一六九頁　文芸戦線社　（備考）農村の若者の夫々の苦しみ、怒りが地主の黒正に…。
「十銭白銅」〈小説〉　『新興文学全集』第七巻　五一三～五二四頁　昭和四年七月十日　平凡社　（備考）親のないお君、「默」と呼ばれる土方。惨劇は起こった。初出誌未詳（文末に一九二七・一一・三）。
「假面」〈小説〉　『福岡日日新聞』昭和四年七月十六日～同八月十六日（八月二日、七日は休み＝全三十回）　（備考）上海の動乱を描いた新聞小説。作者名は前田河廣一郎だが、『支那から手を引け』の序に里村との共作であることを明記。里村の満洲放浪時代のエピソードが散見される。
「蛸つけドッコイ」〈感想〉　『文芸戦線』昭和四年八

月号（六巻八号）　一一四頁　文芸戦線社

「昭和四年上半期の印象に残った芸術その他」〈アンケート〉　『読売新聞』昭和四年八月八日号　朝刊第四面

「モダン跳躍」〈感想〉　『文芸戦線』昭和四年九月号（六巻九号）　一六七～一六九頁　文芸戦線社

「痣」〈小説〉　『週刊朝日』昭和四年九月二十日秋季特別号（一六巻一二号）　一五八～一六〇頁　朝日新聞社　（備考）小説「濃霧《ガス》」と同テーマの函館木賃宿の老人。

「辱められた山高帽」〈小説〉　『文学時代』昭和四年十月号（一巻六号）　二〇六～二一〇頁　新潮社　（備考）「お上りさん」風の地主の山高帽が、久助のメーデーの幟で叩き落とされた。写真代わりに堤寒三の似顔絵イラストを使用。

「文芸戦線」〈コラム〉　『文芸戦線』昭和四年十月号（六巻一〇号）　九四頁　文芸戦線社

「（時事問題コント集）勲章」〈コント〉　『文芸戦線』昭和四年十月号（六巻一〇号）　一五六～一五八頁　文芸戦線社

「連作小説　恋を喰ふ（第五二回）」〈小説〉　羽太鋭治著『うきよ診断』附録連作小説　一六九～一七二頁　三洋社出版　（備考）全五十五回の連作のうち第五十二回を担当。小牧、青野、葉山、前田河、黒島、中西、平林等による連作小説。初出は「東京毎夕新聞」。

「田中義一が死んだ！」〈随筆〉　『文芸戦線』昭和四年十一月号（六巻一一号）　八七・八八頁　文芸戦線社

「貧民の世界―三河島のトンネル長屋について―」〈ルポ〉　『改造』昭和四年十一月号（一一巻一一号）　七二～七六頁　改造社　（備考）里村の優れた観察眼、三河島千軒長屋のルポ。

「兵乱　1」〈小説〉　『文芸戦線』昭和五年一月号（七巻一号）　三四～四八頁　文芸戦線社　（備考）国民党の北伐、上海の動乱。軍閥に抗して戦う山東省の農民を描いた力作。全四回。

「文芸戦線」〈コラム〉　『文芸戦線』昭和五年一月号（七巻一号）　一六三頁　文芸戦線社

「家賃の値下」〈小説〉　『近代生活』昭和五年一月号（二巻一号）　一九～二二頁　近代生活社　（備考）二軒長屋の隣人細君から家賃の値下げ交渉を依頼さ

れたが、いざ実現すると……。里村の家庭状況が見える小品。

「古い同志」〈小説〉　『世界の動き』昭和五年一月号（一巻一号）　一一三～一二四頁　世界の動き社　（備考）「官業のB工場」に仮託されたこの作品は、日本交通労働組合後退期の里村の足跡を垣間見せるミッシング・リング的な作品として重要。

「兵乱　2」〈小説〉　『文芸戦線』昭和五年二月号（七巻二号）　六一～七二頁　文芸戦線社

「兵乱　3」〈小説〉　『文芸戦線』昭和五年三月号（七巻三号）　一一一～一二一頁　文芸戦線社

「文芸戦線」〈コラム〉　『文芸戦線』昭和五年三月号（七巻三号）　五〇・五一頁　文芸戦線社

「兵乱　4」〈小説〉　『文芸戦線』昭和五年四月号（七巻四号）　一六八～一八一頁　文芸戦線社

「濃霧（ガス）」〈小説〉　『文学時代』昭和五年四月号（二巻四号）　二二三～二三一頁　新潮社　（備考）北海道放浪を示唆する好短編。

「「赤い広場を横ぎる」」〈書評〉　『文芸戦線』昭和五年八月号（七巻八号）　一一五頁　文芸戦線社

「法衣を纏へる資本主義――ある坊主の話」〈批判〉　『文芸戦線』昭和五年九月号（七巻九号）　九〇～九五頁　文芸戦線社　（備考）備後の某寺の坊さんの搾取、社会的役割への批判。

「『工場閉鎖』（共同製作）」〈小説〉　『読売新聞』昭和五年九月十八日～十一月四日号（全三十五回）朝刊第四面　読売新聞社　（備考）『文戦』責任創作と銘打たれた共同製作小説。鶴田知也、青木壮一郎、里村欣三が執筆。挿画福田新生。

「幻覚」〈小説〉　『文学時代』昭和五年十月号（二巻一〇号）　一二五～一二八頁　新潮社　（備考）負傷して争議団女工に介抱された時見た甘美な幻覚。

「東京市当局とガス会社に対する吾等の要求」〈声明〉　『プロレタリア時代』昭和五年十一月号　（頁＝未見）　プロレタリア時代社　（備考）未見、書誌情報は推測。里村ほか二十八人の連名の声明。

「印象に残った人と仕事」〈アンケート〉　『新潮』昭和五年十二月号（第二十七年一二号）　三九頁　新潮社

「支那の秘密結社」〈小品〉　『漫談』昭和五年十二月号（一巻一〇号）　七五～七九頁　漫談社

「旅順」〈小説〉　『文戦』昭和六年一月号（八巻一号）

九一～九四頁　労農芸術家聯盟　（備考）旅順の軍需倉庫の地下室で、三十年間ポンプを汲み続ける苦力。短編だが、葉山嘉樹の「淫売婦」に似た佳作。

「コック」〈小品〉　『文戦』昭和六年一月号（八巻一号）　二三二・二三三頁　労農芸術家聯盟

「柵の外へ（共同製作）」〈小説〉　『文学時代』昭和六年一月号（三巻一号）　一八～四五頁　新潮社　（備考）営舎を脱走し村に戻った初年兵伊藤に追及の手が迫る。岩藤雪夫、小島勗との共同製作。

「「文戦」の同志愛」〈随筆〉　『都新聞』昭和六年一月八日号　第一面　（備考）黒島傳治を批判。

「小牧近江「異国の戦争」」〈書評〉　『文戦』昭和六年二月号（八巻二号）　一二五～一二七頁　労農芸術家聯盟

「文退労働者」〈小説〉　『大阪夕刊』昭和六年二月（日付不明）（頁＝未見）　（備考）『文芸年鑑昭和七年版』にこの情報があるが、未見。

「監獄部屋　1」〈小説〉　『大衆文芸』昭和六年二月号（一巻二号）　五〇～六六頁　大衆文芸社　（備考）北海道のタコ部屋を描く長篇。のち「光の方へ」と改題。

「暗澹たる農村を歩く」〈ルポ〉　『文戦』昭和六年三月号（八巻三号）　一四～三一頁　労農芸術家聯盟　（備考）埼玉県熊谷市から新田郡強戸村、前橋、桐生、上州富岡等の農村の惨状をルポ。

「監獄部屋　2」〈小説〉　『大衆文芸』昭和六年三月号（一巻三号）　一七五～一八八頁、二五四頁　大衆文芸社

「ルイスの傑作「本町通り」」〈書評〉　『文戦』昭和六年四月号（八巻四号）　九九頁　労農芸術家聯盟

「被害地域　1」〈小説〉　『文戦』昭和六年四月号（八巻四号）　二一八～二三三頁　労農芸術家聯盟　（備考）悲惨な境遇に追いやられる小作農権十の家族。

「金が黝る」〈小説〉　『新潮』昭和六年四月号（第二十八年四号）　四三～六三頁　新潮社　（備考）長男が生まれた昭和五年二月当時の自身と家庭の状況をつぶさに描いた作品。

「被害地域　2」〈小説〉　『文戦』昭和六年五月号（八巻五号）　一六二～一七四頁　労農芸術家聯盟　（備考）依怙地な権十と娘の自死。「次号完結」としながら小作地をめぐる闘いの佳境を描き切れずこの

回で放棄。

「監獄部屋　3」〈小説〉　『大衆文芸』昭和六年五月号（一巻五号）　一五一〜一五七頁　大衆文芸社

「ダンピング」〈小品〉　『東京朝日新聞』昭和六年五月二十一日号　第五面　（備考）同志Nが闘争指導の旅費をつくるため、古道具屋を呼んで家財道具を処分したときの駆け引き。

「手紙」〈小話〉　『東京朝日新聞』昭和六年五月二十二日号　第九面　（備考）妻の妹が九州から上京、東京見物をして帰郷したが、その後、極左の立場から里村を批判する手紙が来た。「ナンセンス」と副題された小話。

「監獄部屋　4」〈小説〉　『大衆文芸』昭和六年六月号（一巻六号）　一二〇〜一三一頁　大衆文芸社

「不景気時代」〈コント〉　『河北新報』昭和六年六月二日号　朝刊第六面　河北新報社　（備考）「結婚したが夫婦ではない関係」、「留置場志願者」、「未亡人と軍人」の三つのコント。

「監獄部屋　5」〈小説〉　『大衆文芸』昭和六年七月号（一巻七号）　九二〜一〇四頁　大衆文芸社

「監獄部屋　6」〈小説〉　『大衆文芸』昭和六年八月号（一巻八号）　（頁＝未見）　大衆文芸社

「飛行機の乱舞」〈随筆〉　『文戦』昭和六年九月号（八巻九号）　八一・八二頁　労農芸術家聯盟

「ハルピンの記憶」〈随筆〉　『東洋』昭和六年九月号（三四巻九号）　一一九〜一二二頁　東洋協会　（備考）ハルピンにおける里村欣三の足跡を示す文献。

「退屈な失業者」〈随筆〉　『都新聞』昭和六年九月十一日〜十四日号（連載四回）　第一面　（備考）前田河に「鶏舎《とや》」と揶揄されたボロ長屋で失業をかこつ里村。同じ失業者の隣りのブリキ屋と親しくなったが…。

「報復者」〈小説〉　『文戦』昭和六年十月号（八巻一〇号）　五四〜六七頁　労農芸術家聯盟　（備考）関東大震災で殺害した朝鮮人の報復に脅える三河屋。本作の欠点を水木棟平が翌月号で批判している。

「東京暗黒街探訪記」〈ルポ〉　『改造』昭和六年十一月号（一三巻一一号）　一〜一九頁　改造社　（備考）葉山嘉樹との共作で二回に分載。草間八十雄の案内で東京の貧民街を探訪。

「東京暗黒街探訪記」〈ルポ〉　『改造』昭和六年十二

月号（一三巻一二号）　一三～三三頁　改造社

「北満の戦場を横切る」〈ルポ〉　『改造』昭和七年一月号（一四巻一号）　五九～七九頁　改造社　（備考）満洲事変特派のルポ。支那民衆の無言の抵抗、「鉄道戦争」というべき満鉄の活用と沿線支配の限界等。

「戦乱の満洲から」〈ルポ〉　『改造』昭和七年二月号（一四巻二号）　一一六～一三三頁　改造社　（備考）満洲事変特派ルポの続編。戦乱直後のチチハルと沿線の状況、中国人避難民への同情。

「満洲事件挿話　（一）帰鮮する失業群　（二）車中の兵隊さん　（完）車中の兵隊さん」〈随筆〉　『時事新報』昭和七年二月一日、二日、四日号　第四面

「ルンペン時代への手紙」〈＝未見〉　『新浪漫派』昭和七年四月号　（頁＝未見）　プロレタリア新浪漫派社　（備考）未見、出版社名ほか書誌情報は推測。掲載誌も『プロレタリア新浪漫派』（大阪府枚方町）かも知れない。

「帰ってくれ」〈小説〉　『文戦』昭和七年七月号（九巻七号）　一二三～一二六頁　労農芸術家聯盟　（備考）満州事変から凱旋、帰村した君次だが悲惨な現実が。

「凶作地帯レポート―餓死か闘争か」〈ルポ〉　『改造』昭和七年八月号（一四巻八号）　四二～五二頁　改造社　（備考）東北凶作地のルポ。秋田土崎港から一日市町へ、八郎潟の魚行商人、北秋田郡、小坂銅山の煙害地から十和田湖へ。

「凶作地帯レポート―餓死か闘争か」〈ルポ〉　『改造』昭和七年九月号（一四巻九号）　九〇～九七頁　改造社　（備考）十和田湖から瀧の澤、青森県黒石町。全農の内部対立、津軽半島の出稼ぎ漁民。凶作の実体を突く里村のルポは鋭い。

「（日本の作家芸術家思想家は戦争に対していかなる態度をとるか）」〈アンケート〉　『プロレタリア文学』昭和七年九月号（一巻一一号）　三四～三六頁　日本プロレタリア作家同盟

「（反ソヴェート戦争と日本の作家・芸術家・思想家）問合せに対する諸家の答」〈アンケート〉　『文学新聞』第二十一号　第五面　昭和七年九月二十五日　日本プロレタリア作家同盟

「キャベツ泥棒」〈小説〉　『労農文学』昭和八年二月号（一巻二号）　六～一七頁　プロレタリア作家ク

ラブ　（備考）地主に騙された揚句、キャベツ泥棒で死んだ「井原」。

「（告知板）何をぬかすか」〈批判〉　『読売新聞』昭和八年二月二十一日号　朝刊第四面　（備考）伊藤永之介への批判。

「転形期」〈批判〉　『労農文学』昭和八年三月号（一巻三号）　二八・二九頁　プロレタリア作家クラブ　（備考）「作家同盟」および『レフト』批判。

「春の誘惑」〈コント〉　『東京朝日新聞』昭和八年四月二十五〜二十七日号（連載三回）第九面　（備考）カフェで誘われた女は自宅裏に越して来た女だった。

「ルムペン微笑風景」〈小説〉　『改造』昭和八年五月号（一五巻五号）　一〇二〜一〇九頁　改造社　（備考）塵埃埋立地をあさる「ホリヤ」、川や泥溝をさらう「ヨナゲ」のルンペン、「メリケン帰りの隠居」。里村の独壇場だ。

「病中のたはごと」〈随筆〉　『労農文学』昭和八年九月号（一巻八号）　六〇〜六三頁　プロレタリア作家クラブ　（備考）子を思う身辺雑記。

「林房雄の提案を読んで」〈批判〉　『文化集団』昭和八年十二月号（一巻七号）　四九〜五一頁　文化集団社

「支那ソバ屋開業記」〈小説〉　『改造』昭和八年十二月号（一五巻一二号）　五四〜六〇頁　改造社　（備考）鴉にさへ一日の終わりがあるのに、私は日暮れた街に屋台を引いて出掛ける。「これが、生活といふものだらうか？」。里村らしさのよく出た、支那ソバ屋泣き笑い奮闘記。

「満洲から帰った花嫁」〈小説〉　『文化集団』昭和九年一月号（二巻一号）　五六〜六五頁　文化集団社　（備考）放蕩の若旦那が満洲から連れ帰った女は中国人として育てられた孤児だった。民族の核心に触れる小品。

「あんな男とこんな女」〈小品〉　『東京朝日新聞』昭和九年三月十五日号　第五面

「火力発電所」〈小説〉　『新文戦』昭和九年四月号（三巻四号）　二四〜三二頁　レフト社

「ハルピンのメーデーの思ひ出」〈随筆〉　『新文戦』昭和九年五月号（三巻五号）　一八・一九頁　レフト社

「ルンペン街に景気を尋ねて…」〈ルポ〉　『経済』昭和九年七月号（一巻四号）　一八三〜一八七頁　改

造社　（備考）バタ屋の分類および景気との関連。

「施療患者」〈随筆〉『都新聞』昭和九年九月二十八日～三十日号（連載三回）第一面（備考）「根気のよい患者」「困つた患者」「手術の痛み」。

「海の飢饉」〈随筆〉『東京朝日新聞』昭和九年十一月一～四日号（連載四回）第九面又は一三面

「富豪」〈小説〉『新文戦』昭和九年十二月号（三巻九号）二二一～三〇頁　レフト社　（備考）無賃乗車する富豪と市電車掌の話。

「苦力監督の手記」〈小説〉『文学評論』昭和十年七月号（二巻八号）二七～五八頁　ナウカ社　（備考）満洲事変下の日本人と中国民衆。中国人を愛しながら中間支配者として苦力を使役し抑圧する私、分裂する自己。

「九十九里ケ濱スケツチ」〈生活雑記〉『社会評論』昭和十年八月号（一巻六号）一七一～一七八頁　ナウカ社　（備考）「風呂と女」「百姓漁師」「鯨を拾ふ」「近海漁業の運命」。里村の漁師を見る目は暖かくシビアだ。

「文学で食ふか・食はれるか」〈随筆〉『文芸首都』昭和十年十二月号（三巻一〇号）一三〇・一三一頁　黎明社

「工場に働く新しい女工さん」〈随筆〉『改造』昭和十一年三月号（一八巻三号）八四～八九頁　改造社

「足跡——海濱綺譚」〈小説〉『アサヒグラフ』昭和十一年九月二日号（二七巻一〇号）全二頁（頁＝記載なし）朝日新聞社　（備考）息子を海で亡くして狂っていく母。

「帰還作家よりの返信　自己辯解の辯　葉山嘉樹兄へ」〈随筆〉『読売新聞』昭和十五年一月十七日号朝刊第五面

「敵性」〈戦場譚〉『知性』昭和十五年二月号（三巻二号）一五三～一六九頁　河出書房　（備考）保線中狙撃された愛妻家の花村。敵は見えない…。

「帰還兵の「侘びしさ」に就いて」〈随筆〉『文学者』昭和十五年三月号（二巻三号）二〇〇～二〇二頁「文学者」発行所　（備考）昭和十五年二月二日号『読売新聞』にも同文を掲載。

「「非常性と日常性を語る」座談会」〈座談会〉『知性』昭和十五年三月号（三巻三号）三六～五四頁　河出書房　（備考）高見順、中島健蔵、里村欣三による時局座談会。

「新政権樹立に際し帰還作家は斯く想ふ　複雑な戦闘へ（上）（下）」〈感想〉　『都新聞』昭和十五年四月二日、三日号　第一面　（備考）汪兆銘政権樹立による中国戦線の複雑な闘い。

「殷賑産業地帯」〈訪問記〉　『現地報告』昭和十五年四月増刊号（三一号）　二〇〇〜二〇八頁　文芸春秋社

「机の歴史　寂しき思ひ出」〈随筆〉　『読売新聞』昭和十五年六月二十八日号　朝刊第五面

「戦争と影」〈随筆〉　『新潮』昭和十五年七月号（三七巻七号）　一一二〜一一六頁　新潮社

「マラリヤ患者」〈戦場譚〉　『知性』昭和十五年七月号（三巻七号）　七〇〜八九頁　河出書房　（備考）戦塵の中国民衆をリアリティ豊かに描いている。

「打明け話」〈随筆〉　『『第二の人生』公演パンフレット』　一〜三頁　昭和十五年七月四日　新築地劇団後援会

「怪我の功名」〈戦場譚〉　『現地報告』昭和十五年七月号（三四号）　二二四〜二三九頁　文芸春秋社

「原作者の言葉」〈感想〉　『日本学芸新聞』昭和十五年七月二十五日号（九〇号）　第五面　日本学芸新聞社

「遺家族援護の模範　稲葉治良吉翁を兵庫に訪ふ」〈訪問記〉　『婦人倶楽部』昭和十五年十一月号（二一巻一一号）　四二〜四七頁　講談社

「黒眼鏡の閣下」〈戦場譚〉　『政界往来』昭和十五年十一月号（一一巻一一号）　二六四〜二七六頁　政界往来社　（備考）炎暑とタバコ切れで苦しむ兵隊。

「陣中の思出　生まれたての子馬」〈戦場譚〉　『少女倶楽部』昭和十六年二月号（一九巻二号）一〇八〜一一五頁　講談社　（備考）「子馬」と改題し『支那の神鳴』に収載。

「回教部落にて」〈戦場譚〉　『大陸』昭和十六年二月号（四巻二号）　二四三〜二五三頁　改造社　（備考）泰山山麓の回教部落での体験を描く短編。

「〝捨身飼虎〟」〈書評〉　『日本学芸新聞』昭和十六年二月十日号（一〇二号）　第四面　日本学芸新聞社　（備考）亀井勝一郎の『捨身飼虎』を評価。

「英魂記」〈戦場譚〉　『冨士』昭和十六年三月号（一四巻三号）　二五〇〜二六〇頁、二六二〜二六四頁　講談社

「戦争の実感——戦争文学に関するメモ」〈感想〉『帝国大学新聞』昭和十六年三月十七日号（備考）『第二の人生』三部作を書き上げた感想。

「（好日随想）虚弱児の入学難」〈随筆〉『読売新聞』昭和十六年五月二十七日号　夕刊第三面

「悔恨」〈戦場譚〉『知性』昭和十六年六月号（四巻六号）一九九〜二一一頁　河出書房（備考）中国戦線からの帰還時、青島での怪我で入院した顛末。

「陣中夢枕」〈戦場譚〉『週刊朝日』昭和十六年六月初夏特別号（三九巻二五号）九四・九五頁　朝日新聞社

「墓参の人」〈戦場譚〉『家の光』昭和十六年七月号（一七巻七号）九九〜一〇一頁　産業組合中央会

「私の科学知識」〈随筆〉『科学ペン』昭和十六年七月号（六巻七号）一五八・一五九頁　科学ペン社（備考）「献策」と改題し『支那の神鳴』に収載。

「馬と兵隊（戦陣訓ものがたり　これぞ皇軍）」〈戦場譚〉『少年倶楽部』昭和十六年七月号（二八巻七号）一三一・一四〇頁　講談社

「家庭新体制（事変四年は貴方の生活を如何に変へたか）」〈随筆〉『改造』昭和十六年七月二日号（二四巻七号）八八頁　改造社（備考）『支那の神鳴』に収載。

「軍事保護院銃後善行録・行脚記　七・八　長野・静岡（上）組織的な発展を（下）恩賜田その他」〈訪問記〉『読売新聞』昭和十六年七月十九日、二十日号　夕刊第三面

「戦友安竹三吾の母（母と兵隊）」〈戦場譚〉『婦人倶楽部』昭和十六年八月号（二二巻八号）一三四〜一三六頁　講談社（備考）『支那の神鳴』に収載。

「憾みの新黄河」〈戦場譚〉『週刊朝日』昭和十六年十月十九日号（四〇巻一九号）四八頁　朝日新聞社（備考）『支那の神鳴』に収載。

「傷痍軍人徽章（更生美談）」〈訪問記〉『新青年』昭和十六年十一月号（二二巻一一号）一一〇〜一一二頁　博文館（備考）長野市南縣町の傷痍軍人今井氏訪問記。

「母の戦場」〈訪問記〉『講談雑誌』昭和十六年十一月号（二七巻一一号）一四四〜一五一頁　博文館

「戦争と責任」〈戦場譚〉『少年倶楽部』昭和十六年十一月号（二八巻一一号）一六二・一六三頁　講

談社
「新嘉坡への道を拓く」〈従軍記〉　『サンデー毎日』昭和十七年二月二十二日号（二一巻七号）　一二・一三頁　大阪毎日新聞社
「醜の御楯　ジョホール水道敵前上陸記（上）（下）」〈従軍記〉　『東京日日新聞』昭和十七年二月二十四日、二十六日号　第四面
「陸の上のダンケルク」〈従軍記〉　『キング』昭和十七年三月号（一八巻三号）　八六～九一頁　講談社
「月下の前線にて」〈従軍記〉　『時局雑誌』昭和十七年三月号（一巻三号）　七六～七八頁　改造社
「歴史的会見を観たり」〈従軍記〉　『現代』昭和十七年四月号（二三巻四号）　一二八～一三六頁　講談社　（備考）山下奉文が敵将パーシバルにイエスかノーかを迫った降伏会談の見聞記。
「馬来軍報道班員の手記」〈従軍記〉　『現代』昭和十七年四月号（二三巻四号）　二一六～二二四頁　講談社
「熱風」〈戦記〉　『朝日新聞』昭和十七年四月二十九日～六月三十日号（連載六十三回）　朝刊第四面　（備考）里村はファッショになった、と批判されたマレー戦記。
「南方の文化建設を語る」〈座談会〉　『読売新聞』昭和十七年八月五日～八日号（連載四回）　朝刊第四面　（備考）出席者＝伊地知進、榊山潤、井伏鱒二、中島健蔵、平野零児、里村欣三。
「昭南島より」〈消息〉　『大善生活實證録』第四回総会報告　七九・八〇頁　昭和十七年八月十日　創価教育学会
「昭南の夢（南に綴る2）」〈従軍記〉　『大阪毎日新聞』昭和十七年九月三十日号　朝刊第三面
「皇軍を讃ふ（上）（下）」〈随筆〉　『東京新聞』昭和十七年十二月十七日、十八日号　第六面　（備考）戦争において「無力」「役にたたない」と批判されるインテリだが、そうではない、と彼らの役割を積極的に評価。
「新年の感想」〈感想〉　『読売報知新聞』昭和十八年一月四日号　朝刊第四面　（備考）「二度も三度も、出直せるものではない」という不退転の決意、「兵隊に召される」決意を披瀝。
「（発想）可能な事を」〈感想〉　『大阪新聞』昭和十八年一月八日号　第四面　（備考）『読売報知新聞』

の「新年の感想」と同一の文章。
「神兵」〈戦記〉　『読売報知新聞』昭和十八年一月二十六～三十一日号（連載六回）　朝刊第四面
「戦場精神と必勝の国民生活を語る」〈座談会〉　『キング』昭和十八年二月号（一九巻二号）　一一四～一二二頁　講談社　（備考）里村欣三、阿部静枝、赤川武介、他。
「皇軍をしたふズスン族の少年――南方の戦線より帰って」〈戦場譚〉　『少年倶楽部』昭和十八年二月号（三〇巻二号）　一五四～一五七頁　講談社　（備考）キナバタンガン河溯行で出会ったワカナ（勇士）伝説を信じる純真なズスンの少年。
「磐城炭礦を訪ねて（増産必勝魂3　職場の報告）」〈訪問記〉　『読売報知新聞』昭和十八年二月十八日号　朝刊第三面
「新嘉坡陥落一周年」〈座談会〉　『週刊毎日』昭和十八年二月二十一日号（二二巻七号）　四～六頁　毎日新聞社　（備考）里村欣三、栗原信、横田高明、日高一郎。
「閣下」〈随筆〉　『知性』昭和十八年三月号（六巻三号）　一〇八～一一五頁　河出書房
「逞し陸軍の若雛」〈訪問記〉　『婦人画報』昭和十八年三月号（三七巻三号）　五二～五七頁　東京社　（備考）陸軍予科士官学校、東京陸軍幼年学校訪問記。
「遙かなる南の映画を語る」〈座談会〉　『映画之友』昭和十八年三月号（三巻三号）　二四～二九頁　映画日本社　（備考）里村欣三、大江賢次、高見順。
「誇らかな少年工」〈訪問記〉　『オール読物』昭和十八年三月号（一三巻三号）　一〇三～一〇五頁　文芸春秋社
「昭南の蛇使ひ（馬来奇談）」〈戦場譚〉　『新青年』昭和十八年三月号（二四巻三号）　六二・六三頁　博文館
「（タイトル＝未見）」〈現地報告〉　『放送』昭和十八年三月号（三巻三号）　（頁＝未見）　日本放送出版協会
「辻小説　たちばなし」〈コント〉　『読売新聞』昭和十八年三月十二日号　朝刊第四面
「二人の少年戦車兵」〈戦場譚〉　『少年倶楽部』昭和十八年四月号（三〇巻四号）　六六～七一頁　講談社　（備考）マレー戦線島田戦車隊、山根戦車隊の少年兵。

「(タイトル＝未見)」〈訪問記〉　『軍人援護』昭和十八年四月号(五巻四号)　(頁＝未見)　軍人援護会　(備考)『軍人援護模範学校訪問記』に収載の「はぐくまれる精神(山形県大曽根村國民学校)」ではないかと思うが、未見。

「陸軍落下傘部隊」〈訪問記〉　『現地報告』昭和十八年四月号(一一巻四号)　七六～八一頁　文芸春秋社

「基礎訓練　落下傘部隊見学記」〈訪問記〉　『読売報知新聞』昭和十八年四月七日号　朝刊第四面　(備考)宮崎県児湯郡川南町の陸軍落下傘部隊見学記。

「愛馬の日」〈随筆〉　『東京新聞』昭和十八年四月七日号　第三面

「大空の若武者　落下傘部隊をたづねて」〈訪問記〉　『少女倶楽部』昭和十八年五月号(二一巻五号)　四八～五三頁　講談社

「くうしふと　へいたい」〈戦場譚〉　『コドモノクニ』昭和十八年五月号(二二巻五号)　ノンブルなし全五頁　東京社

「幾山河(我が行軍の想ひ出)行軍と敗残兵の出没」〈随筆〉　『旅』昭和十八年六月号　一五・一六頁　日本旅行倶楽部

「大空の花」〈訪問記〉　『日本少女』昭和十八年六月号(二三巻三号)　六二～六四頁　小学館　(備考)落下傘部隊訪問記。

「増産基地・足尾銅山を観る」〈訪問記〉　『週刊毎日』昭和十八年六月六日号(二二巻二二号)　二三～二五頁　毎日新聞社

「昭南からボルネオへ」〈随筆〉　『新文化』昭和十八年七月号(一三巻七号)　五五～五八頁　第一書房

「青年将校」〈戦記〉　『中央公論』昭和十八年八月号(第五十八年七号)　一一一～一三五頁　中央公論社　(備考)第十聯隊通信隊第三小隊長を務めた乃台智大尉の経歴、人柄、死。乗越通信隊長、畑第二小隊長が実名で登場する。

「ハッシマ一トウヘイ」〈戦場譚〉　『良い子の友』昭和十八年八月号(一九巻五号)　一六～二〇頁　小学館

「(銃後に直言す　帰還兵の言葉)祈りの心」〈随筆〉　『毎日新聞(大阪版)』昭和十八年八月十五日　朝刊第二面

「（特輯・軍人精神と文学）究極の高さ」〈随筆〉『文学界』昭和十八年九月号（一〇巻九号）三五～三七頁　文芸春秋社

「「ワカナ」の伝説」〈小説〉『文芸』昭和十八年九月号（一一巻九号）三四～四一頁　改造社（備考）ダイヤ族の民話「ワカナ」に日本軍のボルネオ侵攻を結びつけた小話。

「ボルネオの開拓者」〈随筆〉『女性生活』昭和十八年九月号（八巻九号）二〇頁　文體社（備考）ボルネオ在住三十六年、ダイヤ族の夫人と結婚しゴム園を経営する木村弘氏の苦労談。

「ケイリヤク」〈家庭談〉『良い子の友』昭和十八年十月号（一九巻七号）六〇～六四頁　小学館

「鉄兜の中の血染の歌」〈戦場譚〉『週刊毎日』昭和十八年十月三日号（二二巻三九号）二六・二七頁　毎日新聞社（備考）マレー戦線の戦場譚。撃ち抜かれた鉄兜一杯に凝結した血糊を拭うと「松第五部隊佐々木隊S・T」の名が…。

「北の護り　第一線を語る」〈座談会〉『週刊毎日』昭和十八年十月二十四日号（二二巻四二号）四～八頁　毎日新聞社（備考）日比野士朗、柴田賢次郎、里村による北千島報道従軍帰還座談会。北方兵士の真剣な態度に里村はしきりに感心。

「霧の北方基地　1悲憤の祈り、2弾雨下の餘裕、3敵機来襲を邀ふ、4ツンドラの幕舎、5現地自活班」〈訪問記〉『東京新聞』昭和十八年十月十二、十三、十五、十六、十七日号（連載五回）第三面

「北千島にて」〈訪問記〉『中央公論』昭和十八年十一月号（第五十八年一〇号）一一五～一一七頁　中央公論社

「「オスカの奇蹟」について」〈感想〉『文芸』昭和十八年十一月号（一一巻一一号）二〇～二三頁　改造社

「序に代へて」〈序文〉竹森一男著『マライ物語』の序文　一～四頁　昭和十八年十一月十日　六芸社

「一兵士の覚悟でゆけ　――あす出陣する学徒へ」〈檄文〉『朝日新聞』昭和十八年十一月三十日号　朝刊第五面

「キスカ撤収作戦」〈戦記〉『文学界』昭和十八年十二月号（一〇巻一二号）六〇～八一頁　文芸春秋社

「キスカ部隊」〈戦記〉『文芸読物』（『オール読物』

改題） 昭和十八年十二月号（一三巻一二号） 一〇～一二四頁 文芸春秋社

「斉藤切羽」〈小説〉『大日本青年』昭和十八年十二月号 三八～四一頁 毎日新聞社

「大東亜戦争二周年を迎へて」〈感想〉『新潮』昭和十八年十二月号（第四十年一二号） 一〇・一一頁 新潮社

「敵前の山砲」〈戦記〉『少女倶楽部』昭和十八年十二月号（二一巻一二号） 五四～五九頁 講談社
（備考）シンガポール攻略戦の「白壁の家」。

「本年最も感銘を受けた文学作品」〈葉書回答〉『文芸』昭和十八年十二月号（一一巻一二号） 六二頁 改造社

「南北の戦線を想ふ 上・中・下」〈随筆〉『読売新聞』昭和十八年十二月七・八・十日号 朝刊第四面

「北千島のつはもの」〈ルポ〉『産業戦線』昭和十八年十二月号（第一二七号） 八・九頁 文化奉公会

「街の少年戦車兵」〈ルポ〉『週刊朝日』昭和十八年十二月二十六日号（四四巻二六号） 二六・二七頁 朝日新聞社

「北辺の皇土」〈従軍記〉『建設青年』昭和十九年一月号（八巻一号） 二八～三四頁 旺文社

「勤労報国隊結成式の印象」〈感想〉『文学報国』昭和十九年一月一日号（第一三号） 第三面 日本文学報国会

「北方の空の基地（航空基地の思ひ出）」〈戦場譚〉『新太陽』（『モダン日本』改題）昭和十九年一月号（一五巻一号） 一三・一四頁 新太陽社 （備考）北千島航空隊整備兵の労苦。

「北の海の兵たいさん」〈戦場譚〉『良い子の友』昭和十九年一月号（一九巻一〇号） 二四～二八頁 小学館

「武装工場（第一回）」〈小説〉『青少年の友』昭和十九年一月号（二三巻一〇号） 七二～七九頁 小学館 （備考）岡山の農村から東京の工場に出て来た野島少年。

「椰子の実」〈＝未見〉『現代女性』昭和十九年一月号 （頁＝未見） 現代女性社 （備考）未見、書誌情報は推測。

「北千島に定住する人々」〈訪問記〉『週刊毎日』昭和十九年一月十六日号（二三巻二号） 一四～一七頁 毎日新聞社 （備考）北千島の歴史と別所二郎

蔵氏訪問記。
「マライ戦線における創意工夫」〈随筆〉『写真週報』昭和十九年一月十九日号（三〇五号）一七頁　内閣情報部印刷局
「北洋の荒鷲」〈戦記〉『青年』昭和十九年二月号（二九巻二号）五四～五七頁　大日本青少年団本部
「カミノクニノ　サムラヒ」〈戦場譚〉『良い子の友』昭和十九年二月号（一九巻一一号）六五～六七頁　小学館
「無条件降伏」〈戦場譚〉『少国民の友』昭和十九年二月号（二〇巻一一号）八二～八八頁　小学館
（備考）マレー戦での降伏調印式を描く。
「武装工場（第二回）」〈小説〉『青少年の友』昭和十九年二月号（一三巻一一号）（頁＝未見）　小学館
「アッツ島挿話」〈従軍記〉『現代』昭和十九年三月号（四巻二号）八四～九五頁　講談社
「北海僻遠の基地」〈ルポ〉『文芸読物』昭和十九年三月号（一四巻三号）六六・六七頁　文芸春秋社
「マライ人の新しい店」〈戦場譚〉『幼年倶楽部』昭和十九年三月号（一九巻三号）八一～八六頁　講談社
（備考）マライ人の世話をする堺誠一郎。
「撃ちてし止まむ　敵撃滅の道」〈随筆〉『新潮』昭和十九年三月号（第四十一年三号）三・四頁　新潮社
「壁小説　伊勢参拝」〈随筆〉『軍人援護』昭和十九年三月号（六巻三号）四頁　軍人援護会
「武装工場（第三回）」〈小説〉『青少年の友』昭和十九年三月号（一三巻一二号）（頁＝未見）　小学館
「万能部隊＝輜重兵学校の巻」〈訪問記〉『週刊毎日』昭和十九年三月五日号（二三巻九号）一三頁　毎日新聞社
「伝統の理念発揚」〈アンケート〉『文学報国』昭和十九年三月十日号（一九号）　第一面　日本文学報国会
「近代兵器戦の様相　一・二・完」〈座談会〉『読売新聞』昭和十九年四月八、九、十一日号　朝刊第四面　（備考）吉永中佐、里村、吉野（画家）。
「武装工場（第四回）」〈小説〉『青少年の友』昭和十九年四月号（一四巻一号）　六八～七五頁　小学

館　（備考）都会の軍需工場に出て行く農村青年。

「初詣」〈随筆〉　『あきつ』昭和十九年四月号（七巻四号）　（頁＝未見）　起山房　（備考）未見、書誌情報は推測。

「俘虜の表情」〈ルポ〉　『報道』昭和十九年四月号（一八号）　六九〜八一頁　山海堂

「武装工場（第五回）」〈小説〉　『青少年の友』昭和十九年五月号（二四巻二号）　五四〜六一頁　小学館

「川崎出動の感想」〈感想〉　『文学報国』昭和十九年五月二十日号（二六号）　第二面　日本文学報国会

「補給」〈小説〉　『文芸春秋』昭和十九年六月号（二二巻六号）　一六〜三一頁　文芸春秋社　（備考）中国戦線の戦場体験を総括。『第二の人生』と同じ並川兵六が主人公。

「ブキテマ高地」〈戦記〉　『文学報国』昭和十九年六月一日号（二七号）　第二面　日本文学報国会

「ミナミノ　ヒカル　ムシ」〈戦場譚〉　『良い子の友』昭和十九年六月号（二〇巻三号）　三七〜四三頁　小学館

「武装工場（第六回）」〈小説〉　『青少年の友』昭和十九年六月号（二四巻三号）　（頁＝未見）　小学館　（備考）七月号まで連載したかは未確認。八月号には掲載なし。

「マライの印度兵」〈従軍記〉　『時局日本』昭和十九年六月号（一九六号）　（頁＝未見）　大阪新聞社　（備考）未見、書誌情報は推測。

「黄土を征く」〈従軍記〉　『週刊毎日』昭和十九年七月二十三日号（二三巻二九号）　頁記載なし　毎日新聞社

「洛陽への道」〈従軍記〉　『時局情報』昭和十九年七月二十五日号　一四〜一七頁　毎日新聞社

「黄土を征く」〈従軍記〉　『週刊毎日』昭和十九年七月三十日号（二三巻三〇号）　二頁　毎日新聞社

「洛陽界隈」〈従軍記〉　『週刊毎日』昭和十九年八月六日号（二三巻三一号）　三頁　毎日新聞社

「洞庭湖畔にて（舟艇部隊戦闘記）」〈従軍記〉　『週刊毎日』昭和十九年八月六日号（二三巻三一号）　一八・一九頁　毎日新聞社

「執拗な米空軍の暴爆ぶり」〈従軍記〉　『週刊毎日』昭和十九年八月二十七日号（二三巻三四号）　二一・二二頁　毎日新聞社　（備考）栗原信らとの湖

南作戦従軍記。米軍の空爆で岳陽、長沙の街は焼き尽くされ、睡眠も食事もままならぬ日本軍。ここまで書くと、反戦的かとも思われる程の戦線描写である。

「湖南戦線より帰りて」〈従軍記〉　『週刊毎日』昭和十九年十月二十二日号（二三巻四二号）　一九・二〇頁　毎日新聞社

「大陸に米軍を撃つ」〈従軍記〉　『時局日本』昭和十九年十一月号（二〇一号）　（頁＝未見）　大阪新聞社　（備考）未見、書誌情報は推測。

「肌身離さぬ投降票」〈随筆〉　『読売新聞』昭和十九年十一月七日号　朝刊第四面

「アジアは一つ」〈＝未見〉　『陣中読物』昭和十九年十一月号　（頁＝未見）　陸軍恤兵部　（備考）未見、書誌情報は推測。『陣中読物』は慰問雑誌。

「小孩譚」〈従軍記〉　『文芸春秋』昭和十九年十二月号（二二巻一二号）　一八～二六頁　文芸春秋社

「大陸新戦場」〈従軍記〉　『征旗』昭和十九年十二月号（一巻五号）　五〇～五七頁　日本報道社

「大陸戦線の相貌」〈従軍記〉　『つはもの』昭和十九年十二月号（第八九九号）　一六～二〇頁　文化奉公会　（備考）河南・湖南作戦従軍報告。

「船舶兵の寝顔」〈従軍記〉　『新太陽』昭和十九年十二月号（一五巻一二号）　一二・一三頁　新太陽社

「大空の斥候」〈従軍記〉　『航空文化』昭和十九年十二月号（三巻九号）　四六～五一頁　文芸春秋社　（備考）河南作戦従軍記。

「鯉のひもの」〈従軍記〉　『週刊毎日』昭和十九年十二月十日号（二三巻四九号）　八・九頁　毎日新聞社

「湖南戦線」〈従軍記〉　『少女の友』昭和二十年一月号（三八巻一号）　一八～二二頁　實業之日本社　（備考）制空権を握る米軍のため苦戦が続く中国戦線の状況。

「洞庭湖と湘江」〈従軍記〉　『新女苑』昭和二十年一月号（九巻一号）　六～一一頁　實業之日本社　（備考）戦渦の長沙。「十一月三十日」の擱筆日付。

「大陸の怒り」〈従軍記〉　『報道』昭和二十年一月号（三五号）　二〇～二七頁　山海堂

「最近帰還した報道班員の従軍報告座談会」〈座談会〉　『征旗』昭和二十年一月号（二巻一号）　九～二〇頁　日本報道社　（備考）里村欣三、棟田博、栗原信、向井潤吉。
「いのち燃ゆ」〈戦記〉　『征旗』昭和二十年一月号（二巻一号）　二八～三六頁　日本報道社　（備考）湖南戦線の須藤兵長を描いた遺作。

『支那の神鳴』（昭和十七年一月二十日、六芸社）に収載された諸作品は昭和十五年から同十六年前半にかけて書かれた作品であるが、このうち、「七夕祭」、「絹川軍曹」、「愛弟通信」、「雷雨」、「横井廣太の馬」、「日本人に返れ」、「『転向に就いて』を読んで」、「きまりの悪い帰還兵」、「戦場日記抄」の初出誌が特定できていない。

参考文献

【　】内は参考文献を便宜的に区分けしたものです。『　』は参考文献の著書名、著者、出版年、出版社、「　」は先に論考名、続けて著者、（　）内に掲載書（誌）名、出版年、出版社。……以下は、利用の便宜のため、簡単なコメントをつけました。プロレタリア文学運動関係、戦記関係の参考文献は数多くあるが、ここでは里村欣三に直接的に関連するものだけを挙げました。なお、参考文献のサブタイトル等は紙幅の都合で一部省略し、記載していないものもあります。順不同、敬称略。

【評伝等】——

「或る左翼作家の生涯」堺誠一郎（『思想の科学』一九七八年七月号、思想の科学社）……最も優れた里村欣三論。里村の人となりを知る直接の当事者だけに人物評も的確で秀逸。

「里村欣三の『第二の人生』」浦西和彦（『日本プロレタリア文学の研究』昭和六十年五月十五日、桜楓社）……里村欣三の戸籍、学籍関係、関西中学校丙中会『會報』等の調査に基づき里村欣三を論考した基本文献。

『従軍作家里村欣三の謎』高崎隆治、一九八九年八月十五日、梨の木舎……フィリピン従軍から死に至るまでを中心とした評伝。『里村欣三著作集』全十二巻を刊行し、里村研究を新地平に押し上げた著者の労作。死地フィリピン行を、里村はボルネオもしくは自由の地への脱出を望んでいた、と捉えている。

『ボルネオの灯は見えるか』高崎隆治、一九九七年八月三十一日、大空社……『従軍作家里村欣三の謎』と同趣旨の評伝。

「里村欣三——その国境を超える思想」高崎隆治（『信州白樺』五十七・五十八合併号、一九八四年四月二十一日、信州白樺）……兵籍簿発見にもかかわらず脱走兵説を支持、死地フィリピン行についても、ボルネオへの脱出意図を秘めていた、としている。

『戦争文学通信』高崎隆治、一九七五年十二月八日、風媒社……既に一九七一年に「脱走兵里村欣三」を四回に亘り論じている。巻末に「戦争文学文献目録」。

「作家・里村欣三と創価教育学会」高崎隆治（『創価教育』第三号、二〇一〇年三月十六日、創価大学創価教育研究所）……講演の記録に加筆した評伝。『価値創造』の「創価教育学会会員著作選」広告に里村の『兵の道』が挙げられていることを指摘。

『自伝的交友録・実感的作家論』平林たい子、昭和三十五年十二月十日、文芸春秋新社……収載の「二人の里村欣三」は『現代文学代表作全集2』（萬里閣）の解説とともに、見落せない〝実感的〟な評伝。

『鉄の嘆き』平林たい子、昭和四十四年十二月二十五日、中央公論社……里村（花田）と小堀（生方）を軸に、文戦派作家の戦中期の転向の軌跡を正面から追う小説。葉山（三波）や青野（泉）も登場。但し、里村の実人生と異なる点も散見される。

『砂漠の花』第一部、第二部　平林たい子、昭和三十二年六月二十日、同七月十日、光文社……平林たい子の自伝。里村は作中でも里村欣三のままで登場する。平林の小堀との結婚を境に、第一部と第二部に分かれている。

「里村欣三」平林たい子（『たい子日記抄』昭和二十四年十二月九日、板垣書店）……五ページにまとめられた評伝。

『妖怪を見た』小堀甚二、昭和三十四年七月五日、角川書店……平林たい子の夫小堀甚二の自伝。里村は本名の前川二享で登場。人民戦線事件や飛車角こと石黒彦市の死など興味深い。

「里村欣三」前田河廣一郎（『全線』昭和三十五年四月創刊号、全線社）……前田河による里村の回想。出会いから死までエピソード紹介も多い。里村の作品『熱風』をめぐるファッショ問答を記録。

「里村欣三と戦争文学」城戸淳一（『京築の文学風土』二〇〇三年三月二十二日、海鳥社）……従軍作家時代の著作紹介が豊富。

「時代に翻弄された里村欣三」大崎哲人（『社会文学』第十二号、一九九八年六月六日、不二出版）……評伝九ページ。「苦力頭の表情」を評価、『第二の人生』はやや否定的に見ておられる。

「転向との狭間に息絶えたプロレタリア文学作家里村

欣三〈上〉〈下〉」大﨑哲人（『科学的社会主義』二〇〇〇年三月号、四月号、社会主義協会）……「時代に翻弄された里村欣三」と同趣旨の評伝。

「「第二の人生」を歩んだ男　作家・里村欣三」大﨑哲人（『軍縮』二〇〇四年五月、宇都宮軍縮研究室）……評伝、二ページ。

『文学の力　戦争の傷痕を追って』音谷健郎、二〇〇四年十月三十日、人文書院……「里村欣三の徴兵忌避」「里村欣三、マレー快進撃」を収載。

「徴兵忌避から戦死まで――『第二の人生』の里村欣三」徳岡孝夫（『悲劇喜劇』昭和五十八年八月号、早川書房）……評伝。

「自分を消した男　里村欣三と日生町」富阪晃（『おかやま文学の古里』一九九二年十一月二十三日、山陽新聞社）……伝記八ページ。

『日生を歩く』前川満、平成十四年七月二十一日、日本文教出版……文庫本。「寒河」の項で、六ページの評伝。

「シリーズ山河あり　～戦争・自然～　ボルネオ・楽園幻想　従軍作家・里村欣三の旅」……一九九五年十月十七日に放映されたNHK・ETV特集の映像。出演・水木しげる。

「里村欣三年譜」備前市加子浦歴史文化館……同館の里村欣三ブースに掲示されている年譜。

【作品論、作家論】――

「『第二の人生』三部作をめぐって――里村欣三の転向と翼賛」下平尾直（『現代文明論』第四号、二〇〇三年三月二十二日、京都大学総合人間学部現代文明論（池田研究室））……『第二の人生』三部作を軸に、林房雄、亀井勝一郎の作評を踏まえて、里村欣三の転向の核心を今日的課題の中に鮮やかに提示。A4、二十三ページの優れた論考。

「里村欣三の文学」澤正宏（『言文』五十三号、二〇〇六年三月三十一日、福島大学国語教育文化学会）……「苦力頭の表情」「旅順」「暴風」「兵乱」等の作品論を軸にした包括的な里村欣三論。

『昭和イデオロギー』林淑美、二〇〇五年八月十八日、平凡社……「〈インターナショナリズム〉は〈饅頭問題〉を越えられたか」中で、里村欣三は民族差別をしたと批難。

「里村欣三著『第二の人生』」小堀甚二（『文学者』昭

和十五年六月号、「文学者」発行所）……書評。「戦争に立ち向つた作家の魂の芸術的形成」として『第二の人生』を評価。

『芸術の運命』亀井勝一郎、昭和十六年二月二十三日、實業之日本社……「文芸時評」中の「人間再生の文学」において里村の『第二の人生』を高く評価。同時代としては最長に属する評論。

【関西中学校時代】――

『會報』四十一号　大正七年七月十八日、関西中学校丙申会……この関西中学の校友会誌に里村は本名の前川二享名で小品「土器のかけら」、短歌、俳句等を掲載。

「垣間見た歴史の一瞬―総社の米騒動と関中ストライキ」岡一太（『岡山の歴史地理教育』第五号、一九七二年七月、岡山県歴史教育者協議会）……関西中学校で里村の二級下だった岡一太が、関中ストライキにおける里村の行動を記録。

「ファシズムと抵抗文学―松本学と槇村浩・里村欣三」難波俊成（『日本の文化岡山の文化』二〇〇五年三月二十五日、吉備人出版）……警保局長松本学、「間島パルチザンの歌」の槇村浩、里村欣三。関西中学出身の三人を論じた講演の記録。

『山陽新報』大正七年十二月一～八、十～十三日号……関中ストライキ時の新聞報道。退学処分者に里村の本名前川二享や『講談雑誌』編輯者真野律太の名前がある。

『関西学園百年史』昭和六十二年十月二十五日、関西学園……関西中学校（現関西高等学校）百年の記録。関中ストライキを記載、里村の名も登場する。

『玉松』昭和五十九年十一月六日、金川高校創立百周年記念会……里村が転入学した金川中学校（現岡山御津高等学校）百年の記録。当時の学校の規模、雰囲気がわかる。里村の記録はない。

【交通労働運動、日本社会主義同盟関係】――

『東京交通労働組合史』東交史編纂委員会、昭和三十三年二月（日付なし）、東京交通労働組合……中西伊之助が組織した日本交通労働組合（東京市電）の創立や大正九年四月当時の役員名簿等、資料的価値が高い。

『冬の赤い実』中西伊之助、昭和十一年三月二十日、

実践社……中西伊之助の随筆集。「桜花爛漫下の大ストライキ」で日本交通労働組合の創立と大正九年のストライキの経緯を記録。また「私生児小風景」には、昭和九年初め頃「里村が時々話しに来る」とあり、交際が続いていたことがわかる。

『交通労働』大正十年三月二十五日（第二年第七号）、日本交通労働組合本部……大正九年五月創刊の日本交通労働組合の機関誌。石巻文化センター架蔵の当該号には組合後退期の確執をめぐる記事がある。

『交通労働運動の過現』長尾桃郎、桒田次郎共著、大正十五年六月三十日、日本交通労働総聯盟確立記念出版……桒田次郎が書いた記述に「神戸市電の前川二享氏」とある（六三頁）。

『神戸交通労働運動史　戦前編』組合史編集委員会、一九八〇年十二月一日、神戸交通労働組合……神戸交通労働組合（神戸市電）の歴史。

『大交史』大阪交通労働組合編、昭和四十三年十月二十四日、労働旬報社……西部交通労働同盟発会式の記述中に「中西伊之助（日本交通）、前川行雄（或は二享か、神戸市電）」とある。

『都市交通20年史』昭和四十二年六月一日、日本都市交通労働組合連合会……「戦前・交総の闘争概史」中に日本交通労働組合（東京市電）の戦いを記録。

『労働週報』一九九八年十月九日、不二出版復刻……大正十一年二月～十二年四月まで平澤計七らによって発行された『労働週報』の復刻版。前川二享（里村欣三）の入獄記事が大正十一年七月十九日号（第一七号三面）にある。

『労働運動』一九七三年六月（日付なし）、黒色戦線社復刻……大正十一年二月～十五年七月まで断続的に発行された近藤憲二、大杉栄等の『労働運動』の復刻版。中西伊之助等の交通労働運動の消息も掲載。

『中西伊之助　その人と作品』一九九一年九月十五日、中西伊之助追悼実行委員会……中西伊之助年譜、著作年表、作品、回想。

『社会科学（日本社会主義運動史）』　昭和三年二月一日、改造社……日本の社会主義運動の勃興期を同時代に記録した貴重な文献。日本社会主義同盟の創立発起人の一人に、里村の本名前川二享の名がある。

『社会主義』一九八二年七月十日、不二出版復刻……日本社会主義同盟の機関誌『社会主義』（大正九年九月創刊号～十年六月号）の復刻版。発起人名に里

村の本名前川二享の名がある。日本交通労働組合の消長も記録。

『続わが文学半生記』江口渙、一九六八年八月二十五日、青木書店……江口はアナキストからナップ系へ進んだ人。「社会主義への第一歩」の項で、日本社会主義同盟成立時の混乱した状況を描写している。文庫版。

『続・現代史資料2　社会主義沿革2』松尾尊兊解説、一九八六年七月二十五日、みすず書房……内務省警保局の極秘資料による大正九年～十二年の社会主義者、団体、日本社会主義同盟の主要人物の動向が「特別視察人の現状」他に詳しい。但し前川二享（里村）の名は出ていない。

【満洲逃亡前後】――

『神戸又新《ゆうしん》日報』……川崎三菱大争議、徴兵検査の時期等、大正十～十一年前後の神戸地方の情勢がわかる新聞。

「奪還」中西伊之助（『早稲田文学』大正十二年四月号）……朝鮮を放浪する「里村欣造」が登場する中西の小説。ペンネーム里村欣三の由来となったこの作品は、戦後に刊行された中西の作品集『採金船』（昭和二十三年十二月二十五日、人民戦線社）にも「或るニヒリストの戀」と改題して収載されている。

『支那・満洲・朝鮮』中西伊之助、昭和十一年四月十一日、実践社……里村欣三の大正十一年の満洲逃亡に関与したと推測される中西伊之助。その中西の大正十一年秋の朝鮮訪問記「瓢の花咲く家―朝鮮から」、「霧」を収載。

『朴烈』金一勉、一九七三年九月一日、合同出版……朴烈の評伝。

『何が私をかうさせたか』増補決定版　金子文子（編集大島英三郎）、一九七五年十二月、黒色戦線社……金子文子の獄中手記。巻末に「黒濤」「太い鮮人」「現社会」等の資料を収載。

「朴烈君のことなど」中西伊之助（『文芸戦線』大正十五年一月号）……大正十二年関東大震災前後の朴烈との交友。

「朴烈君のこと」山田清三郎（『文芸市場』大正十五年一月号）……大正十二年、震災前後の山田と朴烈の交友。

「金子文子を支えた人々」佐藤信子（『甲府文学』十二

号、平成十一年九月十五日）……不逞社同人栗原一男の経歴を軸に朴烈、金子文子と親交のあった人々を記録。

『彷書月刊』特集・金子文子のまなざし　二〇〇六年二月号、彷書舎……「死にたい者をして死なしめよ！」（下平尾直史）、「文子を支えた栗原一男」（佐藤信子）、「金子文子の朝鮮」（亀田博）等の論考を収載。

『続・現代史資料3　アナーキズム』小松隆二解説、一九八八年七月三十日、みすず書房……「朴烈・文子事件主要調書」を収載。

『哈爾賓乃概念1926』大正十五年九月、哈爾賓日本商業会議所……里村の満洲逃亡の中心地ハルピンの、当時の紹介書。

『哈爾賓事情』中村義人、大正十年三月十六日、上屋書店……大正十年当時のハルピンの紹介書。

『哈爾賓日本商業会議所時報』大正十一年～月刊、哈爾賓日本商業会議所……大正十年代のハルピンの発展がわかる資料。邦人会社名、所在地、街ごとの日本人戸数、人口なども。

『ハルビンの想い出』昭和四十八年四月十五日、京都ハルビン会……大正から満洲国時代のハルピンにおける人、暮らし、行事の回想集。

『哈爾浜の都市計画』越沢明、一九八九年四月十五日、総和社……都市計画から見た明治二十九～昭和二十年のハルピンの発展史。当時の写真も多数収載。

『満洲の日本人』塚瀬進、二〇〇四年九月二十日、吉川弘文館……『満洲日日新聞』をもとに、里村の満洲逃亡時期である一九二〇年代の満洲の日本人像を描く。

【プロレタリア文学運動】――

『葉山嘉樹（近代文学資料6）』浦西和彦、昭和四十八年六月十五日、桜楓社……葉山嘉樹の詳細な書誌、評伝。巻末の「資料葉山嘉樹宛書簡」に収載の里村の手紙、特に昭和十年五月一日消印の、徴兵忌避自首を告白する手紙は貴重。

『葉山嘉樹日記』葉山嘉樹、昭和四十六年二月九日、筑摩書房……昭和七年一月一日「昨夜里村と飲んで早く寝た」から始まる葉山嘉樹の日記（昭和二十年一月二日まで）。大正十二年の獄中記を含む。プロレタリア文学運動研究の基礎資料であり、また里村の生活を知る上でも欠かせない資料。

『葉山嘉樹全集』全六巻　葉山嘉樹、昭和五十年四月二十五日～昭和五十一年六月三十日、筑摩書房……「定村銀三様」で始まる里村への「慰問文」、里村の消息にふれた葉山から広野八郎、高橋辰二宛書簡を収載。

『葉山嘉樹・私史』広野八郎、一九八〇年六月十日、たいまつ社……葉山嘉樹と昭和四年末に出会い十二年末に別れるまでの広野八郎の回想録。前田河の里村「スパイ」非難、『レフト』分裂を巡る里村の動きなど興味深い。

『文壇郷土誌　プロ文学篇』笹本寅、昭和八年五月二十八日、公人書房……『種蒔く人』以来のプロレタリア文学運動をヨタ記事風、ゴシップ風に活写しているが、事実関係においては信頼出来る文献。

『文壇人物誌』笹本寅、一九八〇年十月十日、冬樹社……「大正昭和文壇闘争史」中で、昭和五年十一月の黒島らに対する焼ゴテ乱闘事件を描く。

「紹介・感想・質問　葉山君と里村君」青野季吉（『文芸戦線』大正十四年十二月号）……文中で大正十三年から十四年の里村を描く。

『文学五十年』青野季吉、昭和三十二年十二月二十日、筑摩書房……青野季吉の自伝。「里村欣三は震災直後に中西伊之助がどこからともなく連れてきた」と回想。

『青野季吉日記』青野季吉、昭和三十九年七月二十五日、河出書房新社……戦中期（昭和十四～二十年）の青野の日記。この時期も里村との交流が続いている。青野の里村を評した言葉「逞しい體。弱い精神。」は印象的。

『プロレタリア文学史』（上巻）（下巻）　山田清三郎、一九六八年三月（増補改訂版四刷、日付なし）、理論社……元版は昭和二十九年。上巻は『種蒔く人』まで、下巻は震災以後。昭和二年十一月の労芸、前芸の分裂後は山田清三郎が加入した『戦旗』（ナップ）派中心の記述になっている。

『プロレタリア文学風土記』山田清三郎、一九五四年十二月十五日、青木書店……プロレタリア文学運動の側面史。記述が具体的で、里村研究にとっても欠かせない一冊。新書版。

『プロレタリア文化の青春像』山田清三郎、一九八三年二月十五日、新日本出版社……昭和二年四月の里村と小牧近江の上海行を記述。

『日本プロレタリア文学案内』１・２　蔵原惟人、竹内好、小田切秀雄他、一九五五年六月三十日、同九月三十日、三一書房……里村についての言及は少ないが、敗戦後十年間のプロレタリア文学論の集成として今日では貴重な文献。立野信之の回想「小林多喜二」は一読の価値ある秀作。

『ある現代史』小牧近江、昭和四十年九月（日付なし）、法政大学出版局……小牧近江の自伝。里村との上海行の思い出を含む。

『悪漢と風景』前田河廣一郎、昭和四年七月十八日、改造社……前田河には里村との共作『支那から手を引け』（日本評論社）、「假面」（『福岡日日新聞』）がある。この書で二人の上海体験の違いを読み比べるのも面白い。

『戦士の碑』向坂逸郎、昭和四十五年十二月二十五日、労働大学……向坂が出会った堺利彦、葉山嘉樹、里村ら十三人の活動家の回想録。里村の『第二の人生』を「今日この作品は、立派な反戦小説」と評している。

『木瓜の実』石井雪枝、一九九〇年六月二十九日、ドメス出版……石井安一夫人雪枝さんの回想エッセイ集。「きゅうりのサンドイッチ」で里村を、薄田つま子の項では里村の『第二の人生』新築地劇団公演のエピソードを紹介。

「葉山嘉樹と里村欣三」中井正晃（『小説公園』昭和三十一年五月一日、六興出版部）……支那ソバの屋台を引く里村。

「ビール一ダースの出会い」渡辺凡平（『葉山嘉樹と中津川』昭和五十五年四月一日、葉山嘉樹文学碑建立二〇周年記念集実行委員会）……昭和十二年四月末から五月初め、葉山嘉樹や中西伊之助、伊藤永之介らと衆院選三浦愛二応援のため福岡を訪れた時の里村を描写。里村はここで長野兼一郎と再会した。

『弔詩なき終焉　インターナショナリスト田口運蔵』荻野正博、一九八三年九月十六日、お茶の水書房……田口運蔵の評伝。運蔵の伊東療養、葬儀に里村も立ち会っている。

『文学的回想』林房雄、昭和三十年二月二十八日、新潮社……林房雄の文学的自伝。プロレタリア文学時代も相当詳しく書き込まれている。

『三百人の作家』間宮茂輔、昭和三十四年五月十五日、

五月書房……「無想庵と葉山嘉樹」「「文戦」にて」等、昭和五、六年の文戦派の状況を描く。

『文壇残酷物語』橋爪健、一九六四年十二月十日、講談社……「花園荒す文豪ども」でプロレタリア文学運動を記録。里村の死地や時期など、事実でない記述もある。

『改造社の時代（戦前編）』水島治男、昭和五十一年五月二十五日、図書出版社……「プロレタリア文学」の項に、里村は「平康里（遊郭街）をひやかしてみたりするもっさりした男で、［葉山嘉樹とは］対照的であった。しかしこの二人が奇妙に『文芸戦線』の雰囲気をつくり出していた。」とある。

「里村欣三の場合」井出孫六（『歴史のつづれおり』一九九九年四月二十三日、みすず書房）……随想、二ページ。

「里村欣三のはがき」浦西和彦（『現代文学研究の枝折』二〇〇一年十二月二十五日、和泉書院）……昭和九年の仲間内へのはがきにも里村は偽の誕生日を記載していたことが紹介されている。

『郁達夫傳』小田嶽夫、昭和五十年三月二十五日、中央公論社……小牧近江との上海行で里村が出会った郁達夫の伝記。

【日中戦争従軍時代】――

『歩兵第十聯隊史』昭和四十九年四月十八日、歩兵第十聯隊史刊行会……里村が輜重特務兵として従軍した歩兵第十聯隊の記録。

『赤柴毛利部隊写真集』岡崎速編、昭和四十七年一月二十七日、山陽時事新聞社……聯隊長赤柴八重蔵、後任毛利末広、この二人の名を冠した歩兵第十聯隊の中国戦線における戦場写真集。

『歩兵第十聯隊第一中隊支那事変行動概要』昭和四十一年八月二十一日、一中隊白山会（孔版資料）……第十聯隊第一大隊第一中隊（隊長杉田新次のち西中晃中尉）の中国戦線における戦闘記録。里村は聯隊本部直属の通信隊輜重兵だったが、この一中隊の記録から里村の行軍経路が推認できる。

『岡山聯隊写真集』岡山聯隊写真集編纂委員会編、昭和五十三年十月一日、国書刊行会……岡山の歩兵第十聯隊、五十四聯隊、百十聯隊他の写真集。『兵の道』で描かれた「壽々木准尉」のモデル＝鈴木律治軍医大尉の写真がある。

『中国戦線はどう描かれたか　従軍記を読む』荒井とみよ、二〇〇七年五月十一日、岩波書店……「兵隊と共に歩いた作家」の項で里村の『徐州戦』（『第二の人生』第三部）を採り上げている。

【マレー戦線従軍時代】──

『六人の報道小隊』栗原信、昭和十七年十二月二十五日、陸軍美術協会出版部……マレーの第一線に、里村、堺誠一郎、石井幸之助らと報道従軍した栗原信の記録。マレー戦における里村の消息を伝える第一級の資料。

『徴用中のこと』井伏鱒二、一九九六年七月十日、講談社……宣伝班員としてマレー戦線に従軍した井伏鱒二の回想録。独自の観察眼が光る。随所に里村が登場。徴用時、里村が大阪の兵舎で独白した「念入りな嘘を織込ん」だ満洲逃亡談もある。

『井伏鱒二全集』第十巻　昭和四十年二月二十五日、筑摩書房……「南航大概記」、「里村君の絵」、「私の萬年筆」。里村らとともにマレー戦線に従軍した井伏鱒二の記録文学。

『海揚り』井伏鱒二、昭和五十六年十月二十日、新潮社……「ブキテマ三叉路と柳重徳のこと」、「徴員時代の堺誠一郎」を収載。

『ファインダーのこちら側』石井幸之助、昭和六十二年十一月二十日、文芸春秋……「六人の報道小隊」の一人カメラマン石井幸之助の写文集。里村への人間的信頼感にあふれている。

『イエスかノーか』石井幸之助、一九九四年四月八日、光人社……第一部〝イエスかノーか〟でマレー戦線従軍を回想。（第二部は昭和十九年秋からの千島列島従軍記。）

『大本営派遣の記者たち』松本直治、一九九三年十一月二十日、桂書房……「六人の報道小隊」の一人松本直治のマレー戦線従軍、シンガポール駐在の回想録。

『戦争の横顔』寺崎浩、一九七四年八月十五日、太平出版社……寺崎浩のマレー戦線回想録。口絵には、あふりか丸船上の里村ら宣伝班員の写真、船中新聞「南航ニュース」の写真も。

『萬歳』岩崎栄、昭和十九年五月二十日、泉書房……里村らマレー班宣伝班員は、高見順、小田嶽夫、岩崎栄らのビルマ班とサイゴンまで同行したが、その船中記録を収載。

『高見順日記』第一巻　高見順、一九六五年九月二十日、勁草書房……昭和十六年十一月～十七年九月の「徴用生活」日記。大阪毎日新聞社屋上に整列した宣伝班員の珍しい写真もある。

「ハムチョイ」　海音寺潮五郎（『バナナは皮を食う』檀ふみ選、平成二十年十二月十日、暮しの手帖社）……海音寺の従軍回想。マレー従軍時の船中で、親切な里村は至って気軽に荷造りしてくれた、とある。

『海音寺潮五郎全集』第二十一巻　海音寺潮五郎、昭和四十六年四月二十日、朝日新聞社……「サイゴン河の水の音」の他、マレー従軍回想「馬鹿な話」、「南征茶記」を収録。

『戦争　死の意味』竹森一男、昭和五十二年十二月八日、時事通信社……「この戦争は、星村［里村］の作家的な才能を、暴走させてしまうのではあるまいか。」と危惧している。共に創価教育学会会員だった縁で、里村はかつて竹森の『マライ物語』（昭和十八年、六芸社）の序文を書いたことがある。

『南方徴用作家』神谷忠孝、木村一信編、一九九六年三月二十日、世界思想社……マレー班井伏鱒二、寺崎浩、ビルマ班榊山潤、高見順他が論じられている。

『人間の記録　マレー戦』（前篇）（後篇）御田重宝、一九七七年十月十日、現代史出版会（発売徳間書店）……丹念なマレー戦の記録。後篇巻末に御田と堺誠一郎の対談がある。

『マレー血戦　カメラ戦記』影山匡勇、昭和十八年一月十八日、アルス……朝日新聞従軍カメラマンの戦記で類書にない写真が豊富。ブキテマの乱戦で里村と栗原信が抜刀する姿を書いている。

『マレー作戦』陸戦史研究普及会、昭和四十一年九月二十日、原書房……陸上自衛隊戦史教官らによるマレー戦の総括記録で、いわば正史的な戦史書。

『聞書　庶民列伝　牧口常三郎とその時代4　秋の巻・襤褸の巻』竹中労、昭和六十二年四月三十日、潮出版社……里村欣三、山上伊太郎を採り上げ、『大善生活實證録』を紹介。

『大善生活實證録　第四回総会報告』昭和十七年八月十日、創価教育学会……「地方たより」にシンガポールからの里村の消息文があり、里村がごく初期の創価教育学会の会員だったことがわかる。

『菩提樹への道』堺誠一郎、平成五年三月二十日、弥

生書房……井伏鱒二の「徴員時代の堺誠一郎」、堺の『曠野の記録』の続編「死をどう受けとめるか」を収載。

『キナバルの民』堺誠一郎、昭和十八年十二月二十一日、有光社……里村の『河の民』の姉妹書。ボルネオ守備軍報道部に着任した堺と石井幸之助、里村と中村長次郎がミリーで別れて夫々の旅に出発するまでの記述中に里村が登場。

『ニュースカメラマン』藤波健彰、昭和五十二年十一月十日、中央公論社……ボルネオ守備軍報道部に里村、堺とともに転属した石井幸之助、中村長次郎は共に藤波の旧知の人。里村と堺は藤波の地図を二つに分けてボルネオ、キナバタンガンの探険に出た。

「ふたつのボルネオ」里村欣三、堺誠一郎」宮下今日子（『朱夏』第三号、朱夏の会、一九九二年六月三十日、せらび書房）……『河の民』と『キナバルの民』を中心にした里村欣三、堺誠一郎論、および従軍作家論。

『梅華餘芳』昭和十八年九月五日、故前田大将追悼出版会……ボルネオ守備軍司令官前田利為の伝記。里村に直接関連する記述はないが、文化奉公会副会長桜井忠温が前田大将の追悼文を書き、文化奉公会に触れている。

『ボルネオ　風下の国』アグネス・キース、昭和十五年十月二十日、三省堂……ボルネオ風土記。里村もこの本を読み、『河の民』の中で批判的に取り上げている。同じアグネスの抑留記『三人は帰った』（昭和二十四年十二月二十日、岡倉書房）も参考になる。

【北千島、中国報道従軍】――

『霧の基地』柴田賢次郎、昭和十九年六月二十日、晴南社……昭和十八年九月の日比野士朗、里村欣三、小柳次一らとの北千島幌筵島への報道従軍記。随所に里村が登場。

『従軍カメラマンの戦争』小柳次一（写真）、石川保昌（文）共著、平成五年八月五日、新潮社……北千島に里村らと同行した小柳次一からの聞書き。

「里村欣三と私」日比野士朗（『日比野士朗と湧谷』一九七七年六月十日、日比野士朗追悼文集刊行会）……里村欣三との出会い、文化奉公会の頃、北千島報道従軍の思い出。

『憲兵日記（全）』山田定、昭和六十年八月十日、駿河台書房……昭和十九年夏、里村が湖南戦線に報道従軍した時、里村は岩兵団司令部の所在を尋ねて憲兵隊を訪問したが、その時の記録を収載。

【フィリピン戦線報道従軍、死】――

『山中放浪　私は比島戦線の浮浪人だつた』今日出海、昭和二十四年十一月十五日、日比谷出版社……報道班員として敗色濃いフィリピンに従軍、里村と死の直前まで行動を共にした今日出海の回想録。この書により、里村のルソン島中部バギオでの死に至る経緯が明らかにされた。

『戦場　ルソン敗戦日記』浜野健三郎、昭和五十四年七月三十日、青濤社（発売＝績文堂出版）……浜野健三郎の敗戦日記。フィリピン、バギオにおける里村の死の実相を伝える書。

『隻眼法楽帖』今日出海、昭和五十六年五月三十日、中央公論社……「里村欣三の戦死等々…」、「死に場所」でルソンにおける里村の行動を補述。

「同行二人　故里村欣三君のこと」今日出海（『人間』昭和二十一年一月創刊号、鎌倉文庫）……フィリピン逃避行の回想。

「北サンの里村欣三氏」船戸光雄、（『集録「ルソン」』第二十八号、比島文庫、平成二年五月、日の丸印刷）……里村がフィリピンのバギオで戦死した昭和二十年二月、同じ第十四方面軍報道部にいた船戸が見た里村の姿。

『北部ルソン戦記　盟兵団』市川嘉宏編著、平成元年十月三十日、盟兵団戦友会事務局……フィリピン北部、ナギリアン道の盟兵団本部で被爆死した里村。その盟兵団の戦闘の記録。

『比島戦記』上妻齊、昭和三十三年三月十二日、日比慰霊会……軍情報部から報道部へ転属になった上妻氏が記録したフィリピン戦史。秋山中佐率いる比島派遣軍報道部も昭和二十年四月にはペンを捨て銃を取った。

『大本営報道部』平櫛孝、一九八〇年十月二十五日、図書出版社……秋山邦雄比島派遣軍報道部長の他、馬淵逸雄や谷萩那華雄など歴代報道部スタッフの経歴、活動を記述。

『文学報国』一九九〇年十二月十日、不二出版復刻……日本文学報国会の機関紙『文学報国』（昭和十

八年八月～昭和二十年四月まで全四十八号）の復刻版。昭和二十年三月一日号に里村の死亡記事、金子洋文、寺崎浩、向井潤吉の追悼文を掲載。

【その他】――

『文芸年鑑　二千六百三年版』日本文学報国会、昭和十八年八月十日、桃蹊書房……日本文学報国会の成立、文学団体の動向等。文筆家総覧により誰がどの部会に入っていたか一覧できる。

『日本文学報国会会員名簿』昭和十八年七月一日、日本文学報国会（復刻＝一九九二年五月二十日、新評論）……日本文学報国会の昭和十八年三月十日現在の会員名簿。

『近代戦争文学事典』第一輯　矢野貫一、一九九二年十一月二十五日、和泉書院……里村欣三の『第二の人生』、『第二の人生第二部』、『徐州戦』を論評。よく読み込まれた作品論である。

『新選組写真全集』釣洋一、一九九七年三月三十一日、新人物往来社……里村の母方の祖父母と母の戸籍、曾祖父谷三治郎の旧居地図等を収載。

『新選組再掘記』釣洋一、昭和四十七年十一月二十五日、新人物往来社……里村の母方の叔父谷三兄弟＝谷三十郎、万太郎、昌武（近藤周平）を記述。

「谷三兄弟」森愛子（『新選組研究最前線（下）』新人物往来社）……「谷三兄弟」一九九八年四月二十日、新人物往来社）……

の詳細な研究。里村の父前川作太郎が関係した山陽鉄道に「谷三兄弟」の末弟谷昌武が勤務していたことが書かれている。

『山陽鉄道案内』明治三十四年七月三日、山陽鉄道運輸課……里村の父前川作太郎が、当時弁当箱の経木を納めていた山陽鉄道の沿線案内書。里村が幼少期を過ごした広島市の旧地図を掲載。

『二十歳のあとさき』出久根達郎、二〇〇一年一月十五日、講談社……「賭け」で『苦力頭の表情』をめぐる古本屋小僧の古書価談義。出久根氏の著作では他に『死にたもう母』（新潮社）や『書棚の隅っこ』（リブリオ出版）にも里村が登場する。

『吉永町史』（通史編Ⅳ）平成九年三月三十一日、吉永町史刊行委員会……里村の郷里の隣町吉永町の異色の昭和戦前期地方史。三石大平鉱山争議、日中戦争赤柴部隊、歩兵十聯隊の終焉ほか。里村の『第二の人生』その他の引用もある。

略年譜（人生の軌跡）

著作、作品発表等の作家活動については、この「略年譜」があまりに煩雑になるため、別に「著作リスト」、「発表作品リスト」を作成し、一括して記載しました。

満年齢は三月十三日の誕生日を基準として記しました。従って該当年の一月、二月はまだその満年齢に到達しておらず、実際は一歳若い。

明治三十五年（一九〇二）　満〇歳

三月十三日　旧岡山県和気郡福河村寒河百参拾参番邸（現備前市）の旧家に、父前川作太郎、母金の二男として出生、本名前川二享。四人兄弟の長男と三男は夭逝、妹は華子さん。父作太郎は当時広島市で山陽鉄道株式会社に枕木や駅弁の経木等の鉄道用材を納める事業を営んでおり、里村も幼少期を広島市で過ごした。毎年母に連れられて岡山県川上郡成羽町成羽二五五六番地（現高梁市）の祖母志計を訪ねるのが習慣になっていた。母金は備中松山藩旗頭谷三治郎供行の流れを引く武家の家系で、叔父に新選組「谷三兄弟」として知られる谷三十郎、万太郎、正武（近藤周平）がいる。

明治四十年（一九〇七）　満五歳

この頃、父の事業が破産。

「間もなく父の事業は、みじめな蹉跌を見た。父は折箱の一部分を監獄の囚人に作らせてゐた。土地の新聞が（中略）高貴な人々が召し上るかも知れない駅弁の折箱を囚人につくらせるのは不都合だと書き立てた。（中略）一方、当時山陽鉄道株式会社と称してゐた山陽本線が、国鉄に買収されて、会社へ一手に納入してゐた鉄道用材の販路が他の資本家に奪はれ、駅弁の折箱の納入はいつとはなしに会社側から解約されてしまつた。資本のない父は、みじめな破産の宣告を受けた。」（『第二の人生』第二部）

四月二十八日　母金死去。父は再起を図るため、里村と妹を福河村寒河の実家の伯母に預けた。

明治四十一年（一九〇八）　満六歳

四月一日　福河尋常高等小学校尋常科に入学。この頃、父が延永ひさと再婚。後、八人の異母兄弟が生まれる。

明治四十五年（一九一二）　満十歳

四月一日　福河尋常高等小学校高等科に入学。

大正三年（一九一四）　満十二歳

三月二十六日　福河尋常高等小学校高等科を卒業。この後、旧制関西中学校に入学する迄、一年間の「伝説の空白期間」がある。

大正四年（一九一五）　満十三歳

四月八日　関西中学校（五年制）に入学。一年先輩に料治熊太（後、古陶器古美術研究家）、一級下に真野律太（後『講談雑誌』等の編輯者）、二級下に岡一太（後、エスペランティスト、児童文学者）らがいた。

大正七年（一九一八）　満十六歳

七月十八日　第四学年に進級した七月、関西中学校丙申会発行の『會報』第四十一号に小品「土器のかけら」他を発表。

八月十三日頃　岡山市内に波及した米騒動を目撃。

九月八日　二学期始業式の日、時の校長山内佐太郎の退任反対騒動が勃発。

十一月三十日　「関中ストライキ」が起こり、梅島喬正、真野律太らとともに行動隊長格で学校封鎖を主導。

十二月三十一日　十二月七日、諭旨退学処分となり、同三十一日付で除名。この頃、備後路を放浪、福山から鞆の浦を彷徨う。

大正八年（一九一九）　満十七歳

四月十七日　私立金川中学校四年に無試験で転入学するも通学せず、図書館通い。六月十日付で同校を除名処分。

八月頃　父の金を持ち出して故郷を出奔、姫路のゴム靴工場の工員、その後神戸、奈良等を放浪。

大正九年（一九二〇）　満十八歳

一、二月頃（又は前年十二月頃）　東京に出て市電の車掌となり、交通労働運動に関わり始める。のち下渋谷六一四の武井栄方に同居。

四月二十五日　理事長中西伊之助が率いる日本交通労

働組合の総罷業に参加。多数の解雇者を出し、組合は事実上壊滅。
五月二日　東京上野公園で日本最初のメーデー。
九月　日本社会主義同盟の創立発起人会が東京芝新桜田町の山崎今朝彌宅で行なわれた。大杉栄や堺利彦、荒畑勝三（寒村）、山川均、麻生久、赤松克麿、岩佐作太郎、近藤憲二、加藤勘十、高畠素之、高津正道、小川未明、大庭柯公らとともに、前川二享（里村欣三）が日本交通労働組合を代表して三十名の創立発起人の一人となる。
十一月頃　四月市電スト解雇者の復職と組合再建方針をめぐって、「大日本救世団」に依拠してでも復職を勝ち取ろうとする中西伊之助、島上勝次郎らと、それを潔しとしない前川二享（里村欣三）、片岡重助らの対立が深まる。

大正十年（一九二一）　満十九歳

二月　第二組合「全国交通運輸労働者同盟」を結成し、リーフレット『暁鐘』を発行。
五月　日本社会主義同盟が治安警察法により結社を禁止され解散。この頃東京を離れ、車掌として神戸市電に潜入。
八月　三菱、川崎造船所大争議、神戸の「熱い夏」を経験。

大正十一年（一九二二）　満二十歳

三月十六日　西部交通労働同盟（大阪市電）の創立大会に、神戸市電労働者を代表して応援演説。
四月二十五日　神戸市電を馘首され再入職を要求、拒絶されて時の運輸課長を刺傷させ、四月二十五日から十月二十五日まで六カ月間入獄。
六月又は七月　入獄期間中に徴兵検査を受けたのではないかと推測される。甲種合格。
十月末頃　出獄後、徴兵を忌避し満洲に逃亡（第一回目）。

大正十二年（一九二三）　満二十一歳

五月頃　満洲から帰国。朴烈、金子文子らと交友。
六月二十八日　朴烈等の不逞社が中西伊之助出獄歓迎会を開催。
八月　千葉の海岸で中西伊之助とともに静養。
九月一日　関東大震災に遭遇。朴烈らの救援活動に奔走。以後、戸籍を焼失したことにして「里村欣三」の名で生きる。

大正十三年（一九二四）　満二十二歳

春～夏　深川富川町を拠点に土木労働に従事。この間、信州および北海道の札幌、長万部へ国内放浪。
六月　『文芸戦線』創刊。初代編集発行人中西伊之助。
八月　『文芸戦線』に「里村欣三」の名で初めて「輿論と電車罷業」、「真夏の昼と夜」の二編を発表。
秋　再び満洲を放浪（二回目）、ハルピンを中心に土木雑労働に従事。

大正十四年（一九二五）　満二十三歳

秋　満洲から帰国。越山堂で勤務。

大正十五年（一九二六）　満二十四歳

四月　葉山嘉樹、林房雄、岡下一郎とともに『文芸戦線』同人となる。
春　東大で開かれた社会文芸講演会で葉山嘉樹、山田清三郎とともに講演。聴衆に武田麟太郎、臼井吉見らがいた。
六月　『文芸戦線』六月号に「苦力頭の表情」を発表。この頃、東京市外駒沢村東京ゴルフ倶楽部でコックをしていて、近村の大工石井安一（詩人、後『文芸戦線』編集者）と知り合う。
十月下旬～十一月初旬　蔣介石の北伐軍に加わるため石井安一ら三人で上海行を試みる。帰国後、東京市外下渋谷一二四に転居。
十一月十三日　葉山嘉樹の『淫売婦』『海に生くる人々』出版記念会に出席。
十一月十四日　日本プロレタリア文芸聯盟第二回大会で、葉山嘉樹を警備隊長に小堀甚二、里村欣三らが動員され、アナーキストを排除して日本プロレタリア芸術聯盟に改組。
十二月　市外杉並町馬橋三二九　文芸戦線社方に小堀甚二と同居。

昭和二年（一九二七）　満二十五歳

一月　小堀甚二が平林たい子と結婚することになったため、高円寺六一一山田清三郎宅前の二階家に移転、この頃から『文芸戦線』の編集を手伝うようになる。
二月　「文芸戦線テーゼ」をめぐる討論会に参加。この年、プロレタリア文学運動をめぐる路線対立が激化する。
「有名な「文芸戦線テーゼ」問題が起つたのは、（中略）昭和二年の二月であつた。（中略）当時、福本派によつて固められつつあつた日本共産党は山川均を主導とする「労農派」を叩きつぶす必要にせまられてゐた。（中略）青野季吉、前田河廣一郎、葉山嘉樹、里村欣三、小堀甚二、平林たい子の諸君はたしかに山川派であつたらう。（中略）「無産者新聞」編集部は両派を集めて立会討論会を行ふことになつた。「文戦」側からは、山田清三郎、葉山嘉樹、小堀甚二、里村欣三、林房雄が出席し、「反文戦」派からは、中野重治、鹿地亘、谷一、久板栄二郎、佐野碩、「無新」編集部からは門屋博と是枝恭二が出て来た。今から思へば、奇妙な討論会であつた。」（『文学的回想』林房雄）

この頃、近所の日本料理屋の女に惚れて、熱をあげる（作品「疥癬」）。

四月二日〜五日　『文芸戦線』の東海地方講演会に葉山、小堀、山田、千田是也とともに出かける。名古屋の聴衆に平野謙がいた。

四月下旬　アンリ・バルビュスから小牧近江へ汎太平洋反帝会議の出席要請があり、小牧と里村は上海に出かけたが、会議は開催されず、郁達夫、田漢、内山完造らと会う。

五月一日　小堀、前田河、田口運蔵らとメーデーに参加。

五月八日　千葉市で林房雄、小堀甚二、里村、中野正人、蔵原惟人、平林たい子、岡下一郎らと文芸戦線同人講演会。

六月十日　日本プロレタリア芸術聯盟から脱退。同十九日、青野、葉山、前田河らと労農芸術家聯盟を創立。

「「プロ芸」内の、幹部派（福本イスト）と、反幹部派（「文戦」同人派）との対立が激化（中略）青野季吉、葉山嘉樹、前田河廣一郎、金子洋文、小堀甚二、里村欣三、黒島傳治、今野賢三、佐野袈裟美、田口憲一、赤木健介、藤森成吉、藏原惟人、村山知義、林房雄、佐々木孝丸、山田清三郎、岡下一郎等の「文戦」同人派が、連袂脱退（中略）直ちに、「プロ芸」に対して、「労農芸術家聯盟」（略称「労芸」）を結成、「文戦」を、その機関誌にした。」（『文壇郷土誌（プロ文学篇）』笹本寅）

六月十四日　新潟にて前衛座公演。佐々木孝丸、村山知義、葉山嘉樹、小堀甚二、里村欣三、佐藤誠也、田口勲らの顔振れで、シンクレアの「二階の男」、ル・メルテンの「炭坑夫」を小堀、里村、葉山が地のままで演じた。
この頃、狭間祐行の妹との縁談話が持ち上がる。
八月三十日　父前川作太郎死去。
九月四日　労農党主催の「ソヴィエット飛行家歓迎会」に、葉山、石井安一、小堀らと出席。
十月二十四日　山川均の寄稿「或る同志への書翰」の掲載をめぐって労農芸術家聯盟内部の対立が激化。里村らは臨時総会を暴力的に流会に追い込んだ。
十一月十一日　労農芸術家聯盟が分裂し、脱退者の山田清三郎、蔵原惟人、林房雄、藤森成吉、村山知義、佐々木孝丸らは前衛芸術家聯盟を結成。その夜、葉山を先頭に里村、前田河、小堀、岩藤雪夫、鶴田知也、黒島傳治らの残留派が山田宅、林宅を襲撃。

昭和三年（一九二八）　満二十六歳

一月末~二月二十日　第一回普通選挙（第十六回衆議院議員選挙）で、東京地方第五区日本労農党の加藤勘十を応援。
三月十五日　田中義一内閣による社会主義者、共産主義者への弾圧（治安維持法違犯容疑）、検挙者約一、六〇〇人。
三月二十五日　日本プロレタリア芸術聯盟と前衛芸術家聯盟が合同、全日本無産者芸術聯盟（ナップ）を結成。
この年（月日未詳）、平林たい子の紹介で藤村ます枝さんと結婚、高円寺で所帯を持った。

昭和四年（一九二九）　満二十七歳

三月十七日　『文芸戦線』同人山本勝治、省線で自殺。
この年深刻な不況。
四月　東京モスリン吾嬬工場の争議を支援。高橋辰二、間宮茂輔らと交友深まる。

昭和五年（一九三〇）　満二十八歳

二月十七日　長男欣之助誕生。この頃第十七回衆議院議員選挙で東京六区中西伊之助（東京無産党）を応援。
四月二十日　東京市電のストライキを声援。
八月　国立中野療養所看護婦の労働条件改善闘争を支援し、杉並署に一時拘束される。
十一月十日　労農芸術家聯盟が再分裂。二十四日には脱退した黒島傳治らに対し、岩藤が日本刀、葉山、前田河が焼ゴテを振り回し、里村や井上健次、長野兼一郎が加担した刃傷騒ぎを起こした。

昭和六年（一九三一）　満二十九歳

一月十三日～十九日　埼玉県熊谷市、群馬県新田郡強戸村、前橋、桐生、上州富岡の農村を踏査。

五月十一日　細田源吉、細田民樹、小島勗、間宮茂輔らが労農芸術家聯盟を脱退、警官隊が包囲する分裂騒ぎとなった。

初秋　草間八十雄の案内で葉山嘉樹とともに「東京暗黒街」を探訪。

九月十八日　満洲事変勃発。

十一月二十四日　改造社から特派され、満洲事変に従軍。二十四日、齊々哈爾着、十二月中旬帰国。

昭和七年（一九三二）　満三十歳

三月一日　満洲国成立。この頃、生活極めて逼迫。

四月二日　葉山嘉樹、岐阜県中津川に都落ち。

五月十五日　労農芸術家聯盟解体。この後組織は青野季吉、金子洋文らの労農文化聯盟、それを改組した左翼芸術家聯盟（機関誌『レフト』）と前田河廣一郎らの労農文学同盟とに分裂。

六月　田口運蔵の伊豆伊東転地療養のために尽力。

六月中旬　改造社から「凶作地帯レポート」のため東北地方に派遣され、十日土崎着、以後秋田県、青森県を踏査。

七月八日　継母前川ひさが、里村（前川二享）の失踪宣告手続き。四男の四海が家督相続。

八月四日　葉山、前田河、石井安一、高橋辰二、中井正晃、田口運蔵、広野八郎らとともにプロレタリア作家クラブを創立。

八月三十一日　葉山嘉樹再上京。

昭和八年（一九三三）　満三十一歳

一月一日　プロレタリア作家クラブの機関誌『労農文学』を葉山嘉樹、前田河廣一郎らと創刊。

一月二十三日　堺利彦死去、葬儀に参列。

二月二十日　小林多喜二、築地署で虐殺される。

七月七日　長女夏子誕生。

九月二日　田無署に一時拘束。

「夕方から、江口渙の家へ里村と行く。布施辰治、高津正通〈道〉、加藤勘十、江口渙、佐々木孝丸、里村と自分と、も一人若い何とか云ふ青年と、平和の友の会の事で雑談中、田無署の刑事がやつて来て、（中略）署まで行くと、直ちに留置場へ。」（『葉山嘉樹日記』）

九月七日　支那そば屋の準備を始め、下旬から流しの屋台を引きはじめる。
十月二十二日　『労農文学』休刊の会。葉山、前田河、里村、石井安一、広野八郎、中井正晃らが集まる。
十二月十二日　支那そば屋廃業。
十二月二十六日　田口運蔵死去、通夜に立ち会う。

昭和九年（一九三四）　満三十二歳

一月六日　葉山嘉樹、家族を残し、天竜河畔・長野県下伊那郡泰阜村明島の三信鉄道工事へ。
二月四日　葉山、前田河、里村らのプロレタリア作家クラブ、青野、金子、鶴田知也らの左翼芸術家聯盟が合同し第二次労農芸術家聯盟が発足、機関誌『新文戦』。十二月解散。
二月六日　世田谷区太子堂で石井安一一家と共同生活を始める。
二月二十二日　日本プロレタリア作家同盟（ナルプ）解体声明。
春　中西伊之助の仲介により、故郷出奔以来十五年ぶりに継母前川ひさ、伯父前川遜に会う。
九月　千葉県長生郡東浪見村に転居し、原始的な漁労生活に従事。この頃から、徴兵忌避の自首を考え始めた。

昭和十年（一九三五）　満三十三歳

四月　妻の郷里福岡県八幡市に帰り、同月下旬、妻子を残して一人岡山市伊福清心町に出て徴兵忌避を自首。
五月十三日　岡山区裁判所、失踪取消し決定、同二十七日失踪取消し登記。
七月八日　徴兵再検査、第二乙種合格。
八月十二日　輜重特務兵として岡山輜重兵第十七大隊に入営、五十五日間の訓練を受ける。
十月十二日　長野県上伊那郡赤穂村の葉山嘉樹を訪問。
十一月　再び文学を志して上京、世田谷区太子堂三〇六に妻子とともに住んだ。

昭和十一年（一九三六）　満三十四歳

一月十九日　独立作家倶楽部の会合に出席。
二月二十六日　加藤勘十の選挙応援のために上京した葉山嘉樹とともに二・二六事件に遭遇。
七月三十日　労農無産協議会の呼びかけによる「人民戦線懇談会」に参加。
九月頃　岡山県和気郡福河村に戻り、中日生の親戚の離れに住んで三石索道、広瀬耐火煉瓦等の人夫作業に従事。
昭和十二年（一九三七）　満三十五歳
四月二十六日〜二十九日　衆議院議員選挙福岡二区日本無産党三浦愛二応援のため、九州・八幡に出向く。葉山嘉樹、中西伊之助、伊藤永之介、鶴田知也、三輪盛吉らが来ていた。五月一日、葉山、伊藤、鶴田らと豊津村に行き、鶴田知也の生家で宿泊。
七月七日　蘆溝橋で日中両軍が衝突、日中戦争勃発。
七月二十七日　岡山歩兵第十聯隊通信隊第二小隊の輜重兵として応召。同八月八日出征、十日神戸港出航、八月十五日太沽に上陸。天津に集結し、泥濘の中を津浦線に沿って進軍。
十二月　一日付で一等兵に昇進。黄河河畔に至る。
十二月十五日　第一次人民戦線事件。四月に九州行をともにした中西伊之助、三輪盛吉らが検挙された。
昭和十三年（一九三八）　満三十六歳
一月一日　泰山の麓、泰安で新年を迎える。
二月　中旬から約一カ月兗州に駐屯。
四月〜五月　台兒荘の戦闘、微山湖を渡渉し徐州に向けて進軍。
六月　赤痢症状の下痢が続き、弱って亡者のような姿で河南省の柘城へ行軍。蔣介石が黄河堤防三カ所を決潰させたため、徐州作戦終了。
七月　大洪水の中、宿縣から蚌埠に戻る。
八月　廬州へ、大別山麓を迂回して武漢三鎮攻略の下命。
九月初旬　脚気とマラリヤと大腸炎のため脱落、河南省固始の野戦病院に入院を命じられる。順次後送され、南京の陸軍病院で三カ月入院。
十二月　退院。北支に移動していた原隊を追って、貨車や客車を乗り継ぎ石家荘へ。
昭和十四年（一九三九）　満三十七歳
一月〜三月　石家荘郊外に駐屯。四月、順徳へ移駐。
七月・八月　太行山脈の共産党八路軍掃蕩作戦に参加。
九月　帰還命令により帰国準備。九月三十日石家荘乗車、十月四日青島着。
十月五日　青島市内で石炭を満載した支那車輛に編上靴の上から左足背を轢かれ負傷、現地入院を命じられたが哀訴、原隊とともに帰国、十三日広島宇品港に上陸、姫路陸軍病院に入院。原隊は二十日第一次召集解除者除隊、二十五日復員完結。

十一月三日　原隊に遅れて里村はこの日召集を解除され、上等兵に昇進。
十一月末　姫路陸軍病院を退院、一旦岡山県和気郡福河村寒河に戻り、十二月初め上京。
十二月十八日　新宿「秋田」で里村の帰還歓迎会。

昭和十五年（一九四〇）　満三十八歳

二月　高見順、中島健蔵との時局座談会に出席。文学の生活の中に帰る決意を披瀝。
三月初め　『第二の人生』第一部を書き上げ、四月十六日、河出書房から刊行。
六月二十三日　日比谷のレインボー・グリルで『第二の人生』出版記念会。
七月四日～二十二日　新築地劇団が『第二の人生』を上演。
九月　『第二の人生』第二部脱稿。

昭和十六年（一九四一）　満三十九歳

二月　『徐州戦』（『第二の人生』第三部）脱稿。東京市杉並区阿佐ケ谷一ノ八七七に転居。
四月三十日～五月　軍事保護院から依嘱され、静岡市の軍人遺家族を訪問、続けて長野県を訪問。
夏　この頃までに、創価教育学会に入信。
八月二十一日　文化奉公会の発会式に出席、会場の案内係をつとめる。
十月十六日　次女紘子誕生。この月、島根県益田の軍人遺家族を訪問。
十一月十六日　国民徴用令書が届き、陸軍宣伝班員として徴用される。
十一月二十二日　大阪城に集結、井伏鱒二、小栗虫太郎、海音寺潮五郎、堺誠一郎、寺崎浩、中村地平らと共に丁班（マレー班）に編入。
十二月二日　天保山港より輸送船「あふりか丸」で出港。八日、香港沖百数十浬の洋上で大東亜戦争開戦の報を聞く。船中で「六人の報道小隊」を盟約。
十二月二十七日　タイ領シンゴラに上陸。十二月三十一日タイピンで山下奉文第二十五軍司令官の指揮下に入った。

昭和十七年（一九四二）　満四十歳

一月　「六人の報道小隊」とともにマレー半島をトラックで南下。十二日、クアラルンプール着。まだ戦闘中の街であった。自転車を調達し、第一線の歩兵部隊を追って前進。
二月二日　シンガポールの対岸、ジョホールバル着。

二月九日　未明、第一線部隊に遅れること四、五時間、ジョホール水道をシンガポール島へ敵前渡河。
二月十一日、十二日　ブキテマで戦闘に巻込まれて一時行方不明。
二月十五日　第一線部隊従軍の功績により、ブキテマ高地のフォード自動車工場で、山下奉文司令官が英軍司令官パーシバル中将に「イエスかノーか」と迫った降伏会談の見学を許される。
四月十六日　井伏鱒二が敬礼が遅れたことを山下将軍に叱責された現場に居合わせる。
四月二十九日～　朝日新聞に「熱風」を連載（六月三十日まで、六十三回）。プロレタリア文学時代の仲間からファッショと批判される。
九月五日　堺誠一郎とともにボルネオ守備軍灘部隊報道部への転属命令。九月二十一日、ボルネオ着。
十月二十一日　中村長次郎とともにキナバタンガン河を遡航し十一月八日まで探検。後、『北ボルネオ紀行　河の民』として発表。
十二月中旬　ボルネオから一旦シンガポールに戻り、徴用解除で帰国。
十二月二十一日　朝霞の陸軍予科士官学校を、続いて八王子の東京陸軍幼年学校を訪問。

昭和十八年（一九四三）　満四十一歳

二月初旬　日本文学報国会、大日本産業報国会、読売新聞社主催の「生産戦場躍進運動」の一環として磐城炭坑に派遣される。同月、新嘉坡陥落一周年座談会、陸軍報道班員座談会に参加、東横電鉄沿線の工場訪問。
三月　宮崎県児湯郡川南村の陸軍落下傘部隊訪問。
五月　足尾銅山の増産現場訪問。
九月　陸軍報道部からの要請で、北千島の幌筵島・占守島へ報道班員として従軍。
十月末　亡父の法要を営むために岡山へ帰郷。
十一月三十日　日本文学報国会勤労報国隊結成大会に参加、第三中隊第一小隊長となる。
十二月十二日　朝日新聞社主催少国民総決起大会に参加。この年、東京都世田谷区鎌田町四四四に移転。

昭和十九年（一九四四）　満四十二歳

二月　東京都目黒区の陸軍輜重兵学校を訪問。
五月十二・十三日　日本文学報国会勤労報国隊が川崎市の臨港鉄道敷設工事に勤労奉仕、里村も汗を流した。

六月～九月　毎日新聞社から特派されて中国戦線の湖南作戦に従軍。
十一月　フィリピン戦線へ従軍派遣が決定。
十二月二十八日　フィリピン向けの最後の飛行機で今日出海とともにマニラ着。

昭和二十年（一九四五）　満四十二歳のまま三月の誕生日を迎えずに死去

一月六日　バギオを目指し報道部の逃避行始まる。一月九日、米軍、ルソン島リンガエン湾に上陸を開始。
一月十四日　バヨンボン着、数日後ブシラク村に移動。
二月三日　ブシラク村を出て、軍報道部のあるバギオに向かう。十一日、バギオ着。
二月十六日　ベンゲット道の盟兵団本部へ向かって下山。盟兵団の転進を知り、二十日バギオへ、同夜、ナギリアン道に下る。
二月二十一日　早朝、バナンガンの盟兵団本部へ到着。午後三時半頃、参謀長や幕僚から戦闘状況を聞きながらノートを取っていた時被爆、同夜十時半、第十二陸軍病院第二分院に入院、屋根を吹き飛ばされ電気もなく、手術は受けられず。
二月二十三日　爆風による内部出血のため、十五時三十分、戦死。

あとがき

人にはそれぞれに思い出の風景や出来事がある。眼を瞑れば、甘くほろ苦い皮膚感覚的な実感を伴って回想される一瞬の光景は、生きながらに見る夢、幻に似ている。

里村欣三は日中戦争従軍記『第二の人生』第一部で、「若い夢み勝ちな青年たちを、あのやうに熱狂させた理想は、今どこに在るのであらうか？」、「このはげしい理想と気概が、今どこに燃え残つてゐるであらうか？――あるものは自殺し、あるものは行方知れずになり、またある者は気が狂つてしまつた。例外なくこの世代の青年たちはこの二十年間に敗北してしまつたのだ。」と述懐し、自身の過去を回想した。

里村欣三の転向と戦争は、叛逆と徴兵忌避、プロレタリア文学運動時代への深い挫折感、喪失感に規定されたものだった。大正八年夏、父の金を持ち出して故郷を出奔して以来昭和十二年日中戦争応召に至る間の、疾風怒濤時代というには余りにも長い徴兵忌避の偽名に生きた時代を、時々に苦い思いの内にフラッシュバックさせながら、そうした過去に捉えられながら、以降八年間の転向と戦争の時代を彼は生き抜いたのだと思う。

だから「里村は転向し、軍国主義者になった」という総括、あるいはその反対に「里村は抑圧を嫌い、徹底して自由を求めたこころ優しい人間だった……」という総括は、根本的なところにおいては、ともに正しくもあり、正しくもないのである。それらは里村のある側面を個別に指摘しているに過ぎない。彼はただ叛逆の時代の光彩に捉えられ、規定されながら、転向と戦争の時代を「そのように生きた」のである。

マレー戦における里村欣三と井伏鱒二の作品を比べてみても、里村には井伏の「或る少女の戦争日記」や「待避所」のように、現地の人の日記を援用してそこから戦争を捉え返そうというような視点、現地の人々の生活を思いやる他者の視点は想像の外にあった。この戦争の中で、自分はどう生きるべきなのか、という戦争と自己の二者関係こそ里村の変わることのない関心であった。

そうした観点から振り返ってみると、里村欣三が死地フィリピンに報道従軍する時、「戦争の魅魔にとりつかれたよう《（ママ）》な瞳」で「フイリッピン行を熱心に希望してゐた」という向井潤吉の追悼文（「不粋な印象」）は、「里村欣三は転向し、軍国主義者になった」という一つの概念を補完するものでもなく、またフィリピンを経由してどこか自由の地への逃亡を図ろうとしたということでもなく、叛逆の時代の光彩に逆規定された一途な行為としてフィリピン行があったことが理解されると思う。

そしてこのことの中にこそ、今日の我々が里村欣三を捉え返して行かなければならない問題の核心があるように思うのである。大正デモクラシーから昭和軍国主義への激しい時代変転の中で、純粋な、一途な行為がなぜ戦争の翼賛に加担する悲劇として結果しなければならなかったのか、という問いである。

一つ一つのささいな出来事に秘められた意味、本質は、それらを積み重ね、考え、統合し、抽象化する中で、突然輝き出すことがある。

普通、日常生活において、私たちは他の人の意見を聞き、読み、自分の中で価値判断をすることで済ませているが、そこから一歩抜け出して、趣味でも関心でも何でもいい、自分で調べ、整理し、まとめ、表現する、いわば「テーマを持って書く、まとめる」ということの重要性、「書く、まとめる」ことによって認識を深めていくこと、そういう私的な、自分自身のための整理ノートとして、いずれ少部数の私家版をと思いつつ本書を書き進めてきた。

ところが図らずも、インターネット上の「里村欣三ホームページ」を通じて種々ご指導いただいてきた酒井勇樹さまの熱い推薦、ご尽力により論創社さまからこのような形で本書を刊行していただけることになったことは望外の喜び、私個人だけでなく里村欣三研究にとっても誠にありがたい結果となった。酒井勇樹さま、論創社森下紀夫さまにお礼申し上げます。また直接、間接に多くの先達からご教示ご指導を受けて初めて本書ができあがったものであることは本文中や参考文献に書いてきた通りである。改めてお礼申し上げます。

最後にいくつかの感想を羅列的に書いておきたい。戦争の罪悪についてはここでは書かないが、あの「大東亜戦争」がアジア諸国の独立や近代化に寄与した、という馬鹿げた論調を言う者が今日でもなお有る。どのような大義名分があろうとも、自国の領土の外に出ての戦争はすべて犯罪である。このことをはっきり言っておきたい。

二つ目は、軍隊に徴集されるということは、戦闘によって生き死にする以前に、戦争に適合する思想に転向しない限り、日々の生活さえ生きられないということである。戦闘以前の行軍、訓練、隊内生活は、戦友という擬似家族の支えがない限り生きて行けないのである。軍隊生活は戦闘以前に既に死命を制せられた囚獄である。その中で生きる思想を求めようとすれば、戦争に適合する思想以外にないのである。このことを銘記する必要がある。

私のいとこの父親は二人もこの戦争で死んだ。だから、いとこの何人かは父親の顔も知らずに戦後を生きたのである。冥福を祈りたい。戦争とは無関係だが、私の友人も現状改革の戦いの中で死んだ。それは指を折ることができる数である。歴史上にも、改革を志し、挫折し、孤独のうちに死んだ人々がいる。彼らにも想いを致したい。

大正、昭和戦前の時代は、私たちの時代に近い。見さえすれば、生の息吹きが体感できる時代である。それがもし歴史上の遠い過去のように感じられるとするなら、それは今日の私たちの眼が曇っているからである。試みに、その時代の書物か雑誌の一冊を手に取られたら、どれだけ私たちの時代に近い時代なのか実感できる筈である。

終りに、伊藤之雄氏の言葉を書き留めておく。

「帝国主義の時代が二度と繰り返されることはあってはならない。」「大切なことは、その時代の矛盾とどのように格闘し、新しい時代を模索したかである。歴史が現代人に本当の教訓や勇気を与えてくれて意味を持つのは、この点においてである。先入観にとらわれず事実を求め理解を深めることが、今後ますます必要になってきている。」（「伊藤博文と韓国併合（上）」毎日新聞、平成二十二年七月十三日夕刊）

残念ながら、歴史は、人々の英知と努力の積み重ねがもたらす「理想へ続く一筋の道」ではないのである。さまざまな民族、地域、宗教、経済、社会の発展段階は均質ではない。矛盾と対立は常在する。伊藤氏の言葉通り、大切なことはどのようにその時代に真摯に向き合ったかということである。

事実の積み重ねの上に立って、里村欣三研究が一層豊かに進展することを衷心から祈りたい。問いは即ち答えである、という譬えもある。里村欣三はその問いに値する時代と人生を生きた人なのである。

二〇一一年三月

大家 眞悟

著者紹介

大家眞悟（おおや・しんご）

1947年12月、和歌山県生まれ。奈良教育大学卒業。いわゆる「団塊の世代」の一員で、全共闘運動を体験。一時大工左官等の建築労働組合事務局に勤務、その後は印刷関連会社の現場オペレーターとして生活、定年退職後、障がい者のガイドヘルパーに従事している。インターネット上の「里村欣三ホームページ」を機縁に諸先生の知遇を得て本書に結実した。

里村欣三の旗

——プロレタリア作家はなぜ戦場で死んだのか

2011年5月20日　初版第1刷印刷
2011年5月30日　初版第1刷発行

著　者　大家眞悟
発行人　森下紀夫
発行所　論 創 社
〒101-0051
東京都千代田区神田神保町2-23　北井ビル2F
振替口座　00160-1-155266　電話03（3264）5254
http://www.ronso.co.jp/
装幀　宗利淳一
印刷・製本　中央精版印刷
ISBN978-4-8460-0843-7　